D1808150

Tucholsky Wagner Zola Scott Sydow Freud Schlegel
Turgenev Wallace Fonatne
Twain Walther von der Vogelweide Fouqué Friedrich II. von Preußen
Weber Freiligrath
Ernst Frey
Fechner Fichte Weiße Rose von Fallersleben Kant Richthofen Frommel
Hölderlin
Engels Fielding Eichendorff Tacitus Dumas
Fehrs Faber Flaubert
Eliasberg Ebner Eschenbach
Feuerbach Maximilian I. von Habsburg Fock Eliot Zweig
Ewald Vergil
Goethe Elisabeth von Österreich London
Mendelssohn Balzac Shakespeare Dostojewski Ganghofer
Lichtenberg Rathenau Doyle Gjellerup
Trackl Stevenson Hambruch
Mommsen Thoma Tolstoi Lenz Hanrieder Droste-Hülshoff
Dach Verne von Arnim Hägele Hauff Humboldt
Reuter Rousseau Hagen Hauptmann Gautier
Karrillon Garschin Defoe Baudelaire
Damaschke Descartes Hebbel
Hegel Kussmaul Herder
Wolfram von Eschenbach Schopenhauer Rilke George
Bronner Darwin Dickens Grimm Jerome Bebel Proust
Melville
Campe Horváth Aristoteles Barlach Voltaire Federer Herodot
Bismarck Vigny Gengenbach Heine
Storm Casanova Tersteegen Grillparzer Georgy
Chamberlain Lessing Langbein Gilm Gryphius
Brentano Lafontaine
Strachwitz Claudius Schiller Schilling Kralik Iffland Sokrates
Katharina II. von Rußland Bellamy Gerstäcker Raabe Gibbon Tschechow
Löns Hesse Hoffmann Gogol Wilde Gleim Vulpius
Luther Heym Hofmannsthal Klee Hölty Morgenstern
Roth Heyse Klopstock Goedicke
Luxemburg Puschkin Homer Kleist
La Roche Horaz Mörike Musil
Machiavelli Kierkegaard Kraft Kraus
Navarra Aurel Musset Moltke
Nestroy Marie de France Lamprecht Kind Kirchhoff Hugo
Laotse Ipsen Liebknecht
Nietzsche Nansen Ringelnatz
Marx Lassalle Gorki Klett Leibniz
von Ossietzky May Lawrence Irving
vom Stein
Petalozzi Knigge
Platon Pückler Michelangelo Kock Kafka
Sachs Poe Liebermann Korolenko
de Sade Praetorius Mistral Zetkin

Der Verlag tredition aus Hamburg veröffentlicht in der Reihe **TREDITION CLASSICS**
Werke aus mehr als zwei Jahrtausenden. Diese waren zu einem Großteil vergriffen
oder nur noch antiquarisch erhältlich.

Symbolfigur für **TREDITION CLASSICS** ist Johannes Gutenberg (1400 — 1468),
der Erfinder des Buchdrucks mit Metalllettern und der Druckerpresse.

Mit der Buchreihe **TREDITION CLASSICS** verfolgt tredition das Ziel, tausende
Klassiker der Weltliteratur verschiedener Sprachen wieder als gedruckte Bücher
aufzulegen – und das weltweit!

Die Buchreihe dient zur Bewahrung der Literatur und Förderung der Kultur.
Sie trägt so dazu bei, dass viele tausend Werke nicht in Vergessenheit geraten.

Die Wassernixe

James Fenimore Cooper

Impressum

Autor: James Fenimore Cooper
Übersetzung: Dr. G. Friedenberg
Umschlagkonzept: toepferschumann, Berlin

Verlag: tradition GmbH, Hamburg
ISBN: 978-3-8472-4562-9
Printed in Germany

Ziel der TREDITION CLASSICS ist es, tausende deutsch- und
fremdsprachige Klassiker wieder in Buchform verfügbar zu
machen. Die Werke wurden eingescannt und digitalisiert. Dadurch
können etwaige Fehler nicht komplett ausgeschlossen werden.
Unsere Kooperationspartner und wir von tredition versuchen, die
Werke bestmöglich zu bearbeiten. Sollten Sie trotzdem einen Fehler
finden, bitten wir diesen zu entschuldigen. Die Rechtschreibung der
Originalausgabe wurde unverändert übernommen. Daher können
sich hinsichtlich der Schreibweise Widersprüche zu der heutigen
Rechtschreibung ergeben.

Text der Originalausgabe

James Fenimore Cooper

Die Wassernixe.

oder

der Streicher durch die Meere.

Erschienen 1853

»Mais, que diable allait-il faire
dans cette galère?«

Molière.

Vorrede zu der letzten Ausgabe des Originals.

Die ursprüngliche Vorrede dieses Buches enthielt einen kurzen Bericht über die Entstehungsweise der Stadt New-York, des Schauplatzes unserer Erzählung. Da aber die Geschichte Amerika's im Allgemeinen noch so wenig bekannt ist, so wird eine kurze Wiederholung desselben auch an dieser Stelle nicht ungeeignet seyn, dem Leser über gar manche Begebenheiten und über noch mehr Anspielungen in unserem Werke Aufklärung zu verschaffen.

New-York, dessen erster Name *Neu-Niederland* war, verdankt seine Gründung einer Colonie, die von der ostindischen Compagnie in *Holland* ausging. Die ersten Niederlassungen fielen in das Jahr 1612, und über ein halbes Jahrhundert von da erhielten sich die Holländer im Besitze des Landes. Nach Verlauf dieses Zeitraumes eigneten es sich die Engländer mitten im tiefsten Frieden an, mußten aber ihre Eroberung bald wieder aufgeben und sahen sich dieselbe erst später nach einem zweiten Einfall durch den Utrechter Frieden im Wege des Vertrages gesichert. Karl II., unter dessen Regierung das britische Reich einen so wichtigen Länderzuwachs gewann, übergab die Colonie seinem Bruder, dem Herzog von *York*, von dem sie ihren jetzigen Namen hat. Die Thronfolge dieses Fürsten brachte die Provinz wieder unter königliche Verwaltung, und unter dieser blieb sie bis zu der Revolution von 1776.

Der Einfluß eines halben Jahrhunderts ließ die Holländer gar festen Fuß in dem Lande fassen. Viele ihrer Benennungen finden sich noch heut zu Tage vor, und der Verfasser erinnert sich noch wohl der Zeit, wo man in den Straßen der Hauptstadt Albany soviel Holländisch als Englisch hören konnte. Manche holländische Sitte hat sich neben den Gebräuchen Englands so in New-York eingebürgert, daß man ihr ewige Dauer versprechen darf.

Unsere Erzählung macht häufig eine gewisse Classe von Landeigenthümern: Patroons – namhaft. New-York war stets, sowohl vor als nach der englischen Eroberung, eine der aristokratischen Provinzen der jetzigen Union. Während der Herrschaft der holländischen Generalstaaten übten diese Patroons eine Art von Patrimonialgerichtsbarkeit aus, nicht unähnlich jener der Grundherren in England, und nach der englischen Eroberung sah man förmliche

Grundherrschaften sich bilden, deren Besitzer die Befugniß hatten, höhere und niedere Gerichtsbarkeit, dabei noch andere jener wohlbekannten feudalen Rechte auszuüben, die in der Mitte des siebzehnten Jahrhunderts die Attribute solcher Herren waren.

Unter diesen Patroons hatte die Familie van Rensselaer viele und verschiedenartige Besitzungen inne, eine insbesondere, die von jeher wie heute noch für die größte und werthvollste in der Provinz gelten konnte. Es waren der Patroons in dieser Familie drei, wenn nicht mehre: der von Rensselaerwyk oder von Albany, wie man ihn gewöhnlich nannte; der von Greenbush und der von Claverack. Wahrscheinlich aber verdankten die beiden Letzteren ihre Existenz Niederlassungen des erstgenannten Besitzers, der das Haupt seiner Familie war. Der Patroon von Albany hatte, so lange New-York Colonie war, einmal eine Festung an den Ufern des Hudson, eine eigene Flagge und das Recht, einen Sheriff zu ernennen. Jedes Fahrzeug, das sein Besitzthum durchsegelte, war gehalten, die Flagge vor seinen Gerechtsamen zu senken, wie früher andere Nationen den Engländern gegenüber im Canal thun mußten.

Unter der englischen Herrschaft waren der Grundherren vergleichungsweise sehr viele. Die Patroons waren im Besitz der meisten ihrer Vorrechte geblieben und Männer von Einfluß aus dem neuen Mutterlande wurden mit großen Länderschenkungen bedacht. Die Herrschaft *Courtlandt*, einer einflußreichen holländischen Familie dieses Namens zugehörend, war dieser von der englischen Krone bestätigt worden; auf gleiche Weise fiel *Livingstone* den Livingstone's zu, *Morrisania* den Morris, *Pellham* den Pell's, *Philipse* den Philipse oder Felipse, *Scarsdale* den Heathcothe's, *Coldenham* den Colden, *Johnstown* den Johnson's und so andere mehr. Viele dieser Herrschaften hatten das Recht, Abgeordnete in das Colonialparlament zu senden und konnten somit als eben so viele *rotten boroughs*[1] gelten. Man irrt, wenn man glaubt, diese Besitzungen hätten sich in Amerika nicht, wie in andern Ländern, fortgepflanzt. Bis zur Revolution waren sie alle unveräußerliches Eigenthum der jedesmaligen Erben, und nachher waren der Zertheilungen und Verkäufe ohne

---

[1] In der englischen Parlamentssprache: verfallene, kleine Orte oder Gemeinden, deren frühere Wahlrechte dessenungeachtet mißbräuchlich von einzelnen Grundbesitzern fortgeübt wurden, bis die Reform von 1832 dazwischen trat.

Zweifel nicht mehr und keine anderen, als wie sie in England durch Vermächtnisse, Verpfändungen und andere Veräußerungen auch vor sich gehen. Sogar wo vielfache Theilungen des Eigenthums statt gefunden haben, ist es Thatsache, daß sein Werth dessen ungeachtet stets im Steigen geblieben ist. In einem großen Theile der Vereinigten Staaten kann der Länderbesitz nur von sehr kurzer Dauer rückwärts seyn, aus dem einfachen Grunde, weil das Land noch jüngst eine Wildniß war, aber in den älteren Bezirken des Staats New-York insbesondere sind die Abkömmlinge der alten Grundherren noch in mehr oder weniger beschränktem Besitze des Eigenthums ihrer Vorfahren. Zur Bestätigung des eben Gesagten mögen aus vielen Andern, deren Besitzungen unbedeutender sind, folgende Namen genannt werden: – van Rensselaer von Rensselaerwyck, oder »der Patroon«, wie man ihn zur Auszeichnung allein nannte, dessen Besitzungen eine Grafschaft im Herzen des Staats in sich begriffen: die *Livingstone's*, obere und untere Herrschaft; die *Philipse*, »eben jene«, wie man in Schottland sagen würde: die *van Courtlands von Courtlandt*; *Jones* von *Fort-Neck*; *Nicoll* von *Islip*; *Nicoll* von *Shetta-Eiland*, *Morris* von *Morrisania* u.u. Diese Thatsachen sind nicht unwichtig, da sie gar Vieles entkräften, was man über den angeblichen Unbestand solchen Eigenthums in Amerika gesagt hat, und wir führen sie namentlich auch der Vorurtheile wegen an, die Manche immer noch gegen eine Volksregierung hegen. Man sollte sich eher wundern, daß soviel Grundbesitz generationenweise denselben Familien verblieben ist, in einem Lande, wo es keine Lehensbande gibt, und wo sich die doch wahrlich nicht geringe Bevölkerung innerhalb Menschengedenken versiebenfacht hat.

Man hat diesem Buche zu große Unwahrscheinlichkeit der Begebenheiten vorgeworfen. Zweifelsohne gründet sich diese Meinung nur auf Unkenntniß der See-Gebräuche: denn wir sind der Ansicht, daß es kein Seemann lesen wird, ohne die einfachsten und verständlichsten Schlüssel zu all den Geheimnissen zu finden, die vielleicht einen Bewohner des Festlandes verwirren könnten. Nicht ein einziger zauberhaft dünkender Vorfall sollte unerklärt bleiben; auch glauben wir nicht, daß irgend etwas im Buche dem mit dem Ocean vertrauten Leser wirklich räthselhaft erscheinen wird, wenn er nur dazu die gewöhnliche Aufmerksamkeit mitbringen will.

Die örtlichen Schilderungen dürfen wir für so naturgetreu als möglich halten, und auch eine sorgfältig wiederholte Prüfung seiner Arbeit hat den Verfasser nichts entdecken lassen, was der Wahrscheinlichkeit oder der Wahrheit Gewalt anthäte, wenn man anders die selbstverstandenen Vorrechte des Dichters nicht absichtlich außer Augen lassen will.

London, Oktober 1833.

Erstes Kapitel

Soll diese Red' uns zur Entschuld'gung dienen?
Wie? oder treten wir nur grad' hinein?

Romeo und Julia.

Innerhalb des vierzigsten und des einundvierzigsten Grades nördlicher Breite erhält der Ocean den Zoll der vier großen Flüsse Hudson, Hackensack, Passaic und Rariton und einer Menge von geringerer Bedeutung. Aus dem Zusammenfluß aller dieser Gewässer entsteht die herrliche Bucht, welche in der bezeichneten Erdgegend die amerikanische Küstenlinie durchbricht. Den Stürmen der offenen See verschließt die glückliche Lage der Inseln Nassau und Staaten den Zutritt in das Innere, während die tiefen, breiten Meeresarme dem Welthandel wie dem Binnenverkehr die wünschenswerthesten Erleichterungen bieten. Dieser trefflichen Vertheilung von Land und Wasser, verbunden mit einem gemäßigten Klima, verdankt die Stadt New-York, in der Mitte der Bucht und vor einem nach allen Richtungen hin von Kanälen und Flüssen durchschnittenen unermeßlichen Innern gelegen, ihr außerordentliches Aufblühen. Fehlt es auch keineswegs den Gestaden dieser Bai an Schönheiten der Natur, an reizenden Aussichten, so wird sie doch in dieser Beziehung von vielen übertroffen; dagegen dürfte die Erde schwerlich noch einen Punkt aufzuweisen haben, dem die Natur die Mittel zum Wachsthum und Gedeihen eines ausgebreiteten Handels in solcher Fülle geschenkt hätte. In ihren Gunstbezeugungen unermüdlich, hat sie der Insel Manhattan einen Punkt angewiesen, der für die Lage einer Stadt der erwünschteste ist. Bewohnten selbst Millionen diesen Fleck, so könnte ein Schiff doch vor jeder Thüre seine Ladung einnehmen. Des Bodens Oberfläche hat nicht mehr Unebenheiten, als die Gesundheit und die Reinlichkeit erfordern, und sein Schooß trägt in Fülle das zum Bauen unentbehrlichste Material.

Jedermann weiß, was dieses so außergewöhnliche Zusammenwirken günstiger Umstände zu Stande gebracht hat. Ein kräftiges, gesundes und stetiges Wachsen, selbst in der Geschichte dieses eigenthümlichen, glücklichen Landes ohne Beispiel, hat die unbedeutende Provinzialstadt des verstoßenen Jahrhunderts bereits auf gleiche Höhe mit den Städten zweiten Ranges auf der andern Halbkugel erhoben. Schon wetteifert das Neu-Amsterdam dieses Festlandes mit seiner Mutterstadt auf dem östlichen, und, sofern der Mensch irgend eine Voraussagung wagen darf, wird es binnen wenigen, kurzen Jahren den Vergleich mit Europa's stolzesten Hauptstädten nicht scheuen dürfen.

Fast scheint es, als hätte die Natur nicht blos dem Thierleben seinen Stufengang vorgeschrieben, sondern auch jedem sittlichen und politischen Emporstreben Gränzen gesetzt. Immer weiter wird der leere Raum zwischen den verfallenen Mauern und den Gebäuden in der einstigen Stadt der Medici, gleich der verschrumpfenden Menschengestalt sich verlierend »in den mageren bepantoffelnden Pantalons;« die Spuren der Königin des adriatischen Meeres, die auf ihren schlammigen Eilanden schläft, ja selbst die Spuren Roms, sind gesunkene Tempel, begrabene Säulen: unterdessen verbreitet sich die jugendliche Kraft Amerika's über die Wildnisse des Westen, und füllt sie mit den glücklichsten Früchten des menschlichen Gewerbfleißes an.

Gewöhnt an die Wälder von Mastbäumen, an die meilenlangen Kais, an zahllose Villen, Hunderte von Kirchen und Palästen, an die rauchenden geschäftigen Fahrzeuge, von denen die Bai wimmelt, an das tägliche Wachsen und lebendige Regen überall in seiner Vaterstadt, wird der Manhattanese die Umrisse des Bildes kaum wieder erkennen. Ja, das nächste Geschlecht lächelt vielleicht, daß die Stadt sogar in ihrer gegenwärtigen Lage ein Gegenstand unserer Bewunderung seyn konnte; – und doch steigen wir in kein hohes Alterthum hinauf, der Leser soll sich mit uns nur um ein Jahrhundert in die junge Geschichte seines Vaterlandes zurückversetzen.

Als am Morgen des dritten Juni 171 – die Sonne aufging, hörte man, auf den Gewässern des Hudson einhergewälzt, den Knall einer Kanone. Eine Rauchwolke kam aus der Schießscharte einer kleinen Festung hervor, welche auf der Landspitze lag, da wo der Fluß und die Bai ihr Wasser vereinigen. Der Knall war noch nicht verhallt, da stieg eine Flagge empor, und als sie die Höhe ihres Stocks erreichte und sich langsam im leichten Windstrom entfaltete, ward das blaue Feld und das rothe Kreuz der englischen Standarte sichtbar. Einige Meilen in der Ferne unterschied man die dunkeln Masten eines Schiffes, matt hervorgehoben durch den grünen Hintergrund der Höhen auf der Insel Staaten. Jetzt zog eine kleine Wolke über diesen Gegenstand, und alsbald ertönte, schwerfällig daherrollend, das erwiedernde Signal. Aus der Ferne ließ sich nicht erkennen, welche Flagge der Kreuzer aufzog.

Genau in dem Augenblick, wo der Lärm der ersten Kanone erschallte, öffnete sich die Thüre eines der ansehnlichsten Gebäude in der Stadt, und ein Mann, höchst wahrscheinlich der Hausherr, trat in den »Stoop«,[2] wie man noch jetzt die unbequemen Hauseingänge dort zu benennen pflegt. Er schien gerüstet, als wenn er im Begriff stände, eine Reise anzutreten, die einen Tag dauern könnte. Ihm folgte bis zur Thürschwelle ein Schwarzer von mittlerem Alter, und ein zweiter, noch ein Knabe, trug ein kleines Bündel unterm Arm, das wahrscheinlich die zur Bequemlichkeit des Herrn unentbehrlichsten Sachen enthielt.

»Sparsames Wirtschaften, Herr Euclid, sparsames Wirthschaften ist dir der wahre Stein der Weisen;« sagte der Hausherr in volltönigem breitem Holländisch[3] zu seinem obersten Sklaven, wahrscheinlich als Schluß bereits schon ertheilter Abschieds-Instruktionen. »Sparsames Wirthschaften hat noch Niemand zum Bettler, aber schon Manchen reich gemacht. Durch Sparsamkeit ist mein Haus zu seinem Kredit gelangt, und, ich darf es immer selbst sagen, breitere Schultern und festeres Fußgestell hat kein Kaufmann in den Kolonien aufzuweisen. Du, Schelm, bist blos der Abglanz von deines Herrn Wohlgedeih'n; um so nöthiger also, daß du auf seinen Vortheil bedacht seyest. Wenn der Körper abzehrt, was wird dann aus dem Schatten! Wenn ich schwächlich werde, wirst du krank; wenn ich hungere, so kannst du verhungern; sterbe ich, so kannst du – hum – Hör', Euclid, unter deine Aufsicht stelle ich, so lange ich abwesend bin, Güter und Geräthe, Haus und Stallung;

---

[2] Da New-York holländischen Ursprungs ist, so findet man noch heut zu Tage dort viele Gebräuche, die an dieses Land erinnern. Die meisten Häuser haben solche hohe Niederländische »Stoops«. – Die Straßen sind vielfach mit Bäumen besetzt und beinahe jedes nicht aus Stein aufgeführte Gebäude ist bemalt

[3] Die hier gemeinte Sprache heißt zwar in unserem Buche, wie überhaupt in Amerika, Holländisch, der Verfasser mußte sich aber bei einer spätern Prüfung an Ort und Stelle überzeugen, daß es eigentlich der Flämische Dialekt war

auch hast du dafür zu sorgen, daß mein Charakter bei den Nachbarn keinen Schaden erleide. Ich gehe nach ›Lust in Ruhe‹, um einen Mundvoll frische Luft zu schöpfen. Pest und Fieber! ich glaube, die Leute werden nicht eher aufhören, in diese Stadt zu ziehen, bis sie so verpestet ist, wie Rotterdam in den Hundstagen. Du, Junge, bist jetzt in den Jahren, wo man anfängt vernünftig zu werden; ich erwarte also, selbst wenn ich dich nicht unter Augen habe, geziemende Wachsamkeit und Diskretion in der Hausumgebung. Denn, hör' mal, Bengel, der Charakter deiner Sippschaft will mir nicht ganz gefallen; er ist gar nicht so respektabel, wie er sich für den vertrauten Bedienten eines Mannes von gewissem Range in der Welt geziemt. Deine beiden Vettern da, der Brom und der Kobus, sind nicht viel besser, als ein Paar gemeiner Schufte; und der engländische Neger, der Diomed, der ist vollends ein kleiner Teufel. Die andern Schlösser stehen schon unter deiner Bewachung: hier hast du auch den Stallschlüssel;« dabei zog er das genannte Instrument mit sichtbarem Zwang aus der Tasche. »Nicht ein Huf soll zum Stall heraus, außer wenn's zur Schwemme geht – und daß jedes Thier sein Futter zur rechten Zeit bekomme, bis auf die Minute! Ihr Quartiermeister des Satans! so ein Neger in Manhattan glaubt, ein flamländischer Wallach sey ein schmächtiges Windspiel, nie außer Athem; da geht's denn Nachts im wilden Galopp die Heerstraße entlang, wie eine Uankih-Here durch die Lüfte auf einem Besenstiel – aber gib Acht, Meister Euclid! ich habe Augen im Kopf, wie du aus bitterer Erfahrung weißt! Oder hast du schon vergessen, Schlingel, wie ich dich im Haag die Bestien den Leydener Damm entlang reiten sah, als wenn der Teufel sie spornte, ohne Erbarmen, wie ohne Erlaubniß?«

»Immer mir will vorkommen, daß ein boshafter Ohrenbläser damals dem Masser es gesagt hat;« erwiederte der Neger mürrisch, obgleich nicht ohne Zagen.

»Die Ohrenbläser waren seine eigene Augen. Hätten Herren keine Augen, die Neger würden die Welt auf den Kopf stellen! Jede schwarze Ferse auf der Insel steht in dem großen Buche eingezeichnet, in dem ich, wie du weißt, so oft blättre, besonders an Sonntagen; und wenn sich einer von den genannten Hetz-Kerlen untersteht, meinen Boden zu betreten, so soll er sich auf einen Besuch bei dem Stadt-Profos[4] gefaßt halten. Was denken sich die wilden Katzen! Glauben sie, die Wallachen sind in Holland gekauft worden mit Kosten für's Zureiten, Einschiffen, Assecuriren, Fracht und Risiko von Krankheiten, damit ihnen hier das Fleisch von den Rippen abschmelze wie ein Küchentalglicht?«

»In'r ganzen Insel nix wird gethan, wo nicht ein farbiger Mensch es soll haben gethan! Er das Unheil thut, und alle Arbeit er auch thut! Möchte wohl wissen, was für Farbe Masser glaubt, daß der Kapitän Kiod hat gehat?«

»Der war, schwarz oder weiß, ein Erzschelm; dafür weißt du auch, was für ein Ende er genommen. Ja, ja, der Wasserdieb hat seine schlechten Streiche höchst wahrscheinlich damit begonnen, daß er bei Nacht die Pferde der Nachbarn ritt. Sein Schicksal sollte jedem Neger in der Kolonie eine Warnung seyn. Diese Höllenbrut! Den Engländern fehlt es doch zu Hause nicht an Schelmen, daß sie uns den Piraten nicht lassen konnten, damit wir ihn in den Inseln als eine Vogelscheuche für unsere Schwarzen aufknüpften.«

»Na, ich glaube, der Anblick einem Weißen auch nit gerade könnte schaden;« erwiederte Euclid, der die ganze Keckheit eines verzogenen holländischen Negers auf seltsame Weise mit wahrer Anhänglichkeit für den Herrn, in dessen Diensten er geboren war, vereinigte. »Ich jedermann doch höre sagen, es waren nur zwei farbige Mensch in'm Schiff, und die noch dazu in Guinea geboren waren.«

»Willst du wohl bescheidener sprechen, du Nacht-Trotter! hab' Acht auf meine Wallachen. – Da – da hast du zwei holländische Gilders, drei Stüber und einen spanischen Piaster; der eine Gilder ist für deine betagte Mutter, und mit dem Rest kannst du dir in den Lustbarkeiten zu Paus[5] was zu gute thun. Hör' ich, daß einer deiner spitzbübischen Vettern oder der englische Diomed eine meiner Bestien geritten hat, so mag sich ganz Afrika in Acht nehmen. Hungersnoth und Skelette! ich quäle mich nun schon sieben Jahre hier,

---

[4] Der Beamte, der die Peitschenstrafe an dem Neger zu vollziehen hatte, so lange New-York noch Sklavenstaat war

[5] Ostern – für die Neger in New-York eine Zeit großer Lustbarkeiten

die Klepper zu mästen, und noch sehen sie einem Paar Wiesel ähnlicher, als soliden Wallachen.«

Den Schluß dieser Rede bekam der Namensvetter des großen Mathematikers nur halb zu hören, die andere Hälfte brummte der Bürger im Selbstgespräche beim Fortgehen vor sich hin. Während dieser Abschiedspredigt war die Miene dessen, dem sie gehalten wurde, etwas zweideutig. Es kämpfte offenbar in seinem Innern die angeborne Liebe zum Ungehorsam mit der geheimen Furcht vor der Spionirkunst seines Herrn. So lange dieser noch im Gesichte blieb, haftete der zweifelnde Blick des Schwarzen an seiner Gestalt; kaum aber war sie um eine Ecke herum, so wechselte er mit einem Neger an einer nahen Hausthür Blicke, dann nickten sie bedeutsam mit den Köpfen, brachen in ein helles Gelächter aus und verschwanden. Die Nacht kam heran, und der vertraute Diener nahm sich der Angelegenheiten seines verreisten Herrn mit der Treue und Sorgfalt eines Menschen an, welcher weiß, daß seine Existenz gänzlich von dem Eigenthümer seiner Person abhängt. Schlag zehn Uhr jedoch bestieg er und des Nachbars Neger die trägen, überfütterten Pferde, und nun ging's im Galopp so schnell als die Füße sich nur bewegen konnten, mehrere Meilen landeinwärts, nach einem der gewöhnlichen Sammelplätze der Neger, wo eben eine Lustbarkeit vor sich ging.

Hätte der Stadtrath Myndert Van Beverout geahnet, wie bald nach seiner Abreise ihm so mitgespielt werden würde, so würde er wahrscheinlich nicht mit so gelassener Miene vorwärts geschritten seyn. Die selbstgefällige Ruhe, verbreitet über Züge, die überhaupt nicht leicht in eine gewaltsame Lage zu versetzen und noch schwerer in solcher zu erhalten waren, zeugte von dem Vertrauen Myndert's in die Wirksamkeit seiner Drohungen. Dieser wohlhabende Bürger war nicht viel über die fünfzig, und ein englischer Witzbold, der aus seinem Mutterlande den brittischen Humor mit eingeführt hatte, sagte einst, als die Herren im Magistrat miteinander wetteiferten, wer am witzigsten sey, Rathsherr Van Beverout sey ein Mann von lauter Alliterationen. »Denn,« sagte er, als man ihn über diesen Bruch parlamentarischer Schicklichkeit zur Rede stellte und eine Erklärung verlangte, der Alderman ist, was anbelangt den Körper, kurz, knollig und körnig, was angeht die Physiognomie, pausbackig, purpurn und putzig, und in Hinsicht auf Stimmung des Gemüths, stolz, schwerfällig und sparsam.« Diese Beschreibung hatte jedoch, wie alle erkünstelten Bonmots, mehr Pikantes als Wahres an sich, insofern nämlich auch der Charakter Myndert's darin mit beschrieben war, wiewohl in physischer Beziehung die Schilderung so richtig und genau war, als sie zu unserer Erzählung nöthig ist, und wir brauchen für jetzt nichts weiter zu erinnern, als daß wir einen Junggesellen und sehr begüterten schlauen Händler vor uns sehen.

Die frühe Stunde, in welcher dieser handelsfleißige, blühende Kaufmann seine Wohnung verließ, hinderte nicht, daß er durch die engen Straßen seines Geburtsortes mit abgemessenen, gravitätischen Schritten einherging. Mehr als einmal blieb er stehen, erkundigte sich bei dem bevorzugten Bedienten der einen und andern Familie nach dem Wohlbefinden seines Herrn, und endigte jedesmal das Gespräch mit einem harmlosen Scherz auf den angeredeten Sklaven. Es scheint daher, daß der ehrenwerthe Städter zwar etwas übertriebene Ansichten von Hausdisciplin hegte, aber keineswegs ein Vergnügen an solchen Drohungen fand, wie wir ihn haben ausstoßen hören. Er hatte eben einen solchen auf der Straße sich herumtreibenden Neger entlassen, als ihm beim Wenden um eine Ecke ein Weißer, der erste an diesem Morgen, unvermuthet entgegen trat. Etwas erschrocken machte der Bürger unwillkürlich eine ausweichende Bewegung; als er aber sah, daß es nicht gelingen wollte, fügte er sich in die Notwendigkeit mit so guter Miene, als wenn er die Zusammenkunft gesucht hätte.

»Das Tagesgestirn – die Morgensalve – und der Herr Stadtrath Van Beverout!« rief ihm der Unerwartete entgegen. »Das ist in dieser frühen Stunde, bei jeder neuen Umkugelung dieses Erdballs, die Folgereihe der Dinge.«

Bevor der Aldermann diesen vertraulichen und etwas scherzhaften Gruß gehörig zu erwiedern hatte, fand er gerade noch Zeit genug, seine Fassung wieder zu gewinnen. Er zog den Hut, verbeugte sich steif und gab eine Antwort, die dem Aufdringling wenig Ursache ließ, sich seines Scherzes zu freuen.

»Die Kolonie mag mit Recht bedauern, daß sie die Dienste eines Gouverneurs entbehren soll, der sein Bett so früh verläßt. – Daß wir Geschäftsmenschen bei Zeiten rührig sind, ist ganz in der Ordnung, gewiß aber würden manche Städter kaum ihren Augen trauen, wenn sie so glücklich wären, jetzt an meiner Stelle zu stehen.«

»Sir, es gibt in dieser Kolonie Viele, die große Ursache haben, ihren Sinnen zu mißtrauen, obgleich Niemand irren wird, wenn er in einem zweckmäßig beschäftigten Manne den Rathsherrn Van Beverout vor sich zu sehen glaubt. Wer mit dem Erzeugniß des Bibers handelt, muß ja wohl auch die Ausdauer und vorsichtige Klugheit dieses Thiers besitzen. Fürwahr, wäre ich ein Wappenkönig, so würde ich Herrn Myndert einen Schild beilegen mit jenem beißenden Thier, einem Pelzmantel, zwei Mohawk-Jägern als Schildhalter, und der Devise: »Industrie«.«

»Oder was denken Sie, Mylord,« erwiederte der Andere, dem die aufziehende Bemerkung nicht ganz gefallen wollte, »von einem blanken Schild für ein reines Gewissen, zum Helm eine flache Hand, mit der Devise: »Mäßigkeit und Gerechtigkeit«?«

»Hm, die offene Hand gefällt mir, obgleich das Bild etwas anspruchsvoll ist. Ich sehe, Sie wollen damit sagen, daß die Van Beverout nicht jetzt noch nöthig haben, sich in einem Wappenamte nach Ehrenzeichen umzusehen. Auch fällt mir eben ein, daß ich schon einmal Ihr Wappen gesehen haben muß; eine Windmühle im Gange; ein Damm geschlängelt; Feld, grün, mit Schwarzvieh gesprenkelt – Nicht? nun denn, so trügt mich mein Gedächtniß; die Morgenluft ist voller Nahrung für die Einbildungskraft.«

»Die freilich eine Münze ist, mit welcher kein Gläubiger sich will abspeisen lassen, Mylord,« sagte der kaustische Myndert.

»Da sprechen Sie eine Bitterkeit, aber zugleich eine Wahrheit aus. Dies ist indessen kein kluger Schritt, Rathsherr, einen Mann von Stande gleich Hamlet's Geist bei Nacht aus dem engen Hause herauszulassen, und ihn beim ersten Hahnenschrei wieder einzusperren. Das Ohr der Königin, meiner Cousine, ist vergiftet worden, ärger als das Ohr des »gemordeten Dänemark«, sonst würde der Anhang dieses Herrn Hunter wenig Ursache zum Triumphiren haben.«

»Sollte es nicht möglich seyn, denjenigen, welche die Thüre verschlossen haben, solche Toasts beizubringen, daß Ew. Herrlichkeit dadurch in Stand gesetzt würden, dem königlichen Ohr das Gegengift einzuflößen?«

Diese Frage berührte eine Saite, welche des Anderen Weise gänzlich veränderte. Seine Manier, bis jetzt die eines scherztreibenden Vornehmen, ward würdevoller, ernster. Seinen Zügen, seiner Kleidung und seiner sonstigen Haltung war freilich der Charakter eines Lüderlichen aufgestempelt, doch an der Seite des langsam einherschreitenden, untersetzten Aldermans war es leicht bemerkbar, daß der schlanken und nicht uneinnehmenden Gestalt des Ex-Gouverneurs jene einschmeichelnde, gewinnende Leichtigkeit nicht fehlte, die sich durch langen Umgang mit guter Gesellschaft selbst von dem Ruchlosesten erwerben läßt.

»Ihre Frage, mein würdiger Sir, zeugt von großer Herzensgüte und bestätigt den allgemeinen Ruf, in welchem Sie bei Allen wegen Ihrer Großmuth stehen. Wahr ists, man hat die Königin zu überreden gewußt, den Befehl zu meiner Zurückberufung zu unterzeichnen, auch ist es nicht minder gewiß, daß sich Herr Hunter im Besitz meiner Charge sieht; doch diese Dinge lassen sich ändern, werde ich nur in eine Lage versetzt, die mir den Zutritt zu meiner Cousine möglich macht. Ich stelle gewisse Unklugheiten nicht in Abrede, Sir; sie läugnen zu wollen würde sich schlecht schicken, wenn ein Mann von der strengen Tugend des Rathsherrn Van Beverout dabei steht. Ich habe meine Fehler; vielleicht wäre es besser gewesen, wenn, wie Sie so eben anzudeuten beliebten, Mäßigkeit mein Wahlspruch gewesen wäre; allein Sie werden auch nicht läugnen, Sir, daß eine offene Hand in meinem Wappen nicht am unrechten Ort stehen würde. Habe ich meine Schwachheiten, so müssen doch selbst meine Feinde eingestehen, daß ich nie einen Freund im Stich gelassen habe.«

»Da ich nie Gelegenheit hatte, Ihre Freundschaft in Contribution zu setzen, so werde ich mich hüten, der Erste zu seyn, der eine solche Klage gegen Sie vorbrächte.«

»Ihre Unparteilichkeit ist zum Sprüchwort geworden! »So ehrlich wie Alderman Van Beverout«; »so großmüthig wie Alderman Van Beverout«, sind jedem Mund geläufige Ausdrücke. Einige sagen auch: »so reich«; (hier blinzelte das kleine blaue Auge des Bürgers). Doch Ehrlichkeit, Reichthum und Großmuth haben, ohne Einfluß, wenig Werth. Die Menschen sollten in der Gesellschaft die Stellung einnehmen, welche die Natur ihnen angewiesen hat. Diese Kolonie ist mehr eine holländische denn eine englische; demungeachtet finden sich, wie Sie wissen, auf der Liste des Verwaltungsraths nur wenige Namen, die man hier vor einem halben Jahrhundert gekannt hätte! Da haben wir die Familie Alexander und Heathcote, die Familien Morris und Kennedy, die Familien de Lancey und Livingston, welche Rathszimmer wie Parlamentshallen füllen, aber wenige Van Rensselaers, Van Courtlandts, Van Schuylers, Van Stuyvesants, Van Beckmans und Van Beverouts sind da zu finden, wo man sie von Rechtswegen finden sollte. Alle Nationen und Glaubensgenossen stehen höher in der königlichen Gunst denn die Kinder der Patriarchen dieser Kolonie. Die Böhmischen Felips, die Hugenotten de Lancey, Bayard, Jay, die Königsfeinde Morris und Ludlow – kurz Alle genießen größere Achtung in den Augen der Regierung, als die älteste Familie, die der Patroon!«

»So verhält es sich in der That schon lange; ich kann mich nicht entsinnen, wann es anders wär' gewesen.«

»Es läßt sich nicht läugnen. Es würde indeß mit einer klugen Politik schlecht übereinstimmen, bei Beurtheilung der Menschen den Schein der Raschheit anzunehmen. Wenn dasselbe Vorurtheil meiner eigenen Verwaltung vorgeworfen werden kann, so beweist dies nur um so klarer, wie sehr falsch die Sachen zu Hause dargestellt werden. Mir fehlte blos Zeit um meinen Geist aufzuklären, man hat sie mir aber nicht gegeben. Nur noch ein Jahr, mein würdiger Sir, und der Verwaltungsrath würde mit lauter Van's besetzt gewesen seyn.«

»In dem Fall, Mylord, hätte sich allerdings die unglückliche Lage, in der Sie sich jetzt befinden, vermeiden lassen.«

»Und ist es denn zu spät, dem Uebel Einhalt zu thun? Man sollte doch endlich einmal die Königin enttäuschen, ihre Gunst wieder zu gewinnen suchen. Und nichts als Gelegenheit braucht es, daß solche Gerechtigkeit ausgeübt werde. Mir blutet das Herz. Sir, wenn ich denke, daß diese Schande Jemand trifft, der dem königlichen Geblüt so nahe steht![6] 's ist ein Makel in dem Wappenschild der Krone, und jedem treuen Unterthan muß daran gelegen seyn, ihn zu tilgen; überdies gehört gar nicht viel dazu, bloß gewisse – Herr Alderman Myndert van Beverout – ?«

»Mylord ehemaliger Gouverneur!« versetzte der Andere, als er bemerkte, daß jener fortzufahren zauderte.

»Was halten Sie von dieser Einführung der Hannöverschen Familie? – Soll ein Deutscher die Krone eines Plantagenet tragen?«

»Sie ward von einem Holländer getragen.«

»Getroffen! ein Holländer hat sie getragen, und zwar würdiglich. Die beiden Völker sind verwandt, und in Ihrer Antwort liegt Vernunft. Wo hatte ich meinen Verstand, daß ich nicht früher den Beistand deiner Rathschläge suchte. Vortrefflichster! Ja Myndert, es ruht ein wahrer Segen auf allem was Niederländer unternehmen!«

»Sie sind emsig im Verdienen, im Vergeuden langsam.«

»Wenn« doch der Aufwand nicht der Ruin so manches würdigen Unterthans wäre! Aber Zufall – Chance – Glück – oder wie Sie es nennen wollen, fährt bisweilen ganz unverantwortlich dazwischen, und wirft den Wohlstand eines Mannes von Stande über den Haufen. Beständigkeit in der Freundschaft, Sir, bete ich an; mein Grundsatz ist, daß die Menschen auf ihrem Wege durch dies finstre Lebensthal einander hülfreiche Hand reichen sollten – Herr Stadtrath Van Beverout – »Mylord Cornbury.«

»Ich wollte sagen, daß ich meinen schmerzlichen Gefühlen wenig Gerechtigkeit widerfahren lassen würde, wenn ich die Provinz verließe, ohne vorher mein Bedauern darüber ausgedrückt zu haben, daß mir die Verdienste der ursprünglichen Eigenthümer derselben, und die Ihrigen insbesondere, nicht früher bekannt geworden sind.«

»Ist denn Hoffnung vorhanden, daß Ew. Herrlichkeit Gläubiger nachgeben werden, oder hat der Graf Mittel zur Oeffnung der Gefängnißthür bewilligt?«

---

[6] Lord Cornbury, der lasterhafte Gouverneur von New-York, war der Enkel des großen Grafen Clarendon und ein leiblicher Vetter der Königin Anna

»Sie bedienen sich höchst scherzhafter Ausdrücke, Sir! – doch ich liebe vor allen andern Eigenschaften die edle Offenherzigkeit. Die Gefängnißthür, wie Sie es so deutlich nennen, könnte freilich geöffnet werden, und glücklich wäre der Mann, der den Riegel zurückschöbe. Es schmerzt mich, wenn ich an den Unwillen der Königin denke, der früher oder später auf das Haupt meiner tollkühnen Verfolger fallen wird. Dagegen tröstet mich der Gedanke an die Gunst, welche sie Denjenigen zutheilen wird, die sich in meiner gegenwärtigen Noth als Freunde gezeigt haben. Gekrönte Häupter sehen es nicht gern, wenn selbst der Niedrigste ihres Geblüts der Schande ausgesetzt wird, weil der Makel einen Fleck auf den Hermelin der Majestät zurückwerfen könnte. – Herr Alderman – ?«

»Mylord?«

»Wie geht's den flamländischen Wallachen?«

»Danke sehr, Mylord, vortrefflich; die Schelme sind fett wie Butter! Die armen Teufel haben Aussicht auf etwas Ruhe, da Geschäfte mich nach meinem Landhause rufen. Es sollte ein Gesetz geben, Lord Gouverneur, welches den Schwarzen, der Nachts ein Pferd reitet, zum Galgen bringt.«

»Ich habe über eine, solchem herzlosen Verbrechen angemessene Strafe schon nachgedacht, allein unter der Verwaltung dieses Herrn Hunter ist wenig Hoffnung dazu. Ja, Sir, könnte ich nur noch eine Audienz bei meiner königlichen Base erlangen, so sollte diesem Betruge bald gesteuert werden, und die Kolonie würde wieder gute Tage haben. Nicht mehr sollten die Leute eines Geschlechts über Leute eines Jahrhunderts herrschen. Aber vorsichtig, mein theurer Sir! daß nur ja Niemand von unsrem Plane Luft bekomme; die Idee ist eine ächt holländische, und Männer dieser Herkunft sollten die politischen wie die Geldvortheile... – Mein werther Van Beverout – ?«

»Mein guter Lord?«

»Ist die blühende Alida gehorsam? Glauben Sie mir, seit ich mich in der Kolonie aushalte, habe ich an keinem Familienereigniß wärmeren Antheil genommen, als an dieser wünschenswerthen Verbindung. Die Bewerbung des jungen Patroon von Kinderhook ist eine Angelegenheit der ganzen Provinz. Es ist ein verdienstvoller junger Mann.«

»Hat ein vortreffliches Gut, Mylord!«

»Und einen Ernst, der weit über seine Jahre geht.«

»Ich garantire was man will, daß er bei jedem Quartalanfang zwei Drittheile seiner Einkünfte zu seinem Kapitel schlägt.« »Er scheint von der Luft zu leben.«

»Oho, mein alter Freund, der verstorbene Patroon,« fuhr der Rathsherr, die Hände reibend, fort; »hat erkleckliche Kapitalien hinterlassen, abgesehen vom Landgut.«

»Welches keine Schafhürde ist.«

»Es reicht vom Hudson bis zur Gränze von Massachusetts. Hunderttausend Morgen Hügel- und Thalgrund, mit wirtschaftlichen Holländern gut bevölkert.«

»Ein höchst achtbares Besitzthum, und ein wahres Goldbergwerk in Zukunft! Solchen Leuten, Sir, muß man sich gefällig zeigen. Wir sind es seiner Stellung schuldig, ihn in unsern Plan: die Königin von ihrer Täuschung zu befreien, einzuweihen. Was wollen die leeren Prätensionen so eines Kapitäns Lublow sagen gegen die Ansprüche eines solchen Gentleman?«

»Er hat in der That ein vortreffliches und dabei immer zunehmendes Vermögen.«

»Diese Ludlow, Eir, Leute, welche wegen Verschwörungen gegen die Krone landesflüchtig werden mußten, sind treuen Unterthanen ein Aergerniß; und gegen viele von englischem Blut abstammende Bewohner dieser Provinz läßt sich mit nur zu vielem Recht dieselbe Einwendung machen. Ich muß es leider sagen, sie nähren Zwietracht, trüben die Gemüther des Volks und sind rechthaberische Zänker um Privilegien und Zunftrechte. Im holländischen Charakter hingegen liegt eine Ruhe, die demselben Würde verleiht. Die Nachkommen der Holländer sind Männer, auf die man sich verlassen kann; wo man sie heute verläßt, da sieht man sie morgen wieder. Ja, ja, wie wir Staatsmänner zu sagen pflegen: wir wissen wo sie anzutreffen sind. Scheint es Ihnen nicht besonders anstößig, daß man den Befehl des einzigen königlichen Kreuzers auf der Station diesem Kapitän Ludlow gegeben hat?«

»Ich sähe es lieber, Mylord, wenn er in Europa diente.« erwiderte der Alderman mit leiserer Stimme und nach einem vorsichtigen Blick rückwärts. »Letzthin ging ein Gerücht, daß sein Schiff wirklich die Inselgewässer durchsuchen soll.«

»Die Dinge fangen an, eine sehr schiefe Richtung zu nehmen, würdigster Sir; um so nöthiger ist es, daß Jemand bei Hofe sey, der der Königin die Augen öffne, und die Neuerer hier vertreibe, damit Männer, deren Namen in der Kolonie geschichtlich sind, jene Stellen besetzten.«

»Das könnte freilich dem Kredit Ihrer Majestät nicht schaden.«

»Ein neuer Juwel in ihrer Krone wär's! Bekäme Eure Nichte diesen Kapitän Ludlow zum Gemahl, so würde die Familie ihren Charakter gänzlich verändern. Wie ist es doch? ich habe ein so schlechtes Gedächtniß – eure Mutter, Myndert, war eine – eine –«

»Das gottselige Weib war eine geborene Van Busser.«

»Aber deine Schwester vermählte sich mit einem Hugenotten, und die schöne Alida hat schon zur Hälfte fremdes Blut in den Adern. Heirathet sie nun vollends einen Ludlow, so ist der Sauerteig des Geschlechts zerstört! Der Mensch hat, wie ich glaube, nicht einen Heller.«

»Das möcht' ich nun gerade nicht behaupten, Mylord, denn ich schade ungern dem Kredit irgend eines Menschen, und wäre er mein ärgster Feind; allein wenn er auch wohlhabend ist, so hat er doch noch lange nicht das Vermögen des jungen Patroon von Kinderhook.«

»In der That, man müßte ihn nach Westindien schicken. – Myndert – ?«

»Mylord?«

»Meinen Gesinnungen für Herrn Oloff Van Staats würde Gewalt angethan werden, wenn er von den Vortheilen unseres Projekts ausgeschlossen bliebe. Zu seinen Gunsten erbitte ich mir dieses Freundschaftstück von Ihnen: Ihr Beide schaffet dann in gleichen Theilen die erforderliche Summe herbei, eine gemeinschaftliche

Verschreibung macht die Sache fest, und da wir unser Geheimniß für uns behalten, so läßt sich gar nicht zweifeln, daß wir mit gehöriger Klugheit zu Werke gehen werden. Dies Papier enthält den Betrag der Summe.«

»Zweitausend Pfund, Mylord!«

»Verzeihen Sie, Theuerster, nicht ein Heller mehr als Eintausend kommt auf jeden von Ihnen Beiden. Gerechtigkeit gegen Van Staats verlangt, daß Sie ihn Theil nehmen lassen. Nähme ich nicht Rücksicht auf seine Bewerbung um Ihre Nichte, so würde ich den jungen Herrn mit nach Hofe nehmen, um dort für sein Glück zu sorgen.«

»In der That, Mylord, die Summe übersteigt um Vieles meine Mittel. Die hohen Pelzpreise letzten Winter und ausgebliebene Zahlungen haben unser Silber versiegelt« –

»Die Prämie wäre bedeutend.«

»Baares Geld wird jeden Tag knapper, so daß das Antlitz eines Carolus eine fast eben so große Seltenheit ist, wie das eines Schuldners« –

»Die Zahlung sicher.«

– »Der sich überall, nur nicht bei seinem Gläubiger zeigt« – »Der Handel durchaus ein holländischer.«

– »Und die letzten Briefe aus Holland rathen, unser Gold für eine bevorstehende außerordentliche Bewegung in der Handelswelt aufzusparen.«

»Herr Alderman Myndert Van Beverout!«

»Mylord Viscount Cornbury.«

»Plutus erhalte dich, Sir – aber nimm dich in Acht! obgleich ich die Morgenluft wittere und zurück muß, so ist es doch nicht verboten, die Geheimnisse meines Kerkers zu verkünden. In jenem Käfig ist Einer, welcher flüstert, der »Streicher durch die Seen« sey an der Küste! Sey umsichtig, würdiger Bürger, sonst dürfte auf diesen Gewässern noch der zweite Theil der Tragödie Kidd gespielt werden.«

»Dergleichen Verhandlungen überlasse ich Vornehmern,« war die beißende Antwort des nochmals sich steif verbeugenden Rathsherrn. »Unternehmungen, mit welchen sich der Graf von Bellemont, Gouverneur Fletcher und Mylord Cornbury beschäftigt haben, sind über den Ehrgeiz eines bescheidenen Kaufmanns erhaben.«

»Adieu, festhaltender Sir; sey nicht zu ungeduldig nach den außerordentlichen holländischen Bewegungen!« sagte Cornbury mit einem erzwungenen Lachen, während er insgeheim den Stich, den ihm der Andere gegeben, recht gut fühlte, da man sich überall erzählte, daß nicht blos er, sondern auch seine Vorfahren im Amte Theil genommen hatten an mehreren gesetzlosen Thaten der amerikanischen Flibustier. »Sey wachsam, sonst dürfte Demoiselle Barbérie die Reinheit der stehenden Pfütze deines Geblüts noch einmal durchkreuzen.«

Sie verbeugten sich gegenseitig, doch jeder auf die ihm eigenthümliche Weise. Der Alderman war unerschüttert, steif und ceremoniös; der Lord, selbst bei so heftigem innerem Verdruß, leicht und ungenirt. Besiegt in einem Versuche, zu dem nur eine so verzweifelte Lage und ein fast eben so verzweifelter Charakter anspornen konnten, ging der entartete Sprößling des tugendhaften Clarendon seiner Haft entgegen, mit dem Schritte eines Menschen, der sich eine Ueberlegenheit über seines Gleichen anmaßt; zugleich aber mit einem, durch beständige Ruchlosigkeit so verstockten Gemüth, daß von jeder höhern Eigenschaft kaum noch eine Spur zurückgeblieben war.

Zweites Kapitel.

»Sein Wort ist gut wie Schrift, sein Eid Orakel;
In Liebe echt, im Denken mackellos.«

Die zwei Herren aus Verona.

Nicht leicht war's, den Rathsherrn Beverout in seiner philosophischen Gemüthsruhe zu stören, indessen hätte man sich nicht geirrt, wenn man das Spiel der unteren Muskeln seines Gesichts als Selbstgefälligkeit über seinen Sieg, und die zusammengezogenen Theile um die Stirn als ein klares Bewußtseyn der eben bestandenen Gefahr auslegte. Die linke Hand wühlte in der Tasche unter kleinen spanischen Geldmünzen, von welchen unser Kaufmann, wenn er ausging, stets einen Vorrath bei sich hatte; und mit einem Rohr in der rechten schlug er taktmäßig und kräftig das Pflaster; eine Aeußerung seines entschlossenen Wesens. So setzte er noch einige Minuten seinen Gang fort, und trat bald aus den niedriger gelegenen Straßen in eine, welche am Rande der an diesem Theile der Insel sich erhebenden Felskrone entlang lief. Hier machte er bald vor der Thür eines Hauses Halt, das in jener Provinzialstadt ganz das Aussehen der Wohnung eines Patriciers hatte.

Zwei falsche Giebel, mit eisernen Wetterhähnen auf den Spitzen, bildeten Felder im Dach, und der länglich enge Eingang war aus den rothen Quadersteinen des Landes gebaut. Das Material des übrigen Gebäudes bestand, wie gewöhnlich, aus kleinen, harten, holländischen Backsteinen, und war mit einer zarten Milchfarbe angestrichen.

Ein einziger Schlag mit dem gewichtigen glänzenden Klöpfer brachte einen Bedienten an die Thür. Die Schnelligkeit, mit welcher dem Rufe entsprochen ward, bewies, daß der Alderman, ungeachtet der frühen Stunde, kein unerwarteter Gast war. Auch zeigte sich keine Ueberraschung auf dem Gesichte des schwarzen Thürstehers, als er den Eintritt Begehrenden erblickte; vielmehr deutete jede seiner Bewegungen darauf hin, daß man auf den Empfang des Besuchs vorbereitet war. Der Alderman nahm indeß die Einladung, einzutreten, nicht an, lehnte sich an das eiserne Gitter des Stoop, und ließ sich mit dem Neger in ein Gespräch ein. Dieser war wohlbetagt, hatte ein graues Haupt, eine Nase, die fast auf gleicher Ebene mit dem übrigen Gesicht lag, Runzeln in den verworrenen Zügen, und eine sich unter der Last der Jahre krümmende, obgleich noch immer feste Gestalt.

»Grüß' dich wacker, alter Cupido;« hob der Bürger an, in jener aufrichtig herzlichen Weise, mit welcher damals die Eigenthümer Sklaven, die sie leiden konnten, anzureden pflegten. »Ein reines Gewissen ist eine gute Nachtmütze, und du siehst ja freundlich aus, wie die Morgensonne! Hoffentlich hat mein Freund, der junge Patroon, nicht minder gut geschlafen, und zum Beweis schon sein Gesicht gezeigt.«

Der Neger antwortete in jener langsamen, abbrechenden Weise, die ältlichen Sklaven so eigen ist:

»Er viel wacht, Masser Alerman. Ich glaube, er nicht schläft seine halbe Zeit, kürzlich. Alle seine Thätigkeit und Lebhaftigerei fort! und er nicht thut etwas, als rauchen. Ein Gentlum, der raucht allezeit, Masser Alerman, wird ein melarcholischer Mann, am Ende. Ich wirklich glaub, es muß geben in York eine junge Frauenzimmer, die sein Tod seyn wird, einmal.«

»Wir wollen schon Mittel finden, ihm die Pfeife aus dem Munde zu nehmen,« sagte der Andere, den Schwarzen pfiffig anschauend, als wenn er seine Meinung mehr andeuten als äußern wollte. »Romane und hübsche Mädchen machen was sie wollen mit unserer Philosophie, so lange wir jung sind, wie du aus Erfahrung weißt, alter Cupido.«

»Ich jetzt nicht mehr gut bin zu nichts dererlei, gar nichts,« erwiederte ruhig der Schwarze. »Hab' mal Zeit gelebt, wo wenig farbige Mensch in York, hat gehabt mehr Hochachtung beim schönen 'Schlecht, aber das schon lange her. Nun, die Mudher von ihrem Euclid, Masser Alerman, war ein hübsches Frau, obschon ihre Aufführung nur mittelmäßig war. Dazumalen war ich selbst jung, un ich pflegte in Alermans Vater sein Haus zu besuchen, eher die Engländer ankamen un wie oller Patroon noch eine junge Mann war. Golly! ich sehr lieb den Euclid, obschon das junge Hunt nimmer zu mir kommt.«

»Das ist ein Schlingel! Kaum kehr ich den Rücken um, so sitzt der Schelm schon auf einem der Wallache seines Herrn.«

»Er sehr jung ist, Masser Mynert; Nimmand kriegt Einer Weisheit bevor ein graues Haar.«

»Er hat volle vierzig, und der Spitzbube wird unverschämter, je älter er wird. Das Alter ist ein ehrwürdiger und achtbarer Stand, wenn es Ernst und Ueberlegung mitbringt; aber wenn ein junger Laffe Langeweile macht, so ist ein alter Narr verächtlich. Ich steh dafür, du warst nie so unbesonnen oder so herzlos, Cupido, ein abgemattetes Thier des Nachts zu reiten.«

»Gutt, ich wer' ziemlich alt, Masser Mynert, un nicht alles mehr weiß, was ich hab gethan, als ich war noch jung. Doch hier ist der Herr Patroon, welcher versteht dem Alerman dererlei zu sagen, besser als ein armer Sklav.«

»Wünsch wohl aufgestanden zu haben und einen glückbringenden Tag!« rief der Alderman, indem er einen hohen, langsam einherschreitenden, vornehm aussehenden jungen Mann begrüßte, der fünf und zwanzig Jahr alt seyn mochte, aber mit der Gravität eines Fünfzigers herannahte. »Die Winde schweigen, als wären sie besprochen, und kein schönerer Tag hat je am Himmel geglänzt, weder in der reinen Atmosphäre Hollands, noch in Alt-England selbst. Potz Colonien und Gönnerschaft! wenn das Volk jenseits des Meers mehr Vertrauen zu Mutter Natur, und eine geringere Meinung von sich selbst hätte, es würde das Athemholen in den Plantagen erträglich genug finden. Aber die eingebildeten Spitzbuben sind wie der Balgentreter, welcher glaubt, er bringe die Musik hervor, und der allerbucklichste Kauz unter ihnen hält sich für gerader und gesünder als den Besten in den Colonien. Sieh einmal dort unsere Bai, so glatt als wenn sie von zwanzig Dämmen umschlossen wäre; gewiß, die Reise kann auf einem Kanal nicht sicherer seyn.«

»Das sehr gutt ist, wenn die Reise sicher,« murmelte Cupido, der sich aus Anhänglichkeit zu seinem Herrn allerhand um dessen Person zu thun machte. »Ich halte es für besser allzeit zu reisen auf dem Land, wenn ein Gentlum besitzt so viel wie Masser Oloff. War 'ne Zeit, wo ein Fährboot ging unter mit Leuten, eine Menge; und Niemand jemals ist heraufgekommen, um zu sagen, wo er ist gefallen hinab.«

»Hier steckt ein Irrthum!« unterbrach der Rathsherr, seinen jungen Freund beunruhigt anblickend. »Ich zähle vierundfünfzig Jahre, und kann mich keines solchen Unglücks entsinnen.«

»'Sis doch sehr zunderbar, wie leicht vergißt der junge Volk! Sechs Leute in jenem Boot ertrunken sind. Eine zwei Yankih, ein Franzos aus Canada, und ein armer Frauenzimmer von Jarseys. Alle jemande waren sehr leid über den armen Frauenzimmer!«

»Deine Rechnung stimmt ja nicht, Meister Cupido,« versetzte der Alderman, der nirgends mehr zu Hause war und nie geläufiger, als in arithmetischen Dingen. »Zwei Yankihs, ein Franzose und dein Frauenzimmer aus Jersey, machen nur vier.«

»Gutt, kann seyn, 's war nur *eine* Yankih, ich aber ganz gewiß weiß, daß alle ertrinken, denn der Gubbenör seine schönen Pferde auch hat verloren, in jenem Fährboot.«

»Wahrhaftig, der alte Knabe hat doch Recht, denn nun erinnere ich mich des Unglücks mit den Pferden, als wenn es erst gestern geschehen wäre. Indeß, der Tod ist der Monarch der Erde, und Niemand von uns darf hoffen, seiner Sense zu entwischen, wenn die bestimmte Stunde da ist! Doch Pferde gibt es heut keine zu verlieren, wir können also immerhin unsere Seereise mit heiteren Gesichtern und leichten Herzen antreten, Patroon. Gehen wir?«

Oloff Van Staats, oder der Patroon von Kinderhook, wie man ihn aus Höflichkeit in der Kolonie gewöhnlich nannte, besaß viel persönlichen Muth. Gleich den meisten Nachkommen der Holländer, zeichnete ihn bei Gefahren Festigkeit, und da, wo es Widerstand galt, ausdauernde Gegenkraft aus. Der Grund zu dem kleinen, eben vorgefallenen Wortkampf zwischen seinem Freund und seinem Sklaven, war daher nicht etwa, daß sie ihn für zaghaft gehalten hätten, sondern daß der Eine zärtlich wie ein Vater um seine Sicherheit besorgt war, der Andere seinerseits besondere Ursache zu wünschen hatte, daß der junge Mann das Vorhaben, die Seefahrt mitzumachen, nicht aufgeben möchte. Der junge Mann machte dem Streit ein Ende, indem er dem Knaben, welcher den Mantelsack trug, ein Zeichen gab und sich bereit erklärte, mitzukommen.

Cupido zögerte an dem Eingang, bis sein Herr um die Ecke war, schüttelte dann den Kopf, voll von den Ahnungen, welche Unwissenheit und Aberglaube einzugeben geeignet sind, trieb hierauf die junge Brut von Schwarzen, welche sich an die Thür gedrängt hatten, ins Haus zurück und schloß endlich alles mit scrupulöser Genauigkeit und Sorgfalt hinter sich zu. Wiefern die Ahnungen des Negers durch die That gerechtfertigt wurden, wird sich im Laufe der Erzählung zeigen.

Die breite Gasse, in welcher Oloff's Wohnung lag, war nur einige hundert Ellen lang. An dem einen Ende stand das Fort, am andern zog sich eine hohe Verpallisadirung entlang, welche man mit dem Namen, die Stadtmauer, beehrte, und die als Schutzwehr gegen plötzliche Einfälle der Indianer diente, denn die niedriger liegenden Bezirke der Colonie wurden damals nicht blos stark, der Jagd wegen, von Wilden besucht, sondern viele Indianer hatten dort auch ihren gewöhnlichen Aufenthalt.

Man muß mit dem allmähligen Anwachs der Stadt sehr vertraut seyn, um in dieser Beschreibung die herrliche Straße wieder zu erkennen, die sich heut mehrere englische Meilen hin durch den Mittelpunkt der Insel zieht. Von dieser Allee, damals wie noch jetzt »der breite Weg« genannt, stiegen unsere Abenteurer, im Gespräch begriffen, in den tiefer gelegenen Theil der Stadt hinab.

»Bei so einem Neger, wie der Cupido, bleibt das Dach auf dem Hause, wenn der Herr abwesend ist, Patroon;« bemerkte der Aldermann, als sie die Stoop verlassen hatten. »Er sieht aus wie ein Hängeschloß, und es muß sich schon ohne störende Träume schlafen lassen, wenn man einen solchen Wächter in der Nähe hat. Hätt' ich doch meinen Stallschlüssel mitgebracht und ihn dem ehrlichen Kerl eingehändigt!«

»Ich hörte meinen Vater immer sagen, daß die seinigen unter seinem Kissen am sichersten lägen,« erwiederte mit unerschütterlichem Gleichmuth der Eigenthümer der hunderttausend Morgen.

»Oh, der Fluch Kain's! Auf einem Katzenrücken soll man doch nie einen Marderpelz suchen; aber, Herr Van Staats, als ich diesen Morgen zu Ihnen ging, wollte es mein Geschick, daß ich den gewesenen Gouverneur antreffen mußte, den seine Gläubiger in den Frühstunden, wo er sich von unbequemen Mahnern ungesehen glaubt, frische Luft schöpfen lassen. Sie haben hoffentlich das Glück gehabt, Patroon, Ihr Geld zurückbezahlt zu bekommen, ehe das königliche Mißfallen den Menschen heimsuchte.«

»Ich habe das gute Glück gehabt, ihm nie welches anzuvertrauen.«

»Das war noch besser, denn es wäre eine unfruchtbare Auslage gewesen; große Gefahr des Kapitals und keine Zinsen. Inzwischen sprachen wir von allerhand Angelegenheiten, und unter andern erdreisteten wir uns auch, ein Wort über Ihre Liebesbewerbung um meine Nichte fallen zu lassen.« »Weder die Wünsche von Oloff Van Staats, noch die Neigung der schönen Barbérie, sind Gegenstände für den Gouverneur und seinen Rath,« sagte trocken der Patroon.

»Sind auch nicht als solche behandelt worden. Der Viscount gab gute Worte, und wäre er nicht gar zu unbillig gewesen, so würden wir uns wohl verständigt haben.«

»Es freut mich, daß die Unterredung mit einiger Zurückhaltung geführt wurde.«

»Der Mensch übersprang allerdings alle Vernunftgrenzen, denn er verlor sich in persönliche Anspielungen, die kein kluger Mann billigen konnte. Inzwischen gab er Hoffnung, daß die Coquette doch noch nach den Inseln wegbeordert werden dürfte.«

Wir haben schon erwähnt, daß Oloff Van Staats ein hübscher junger Mann war, der eine ansehnliche Person, hohen Wuchs und die Manieren eines gebildeten Mynheer hatte; ein Britte blos als Unterthan, war er in seinen Gefühlen, Sitten und Ansichten ganz Holländer. Bei der Anspielung auf die Gegenwart seines anerkannten Nebenbuhlers stieg ihm das Blut in's Gesicht: ob aber dieser Aufwallung Stolz oder Aerger zum Grunde lag, war mehr, als sein Gefährte zu entdecken vermochte.

»Wenn Kapitän Ludlow eine Küstenfahrt in den Westindien dem Dienste in diesen Gewässern vorzieht, so wünsche ich ihm Glück in seinem Bestreben,« lautete die zurückhaltende Antwort.

»Er macht den Liberalen, hat aber weiter nichts, als einen hochtönenden Namen und leere Koffer,« bemerkte der Alderman etwas kurz. »Meines Dafürhaltens müßt' er es uns Dank wissen, wenn wir den Admiral ersuchten, daß er einen so verdienten Offizier dahin schicken möchte, wo er Gelegenheit findet, sich auszuzeichnen. Die Freibeuter machen ja den Zuckerhandel zu einer wahren Teufelsjagd, und weiter im Süden fangen selbst die Franzosen an, lästig zu werden.«

»Er hat allerdings den Ruf eines wachsamen Kreuzers.« »Hol' der Blixum diese philosophische Kälte! Wenn Sie bei Alida Glück machen wollen, Patroon, so müssen Sie die Affaire mit mehr Lebendigkeit betreiben. Das Mädchen hat etwas vom Franzosen in ihrem Temperament, und mit Ihrem besonnenen und schweigsamen Wesen werden Sie den Tag nicht gewinnen. Dieser Besuch nach ›Lust in Ruh‹ ist Amor's eigenes Machwerk, und ich hoffe Euch Beide so einverstanden zurückkehren zu sehen, wie der Statthalter und die General-Staaten, wenn sie nach einem tüchtigen Zank wegen der jährlichen Geldbewilligung, die Sache freundschaftlich ausgeglichen haben.«

»Der Erfolg dieser Bewerbung liegt mir mehr als alles, am ....« Der junge Mann, gleichsam über seine eigene Geschwätzigkeit verwundert, brach kurz ab, stieß die Hand in die Weste, die er in der Eile beim Anziehen nicht ganz zugeknöpft hatte, und bedeckte mit der breiten Fleischmasse denjenigen Theil des menschlichen Körpers, welchen die Dichter keineswegs als den Sitz der Liebe zu bezeichnen pflegen.

»*Magen?* Wenn das Ihre Meinung ist, Sir, so werden Sie Ihre Hoffnung nicht getäuscht finden.« versetzte der Alderman etwas beißender als sich mit seiner Behutsamkeit vertrug. »Die Erbin von Myndert Van Beverout wird keine Braut ohne Mitgift seyn, und auch Monsieur Barbérie hat seine Lebensrechnungen nicht geschlossen, ohne für die Bilanz gehörig Sorge zu tragen – aber was zum Teufel! dort stoßen die Schiffer vom Kai ab ohne uns. Trab' voraus, Brutus, und sag' ihnen, sie sollen die gesetzliche Minute abwarten. Die Halunken sind nie präcis; bald fahren sie ab, ehe ich fertig bin, bald lassen sie mich in der Sonne stehen und warten, als wenn ich ein getrockneter Klippfisch wäre. Pünktlichkeit ist die Seele der Geschäfte: ein Mann von meinen Gewohnheiten liebt es nicht, der Zeit zuvorzulaufen, noch hinter ihr zurückzubleiben.«

Mit diesen und ähnlichen Worten machte der gute Städter, welcher das Thun und Lassen Anderer gern überall nach dem seinigen eingerichtet hätte, seinem Unmuth Luft, und eilte dabei mit seinem Reisegefährten vorwärts, um das langsam bewegte Boot, das sie aufnehmen sollte, noch einzuholen. Eine gedrängte Schilderung der Scene hat vielleicht einiges Anziehende für eine Generation, die, verglichen mit jener Zeit, eine späte genannt werden kann.

Eine tiefe, schmale Bucht drang an diesem Punkt eine Viertelmeile weit in die Insel. An beiden Ufern standen Häuserreihen, so daß das Ganze das Ansehen eines holländischen Kanals gewann. Da man sich nothwendig nach dem natürlichen Laufe des Einschnitts richten mußte, so hatte die Straße eine dem Neumond ähnliche Biegung genommen. Die Häuser waren im strengsten holländischen Styl, niedrig, winkelig, reinlich bis zum Aengstlichen, und alle mit Giebelfronten. Keinem fehlte der unschöne und unbequeme Eingang, die sogenannte Stoop, noch die Fahne oder der Wetterhahn, noch die Dachfenster, noch endlich die abgestuften Mauern mit Zinnen. Von der Spitze einer dieser Mauern ragte ein mäßiger eiserner Krahn in die Straße herüber, an dessen Ende ein kleines Boot von demselben Metall sich hin und her schaukelte, zum Zeichen, daß dies das Schifferhaus sey.

Wahrscheinlich hatte die angeborne Liebe zur Künstlichkeit und Umschränkung in der Schifffahrt die Bürger einen solchen Fleck zum Abfahrtsort so vieler Fahrzeuge wählen lassen; denn allerdings boten die beiden Flüsse, mit ihren breiten, freien Kanälen, mehr als einen Punkt dar, welcher zweckmäßiger gewesen wäre.

Schon wimmelte die Straße mit etlichen vierzig Schwarzen, die ihre Reisigbesen in die Bai tauchten, und die Haupt- und Seitenwege mit Wasser besprengten. Diese täglich wiederkehrende Arbeit, leicht an und für sich, machten sie sich noch leichter durch laute Scherze und helles Gelächter, worin die ganze Straße, wie angesteckt von der sorgenfreien, freudigen Geistesstimmung, im vollen Chor einstimmte. Die Sprache dieses leichtherzigen, lärmenden Völkchens war holländisch, aber schon durch englische Wendungen und Wörter verdorben. Und wahrscheinlich ist es dieser Gang, den der Sprachwechsel genommen, welcher viele Nachkommen der alten Kolonisten auf die Meinung bringt, daß die letztere Sprache überhaupt nur ein verdorbener Dialekt der ersteren sey. Nun geht's aber diesen guten Leuten so, wie gewissen belesenen englischen

Gelehrten, welche, wenn sie anfangen die Nase in die Werke der Festländer zu stecken, gleich literarische Diebstähle riechen: sie wissen nicht, daß Englands Sprache dem in Rede stehenden Dialekt eben so viel geliehen hat, als sie je aus den reineren Quellen der holländischen Schule geschöpft.

Hier und da guckten ernste Bürger, die Nachtmütze noch auf dem Kopf, aus obern Fenstern, und lauschten den barbarischen Sprachverdrehungen und den von Mund zu Mund fliegenden Spässen mit unbezwinglicher, von keiner Ausgelassenheit des Straßenvölkchens zu erschütternder Gravität.

Da die Bewegung des Fahrboots nothwendig nur langsam war, konnte der Alderman und sein Gefährte noch einsteigen, ehe die Bindseile eingezogen waren. Die Pirogue, wie diese Gattung von Fahrzeugen hieß, hatte eine gemischte, halb europäische, halb amerikanische Bauart. Sie war lang, schmal und von nettem Bug, wie das Canoe, dessen Namen sie führte; dagegen hatte sie den Flachboden und die Lee-Planken eines, für die seichten Gewässer der Niederlande berechneten Bootes. Noch vor zwanzig Jahren war diese Art Fahrzeuge in Menge auf unsern Flüssen, und selbst jetzt sieht man sie alle Tage mit ihren zwei langen, ungestützten Masten, ihren hohen, spitz zulaufenden Segeln, wie Schilf sich vor dem Winde beugen und leichtfüßig auf den Wellen der Bai tanzen. Uebrigens gibt es von dieser Gattung eine Art, die bei weitem größer und imposanter ist, als die eben erwähnte und die einen Platz unter den groteskesten und malerischsten Fahrzeugen verdient. Wer je die südliche Küste des Sundes beschifft hat, dem muß das Schiff, das wir meinen, oft vorgekommen seyn. Es zeichnet sich durch seine große Länge und durch Masten aus, die, frei von allem Tauwerk, gerad und kühn, wie zwei hohe, fehlerlose Bäume, aus dem Rumpf emporsteigen. Wenn das Auge die waghalsige Höhe der Segel, das edle Vertrauen der Takelage erschaut, und dabei zwei unerschrockene, gewandte Seeleute die verhältnißmäßig ungeheure Maschine mit Leichtigkeit und Anmuth handhaben sieht, so gleicht die Bewunderung derjenigen, welche der Anblick eines im strengsten alterthümlichen Styl erbauten Tempels erregt. Das klare, einfache Gebäu, verbunden mit der Verwegenheit und Schnelligkeit seiner Bewegungen, verleiht ihm einen Ton des Großartigen, den man bei dem Alltagsgebrauch des Fahrzeugs nicht erwarten sollte.

Die ursprünglichen Ansiedler New-Yorks waren, ungeachtet ihres häufigen Verkehrs mit dem Wasser, bei weitem nicht solche nichtsscheuenden Seeleute wie ihre Nachkommen heutigen Tags. Eine Fahrt über die Bai war eine Seltenheit in dem geräuschlosen Bürgerleben, ja Viele mögen sich noch erinnern können, daß eine Seereise zwischen den zwei vorzüglichsten Städten des Staats als ein Ereigniß angesehen wurde, welches Verwandte besorgt und die Reisenden selbst ängstlich machte. Die Gefahren des Tappaan Zees, wie noch heute eine der breiteren Ausdehnungen des Hudson genannt wird, waren oft das Sujet der Wundermährchen im Munde der guten Hausfrauen in der Kolonie, und diejenige unter ihnen, welche sie am häufigsten bestanden hatte, galt für eine Art Wasser-Amazone.

Drittes Kapitel.

»Der Kerl gereicht mir zu großem Trost;
mir däucht, er sieht nicht nach dem Ersaufen
aus: er hat ein ächtes Galgengesicht!

Der Sturm.

Wie gesagt, die Pirogue war schon in Bewegung, ehe noch unsere zwei Abenteurer an Bord derselben zu gelangen vermochten. Die Ankunft des Patroon von Kinderhook und des Stadtraths Van Beverout wurde erwartet, und der Schiffer hatte genau in dem Augenblick, wo die Ebbe eintrat, abgestoßen, bloß aus jenem hochfahrenden, Leuten seines Gewerbes so wohlthuenden Unabhängigkeitsgefühl, um zu zeigen, daß ›Zeit und Fluth auf keinen Menschen warten.‹ Inzwischen trieb er seinen Trotz nicht zu weit, sondern trug Sorge, daß die Bewegung des Bootes einen so wichtigen und beständigen Kundsmann als den Rathsherrn, keiner erheblichen Unbequemlichkeit aussetzte. Als er und sein Freund eingestiegen waren, wurden die Bindseile an Bord geworfen, und die Mannschaft gab sich nun ernstlich daran, ihrem Fahrzeuge die gehörige Richtung nach der Mündung der Bucht zu geben. Während die Bootsleute so beschäftigt waren, saß ein junger Neger auf dem Bug der Pirogue, und ließ auf jeder Seite des Schafts ein Bein baumeln, so daß er eine Figur des Gallions ganz entbehrlich machte. Er setzte jetzt eine Muschel an, und mit seinen glänzend schwarzen Backen, angeschwollen wie die des Aeolus, mit einem Paar dunkler, leuchtender Augen, welche das Vergnügen aussprachen, das ihm die Muscheltöne machten, blies er in einemfort das Signal zum Absegeln.

»Steck' deine Muschel ein, du Schreihals!« rief der Alderman, und versetzte mit seinem Rohr dem Burschen im Vorbeigehen einen solchen Streich auf die entblößte Scheitel, der selbst einen minder auf's Lärmmachen Versessenen aus aller Harmonie bringen konnte. »Tausend trompetende Winde sind die Stille selbst gegen so ein Paar Lungen! Ihr da, Meister Schiffer, ist das Eure Pünktlichkeit, abzustoßen, ehe Eure Passagiere zusammen sind?«

Ohne sich irre machen zu lassen, oder die Pfeife aus dem Munde zu nehmen, wies der Bootsmann auf die schon zur Bucht hinausfließenden Wasserblasen – ein zuverläßiges Zeichen, daß die Ebbe bereits eingetreten war.

»Was kümmert mich Euer Ein und Aus, Eure Ebbe und Fluth,« erwiederte der Alderman mit Hitze. »Fuß und Auge eines pünktlichen Mannes sind die besten Zeitmesser. Abfahren ehe man fertig ist, und zögern nachdem nichts mehr zu besorgen bleibt, ist gleich beschwerlich. Laßt Euch was sagen, Meister Schiffer, Ihr seyd nicht der einzige Bootseigner in dieser Bai, auch sind schon schneller segelnde Fähren vom Stapel gelaufen als die Eurige. Seht Euch vor; obgleich ich nachsichtiger Natur bin, so findet wetteifernde Opposition doch Unterstützung bei mir, wenn es das öffentliche Beste erfordert.«

Gegen den Angriff auf sich behauptete der Schiffer eine stoische Gleichgültigkeit, aber die Eigenschaften der Pirogue konnte er nicht ruhig verunglimpfen hören, da er sich als ihren von Natur bestallten Wortführer betrachtete. Er nahm daher jetzt die Pfeife aus dem Munde, und mit jener Unumwundenheit, mit welcher die barschen Holländer jeden Beleidiger zu behandeln pflegten, gleichviel welchen Rang, welche persönliche Vorzüge er haben mochte, brummte er im Landesdialekt dem Rathsherrn die Entgegnung zu:

»Hol' die Windsbraut alle Rathsherren! Das Boot in der Vorker Bai möcht' ich sehen, welches der ›Milchmagd‹ sein Hinterkastell weisen kann! Der Bürgermeister und die Rathsherren sollten lieber befehlen, daß die Ebbe sich nach ihrem hohen Belieben einstelle, da würde dann jeder sein eignes Belieben haben, und statt Ebbe und Fluth hätten wir Strudel an Strudel im Hafen!«

Nachdem der Schiffer solchergestalt seine Meinung von sich gegeben hatte, nahm er seine Pfeife wieder vor, wie Jemand, welcher fühlt, daß er den Siegeslorbeer verdient hat, er mag ihn nun bekommen oder nicht.

»Mit einem Eigensinnigen rechten, ist verlorne Mühe,« sprach der Alderman zwischen den Zähnen und bahnte sich durch Gemüsekörbe, Butterfässer und allerhand andere Frachtgegenstände eines Marktschiffs einen Weg nach der Stelle, welche seine Nichte im Spiegel einnahm. »Guten Morgen, liebe Alida! frühes Aufstehen wird deine Wangen zu einem Blumengarten machen, und wenn du erst die reine Luft zu ›Lust in Ruhe‹ athmest, werden deine Rosen wo möglich noch üppiger blühen.«

Aber seine Bemerkung brachte jetzt schon tiefere Gluth auf die Wangen, die der wieder gutherzig Gewordene mit einer Innigkeit küßte, welche bewies, daß es ihm nicht an wahrer Seelenwärme fehlte. Den tiefen Bückling des bejahrten europäischen Lakaien, in einer ziemlich abgetragenen aber reinlichen Livrée erwiederte er mit einer Berührung des Huts, und mit einem freundlichen Kopfnicken den Gruß einer jungen Negerin, deren erborgter Anstand sogleich die Zofe der reichen Erbin erkennen ließ.

Was letztere anbelangt, so war ein zweiter Blick kaum nöthig, um sich zu überzeugen, daß sie nicht von Eltern gleicher Nation abstammte. Als Erbtheil von ihrem normannischen Vater, einem Hugenotten aus dem niedern Adel, hatte Alida de Barbérie das Rabenhaar, die großen, schwarzglänzenden, feurigmilden Augen, das rein klassische Profil und die schlanke Gestalt – deren Linien wellenförmiger waren, als sie den holländischen Damen in der Regel zu Theil werden. Von ihrer Mutter hatte ›Barberie die Schöne‹, wie man das Mädchen oft vertraulich nannte, eine Farbe der Haut erhalten, weiß und fleckenlos wie Frankreichs Blume, und eine Röthe, welche mit den reichen Tinten eines Abendhimmels in ihrem Vaterlande wetteiferte. Von dem Embonpoint, welches die Schwester des Rathsherrn in ziemlich reichlichem Maaße besessen hatte, war etwas auf ihre schönere Tochter übergegangen, in welcher es sich aber zur reizenden Jugendfülle gestaltete, und, ohne der Leichtigkeit und Anmuth der Gestalt etwas zu nehmen, ihren Umrissen nur noch mehr Weiches und Abgerundetes verlieh. Diese persönlichen Vorzüge wurden noch mehr hervorgehoben durch den netten, bescheidenen Reisehabit, durch einen kleinen, mit herabwehenden Federn geschmückten Biber, vor allem aber durch ihre äußere Haltung, die, ungeachtet der etwas verlegen machenden Lage für eine Dame, glückliche Mitte zwischen Selbstvertrauen und Befangenheit hielt.

Als der Alderman sich dieser Holden nahete, die so sehr die warme Theilnahme rechtfertigte, welche er in den vorhergehenden Scenen geäußert, fand er sie in einem höflichen Gespräch mit dem jungen Mann begriffen, welcher, nach der allgemeinen Meinung, unter den zahlreichen Bewerbern um ihre Gunst, die meiste Wahrscheinlichkeit des Erfolges hatte. Schon dieser Anblick allein würde hingereicht haben, die gute Laune Beverouts herzustellen. Die Unterredung konnte, so hoffte er, nur mit dem von ihm beabsichtigten und gewünschten Resultat endigen; er hütete sich also sie zu unterbrechen, und machte sich Platz, indem er François, den Bedienten seiner Nichte, kaltblütig aus dem seinigen wegschob.

Der gegenwärtige Versuch mißlang ihm jedoch. Menschen beiderlei Geschlechts, welche zum erstenmal eine Reise zur See machen, fühlen sich von einer Empfindung durchdrungen, die ihnen den Mund schließt und sie zum Nachdenken aufgelegt macht. Aeltere fühlen sich dann zum Beobachten und Vergleichen hingezogen; in jüngeren und mehr reizbaren Personen gestaltet sie sich zum Sentimentalen. Wir wollen uns nicht dabei aufhalten zu untersuchen, welches bei dem Patroon und Barbérie der Schönen Ursache und Folgen jener Empfindung gewesen seyn mögen, sondern bemerken nur, daß sie von beiden gefühlt ward; der gute Alte, der die träge Bucht zu oft beschifft hatte, um ähnlichen Anwandlungen noch ausgesetzt zu seyn, bemühte sich vergebens; die jungen Leute wurden immer stiller, gedankenvoller. Der kleine Gott stiftet sein Unheil eben so oft durch's Schweigen, als durch andre Mittel; diese Wahrheit durfte Myndert, wenn er auch selbst ein Hagestolz war, nicht jetzt erst lernen, daher nahm er auch zum Schweigen seine Zuflucht, und legte sich auf's Beobachten der langsamen Fortbewegung der Pirogue, was ihn so sehr zu beschäftigen schien, als wenn er seinen eigenen Schatten im Wasserspiegel verfolgte.

So, in dieser charakteristischen und, wie man schließen möchte, angenehmen Art, ging die Fahrt eine Viertelstunde, wo das Boot die Mündung der Bucht erreichte. Durch eine mächtige Gewalt ward es hier in die Linie der in Fluth begriffenen Wogen gerissen, und trat, im eigentlicheren Sinne, die Seereise an. Schon setzten die Schwarzen, aus denen die Mannschaft bestand, die Segel, schon war alles Andere zur wirklichen Abfahrt in Bereitschaft, da erscholl eine Stimme vom Ufer, ihnen, mehr im Tone des Befehls als Ersuchens, zurufend, daß sie Halt machen möchten.

»Hilloh, Pirogue!« rief's. »Holt Euer Obersegel an, und klemmt die Ruderpinne in den Schooß des behaglichen alten Herrn dort. Heran, lustig! meine Brummbären! sonst nimmt Euer Rennpferd von Fahrzeug das Gebiß auf die Zähne und läuft mit Euch auf und davon.«

Diese Aufforderung brachte die Leute zum Stocken in ihren Manövern. Erst sahen sie überrascht und verwundert sich einander an, dann vierten sie wirklich das Obershot, drückten das Ruder, ohne jedoch den Schooß des Rathsherrn zu incommodiren, luvabwärts, so daß das Boot einige Ruthen vom Ufer zum Stehen kam. Während der neue Passagier sich anschickte, in einer Jolle abzustoßen, hatten die im Boot, welche seine Bewegungen beobachteten, Muße, sein Aeußeres näher zu untersuchen, und über seinen Charakter ihre verschiedenen Vermuthungen zu machen. Wir brauchen wohl Keinem zu sagen, daß er ein Sohn des Oceans war. Er hatte einen kräftiggebauten, gelenkigen Körper, und maß in den Strümpfen genau sechs Fuß. Die Schultern waren gedrängt, obgleich breit, die Brust gewölbt und hoch, die Glieder gerundet, voller Muskelkraft und von reinen Umrissen, und die ganze Gestalt deutete auf das genaueste Verhältniß von Kraft und Kraftaufwand. Ein kleiner, runder Kopf bewegte sich mit Sicherheit auf seiner breiten Basis, und war umdunkelt von einem reichen Wuchs braunen, schon etwas graugesprenkelten Haares. Das Gesicht, das eines Dreißigers, war eines solchen Körpers würdig, männlich, kühn, entschlossen und fast schön zu nennen, obgleich im Ausdruck desselben wenig mehr lag, als Unternehmungsgeist, hohe Besonnenheit, etwas Starrsinn und ein gewisser Grad von Geringschätzung gegen Andere, welche der Fremde sich nicht immer viel Mühe gab zu verbergen. Ein reiches, starkes, überall sich gleichbleibendes Roth, überzog das Gesicht, wie es bei Menschen der Fall zu seyn pflegt, die von Natur eine helle und blühende Farbe besaßen, aber viel Strapazen ertragen haben.

Nicht minder merkwürdig als die Person, war der Anzug des Fremden. Er trug eine kurze, eng anliegende und geschmackvoll geschnittene Jacke, eine kleine, niedrige, nachläßig schief sitzende Mütze, weite Beinkleider, Alles von schneeweißem Segeltuch, ein Zeug, das der Jahreszeit und dem Klima am besten entsprach. Da die Jacke keine Knöpfe hatte, so erhielt dadurch ein reicher, indischer Shawl, der seinen Körper umgürtete, das Ansehen eines nothwendigen Kleidungsstücks, obgleich er mehr zur Zierde diente. Durch die Oeffnung am Busen schaute fleckenlos klare Leinwand hervor, und ein Kragen von demselben Stoffe fiel vom Halse über das bunte Seidenband, welches nachläßig einmal herumgewunden war. Dieses Band, von einer damals in Europa wenig gekannten Arbeit, war fast ausschließlich nur von den sogenannten Matrosen der langen Seereise getragen. Das eine Ende ließ man im Winde spielen, das andere hingegen war sorgfältig an der Brust angelegt, und daselbst an den elfenbeinernen Griff eines kleinen Messers befestigt, dessen Klinge die Brustleinwand verbarg – eine Art Tuchnadel, die selbst heutzutage noch bei Seeleuten nicht ungewöhnlich ist. Erwähnen wir nun noch, daß die Fußbedeckung in leichten Pantoffeln aus Kanevas bestand, auf deren Spannen »unklare« Anker eingewebt waren, so ist der Anzug des Fremden so vollständig angegeben, als es hier nöthig ist.

Die Erscheinung eines Menschen, von einem Aeußern wie wir es so eben beschrieben, erregte bei den Negersklaven, welche die Stoops und das Straßenpflaster scheuerten, nicht geringes Aufsehen. Vier oder fünf Müßiggänger darunter folgten ihm auf der Ferse, bis zu der Stelle, wo er die Pirogue anrief, und beobachteten seine Haltung und Bewegungen mit der, den Negern eigenthümlichen Bewunderung, wenn sie auf Menschen stoßen, denen es anzusehen ist, daß sie viel Abenteuer, Strapazen und Gefahren im Leben bestanden haben. Einem dieser Herumtreiber winkte der Held vom Indischen Shawl, ihm zu folgen, stieg in ein leeres Boot, das er losmachte, und stieß die leichte Jolle nach dem ihn erwartenden Fahrzeug. Wahrlich, das ungebundene Wesen, die Entschlossenheit und die männlichen Bewegungen eines so musterhaften Seemannes, würden auch die Aufmerksamkeit von Menschen auf sich gezogen haben, die mehr von der Welt gesehen, als die Paar Neger, welche in einem Haufen am Ufer standen und ihm voller Bewunderung, mit aufgerissenen Augen nachschauten. Durch das ungezwungene Spiel seines Handgelenks und Ellenbogens bewegt und rasch vorwärts gleitend, nahm sich die Jolle wie ein ausruhendes, mit den Wogen treibendes Seethier aus, und während er so, auf jedem Dollbord einen Fuß gepflanzt, fest wie eine Bildsäule dastand, erzeugte seine schwankenlose Haltung ungefähr dasselbe Vertrauen, welches man gewinnt, wenn man lange den Künsten eines sicheren Seiltänzers zugesehen hat. Als das leichte Boot an die Pirogue herangekommen war, warf er dem Neger eine kleine spanische Münze in die offene Hand und sprang mit solcher Muskelkraft in das größere Schiff, daß das kleinere von dem erhaltenen Stoß den halben Weg nach dem Ufer von selbst zurückflog, und der erschrockene Schwarze in dem schaukelnden Gefäß sich so gut festzuhalten suchen mußte, als es gehen wollte.

Tritt und Stellung des Fremden, sobald er das Halbdeck der Pirogue gewonnen hatte, waren ächt seemännisch und sicher bis zur Verwegenheit. Mit einem einzigen Blick schien er es heraus zu haben, daß Mannschaft und Passagiere auf der See nur halb zu Hause wären, und jene Ueberlegenheit über seine Schiffsgenossen zu fühlen, welche Leute seines Gewerbes zu jener Zeit nur zu oft gegen Personen hegten, deren Ehrgeiz sich vom festen Lande beschränken ließ. Er wandte das Auge hinauf nach dem einfachen Tau- und dem anspruchlosen Segelwerk der Pirogue, wobei er unwillkührlich die Oberlippe etwas aufwarf und eine Kennermiene annahm. Nachdem er hierauf die Vorderschotten freigestochen und den Segeln den Wind gegeben hatte, schritt er über die Butterfässer, und, ohne anzustehen, auch über einen ihm im Wege sitzenden Bauern hinweg, und gewandt und unerschrocken wie ein geflügelter Merkur, trat er auf's Heck mitten unter die Gesellschaft des Rathsherrn. Hier angekommen, war das Erste, was er unternahm, den erstaunten Schiffer mit einer ruhigen Befehlshabermiene vom Steuer wegzuschieben, und so gelassen, als träte er blos seinen täglichen Posten an, ihm die Pinne aus der Hand zu nehmen, um sie selbst zu lenken. Erst als er sah, daß das Boot in gehörige Bewegung gesetzt war, fand er Muße, von seinen Reisegefährten einige Notiz zu nehmen, und sein kühner, nicht zu verblüffender Blick fiel zunächst auf François, Alida's Bedienten.

»Ihre breite Flagge, Herr Commodore,« bemerkte der Aufbringung, auf den Haarbeutel des aufpassenden Franzosen hinzeigend, dabei aber so unerschütterlich ernst, daß der arme Teufel halb irre wurde, »wird Sie belästigen, wenn wir Sturm bekommen sollten. Doch ein so erfahrener Offizier ist gewiß nicht ohne Sturmstange gegen schlechtes Wetter in See gestochen.«

Der Lakai verstand die Anspielung nicht, oder that, als wenn er sie nicht verstünde, und behauptete eine vornehme Miene stiller Ueberlegenheit.

»Der Gentleman ist in fremden Diensten und versteht einen englischen Seemann nicht. Na, wenn zu vieler Windfang da ist, so haut man ihn im schlimmsten Fall weg, und läßt ihn mit den Wellen treiben. – Darf ich so frei seyn, Herr Richter, Sie zu fragen, ob die Behörden seit Kurzem in Betreff der Freibeuter auf den Inselgewässern etwas gethan haben?«

»Ich habe nicht die Ehre, ein Beamter I. Majestät zu seyn,« erwiederte kalt Van Staats von Kinberhook, an welchen die Frage gerichtet war.

»Der beste Schifffahrer wird zuweilen durch eine Dunstgestalt irre geführt, und schon mancher alte Seemann hat eine Nebelbank für festes Land gehalten. Uebrigens wünsche ich Ihnen Glück, Sir, daß Sie nicht zu den Gerichten gehören, denn man fährt dort zwischen Untiefen, sey's als Richter, oder als Kläger. Man befindet sich nie in recht sicherem, landumschlossenem Hafen in der Gesellschaft eines Juristen, und doch kann der Teufel selbst sich nicht immer in gehöriger Ferne von diesen Hayfischen halten. – Ein schön Stück Wasser, Freunde, ist diese Yorker-Bai; für verfaulte Taue und widrige Winde kann man es sich nicht besser wünschen.«

Der Patroon glaubte, diese Gelegenheit benutzen zu müssen, um Alida zu zeigen, daß er sich mit dem Fremden im Aufziehen messen könne, und versetzte daher: »Sie sind ein Matrose von der langen Reise.«

»Lang oder kurz; Calcutta oder das Cap Cod; blinde Fahrt, klare, oder Sternguckerei, dem echten Delphin ist alles gleich. Die Gestalt des Gestades zwischen Fundy und Horn ist meinem Auge so was Gewöhnliches, wie dieser jungen Dame ein Anbeter, und was die andern Küsten betrifft, so hat der Commodore da seine Flagge nicht so oft aufgesetzt, als ich bei schönem wie bei schlechtem Wetter daran entlang gefahren bin. Eine Fahrt wie die gegenwärtige, ist ein Sonntag in meinem Schiffsleben, obgleich ich mir zu sagen getraue, daß Sie das Testament noch einmal durchsahen, vom Weibe Abschied nahmen, den Kindern Ihren Segen ertheilten und sich selbst den des Priesters ausbaten, ehe sie diesen Morgen an Bord stiegen.«

»Nun, solche Vorkehrungen würden die Gefahr gerade nicht vermehrt haben,« sagte der junge Patroon, begierig einen verstohlenen Blick auf die schöne Barbérie zu werfen, aber so schüchtern, daß er ihn neben ihr vorbeistreifen ließ. – »Man ist darum der Gefahr nicht näher, daß man auf ihr Herankommen gefaßt ist.«

»Wahr; wir müssen alle sterben, wenn die Rechnung geschlossen ist. Hängen oder Ersaufen – Galgen oder Kugel säubert die Welt von einer großen Menge Schutt, sonst würde sich das Verdeck mit so viel im Wege liegenden Zeug anfüllen, daß es unmöglich wäre, das Schiff zu regieren. Die letzte Fahrt ist die längste, und richtige Schiffspapiere mit einem reinen Gesundheitsschein, helfen einem in den Hafen, wenn man die offene See nicht mehr halten kann. – Wie geht's, Schiffer? Was für Lügen schwimmen diesen Morgen in den Schiffswerften umher? wann hat sich der letzte Albanyfahrer mit seiner Tonne davon gemacht, den Fluß hinab? Wessen Wallach ist auf der Jagd nach einer Hexe todtgeritten worden?«

»Teufelsjungens!« brummte der Alderman; »an Taugenichtsen, die armen Thiere zu quälen, fehlt es freilich nicht.«

Der Seemann vom Indischen Shawl, ohne auf die Wehklagen des Bürgers zu achten, fuhr in seinen Fragen fort: »Haben sich die Boucaniers auf's Beten gelegt, oder machen sie hier im Rücken des Krieges glänzende Geschäfte? Die Zeiten sind schlimm für Leute vom echten Kaliber, wie sich an dem Kreuzer dort sehen läßt, der sein Ankertauwerk abnutzt, statt die offene See zu versuchen. Möge mir jede Spiere am Leibe zerspringen, wenn ich das Boot nicht noch vor morgen in's Freie nähme und ihm eine Auslüftung verschaffte, wenn die Königin geruhen wollte, Eurem ergebenen Diener den Befehl darüber anzuvertrauen. Liegt nicht der Lümmel dort vor Anker, als wenn er eine gute Fracht echter holländischer Leinwand in seinem Raume hätte, und auf einige Ballen Biberhäute wartete, um sie gegen seinen Branntwein einzutauschen.«

Während der Fremde so ganz unumwunden seine Meinung von dem königlichen Schiff, die Coquette, äußerte, durchlief sein Auge die Mitglieder der Gesellschaft, und weilte einen Augenblick mit vielsagender Heimlichkeit auf dem unabgewandten Antlitz des Rathsherrn.

»Nun gut,« fuhr er fort, »wenn die Schaluppe zu weiter nichts taugt, so dient sie wenigstens zu einer schwimmenden Wetterfahne, die Richtung der Fluth anzuzeigen; und bei der Schifffahrt eines Herrn von Eurem Scharfsinn, Bootsmann, der Ihr eine so sorgsame Acht gebt auf die Art, wie sich die Welt herumdreht, ist das schon kein zu verschmähender Beistand.«

Der Eigenthümer der Pirogue, der den Spott nicht verstand und sich daher auch nicht beleidigt fühlte, antwortete: »Wenn es wahr ist, was man sich in der Bucht erzählt, so kriegt Kapitän Ludlow und die Coquette was zu thun, ehe viele Tage vergehen.«

»Aha! der Kerl hat sein Fleisch und Mehl aufgegessen, und wird sich umsehen müssen, sein Schiff mit neuem Proviant zu versorgen! 's wär' Schade, wenn ein so thätiger Herr in einem Meereskanal, wo die Fluth sich so munter regt, sollte fasten müssen. Na, und wenn nun wieder was in seinem Küchengeschirr ist, und er sein Mittagessen gehörig verzehrt hat, woran wird er sich dann zu machen haben, meinst Du?«

»Unter den Bootsleuten der Südbai läuft das Gerede, daß sich auf der Langen-Insel, nach der Meeresseite hin, gestern Nacht etwas gezeigt hat.«

»Die Wahrheit dieses Gerüchtes kann ich selbst bestätigen, denn ich bin mit der Abendfluth heraufgekommen und hab' es mit eignen Augen gesehen.«

»Was alle Teufel! nun, wofür hältst Du's?«

»Für den atlantischen Ocean; wenn Ihr meinem Wort nicht glauben wollt, so fragt nur den wohlbeballasteten alten Herrn hier, der, als ein Schulmeister, Euch die Länge und die Breite zur Bestätigung meiner Aussage angeben kann.«

»Ich bin der Rathsherr Van Beverout,« brummte der Gegenstand dieses neuen Angriffs zwischen den Zähnen, so daß man merken konnte, es kam ihm schwer an, von Jemandem, der seiner Zunge so freien Lauf ließ, Notiz zu nehmen.

»Bitte tausendmal um Vergebung!« erwiederte der unbekannte Seefahrer mit einer gravitätischen Verbeugung. »Das Solide in Ew. Gestrengen Gesicht hatte mich getäuscht. Ja freilich, erwarten, daß ein Rathsherr die Lage des atlantischen Meeres kenne, ist zu viel verlangt. Aber in der That, meine Herren, ich versichere Sie, auf die Ehre eines Mannes, der in seinem Leben viel Salzwasser gesehen hat, die See, von der ich spreche, ist wirklich dort. Befindet sich etwas auf oder in ihr, was von Rechtswegen nicht auf oder in ihr seyn sollte, so wird uns der würdige Commandeur der Pirogue hier das Uebrige zu wissen thun.«

»Ein Holzboot aus den Landbuchten hat ausgebracht, daß der Streicher durch die Meere kürzlich längs der Küste gesehen worden ist,« berichtete der Fährmann, mit imposantem Tone, wie Jemand, welcher überzeugt ist, daß er etwas allgemein Wichtiges mittheile. »Es sind doch echte Seehunde, wahre Wundermännchen, die Holzboote der Landbuchten.!« bemerkte gelassen der Fremde. »Sie können Euch des Nachts sagen, ob das Wasser roth oder grün aussieht, und steuern ewig grad' auf den Wind los, um Abenteuer aufzusuchen. Ich wundere mich nur, daß man ihrer nicht eine größere Anzahl als Kalendermacher anstellt; in dem, den ich zuletzt kaufte, war ein Gewitter unrichtig angegeben, alles aus Mangel an gehöriger Wissenschaft. Und, bitte, Freund, wer ist dieser »Streicher durch die Meere«, der seinen Lauf nach der Nadel nehmen soll, wie ein Schneider nach der löcherigen Rocktasche seines Nachbars?«

»Die Hexen mögen es wissen! Ich kann blos sagen, daß es einen solchen Seewanderer gibt, und daß er heute hier und morgen dort ist. Einige behaupteten, es sey blos ein Fahrzeug aus Nebel, welches über den Wellenspitzen schwebt, wie eine segelnde Seemöve; Andere halten es für den Geist eines von dem Kidd im Indischen Ocean geplünderten und beraubten Schiffes, das nach seinem Gold und seinen Erschlagenen die Meere durchstreift. Ich habe es selbst einmal gesehen, aber die Entfernung war so groß, und seine Bewegungen so unnatürlich, daß ich nicht genauer berichten konnte, wie der Rumpf oder die Takelage ausgesehen hatte.«

»So etwas kommt nicht jede Wache in's Logbuch! In welcher Richtung, in welchen Gewässern begegnetest du dem Dinge?«

»'s war auf der Höhe des großen Kanals. Das Wetter war dick, und wir waren beim Fischen; und als der Nebel sich ein wenig hob, erblickten wir ein Schiff, küstenwärts gerichtet, und wie ein Rennpferd laufend; bis wir aber unsere Anker gelichtet hatten, wars umgeschwenkt und schon eine Stunde in die See hinein.«

»Ein klarer Beweis, daß das Schiff, oder – Eure Phantasie sehr thätig war. Doch was für eine Gestalt hatte der Ausreißer, wie sah er aus?«

»Das ging in's Unbestimmte. Dem Einen schien es ein vollständig getakelter, weit einschneidender Kiel; ein Anderer nahm es für ein Bermudisches Küstenboot; mir selbst aber kam es vor, wie zwanzig Piroguen, die in ein einziges Schiff zusammengezimmert sind. So viel ist inzwischen Jedermann bekannt, daß in jener Nacht ein Westindienfahrer in See stach, und daß seit den drei Jahren – so lange ist es nun her – kein Mensch in York von ihm oder seiner Mannschaft das Mindeste gehört hat. Von jenem Tage an bin ich nie wieder bei dickem Wetter an die Sandbank gefahren, um zu fischen.«

»Daran habt Ihr wohl gethan,« bemerkte der Fremde. »Ich habe selbst viel wunderbare Gesichte auf dem rollenden Ocean gesehen, und wen sein Gewerbe nöthigt, zwischen Wind und Wasser zu liegen, wie Ihr, mein Freund, der soll sich nie einer dieser Teufelsflaggen zu nahe wagen. Ich könnte Euch eine Geschichte erzählen von einer Begebenheit in den windstillen Breiten unter der senkrechten Sonne, die allen Zuneugierigen als eine warnende Lektion dienen würde. Waghalsige Aufträge und Charakterfestigkeit sind keine Dinge für Eure bequemen Küstenfahrer.«

»Wir haben Muße, lassen Sie hören,« sagte der Patroon, der auf das Gespräch aufmerksam geworden war, und in Alidas dunkelglänzenden Augen las, daß sie die versprochene Erzählung gern hören möchte.

Aber plötzlich ward das Gesicht des Fremden ernst; er schüttelte den Kopf, andeutend, daß er starke Ursache habe zu schweigen, und nachdem er die Ruderpinne hatte fahren lassen, ging er nach der Mitte des Boots, zwang ganz ruhig einen dort sitzenden Landmann, der noch immer mit offenem Munde gaffte, seinen Platz zu verlassen, den er, nach der ganzen Länge der Athletengestalt, selbst einnahm; nun legte er die Hände kreuzweis über die Brust, schloß die Augen, und in weniger als fünf Minuten hatten Alle, die nahe genug waren, hörbaren Beweis, daß dieser außerordentliche Sohn des Oceans in tiefen Schlaf gesunken war.

Viertes Kapitel.

Sey ruhig, denn der Preis, den ich dir
schaffe, verdunkelt diesen Unfall –«

Der Sturm.

Des ungekannten Seemannes Aussehen, so wie seine kühne Weise und Rede, hatte auf die Passagiere der Pirogue bezeichnend gewirkt. Die schöne Barbérie amüsirten offenbar seine Spöttereien, dies verrieth das Schelmische in ihren Augenwinkeln, trotz der Zurückhaltung, welche sie wegen seiner Ungebundenheit als Schutzmittel annehmen zu müssen glaubte. Der Patroon studirte das Gesicht seiner Angebeteten; ihn verdrossen zwar die Freiheiten des ungebetenen Gastes, doch hielt er es für das Klügste, sie mit Duldung zu behandeln, als die natürlichen Ausbrüche eines erst kürzlich von der Eintönigkeit des Seelebens befreiten Geistes. Die auf dem Antlitz des Raths thronende Ruhe war ein klein wenig zum Wanken gebracht worden, allein es gelang ihm, seine Unzufriedenheit, um anzüglichen Bemerkungen zu entgehen, zu verbergen. So stellte sich denn auch bald, nachdem derjenige, welcher in der vorhergehenden Scene die Hauptrolle spielte, sich zurückzuziehn für gut gefunden hatte, die frühere Ruhe wieder ein, als wenn er gar nicht da gewesen wäre.

Die Pirogue, auf sinkender Fluth und vor einem wachsenden Lüftchen segelnd, hatte bald die kleineren Eilande in der Bai hinter sich, und den königlichen Kreuzer, die sogenannte Coquette, deutlicher im Gesicht. Das Schiff von zwanzig Kanonen lag in paralleler Linie mit dem Küstentheil der Insel Staaten, auf welchem das Dörfchen lag, wohin die Pirogue steuerte. Hier pflegten nämlich alle seewärtsgehenden Schiffe vor Anker zu gehen, um den rechten Wind abzuwarten; auch wurden sie hier, wie noch jetzt der Fall ist, jenen Untersuchungen und Verzögerungen ausgesetzt, die zur Sicherheit der Stadtbewohner dienen sollen. In diesem Augenblick übrigens war die Coquette das einzige Schiff auf dem Ankerplatz, denn vor hundert Jahren gehörte die Ankunft eines Kauffahrers aus einem entfernten Hafen noch nicht zu den Alltagsbegebenheiten.

Der Seeweg des Fährbootes brachte es innerhalb fünfzig Fuß von der Kriegsschaluppe, und im Verhältniß mit ihrem Herannahen stieg die neugierige Aufregung der am Bord Befindlichen.

Der Schiffer, in der Absicht, sich seinen Kundsleuten und Gehülfen willfährig zu zeigen, machte Miene, den dunkeln Planken des Kreuzers so nahe, als möglich, zu kommen. Dies bemerkte der Alderman, der polternd rief:

»Gebt Eurer Milchmagd mehr Spielraum! Alle Seen und Meere! ist Eure Yorker Bai nicht weit genug, daß Ihr den Kanonen des trägen Schiffes dort den Staub aus den Mäulern bürsten müßt! Wüßte die Königin, wie die Schlingel von Müßiggängern ihr Geld verfressen und versaufen, sie würde sie bald auf die Jagd schicken gegen die Freibeuter in den Inselgewässern. Richte den Blick auf das Land, Alida, mein Kind, so wird der Schrecken vergehen, welchen dir der dumme Maulaffe gemacht hat; der Prahlhans wollte nur zeigen, wie gut er steuern kann.«

Indessen war nichts von dem Schrecken, welchen der Onkel vertreiben wollte, an der Nichte zu bemerken. Im Gegentheil, statt blässer zu werden, überzog, im Verhältniß wie sich die Pirogue der Leeseite des Kreuzers näherte, eine tiefere Röthe ihre Wangen, und das schnellere Heben ihres Busens war ebenfalls schwerlich eine Aeußerung der Furcht. Diese Veränderung blieb unbemerkt, weil der nahe Anblick der schlanken Masten und des Taulabyrinths, welches den Passagieren fast über die Köpfe wegragte, Aller Aufmerksamkeit an sich gerissen hatte. Hundert neugierige Augen, einige über die oberen Stockwerke hinwegguckend, andere durch die Pfortgaten blinzelnd, waren schon auf sie gerichtet, als plötzlich ein Offizier, in der halben Uniform eines Seekapitäns jener Tage, sich in die höhere Takelage des Kreuzers hinaufschwang, und die Gesellschaft in der Pirogue mit einer eiligen Schwenkung des Hutes begrüßte, wie Jemand, der angenehm überrascht wird.

»Blauen Himmel und sanfte Lüfte Jedem und Allen!« schrie er in der biederherzigen Weise eines Seemanns. »Der schönen Alida meinen Handkuß; die besten Wünsche eines Matrosen dem Herrn Alderman; Herr Van Staats, Ihr ergebener Diener!«

»Ja, ja,« brummte der Bürger, »Ihr faulen Bursche wisset nichts Besseres zu thun, als uns mit Worten abzuspeisen, statt daß Ihr handeln solltet. Ein lässig betriebener Krieg und ein Feind weit vom Schusse machen Euch Seeleute zu Herren der Insel, Capitän Ludlow!«

Alida war nun vollends feuerroth; einen Augenblick zauderte sie, dann aber ließ sie mit einer halb unwillkührlichen Bewegung ihr Tuch wehen. Der junge Patroon erhob sich und erwiederte den Gruß durch eine höfliche Verbeugung. Jetzt war das Fährboot schon fast halb vor dem königlichen Schiffe vorbeigesegelt, und schon begann der mürrische Ausdruck aus dem Gesichte des Rathsherrn zu verschwinden, da sprang der Seemann vom Indischen Shawl auf, und stand im Nu wieder mitten unter der Gesellschaft.

»Ein hübsches Seeboot, und ein nettes Gehänge in der Höhe!« sagte er, und maß mit kennerischem Blicke das Tauwerk des Kreuzers, indem er zugleich mit demselben Gleichmuth, wie vorher, dem Schiffer die Ruderpinne aus der Hand nahm. »Ihre Majestät muß von einem solchen Renner nicht schlecht bedient werden, und der junge Kerl dort in der Takelage ist ohne Zweifel Mann genug, um aus seinem Fahrzeug so viel Vortheil zu ziehen, als nur immer möglich. Wollen's doch einmal beobachten. Hol' die Oberschotten weg, Bursch'.«

Beim Reden hatte der Fremde das Steuer in Lee gesetzt, und sein Befehl war noch nicht ganz ausgesprochen, so war das behende Boot bereits angeluvt und die Segel füllten sich auf der andern Seite. In der nächsten Minute schon liefen sie wieder an der Seite der Kriegsschaluppe entlang. Eben wollten der Alderman und der Schiffer zugleich in laute Beschwerden ausbrechen gegen dieses allzudreiste Eingreifen in die regelmäßige Leitung des Bootes, als der vom Indischen Shawl die Mütze lüftete und den noch in der Takelage befindlichen Offizier mit demselben großen Selbstvertrauen anredete, das er vorher in dem Gespräch mit seiner näheren Umgebung an den Tag gelegt hatte.

»Kann die Königin einen Mann in ihrer Flotte brauchen, der in seinem Leben mehr blaues Wasser als festes Land gesehen hat; oder gibt's in einem so schmucken Kreuzer keinen Raum mehr für Einen, der Hungers sterben muß, wenn er keine Seemannsdienste mehr thun kann?«

Der Nachkomme der Königsfeinde Ludlow, wie Lord Cornbury das Geschlecht des Befehlshabers der Coquette betitelte, war gleich sehr überrascht durch die äußere Erscheinung des Fragenden, wie durch die gleichgültige Miene, mit welcher ein gemeiner Matrose sich herausnahm, einen Offizier von seinem hohen Range anzureden. Er würde daher seinem Unwillen freien Lauf gelassen haben, wenn ihm nicht Gelegenheit gegeben worden wäre, sich zu erinnern, in wessen Gegenwart er spreche. Diese Gelegenheit gab ihm der Fremde, der, ehe noch Antwort erfolgte, das Steuer wieder leewärts gerichtet hatte und das Vordersegel back legen lassen, ein Manöver, das die Pirogue zum Stillstehen brachte.

»Ihre Majestät wird stets gern einen kühnen Seemann in ihren Sold nehmen, wenn er Geschicklichkeit und Diensttreue mitbringt; dies soll gleich bewiesen werden. Werft der Pirogue ein Tau zu! Unter der königlichen Flagge werden wir leichter Handels einig werden. Ich werde stolz darauf seyn, mittlerweile den Alderman van Beveront zu bewirthen, und ein Cutter steht ihm jeden Augenblick zu Befehl, sobald er es für gut findet, uns wieder zu verlassen.« »Glaubt mir, die landliebenden Herren Aldermänner wissen schon ihren Weg aus einem Kreuzer der Königin nach dem Ufer zu finden, leichter als ein Matrose mit zwanzigjähriger Erfahrung;« erwiederte der Fremde, ohne dem Bürger Zeit zu lassen, sich für das höfliche Anerbieten des Offiziers zu bedanken. – »Ein Herr, der wie Sie, edler Capitän; ein so schönes Boot befehligt, hat ja ohne Zweifel schon die Passage bei Gibraltar gemacht, nicht wahr?«

»Dienstpflicht hat mich mehr als einmal schon nach den italiänischen Gewässern gerufen.« antwortete Ludlow, der des Fremden Unverschämtheit halb verzieh, da er es war, dem er das unerwartete Vergnügen verdankte, daß die Pirogue zum zweitenmal sich genähert hatte.

»Nun, dann wissen Sie ja, wie es dort einem Schiffe geht: eine Dame kann es mit ihrem Fächer ostwärts in den Kanal hineinfächeln, aber es gehört ein tüchtiger Wind aus der Levante dazu, wenn es wieder aus dem Kanal heraus will. Seht, die königlichen Hanger sind lang, und wenn sie erst die Glieder eines durch und durch gelernten Seehundes umschlungen halten, reicht alle seine Kunst nicht hin, sich wieder aus der Klemme zu ziehen. Es ist was ganz Merkwürdiges mit so einem Knoten: je besser der Seemann ist, je weniger vermag er ihn aufzulösen.«

»Wenn der Hanger lang ist, so dürfte er einmal weiter reichen, als dir lieb ist! Doch ein muthiger Freiwilliger braucht sich ja nicht vor dem Matrosenpressen zu fürchten.«

»Die Back, welche ich einzunehmen wünsche, ist, fürchte ich, schon ausgefüllt,« erwiederte der Fremde mit aufgeworfener Lippe. »Laß das Vordersegel los, Junge; wir wollen uns empfehlen, und die königliche Fahne hübsch leewärts vor uns flaggen lassen. Adieu, tapferer Capitän; wenn Euch einmal ein ausgemachter Seewandrer Noth thut, und Ihr von Hinterkanonen und nassen Segeltüchern träumt, so denkt an Den, der Euer Schiff besuchte, als es träge vor Anker lag.« Ludlow biß sich in die Lippen, und obgleich die Zornflammen bis an die Schläfe seines männlichen Gesichts schlugen, so gewann er es doch über sich, zu lachen, so viel vermochte Alida's Schelmblick, dem er begegnete. Der Fremde, welcher so verwegen den Unwillen eines Mannes von der Gewalt eines königlichen Schiffscommandeurs in einer britischen Colonie zu reizen gewagt hatte, schien übrigens einen angemessenen Begriff von der Gefahr seiner Lage zu haben. Die Pirogue schwajete um ihre Hieling, und eine Minute darauf gehorchte sie dem Winde und jagte, die kleinen Wellen vor sich her spritzend, dem Ufer zu. Drei Boote stießen in einem und demselben Augenblick vom Kreuzer ab. Das eine, welches offenbar den Capitän enthielt, näherte sich mit der würdevollen Bewegung, welche Barken, die einen Offizier von Rang zu landen haben, anzunehmen pflegen; dagegen drangen die beiden anderen vorwärts mit dem ganzen Ernste einer heißen Jagd.

»Wenn Sie nicht gesonnen sind, der Königin zu dienen, mein Freund, so haben Sie nicht wohl daran gethan, einem ihrer Befehlshaber dicht vor den Schlünden seines Geschützes Trotz zu bieten,« bemerkte der Patroon, sobald die Dinge ein so entschiedenes Aussehen gewannen, daß über die Absichten der Mannschaft des Kriegsschiffes kein Zweifel mehr herrschen konnte.

»Daß Capitän Ludlow gar zu gern gewisse Personen aus diesem Boote nehmen möchte, selbst mit Gewalt, wenn's nicht in Güte gehen will, ist eine Sache, so klar wie ein glänzender Stern in einer wolkenlosen Nacht, und da ich weiß, was ein Matrose seinen Vorgesetzten schuldig ist, so stell ich ihm die Wahl frei.«

»In diesem Fall werdet Ihr bald das Brod der Königin essen,« erwiederte der Alderman stichelnd.

»Die Speise schmeckt mir nicht, und ich verschmähe sie, – – aber seht das Boot da, wahrlich die Leute darin scheinen entschlossen, Einem schlechtere Kost zu schlucken zu geben.« Der unbekannte Matrose hörte hier auf zu sprechen, denn die Lage der Pirogue fing in der That an, etwas kritisch zu werden; wenigstens schien dies den unkundigen Passagieren, welche Zeugen des unerwarteten Zusammentreffens waren, der Fall zu seyn. So wie das Fährboot sich der Insel näherte, war der Windzug durch den mit der äußeren Bai in Verbindung stehenden Kanal stärker; man mußte eine doppelte Schwenkung machen, um den Wind nach dem gewöhnlichen Landungsplatz zu gewinnen. Nun brachte aber die Ausführung des ersten Manövers die Pirogue nothwendig in eine verschiedene Richtung, und selbst die Passagiere konnten sehen, wie der Kutter, auf welchen der Fremde hingewiesen hatte, dadurch in den Stand gesetzt ward, sich zwischen ihnen und dem Ufer zu stellen, oder in andern Worten, dem Kai, wo sie landen wollten, näher kam, als sie selbst. Der dieses Boot befehligende Offizier wußte recht gut, daß sein Zweck leicht vereitelt werden könnte, wenn er sich zur Verfolgung der Pirogue fortreißen ließ, daher munterte er seine Leute auf, so schnell als möglich dem Ausschiffungspunkte zuzusteuern. Nach der andern Seite hin hatte ein zweiter Kutter die Lauflinie der Pirogue schon erreicht, und die Matrosen ruderten gar nicht mehr, sondern lagen ruhig, jeder über seinen Riem, und warteten, bis sie ihnen von selbst in die Hände laufe. Der Unbekannte machte keine Miene, als wolle er die Zusammenkunft vermeiden. Die Pinne unausgesetzt in der Hand, führte er in dem kleinen Fahrzeug den Befehl so wirksam, als wenn derselbe ihm von Rechtswegen gebührte. Schon wegen der Unerschrockenheit und des Entschiedenen in seinem Aussehen und Betragen, unterstützt durch die meisterhafte Art, wie er das Boot leitete, würde ihm Niemand die Gewalt, die er sich für den Augenblick anmaßte, streitig gemacht haben; allein was noch außerdem günstig für ihn wirkte, war die allgemeine Furcht vor dem Matrosenpressen.

»Des Teufels Krallen!« knurrte der Schiffer. »Wenn Ihr von den königlichen Matrosen dort abhaltet, so verlieren wir freilich einiges durch Umweg, aber sie sollen's denn doch ein bischen schwer finden, mit Backstagswind die Milchmagd einzuholen.«

»Die Königin schickt uns durch den Herrn eine Botschaft,« versetzte der Seemann; »es wäre unschicklich, wollten wir sie nicht anhören.«

»Herangesteuert, Pirogue!« schrie nun der junge Offizier im Kutter. »Im Namen Ihrer Majestät befehle ich Euch, gehorcht!«

»Gott erhalte sie, die königliche Dame!« erwiederte Der mit den unklaren Ankern und dem bunten Shawl, und ließ das Boot noch immer rasch recht von vorne durch die Wogen ziehen. »Wir sind ihr Gehorsam schuldig, und freuen uns, ein so nettes Herrchen mit den Pflichten ihres Dienstes beschäftigt zu sehen.«

Jetzt waren die Boote nur noch fünfzehn Fuß auseinander. Kaum hatte die Pirogue hier Windraum gewonnen, so schwajete sie noch einmal, und begann von Neuem ihren Lauf nach dem Ufer zu. Um aber dies zu können, mußte sie sich entweder innerhalb einer Riemlänge von dem Kutter wagen, oder das Weite suchen: das letztere hatte zu sehr den Schein der Flucht, als daß Der, welcher die Pirogue leitete, ihn anzunehmen sich hätte entschließen können. Der Offizier erhob sich und griff, wie Die in der immer näher kommenden Pirogue deutlich sehen konnten, nach einem Pistol, obgleich es ihn Ueberwindung zu kosten schien, die Waffe zu zeigen. Der Seemann trat auf die Seite, wies auf die dem Kutter nun ganz bloßgestellte Gruppe hin, und bemerkte beißend:

»Wählen Sie nun Ihren Zielpunkt, Sir; einem Mann von Gefühl muß man die Wahl anheimstellen, wenn er den Auftrag hat, auf eine solche Gesellschaft Feuer zu geben.«

Der junge Mann ward blutroth, sowohl aus Schaam über die wenig ehrenvolle Pflicht, die er auszuführen beordert war, als aus Verdruß über seinen geringen Erfolg. Als er sich jedoch wieder gefaßt hatte, zog er sich mit einem Compliment gegen die schöne Barbérie aus dem Handel, und die Pirogue flog im Triumph vor seinem Boot vorbei. Inzwischen hatte das andere, größere, das eine Ende des Kai's erreicht, wo die Mannschaft desselben ebenfalls auf den Riemen ausruhte und die Ankunft des Fährboots ruhig erwartete. Dieser Anblick wollte dem Eigner der Milchmagd gar nicht gefallen, und mit bedenklichem Kopfschütteln wagte er es, dem kühnen Gesichte seines Passagiers eine Miene entgegen zu setzen, welche verrieth, daß er dem Ausgange der Sache nicht mehr recht traue. Diesen verließ seine Zuversicht keineswegs; im Gegentheil, er hob an, über die eben ausgeführte wagehalsige Handlung zu witzeln, sich wenig kümmernd um die Angst aller Uebrigen, wegen der Gefahr, in welcher sie noch immer zu schweben glaubten. Durch die erste Schwenkung hatte die Pirogue die Richtung luvwärts gerade auf den Kai zu erhalten, jetzt steuerte sie vollends mit dicht beim Winde gebraßten Segeln auf das Ufer los. Der erschrockne Schiffer glaubte nun nicht länger schweigen zu dürfen, und hielt dem Seemann die Folgen vor, welche eine Fortsetzung ihrer jetzigen Fahrlinie nach sich ziehen könnte.

»Potz Schiffbruch und blinde Klippen!« schrie er; »keine holländische Galliote bliebe ganz, wenn Ihr sie mit diesem Winde nach den Stufensteinen dort lostreiben ließet. Zwar sieht kein ehrlicher Bootsmann gern einen Menschen in den Schiffsraum eines Kreuzers aufgestaut, gleich einem Dieb in seinem Gefängnißkäfig; wenn's aber dahin kommt, daß der Milchmagd die Nase zerschellt werden soll, so ist es von ihrem Besitzer zu viel verlangt, daß er dabei stehe und schweige.«

»Nicht einem Grübchen in ihren lieblichen Backen soll ein Leid geschehen,« antwortete sein Passagier ohne die mindeste Aufregung. »Wohlan, die Segel gestrichen! wir wollen am Ufer entlang laufen, hinab bis zum Kai dort. s' wäre ungalant, meine Herren, mit dem Buttermädchen so ohne alle Umstände zu verfahren, nachdem es einen so behenden Fuß und so rasche Evolutionen zu unserem Besten an den Tag gelegt hat. Die beste Tänzerin auf der Insel hätte, selbst wenn ihr mit einer dreisaitigen Fidel aufgespielt würde, sich nicht trefflicher halten können!«

Ehe er mit diesen Worten endigte, waren die Segel angeholt, und die Pirogue glitt, stets etliche fünfzig Fuß vom Ufer ab, zum Landungsplatze hin.

»Jedes Fahrzeug hatte seine zugemessene Frist, gleich einem Sterblichen,« fuhr der unbegreifliche Seemann vom indischen

Shawl fort. »Soll es eines plötzlichen Todes sterben, so geht es über Steuer oder Deckbalken hinunter in sein Grab, ohne Leichengottesdienst oder Kirchengebete; die Wassersucht ist Wasser im Raum; Gicht und Rheumatismus tödten wie zerbrochene Krummhölzer und lose Fugen; Unverdaulichkeit gleicht hin und her geschmissenem Ballast und triftigen Kanonen; der Galgen ist eine Bodmerei-Verschreibung nebst Gerichtssporteln, und Feuer, Ersaufen, Tod durch religiösen Tiefsinn und Selbstmord sind nichts anders, als ein nachläßiger Kanonier, eingesunkene Klippen, Irrlichter und ein fauler Schlingel von Capitän.«

Ehe noch jemand ahnen konnte, was er vorhabe, sprang dieser seltsame Mensch aus dem Boot auf die Spitze einer von den Wellen überspülten Klippe, von da, elastisch wie eine Gemse, von einem Stein zum andern, bis er das Land völlig erreicht hatte. Es dauerte keine Minute mehr, so verschwand er zwischen den Häusern des Dörfchens.

Daß die Pirogue den Kai unmittelbar darauf erreichte, daß die Mannschaft des Kutters saure Gesichter zu ihren getäuschten Erwartungen schnitt, und daß beide Boote sich wieder auf den Rückweg zu ihrer Coquette machten, waren eben so viele natürliche Folgen.

Fünftes Kapitel.

Oliv. »Hat er dies geschrieben?«

Narr. »Ja, Madam.«

Was ihr wollt.

Wenn wir sagten, Alida de Barbérie habe mit ihrer Gesellschaft den Kai verlassen, ohne einen Blick rückwärts zu werfen, um zu sehen, ob das Boot, welches den Befehlshaber des Kreuzers führte, dem Beispiel der beiden andern folge, so würden unsere Leser glauben, das Mädchen habe weniger von jener angebornen Neigung zum Gefallen gehabt, als wirklich der Fall war. Zum großen Verdruß des Aldermans, was auch immer die Gefühle seiner Nichte gewesen seyn mögen, setzte die Barke ihren Weg nach dem Ufer gemächlich fort, ein augenscheinlicher Beweis, daß dem jungen Manne an dem Ausgang der Jagd nicht sonderlich viel gelegen war.

Die Anhöhen auf der Insel Staten waren vor hundert Jahren, so wie noch heute, mit Zwerggesträuch bedeckt. Diese dürren Gewächse waren von mehreren Fußpfaden in verschiedenen Richtungen durchschnitten, und da der Quarantaine-Grund des Dörfchens der Punkt war, von dem sie alle ausgingen, so gehörte ein geübter Führer dazu, ohne Verlust an Zeit und Weg durch dieses Gewirre hindurchzukommen. Der würdige Alderman schien indessen diesem Amte vollkommen gewachsen zu seyn; denn mit schnelleren Schritten als man sie von ihm gewohnt war, führte er seine Reisegefährten in's Dickicht, änderte häufig die Richtung, und verwirrte dadurch ihre Begriffe von den örtlichen Verhältnissen so sehr, daß wahrscheinlich kein einziger darunter seinen Weg mit Leichtigkeit aus dem Labyrinth herausgefunden hätte.

Nachdem Myndert sich zur Genüge davon überzeugt hatte, daß dem Verfolgenden jede Spur des eingeschlagenen Weges hinlänglich verwischt sey, brach er endlich in die Worte aus: »Potz Wolken und Schattenlauben! an einem Junimorgen sind kleine Eichen und grüne Tannen doch angenehme Dinge. Zu »Luft in Ruh« sollen Sie Bergluft und Seeluft haben, um Ihren Appetit zu schärfen. Lassen

Sie sich nur von Alida erzählen; das Mädchen kann bestätigen, daß ein Mundvoll von dieser Quintessenz ein besser Mittel für rosige Wangen ist, als alle Salben und Schminken, die je zu unserm Herzeleid erfunden worden sind.«

»Wenn sich der Ort eben so sehr verändert hat, als der Weg, der dahin führt,« erwiederte die schöne Barbérie, indem ihr dunkles Auge vergebens die Richtung nach der eben verlassenen Bai wieder aufzufinden strebte, »so getraue ich mir kaum, eine Meinung über einen Gegenstand auszusprechen, der mir, ich bekenne es, gänzlich fremd ist.«

»Fürwahr, Frauen sind voll eitler Gedanken! Sehen und sich sehen lassen, das ist's was dem Geschlecht Freude macht. Haben wir's doch hier im Gehölz tausendmal angenehmer, als wenn wir der Wasserseite gefolgt wären, – aber freilich, die armen Seemöven und die unglücklichen Schräpel sind dadurch unserer angenehmen Gesellschaft beraubt, ha! ha! ha! Dem Salzwasser und Allen, die darauf leben, soll ein kluger Mann, Herr Van Staats, immer aus dem Wege gehen, ausgenommen insofern sie dazu dienen, die Frachten wohlfeiler zu machen, und den Handel zu beleben. Du wirst mir Dank für diese Sorgfalt wissen, Nichte, wenn du erst oben auf der Anhöhe ankömmst, abgekühlt, wie ein Gepäck mottenfreier Pelze, und frisch und schön, wie eine holländische Tulpe mit den Thautropfen darauf.«

»Um der letzteren zu gleichen, könnte man sich gefallen lassen, mit verbundenen Augen zu gehen: also genug davon, liebster Onkel. François,« fuhr sie in französischer Sprache fort, »sey so gut, dies kleine Buch zu tragen; trotz der Frische des Waldes, wird es mir eine Erleichterung seyn.« Der Lakai haschte mit einer Eil- und Dienstfertigkeit nach dem Buche, welche die bequemlichere Höflichkeit des Patroon vereitelte. Dem treuen Diener entging der verdrießliche Blick und das tiefere Roth der Wange seiner jungen Gebieterin nicht, und mit Recht schloß er, beides sey mehr die Wirkung innerer Aufregung, als die äußerer Hitze, daher flüsterte er ihr in seiner gesetzten Manier die Worte zu:

»Bitte, mein werthes Fräulein Alide, ärgern Sie sich nicht. Fräulein würde selbst in einer Wüste Bewunderer in Menge haben. Ach, wenn Fräulein das Land von Dero Vorfahren besuchten – –«

»Danke sehr, werther François, halte das Buch fest zu, es liegen Papiere zwischen den Blättern.«

»Monsieur François,« sagte der Alderman, indem er, ohne viel Umstände zu machen, seine eigene massive Person zwischen seine Nichte und ihren fast väterlichen Diener drängte, und den Anderen einen Wink gab, vorauszugehen, »ein Wort im Vertrauen. Während meines geschäftreichen und, wie ich hoffe, nützlichen Lebens, habe ich die Erfahrung gemacht, daß ein treuer Diener ein ehrlicher Rathgeber ist. Nächst Holland und England, beides große Handelsvölker, ferner Westindien, das diesen Colonien unentbehrlich ist, endlich dem Lande, wo ich geboren bin, für welches ich natürlich eine Vorliebe habe, ist Frankreich, wie ich stets der Meinung gewesen bin, kein übles Land. Ich glaube immer, Mister Francis, Abneigung gegen das Wasser hat Euch nach dem Tode meines seligen Schwagers abgehalten, wieder dorthin zurückzukehren, wie?«

»Und Neigung für Madmoiselle, *avec votre permission,* mein Herr.«

»Deine Liebe für meine Nichte, redlicher François, läßt sich nicht bezweifeln. Sie ist so sicher, wie die Zahlung eines guten Wechsels durch Cromeline, van Stopper und van Gelt von Amsterdam. Ja, alter Diener! sie ist frisch und blühend wie eine Rose und ein Mädchen von vortrefflichen Eigenschaften. Nur Schade, daß sie ein wenig eigensinnig ist; ein Fehler, den sie ganz gewiß von ihren normännischen Ahnen geerbt hat, sintemal alle Mitglieder meiner eigenen Familie sich stets wegen ihrer Bereitwilligkeit, Rath anzunehmen, auszeichneten. Die Normänner waren eine halsstarrige Race, wovon die Belagerung von Rochelle ein Beweis ist; ein Versehen, durch welches das Grundeigenthum in jener Stadt am Werthe sehr gesunken seyn mußte.«

»Tausend *excuses, Monsieur Bevre – – ;* noch schöner als *la rose,* und *du tout* nicht eigensinnig. *Mon Dieu!* was ihren Stand betrifft, das ist eine Familie sehr alt.«

»Das war bei meinem Bruder Barbérie die schwache Seite, und doch hat sie zur Totalsumme der Hinterlassenschaft nicht eine Null hinzugefügt. Das beste Blut, Mister François, ist das, welches am wohlgenährtesten ist. Die Stammlinie des Capet selbst würde brechen, wäre der Metzger nicht, und der Metzger muß wiederum ganz gewiß brechen, wenn ihm die zahlungsfähigen Kunden fehlen.

François, du bist ein Mann, der den Werth eines sicheren Fußes in der Welt zu schätzen weiß; wär' es nicht Jammerschade, daß ein solches Mädchen, wie Alida, sich wegwürfe, und einen Mann nähme, der nichts Festeres zur Grundlage hat, als ein schwankendes Schiff?«

»Ganz gewiß, *certainement*; Fräulein viel zu gut, um zu schwanken in dem Schiff, *Monsieur*.«

»Genöthigt, dem Manne zu folgen, hinauf, hinab, unter Freibeuter und spitzbübische Kaufleute, bei schönem Wetter und bei schlechtem, in Hitze wie in Kälte, in feuchte, wie in trockne Luft, in stehendes Flachwasser und in salziges, unter Krämpfen und Uebelkeiten, bald mit salziger Bekleidung, bald mit gar keiner, im Sturme und in Windstillen, und Alles blos wegen eines voreiligen Urtheils, in blutheißer Jugend gefällt.«

Während der Alderman alle die Beschwerlichkeiten aufzählte, die folgen würden, wenn seine Nichte sich zu einem so unbesonnenen Schritt entschlösse, nahm das Gesicht des Lakaien bei der Erwähnung jedes neuen Uebels einen neuen, dem Uebel entsprechenden Ausdruck an, als wenn seine Muskeln so viele Spiegel gewesen wären, und in jedem einzelnen die Krämpfe und Zuckungen eines Seekranken sich getreu abspiegelten.

»*Parbleu,* ist was abscheuliches, das Meer!« rief er aus, als der Andere seine Pandorenbüchse ausgeleert hatte. »Es ist groß *malheur,* daß es gibt Wasser, ausgenommen für die Trink, und die Reinlichkeit, und für den Wassergraben um das château, für die Karpfen darin zu halten. Aber, Fräulein nicht voreilig urtheilt und sie wird einen Gemahl haben auf dem festen Grund.«

»Es wäre besser, wenn das Gut meines Schwagers hübsch unter Aufsicht bliebe, als es los und locker auf dem hohen Meere umherschwimmen zu lassen, meinst du nicht auch, weiser François?«

»Es nie gab Matrosen in der Familie *de Barbérie*.«

»Potz Wage und Verschreibungen! wenn das, was ein Gewisser besitzt, den ich nennen könnte, sparsamer François, in baarer Münze hinzukäme, so würde die Totalsumme ein gewöhnliches Schiff in den Grund senken. Du weißt, es ist mein Vorsatz, Alida in meinem Testament zu bedenken.«

»Wenn *Monsieur de Barbérie* noch am Leben wäre, *Monsieur* Herr Alderman, so würde er mit gebührender Höflichkeit antworten; aber, *malheureusement*, mein theurer Herr ist todt, und ich, Sir, bin so frei, zu danken, in seinem und seiner Familie Namen.«

»Weiber haben verkehrte Launen, zuweilen macht es ihnen Vergnügen, gerade das zu thun, was ihre Freunde nicht haben wollen.«

»*Ma foi, oui!*«

»Nun ist es also an klugen Männern, sie durch gute Worte und reiche Geschenke zu leiten; diese machen sie zahm wie ein Paar gut zugerichteter Pferde.«

»*Monsieur* muß es wissen,« sagte der alte Diener, indem er sich die Hände rieb, und wie ein Domestik, der seine Schuldigkeit kennt, bescheiden lächelte, dabei aber dennoch nicht über sich gewinnen konnte, eine scherzhafte Anspielung zu unterdrücken: »*Monsieur* ist *garçon*, das Geschenk ist gut für die *Demoiselles*, und besser als wie für die *Dames*.«

»Potz Ehe und Augenzudrücker! freilich müssen wir Gassons, wie Ihr uns nennt, es besser verstehen. Ehemänner stehen unterm Pantoffel und haben nicht Zeit dazu, eine ausgedehnte Bekanntschaft unter Frauen zu machen, um die echte Qualität der Waare kennen zu lernen. Na, Du kennst Herrn van Staats von Kinderhook, treuer François, was meinst Du zu einem so jungen Mann als Gemahl für Alida?«

»Aber, Fräulein liebt die *vivacité*, *Monsieur Patroon* ist nie übermäßig lebendig.«

»Desto besser, um so wahrscheinlicher .... Sacht, ich hör' Jemand kommen. Man folgt uns, oder, wie ich vielleicht sagen sollte, man macht Jagd auf uns, um mich in der Sprache dieser See-Honoratioren auszudrücken. Jetzt ist der Augenblick da, diesem Capitän Ludlow zu zeigen, wie ihn auf festem Lande ein Franzose um den Finger wickeln kann. Bleib' hinter uns zurück und bring unsern Schifffahrer auf die falsche Fährte, und wenn er auf den Nebel losgesteuert ist, so komme eilig nach: an der Eiche auf der Anhöhe wollen wir auf Dich warten.«

Geschmeichelt durch dies Vertrauen, und in der redlichen Ueberzeugung, daß er das Glück seiner Gebieterin fördern helfe, erwiederte der Alte den schadenfrohen Wink des Rathsherrn mit einem
beifälligen Nicken, und nahm sofort einen langsameren Schritt an,
während Beveront um so schneller wegeilte, und sammt Denen,
welche er führte, in der nächsten Minute links in dem Gehölze verschwand. Wie sehr auch Alida bei ihrem Diener auf Treue, ja selbst
auf liebende Anhänglichkeit rechnen durfte, so fehlten ihm dennoch
die, europäischen Domestiken eigenthümlichen Vollkommenheiten
nicht. In allen Verschlagenheiten seines Gewerbes erzogen, gehörte
er zu jener Schule, welcher die List als Maßstab der Gesittung gilt,
und die sich nicht recht freuen kann, wenn das Gelingen eines Plans
nicht durch brillante Intrigue, sondern durch die einfache Maschinerie der Wahrheit und des geraden Verstandes bewirkt wird. Kein
Wunder also, wenn der Trabant in die Absicht des Rathsherrn einging, und sich mit mehr als gewöhnlichem Behagen an die Ausführung seines Auftrags machte. Das Knarren des dürren Gezweigs
unter dem Fußtritt des sich Nähernden ward immer vernehmbarer;
damit dieser ihn nun nicht verfehle, und so das gewünschte Aufeinanderstoßen unterbleibe, fing der Lakai an, ein französisches Lied
vor sich hin zu brummen, doch laut genug, daß jedes nahe Ohr die
Töne hören mußte. Rascher knitterten nun die Zweige, immer näher
schienen die Schritte, bis – der Held vom indischen Shawl zu dem
erwartenden François herausgesprungen kam.

François' Hoffnung ward getäuscht; doch auch der Fremde schien
einen andern hier geglaubt zu haben. Diese plötzliche Wendung
warf des Bedienten wohldurchdachte Pläne, wie er den Befehlshaber der Coquette irre führen wollte, mit einem Male über den Haufen. Nicht so der kühne Seemann. In der That haben wir ihn dem
Leser bis jetzt in keiner noch so verwickelten Lage vorgeführt, in
welcher es ihm nicht ein Leichtes gewesen wäre, seine vollkommene Fassung zu behalten, oder vielmehr ein Schweres, seine grenzen-
lose Verwegenheit zu bändigen.

»Wie geht's Dir auf Deiner Fahrt im Gehölze, Musje Breitwim-
pel?« redete er ihn mit unendlicher Ruhe an, sobald er sich unerschrocknen Blicks überzeugt hatte, daß sie allein waren. »Dies ist
sichreres Schifffahren für einen Offizier von Deiner Wassertracht,
als in einer Pirogue Dich in der Bai herumzutreiben. Sag an, in wel-

cher Länge befinden wir uns, und was für Seelauf hat Deine Gesellschaft genommen, als sie Dich allein weiter segeln ließ?«

»Sir, ich promenir in dem Wald für mein *plaisir,* und ich fahr' auf der Bai für mein – *parbleu* nein! auf der Bai fahr' ich, um meiner jungen Gebieterin zu folgen, und, Sir, ich wünschte, daß Personen, denen die Bai und die See Vergnügen machen, nicht in den Wald kämen, *du tout.*«

»Gut gesprochen, und mit hinlänglichem Muth. Was! auch ein Gelehrter! Wenn man in einem Walde ist, sollte man dafür sorgen, daß was herauskomme bei der Mühseligkeit der Fahrt. Ist's die Kunst, ein Toppwimpel zusammenzuwickeln, die in diesem niedlichen Bändchen gelehrt wird?«

Indem er diese Frage that, nahm er ganz gelassen François das Buch aus der Hand, der aber nichts weniger als aufgebracht über diese Freiheit war, im Gegentheil, ihm das Buch mit einer Art von Triumph überließ.

»Nein, Sir, nicht wie man den Schweif zusammenwickelt, sondern wie man die Seele rührt; nicht die Kunst bei Windstillen zu segeln, sondern – *oui,* es ist voll Wissen und *esprit.* Ah! Sie kennen den *Cid!* Ah *le grand homme,* was für Genie! Wenn Sie es lesen, Herr Matrose, Sie werden die wahre Poesie sehen. Nicht das dicke Buch vom Schiff, wo nicht ein einziger Reim ist. Sir, ich wünsche nichts zu sagen, was wäre anzüglich, aber es ist nicht ein Buch ohne Reime, es wurde nicht auf der See geschrieben. *Diable!* was für Genie, was für edle *Sentiments* stehen in diesem Buche *là!*«

»Aha, ich verstehe, es ist ein Logbuch, worin jeder seine Seele lesen kann. Hier nimm den Herrn Cid zurück, und seine schönen Gefühle obendrein. Bei all seinem Genie scheint er doch nicht der Mann gewesen zu seyn, der alles geschrieben hat, was man hier zwischen den Blättern findet.«

»Er nicht alles schreiben! Ja, Sir, er schreiben kann sechsmal mehr als Alles, wenn es Frankreich Noth thut. *Que l'euvie de ces Anglais se découvre, quand on parle de beaux génies de la France!*« »Ich will nur sagen, wenn der Herr Alles, was man in dem Buche findet, *geschrieben* hat, und es so schön ist, wie du einem ungelehrten Seefahrer gern willst glauben machen, so hätte er es auch sollen *drucken* lassen.«

»Drucken?« wiederholte François, indem er, von einem und demselben Impuls getrieben, Auge und Buch zugleich weit aufriß. »*Imprimé?* Ah, hier ist *papier* von Fräulein Alide, wirklich.«

»So nimm's ein andermal besser in Acht,« fiel der Seemann vom Shawl ihm in die Rede. »Was deinen Cid anbetrifft, so kann ich ihn nicht brauchen, da er weder die Breitenlage von Untiefen, noch die Gestalt der Küsten angibt.«

»Sir, er lehrt die *morale,* die Klippe der *passions,* und die großen Stürme der Seele! *Oui,* Sir, er lehrt Alles, was ein *Monsieur* zu wissen wünscht. Jedermann in Frankreich ihn liest, in der *province* wie in der Stadt. Wenn *Sa Majesté, le grand Louis,* nicht dem schlechten Rathe folgt, die *Messieurs* Hugenotten aus seinem Reich zu jagen, so gehe ich selbst nach Paris, um den Cid zu hören.«

»Eine glückliche Reise, Musje Wimpel! Kann seyn, daß wir uns unterwegs treffen; inzwischen beurlaube ich mich. Vielleicht kommt ein Tag, wo wir uns auf der schwankenden See wieder sprechen. Bis dahin leb' wohl!«

»*Adieu, Monsieur,* – erwiederte François mit der ihm zur Natur gewordenen höflichen Verbeugung. – Wenn wir uns nicht anderswo begegnen als zur See, so begegnen wir uns nie wieder. Ha! ha! ha! Monsieur Matrose hört nicht gern von dem Ruhm Frankreichs sprechen. Ich wohl lesen möchte diesen *diable* von *Shak-a-spair,* bloß um zu sehen, wie weit der unsterbliche Corneille ihn hinter sich läßt zurück. *Ma foi, oui, Monsieur Pierre Corneille* wirklich ist ein *homme illustre!*«

Selbstgefällig setzte nun der alte, treue Diener seinen Weg nach der großen Eiche auf der Anhöhe fort; denn als er ausgeredet hatte, sah er sich allein gelassen, der Fremde mit der bunten Schärpe war weiter in's Gehölz vorgedrungen. Stolz auf den Empfang, den er den Ausfällen des Seemanns gegeben hatte, noch stolzer auf den Namen des Schriftstellers, dessen Ruf lange vor der Zeit, wo François sein Vaterland verließ, dort verbreitet war, und nicht wenig durch die Betrachtung getröstet, daß er zur Vertheidigung der Ehre seines entfernten, geliebten Vaterlandes sein Schärflein beigetragen habe, drückte der gute Alte das Buch mit Innigkeit an sich und eilte seiner Gebieterin nach.

Wenn auch den Eingebornen von Manhattan die Lage der Insel Staten und der sie umgebenden Baien bekannt genug ist, so wird eine kurze Schilderung der Oertlichkeiten Lesern, die entfernter von dem Schauplatze der Erzählung wohnen, nicht unangenehm seyn.

Es ist schon bemerkt worden, daß die Hauptverbindung zwischen den Baien von Rariton und York, die »Meerenge« heiße. An der Mündung dieses Kanals erhebt sich das Land auf der Insel Staten zu einer bedeutenden Anhöhe, welche über das Wasser herüberragt, ungefähr wie an dem mährchenberühmten Cap Misenum. Dieser erhabene Punkt beherrscht nicht bloß die Aussicht auf beide Buchten und auf die Stadt, sondern das Auge reicht noch weit in die See hinein, über die Spitze Sandy-Hook hinweg. Von diesem Punkt werden noch heute die auf unserer Höhe ankommenden Fahrzeuge zuerst entdeckt; von hier aus erhält der ängstlich harrende Kaufmann, mittelst des Telegraphen, die Nachricht, daß sein Schiff im Anzuge sey. Damals, im Anfang des vergangenen Jahrhunderts, pflegten noch nicht so viel Schiffe hier anzukommen, daß die Kosten eines Telegraphen hätten gedeckt werden können. Die Spitze der Anhöhe ward daher, wenn nicht die schöne Aussicht manchmal einen Bewunderer von Naturscenen, oder Geschäfte einen Landmann dahin zogen, nur selten besucht. Schon früher hatte man das dort wachsende Gehölz abgehauen, so daß in einem Umfang von 10 bis 12 Morgen Landes die schon erwähnte Eiche der einzige Baum war.

Diese einsamstehende Eiche nun hatte der Rathsherr Van Beverout dem François als den Ort des Rendezvous bezeichnet, und selbst, nachdem er ihn allein gelassen, seinen Weg dahin genommen; wir verlegen daher die Scene nach diesem Fleck. Um die Wurzel des Baumes herum war eine einfache ländliche Bank angebracht, auf welcher jetzt die ganze Reisegesellschaft, mit Ausnahme des abwesenden Domestiken, Platz nahm. Es dauerte jedoch nicht lange, so kam der letztere mit einer triumphirenden Miene an, und gab sogleich einen ausführlichen Bericht von seinem Zusammentreffen mit dem Fremden.

»Wenn man ein reines Gewissen, herzliche Freunde und eine hübsche Bilanz besitzt, so kann man selbst in diesem Klima sich im Januar warm halten,« sagte der Alderman, der dem Gespräch gern eine andere Richtung geben wollte; »aber des Sommers in jener übervölkerten Stadt, mit ihren heißen Straßen, kühl bleiben, das geht über sterbliche Kräfte, zumal wenn einem wurmstichige Pelze und rebellische Schwarze den Kopf warm machen. Siehst Du den weißen Fleck jenseits der Bai, Patroon? Potz Zephyr und Fächelwind! das ist »Lust in Ruh«, wo man mit jedem Athemzug eine Herzstärkung zu sich nimmt, und wo ein Mensch, nach Belieben, zu jeder von den vier und zwanzig Stunden die Totalsumme seiner Gedanken zusammenaddiren kann.«

»Das kann man auch hier auf diesem Hügel, wir sind hier eben so allein, und haben noch obendrein den Vortheil der Aussicht auf die Stadt,« bemerkte Alida mit einer Emphase, welche darauf hindeutete, daß sie sich mehr dachte als sie aussprach.

»Das sind wir, meine Nichte, ganz allein unter uns,« erwiederte der Rathsherr, und rieb sich dabei die Hände, als wenn er sich innerlich Glück wünschte, daß dem wirklich so wäre. »Diese Wahrheit läßt sich nicht läugnen und ich sollte meinen, wir bilden eine gute Gesellschaft, obschon ich es selbst sage, der ich doch auch keine Null darin bin. Eines armen Mannes Vermögen besteht in Bescheidenheit; wenn wir aber erst in der Welt was vor uns gebracht haben, Patroon, so dürfen wir uns immerhin die Freiheit herausnehmen, von uns zu sagen, was wahr ist.«

»In welchem Fall wenig anderes als Gutes aus dem Munde des Rathsherrn Van Beverout kommen wird,« sagte Ludlow, der von hinten, wo die Wurzeln des Baumes ihn verbargen, so plötzlich hervortrat, daß der Bürger, wie verstummt, abbrach. »Der Wunsch, Ihrer Gesellschaft das Schiff zur Verfügung zu stellen, hat mein unerwartetes Erscheinen bei Ihnen veranlaßt, daher ich hoffe, daß Sie mir verzeihen werden.«

»Die Macht zu vergeben ist ein Prärogativ des Gouverneurs, welcher die Königin repräsentirt,« antwortete der Alderman trocken. »Wenn Ihre Majestät ihren Kreuzern so wenig Beschäftigung anzuweisen hat, daß die Herren Capitäne ihre Schiffe alten Männern und jungen Mädchen zur Verfügung stellen können – je nun, so leben wir in einer glücklichen Zeit, und der Handel muß wieder aufblühen.«

»Wenn sich beide Pflichten vereinigen lassen, warum sollte ein Schiffsbefehlshaber es sich nicht zum Glück anrechnen, Vielen nützlich seyn zu können! Sie reisen nach dem Hochland von Jersey, Herr Alderman Van Beverout, nicht wahr?«

»Ich reise nach einem bequemen und *privaten* Aufenthalt, genannt »die Lust in Ruh«, Herr Capitän Cornelius Van Cuyler Ludlow.«

Der Jüngling biß sich in die Lippe, und seine männlich braune Wange entflammte bis zum Purpur, obgleich er die äußere Fassung nicht verlor.

»Und ich reise nach der See,« sagte er, ohne zu zaudern. »Der Wind wird frisch, und Ihr Boot, das in diesem Augenblick, wie ich sehe, die Richtung nach den Inseln nimmt, wirb es schwer finden, seiner Gewalt zu widerstehen. Der Anker der Coquette ist in zwanzig Minuten gelichtet, und die zwei Stunden der Ebbe und des Bramsegelwindes werden eine nur zu kurze Zeit seyn für das Vergnügen, solche Gäste zu bewirthen. Gewiß bin ich, daß die Besorgnisse der schönen Alida meinen Wünschen günstig sind, obgleich es mir ein Geheimniß ist, auf welcher Seite ihre Neigungen sind.«

»Sie sind auf Seiten ihres Onkels;« erwiederte Alida schnell. »Ich bin so wenig Matrose, daß ich, auch ohne zaghaftig zu seyn, nur klug handle, wenn ich mich auf die Erfahrung älterer Köpfe verlasse.«

»Auf den Vorzug des größeren Alters kann ich freilich nicht Anspruch machen,« sagte Ludlow lebhaft, »allein Herr Van Beverout wird es nicht anmaßend finden, wenn ich glaube, ein eben so guter Beurtheiler von Wind und Fluth zu seyn, als selbst er.«

»Sie sollen im Befehl der königlichen Kriegsschaluppe große Geschicklichkeit entwickeln, und es macht der Colonie viel Ehre, einen so guten Offizier hervorgebracht zu haben, wenn auch gleich Ihr Großvater, wo ich nicht irre, erst zur Zeit der Thronbesteigung Carls des Zweiten in die Provinz einwanderte.«

»Einer Abstammung von den Vereinigten Provinzen von väterlicher Seite können wir uns allerdings nicht rühmen, Alderman Van

Beverout; aber die politischen Gesinnungen meines Großvaters mögen gewesen seyn, welche sie wollen, die Unterthanentreue seiner Nachkommen ist noch nie in Zweifel gezogen worden. Es sey mir erlaubt, die schöne Alida dringend zu bitten, den Besorgnissen, die sie ganz gewiß fühlt, Gehör zu geben und ihrem Onkel einleuchtend zu machen, daß die Coquette sicherer ist, als seine Pirogue.«

»Man versichert, es sey nicht so leicht aus Ihrem Schiff herauszukommen als hinein,« versetzte das boshafte Mädchen lachend. »Trügen gewisse Kennzeichen nicht, die wir bei unserem Hierherkommen bemerkten, so macht ihre Coquette, wie alle anderen, gern Eroberungen. Unter einem so schädlichen Einfluß befindet man sich nicht in Sicherheit.«

»Diesen Ruf geben uns unsere Feinde; einer sehr verschiedenen Antwort versah ich mich von der schönen Barbérie.«

Des letzten Satzes Schluß ward mit einem Nachdruck gesprochen, der das Blut in des Mädchens Adern in raschere Bewegung setzte. Ein Glück war es, daß ihre zwei Reisebegleiter keine sonderliche Beobachtungsgabe besaßen, sonst würden sie dem Verdacht Raum gegeben haben, daß zwischen dem jungen Seemann und der Erbin ein größeres Einverständniß bestehe, als sich mit ihren Wünschen und Absichten vertrage.

»Von der schönen Barbérie hatte ich mir eine andere Antwort versprochen,« wiederholte Ludlow leiser, aber noch emphatischer als vorher.

Der innere Kampf Alida's war sichtbar, doch besiegte sie sich, ehe ihre Verwirrung Aufsehen erregen konnte, wandte sich zu ihrem Diener und sprach mit weiblicher Gelassenheit und Würde:

»Gib mir das Buch zurück, François.«

»Le voici – ah, mein theures Fräulein Alida, Sie hätten sehen sollen, wie der Herr Matrose sich ärgerte, über den Ruhm und die schönen Verse unsers berühmten Herrn Pierre Corneille.«

»Hier steht ein Englischer Seemann,« antwortete lächelnd seine Gebieterin, »der einem bewunderten Schriftsteller, wenn er auch einer Nation angehört, der man gewöhnlich eine feindliche Gesinnung gegen England zuschreibt, Gerechtigkeit widerfahren lassen wird. Herr Capitän, vor einem Monat versprach ich, Ihnen einen Band des Corneille zu leihen; erst jetzt ist es mir vergönnt, mein Wort zu lösen. Wenn Sie dem Inhalt dieses Bandes die Aufmerksamkeit geschenkt haben werden, die er verdient, so hoffe ich« –

»Bald eine Meinung über dessen Werth zu erhalten.«

»Ich wollte sagen, den Band; denn er ist ein Vermächtniß meines Vaters,« fügte Alida mit Festigkeit hinzu. »Vermächtnisse und ausländische Zungen!« brummte der Alderman. »Die ersteren gehen an; was aber die letzteren betrifft, so brauchte der klügste Mann nichts weiter zu lernen als Englisch und Holländisch. Ich wenigstens, Patroon, habe nie eine Abrechnung über Gewinn und Verlust in einer andern Sprache verstehen können, und selbst eine günstige Bilanz scheint nie so angenehm, als sie wirklich ist, wenn sie in einem andern Dialekt, als in diesen beiden vernünftigen aufgezogen ist. Capitän Ludlow, wir danken Ihnen für Ihre Aufmerksamkeit, aber so eben sagt mir einer von meinen Leuten hier, daß meine eigene Pirogue angekommen ist; ich wünsche Ihnen also eine glückliche und lange Seefahrt, wie man vom Leben zu sagen pflegt, und Adieu.«

Der junge Mann erwiederte die Abschiedsgrüße der Gesellschaft gleichgültiger, als die Angelegentlichkeit, mit welcher er sie vorher zur Benutzung seines eignen Schiffes zu bewegen gesucht hatte, erwarten ließ. Selbst als sie nun den Hügel hinabgingen, nach der äußern Bai zu, blieb er gelassen, und erst nachdem die Abreisenden in ein Gehölz eingetreten waren, so daß er von ihnen nicht mehr gesehen werden konnte, ließ er seinen Gefühlen freien Lauf.

Er zog nun das Buch aus der Tasche, und an der unbändigen Hast, mit welcher er es öffnete, ließ sich leicht errathen, daß er etwas anders, als was der unsterbliche Corneille geschrieben hatte, darin zu finden hoffte – er hatte sich nicht geirrt: schnell fiel das Vermächtniß des Herrn von Barbérie vor seinen Füßen, und mit der Spannung eines Menschen, der noch ungewiß ist, ob er sein Todesurtheil oder Begnadigung lesen werde, entsiegelte und durchlief er das gefundene Billet.

Die erste Empfindung des jungen Mannes war offenbar hohe Verwunderung. Er las, las zum zweiten Mal, schlug sich vor die

Stirn, schaute um sich her auf Land und Wasser, durchlief noch einmal das Geschriebene, untersuchte die Aufschrift, welche einfach lautete: »An den Herrn Ludlow, Capitän des königlichen Schiffes Coquette;« dann lächelte er, murmelte einige Worte vor sich hin, schien verdrießlich und doch entzückt; las das Briefchen Wort für Wort zum dritten oder vierten Mal und mit einem gemischten Ausdruck des Bedauerns und der Zufriedenheit verbarg er es in die Tasche.

Sechstes Kapitel.

»Nun ist das Ding heut' wiederum erschienen?«

Hamlet.

»Des Menschen Antlitz ist das Logbuch seiner Gedanken: die des Capitäns Ludlow scheinen von angenehmer Art zu seyn,« bemerkte eine Stimme, die von einem, unfern vom Befehlshaber der Coquette Stehenden kam, während jener noch in dem so eben beschriebenen Geberdenspiel begriffen war.

»Wer spricht von Gedanken und Logbüchern, und wer wagt es, meine Bewegungen zu belauschen?« fragte der junge Seemann wildstolz.

»Jemand, der zu oft mit den ersteren getändelt und in den letzteren geschmiert hat, um nicht zu verstehen, wie man einem Sturm begegnen müsse, er zeige sich nun am Himmel oder bloß auf dem Angesicht eines Menschen. Ihre Bewegungen, Capitän, habe ich nicht belauscht; allein wessen Blicke schon so manches große Schiff verfolgt haben, der braucht sie wohl nicht abzuwenden, wenn ihm in seiner Fahrt zufällig ein oder der andere leichte Kreuzer aufstößt. Sie haben mich hoffentlich verstanden, Sir, jeder Anruf darf auf eine höfliche Antwort Anspruch machen.«

Ludlow traute kaum seinen Sinnen, als er sich, um den Verwegnen kennen zu lernen, umdrehte und sich dem trotzigen Auge und der gleichgültigen Miene des Matrosen gegenüber sah, der an diesem Tage schon einmal seinem Zorne die Stirn geboten hatte. Der junge Mann legte indessen seinem Unwillen aus Wetteifer Zügel an; denn er fühlte wohl, daß die unerschütterliche Ruhe, welche der andere ihm entgegensetzte, demselben, trotz seines untergeordneten Standes, etwas Imponirendes, ja fast Gebietendes verlieh. Freilich ward ihm diese Selbstbezwingung um so schwerer, als er von den Meisten, welche die See zu ihrer Heimath gewählt haben, Gehorsam gewohnt war, aber das Sonderbare, jederzeit anziehend für die, Abenteuer liebende Jugend, mochte vielleicht dazu beitragen, daß er den Zorn verschluckte und mit Fassung antwortete:

»Wer sich muthig seinem *Feind* gegenüberstellen kann, verdient den Ruhm der Kühnheit; aber der ist tollkühn, welcher muthwillig seinen *Freund* zum Zorn reizt.«

»Und wer weder das Eine noch das Andere thut, ist klüger als Beide,« versetzte der rücksichtslose Held mit der bunten Schärpe. »Capitän Ludlow, wir treffen hier auf gleichem Fuß zusammen, und können daher allen Zwang aus unserer Unterhandlung verbannen.«

»Auf Männer so verschiedenen Ranges läßt sich das Wort Gleichheit schlecht anwenden.«

»Sprechen wir jetzt nicht von unserm Stand und unsern Pflichten. Hoffentlich wird jeder von uns den erstern zu behaupten, die letztern zu erfüllen wissen, wenn die Zeit dazu gekommen ist. Allein der Capitän Ludlow, unterstützt durch die volle Lage der Coquette und durch das Kreuzfeuer seiner Marinen, ist nicht der Capitän, einsam auf einer Anhöhe an der See, mit keinen bessern Piekstücken als seinem Arm und seinem unerschrocknen Herzen. Als Ersterer gleicht er einer Spiere, gestützt mit Pardunen und Fockstags, Brassen und stehendem Tauwerk; als Letzterer hingegen ist er nichts mehr als ein Baum, der nur durch die Gesundheit und Güte seines Stamms sein Haupt in der Höhe erhält. Sie scheinen ganz der Mann, der ohne Hülfe gehen kann, selbst bei einer heftigeren Kühlte als die, welche nach dem Drang in den Segeln des Bootes dort zu urtheilen, jetzt auf dem Meere wüthet.« »Wahr! das Boot dort fängt wirklich an, den Wind zu fühlen,« sagte Ludlow, und bald verdrängte die Erscheinung der Pirogue, welche Alida und ihre Freunde enthielt, und in diesem Augenblick aus dem Bergungsort unter dem Hügel in die breite Oeffnung der Rariton-Bai hervorschoß, jeden andern Gedanken aus der Brust des jungen Mannes. »Was halten Sie vom Wetter, mein Freund? ein Mann von Ihren Jahren sollte über diesen Gegenstand ein Kennerurtheil haben.«

»Weiber und Winde lernt man erst kennen, wenn sie in voller Bewegung sind,« erwiederte Der mit der Schärpe; »nun würde freilich jeder Sterbliche, welcher die Wolken und seine eigene Sicherheit zu Rathe zog, die Fahrt in dem königlichen Schiff Coquette lieber gemacht haben, als in der Pirogue, die dort auf den Wogen tanzt; allein das seidene Gewand, welches wir im Boote flattern sehen, belehrt uns, daß es Jemand gebe, welche anderer Meinung war.«

»Sie sind ein Mann mit eben so seltenem Verstande,« rief Ludlow, den Unbekannten wieder scharf ansehend, »als seltener« –

»Unverschämtheit,« ergänzte der Andere den abgebrochenen Satz des Commandeurs: »der wohlbestallte Offizier der Königin spreche immer rein von der Brust weg; ich bin nicht mehr als ein Marsgast, höchstens ein Quartiermeister.«

»Ich will nichts sagen, was Ihnen unangenehm ist, doch, daß Sie von meinem Anerbieten: die Dame und ihre Freunde nach der Wohnung des Aldermans Van Beverout zu führen, so wohl unterrichtet scheinen, finde ich etwas auffallend.«

»Auffallend? ich meinerseits hätte es nicht auffallend gefunden, wären Sie erbötig gewesen, die *Dame* irgendwo hinzuführen; schwieriger freilich würde die Handlung zu erklären seyn, wenn Sie dieselbe Liberalität auch auf ihre Freunde ausgedehnt hätten. Wenn ein junger Mann vom Herzen spricht, so pflegt er nicht zu flüstern.« »Das heißt so viel, daß sie unsere Unterredung belauscht haben. Dies kommt mir um so wahrscheinlicher vor, als es leicht ist, sich ungesehen hier in der Nähe zu befinden. Aber am Ende, Sir, hatten Sie auch Augen so gut wie Ohren.«

»Sie mögen es immerhin erfahren, ich habe gesehen, als Sie ein Stück Papier überholten, und das Gesicht dabei veränderten, – wie ein Parlamentsglied, auf ein vom Minister gegebenes Signal, ein neues Blatt in seinem Gewissensbuche aufschlägt.«

»Vom Inhalt konnten Sie doch nichts wissen!«

»Der Inhalt schien mir der geheime Befehl einer Dame zu seyn, die selbst zu sehr Coquette ist, um auf ihr Anerbieten: in einem Schiffe gleiches Namens zu segeln, eingehen zu können.«

»Bei'm Himmel, der Kerl hat bei all seiner unbegreiflichen Unverschämtheit vernünftige Besonnenheit!« brummte Ludlow vor sich hin, indem er unter dem Schatten des Baumes auf- und abging. »Die Worte und die Handlungen des Mädchens widersprechen sich, und ich bin ein Narr, daß ich mich zum Besten haben lasse, wie ein Seekadett, der eben dem Schooße der Mutter entlaufen ist. – Hören Sie 'mal, Herr – r – r – Nun! Sie haben doch wahrscheinlich, wie jeder andere Seewanderer, einen Namen?«

»O ja; auf den Ruf: Thomas Ruderpinne – höre ich, wenn der Anruf anders laut genug ist, daß ich darauf hören mag.«

»Gut denn, Herr Ruderpinne; ein so gewitzter Seemann sollte, dächte ich, mit Vergnügen Dienste bei der Königin nehmen.«

»Hätte ich nicht Pflichten gegen einen anderen, der frühere Ansprüche auf mich hat, so würde mir nichts angenehmer seyn, als einer bedrängten Dame meine Hilfe anzubieten!«

»Und wer ist's, der seine Ansprüche auf Eure Dienste gegen die der Beherrscherin dieses Reichs geltend machen darf?« fragte Ludlow, und zeigte dabei etwas von jenem hochfahrenden Wesen, so hervorstechend, wenn Leute, die gewöhnt worden sind, die königliche Würde mit Ehrfurcht zu betrachten, von den Privilegien derselben sprechen. »Der bin ich. Wenn unsere Geschäfte auf einem und demselben Wege liegen, so kann Niemand mehr bereitwillig seyn, als ich, Ihrer Majestät Gesellschaft zu leisten, aber ...«

»Das heißt meine augenblickliche Herablassung zu sehr mißbrauchen,« unterbrach ihn Ludlow; »Kerl, du weißt, daß ich über deine Dienste gebietend verfügen kann, und nicht nöthig habe, erst mit dir darum zu unterhandeln; und am Ende sind sie, trotz deiner prahlerischen Außenseite, nicht einmal der Mühe werth.«

»Es ist nicht nöthig, Capitän, daß wir es mit unserer Angelegenheit bis zum Aeußersten kommen lassen,« nahm der Fremde, nachdem er einen Augenblick nachgedacht hatte, wieder auf. »Wenn ich heute schon einmal Ihre Jagd auf mich vereitelt habe, so geschah es vielleicht, um es außer allen Zweifel zu setzen, daß ich Ihr Schiff aus ganz freiem Antrieb betrete. Wir sind hier allein, und Ew. Gestrengen werden es nicht Prahlerei nennen, wenn ich sage, daß sich nicht erwarten läßt, ein Mann mit gesunden, kräftigen Gliedern, der seine sechs Fuß zwischen Planke und Scheerstock mißt, werde sich gegen seinen Willen herumführen lassen, gleich einem Nachen am Spiegel eines Vierundvierzigers. Ich bin ein Seemann, Sir; und obgleich der Ocean meine Heimath ist, so wage ich mich doch nicht eher darauf, als bis ich weiß, daß ich sicher fuße. Schauen Sie von dieser Höhe um sich her, und sagen Sie, ob außer dem königlichen Kreuzer irgend ein Fahrzeug im Gesichtskreise liege, das dem Geschmack eines Matrosen von der langen Seefahrt zusagen könnte?«

»Soll ich das denn so verstehen, daß Sie wirklich Dienste bei mir suchen?«

»Nicht anders; und wenn auch die Meinung eines Fockmastgastes von geringem Werthe seyn mag, so sind Sie vielleicht doch nicht böse, wenn Sie aus meinem Munde hören, daß ich mich noch weiter umsehen könnte, ohne einen hübscheren Kiel, oder besseren Schnellsegler zu finden, als der, welcher unter ihrem Commando segelt. Einem Seemann von Ihrer Erfahrung darf man nicht erst sagen, daß der Mensch, so lange er sein eigener Herr ist, eine andere Sprache führt, als nachdem er sich dem königlichen Dienste hingegeben hat. Ich hoffe daher, Sie werden mir meine bisherige freie Rede nicht als Verbrechen anrechnen.«

»Leute Eures Humors sind mir schon vor Euch, mein Freund, vorgekommen; auch erfahre ich jetzt nicht zum ersten Mal, daß ein echter Kriegsschiffs-Matrose eben so unverschämt auf trock'nem Boden ist, als subordinationsmäßig am Bord – – Ist das ein Segel am Horizont oder nur der in der Sonne glänzende Fittig eines Meervogels?«

»Es kann beides seyn,« bemerkte der kühne Matrose, indem er den Blick gemächlich nach der offenen See richtete; »wir haben eine weite Aussicht auf dieser windigen Anhöhe. An der Stelle dort haben spielende Seemöven, das Gefieder dem Lichte zugekehrt, uns zum Besten.«[7] »Mehr seewärts geschaut! Jener glänzend weiße Fleck muß das Segeltuch irgend eines am Horizont lauernden Fahrzeugs seyn!«

»Bei so einem kräftigen Winde ist nichts wahrscheinlicher. Die Küstenfahrzeuge sind zu jeder Tages- oder Nachtstunde bald drinnen, bald draußen, wie die Ratten an einem Kai – aber wirklich mir scheint es weiter nichts zu seyn, als der Kamm einer überstürzenden Woge.«

---

[7] So gebe ich are gulls sporting above the waves; wer den Doppelsinn in dem die Möve bezeichnenden Worte zu erhalten vermag, ohne sich hier einige Freiheit mit dem Original zu erlauben, der ist der Lord Ober-Admiral aller Uebersetzer, und vor ihm streiche ich meine Uebersetzer-Flagge. d. U.

»Segeltuch ist's, was dort flattert; schneeweiß wie die Schnellsegler an ihren oberen Spieren zu tragen pflegen.«

»So ist es wieder weggeflattert,« erwiederte trocken der Fremde, »denn es ist nicht mehr zu sehen. Ja, ja, Capitän, diese Davonflieger verursachen uns Seeleuten manche schlaflose Nacht und vergebliche Jagd. Einst lief ich an der Küste von Italien hinab, zwischen der Insel Corsica und dem weiten Meer, da ward die Mannschaft wie besessen von einer solchen Täuschung; dies dient mir seit jener Zeit stets zur Warnung, blosen Augen nicht zu trauen, wenn ihnen ein klarer Horizont und ruhiger Kopf nicht zu Hilfe kommen.«

»Laß hören,« sagte Ludlow, indem er, sich überzeugt haltend, daß seine Sinne ihn getäuscht hatten, vom fernen Ocean den Blick abwendete: »was hatte dies Wunder auf der italienischen See auf sich?«

»Ein Wunder in der That, wie Ew. Gestrengen selbst zugeben werden, wenn ich ihnen die Sache ungefähr in denselben Worten wiedererzähle, mit denen ich sie damals zur Belehrung aller Betheiligten ins Logbuch eintragen ließ. Es war die letzte Stunde der zweiten Hunde-Wache am Ostersonntag, der Wind südostost. Ein leichtes Lüftchen füllte die obern Tücher just genug, um das Schiff in unserer Gewalt zu behalten. Die Berge Corsicas, nebst Monte Christo auf Elba, waren alle schon seit einer Stunde untergegangen, und wir saßen auf den Raaen, spähend, ob das Land an der römischen Küste sich nicht aufthue. Ein niedriger Damm dicken treibenden Nebels lag längs der See, küstenwärts von uns. Wir alle hielten es für die Ausdünstung des Landes, und dachten nicht weiter daran, obgleich Keiner Lust hatte hinanzusteuern, da an der Küste böse Dünste aufsteigen, durch die weder See- noch Landvögel gern hindurchfliegen. Gut, hier lagen wir, das große Segel in den Geitauen, die Bramsegel gegen die Tops der Masten anschlagend, wie ein Mädchen, das den Fächer stärker bewegt, wenn der Liebste kommt, kurz nichts angefüllt, als das oberste Tuch, und die Sonne völlig unter'm Wasser an dem westlichen Bord. Damals war ich jung, und scharfen Auges, wie schnellen Fußes, daher ich einer der ersten war, die den Anblick sahen.«

»Und der war?« fragte Lublow, welcher, trotz seiner angenommenen gleichgültigen Miene sich angezogen fühlte.

»Ei nun, hier, genau über dem Damm von schlechten Dünsten, welche stets an jener Küste lagern, zeigte sich ein Gegenstand, der aussah gleich Strahlen glänzenden Lichtes, als wenn tausend Sterne ihre gewohnten Backs am Himmel verlassen hätten, um uns durch ein übernatürliches Zeichen vom Lande wegzuwarnen. Das Gesicht war an sich schon höchst auffallend und mit nichts Natürlichem vergleichbar. Als die Nacht immer finsterer wurde, da wuchs der Glanz und die Gluth noch mehr, als wollte es uns alles Ernstes von der Küste abwehren. Wie aber nun der Befehl erging die Gläser hinauf zu schicken, erblickte man ein blendend helles Kreuz in der Höhe, weit über diejenigen Spieren erhaben, an denen irdische Schiffe ihre Privatsignale auszuhängen pflegen.«

»Das war in der That außerordentlich! nun, und was thatet Ihr, um über die Beschaffenheit des himmlischen Zeichens ins Klare zu kommen?«

»Wir fielen von der Küste ab, und überließen es kühneren Matrosen, dort eine Back zu suchen. Herzlich froh war ich, bei aufgehender Sonne die schneebedeckten Berge Corsicas wieder zu erblicken.«

»Und die Erscheinung jenes Gegenstandes blieb seitdem unerklärt?«

»Und wird es immer bleiben. Gar manchen Befahrer jener Gewässer habe ich seit jener Zeit gesprochen, doch keinen darunter gefunden, der sagen konnte, etwas Aehnliches gesehen zu haben. Zwar nahm sich Einer heraus, zu behaupten, es stehe weit landeinwärts eine Kirche, die wohl groß und hoch genug sey, um einige Stunden von der Küste schon sichtbar zu werden, und was wir sahen, sey nichts Anderes gewesen, als die hohe, zu irgend einem Feste vielleicht erleuchtete Kuppel, was um so wahrscheinlicher sey, da nur unsere Lage und der Nebel längs dem flachen Lande den Zusammenhang des hervorragenden Gegenstandes mit der Erde unsern Blicken entzog: allein wir waren alle zu alt an seemännischer Erfahrung, als daß wir einem so weit hergeholten Mährchen hätten Glauben schenken sollen. Es kann vielleicht seyn, daß eine Kirche in der Ferne ein eben so schwankendes, ungewisses Aussehen hat, wie ein ferner Hügel oder fernes Schiff; wenn Einer aber behauptet, daß Menschenhände auf Wolken einen Steinhaufen errichten können, so sollte er, bevor er mehr Worte verliert, sich erst gläubige Zuhörer anschaffen.«

»Eure Erzählung ist ungewöhnlicher Art, und gut wär's immer gewesen, wenn Ihr das Wunder näher untersucht hättet. Uebrigens kann es wirklich eine Kirche gewesen seyn, denn zu Rom steht ein Gebäude, daß dreimal höher ist als die Masten eines Kreuzers.«

»Da ich selten die Kirchen beunruhigt habe, so sehe ich nicht ab, warum eine Kirche mich beunruhigen sollte,« sagte der Matrose mit der bunten Schärpe, und kehrte dem Meere den Rücken zu, als wenn er keine Lust mehr hätte, die einförmige Wasseröde länger anzusehen. »Es sind jetzt zwölf Jahre her, seit jenes Gesicht sich zeigte; von jener Stunde an bis jetzt habe ich gar viele Reisen gemacht, aber die römische Küste mit keinem Auge wiedergesehen. – Wollen Ew. Gestrengen nicht, wie es Ihrem Range geziemt, den Weg von der Anhöhe hinab vorangehen?«

»Ueber Eure Geschichte von dem blendendhellen Kreuze und der fernschwankenden Kirche, Meister Ruderpinne, hätte ich bald vergessen, die Bewegungen der Pirogue dort zu beobachten,« erwiederte Ludlow, noch immer das Gesicht der Bai zugewandt. »Der halsstarrige alte Holl – – ich wollte sagen, Sir, der Herr Alderman Van Beverout setzt mehr Vertrauen in diese Art von Fahrzeugen, als ich meinestheils. Mir will das Aussehen der Wolke dort, die sich eben aus der Mündung des Rariton erhebt, gar nicht gefallen, und hier, seewärts, haben wir einen düstern Horizont – – bei'm Himmel! ein Segel spielt dort auf der Meereshöhe, oder mein Auge hat die Sehkraft und die Unterscheidungsgabe verloren.«

»Die flatternde Seemöve hat Ew. Gestrengen wieder zum Besten; es fehlte wenig, daß auch ich daran irre wurde, was den Kundschafterblick eines Mannes täuschen hieße, der zehn bis fünfzehn Jahre Uebung in Erscheinungen auf der See vor Ihnen voraus hat. Ich erinnere mich, einst bei'm Beschiffen des Chinesischen Archipels, mit südöstlichen Passatw –«

»Genug von Euren Wundern, Freund; Ihr müßt nicht glauben, daß ich an Einem Morgen mehr als Eine Kirche verschlucken kann. Es kann eine Möve gewesen seyn, denn der Gegenstand, ich gestehe es, war klein; dessenungeachtet aber hatte er das Ruhige und die Form eines fernen Segels. Auch ist einiger Grund vorhanden, an unsrer Küste ein Schiff zu erwarten, das scharf und seemännisch genau bewacht werden muß.«

»So? Dies verschafft mir also vielleicht eine Wahl unter mehreren Schiffen,« versetzte Ruderpinne. »Ich weiß Ew. Gestrengen vielen Dank, daß Sie mir diese Mittheilung machen, bevor ich mich an die Königin versagt habe: denn diese Dame ist weit geneigter, Gaben dieser Art anzunehmen, als sie zu erwiedern.«

»Wenn Eure Achtung am Bord Eurer Dreistigkeit auf trocknem Boden nur einigermaßen das Gleichgewicht hält, so könnt Ihr für ein Muster von Höflichkeit gelten! Aber einem Seemann von Euren Ansprüchen sollte der Charakter des Schiffes, in welchem er Dienste nimmt, nicht gleichgültig seyn.«

»Ist denn dasjenige, wovon Ew. Gestrengen sprachen, ein Boucanier?«

»Wo nicht ein Boucanier, so doch nicht viel besser. Es ist, im besten Fall, ein Contrebandier; und es gibt Leute, die der Meinung sind, daß, wer erst bis dahin gegangen, nicht dort stehen geblieben ist. Aber ein Mann wie Ihr, der bereits so lange die See befährt, hat ja wohl schon von dem »Streicher durch die Meere« sprechen hören.« –

»Verzeihen Sie die Neugierde eines Seefahrers bei einem Gegenstand, der mit seinem Gewerbe in Verbindung steht,« erwiederte der Matrose mit der Schärpe, weit lebendiger und wärmer als bisher. »Ich bin erst seit kurzer Zeit von einem fernen Meere zurück, und obgleich viele Geschichten von den Boucaniers erzählt werden, so erinnere ich mich doch nicht, von jenem Herumstreicher gehört zu haben, als bis ich mich in dem Boot befand, welches die Ueberfahrt zwischen der Stadt und diesem Landungspunkt unterhält, wo der Schiffer zufällig im Gespräche desselben erwähnte. Herr Capitän, ich bin nicht ganz das, was ich zu seyn scheine, und werde ich erst nach schweren Dienstleistungen meinem Commandeur genauer bekannt geworden seyn, so bereut er es vielleicht nicht, einem wackeren Seemann gutmüthig und herablassend begegnet zu seyn, und denselben dadurch vermocht zu haben, Dienste in seinem Schiffe zu nehmen. Ich wage daher die Bitte, daß Ew. Gestrengen mir sagen wollen, was es mit diesem Contrebandier für eine Bewandtniß habe?«

Ludlow blickte seinem Gefährten fest in das unbewegte männliche Gesicht. Ein Verdacht, er wußte selbst nicht recht worüber, wollte sich seiner bemächtigen, doch verschwand derselbe, als er sich durch das vielversprechende Aeußere des Andern immer mehr überzeugte, daß er an ihm einen kühnen und gewandten Seemann gewinnen würde. Die Dreistigkeit der Bitte gefiel ihm mehr als sie ihn beleidigte; er drehte sich auf der Ferse um, und setzte bei'm Hinabsteigen vom Hügel nach dem Landungsplatze zu, das Gespräch wohlgelaunt fort.

»Ihr müßt in der That von einem fernen Ocean kommen,« sagte der junge Capitän der Coquette, und lächelte, als wollte er einen leisen inneren Vorwurf wegen zu großer Herablassung damit beschwichtigen, »wenn die verwegenen Handlungen einer Brigantine, gekannt unter dem Namen: »Wassernixe« und die ihres Befehlshabers, mit Recht »der Streicher durch die Meere« genannt, Euer Ohr nicht erreicht haben. Fünf Sommer sind es jetzt, seit die Kreuzer in den Colonien Ordre haben, scharf aufzupassen, und auf den Piraten Jagd zu machen; ja man versichert, der waghalsige Schmuggler habe schon oft der königlichen Flagge selbst in den Meerengen die Stirn gewiesen. Der Offizier, der so glücklich wäre, den Schelm zu fangen, würde gewiß zum Ritter geschlagen werden, wenigstens das Commando eines größeren Schiffs erhalten.«

»Der muß einen einträglichen Handel treiben, daß er diese Gefahren läuft und den Bemühungen so vieler geschickter Herren Trotz bietet. Fast fürchte ich, nach Ew. Gestrengen unwilligem Blick zu urtheilen, schon zu weit in meiner Freiheit gegangen zu seyn, sonst würde ich noch wagen, die Frage zu thun, ob das Gerücht nichts weiter erzähle von dem Gesicht und der Person des – Freihändlers, wie man ihn nennen muß, obgleich Freibeuter ein besseres Wort wäre.«

»Was liegt an dem persönlichen Aussehn eines Spitzbuben,« sagte Capitän Ludlow, wahrscheinlich eingedenk, daß mehr mitzutheilen sich nicht mit der Klugheit vertrage.

»Was daran liegt? Ei nun, ich fragte nur, weil die Schilderung sich ein wenig auf einen Menschen paßt, den ich einst in den Gewässern des jenseitigen Indiens kennen lernte, der aber seit langer Zeit verschwunden ist, Niemand weiß wohin. Sollte aber dieser »Streicher durch die Meere« nicht ein Spanier aus Südamerika seyn, oder ein Holländer, der von dem Lande der Ueberschwemmungen gekommen ist, um sich einmal auf festem Lande gütlich zu thun?«

»Kein Spanier von der südlichen Küste hat noch in diesen Gewässern ein so kühnes Segel gefühlt, und einen Holländer mit so behender Ferse gibt es gar nicht. Soll ja doch der Kerl dem schnellsten Kreuzer aus England ein Schnippchen schlagen! Was seine Gestalt betrifft, so habe ich wenig Gutes davon sagen hören. Das Gerücht erzählt, er sey ein mißvergnügter Offizier, der einst bessere Tage gesehen, aber den Umgang mit ehrlichen Leuten aufgegeben habe, weil ihm der Schurke so deutlich in's Gesicht geschrieben sey, daß er es vergeblich zu verbergen sucht.«

»Der Meinige war ein stattlicher Mann, der sich seines Gesichts unter seines Gleichen nicht zu schämen brauchte,« sagte Der von der Schärpe. »Dieser muß also ein Anderer seyn, wenn anders Einer an der Küste ist. Weiß man denn ganz gewiß, Ew. Gestrengen, daß der Mensch hier ist?«

»Das Gerücht geht so; indessen bin ich schon so oft durch dergleichen leeres Geschwätz verleitet worden, den Schmuggler da aufzusuchen, wo er nicht war, daß ich dem jetzigen Mährchen wenig Glauben schenke. Sieh' da, die Pirogue hat den Wind mehr in Westen, und die Wolke über der Mündung des Rariton hat sich gesenkt und zertheilt; so wird denn der Alderman doch noch mit blauem Auge davon kommen.«

»Und die Möven, die uns zum Besten hatten, sind mehr seewärts gegangen, ein zuverlässiges Zeichen von schönem Wetter;« fügte der Andere hinzu, indem er einen raschen, aber scharfen Blick nach der Meereshöhe am Horizont warf. »Ich glaube, unser Seewanderer, mit seinem leichten Gefieder, ist mit ihnen entflohen!«

»Nun denn, so wollen wir nach! Mein Schiff ist fertig, die See zu nehmen, und es ist Zeit, Herr Ruderpinne, daß ich erfahre, welche Back Ihr im Dienste der Königin einzunehmen wünschet?«

»Gott segne sie, die Majestät! Anna ist eine königliche Frau, und hatte einen Lord-Groß-Admiral zum Manne. Was nun die Back betrifft, Sir, so möchten Alle gern Capitän seyn, selbst die, welche ihre Messe in den Lee-Speigaten zu sich nehmen müssen. Die Stelle eines ersten Lieutenants ist wohl schon zu Ew. Gestrengen Zufriedenheit ausgefüllt?«

»Patron, ich verbitte den Scherz; bei Euren Jahren und Eurer Erfahrung darf man Euch doch wohl nicht erst sagen, daß Commandostellen nur durch Dienst erlangt werden.«

»Halten Sie mir den Irrthum zu gut. Sie sind ein Mann von Ehre, Herr Capitän, und werden einen Matrosen, der in Ihr gegebenes Wort Vertrauen setzt, nicht hintergehen.«

»Matrose oder Mann von trocknem Lande, wer mein Wort zum Unterpfande hat, ist sicher.« »Nun, so erbitte ich mir, lassen Sie mich auf Ihr Schiff gehen, um meine künftige Kameraden kennen zu lernen, ihren Charakter beurtheilen zu können; geben Sie mir die Erlaubniß, zu sehen, ob das Schiff mir anstehe, und wieder zu gehen, wenn mir dies mehr zusagen sollte.«

»Kerl,« rief Ludlow, »diese Unverschämtheit übersteigt meine Geduld.«

»Kann ich doch durch ein Beispiel zeigen, daß ich nichts Unbilliges verlange,« versetzte mit Ernst der unbekannte Seeman. »Ich kenne einen Capitän, welcher sich gerne mit den Banden des heiligen Ehestandes einer gewissen schönen Dame verbinden möchte, die ganz kürzlich erst zu Schiffe abgegangen ist, und doch gibt es Tausende, die weniger Schwierigkeiten machen würden.«

»Immer frecher wirst Du – nun, und wenn dem wirklich so wäre?«

»Sir, ein Schiff ist des Seemanns Geliebte – ja, ist er erst förmlich unter einer Flagge, und diese Flagge im Kriege, so ist er seinem Schiffe vollends angetraut, gleichviel, ob gesetzmäßig oder nicht. Beide find Ein Fleisch, Ein Blut geworden, bis der Tod sie von einander sondert. Bei einem Vertrage von solcher Dauer nun sollte man Jedem freie Wahl lassen. Hat der Matrose nicht seinen Geschmack, so gut wie der Liebende? Die Gilling und die Rundung der Berghölzer seines Schiffes, sind Schultern und Taille; die Takelage, die Locken; der Schnitt und Schick der Segel, die Façon der Putzmacherin; die Kanonen heißen ohnedies schon die Zähne; der Anstrich endlich ist das Erröthen und die jugendliche Farbe. Das sind lauter Geschmacks- und Wahlsachen, Sir, und ohne Erlaubniß, meine Wahl zu treffen und meinem Geschmack zu folgen, muß ich Ew. Gestrengen eine glückliche Seefahrt und der Königin einen bessern Diener wünschen.«

»Glaubt mir, Herr Ruderpinne,« rief Ludlow lachend. »Ihr trautet diesen verkrüppelten Eichen zu sehr, wenn ihr wähnt, sie könnten Euch hinlänglich bergen, falls ich es für gut finden sollte, Landjagd auf Euch zu machen. Allein ich halte Euch beim Wort. Die Coquette soll Euch unter Euren eigenen Bedingungen aufnehmen; sie wird Euren forschenden Blick eben so wenig fürchten, als eine Schönheit ersten Ranges, die in einen vollen Ballsaal eintritt.«

»Gehen Ew. Gestrengen voran, ich folge Ihrem Kielwasser ohne mehr Worte,« erwiederte Der mit der Schärpe, indem er zum Erstenmale die Mütze mit Ehrerbietung vor dem jungen Commandeur abnahm. »Obgleich nicht schon förmlich vermählt, als einen Versprochenen können Sie mich betrachten.«

Es ist überflüssig, das Gespräch der beiden Seemänner weiter zu verfolgen. Der im Rang Untergeordnete behielt so ziemlich seine ungebundene Weise bei, bis sie das Ufer erreichten, und die Flagge der Königin deutlich gesehen werden konnte. Augenblicklich, mit dem Takte eines alten Kriegsschiffs-Matrosen, legte er in sein ganzes Benehmen alle die Achtung, welche die Verschiedenheit des Ranges ihm zur Pflicht machte.

Eine halbe Stunde später waren alle Anker der Coquette bis auf einen gelichtet; die Windstöße von den Bergen her füllten nach und nach ihre drei Bramsegel, und bald darauf segelte sie mit einem frischen Südwest durch den Kanal. Keine dieser Bewegungen erregte sonderliches Aufsehen, denn der Kreuzer war, trotz der sarkastischen Anspielungen des Alderman Van Beverout, nichts weniger als träge, und die jetzige Richtung seewärts ein so gewöhnliches Ereigniß, daß die Bootsleute der Bai und die Küstenbewohner das Schiff absegeln sahen, ohne eine einzige Vermuthung oder Bemerkung zu machen.

Siebentes Kapitel.

»Ich bin kein Steuermann, doch wärst Du fern
Wie Ufer, von dem fernsten Meer bespült.
Ich wagte mich nach solchem Kleinod hin.«

Romeo und Julia.

Eine glückliche Mischung von Land und Wasser, bei einem glän-
zenden Mond, und einem Himmel, wie er unter dem vierzigsten
Breitegrad zu seyn pflegt, ist ohne Zweifel ein reizendes Gemälde.
So war die Landschaft beschaffen, welche der Leser jetzt seiner
Einbildungskraft zu vergegenwärtigen hat.

Sandy-Hook, zur Hälfte Holländisch, zur Hälfte Englisch – was
häufig bei Namen von Oertern in den ehemaligen Besitzungen der
vereinigten Provinzen Hollands der Fall ist – hieß die Spitze oder
das lange, niedrige und schmale Cap, welches die breite Bucht des
Rariton den Winden und Wogen der offenen See verschließt. Offenbar entstanden durch die Strömung der verschiedenen, ihre Gewässer der Bai zuführenden Flüsse von der einen, und durch die ausge-
setzte Gegenwirkung der Meereswogen von der anderen Seite,
hängt diese Landzunge in der Regel mit dem flachen Gestade Neu-
Jersey's zusammen: allein es gibt jahrelange Perioden, wo die See
durch einen schmalen Arm die innere Seite des Caps vom festen
Lande trennt und aus Sandy-Hook ein Eiland macht. Dies war auch
gerade zu der Zeit, von der wir schreiben, der Fall.

Längs der äußern oder Meeresseite dieses niederen, schmalen
Sanddamms läuft ein glatter, regelmäßiger Strand, wie fast überall
an der Küste von Jersey; die innere Seite aber ist eingezackt, so daß
dadurch mehrere Ankerplätze gebildet werden, in denen Schiffe
eine bequeme, und gegen den Ostwind geschützte Lage finden.
Unter diesen Ankerplätzen ist ein sehr netter kreisförmiger, in welchem Fahrzeuge von geringer Wassertragt vollkommen eingebuch-
tet, und sicher gegen alle Winde vor Anker liegen. Der Hafen, oder,
wie er stets genannt wird, die Runde Bucht, liegt an dem Punkt, wo
das Vorgebirge an das Festland stößt, so daß der eben genannte
Meeresarm mit dem Wasser der Bucht in unmittelbarer Verbindung

steht, so oft die Durchfahrt offen ist. Der Shrewsbury, ein Fluß vierter oder fünfter Größe, in anderen Worten, von nur einigen Hundert Fuß Breite und geringer Länge, kommt von Süden, läuft fast in paralleler Linie mit der Küste, und mündet sich, ebenfalls unweit der Runden Bucht, in die Bai. Zwischen dem Shrewsbury und dem Meere hat das Land viel Ähnlichkeit mit dem Cap, da es flach ist und, obgleich nicht ganz unfruchtbar, viel Sand hat. Da, wo nicht natürlicher Wiesengrund ist, oder die kunstfleißige Hand des Menschen Ackerland geschaffen hat, bedeckt Gehölz, von nicht sehr großen Fichten und Eichen, den Boden. Das westliche Flußufer hingegen erhebt sich schroff und steil zur Höhe eines Berges, und am Fuße desselben war es, wo aus Gründen, die sich vielleicht im Verlaufe unserer Erzählung von selbst ergeben, Alderman Van Beverout für gut befunden hatte, seine Villa zu erbauen, die er, in Uebereinstimmung mit holländischer Sitte, »Luft in Ruh« genannt hatte. Der Kaufmann, der als Knabe Einiges von den Klassikern gelesen, wollte in dieser Benennung seine Kenntniß des Alterthums bekunden, denn er behauptete, sie sey gleichbedeutend mit dem Ciceronischen: *Otium cum dignitate.*

Die Wahl des Flecks war von solcher Art, daß, wenn Liebe zur Einsamkeit und reinen Luft die Beweggründe unseres Bürgers von Manhattan gewesen wären, jene Wahl dennoch nicht besser hätte ausfallen können. In den angrenzenden Gründen hatte sich bereits früh in dem vorhergehenden Jahrhunderte eine achtbare Familie, Namens Hartshorne, angesiedelt, dieselbe, welche noch bis zur jetzigen Stunde dort wohnt. Ihre Besitzung war so umfangreich, daß dieser Umstand allein schon hinreichte, andere Ansiedler entfernt zu halten, wenn auch die Bildung und der Gehalt des Bodens größere Versuchung dargeboten hätte, als dies in einer Zeit der Fall seyn konnte, wo der beste Acker für einen Spottpreis zu haben war. Was die Luft betrifft, so wurde sie durch die kaum eine englische Meile entfernte See stets rein und gesund erhalten. Nach dieser allgemeinen Skizzirung des Schauplatzes so vieler Ereignisse in unserer Geschichte, folge hier eine etwas mehr in's Einzelne gehende Beschreibung der Villa selbst.

Das Haus »Lust in Ruh« war ein niederes, unregelmäßiges Gebäude aus Backsteinen, schneeweiß angestrichen, und, in jedem Betracht, im streng holländischen Geschmack. Giebel und Wetterhähne in Menge, ein Dutzend kleiner, gewundener Schornsteine, und zahllose Vorrichtungen an den erhöhten Stellen, wo die Störche horsten sollten. Diese luftigen, radartigen Flächen waren jedoch nesterlos geblieben, was den guten Bauherrn nicht wenig Wunder nahm; denn es ging ihm, wie so Vielen, welche sich in unserer westlichen Hemisphäre niederlassen, ohne die auf der östlichen Hemisphäre entstandenen und nur auf diese anwendbaren Gewohnheiten und Ansichten je ablegen zu können. Alle Neger in der Umgegend nämlich sagten einstimmig aus, es gäbe keine Störche in Amerika; allein der alte Holländer blieb dabei, es sey doch seltsam, daß seine Horste ohne Störche blieben! Vor der Fronte des Hauses befand sich ein kleiner, aber äußerst netter, mit Strauchwerk eingefaßter Plan, und aus dem reichen Erdreich, welches den Fuß des Berges ausmachte, hoben sich, fast so alt wie dieser selbst, zwei schöne Ulmen empor. Ueberhaupt fehlte es dem Gebäude auf dieser, von der Natur gebildeten Terrasse, nirgends an Schatten; sie war dicht mit Obstbäumen besetzt, und hier und da standen auch heimische Pinien und Eichen. Am Rande des Vorderplatzes stürzte sich das Land ziemlich jäh abwärts, bis zum Niveau der Flußmündung. Kurz, es war ein geräumiges, aber anspruchloses Landhaus; für jede häusliche Bequemlichkeit war gesorgt, aber nicht für architektonische Schönheiten, man müßte denn die rostigen Wetterhähne und die geschlängelten Schornsteine für Schönheiten gelten lassen. Nicht weit ab standen einige Außengebäude zur Aufnahme der Negersklaven, und näher dem Flusse Scheunen und Stallung, weit geräumiger und dauerhafter, als nöthig zu seyn schien, wenn man nur das sehr mittelmäßige Ackerland und den kleinen Umfang der Meierei in Anschlag brachte. In einem kleinen, aus Holz gebauten Werft, sah man die Pirogue liegen, in welcher der Eigenthümer derselben die Ueberfahrt über die äußere Bai gewagt hatte.

Während der ersten Abendstunden war an dem Hin- und Herblitzen der Lichter und der allgemeinen und lärmenden Bewegung unter den Schwarzen zu erkennen, daß der Herr der Villa angekommen sey. Nach und nach aber nahm dies rege Treiben ab, und ehe die Glocke neun schlug, bewegte sich kein Licht mehr im Hause alles ward still, wahrscheinlich also hatte sich die Gesellschaft, von der Tagesreise ermüdet, schon getrennt und zur Ruhe begeben. Auch unter den Sklaven hatte der Lärmen aufgehört, und süßer Schlaf sich herniedergesenkt auf ihr bescheidenes Obdach.

Vom äußersten nördlichen Punkte der Villa, welche, wie erwähnt worden, sich an den Berg anlehnte, stand ein kleiner Flügel, die Façade nach Osten zugekehrt, und folglich mit der Aussicht auf den Fluß und das Meer. Dieser Theil des Gebäudes war eben so wie die übrigen, ja noch mehr, in kleine Bäume und Strauchwerk eingehüllt, aber nach einem ganz verschiedenen Styl erbaut. Es war ein Sommer-Pavillon, welchen die schöne Barbérie sich auf ihre Kosten, nach eigenem Geschmack hatte errichten lassen. Hier pflegte die Erbin eines doppelten Vermögens während der Wochen, die sie auf dem Lande zubrachte, ihren kleinen Haushalt einzurichten, und sich mit denjenigen weiblichen Arbeiten, die ihren Jahren und ihrer Neigung am meisten zusagten, zu beschäftigen. Aus Höflichkeit gegen die normannische, schöne Bewohnerin, hatte der galante François diesen besondern Theil der Villa *la Cour des Fées* getauft – ein Name, der nach und nach allgemein angenommen, obgleich verstümmelt ausgesprochen wurde.

Die Jalousien des Hauptzimmers im Pavillon waren diesen Abend noch nicht heruntergelassen, und die schöne Bewohnerin an einem der Fenster sichtbar. Alida stand in einem Alter, wo der Mensch für lebhafte Eindrücke, namentlich für die Schönheiten der Natur, die meiste Empfänglichkeit hat, und reine Wonne erfüllte die Seele des Mädchens, während sie im Anschauen der lieblichen Landschaft ganz versunken dasaß.

Ein junger Mond, und ein von Myriaden von Sternen glühendes Firmament übergossen die ausgebreitete Wasserfläche mit einem sanften Licht; nur hier und da glänzte eine bewegte Woge etwas blendender in den weichen Strahlen. Von der See her wehte ein fast unmerkbares, oder, wie die wenig romantische Matrosensprache es nennt, dumpfes Lüftchen, mit der angenehmen Kühle des Abends auf seinen Fittichen. Auf der Oberfläche des unermeßlichen Ozeans, sowohl inner- als außerhalb der Sandbarriere, wodurch das Cap gebildet wird, herrschte vollkommene Ruhe; die Wasserfläche hob und senkte sich langsam schwer, wie das Athemholen eines schlafenden Wesens von ungeheurer Körpergestalt. Der einzig hörbare Ton war die Brandung, wie sie in lang gekräuselten Wellen sich

zischend, schwer und ohne Unterbrechung an den Strand heran-
wälzte, bald mit schwellendem Rausche, hohl und drohend, bald in
dumpfes, fernes Gemurmel hinsterbend. Der eigenthümliche Reiz
in dieser Abwechslung des Tones, verbunden mit der feierlich
stimmenden Stille der Nacht, lockten Alida auf ihren kleinen Balkon, wo sie sich über den Schatten, den ein Hagebuttenstrauch
warf, hinüberlehnte, um den Theil der Bai anzustaunen, der am
Fenster dem Auge entzogen blieb.

Die Schöne lächelte, als sie an der äußersten Spitze des schutzge-
währenden Caps ein Schiff vor Anker liegen und dessen Masten im
Monde schimmern sah. Ein Blick weiblichen Stolzes strahlte aus
ihrem glänzend-schwarzen Auge, und ihre volle Lippe schwellte
wie im Gefühle weiblicher Macht, während sie mit den zartgeform-
ten Fingern, und ohne es zu wissen, auf das Balkongitter trommelte.

»Ah, der loyale Capitän Ludlow! wie schnell hat er doch seine
Fahrt beendigt!« sprach die Jungfrau, denn das Siegesgefühl in ihrer
Brust war zu natürlich, als daß sie nicht ihren Gedanken hätte Laute
geben sollen. »Fast werde ich mich zu meines Onkels Meinung be-
kehren, und glauben, daß die Königin vom Capitän ziemlich
schlecht bedient wird.«

»Schon einer Gebieterin treu dienen wollen, ist keine leichte Aufgabe,« erwiederte eine Stimme aus dem Gesträuch hervor, welches
unterhalb des Fensters wuchs, so daß man von oben nicht sehen
konnte, was oder wen es verbarg; »wer aber Zweien ergeben ist,
darf mit Recht verzweifeln, auch nur bei Einer sein Glück zu machen.«

Alida schrak zurück, und im nächsten Augenblick sah sie ihren
Platz im Balkon von dem Befehlshaber der Coquette eingenommen.

Der junge Mann bemühte sich, das Auge der Schönen zu befragen, ob er die niedrige Scheidewand, die ihn noch von ihrem
Wohnzimmer trennte, überspringen dürfe; sey es nun, daß er
irrthümlich den Ausdruck für aufmunternd hielt, oder daß seine
Jugend und die Hoffnung ihn kühn machten – er thats.

Der schöne Sprößling des Hugenotten war gewiß nicht gewohnt,
ihr Gemach mit so wenig Umständen erstürmt zu sehen, aber dessenungeachtet drückte ihr Gesicht weder Furcht noch Erstaunen

aus. Nur reichlicher stieg ihr das Blut in die Wangen, nur glänzender ward ihr ohnedies stets lebhaftes Auge, nur fest und gebietend ward die Stellung ihrer herrlichen Gestalt, als sie mit einem Tone, der jede fernere zweideutige Auslegung vernichtete, die Worte sprach:

»Ich habe zwar gehört, daß Capitän Ludlow viel von seinem Rufe dem Entern verdanke; allein ich hoffte, sein Ehrgeiz würde sich mit den Lorbeern begnügen, die er im ehrlichen Kampfe dem Feinde abgenommen.«

»Schönste Alida, ich bitte, verzeihen Sie mir,« unterbrach sie der Jüngling; »Sie kennen ja die Hindernisse, welche die eifersüchtige Wachsamkeit Ihres Oheims meinem Wunsche, Sie zu sprechen, entgegensetzt.«

»Sie helfen ihm wenig, denn der Alderman Van Beverout ist so schwach, zu glauben, daß das Geschlecht seiner Mündel sie gegen solche *Coups de main* genugsam schütze.«

»Nein, Alida, dies heißt die Winde an Laune übertreffen! Sie wissen zu gut, wie ungern Ihr Vormund meine Bewerbung sieht, als daß Sie eine geringe Abweichung von der kalten Sitte gewaltsam zu einem ernstlichen Klagegrund machen könnten. Der Inhalt Ihres Briefes gab mir Hoffnung, ja, ich will es sagen, Kühnheit; empfangen Sie meinen Dank dafür, aber Erwartungen, die erst so kürzlich vielleicht zu einer größern Höhe, als die Vernunft billigt, von Ihnen emporgehoben wurden, sollten Sie nicht grausam wieder zerstören.«

Schon hatte die Gluth, die des Mädchens Wange zuerst bedeckte, zu weichen angefangen, als diese Worte sie verdoppelt dahin zurückriefen, und einen Augenblick lang wollte ihre Zuversicht sie verlassen; da besann sie sich schnell, und antwortete gefaßt, obgleich nicht ohne innere Erschütterung:

»Die Vernunft, Herr Capitän, hat der weiblichen Schicklichkeit enge Grenzen angewiesen. Vielleicht war es mehr gutmüthig als klug, daß ich Ihren Brief beantwortete; nur zu schnell geben Sie mir Ursache, meinen Irrthum zu bereuen.«

»Theure Alida, gebe ich Ihnen jemals Ursache, Ihr Zutrauen zu bereuen, so möge Schande in meinem Amte und das Mißtrauen

Ihres ganzen Geschlechtes meine Strafe seyn. Doch habe ich nicht vielmehr Ursache, mich über Ihr folgewidriges Betragen zu beschweren? Konnte ich vermuthen, daß ein so bitterer Verweis – denn bitter macht ihn Ihre Kälte und Ironie – mich strafen würde für ein so verzeihliches Versehen, für den Wunsch, Ihnen meinen Dank auszudrücken?« »Dank!« erwiederte Alida, und diesmal war ihr Staunen kein angenommenes. »Das Wort ist stark, Sir, und paßt nicht für die einfache Verbindlichkeit, auf welche das Darlehen eines Bandes Gedichte Anspruch machen kann.«

»So habe ich entweder den Sinn des Briefes höchst seltsam mißverstanden, oder es war heute ein Tag, an dem man sich Scherze erlaubt!« sagte Ludlow, bemüht, seine Unzufriedenheit zu verbergen. »Doch nein, ich bin im Besitz Ihrer eigenen Worte, welche dies abgewendete Auge, diesen kalten Blick widerlegen, und, bei der Ehre eines Matrosen! ich schenke Ihren besonnenen und wohlüberlegten Gedanken mehr Glauben, als diesem Anfalle von Eigensinn, der Ihres herrlichen Gemüthes unwürdig ist. Hier sind die Worte selbst, ich werde nicht leicht die schmeichelnde Hoffnung aufgeben, die sie mir einflößen!«

Jetzt blickte die schöne Barbérie den jungen Mann mit unverhohlener Verwunderung an. Sie erblaßte; denn, machte sie sich auch die unkluge Handlung, schriftlich geantwortet zu haben, zum Vorwurf, so war sie sich doch bewußt, keinen Ausdruck gebraucht zu haben, welcher die Dreistigkeit des Andern gerechtfertigt hätte. Fest schaute sie ihm in's Antlitz; die späte Stunde, der Stand ihres Bewerbers und die Sitten jener Zeit, verleiteten das Mädchen, zu zweifeln, ob der Mensch, der vor ihr stand, auch wirklich seine Sinne in seiner Gewalt habe. Ludlow genoß indeß den Ruf, frei von einem Laster zu seyn, welches damals nur zu vorherrschend unter Seeleuten war, und das Aufrichtige in seinen männlich schönen Zügen, verscheuchte den häßlichen Verdacht. Hierauf zog sie die Klingel und winkte ihm, sich zu setzen.

»François,« redete den noch halb im schlafenden Zustand eintretenden alten Diener dessen Gebieterin an, »thu' mir die Freundschaft, Wasser aus dem Waldbrunnen und Wein herbei zu bringen: der Herr Capitän haben Durst; und, vergiß nicht, guter François, mein Onkel darf in dieser Stunde nicht gestört werden, er muß von seiner Reise noch sehr ermüdet seyn.« Nachdem sie ihrem achtbaren Diener diesen Auftrag ertheilt, und derselbe ehrerbietig das Zimmer verlassen hatte, nahm sie ermuthigt einen Sitz, denn nun war dem Besuche Ludlow's das Heimliche genommen, und die Zwischenzeit bis zur Rückkunft des Bedienten mit den Getränken ließ ihr Muße, die unbegreifliche Absicht ihres Gesellschafters zu ergründen.

»Ich gebe Ihnen mein Wort dafür, Capitän Ludlow, daß Ihr unzeitiges Erscheinen im Pavillon unbescheiden ist, um es nicht grausam zu nennen,« sagte sie, sobald sie wieder allein waren; »daß ich Ihnen aber auf irgend eine Weise ein Wort gesagt habe, welches Ihre Unklugheit rechtfertigte, muß ich so lange bezweifeln, bis Sie es beweisen.«

»Ich hatte vor, einen ganz andern Gebrauch von diesen Zeilen zu machen,« erwiederte Ludlow, indem er seiner geraden, männlichen Denkweise sichtlich Zwang anthat und einen Brief aus seinem Busen hervorzog; »und sogar jetzt schäme ich mich, sie aufzuweisen, obgleich Sie selbst mir es befehlen.«

»Hier hat irgend ein Zauber Wunderbares gewirkt, wenn mein Gekritzel von solcher Wichtigkeit ist,« bemerkte Alida und ergriff das Billet, welches je geschrieben zu haben, sie jetzt zu bereuen anfing. »Entweder läßt die Sprache der Höflichkeit und des weiblichen Anstandes seltsame Verdrehungen zu, oder nicht alle Leser sind gute Ausleger.«

Die schöne Barbérie verstummte von dem Augenblick an, wo sie den Blick auf das Papier geworfen. Eine immer höher sich spannende Neugierde verdrängte alles Andere aus ihrem Gemüthe, selbst den Unwillen, der sie so heftig bewegt hatte. Wir geben den Inhalt de« Briefes genau in denselben Worten, welche in der lesenden Schönen so viel offenbares Erstaunen, vielleicht auch einige Unruhe erregten. Das Billet war in einer zarten, schönen, weiblichen Hand geschrieben, und lautete also:

»Das Leben eines Seemanns ist voller Gefahr und Mühen. In Frauen erregt es Zutrauen durch die Offenherzigkeit, die es erzeugt, und seine vielen Entbehrungen berechtigen es zur Nachsicht. Diejenige, welche dieses schreibt, ist gegen das Verdienst der Männer dieses Berufes nicht unempfindlich. Bewunderung der See und der darauf Lebenden ist stets ihre Schwäche gewesen, und die Freuden des Seelebens fehlen weder in den Gebilden, die sie sich von der Zukunft macht, noch in ihren Erinnerungen an die Vergangenheit. Die Sitten der verschiedensten Nationen kennen zu lernen, den Ruhm der Waffen zu theilen, die Umgebungen stets zu wechseln, dies, verbunden mit Beständigkeit der Neigung und dem Genusse immerwährenden Ueberflusses – sind Versuchungen, denen die weibliche Einbildungskraft erliegt, und die billig auch auf der Männer Urtheil Einfluß ausüben.«

Alida las, las aber- und abermals, mit angestrengten Blicken, als wollte sie die Worte auswendig lernen. Endlich wagte sie es, das Auge zu erheben, und dem jungen Manne in das erwartungsvolle Antlitz zu schauen. Mit einer Stimme, welche vor Stolz und Schmerz bebte, sagte sie:

»Und diese unzarte, unweibliche Rhapsodie hat Capitän Ludlow für gut befunden, mir zuzuschreiben?«

»Wen sonst konnte ich für die Verfasserin halten? Keine Andere, liebenswürdige Alida, vermag so reizenden Sinn in so passende Sprache zu kleiden!«

Des Mädchens lange Augenwimpern schossen einigemale heftig über die dunkeln Augen auf und nieder, bis sie der seltsam sich widersprechenden Gefühle ihres Innern Herrin geworden war. Dann wandte sie sich gegen ein kleines Schreibzeug aus Ebenholz, das neben ihrer Toilette stand, und sagte ernst:

»Mein Briefwechsel ist weder sehr wichtig, noch sehr ausgedehnt, allein er sey wie er wolle, so bin ich zum Glück für meinen Geschmack, obgleich nicht zum Glück für meine Klugheit, im Stande, die Kleinigkeit zu zeigen, welche ich als Antwort auf Ihren Brief zu schreiben für anständig hielt. Hier ist eine Abschrift,« fügte sie hinzu, öffnete das Brouillon ihres Briefes und las wie folgt:

»Ich danke dem Capitän Ludlow für die Aufmerksamkeit, mir die Geschichte der Unthaten der Boucaniers geliehen zu haben. Auch abgesehen von den allgemeinen menschlichen Gefühlen, ist es schmerzlich, daß es in einem Stande, der im Rufe der Großmuth steht und der Schonung gegen die Schwachen, so herzlose Menschen geben kann. Hoffen wir indessen, daß die sehr Bösen und

Feigherzigen unter den Seeleuten nur da sind als Folien, um die Eigenschaften der sehr Tapfern und Männlichgesinnten desto mehr hervorzuheben. Niemand kann diese Wahrheit besser fühlen, als die Freunde des Capitäns Ludlow,« – bei dieser Stelle sank Alidas Stimme ein wenig – »der längst schon seiner Milde wegen bekannt ist. Als Erwiederung schicke ich Ihnen ein Exemplar des Cid von Corneille, der, wie der ehrliche François behauptet, alle anderen Dichter übertrifft, selbst den Homer, den François gewiß damit nicht verleumdet, da er ihn gar nicht gelesen hat. Indem ich Capitän Ludlow nochmals Dank sage für diesen neuen Beweis seiner vielen Aufmerksamkeiten, bitte ich ihn, das Buch so lange zu behalten, bis er von seiner beabsichtigten Seefahrt zurückgekehrt seyn wird.«

»Dieses Billet ist nur eine Abschrift von dem, welches Sie haben, oder haben sollten,« sagte die Nichte des Alderman, den auf das Papier gesenkten Kopf jetzt in die Höhe hebend; »bloß daß in meiner Abschrift der Name Alida de Barbérie nicht unterzeichnet ist.«

Als diese Erklärung vorüber war, saßen Beide stumm und erstaunt einander anschauend. Alida sah jedoch oder glaubte zu sehen, daß der junge Mann, trotz seiner vorherigen Behauptungen, sich über die Auflösung des Irrthums freute. Die Hochschätzung weiblicher Delikatesse und Zurückhaltung ist bei den Männern so allgemein und so natürlich, daß diejenigen darunter, welche in der Zerstörung jener Schranken am siegreichsten sind, selten der Reue über ihren eigenen Triumph entgehen, und wer wahrhaft liebt, kann nie lange frohlocken, wenn er an dem Gegenstande seiner Liebe die geringste Verletzung des streng Schicklichen wahrnimmt, selbst wenn sie aus Liebe zu ihm geschehen ist. Dieses lobenswerthe Gefühl übte jetzt auf Ludlow seinen wohlthätigen Einfluß; zwar hatte die Wendung, welche die Sache nunmehr gewann, manches Demüthigende für ihn, aber dennoch fielen ihm die Zweifel, entstanden durch die ungewöhnliche Sprache in dem vermeintlich von seiner Angebeteten geschriebenen Brief, wie Centnerwucht vom Herzen. Seine Züge, so offen und der Verstellung so unfähig, wie es nur immer die eines Seemanns seyn können, machten es seiner Gefährtin leicht, zu lesen, was in seinem Innern vorging. Wohl freute sie sich heimlich, ihren früheren Platz in seiner Achtung wieder gewonnen zu haben, aber nun fing es erst an, sie recht zu verdrießen und zu verwundern, daß sie diesen Platz je verloren, daß er je gewagt, ihr Zartgefühl in Zweifel zu ziehen. Sie hielt das unbegreifliche Billet noch zwischen den Fingern und starrte die Schrift an, als wollte sie etwas errathen: endlich schien ein Gedanke in ihr aufzublitzen, und das Papier zurückreichend, sagte sie kalt:

»Capitän Ludlow wird ja wohl seine Correspondentin kennen; ich irre sehr, oder dies ist nicht die erste Mittheilung von derselben Hand.«

Der Jüngling ward roth bis an die Stirn, und bedeckte einen Augenblick das Gesicht mit beiden Händen.

»Sie räumen die Wahrheit meines Verdachtes ein,« fuhr die schöne Barbérie fort; »Sie werden es daher auch nur gerecht finden, wenn ich hinzufüge, daß in Zukunft« –

»Hören Sie mich, Alida,« rief der Jüngling halb athemlos vor Eile, einer Entscheidung, die er fürchtete, zuvorzukommen; »schenken Sie mir Gehör, und so wahr der Himmel mein Richter ist, Sie sollen nur Wahrheit hören. Ich gestehe es, dies ist nicht der erste Brief von derselben Hand, noch, ich räume es ein, der erste in demselben Ton; aber bei der Ehre eines treuen Offiziers betheure ich: bis die Umstände meinen Glauben zu rechtfertigen schienen, daß ich so glücklich... so... sehr glücklich...«

»Ich verstehe Sie, Sir; das Werk war anonym, bis Sie für gut fanden, meinen Namen davorzusetzen, als wäre ich die Verfasserin. Ludlow! Ludlow! wie niedrig dachten Sie von dem Weibe, das Sie zu lieben vorgeben!«

»Das wäre unmöglich! Nur wenig komme ich mit Menschen zusammen, welche gesellschaftliche Finesse zu ihrem Studium machen; hingegen liebe ich meinen edlen Stand, und da war's wohl nicht so unnatürlich zu glauben, daß er anderen Augen im gleichen Licht erscheinen könne. Da Sie aber jetzt versichern, der Brief sey nicht der Ihrige – und in der That, Sie brauchen es nicht erst zu versichern – so sehe ich, daß meine Eitelkeit mir sogar eine andere Handschrift vorspiegeln konnte. – Der Irrthum ist vorüber, und ich freue mich, daß es ein Irrthum gewesen.«

Die schöne Barbérie lächelte, ihr Gesicht glänzte wieder auf. Das Bewußtseyn, die Achtung ihres Bewerbers zu verdienen, war für sie, nach der eben erfahrenen Kränkung ein um so höherer Triumph. Es folgte ein minutenlanges Schweigen, das vielleicht verlegen machend gewesen wäre, wenn nicht glücklicherweise gerade jetzt François wieder eingetreten wäre.

»Fräulein Alide, voici de l'eau de la fontaine, aber Monsieur votre oncle schläft, und hat den Schlüssel zum Weinkeller unter sein Kissen gelegt. Ma foi! es ist überhaupt nicht leicht, guten Wein in Amerika zu bekommen, wenn aber der Herr Maire schläft, so ist es durchaus unmöglich, là.«[8] Es schadet nichts, mein Lieber, der Kapitän ist im Begriff, zu gehen, und hat jetzt keinen Durst mehr.«

»Eau de vie ist genug da.« fuhr der Diener fort, den Capitän wegen der magern Zeche bemitleidend, »aber Monsieur Ludle haben du goût, und lieben nicht so starken liqueur.«

»Er hat bereits mehr, als für Einmal nöthig war, verschluckt,« sagte Alida mit einem solchen Lächeln, daß ihr Bewunderer nicht wußte, ob er böse darüber seyn oder sich freuen sollte. »Habe Dank, guter François; für diese Nacht hast du weiter nichts mehr zu thun, als dem Herrn bis an die Thür zu leuchten.«

Die schöne Barbérie verneigte sich nun auf eine Weise, die jede Gegenvorstellung zurückwies, und entließ ihren Liebhaber und Diener zu gleicher Zeit.

»Du hast ein angenehmes Amt, François,« sagte der Erstere, als dieser ihm bis zur äußeren Thüre des Pavillons das Licht vortrug; »mancher tapfere Herr würde dich darum beneiden.«

»Oui, Sir. Es ist ein grand plaisir, zu dienen Fräulein Alide. Ich trage die Fächer, den Buch, aber was anbelangt die Wein, Monsieur le Capitaine, so ist es allezeit unmöglich, wenn der Alderman schlafen gegangen ist, parole d'honneur.«

»Ja, das Buch: wo ich nicht irre, so hattest du erst heute die Pflicht, der Schönen das Buch nachzutragen?«

---

[8] Da es auffallen könnte, daß wir den Diener bald geläufig, bald gebrochen Deutsch sprechen lassen, so bemerken wir zu unserer Rechtfertigung, daß er da geläufig spricht, wo er im Original sich ausschließlich seiner Muttersprache bedient, was er stets thut, wenn er seine Gebieterin anredet; gebrochen da, wo er im Original ein schlechtes, mit französischen Worten reich durchschossenes Englisch zum Vehikel seiner Gedanken wählt

»Vraiement, oui! 's war ouvrrage de Monsieur Pierre Corneille. Es heißt, daß Monsieur Shak-a-spair viel schöne Gedanken daraus geborgt hat.«

»Und das Papier zwischen den Blättern? nicht wahr, guter François, du hattest auch das Billet zu tragen?«

Der Diener stand still, machte ein Achselzucken, und legte nachdenkend einen seiner langen vergelbten Finger an die ungeheure gebogene Nase an. Sodann schritt er, mit dem Kopfe nickend, wieder vorwärts und murmelte in seinem gewöhnlich gebrochenen Englisch vor sich hin:

»Was anbelangt le papier, so weiß ich davon nichts rien du tout; kann wohl seyn, denn voyez-vous, Herr Monsieur le Capitaine, Fräulein Alide sagten: nimm es in Acht; ich habe es aber nicht gesehen seitdem. Vermutlich waren es schöne compliments auf die Verse von Herrn Pierre Corneille. Was für ein Genie war doch der Mann! n'est-ce pas, Monsieur?«

»Es hat nichts zu bedeuten, guter François,« sagte Ludlow und ließ dem Diener eine Guinee in die Hand gleiten. »Solltest du aber zufällig ausmitteln, was aus jenem Papier geworden ist, so wirst du mich verbinden, wenn du es mich wissen lässest. Gute Nacht; mes devoirs à la belle!«

»Bon soir, Monsieur le Capitaine. Es ist doch ein braver Herr, der Capitän, und von sehr guter Familie! Er hat keine so großen Güter als Monsieur le Patteroon, aber dennoch sagt man, daß er einmal hübsche Häuser und genug Renten bekommen wird. So einem generösen und loyalen Herrn möcht ich wohl dienen, aber unglücklicherweise ist er ein Seemann! Herr de Barbérie konnte die Leute von dieser Profession nicht gut leiden.«

Achtes Kapitel

>»Gut, Jessica, geh' nun in's Haus hinein;
Vielleicht komm' ich im Augenblicke wieder.
Thu, was ich dir gesagt, schließ hinter dir
Die Thüren: fest gebunden, fest gebunden!
Das denkt ein guter Wirth zu allen Stunden.«

Kaufmann von Venedig.

Demoiselle Barbérie hatte ihren Bewerber so kurz entlassen, nicht bloß weil die Unschicklichkeit seines Besuches zu einer so späten Stunde und auf eine so zweideutige Weise sie verletzte, sondern auch weil sie sich nach Muße sehnte, um über das Seltsame des eben Vorgefallenen nachzudenken. Als das Mädchen nun aber allein war, ging es ihr wie Jedem, der sich durch einen augenblicklichen Impuls hat hinreißen lassen: sie bereute ihre übergroße Hast; fünfzig Fragen, die zur Aufklärung des Geheimnisses hätten beitragen können, fielen ihr jetzt bei, und sie hätte viel darum gegeben, sie ihm gleich vortragen zu können. Es war indeß zu spät, denn eben hörte sie, wie Ludlow vom Bedienten Abschied nahm, und der athemlos Lauschenden entging selbst sein Tritt nicht, als er durch die Staudengewächse ihres kleinen Grünplatzes hindurchging. François kam noch einmal an die Thür, um sein herzliches bon soir zu wiederholen, und nun hoffte sie, nicht weiter diese Nacht gestört zu werden, da die Damen jener Zeit und jenes Landes bei'm gewöhnlichen An- und Auskleiden den Beistand ihrer Dienerinnen nicht bedurften.

Es war noch früh und durch die Unterredung mit Ludlow hatte sie alle Neigung zum Schlaf verloren. Sie stellte die Lichter in den Hintergrund des Zimmers und trat wieder an das Fenster. Unterdessen hatte der Mond eine andere Stellung gewonnen, daher das Wasser eine verschiedene Beleuchtung erhielt. Das hohle Geräusch der Brandung, der schwere Hauch der Seeluft, und die weichen Schatten von Baum und Berg waren noch so ziemlich dieselben. Die Coquette lag noch, wie vorher, dicht am Cap vor Anker, und im Süden blitzte der Lauf des Shrewsbury, bis er sich hinter einen vorragenden, hohen, fast senkrechten Hügel verbarg.

Es war eine tiefe Stille, denn mit Ausnahme des Hauses der Familie Hartshorne, auf dem an die Villa angrenzenden Gute, war innerhalb mehrerer Meilen in der Runde keine menschliche Wohnung. Diese einsame Lage war indessen hier nicht gefahrbringend; nie hörte man von gewaltsamen Thaten ruchloser Menschen, die in der Nähe verübt worden wären; der friedsame Charakter der Ansiedler im Binnenlande war sprüchwörtlich; eben so groß war die Einfachheit ihrer Sitten, und die umspielende See unentweihet von jenen Barbaren, die auf der andern Halbkugel die Naturreize einiger Küstenmeere durch die Schrecken ihrer Unthaten verfinsterten.

Ungeachtet dieser gewöhnlich herrschenden Stille, ungeachtet der späten Abendstunde, war Alida kaum einige Minuten in ihren Balkon getreten, als sie den Ton von Rudern hörte. Der Schlag war gemessen und das Geräusch dumpf und entfernt, obgleich deutlich genug für ihr geübtes Ohr. Befremdet über die schnelle Abfahrt Ludlows, der eben nicht allzueilig zu seyn pflegte, wenn er ihre Gesellschaft verließ, lehnte sie sich über das Gitter, um sein dahinsegelndes Boot, wenn auch nur auf einen Moment, zu erspähen. Sie harrte und harrte, in der Meinung, jetzt müsse die kleine Barke aus dem Schatten, den das Laub warf, hervorkommen, und auf der hellglänzenden, fast bis an das Kreuzerschiff reichenden Wasserfläche erscheinen. Sie hatte vergebens geharrt: keine Barke zeigte sich, obgleich das Rudergeplätscher nicht mehr zu hören war. Die Laterne an der Gaffelspitze der Coquette, das Zeichen, daß der Commandeur sich nicht im Schiffe befinde, hing noch immer aus.

Ein schönes Schiff im Mondglanz, mit seinen symmetrisch ausgestreckten Spieren und dem zarten Gewebe seines Tauwerks, dazu das schwere und großartige Heben und Sinken des Rumpfs auf den trägen Wogen einer ruhigen See, gewährt einen eben so gefälligen, als imposanten Anblick. Alida wußte, daß innerhalb der schwarzen ruhenden Masse mehr als hundert menschliche Wesen jetzt in den Armen des Schlafes lagen; dies lenkte fast unwillkührlich ihre Gedanken auf die Lebensbeschäftigung dieser Menschen, auf ihr, trotz des beschränkten Aufenthaltortes, herumirrendes Daseyn, auf ihr offenes männliches Benehmen, auf ihre Aufopferung für Andere, die ihre Wohnsitze nie verlassen, auf ihren unterbrochenen Zusammenhang mit der übrigen Menschenfamilie, endlich auf jene lose häusliche Bande und jenen Ruf der Unbeständigkeit, die natürlichen Folgen eines solchen Lebens. Sie seufzte, und wendete den Blick von dem Schiff hinweg auf das Element, auf dem es schwamm; ihr Auge überschweifte die weite unwohnbare Wasseröde in ihrer ganzen Ausdehnung, von dem fernen, niedern und fast unbemerkbaren Gestade der Insel Nassau bis zur Küste Neu-Jersey's. Selbst der Seevogel ruhte seinen müden Fittig ans, und trieb sicher schlafend auf den Wogen. Die ungeheure Fläche sah aus wie eine große, nie betretene Wüste, oder vielmehr wie ein zweites Firmament, nur dichter, materieller als das, von welchem es überwölbt war.

Eichen- und Fichtengehölz von verkrüppeltem Wuchse bedeckte, wie bereits erwähnt worden, einen großen Theil der sandigen Firste, woraus das Vorgebirge bestand. Von diesem Bäumen war auch das Wasser der Runden Bucht ringsherum umschattet. Es kam dem Mädchen vor, als erblickte sie über den Umrissen des Gehölzes am Seerande einen bewegten Gegenstand. Anfangs glaubte sie, irgend ein Baum mit kahlen Zweigen, wie es an der Küste viele gab, werfe seine nackte Linien auf das Wasser im Hintergrunde und täusche ihren Blick mit der Gestalt und dem Taugewebe eines leicht aufgetakelten Schiffes. Doch als die dunkeln, symmetrischen Raaen bei Gegenständen vorbeiglitten, von denen sie wußte, daß sie unbeweglich waren, konnte sie über das, was sie sah, nicht länger in Zweifel bleiben. Alida verwunderte sich, und ihre Verwunderung war nicht ganz ohne Mischung von Besorgniß. Es sah aus, als wenn der Fremde – denn ein anderes Schiff konnte es nicht seyn – sich in die Brandung, die selbst in ihrem ruhigsten Zustande einem so leichten Kiel gefährlich war, muthwillig hineinwagte und blindlings, keines Bösen gewärtig, auf's Land lossteuerte. Auch die Bewegung an sich hatte etwas Ungewöhnliches, Geheimnißvolles. Das Fahrzeug zeigte gar keine Segeltücher, und dennoch verschwanden die luftigen hohen Spieren bald hinter einem Dickicht, das einen Erdknollen am Meeresrande übelkräuselte.

Alida erwartete jeden Augenblick das Nothgeschrei von Seeleuten zu hören; als nun aber Minute nach Minute dahinfloß, ohne daß die Stille der Nacht von jenen Schreckenstönen unterbrochen wurde, so fielen ihr jene seeräuberischen Schiffe ein, von welchen es in den Gewässern der kleinen Antillen wimmelte, und die, wie es hieß, zuweilen sogar die kleineren und abgelegeneren Seecanäle des amerikanischen Continents befuhren und sich dort ausbesserten. Die Erzählungen von den Thaten, dem Charakter und dem Ende des berüchtigten Kidd waren damals noch ganz neu, und obgleich sie das Schicksal aller Volkserzählungen theilten, übertrieben und entstellt zu werden, so glaubten doch auch die Gebildeteren genug davon, um seinem Leben und Tode den Stempel des Seltsamen und Geheimnißvollen aufzudrücken. Bald wünschte sie den jungen Commandanten der Coquette wieder zurückrufen zu können, damit sie ihn von der Nähe des Feindes unterrichtete; bald schämte sie sich ihrer Furcht, überredete sich, daß solche mehr aus weiblicher Schwäche hervorgehe, als sich auf Wahrheit gründe, und daß das Ganze weiter nichts sey, als die gewöhnliche Fahrt eines Küstenschiffes, das, mit den Umgebungen vollkommen vertraut, eben so wenig selbst in Gefahr seyn, als sie Anderen bringen könne. Ihre Gedanken waren gerade mit diesem natürlichen und beruhigenden Schluß beschäftigt, als sie deutlich Jemand in den Pavillon eintreten hörte, nicht weit von der Thüre ihres Zimmers. Athemlos, mehr aus aufgeregter Einbildungskraft, als aus irgend einer bestimmten Furcht, welche die neue Störung in ihr hervorgerufen hätte, eilte sie vom Balkon hinweg und lauschte, ohne sich zu regen. Die Thür wurde wirklich, und zwar mit äußerster Behutsamkeit geöffnet, und Alida's erschrockenem Blick bot sich Anfangs nichts dar, als ein sich im Kreise drehender Raum mit der Gestalt eines drohenden, raubgierigen Freibeuters in dessen Mittelpunkt.

»Potz Nordlichter und Mondschein!« polterte Alderman Van Beverout – denn es war kein Anderer als der Onkel der reichen Erbin, dessen unerwarteter Besuch ihr so viel Schrecken verursachte – »Diese Sternguckerei und Verwandlung der Nacht in Tag wird noch Deine Schönheit zerstören, Nichte, und dann werden wir sehen, wie viele Patroons sich zu Männern melden! Ein glänzendes Auge und eine blühende Wange, darin besteht Dein Waarenmagazin, Mädchen, und die verschläudert Beides, welche noch nicht zu Bett ist, wenn die Glocke Zehn geschlagen hat.«

»Ihre Disciplin würde gar manche Schöne der Mittel berauben, ihre Macht zu gebrauchen,« erwiederte das Mädchen, und lachte vergnügt, theils darüber, daß ihre Furcht sich als ungegründet erwies, theils über die väterliche Besorgtheit des Tadlers. »Ich habe mir sagen lassen, zehn Uhr sey für die Zauberkraft der europäischen Damen die rechte Hexenstunde.«

»Hat sich was zu hexen! Das Wort erinnert Einen an die verschmitzten Yankihs, eine Race, die den Lucifer selbst überlisten würde, wenn man sie gewähren ließe. Da will der Patroon schon wieder eine ganze Familie von diesen Spitzbuben dem ehrlichen Holländer auf seinem Gute zugesellen. Eben haben wir uns darüber herumgestritten, und endlich den Streit durch ein erlaubtes Entscheidungsmittel ausgeglichen.«

»Hoffentlich, theuerster Onkel, nicht durch die Entscheidung des Schwertes.« »Potz Friede und Oelzweige, nein! Der Patroon von Kinderhook ist der letzte Mann in ganz Amerika, der von den Schwertstreichen Myndert Van Beverout's etwas zu befürchten hätte. Ich forderte den Jungen blos auf, einen schönen Aal, welchen die Schwarzen zu unserm Frühstück im Fluß gefangen hatten, festzuhalten, als Probe, ob er der Mann sey, der mit den schlüpfrigen Gesellen fertig werden könne. Beim Verdienst des friedliebenden Sankt Nicolas! die Aufgabe machte dem Sohn des alten Hendrick Van Staats nicht wenig zu schaffen! Der Bursch faßte Dir den Fisch fest, wie Dein Onkel einst einen holländischen Gilder; sein Vater nämlich, so erzählt die Sage, soll ihm als Kind einst ein solches Geldstück in die Hand gegeben haben, um an der Art, wie er es halten würde, zu sehen, ob die rechte Himmelsgabe der Sparsamkeit sich wohl noch auf die nächste Generation der Familie forterben würde, was that Dein Onkel! er hielt den Gilder mit dem Gebisse fest! Doch um wieder auf den Aal zu kommen; mir ward bange, denn der junge Oloff hat 'ne Faust wie eine Schraube, und ich dachte schon, wie nun die Rentrolle des Guts besteckt werden und neben den stattlichen Namen der Harmans und der Rips, der Corneliusse und der Dircks, einst die schmutzige Gesellschaft eines Peleg, eines »Fruchtbarkeit«[9] und ihres Gleichen stehen sollte: aber just, als der Patroon glaubte; die Wasserbestie beim Hals fest genug zu

---

[9] Leider nöthigen uns die Sitten der Puritaner schon wieder zu Sprachhärten. Die Leserinnen des Conanchet haben vielleicht den Herrn Capitän »Zufriedenheit«, und die Leser das eigensinnige Mädchen, Jungfer »Glaube«, noch in gutem Andenken. In der vorliegenden Stelle nun spricht der alte Holländer von denselben Sekürern mit ihren alttestamentlichen Namen. D.U.

halten, gab sie einen schnellen Druck, und husch! war sie ihm durch die Finger. Potz Flecke und Schlupflöcher! in der Probe steckt eben so viel Weisheit als Witz!«

»Mir wenigstens scheint es weiser, da die Vorsehung einmal alle Kolonien unter eine und dieselbe Regierung gebracht hat. Solche Vorurtheile aufzugeben. Wir sind ein Volk, das von verschiedenen Nationen abstammt, daher sollten wir uns bestreben, die schöne Gesinnung und die Kenntnisse einer jeden zu bewahren, aber die Schwächen aller in Vergessenheit zu begraben.«

»Wacker gesprochen, wie das ächte Kind eines Hugenotten! Aber den Mann will ich sehen, der mir vorwerfen kann, daß ich Vorurtheile hätte. Ich lobe mir einen muntern Handel und eine fertige Rechnengabe. Wenn es gilt, schnell herauszukriegen, wie die Billanz stehe, so zeige mir in ganz Neu-England denjenigen, der's mit einem Gewissen – ich mag ihn nur nicht nennen – aufnimmt, und ich suche meine Mappe hervor, und gehe wieder in die Schule. Ich hab's gern, wenn Einer auf das Seinige bedacht ist, so bin ich nun einmal; aber schon gewöhnliche Ehrlichkeit lehrt uns, daß die Menschen übereinkommen sollten, eine gewisse Grenze anzunehmen, über welche hinaus Keiner gehen dürfte, dem an seinem Ruf und Charakter was gelegen wäre.«

»Unter welcher Grenze denn Jeder verstehen würde, daß er so weit gehen dürfe, als seine Mittel reichen; ein vortreffliches Mittel, es dem Stumpfsinnigen möglich zu machen, mit dem Spekulativen zu wetteifern. Ich fürchte, ich fürchte, Onkel, man sollte an jeder Küste, die von Kauffartheischiffen besucht wird, einen Aal halten.«

»La, la, la, Du bist schläfrig, Kind, und da ist Dir nichts recht; es ist Zeit, daß Du zu Bett gehest; morgen wollen wir sehen, ob der junge Gutsbesitzer Oloff mehr Glück bei Dir macht, als bei dem Prototyp der Jonathans. Oho, lösch' diese blendenden Kerzen hübsch aus, und nimm ein bescheidenes Lämpchen mit in's Schlafgemach. Hellglänzende Fenster so nahe an Mitternacht bringen ein Haus in schlechten Ruf bei den Nachbarn.«

»Am Ende bekommen die Aale eine schlechtere Meinung von unserer Eingezogenheit,« erwiederte Alida lachend, »sonst wüßte ich wenig Wesen in der Nähe, die sich über unsere Verschwendung auslassen könnten.« »Man kann nicht wissen, man kann nicht wissen,« flüsterte der Alderman, indem er die beiden großen Lichter seiner Mündel löschte und statt ihrer seinen kleinen Handleuchter hinstellte. »Dieses helle Licht hält Einen nur wach; nimm Du also lieber mein kleines Wachskerzchen hier, es ist so gut wie ein Schlaftränklein. Küß' mich, Muthwillige, und laß Deine Rouleaux sorgfältig herunter, denn die Neger werden bald aufstehen, um die Pirogue zu beladen, damit sie mit der Fluth nach der Stadt abgehen können. Der Lärm der geschwätzigen Schufte könnte Dich sonst aufwecken,«

»Wahrlich, man sollte meinen, hier gäb' es wenig, was so thätigen Verkehr zu Schiffe veranlassen könnte,« versetzte Alida, indem sie, den Befehlen des Onkels gehorchend, seine Wange küßte. »Das muß ein starker Trieb zum Handel seyn, der in einer solchen Einöde, wie diese, Stoff zu seiner Befriedigung findet.«

»Errathen, Kind, errathen. Ich weiß schon, Dein Vater, Monsieur de Barbérie, hatte seine eigenen Ansichten über den Gegenstand, und die hast Du ohne Zweifel größtentheils von ihm geerbt. Und bei alle dem, selbst der Hugenotte, als er aus seinem Schlosse und seinen lehmigen normännischen Ländereien vertrieben wurde, muß doch das Rechnungsführen auch nicht so ganz gegen seinen Geschmack gefunden haben, zumal wenn die Bilanz zu seinen Gunsten stand. Potz Charakter und Nationen! im Grunde genommen, find' ich wenig Unterschied, mit welcher Waare man Handel treibe; es ist am Ende ganz gleich, ob man mit einem Mohawk um seinen Pelzvorrath feilscht, oder mit einem französischen Seigneur um seine Ländereien. Der Eine wie der Andere bemüht sich, den Gewinn auf seine Seite zu bringen, und den Verlust auf die des Nachbars. Also, schlaf' wohl, Mädchen, und bedenke, daß Heirathen weiter nichts ist, als eine Haupt-Handels-Speculation, von deren Gelingen die Totalsumme weiblichen Glückes abhängt; drum, noch einmal, gute Nacht.«

Ehrerbietig gab die schöne Barbérie ihrem Onkel das Geleit bis an den Eingang des Pavillons, schloß die Thüre hinter sich ab, und fand dann für gut, das Flämmchen der kleinen Lampe, die er ihr zurückgelassen, und die ihr das Zimmer nicht hell genug machte, mit dem Docht der zwei von ihm ausgelöschten Kerzen in Berührung zu bringen. Es brannten nun drei Lichter, diese stellte sie neben einander auf den Tisch, und trat dann wieder an's Fenster. Der unerwartete Besuch des Onkels hatte mehrere Minuten hinweggenommen, und sie eilte daher, ob sie vielleicht erforschen könne, was es mit den seltsamen Bewegungen des geheimnißvollen Schiffes für eine nähere Bewandtniß habe.

Immer noch dieselbe tiefe Stille rund um die Villa, immer noch dasselbe schwerfällige Steigen und Fallen der Meereswogen. Alida blickte umher, Ludlow's Boot zu erspähen, allein ihr Auge schweifte vergebens über den hellen, breiten Meeresstrich, der sie von dem Kreuzer trennte. Wohl sah sie in den Strahlen des Mondes das Wasser abwechselnd hell und dunkel betupft, aber kein Fleck darunter bot einige Aehnlichkeit mit dem Schatten einer Barke dar. Die Laterne glänzte noch an der Spitze des Schiffes. Zwar ihr däuchte in der That einmal, als höre sie Ruderschlag, und zwar viel näher noch als vorher: wie sehr sie aber auch das scharfe Auge anstrengte, so blieb sie über den Ort des Boots im Dunkeln. Doch alle diese Zweifel verdrängte jetzt ein Schreck, der aus einer neuen und ganz verschiedenen Quelle kam.

Daß ein Canal bestehe, der den Ocean mit dem Wasser der Runden Bucht in Verbindung setze, war wenig anderen, außer denen bekannt, die ihre Beschäftigung häufig in die Nähe führte. Da die Durchfahrt bei weitem über die Hälfte des Jahres verstopft war, stets wechselte und selbst im besten Falle nur wenig Nutzen darbot, so blieb der Ort von den meisten Küstenschiffern unbeachtet. Selbst wenn der Canal offen stand, konnte man nie auf eine bestimmte Tiefe rechnen; herrschten eine oder zwei Wochen Windstille oder westliche Winde, so trocknete die Ebbe den Canal aus, und wehete einmal ein Sturm von Osten her, so ward das Bette gänzlich versandet. Kein Wunder also, wenn Alida's Erstaunen nicht ganz frei von abergläubischer Furcht war, als sie zu dieser Stunde, in solcher Umgebung ein Schiff aus dem Dickicht am äußern Rande der Runden Bucht bis in die Mitte derselben hereingleiten sah, gleichsam wie von selbst, ohne Hülfe von Segel oder Riemen.

Das sonderbare, unheimliche Fahrzeug war eine Brigantine von gemischter Bauart, welches die Vortheile eines Schiffs von langen Raaen und die eines von vorne nach hinten getakelten in sich vereinte. Selbst auf den ältesten und klassischsten Meeren der andern

Hemisphäre sieht man viele solcher Fahrzeuge, doch nirgends von so schöner Form und symmetrischer Ausrüstung, als an den Küsten unserer Union. Am vordersten und kleinsten der Masten war die Maschinerie die gewöhnliche verwickelte, mit Haupt- und Unterspieren, mit den noch mehr ausgestreckten und doch leicht regierbaren Raaen, mit den mannigfaltigen, nach jeder Aenderung und Laune der Winde geformten und eingerichteten Segeln; dagegen stieg der hintere und größere Mast, gleich dem geraden Stamme einer Fichte aus dem Schiffsrumpfe in die Höhe, mit klarem, unverwickeltem Tauwerk und einem einzigen ausgebreiteten Segel, das aber auch allein hinreichte, die Wassermaschine mit ungeheurer Schnelligkeit durch die Wogen zu treiben. Der Rumpf war niedrig, von anmuthigen Umrissen, schwarz wie ein Rabenfittig und so gespannt, daß er einem von den Meereswogen einhergetragenen Seevogel glich. Das Spierenwerk war von vielen dünnen, zarten Linien durchwebt, welche dazu dienten, vor den leichten Winden im Nothfall mehr Segeltuch zu entfalten; aber diese Schattirung der Maschine, durch welche ihre Zeichnung bei Tage so vortheilhaft gehoben wurde, war jetzt, im blasseren, ungewisseren Lichte des Mondstrahls kaum sichtbar. Kurz, die zwanglose Bewegung des Schiffes, das mit der Fluth in die Runde Bucht hineinglitt, verbunden mit der wunderbaren, feenähnlich-anmuthigen Gestalt desselben, machte, daß Alida im ersten Momente ihren Sinnen nicht traute, sondern wähnte, das schöne Gebilde schwebe blos vor ihrer Phantasie. Gleich den meisten Anderen, war auch ihr unbekannt, daß der Hohlweg sich zuweilen in einen Kanal verwandele; dies und die Umstände der Zeit und des Orts machten es leicht, den angenehmen Wahn einen Augenblick lang für Wahrheit zu halten.

Aber nur einen Augenblick lang. Die Brigantine wendete plötzlich ihren Lauf, glitt nach einer Stelle hin, wo ihr die Einbiegung an dem Ufer der Runden Bucht den meisten Schutz gegen Wind und Wogen, und vielleicht auch gegen neugierige Augen zu versprechen schien, und kam dort zum Stehen. Ein heftiges Rauschen der Wasserfläche, das selbst bis zur Villa herandrang, zerstreute Alida's Geträume, denn nun wußte sie, daß wirklich ein Anker in die Bai gefallen sey.

Nordamerika's Küsten hatten für Seeräuber so wenig Lockendes, daß ihre Bewohner ruhig in diesem Sicherheitgefühle lebten; dessenungeachtet kam der jungen Erbin jetzt der Gedanke, daß die einsame Lage der Villa die Habgier lüstern gemacht haben dürfte. Sowohl sie, als ihr Vormund standen im Rufe des Reichthums: konnte es daher nicht seyn, daß verzweifelte Menschen, denen sich vielleicht auf offener See kein Gegenstand zum Plündern darbot, hier landeten, um auf festem Lande Raub und Mord zu begehen? Auch ging die allgemeine Sage, daß die Flibustier in früheren Zeiten die Küste des benachbarten Eilandes zu besuchen pflegten, und schon damals fing man an, nach verborgenen Schätzen und der von den Seeräubern versteckten Beute zu graben – Versuche, die von Zeit zu Zeit, bis auf unsere Tage, wiederholt worden sind.

Es gibt Lagen, in welchen der Geist Dingen Glauben schenkt, die er im ungetrübten Zustande als abgeschmackt verwirft. In einer solchen Lage befand sich Alida jetzt; obgleich mit einem klaren, männlichen Verstande begabt, fühlte sie sich geneigt anzunehmen, daß jene Erzählungen, die sie bisher als Mährchen verspottete, am Ende doch wahr seyn könnten. Das Auge unverwandt auf das regungslose Schiff haltend, trat sie innerhalb des Fensters zurück, und unentschlossen, ob sie Lärm machen sollte oder nicht, hüllte sie sich in die Fenstervorhänge, im Wahn, daß man sie sonst, trotz der Ferne, erspähen könne. Kaum hatte sie sich auf diese Weise verborgen, als es laut im Gesträuche raschelte, der Tritt eines Fußes auf dem grünen Platze unter dem Fenster ward hörbar, und gleich darauf schwang sich jemand in den Balcon und sprang von da in die Mitte des Zimmers, beides mit solcher Behendigkeit, daß das Herannahen der Gestalt der schwebenden Bewegung eines übernatürlichen Wesens glich.

Neuntes Kapitel.

»– Nun seht nun, wie ihr staunt!
Ich wollt' euch Liebes thun, Freund mit Euch seyn!«

Kaufmann von Venedig.

Das Erste, woran Alida bei diesem zweiten Ueberfall dachte, war die Flucht. Doch Furchtsamkeit war nicht ihre Schwäche; vielmehr hatte sie natürliche Festigkeit genug, einen forschenden Blick auf die Gestalt des Individuums zu werfen, das mit so wenig Umständen ihren Pavillon betrat, und nun reichte schon die Neugierde hin, sie zum Bleiben zu vermögen. Wir lassen es dahingestellt seyn, in wiefern die unbestimmte, aber sehr natürliche Erwartung, daß sie den Commandeur der Coquette abermals zu verabschieden habe, Einfluß auf ihre Entschlossenheit ausübte. Ob diese kühne Voraussetzung Entschuldigung verdiene, mag der Leser beurtheilen, nachdem wir ihm die Person des Unerwarteten werden vorgeführt haben. Der Fremde stand in der Blüthe des lebenskräftigen Mannesalters. Er mochte höchstens zweiundzwanzig Jahre alt seyn, und man würde ihn für noch jünger gehalten haben, wären seine Züge nicht durch ein üppiges Braun etwas umschattet worden. Dieser Anflug hob seine natürliche, zwar nie blendend helle, aber klare und blühende Gesichtsfarbe noch mehr hervor. Einen seltsamen Kontrast mit den, fast bis zum Weiblichen zart gebogenen, schönen Augenbrauen und Wimpern bildete das glänzende Schwarz des vollen, seidenhaarigen Backenbarts, und verlieh den weichen Zügen dasjenige, was männlicher Schönheit nie fehlen darf – Kräftigkeit. Die Stirn war glatt und niedrig; die Nase eben so fein in den einzelnen Theilen, als kühn im Profil; die Lippen schwellend voll, und in ihrem Wurf verrathend, daß ihr Besitzer zuweilen ein loser Schelm seyn könne, obgleich der Schnitt des Mundes, im Ganzen genommen, mehr auf Sentimentalität hinwies; diesem Munde entsprachen zwei glänzende Reihen völlig gleichgestalteter Zähne; das kleine, runde Kinn mit dem Grübchen im Mittelpunkte war so durchaus rein von allem Haarwuchs, daß man hatte denken sollen, die Natur habe ihren Schmuck schon am Backenbart erschöpft. Erwähnen wir nun noch des glänzenden, kohlschwarzen Augenpaars, dessen ausdrucksvolle Sprache der Eigner vollkommen in seiner Gewalt zu haben schien, so wird der Leser mit uns der Meinung seyn, daß der Mensch, welcher Alida's Einsamkeit so plötzlich störte, persönliche Reize genug befaß, um, unter anderen Umständen, der Einbildungskraft eines so sehr schönen, und das Schöne bewundernden Mädchens wie Alida, gefährlich werden zu können.

So außerordentlich die Vorzüge der Gestalt des Fremden waren, so einzig war sein Anzug. In Bezug auf Façon, glich derselbe dem des sogenannten Herrn Ruderpinne; nur bestand er aus Stoffen, die weit reicher, und, so weit das Aeußere ein Urtheil begründen kann, des Tragenden würdiger waren.

Die leichte Jacke bestand aus dickgewirktem, purpurfarbenem Seidenzeug, von indischer Arbeit, und war auf das Sorgfältigste einer mehr runden und gewandten als athletisch-breiten Gestalt angepaßt. Die weiten Pumphosen waren aus dichtem, weißen Baumwollenzeug, die Mütze scharlachner Sammt mit Gold gestickt, und der Gürtel bestand aus Seidenschnur von derselben glänzenden Farbe, in der Form eines Kabeltaues geflochten, mit zwei kleinen goldenen Ankern, die, an die Enden befestigt, als Troddeln von der Seite herabhingen.

Wenig im Einklang mit diesem wunderbar ungewöhnlichen Anzuge war die Zugabe von Waffen; doch auch diese nicht von gemeinem Schlage, die kleinen Terzerole im Gürtel waren mit Gold ausgelegt, und aus den Falten des Oberkleides blitzte, vielleicht nicht zufällig, der reiche Griff eines asiatischen Dolches hervor.

»Lustig, Kamerad, lustig!« rief der Fremde, als er mit einem Sprunge die Mitte des kleinen Salons erreicht hatte, – und es war seltsam, zu bemerken, wie wenig die jugendliche sanfte Stimme mit dem rauhen Seemannsgruße in Einklang stand. – »Komm nur hervor, mein Biberfellhändler; hier ist einer, der Gold für deine Koffer bringt. Aha! da dieses Lichter-Trio nunmehr seine Dienste gethan hat, so wollen wir nur immer ein Paar davon auslöschen, damit es nicht Andere in den verbotenen Hafen lootse.«

»Mit Erlaubniß, Sir,« sprach die aus den umhüllenden Vorhängen hervortretende Herrin des Pavillons mit einer Miene der Unerschrockenheit, die durch das pochende Herz fast hörbar Lügen gestraft wurde; »da ich so unerwartet einen Gast zu bewirthen bekommen habe, so sind die Lichter durchaus nicht überflüssig.«

Das Auffahren und der offenbare Schreck, mit welchem der Eindringling einen Schritt zurücktrat, lieh Alida noch mehr Zuversicht, denn der Muth ist eine Eigenschaft, welche in einem Gegner in dem Maaße wächst, als sie im andern abnimmt. Wie das Mädchen jedoch die eine Hand des Fremden auf dem Pistol ruhen sah, wollte sie wieder fliehen, und ihre Entschlossenheit kehrte auch nicht eher zurück, als bis er die Hand sinken ließ. Ihre Furcht verwandelte sich jetzt in Neugierde, als er, mit sanftem lockendem Blick anmuthsvoll auf sie zutretend, die Worte sprach:

»Ist auch Alderman Van Beverout seiner Verabredung nicht getreu, so verzeiht man gern seinem Mangel an Pünktlichkeit, da er eine solche Stellvertreterin schickt. Hoffentlich kommt sie mit Vollmacht, den ganzen Handel abzuschließen.«

»Die Sache ist mir fremd, und ich habe kein Recht, Vorschläge zu machen, noch anzuhören. Meine Macht beschränkt sich auf den Wunsch, daß diese Dinge nicht in meinem Pavillon besprochen werden mögen; sie gehören weder zu meinen Angelegenheiten noch weiß ich sonst das Geringste davon.«

»Warum denn dies Signal?« fragte der Fremde, indem er ernst auf die Lichter hinwies, welche noch neben einander gerade dem Fenster gegenüber brannten. »Bei so delikaten Verhandlungen irre führen, ist äußerst unklug.«

»Ich weiß nicht, was Sie unter Signal verstehen, mein Herr. Diese Lichter brennen jeden Abend in meinem Zimmer, und die Lampe hier hat mein Onkel, der Alderman Van Beverout, zurückgelassen.«

Mit einem lebhaften Ausdruck, offenbar von einem neu angeregten Gedanken stark angezogen und so hastig und dicht vor Alida hintretend, daß diese einen Schritt zurückthat, rief der Fremde aus: »Ihr Onkel! Ihr Onkel! So habe ich die Fernberühmte, die mit Recht Gepriesene, vor mir; Barbérie, die Schöne!« fügte er hinzu, und zog die Mütze mit galantem Anstand, als wenn er jetzt erst ihr Geschlecht und ihre hohen Reize entdeckt hätte.

Verdrießlichkeit lag nicht in Alida's Charakter. Alle Gründe zur Angst, die sie sich geschaffen, waren vergessen; denn abgesehen davon, daß ihre Besorgnisse unwahrscheinlicher und ungewisser Art gewesen, konnte sie aus den Anspielungen des Fremden hinlänglich entnehmen, daß er von ihrem Onkel erwartet wurde. Wenn wir noch anführen, daß sein interessantes Gesicht und seine weiche Stimme zur Beschwichtigung ihrer Furcht das Ihrige beitrugen, so wird dadurch wahrscheinlich weder der Wahrheit, noch einem sehr natürlichen Gefühl Gewalt angethan. Mit Allem, was auf Handel Bezug hatte, gänzlich unbekannt, war sie gewohnt, dessen Geheimnisse anpreisen zu hören, als Dinge, welche die höchste Scharfsicht des menschlichen Verstandes in Anspruch nehmen. Daher fand sie nichts Außerordentliches darin, wenn die damit Beschäftigten ihre Verfahrungsweise der neidischen Beobachtung anderer Handeltreibenden zu verbergen suchten. Wie die meisten ihres Geschlechts, setzte sie ein unbedingtes Vertrauen in die Menschen, die ihr theuer waren: wie sehr also auch Vormund und Mündel durch Natur, Erziehung und Gewohnheit von einander verschieden waren, so hatte dieser Unterschied doch nie die gegenseitige Neigung vermindert, oder auch nur ihre Eintracht unterbrochen.

Der junge Matrose – denn daß er ein Matrose war, verrieth sein Anzug – konnte sich an den Zügen des Mädchens nicht satt sehen, und in seinem Blicke mischte sich offenbar rührender Tiefsinn mit dem Vergnügen. Endlich brach er nochmals in den Ausruf aus: »Dies also ist Barbérie, die Schöne!«

»Dies ist eine vertrauliche Sprache für einen Fremden,« erwiederte Alida erröthend, obgleich es dem scharfen schwarzen Auge, welches alle ihre Gedanken zu durchdringen schien, nicht geheim blieb, daß sie nicht im Unwillen sprach. »Die Partheilichkeit von Verwandten, verbunden mit meiner Herkunft, hat mir, ich gestehe es, diese Benennung zugezogen, die mir jedoch mehr scherzweise beigelegt wird, als aus der ernstlichen Meinung, daß ich sie verdiente. – Doch, es wird immer später, und dieser Besuch ist wenigstens ungewöhnlich; erlauben Sie mir, daß ich meinen Onkel« –

»O bleiben Sie,« fiel der Fremde ihr in's Wort. »Ach es ist lange, sehr lange, seit mir eine so sanfte, theure Freude zu Theil geworden! Das Leben ist voll von Geheimnissen, schöne Alida, scheinen auch die Ereignisse darin so gewöhnlich und alltäglich. Geheimnißvoll ist sein Anfang, sein Ende, geheimnißvoll sind seine Triebe, seine Neigungen und alle seine kämpfenden Leidenschaften. Nein, verlassen sie mich nicht. Ich komme von weitem Meere her, auf dem ich keine andere Gesellschaft hatte, als die rauhen, gemein-gesinnten Menschen; ach Deine Gegenwart ist Balsam für eine lechzende, verwundete Seele!«

Die rührende, schwermüthige Stimme des Sprechenden ergriff das Mädchen wo möglich noch stärker als seine Worte – sie zögerte. Freilich flüsterte ihr die Vernunft zu, daß Schicklichkeit, ja Klugheit von ihr verlangte, dem Onkel anzuzeigen, daß ein Fremder da sey; allein Klugheit und Schicklichkeit verlieren von ihrem Einfluß, wenn weibliche Neugierde, verbunden mit einem mächtigen Mitgefühl, ihnen gegenüberstehen. Ihr eigenes sprechendes Auge begegnete dem Blick der seinigen, welche mit der Gewalt des Bezauberns begabt zu seyn schienen, und während ihre Urtheilskraft sie belehrte, daß Gefahr vorhanden sey, nahmen die Sinne den sanften Seemann in ihren mächtigen Schutz.

»Ein Gast, den mein Onkel erwartet,« sagte sie, »wird ja Wohl Muße haben, sich nach den Entbehrungen und Beschwernissen einer so ermüdenden Reise auszuruhen. Die Thüre dieses Hauses ist den Ansprüchen der Gastfreiheit nie verschlossen gewesen.«

»Erregt irgend etwas an mir oder meinem Anzug Beunruhigung,« erwiederte der Fremde angelegentlich, »so sprechen Sie, daß ich es wegnehme. Diese Waffen – ja diese thörichten Waffen wären besser nicht da,« fügte er hinzu, und warf Pistolen und Dolch mit Unwillen zum Fenster hinaus unter das Strauchwerk; »ach, wenn Sie wüßten, wie wehe es mir thun würde, irgend Jemanden, am wenigsten einem Weibe, etwas zu Leide zu thun, so würden Sie mich nicht fürchten!«

»Ich fürchte Sie nicht,« erwiederte die Schöne mit Festigkeit. »Nur die falschen Darstellungen der Welt fürchte ich.« »Welche Welt ist hier, die uns beunruhigen könnte! Ja Du lebst in dem Pavillon, schöne Alida, gleich einem vom Schicksal hochbegünstigten Kinde, über dessen glückliches und unverletzbares Leben ein wohlthätiger Genius wacht. Sieh, hier find ja die niedlichen Dinge alle, welche deinem Geschlecht unschuldiges Vergnügen gewähren. Du berührst diese Laute, wenn Schwermuth Dich nachdenkend macht; diese Farben hier verspotten, verfinstern die Schönheit von Berg und Feld, von Baum und Blume, und aus den Büchern pflückst Du Gedanken rein und bilderreich, wie dein Geist fleckenlos und dein Wesen lieblich ist.«

Alida erstaunte bei seinen Worten, denn während er sprach, berührte der junge Seemann die verschiedenen Gegenstände, die er namhaft machte, mit einer trauernden Theilnahme, welche ausdrückte, wie sehr es ihn schmerze, daß das Schicksal ihm eine Lebensbeschäftigung angewiesen habe, die sich so wenig mit dem Gebrauche jener Gegenstände vertrug.

»Leute, die auf der See leben, Pflegen in der Regel kein so lebendiges Gefühl für die Kleinigkeiten zu haben, womit Damen sich die Zeit vertreiben,« sagte das Mädchen, noch immer, trotz des besseren Entschlusses, zu gehen, im Zimmer weilend.

»Kennen Sie denn das rohe, geräuschvolle Treiben unseres Gewerbes?«

»Der Verwandten eines Kaufmanns von so ausgebreiteten Handelsverbindungen wie mein Onkel, kann das Leben der Seeleute unmöglich ganz unbekannt bleiben.«

»Ja wohl, hier ist ein Beweis davon,« versetzte der Fremde mit raschen Worten, welche die große Aufregbarkeit seines Innern bewiesen. »Die Geschichte der amerikanischen Boucaniers« ist ein seltenes Buch in einer Damenbibliothek. Was für Interesse kann ein Gemüth, wie das der schönen Barbérie, in diesen Erzählungen blutiger Gewaltthaten finden?«

»In der That, keins!« erwiederte Alida, durch das wildaufgeregte Auge ihres Gefährten halbversucht, ihn selbst, trotz aller Beweise vom Gegentheil an ihm, für einen der Seewanderer zu halten, von denen er sprach. »Das Buch hat mir ein tapferer Seemann geliehen, welcher eben gerüstet ist, jene Räubereien zu unterdrücken. Beim Lesen so vieler ruchlosen Handlungen bestrebe ich mich, meinem Geist die Aufopferung derjenigen vorzuhalten, die ihr eigenes Leben in Gefahr setzen, um die Hülf- und Schuldlosen zu beschützen. – Mein Onkel wird zürnen, wenn ich länger zögere, ihn von Ihrer Gegenwart in Kenntniß zu setzen.«

»Einen einzigen Augenblick noch! Es ist so lange, so lange her, seit ich ein Heiligthum, wie dieses betrat! Hier ist Musik! dort der

Rahmen zu der glänzenden Stickerei; – von diesen Fenstern blickst Du auf eine Landschaft, sanft wie dein eigenes Wesen, und kannst den Ocean dort immer bewundern, ohne seine Schrecknisse zu fürchten, oder von den roheren Auftritten darauf empört zu werden. Du mußt sehr glücklich seyn an diesem Orte!«

Als er sich herumwendete, sah er sich allein gelassen. – Betroffenheit malte sich stark auf seinen schönen Zügen, doch ehe er Zeit zum Nachdenken gewinnen konnte, ließ sich an der Thüre des Salons eine polternde Stimme hören.

»Potz Verträge und Uebereinkünfte! Was, im Namen des strengen Worthaltens, hat Dich hierher geführt? Ist dies der Weg, unsere Geschäfte unter der Hülle der Verborgenheit zu halten, oder glaubst Du, die Königin wird mich zum Ritter schlagen, wenn sie erfährt, daß Du mein Handelscorrespondent bist?«

»Potz Laternen und falscher Zeugen!« gab der Andere, die Stimme des verblüfften Bürgers nachäffend, und auf die, noch immer an der angegebenen Stelle stehenden Lichter hinweisend, zurück. »Kann man in den Hafen einlaufen, ohne auf die Landmarken und Signale zu achten?«

»Das kommt vom Mondschein und der Sentimentalität! Wenn das Mädchen schlafen sollte, ist sie auf, guckt nach den Sternen hinauf und vereitelt kaufmännische Speculation. – Doch sey Du ganz ruhig, Herr Seestreicher, meine Nichte besitzt Discretion, und in Ermangelung eines bessern Unterpfandes für ihr Schweigen, hätten wir das der Notwendigkeit, da sie hier Niemand hat, den sie zum Vertrauten machen könnte, als ihren alten normannischen Lakaien und den Patroon von Kinderhook; die aber träumen Beide von ganz anderen Dingen, als wie man einen kleinen Handelsprofit mache.«

»Sey Du ganz ruhig, Aldermännchen,« erwiederte der Andere noch immer in spöttelndem Tone. »In Ermangelung eines anderen Unterpfandes haben wir das ihres Rufes, da der Onkel den seinigen nicht verlieren kann, ohne daß die Nichte einen Theil des Verlustes trage.«

»Wie so? was für Sünde ist's, wenn man im Handel und Verkehr einen kleinen Schritt weiter geht als die Gesetze? Diese Engländer sind eine Nation von Monopolisten, und nehmen keinen Anstand, uns hier auf den Colonien Hand und Fuß, Leib und Seele mit ihren Parlamentsakten zu knebeln. »Treibt«, lauten diese tyrannischen Decrete, »treibt Handel mit uns, oder gar keinen«! Bei der Ehre des besten Bürgermeisters von Amsterdam! sind sie doch selbst nicht mit so scrupulöser Ehrlichkeit in den Besitz der Provinz gekommen, und wir sollten so geduldig gehorchen?«

»Und das gereicht freilich einem Contrebandehändler zu nicht geringem Troste. Ganz richtig geurtheilt, mein vortrefflicher Alderman. Deine Logik bereitet in jedem Fall ein weiches Kissen, absonderlich aber, wenn das Wagstück nicht ohne sein Profitchen bleibt. Und nun, da wir über die lobenswerthe Moral unsers Handels so herrlich einverstanden sind, machen wir uns ohne Weiteres an den erlaubten, wenn auch nicht gesetzmäßigen Abschluß desselben. Hier,« fügte er hinzu, zog dabei eine Börse aus einer inwendigen Tasche seiner Jacke hervor, und warf sie nachlässig auf den Tisch; »hier ist Dein Gold. Achtzig helle Johannes ist kein schlechter Erlös für wenige Päcke Pelz, und der Geiz selbst muß zugeben, daß sechs Monat keine zu lange Frist für solchen Wuchergewinnst ist.«
»Ein wahrer See-Colibri ist Dein Bötchen, Du munterer Meerstreicher!« erwiederte Myndert, schmunzelnd und vor innerem Vergnügen bebend. »Sind es auch wirklich achtzig? Doch, sieh nicht erst nach in Deinen Notizen, ich will das Gold schon selber zählen, um Dir die Mühe zu ersparen. Ein Paar Fäßchen Jamaica, mit etwas Pulver und Blei, eine ober zwei Friesdecken, und dann und wann ein Pfennigwerth von Spielwerk für einen Häuptling – ja ja. Du verschmitztes Herrchen, daraus kannst Du in kurzer Zeit gelbes Metall machen. – Sag' an, wo hast Du den Tausch gemacht? an der französischen Küste?«

»Mehr nordwärts, wo der Frost mein Unterhändler war. Deine Biber und Marder, ehrlicher Bürger, werden in den nächsten Feiertagen in der Gegenwart des Kaisers paradiren. Nun, was hat der Braganza da im Gesicht, daß Du ihn so genau besiehst?«

»Das Stück scheint nicht zu den allerschwersten zu gehören, doch glücklicherweise habe ich eine Goldwage bei der Hand.«

»Halt!« rief der Fremde, und legte die, nach der Sitte jenes Tages, in einen zarten, parfümirten Handschuh gehüllte Hand leicht auf den Arm des Andern. »Zwischen uns wird nichts gewogen, Sir! Das Stück ist für Deine Waaren eingenommen worden: schwer oder leicht, es muß passiren. Wir handeln unter Vertrauen, und dieses Knickern beleidigt mich. Noch ein solcher Zweifel an meiner Redlichkeit, und unsere Verbindung hat ein Ende.«

»Ein solches Unglück würde mir eben so, oder doch fast eben so leid thun, als Dir selbst,« versetzte Myndert, und erzwang ein gleichgültig seynsollendes Lachen, indem er die verdächtige Dublone wieder in die Börse hineingleiten ließ und somit den Zankapfel aus dem Wege räumte. »Wenn man im Handeln bei'm Wägen ein Bischen eigen ist, so dient das nur zur Befestigung der Freundschaft. Indessen wollen wir wegen einer Kleinigkeit die kostbare Zeit nicht verschwenden.« »Hast Du Waaren mitgebracht, die in der Kolonie Nachfrage finden?«

»Die Hülle und Fülle.« »Und klug assortirt? Alle Kolonieen und Monopole! so ein heimlicher Handelsverkehr hat doch zwiefache Annehmlichkeiten. Ich höre nie die Anzeige von Deiner Ankunft, Herr Seestreicher, ohne daß mir das Herz vor Freude hüpft. Es hat sein doppeltes Vergnügen, die Gesetzgebung der Londoner weisen Perüken zu umgehen.«

»Und das größte darunter ist – ?«

»Nun ja, ein stattlicher Profit für das ausgelegte Kapital. So eine natürliche Freude will ich gar nicht läugnen; aber glaube mir, es liegt eine Art von gewerblichem Sieg darin, wenn es uns so gelingt, dem Eigennutz unsrer Beherrscher ein derbes Schnippchen zu schlagen. Was, haben unsre Mütter uns dazu in die Welt gesetzt, daß wir diesen Herren zum Werkzeug ihrer Bereicherung dienen sollen? – gebt mir eine gleichmäßige Gesetzgebung, das Recht, zu entscheiden, wiefern dies oder jenes Gesetz klug sey oder nicht, und dann werde ich, wie es sich für einen loyalen und gehorsamen Unterthanen geziemt« –

»Auch fortan mit Contrebande handeln!«

»Schon gut, viel Worte machen, vermehrt das Gold nicht. Kann man das Waarenverzeichniß zu sehen bekommen?«

»Hier ist's, Du magst es immerhin durchlesen. Aber, Alderman Van Beverout, eben wandelt mich eine Laune an, und Widerspruch, weißt Du wohl, dulden meine Launen nicht. Bei unserm Handelsabschluß sollte ein Zeuge zugegen seyn.«

»Alle Richter und Juries! Du vergissest wohl, Mensch, daß eine Galliote mitten durch die gebundenste Klausel dieser extragesetzmäßigen Contracte, ohne weitere Umstände hindurchsegeln würde. Die Behörden nehmen bei dieser Art von Handel Zeugnisse entgegen, wie das Grab die Todten; alles zu verschlingen, und damit abgemacht.«

»Ich schere mich nicht um die Behörden, und fühle kein Verlangen, mit ihnen was zu thun zu haben. Aber die Gegenwart der schönen Barbérie dient vielleicht dazu, Mißverständnisse zu verhindern, welche unser Verhältniß zu einem frühzeitigen Ende bringen könnten. Laß sie herbeirufen.«

»Das Mädchen versteht durchaus nichts von Handelsangelegenheiten, und sie könnte eine geringere Meinung von ihres Onkels Selbstständigkeit bekommen. Wenn Einer seinen Credit in seinem eigenen Hause nicht zu behaupten versteht, wie kann er welchen außerhalb erwarten!«

»Haben doch Viele Credit im Walde, die zu Hause keinen haben. Aber Du kennst meine Laune: keine Nichte, kein Handel.«

»Alida ist ein gehorsames, liebreiches Kind, ungern möchte ich sie vom Schlafe aufstören. Der Patroon von Kinderhook ist eben hier, ein Mann, der für die englische Gesetzgebung nicht mehr eingenommen ist wie ich selbst; der wird weniger abgeneigt seyn, einen ehrlichen Schilling in Gold verwandelt zu sehen. Ich gehe, ihn zu wecken; Niemand hat es noch übel genommen, wenn man ihm Antheil an einem gewinnbringenden Handel anbot.«

»Laß ihn nur fortschlafen. Ich handle nun einmal nicht mit Inhabern von Herrengütern und Schuldverschreibungen. Bring' Du die Dame herbei, denn es dürfte Manches geben, was ihrem zarten Geschmacke entspricht.«

»Aber potz Pflicht und die Zehngebote! Ihr, Herr Seestreicher, habt nie ein Kind unter Eurer Aufsicht gehabt, und könnt also nichts von der Schwere der Verantwortlichkeit wissen« –

»Keine Nichte, kein Handel;« unterbrach ihn der Contrebande-Verkäufer, steckte ruhig seine Faktura wieder in die Tasche, und machte Miene, vom Tische, wo er bereits Platz genommen hatte, wieder aufzustehen. »Die Dame weiß nun doch einmal, daß ich da bin; es wäre mithin sicherer für uns Beide, sie tiefer in's Geheimniß eindringen zu lassen.«

»Du bist so despotisch wie das englische Schifffahrtsgesetz! Ich höre das Mädchen noch in ihrem Zimmer auf- und abgehen, und sie soll herkommen. Aber es ist gerade nicht nöthig, daß wir Anspielung auf unsern längern Verkehr machen. Die Sache kann ja abgemacht werden, als wenn es sich zufällig gerade so getroffen hätte – als ein Nebenspiel in dem Hauptverkehr des Lebens.«

»Wie Du willst. Ich werde nicht viel sprechen, sondern mich auf wirkliches Geschäft beschränken. Behältst Du Dein Geheimniß für Dich, Bürger, so ist es sicher genug. Die Gegenwart der Dame aber wünsche ich, weil mir ahnet, daß unser Verhältniß in Gefahr schwebt.«

»Das Wort Ahnung hör' ich gar, nicht gern,« brummte der Rathsherr, indem er das Licht, das er schon in der Hand hielt, bedächtig putzte; – wenn Du nur einen einzigen Brief verlierst, so träumt mir schon von den Geld- und sonstigen Strafen des Fiskus. – Bedenke, daß Du ein Kauffahrer bist, der sich nicht gern sehen läßt, weil seine Speculationen so gewandt sind.«

»Du hast meinen Beruf bis zum Buchstaben treu beschrieben. Wären alle Andere gleich gewandt, würde mein Handel bald aufhören. – Geh', bring' die Dame.«

Der Alderman, der es wahrscheinlich nothwendig fand, seiner Nichte zuerst einige Vorerinnerungen zu machen, und dem, wie es scheint, der beharrliche Charakter des Fremden zur Genüge bekannt war, zauderte nicht länger, that noch einen verdachtvollen Blick zu dem noch immer offenen Fenster hinaus und verließ das Zimmer.

Zehntes Kapitel.

»Ach nein, gehässig ist es nicht von mir,
Daß ich des Vaters Kind zu seyn mich schäme,
Denn bin ich seines Blutes Tochter schon,
Bin ich's nicht seines Herzens.« –

Kaufmann von Venedig.

Kaum sah der Fremde sich allein, so gewann sein Gesicht einen ganz entgegengesetzten Ausdruck. Sein Blick, bisher kühn und leichtsinnig, ward mild und nachdenkend, indem er die verschiedenen zarten Gegenstände durchlief, welche der schönen Barbérie unterhaltende Beschäftigung gewährten. Er stand auf und berührte die Saiten der Laute; doch gleichsam über die Töne, die er selbst hervorgerufen, erschrocken, trat er, ein Bild der Furcht, zurück. Alle Erinnerung an den Zweck seines Besuches war offenbar verschwunden, oder vielmehr durch einen neuen, anziehenderen Gedanken aus seiner Seele verdrängt, und wenn Jemand seine Bewegung hätte beobachten können, so würde der wahre Grund, welcher den Fremden hierher geführt, der letzte gewesen seyn, auf den der Beobachtende gefallen wäre. Sein Wesen war so frei von jener Rohheit und Gemeinheit, die bei Leuten seiner Lebensbeschäftigung nur zu gewöhnlich ist, sein Aussehen war so mild, die Miene in seinen schönen Zügen so leutselig, daß man auf den Gedanken gerathen konnte, die Natur habe ihn so reichlich ausgestattet, damit er um so siegreicher täuschen könne. Gab es auch Augenblicke, wo er in seinem Betragen eine Verachtung der öffentlichen Meinung zeigte, so erschien dieß weniger natürlich als angenommen, und selbst in seinem Gespräch mit dem Alderman, wo er am meisten Neigung zeigte, bestehende gesellschaftliche Einrichtungen mit gesetzverachtender Wegwerfung zu behandeln, stand diese seine Laune in auffallendem, interessantem Widerspruch mit einer gewissen Zurückhaltung in seinem Betragen.

Aber bei alle dem würde man uns mit Recht einer Unwahrheit zeihen können, wollten wir behaupten, daß Alida de Barbérie keinen beunruhigenden Verdacht gegen den Gast ihres Oheims geschöpft hätte. Der verderbliche Einfluß, der sich geltend macht, wenn Menschen im Besitz der Gewalt sind, ohne für die Art der Ausübung derselben verantwortlich zu seyn, jene zu natürliche Gefühllosigkeit des Principals gegen die von ihm Abhängigen, waren Ursache, daß das englische Ministerium die meisten Ehrenstellen und einträglichen Aemter in den Colonien theils mit dürftigen, liederlichen Vornehmen besetzte, theils mit Solchen, welche zu Hause hohe politische Gönner besaßen. Besonders unglücklich war hierin die Provinz New-York. Ein Geschenk Karl's an seinen Bruder und Nachfolger, war sie ohne den Schutz jener Freibriefe und anderer Privilegien geblieben, welche den meisten Gouvernements in Amerika bewilligt worden waren. Das Verhältniß zur Krone war ein unmittelbares, und eine lange Zeit betrachtete man die Mehrzahl der Einwohner als gar nicht zu der Menschenrace ihrer Sieger, sondern zu einer weit niedrigern gehörend. Und so wenig nahm man es zu jener Zeit genau mit der dem Volk auf dieser Hemisphäre zu erweisenden Gerechtigkeit, daß die Raubzüge Drake's und Anderer gegen die wohlhabenden Bürger der südlicher gelegenen Gegenden kein Makel auf ihren Wappenschildern zurückgelassen zu haben scheinen, und unter Elisabeth wurden Ehren- und Gunstbezeugungen Männern zu Theil, die man heutzutage für Freibeuter erklären würde. Mit einem Wort, unter der einen oder anderen Gestalt zog sich jenes Gewebe von Gewalt und mit moralischen Sentenzen beschönigter Heuchelei, welches mit den Schenkungen Ferdinand's und Isabella's und den päpstlichen Bullen seinen Anfang genommen hatte, herab bis auf die Zeit, wo die Nachkommen jener arglosen tugendhaften Menschen, welche die Union zuerst bevölkerten, die Regierungsgewalt selbst ergriffen und der Welt verkündeten, was wahre politische Sittlichkeit sey, die man vor ihnen eben so wenig verstanden, als ausgeübt hatte.«[10]

Nun war es Alida nicht unbekannt, daß sowohl dem Grafen von Bellamont, als seinem sittenlosen Nachfolger, den die Leser aus den früheren Blättern dieser Geschichte bereits kennen, die Schuld zugeschrieben wurde, Thaten zur See begünstigt zu haben, die weit ruchloser waren, als Contrebande-Handel. Es muß daher nicht befremden, wenn wir noch hinzuzufügen haben, daß der oben berührte Verdacht gegen die Gesetzmäßigkeit der Handelsspekulationen

---

[10] S. die Vorrede d. Verf.

ihres Onkels Alida nicht den Schmerz verursachte, den er einer so nahen Verwandten in unseren Tagen verursachen würde. Inzwischen darf auch nicht verschwiegen werden, daß ihr Verdacht weit hinter dem wirklichen Thatbestand zurückblieb; denn es konnte nicht leicht einen Seefahrer geben, welcher weniger von den Kennzeichen seines rohen Berufs an sich trug, als der war, dessen Bekanntschaft sie auf eine so unerwartete Weise gemacht hatte.

Vielleicht auch trug der mächtige Zauber der Stimme und der Gesichtszüge des so freigebig von der Natur Bedachten dazu bei, daß sie sich überreden ließ, wieder zu erscheinen. Mag dem nun seyn wie ihm wolle, es dauerte nicht lange, so trat sie in's Zimmer mit einem Blicke, in dem sich mehr Neugierde und Verwunderung als Unwille ausdrückte.

»Meine Nichte, Herr Seefahrer,« sagte der zuerst eintretende schlaue Alderman, »hat vernommen, daß Du aus der alten Welt kommst, und da hat denn die Frauennatur über alles Andere gesiegt. Sie würde es Dir nie vergeben, wenn irgend ein Mädchen in Manhattan etwas von Deinen Putzwaaren zu sehen bekäme, ehe sie ihr kritisches Urtheil darüber abgegeben hat.«

»Ich kann mir keinen partheiloseren, schöneren Richter wünschen,« erwiederte der Fremde, indem er galant und zwanglos, wie ein ächter Seemann, die Mütze zog. »Hier sind Seidenzeuge von den Webstühlen Toskana's, Lyoner Brokat, den jede Dame in der Lombardei, oder in Frankreich, beneiden würde; Bänder von allen erdenklichen Farben, und Spitzen, welche mit dem Netzwerk der reichsten flamländischen Kathedralkirche wetteifern.«

»Du bist in deinem Leben viel gereiset, Meister Seestreicher, und weißt von den Sitten der verschiedenen Länder mit Verstand zu reden,« sagte der Alderman. »Aber wie stehen die Preise dieser köstlichen Waaren? Du weißt, wie lange der Krieg schon dauert, und daß an ein baldiges Ende desselben noch gar nicht zu denken ist; auch hat diese deutsche Nachfolge zum Thron, so wie die Erdbeben, welche vor Kurzem das Land heimgesucht haben, große Schwankung der Preise hervorgebracht, so daß wir nachdenkliche Bürgersleute in unserm Handel vorsichtig seyn müssen. – Hast Du Dich, als Du jüngst in Holland warst, erkundigt, was die Wallache kosteten?«

»Man bietet die Thiere für nichts aus; – Was den Werth meiner Waaren betrifft, so wißt Ihr, daß ich feste Preise habe; ich lasse bei'm Handel mit Freunden kein Feilschen zu.«

»Es ist gegen alle Vernunft, Herr Seestreicher, daß Du so halsstarrig bist. Ein weiser Kaufmann nimmt stets Rücksicht auf den Zustand des Marktes, und wer so geübt ist wie Du, muß wissen, daß ein behender Groschen sich rascher vermehrt, als ein langsamer Thaler. Wenn der Schnee soll kleben, muß man den Ball in beständigem Rollen halten! Leicht erworbenes Gut muß leicht wieder abgesetzt werden, und wer sich nicht erst lange besinnt loszuschlagen, hat bald ein Vermögen beisammen. Du kennst unser Yorker Sprüchwort: die »ersten Gebote sind die besten«.«

»Wem die Waare ansteht, der mag kaufen, und wer sein Geld lieber hat als feine Spitzen, reiche Seidenstoffe und schwere Brokate, der kann ja seine Geldsäcke unter seinem Kissen behalten. Es gibt Andere, welche mit Ungeduld warten, die Waaren anzusehen; die Kostbarkeiten an den Mindestbietenden zu verschleudern, dazu bin ich nicht den atlantischen Ocean herübergekommen mit einer Fracht, die kaum Ballast genug für meine Brigantine war.«

»Nein, Onkel,« sagte Alida mit einiger Zaghaftigkeit, »wir müssen die Güte der Sachen, welche der Herr mitbrachte, nicht nach Hörensagen beurtheilen. Wahrscheinlich ist er nicht an's Land gestiegen, ohne Proben von seinen Waaren mitzunehmen.«

»Potz Kundschaft und Correspondenz!« polterte Myndert, »wozu nützt ein alter Umgang, wenn ein Bischen Handeln ihm ein Ende machen kann. Doch hol' Deine Schätze hervor, Meister Starrsinn; ich stehe dafür, die Façons sind außer Mode, oder die Farben der Zeuge verdorben durch die gewöhnliche Nachläßigkeit Deiner unachtsamen Matrosen. Wir wollen wenigstens nicht so unhöflich seyn, Deine Waaren zu verwerfen, ohne sie gesehen zu haben.«

»Wie es euch gefällt,« erwiederte Jener. »Die Ballen befinden sich an dem gewohnten Ort im Werft, unter Aufsicht des ehrlichen Meister Ruderpinne; indessen wird es sich kaum der Mühe lohnen, hinzugehen, da sie so untergeordneter Qualität sind.«

»Ich gehe, ich gehe schon,« sagte der Alderman, indem er die Brille abnahm, und sich die Perüke zurechtrückte; – das hieße ja einen alten Correspondenten schlecht behandeln, wenn man sich weigerte, seine Proben in Augenschein zu nehmen. Du kommst wohl mit, Meister Seestreicher; ja, ja, das Kompliment, die Sachen anzusehen, wollen wir Dir schon machen, wenn auch der langwierige Krieg die Ueberfüllung des Markts mit Pelzen, die zu stark ausgefallene Ernte des vorigen Jahrs und die vollständige Stille in den Bergwerksdistrikten, allen Handel statt darniedergeworfen haben. Ich will dennoch hingehen, sonst sagst Du, ich hätte Deinen Vortheil nicht berücksichtigt. Dein Meister Ruderpinne ist ein unbescheidener Bote, er hat mich heute so erschreckt, so – – ich wüßte nicht, daß ich mich mehr erschrocken hätte seit dem Bankerott von Van Halt, Balance und Diddle.« –

Mehr konnte man nicht hören, denn in seiner Eile, den Vortheil seines Gastes zu berücksichtigen, war der beharrliche Kaufmann schon zum Zimmer hinaus und in dem Vorzimmer des Pavillons, ehe er noch zur Hälfte ausgeredet hatte.

»Es wird sich für mich als Frauenzimmer nicht gut schicken, mitzugehen, da sich ohne Zweifel Seeleute und Andere bei den Waarenballen befinden werden,« sagte Alida, in deren Gesicht sich Zaudern und Neugierde gleich deutlich malten.

»Auch wird es nicht nöthig seyn,« erwiederte ihr Gesellschafter. »Ich habe von Allem, was Sie zu sehen wünschen, Proben bei der Hand. Aber warum so eilig? noch ist es früh am Abend, und der Alderman wird lange zu thun haben, ehe er sich entschließt, zu zahlen, was meine Leute ganz gewiß fordern werden. Nach einer langen Seereise wieder in der Atmosphäre eines Weibes athmen zu dürfen, ach, schöne Alida, dies Vergnügen können Sie nicht begreifen.«

Die schöne Barbérie, ohne zu wissen warum, trat ein paar Schritte zurück, und eben so unwillkührlich offenbarte sie ihre Furcht, indem sie halb unbewußt die Hand an die Klingelschnur legte.

»Bin ich denn in der That ein so furchterregendes Geschöpf, daß dich meine Gegenwart so sehr erschreckte?« fuhr der schmucke Seemann fort, und sein Lächeln dabei verrieth eben so viel Ironie, als der Ernst, der wieder in seinen Zügen lag, Schwermuth bekundete; »aber klingeln Sie, daß Ihre Bedienten kommen und die Furcht beschwichtigen, die Deinem Geschlecht, Herrliche, so natürlich ist, und deßwegen so viel Reize für das meinige hat. Soll ich vielleicht die Schnur ziehen? Diese niedliche Hand versagt ja den Dienst, so zittert sie.«

»Ich zweifle, daß Jemand es hören würde, denn es ist schon über die Stunde hinaus, wo die Leute noch Dienste zu verrichten haben. – Ich thue doch besser, wenn ich mitgehe, die Ballen zu untersuchen.«

Der Fremde in dem seltsamen Anzuge, der Alida so viel Unruhe verursachte, betrachtete sie einen Augenblick mit einer Art traurigen Bedauerns.

»So sind sie alle, bis zu viel Berührung mit einer kalten, verderbten Welt sie verändert,« sprach er, mehr vor sich hin flüsternd als laut. »Daß sie doch alle so blieben! Du bist eine sonderbare Mischung von weiblicher Schwäche und männlicher Entschlossenheit, schöne Barbérie; doch vertraue mir,« hier legte er, mit einem seine Aufrichtigkeit außer allen Zweifel setzenden Ernst, die Hand auf die Brust; »ehe irgend Jemand, der meinem Willen gehorcht, etwas sagt oder thut, was Dich verletzen, Dich beleidigen könnte, muß die Natur selbst sich ändern. Erschrick nicht, denn ich rufe Einem, der die Proben bringe, welche Sie zu sehen verlangen.«

Hier setzte er ein kleines silbernes Pfeifchen an die Lippen, und entlockte ihm ein leises Signal, während er Alida zuwinkte, die Wirkung ohne Zagen abzuwarten. Nach einer halben Minute warb ein Geknister unter den Blättern des Gesträuchs vernehmbar, sodann eine secundenlange Pause: als wenn sich Jemand umsähe, worauf ein dunkler schwerer Gegenstand zum Fenster hereinkam und bis in die Mitte des Zimmers fortrollte.

»Hier sind unsre Waaren und ich versichere Sie, ich werde mit Ihnen nicht auf dem Preise bestehen,« nahm der Meister Seefahrer wieder auf, während er den scheinbar von selbst hereingeflogenen kleinen Waarenballen aufband. – Diese Waaren sind so viele Unterpfänder der zwischen uns bestehenden Neutralität; treten Sie also heran und suchen Sie ohne Furcht unter den Gegenständen; Sie finden gewiß welche, die Sie für das Wagniß belohnen.«

Der Ballen lag nunmehr geöffnet vor ihr, und da der Eigenthümer desselben ausnehmend gewandt schien, den Geschmack einer Dame zu treffen, so konnte Alida endlich nicht länger widerstehen. Im Verhältnis als die Durchsuchung vor sich ging, verlor sie allmählig alle Zurückhaltung, und der Besitzer dieser Schätze war noch nicht den dritten Theil der verschiedenen Pakete durchgegangen, so wetteiferten schon die Hände der Erbin mit den seinigen in wühlender Geschäftigkeit.

»Dieser Stoff ist aus dem lombardischen Gebiete,« sagte der Waarenverkäufer, innig vergnügt, daß es ihm gelungen war, zwischen seiner schönen Kundsmännin und sich ein so zutrauliches Vernehmen herzustellen. »Du siehst, er ist reich, voller Blumen und bunt, wie das Land, aus dem er stammt. Sollte man doch glauben, die Weinreben und das üppige Gepflanze jenes herrlichen Erdreichs sproßten aus diesem Erzeugniß des Webstuhls hervor – – Nicht doch! das Stück reicht hin für jede Toilette, sey sie immer so umfangreich; sieh, es ist endlos wie die Ebnen, wo der Seidenwurm, der kleine Schöpfer des Gespinnstes, gezogen wird. Vielen Damen in England habe ich von diesem Manufakt abgelassen, sie verschmähten es nicht, dem in ihrem Dienste so viel Wagenden ihre Kundschaft zu schenken.«

»Vielen, fürchte ich, gefallen diese Stoffe vorzüglich deßhalb, weil sie verboten sind.«

»Das wär' so unnatürlich nicht! Schau', diese Schachtel enthält Schmuck, aus dem Zahn des Elephanten geschnitten; der Künstler, der ihn machte, wohnt fern in den morgenländischen Reichen; sie verunzieren keiner Dame Bußtisch, und haben auch ihren moralischen Werth, denn sie erinnern die Besitzerin, daß es Länder gebe, wo ihre Geschlechtsgenossinnen minder glücklich sind. – – Aha! hier sind Spitzen aus Mecheln, nach einer von mir entworfenen Façon gearbeitet.«

»Ein treffliches Muster! es würde selbst Jemandem, der die Malerkunst gelernt hat, Ehre machen.«

»Solche Schnörkeleien waren eine Lieblingsbeschäftigung meiner Jugend,« erzählte der jugendliche Kauffahrer, indem er ein Stück reicher, hochfeiner Spitzen aufrollte, und mit innigem Wohlgefallen das Gewerbe und die Qualität betrachtete. – Ich hatte mit dem Verfertiger einen Vertrag geschlossen, nach welchem er mir so viel davon liefern mußte, daß wenn man das eine Ende an die Spitze des hohen Kirchthurms seiner Stadt befestige, das andere bis aufs Straßenpflaster herunterreiche; und dennoch ist, wie Sie sehen, nicht viel mehr davon übrig. Die Londoner Damen fanden die Spitzen nach ihrem Geschmack, da war es denn nicht leicht, selbst dieses Wenige für die Colonien aufzuheben.«

»Für eine Waare, die Sie ohne die Förmlichkeiten der Gesetze in der Welt herumzuführen beabsichtigen, finde ich das *Maaß*, das Sie wählten, etwas sonderbar!« »Wir wollten die Reise unter der beschirmenden Gunst der Kirche antreten: sie zürnet Dem nicht leicht, der ihre Vorrechte achtet. Erlauben Sie also einem so Beschützten, diesen Rest für Sie zurück zu legen; Sie können Gebrauch davon machen, nicht wahr?«

»Ein so seltenes Fabrikat ist wohl sehr theuer?«

Die schöne Barbérie sprach diese Worte zaudernd, und als sie dabei ihr Auge langsam in die Höhe hob, begegnete sie den dunkel glänzenden ihres Gefährten, die fest auf sie gerichtet waren, und deutlich zu erkennen gaben, daß er sich des Uebergewichts, das er bei ihr gewann, bewußt sey. Das Mädchen erschrak, sie wußte selbst nicht worüber, und fügte hastig hinzu:

»Dieß schickt sich mehr für eine Hofdame als für ein Mädchen in den Colonien.«

»Noch hat Keine es getragen, für die es sich besser schickte; es mag hier liegen als Zugabe zu meinem Handel mit dem Alderman. –«

»Dies ist Atlas von Toscana, ein Land, wo die Natur sich in Extremen gefällt, und dessen Kaufleute einst Fürsten waren. Der Florentiner war eben so fein in der Ausführung seiner Stoffe, als glücklich in der Zeichnung seiner Muster, und dem Reichthum seines eigenen Klima's verdankte er die Ueppigkeit der Farben. Wie zart ist die Glanzfarbe dieses Stoffes! doch glauben Sie mir, sie wird übertroffen von dem rosigen Licht, das ich gar manchen Abend an dem Abhang der Appenninen spielen sah.«

»Sie haben also die Länder, mit deren Waaren Sie handeln, selber besucht?« sagte Alida. Der Atlas fiel ihr aus der Hand, denn anziehender als der seidene Stoff ward ihr nunmehr der Besitzer desselben.

»Das ist so meine Gewohnheit. Hier haben wir eine Kette, die in der Inselstadt gemacht ist. Nur eine Venezianer-Hand konnte solche feine, fast unsichtbare Glieder bilden. Ich habe eine Schnur fehlerloser Perlen für dieses Goldgewebe ausgeschlagen.« »Das war nicht klug von einem, der, um zu verdienen, so viel auf's Spiel setzt wie Sie.«

»Ich wollte die Spielerei zu meinem eigenen Vergnügen behalten. Caprice ist zuweilen stärker als Durst nach Geldgewinnst, und diese Kette bleibt mein, bis ich sie der Dame schenke, die ich liebe.«

»Wenn man so thätig beschäftigt ist, findet man kaum Zeit, einen Gegenstand zu suchen, der des Geschenkes würdig wäre.«

»Ist Verdienst und Liebenswürdigkeit so etwas Seltenes bei den Frauen? Die schöne Barbérie würde von einer, den meisten Frauen so wichtigen Angelegenheit nicht so leichtsinnig sprechen, wäre sie nicht zahlreicher Eroberungen gewiß.«

»Sicherlich hat ihr Schiff unter anderen Ländern auch das Zauberland besucht, sonst würden Sie nicht Dinge zu wissen vorgeben, die keinem Anderen bekannt seyn können. – Was mögen diese schönen Straußfedern werth seyn?«

»Weiß und fleckenlos wie sie sind, kommen sie doch aus dem sonneverbrannten Afrika. Ein Maure verkaufte mir das Büschel insgeheim für einige Schläuche Lacrymä Christi, die er mit verschlossenen Augen schlürfte. Ich kaufte sie dem Menschen blos ab, weil ich Mitleid mit seinem Durste hatte; auf die Waare selbst setze ich keinen großen Werth. Sie mag gleicherweise bei Seite gelegt werden, als Mittel, die Liebe Deines Onkels für mich anzufachen.«

Alida wußte nicht wie sie diese Freigebigkeit ablehnen sollte, denn daß diese Zugaben am Ende nichts waren, als ein schlauer Vorwand, ihr ein Geschenk damit zu machen, war ein Verdacht, den sie nicht von sich abwehren konnte. Wenn nun aber dieser Verdacht sie auch behutsamer machte, und sie der kindischen Freude, so oft ihr etwas gefiel, keine Laute mehr gab, so war er doch keineswegs geeignet, ihr Vertrauen gegen den Kaufmann zu vermindern, oder ihre Bewunderung seines außergewöhnlichen, eigensinnigen Wesens herabzustimmen. Auf sein eben gemachtes zweites

Anerbieten, die Straußfedern als eine Dreingabe dazulassen, erwiederte sie mit niedergeschlagenem Blicke etwas kalt:

»Mein Onkel wird sich sehr zu bedanken haben für Deine freigebige Gesinnung, obgleich es mir däucht, daß bei'm Handeln Gerechtigkeit nicht minder wünschenswerth ist, als Großmuth. – Das scheint eine interessante Zeichnung zu seyn; mit der Nadel gestickt?«

»Die Arbeit hat gar manchen Tag gekostet; sie ist von der Hand einer Einsamen. Ich kaufte sie von einer Nonne in Frankreich, die jahrelange Mühe auf die Zeichnung verwendete; auch besteht der Werth nur in dieser. Die ergebene Tochter der Einsamkeit weinte, als sie sich von ihrer Arbeit trennte, denn ihr war sie, aus langer Gewohnheit, wie eine Gesellschafterin theuer geworden. Ja der Verlust einer Gesellschafterin würde derjenigen, welche im Getümmel der Welt lebt, weniger wahren Schmerz verursachen, als die Trennung von dem Erzeugniß ihrer Nadel jener milden Klosterbewohnerin.«

»Ist denn Ihrem Geschlecht der Zutritt zu jenen Oertern religiöser Zurückgezogenheit gestattet?« fragte Alida. »Ich selbst stamme zwar von einem Geschlecht, das dem Klosterleben wenig Achtung zollt, denn wir sind, wegen der Strenge des Königs Louis, Réfugiés; dessenungeachtet hörte ich nie meinen Vater diese Frauen einer solchen Nichtachtung ihres Gelübdes beschuldigen.«

»So wurde auch mir die Sache dargestellt, denn freilich, unmittelbarer Handelsverkehr mit den keuschen Schwestern ist den Männern verboten (hier umspielte, wie Alida zu bemerken glaubte, ein etwas freies Lächeln den schönen Mund des Sprechenden); – aber – – so ging das Gerücht. Was halten Sie von dem Verdienst der Frauen, die in solchen Anstalten einen Zufluchtsort gegen die Sorgen, vielleicht auch gegen die Sünden, der Welt suchen?« »In der That, die Frage geht über mein Wissen hinaus. In diesem Lande pflegt man die Frauen nicht einzusperren, daher wir Amerikanerinnen wenig über den Gebrauch nachdenken.«

»Der Gebrauch ist nicht ohne seine Mißbräuche,« fuhr der Contrebande-Händler gedankenvoll fort; doch hat er auch sein Gutes. Viele Schwache und Eitle würden in Klöstern glücklicher seyn, als in der Welt, den Verführungen und Thorheiten des Lebens preisgegeben. – Aha, hier ist auch Arbeit von englischen Händen. Kaum weiß ich wie der Artikel seinen Weg hierher gefunden, den Erzeugnissen ausländischer Webstühle Gesellschaft zu leisten. Meine Ballen enthalten in der Regel wenig von dem, was, wie sich der Haufe ausdrückt, vom Gesetze erlaubt ist. Sprechen Sie frei heraus, schöne Alida; theilen Sie die Vorurtheile gegen den Charakter von uns freien Händlern?«

»Ich nehme mir nicht heraus, über Anordnungen, welche außerhalb des Kreises weiblicher Kenntnisse und weiblicher Beschäftigung liegen, ein Urtheil abzugeben,« erwiederte, mit lobenswerther Zurückhaltung, das Mädchen. »Einige halten den Mißbrauch der Gewalt für eine Rechtfertigung, ihr Widerstand zu leisten; Andere hingegen sehen in jedem Bruch des Gesetzes eine Verletzung der Sittlichkeit.«

»Letzteres ist die Lehre Eurer Capitalisten und Eurer Männer, die ihr Schäfchen im Trocknen haben. Nachdem sie ihr Erworbenes hinter anerkannten gesetzlichen Befestigungen sicher verschanzt, predigen sie die Unverletzbarkeit derselben, weil ihr Eigennutz dabei betheiligt ist. Wir Streicher durch die Meere« –

Alida ward bei diesen letzten Worten von einem so plötzlichen Schreck ergriffen, daß Jener mitten inne hielt, und erst nach einer Pause fortfuhr:

»Sind meine Worte denn entsetzend, daß Sie bei ihrem Ton erblassen?«

»Ich hoffe, Sie bedienten sich ihrer nur aus Zufall, und dachten nicht an ihre furchtbare Bedeutung. Ich wollte nicht, daß es hieße – nein! es ist nur Zufall, der aus der Aehnlichkeit Ihrer Beschäftigung entsteht. Der Mann, dessen Name zum Sprüchwort geworden ist, kann nicht wie Sie aussehen.«

»Wie so, schöne Alida? Ich sehe aus, so ziemlich wie es dem Schicksal gefallen hat, mich aussehen zu lassen. Von welchem Menschen, von welchem Namen sprichst Du denn?«

»Es war nichts, nichts,« erwiederte die schöne Barbérie, und schaute dabei unwillkührlich die feinen, anmuthsvollen Züge des Fremden länger an, als Mädchen zu thun pflegen. »Fahren Sie mit Ihrer Erklärung fort; – hier, dies sind reiche Sammte.«

»Auch sie kommen aus Venedig; allein der Handel gleicht der Gunst der Glücksgöttin, und die Königin des Adriatischen Meeres ist bereits in tiefem Verfall. Was die Bereicherung des Feldbaues zur Folge hat, ist oft Grund des Sturzes einer Stadt. Die Lagunen füllen sich mit reichem, fruchtbarem Boden an, und der Kiel des Kauffahrers wird nicht mehr so oft dort gesehen, als ehemals. Nach einigen Jahrhunderten zieht vielleicht der Pflug seine Furchen über den Fleck, wo einst der Bucentaur geschwommen! Die Seefahrt nach dem entfernteren Indien hat dem Strom des Glückes eine andere Richtung gegeben, denn dieser stürzt sich stets dahin, wo sich ihm das weiteste und neueste Bett öffnet. Den Völkern könnten die schläfrigen Kanäle Venedigs zur Warnung dienen und die Pracht jener gesunkenen Stadt ihnen lehrreich werden, aber der Stolz mästet sich nun einmal bis ans Ende von seinen eigenen trägen Erinnerungen. – Wie gesagt, wir Wanderer geben uns wenig mit wurmstichigen Maximen ab; die Großen und Reichen haben sie zu Hause gemacht, und sorgen dafür, daß sie in der Welt ausposaunt werden, damit die Schwachen und Unglücklichen sich in noch festere Fesseln schlagen lassen.«

»Mir däucht, Sie treiben den Grundsatz weiter, als derjenige nöthig hat, der sich gegen das Herkommen kein größeres Vergehen zu Schulden kommen läßt, als Handel auf sein eigenes Risiko. Solche Meinungen würden die Welt in Unordnung bringen.«

»Sagen Sie vielmehr, in Ordnung, denn sie würden Alles auf die Regel des Rechts zurückführen. Wann die Regierungen die natürliche Gerechtigkeit zu ihrer Grundlage, und die Hinwegräumung der Versuchungen zum Verbrechen, nicht die Hervorbringung derselben, zu ihrem Ziele wählen werden, und wann in dem Verein der Menschen die Verantwortlichkeit des Einzelnen gefühlt und anerkannt werden wird: ei nun, dann könnte die Wassernixe selbst noch ein Revenüe-Schiff, und ihr Besitzer ein Zollbeamter werden!«

Der schönen Barbérie fiel das Sammetzeug aus den Händen, und hastig aufspringend und alle ihre natürliche Festigkeit aufbietend, rief sie:

»Sprechen Sie deutlich; von wem bin ich im Begriff zu kaufen?«

»Von einem Auswurf der Gesellschaft; einem Menschen, den die öffentliche Meinung verurtheilt; einem Vogelfreien, dem verbrecherischen Wanderer des Oceans; von dem ruchlosen »Streicher durch die Meere«!« schrie eine Stimme zum offenen Fenster herein.

In der nächsten Minute stand Ludlow da. Alida that einen Schrei, verhüllte das Gesicht mit dem Gewande und stürzte aus dem Gemache.

Elftes Kapitel.

»Wahrheit muß ans Licht kommen. Ein Mord kann nicht lange verborgen bleiben, eines Menschen Sohn kann's; aber zuletzt muß die Wahrheit heraus.

Kaufmann von Venedig.

Der Offizier der Königin war in den Pavillon gesprungen mit zerstörten Gesichtszügen und mit der ganzen Hast eines Menschen in der höchsten Aufregung. Der Schrei und die Flucht der schönen Barbérie fesselten einen Augenblick seine Aufmerksamkeit; dann wendete er sich schnell, ja fast wild nach ihrem Gefährten. Erinnert sich der Leser an die Beschreibung der Person des Fremden, so wird er den Wechsel, der plötzlich in den Zügen Ludlows eintrat, erklärlich genug finden. Anfangs wollte er seinen Augen nicht trauen, daß nicht noch Jemand sich im Zimmer befinde; er ließ den Blick aber und abermals überall umherschweifen, und ihn dann. Ungläubigkeit und Erstaunen zugleich ausdrückend, auf Gesicht und Gestalt des Contrebande-Händlers weilen.

»Hier geht irgend ein Irrthum vor;« rief der Befehlshaber der Coquette, als er endlich überzeugt war, daß kein Dritter im Gemache sey.

»Ihre sanfte Art einzutreten,« antwortete ihm der Fremde, dessen Gesicht eine Röthe überflog, die ein Ausdruck der Ueberraschung, aber auch eben so gut des Zorns seyn konnte, »hat die Dame aus dem Zimmer getrieben. Doch, da Sie Königliche Uniform tragen, so haben Sie wahrscheinlich Befugniß dazu, in die Wohnung der Unterthanen einzudringen!«

»Ich halte geglaubt, ja, – es war Grund zur sicheren Ueberzeugung da. daß sich hier – Einer aufhalte, den alle wahrhaft loyalen Unterthanen – verabscheuen;« stammelte Ludlow, noch immer in großer Verwirrung. Es kann hier kaum eine Täuschung obwalten; ich habe zu deutlich gehört, was die, welche mich zum Gefangenen gemacht, mit einander sprachen, und doch sehe ich Niemand hier?«

»Ich danke Ihnen für die besondere Notiz, welche Ihnen von meiner Gegenwart zu nehmen beliebt.«

Mehr die Weise des Fremden als seine Worte veranlaßte Ludlow, ihn zum zweitenmal genau anzusehen. Während er langsam das Gesicht des Fremden, Zug nach Zug, studirte, füllte sich sein Auge mit dem gemischten Ausdruck des Zweifels, der Bewunderung, und noch einer Gemüthsbewegung, von der wir nicht wissen, ob wir sie blos Unruhe, oder wirkliche Eifersucht nennen sollen; Zweifel war jedoch am stärksten in dem Blicke ausgesprochen.

»Wir sind uns nie früher begegnet!« rief Ludlow, als ihm das Auge fast versagte, so anhaltend und angestrengt hatte er geschaut.

»Der Ocean hat viele Pfade, und man kann lange auf demselben reisen, ohne auf einander zu stoßen.«

»Du hast doch schon, trotz der zweideutigen Lage, in der ich Dich finde, in den Diensten der Königin gestanden?«

»Niemals. Ich lasse mich zum Sklaven keines Weibes auf Erden binden,« erwiederte der Freihändler, und ein wildes Lächeln zuckte auf seiner Lippe – »und trüge sie tausend Kronen! Der Königin Anna war nie eine Stunde meines Lebens, nie ein Wunsch meines Herzens geweiht.«

»Das ist kühne Rede, Sir, für das Ohr ihres Offiziers. Die Ankunft einer unbekannten Brigantine, gewisse Ereignisse, die mir selbst diesen Abend zugestoßen sind, Ihre Gegenwart an diesem Orte, dieser Ballen vom Gesetz verbotener Waaren, lassen mich argen Verdacht schöpfen, und ich will und ich muß Auskunft haben: wer sind Sie?«

»Der verbrecherische Wanderer des Oceans, der Auswurf der Gesellschaft, der in der öffentlichen Meinung Verurtheilte, der ruchlose Streicher durch die Meere.«

»Das kann nicht seyn: die persönliche Häßlichkeit jenes Herumtreibers beschäftigt nicht weniger der Menschen Zungen, als seine kühne Verachtung der Gesetze. Sie wollen mich irre führen!«

»Wenn die Menschen sich denn so sehr in dem irren können, was sichtbar und unerheblich ist,« versetzte der Andere, »sollte nicht ihre Genauigkeit in Dingen von größerer Wichtigkeit verdächtig seyn? Ich bin wenigstens der, welcher ich scheine, wenn ich nicht der seyn soll, für den ich mich angegeben.«

»Ich mag einem so unwahrscheinlichen Mährchen keinen Glauben schenken; geben Sie mir einen Beweis, daß ich die Wahrheit vernehme.«

»Schau hin auf jene Brigantine, deren seine Spieren von dem Hintergrund von Bäumen fast nicht zu unterscheiden sind,« sagte Jener, indem er an das Fenster trat und den Blick seines Gefährten auf die Runde Bucht lenkte. »Dies ist der Nachen, der so oft die Anstrengungen deiner Spionirschiffe zu Schanden gemacht hat, der mich und meine Habe dahin trägt, wohin ich Lust habe, ohne sich an willkührliche Gesetze, oder an die sich in alles mengenden Ausfragungen feiler Miethlinge zu kehren. Nicht freier ist die leichte Wolke, welche über die See hintreibt, als das kleine Fahrzeug dort, und thut es ihm kaum an Schnelligkeit zuvor. Nicht mit Unrecht heißt es ›die Wassernixe‹, denn seine Thaten auf dem weiten Ocean waren von der Art, daß sie nicht durch natürliche Mittel ausgeführt schienen. Der Schaum tanzt nicht leichter auf den Wogenspitzen, als jenes niedliche Boot vor dem Winde. Ja, Ludlow, mein Schiffchen ist werth, daß man es liebe; glauben Sie mir, ich war noch keinem Weibe mit solcher Innigkeit zugethan, wie meinem treuen, schönen Schiffchen.«

»Solches Lob spendet jeder Seemann dem Fahrzeuge, das er einmal bewundert.«

»So, können Sie es dort der ungeschlachten Schaluppe der Königin Anna spenden? Ihre Coquette gehört nicht zu den schönsten, und ihren Namen bei der Taufe hat mehr die Anmaßung als die Wahrheit hergegeben.«

»Bei der Würde meiner königlichen Gebieterin, Du junger Unbärtiger! Du könntest keine unverschämtere Sprache führen, selbst wenn Du wirklich der wärest, für den Du Dich ausgibst! Schweren oder leichten Fußes, mein Schiff ist vom Schicksal dazu ausersehen, jenen falschen Kauffahrer vor Gericht zu ziehen.«

»Bei der List und den Eigenschaften der Wassernixe! Du könntest keine andere Sprache führen, selbst wenn Du frei wärst, nach eigenem Belieben zu handeln,« versetzte der Fremde mit spöttischer Nachahmung des Tons, den sein Gefährte angenommen hatte. – »Sie verlangen Beweise, daß ich der bin, der ich bin; gut, hören Sie: kennen Sie jemand, der stolz thut auf seine Macht und dabei vergißt, daß ihn mein Abgesandter zum Besten gehabt hat; vergißt, daß er, trotz seiner kühnen Worte, nur mein Gefangener ist!«

Ludlow's braune Wange entflammte, und er ging auf den Andern, der einen leichteren, minder stämmigen Körperbau hatte, los, als wenn er ihn mit einem Schlag zur Erde niederschmettern wollte; aber in diesem Augenblicke öffnete sich die Thür, und Alida trat in den Salon.

Das Zusammentreffen des Commandeurs der Coquette mit seiner Geliebten hatte in dem ersten Moment für Beide etwas Verlegenmachendes, und Beide verstummten; der Erstere, weil er zornerfüllt war; die Letztere, weil sie sich beschämt fühlte. Da jedoch die schöne Barbérie ein bestimmter Zweck zurückgeführt hatte, so war sie die Erste, welche die Sprache wiedergewann.

»Ich weiß nicht, ob ich die Kühnheit loben oder tadeln soll, die den Herrn Kapitän Ludlow zu dieser unzeitigen Stunde und auf eine so unhöfliche Weise meinen Pavillon betreten ließ,« sagte sie; »denn noch ist mir sein Beweggrund unbekannt. Wenn es ihm gefällig seyn wird, ihn mitzutheilen, so werde ich besser im Stande seyn, zu urtheilen, ob seine Entschuldigung eine wirklich gute sey.«

»Wahr, wir wollen erst seine Erklärung anhören, ehe wir ihn verurtheilen,« fügte der Fremde hinzu, indem er der Dame einen Sitz anbot, der aber mit Kälte abgelehnt wurde. »Ganz gewiß hat der Herr einen Beweggrund gehabt.«

Wenn Blicke Zerstörungskraft hätten, so würde der Sprechende vernichtet worden seyn. Die Dame achtete indeß nicht auf die Worte des Fremden, und Ludlow fühlte sich nunmehr dringend aufgefordert, sich zu vertheidigen. »Ich werde es nicht zu verheimlichen suchen,« sagte er, »daß mir eine List gespielt worden ist, welche allerdings einige verwirrende Folgen für mich nach sich zieht. Das Aussehen und ganze Wesen des Matrosen, von dessen dreistem Benehmen im Boote Sie Zeuge waren, verleitete mich, ihm mehr Vertrauen zu schenken, als die Klugheit billigte, – schnöder Betrug ist mein Lohn dafür.«

»Mit anderen Worten, Kapitän Ludlow ist nicht so scharfsinnig. als er sich glaubte,« ließ sich eine ironische Stimme dicht bei ihm vernehmen.

»Aber ist das mein Fehler? daraus, daß ein Seewanderer den Befehlshaber der Coquette hintergangen hat, folgt noch nicht die Notwendigkeit, mich in meiner Wohnung zu überfallen,« versetzte Alida. »Sowohl jener verwegene Matrose, als diese – diese Person« (dieses Ausdrucks bediente sie sich, obgleich man damit nur einen zum gemeinen Haufen gehörenden Menschen zu bezeichnen pflegt) »ist mir fremd. Es besteht zwischen uns kein anderes Verhältniß, als daß, welches Sie sehen.«

»Die Ursache, warum ich landete, hier zu erwähnen,« fuhr Ludlow in seiner eigenen Vertheidigung fort, wäre überflüssig; genug, ich war schwach genug, jenen unbekannten Matrosen aus meinem Schiff zu lassen und ihn zu begleiten: als ich zurückkehren wollte, fand er Mittel, meine Leute zu entwaffnen und mich zum Gefangenen zu machen.«

»Nun, für einen Gefangenen bist Du doch noch so ziemlich frei!« ließ sich die genannte ironische Stimme wieder hören.

»Es ist wahr, meine Tritte werden nicht scharf bewacht, aber was nutzt diese Freiheit, wenn die Mittel fehlen, Gebrauch davon zu machen. Mich trennt das Meer von meinem Schiffe, und die treue Mannschaft meiner Barke liegt in Fesseln. Inzwischen hat das Verbot, gewissen Punkten zu nahe zu kommen, mich nicht verhindert, zu errathen, was für Gäste hier bewirthet werden vom Alderman Van Beverout.« »Fügen Sie nur immer noch hinzu, Ludlow: und von seiner Nichte.«

»Ich möchte nichts hinzufügen, was Alida de Barbérie hart oder der Achtung nicht gemäß finden könnte. Indessen läugne ich nicht, daß mich eine beunruhigende Idee quälte; doch – ich erkenne meinen Irrthum, und es reut mich, so voreilig gewesen zu seyn.«

»Gut, so können wir uns wieder an unsern Handel machen,« sagte der Fremde, nahm ungenirt Platz vor dem geöffneten Waarenballen, während Ludlow und das Mädchen daneben standen, und mit stummem Erstaunen einander anschauten. »Es macht Vergnügen, diese verbotenen Schätze in Gegenwart des Offiziers der Königin auszustellen! Wer weiß, vielleicht verdient man sich damit die königliche Gunst. Wir waren zuletzt bei den Sammetstoffen und in den Lagunen von Venedig. Hier ist welcher von einer Farbe und Qualität, deren sich der Doge bei seiner Vermählung mit der See nicht zu schämen brauchte. Wir Seeleute betrachten jene Ceremonie als ein Unterpfand, daß Hymen uns nicht vergessen werde, wenn auch wir dann und wann seine Altäre verlassen. Lasse ich der Treue unserer Gewerbsgenossen Gerechtigkeit widerfahren, Kapitän Ludlow? oder sind Sie, ein geschworner Anbeter Neptun's, zufrieden, Ihre Seufzer der Venus auf der See darzubringen? Fürwahr, wenn die Feuchtigkeit und die salzschwangere Luft des Meeres die goldene Kette mit Rost überziehen, so ist Niemand Schuld, als die grausame Natur! – Aha! hier haben wir –«

Ein greller Pfiff schwirrte durch das Gesträuch, und der Fremde hielt plötzlich inne, warf die Stoffe auf den Ballen, sprang auf und schien ungewiß, was er thun solle. Während des ganzen Gesprächs mit Ludlow hatte der Freihändler, wenn auch hin und wieder spöttelnd, die vollkommenste Fassung behauptet; nicht ein einziges Mal ließ er sich von dem heftigen Unwillen des Andern zu gleicher Aufregung hinreißen. Doch jetzt ward sein Blick verwirrt, und nach der Bewegung in seinen Zügen zu urtheilen, schwankte er innerlich zwischen verschiedenen Vermuthungen. Noch einmal ertönte die helle Pfeife.

»Schon gut, Meister Ruderpinne;« sprach der Contrebandehändler vor sich hin. »Dein Zeichen ist hörbar, doch warum diese Eile? Schöne Alida, dieser laute Ruf bedeutet, daß der Augenblick der Trennung gekommen ist.«

»War ja doch Ihre Ankunft keine erwartete,« erwiederte die schöne Barbérie, die unter dem eifersüchtigen Auge ihres Bewunderers die strengste Zurückhaltung ihres Geschlechts beibehielt. –

»Ich kam ohne Ankündigung, soll ich deßhalb aber ohne Andenken scheiden? werden diese Kostbarkeiten wieder in die Brigantine zurückwandern, oder erhalte ich statt ihrer den gewöhnlichen Preis in Gold?«

»Ich weiß wirklich nicht, ob ich einen Handel schließen darf, den das Gesetz nicht erlaubt, wenn ein Diener der Königin dabei steht,« antwortete Alida mit einem Lächeln. Ich gestehe, Sie haben Vieles, was ein Frauenzimmer gern besitzen möchte, allein unsre königliche Gebieterin dürfte leicht vergessen, daß sie selbst ein Frauenzimmer ist, und mit meiner Schwäche wenig Nachsicht haben, wenn sie sie erfahren sollte.«

»Seyen Sie nicht bange, meine Dame. Niemand bricht diese harten Vorschriften öfter, als Die, welche sie gemacht haben. Bei der Tugend der ehrlichen Ostindischen Compagnie selbst! könnte ich vor den Augen der königlichen Anna in ihrem Cabinet diese stattlichen Spitzen, diesen schweren Brokat ausbreiten, sie würde der Versuchung erliegen!«

»Das wäre vielleicht doch mehr gefährlich als weise.«

»Ich zweifle, wenn auch auf einem Throne, ist sie doch ein Weib. Verkleide die Natur wie Du willst, sie ist ein allgemeiner Tyrann und macht sich überall geltend. Das Haupt, das eine Krone trägt, träumt von den Eroberungen des Geschlechts mehr, als von den politischen; die Hand, welche das Zeepter führt, wird bei'm Schreiben oder Nähen so gehalten, daß ihre niedliche Form in die Augen falle, und wie viel pompöses Königsthum man sich auch bemüht in die laut verkündeten Worte und Ideen zu legen, der Ton bleibt immer der eines Weibes.«

»Ohne die Verdienste unsrer jetzigen königlichen Gebieterin in Frage zu stellen,« sagte Alida, die überhaupt gern als Vertheidigerin der weiblichen Rechte auftrat, »kann man zur Widerlegung dieser Beschuldigung das Beispiel der glorreichen Elisabeth anführen.«

»O ja, wir haben im Seekrieg unsere Cleopatras gehabt, und die Furcht hat bei ihnen über die Liebe gesiegt. Die See hat ihre Ungeheuer, warum nicht auch das trockne Land! Es bleibt aber doch wahr, daß es nicht gut ist, die Gesetze zu brechen, welche der Erde von ihrem Schöpfer gegeben wurden. Wir Männer wachen streng über das, was in unser Gebiet gehört, und dulden nicht leicht Eingriffe in dasselbe. Das Weib, welches die von der Natur verliehenen Mittel hintansetzt, beweint früher oder später den ungeheuren Mißgriff: glauben Sie mir das, meine Dame. – Doch, werden Sie mir von dem Sammet abkaufen, oder entscheidet sich Ihr Geschmack für den Brokat?«

Alida und Ludlow hörten dem launen- und phantasiereichen Räthselhaften mit Verwunderung zu, und Beide fanden es gleich schwer, ein Urtheil über seinen Charakter zu fällen. Er behielt zwar im Ganzen eine zweideutige Ironie bei, aber dessenungeachtet entwickelte er in seinem Wesen, namentlich, wenn er die schöne Barbérie anredete, so viel Ernst und Gefühl, daß der Commandeur –

denn dieser machte die Entdeckung – davon beunruhigt wurde, ob er gleich sich schämte, es sich selber zu gestehen. Aus der reicheren, über ihre Züge sich verbreitenden Gluth konnte man schließen, daß auch unserer Schönen jener Wechsel nicht entging, wenn es auch kaum wahrscheinlich ist, daß sie sich über die Wirkungen desselben Rechenschaft zu geben vermochte. Als er sie nunmehr aufforderte, sich zu entscheiden, was sie kaufen wollte, blickte sie erst Ludlow noch einmal zweifelnd an, ehe sie scherzhaft antwortete:

»Nun ja, ich will es nur gestehen, Sie haben die Natur der Frauen nicht vergebens studirt. Erlauben Sie mir indessen, ehe ich mich entschließe, Diejenigen zu Rathe zu ziehen, die mit den Gesetzen besser Bescheid wissen, und daher auch richtiger beurtheilen können, ob ich recht thue, etwas zu kaufen.«

»Wäre dies Verlangen auch ein unbilliges, so heischt dennoch die Pflicht gegen Ihre Schönheit und Ihren Rang, meine Dame, es zu gewähren. Behalten Sie den Ballen in Ihrer Verwahrung; ehe die Sonne des morgenden Tages untergeht, soll Jemand da seyn, und auf Antwort warten. Capitän Ludlow, scheiden wir als Freunde, oder verträgt sich dies Wort nicht mit Ihrer Pflicht gegen die Königin?«

»Sind Sie, was Sie scheinen,« sagte Ludlow, »so sind Sie ein unbegreifliches Wesen! allein ich vermuthe fast, Sie spielen eine fremde Rolle, die Ihrem Schauspielertalent mehr Ehre macht, als Ihrem Charakter.«

»Sie sind der Erste nicht, der in Beziehung auf die Wassernixe und deren Befehlshaber seinen eigenen Sinnen nicht glauben wollte. – Ruhig, ehrlicher Tom! Deine Pfeife wird den Schritt des Vaters ›Zeit‹ nicht schneller machen. Genug, Freund, oder nicht Freund, Capitän Ludlow ist mein Gefangener.«

»Ich läugne nicht, ich fiel in die Gewalt eines Verräthers« –

»Sachte! wenn Dir körperliches Wohlseyn und ganze Knochen lieb sind. Meister Thomas Ruderpinne ist ein Mann von wenig Umständen, und liebt Schimpfnamen eben so wenig, als andere Menschen. Auch handelte der ehrliche Matrose streng nach meiner Ordre: was er gethan, hat ein Höherer als er zu verantworten.«

»Deine Ordre!« wiederholte Ludlow des Andern Worte mit einer spottenden Miene, die jeden Andern als den Angeredeten in Harnisch gebracht hätte. »Der Kerl, der die List mit so vielem Erfolg durchsetzte, sieht mehr aus wie Einer, der zu befehlen hat, als der gehorchen müßte. Ist einer von Euch Beiden der Streicher durch die Meere, so ist er es.«

»Wir sind allesammt nichts mehr als der fliegende Wasserstaub, der Willkühr der Winde unterworfen. Aber sag', was hat der Mann verbrochen, daß er so wenig Gnade bei dem königlichen Capitän findet? Er hat sich doch nicht etwa erdreistet, mit einem so loyalen Gentleman hier einen geheimen Handel schließen zu wollen?«

»Immerhin, Sir; Sie haben jetzt gut scherzen. Ich stieg hier ans Land, weil ich dieser Dame meine Achtung bezeigen wollte, und ich kümmere mich nicht, wenn die Welt erfährt, daß dies der Zweck meines Besuches gewesen. Keine alberne List war's, die mich hierher führte.«

»Das nenn' ich frei wie ein Seemann sprechen!« sagte der unbegreifliche Contrebandier, nicht ohne einiges Erblassen und Stottern. »Ich bewundere diese Loyalität des Mannes gegen das andere Geschlecht, denn da die Sitte diesem so streng die Aeußerung seiner Neigungen untersagt, so ist es nicht mehr wie Schuldigkeit für uns Männer, unsre Absicht so unzweideutig als möglich an den Tag zu legen. Für die schöne Barbérie läßt sich schwerlich ein weiseres Verfahren erdenken, als das, die entschiedene Huldigung eines Mannes zu belohnen.«

Hier warf der Fremde einen, wie Alida glaubte, besorgten Blick auf sie, und schien ihrer Antwort ängstlich entgegen zu sehen.

»Wann die Zeit zur Entscheidung gekommen seyn wird,« erwiederte der Gegenstand seiner Anspielung halb geschmeichelt, halb unwillig, »werde ich es vielleicht für nöthig halten, ganz andere Leute zu Rathe zu ziehen. Ich höre den Tritt meines Onkels. – Herr Capitän, ich überlasse es Ihrer eigenen Einsicht, ob Sie ihn erwarten wollen oder nicht.«

Wirklich hörte man den schweren Schritt des Holländers sich durch die äußeren Gemächer nähern. Ludlow zögerte, warf einen vorwurfsvollen Blick auf seine Geliebte, und verließ dann schnell das Zimmer, indem er sich zum Ausgang derselben Stelle bediente, die er zum Hereinkommen gewählt hatte. Ein fast gleichzeitiges Geräusch in dem Gesträuch deutete hinlänglich an, daß seine Zurückkunft eine erwartete war, und er unter scharfer Bewachung stand.

»Potz Noah's Arche und unsre Großmamas!« rief Myndert eintretend mit einem von Anstrengung erhitzten Gesichte: »Hast uns den Putz gebracht, welchen unsere Voreltern abgelegt haben, Meister Seestreicher. Die Zeuge sind vom verflossenen Jahrhundert, und müßten daher auch gegen abgenutzte Goldstücke losgeschlagen werden.«

»Was gibt's! was gibt's!« antwortete der Freihändler, dessen Ton und Weise so vollkommen in seiner Gewalt zu stehen schien, daß er sie nach dem Charakter dessen, den er gerade anreden wollte, im Nu ändern konnte. »Was gibt's, Du eigensinniger Städter, daß Du Waaren schlecht machst, die nur zu gut für diese entfernten Regionen sind. Gar manche englische Herzogin schmachtet, auch nur den zehnten Theil der schönen Stoffe zu besitzen, die ich Deiner Nichte anbiete, und fürwahr! es wäre kein leichtes Geschäft, die englische Herzogin zu finden, der sie halb so gut stehen würden.«

»Das Mädchen geht an, und deine Sammete und Brokate sind so ziemlich, aber die schweren Artikel kann ich doch keinem Mohawk-Häuptling anbieten. Du mußt die Preise mäßiger stellen, sonst kann ich von der Factur keinen Gebrauch machen.«

»Ich bedaure. Wenn es also nicht anders ist, so müssen wir freilich absegeln. Der Brigantine ist der Kanal über die Sandbank von Nantucket wohlbekannt, und ich wette meinen Kopf, die Yankihs werden schon noch außer den Mohawks Kundsleute finden.«

»Du bist eben so schnell, Meister Seestreicher, wie die Bewegung deines Bootes. Wer sagt denn, daß wir nicht, nach verständigem und billigem Hin- und Herhandeln, endlich einig werden können? Streich die ungeraden Gilders aus, laß die Summe in runden Tausenden, so ist dein Verkauf für dies Jahr abgemacht.«

»Nicht einen Stüber. Hier zähle mir die Gesichter der Braganzas zurück; wirf eine hinlängliche Anzahl dünner Dukaten in die Wage, um den Betrag voll zu machen, und dann mögen deine Sclaven eilen, daß die Artikel, noch ehe das ausplaudernde Morgenlicht kommt, landeinwärts geborgen sehen. Es ist Jemand hier bei uns gewesen, der, wenn er Luft dazu hat, Unheil anrichten kann, obgleich ich nicht zu sagen im Stande bin, in wie fern er in's Hauptgeheimniß selbst gedrungen seyn mag.«

Alderman Van Beverout stierte etwas verwildert um sich her, rückte, wohl wissend, wie viel in dieser Welt auf den äußeren Schein ankommt, die Perücke zurecht, und zog vorsichtig die Gardinen vor die Fenster.

»Außer meiner Nichte, wüßte ich, wie immer, Keinen sonst;« sprach er, nachdem obige Vorsichtsmaßregeln getroffen waren. »Im Hause befindet sich zwar noch der Patroon von Kinderhook, da der aber schläft, so ist er ein Zeuge für uns; der Umstand seines Hierseyns, ohne daß er etwas gegen uns zu sagen hätte, spricht zu unsern Gunsten.«

»Meinetwegen, ich bin's zufrieden« – versetzte der Freihändler, da er in den bittenden Augen des Mädchens las, daß er nicht mehr verrathen möchte. »Wußt' ich doch durch Instinkt, daß Jemand im Hause sey, der sonst nicht hier zu seyn pflegte: auszuspüren, ob er gerade schlafe, war nicht meine Sache. So viel weiß ich, hier zu Lande würden gewisse Kaufleute, der Assecuranz halber, seine Gegenwart bei ihren Rechnungen mit in Anschlag bringen.«

»Sprich nicht weiter, Meister Seestreicher, und nimm das Gold. Ich will Dir nur die Wahrheit gestehen, die Ballen sind bereits aus dem Flusse heraus- und in die Pirogue hineingeschafft. Ich sah voraus, wir würden uns über den Kauf verständigen, und die Zeit ist kostbar, da ganz in der Nähe ein königlicher Kreuzer vor Anker liegt. Die Schelme fahren Dir bei der Flagge der Königin vorbei, wie unschuldige Marktleute, und ich setze einen flamländischen Wallach gegen einen Gaul aus Virginia, daß sie anfragen, ob der Capitän kein Grünes für seine Suppe brauche. Ha, ha, ha! der Ludlow ist ein Pinsel, Jungfer Nichte, und noch lange nicht fähig, es mit Leuten von reifem Alter aufzunehmen. Wirst schon einmal Deine Meinung über seinen Verstand ändern, und ihm, als einem zudringlichen Tropf, den Laufpaß geben.«

»Sie werden doch hoffentlich dieses Verfahren durch die Gesetze rechtfertigen können, Onkel?«

»Gesetze! Glück rechtfertigt Alles. Es ist im Handel wie im Kriege; wer Erfolg hat, trägt den Ruhm und die Beute davon, im einen
wie im andern, und der reiche Kaufmann ist allemal auch der ehrliche. Alle Plantagen- und Cabinetsordres! was meinen denn unsere
Befehlshaber zu Hause, daß sie so viel Aufhebens um ein Bischen
Contrebande machen! Declamiren die Spitzbuben nicht ganze
Stunden lang über Bestechlichkeit und feiles Wesen, da doch über
die Hälfte von ihnen ihre Sitze heimlich erkaufen, ja, und das so
gesetzwidrig, wie Du diese seltenen Mechelner Spitzen. Sollte die
Königin unsern Verkehr ungnädig vermerken, Meister Seestreicher,
so bring' Du mir nur noch ein- oder zweimal so profitable Parthie-
en, wie das letzte Jahr, und ich gehe als ein Passagier nach London,
kaufe mir auf der Börse eine Parlamentsstelle, und erwiedere von
meinem Sitze aus, wie sie's nennen, auf das königliche Mißfallen.
Bei der Verantwortlichkeit der General-Staaten! wenn ich es thäte,
ich glaube gar, sie ließen mich nicht zurück, ohne mich vorher zum
Ritter Sir Myndert geschlagen zu haben, und dann würden die
Manhattenesen von einer gnädigen Frau Van Beverout zu hören
bekommen, in welchem Fall es mit Deiner anderen Erbschaft traurig
aussehen wird, mein Lidchen! geh Du also zu Bett und laß Dir was
Schönes träumen von schönen Spitzen, reichen Sammetkleidern
und Gehorsam gegen alle Onkels, und verschwiegenen Mund und
allerhand angenehme Dinge – Küß' mich, kleine Hexe, und dann
schlaf' wohl.«

Alida gehorchte und wollte eben das Zimmer verlassen, als der
Freihändler ihr in den Weg trat, aber mit einer so galant ehrerbietigen Miene, daß sie ihm die Freiheit kaum übel nehmen konnte.

»Ich würde die Höflichkeit verletzen,« sagte er, »wenn ich eine so
großmüthige Kundsmännin gehen ließe, ohne mich bei ihr für ihre
Freigebigkeit zu bedanken. Die Hoffnung des Wiedersehens wird
meine Rückkehr beschleunigen.«

»Ich wüßte nicht, daß Sie mir Dank schuldig sind,« erwiederte
Alida, obgleich sie sah, wie der Alderman den zerstreut herumlie-
genden Inhalt des Waarenballens sorgfältig zusammensuchte, und
wie er drei oder vier der anlockendsten Artikel darunter schon auf
ihre Toilette gelegt hatte. »Ich habe Ihnen nichts abgekauft!«

»Ich lasse Ihnen mehr zurück, als gemeinen Augen sichtbar ist,« erwiederte der Fremde mit leiser Stimme und so ernst, daß die Angeredete zurückschrack. – »Ob dem Geber, oder wie ich vielleicht eigentlicher sagen sollte, dem Verlierenden eine Erwiederung zu Theil werde, wird die Zeit und mein Stern zeigen.«

Dann nahm er ihre Hand, hob sie so anmuthig und sanft an die Lippen, daß das Mädchen nicht eher erschrack, als bis der Kuß aufgedrückt war. Die schöne Barbérie erröthete nun bis an die Stirn, und schien Anfangs geneigt, die Freiheit mit Zürnen zu strafen: allein ihre Verwirrung war so groß, daß, ehe sie verschwand, ein Lächeln und eine kurze Verbeugung den Fremden noch erfreuten.

Auch flossen jetzt, nachdem er sich allein sah – denn daß der Alderman auch da sey, schien er ganz vergessen zu haben – mehre Minuten in tiefem Schweigen hin, und gedankenvoll, obgleich mit vor innerer Lust blitzendem Auge, schritt er im Zimmer auf und ab. Van Beverout fand es endlich nöthig, dem stummen Gefährten den Weg zu vertreten, um ihn an seine Gegenwart zu erinnern.

»Fürchten Sie nicht, daß das Mädchen plaudern werde,« rief der Alderman, »sie ist eine vortreffliche und gehorsame Nichte, und hier liegt, wie Sie sehen, eine Bilanz zu ihren Gunsten, die der Frau eines Premierministers selbst den Mund verschließen würde. Wenn ich vorher Einiges einzuwenden hatte gegen Deinen Wunsch, das Kind zugegen seyn zu lassen, so rührte das bloß von einer Aeußerlichkeit her, denn, schauen Sie, ich glaube, daß weder Monsieur Barbérie, noch meine verstorbene Schwester es gern sehen würden, wenn das Kind schon so früh in's Geschäft einträte! aber was geschehen ist, ist geschehen, und der Normann selbst müßte zugeben, daß ich einen hübschen Anfang von ganz apart ausgesuchten Artikeln zum Besten seiner Tochter gemacht habe. Wann hast Du vor, unter Segel zu gehen, Meister Seestreicher?«

»Mit der Morgenebbe; ich kann die Nachbarschaft dieser spürnasigen *guarda costas* nicht leiden.«

»Brav geantwortet! Klugheit ist eine Cardinal-Tugend in einem Privat-Kauffahrer; und eine Eigenschaft, für die ich den Herrn »Streicher durch die Meere« nächst seiner Pünktlichkeit am meisten schätze. Potz Wechsel und Sicht! wäre doch die Hälfte der Firmas von drei oder vier Namen, die Cos gar nicht mitgerechnet, so zuverlässig! Hältst Du es nicht für sicherer, den Rückweg aus dem kleinen Kanal, noch während es dunkel ist, anzutreten?«

»Das geht nicht. Die Fluth strömt herein wie Wasser durch eine Schleuse, und dabei kommt der Wind von Osten. Doch sey unbesorgt, die Brigantine führt keine gemeine Fracht, und Du hast mir einen leeren Schiffsraum gemacht. Die Königin und der Braganza nebst Holländischen Ducaten können ihre Gesichter im Schatzamte selbst aufweisen. An Pässen fehlt es uns auch nicht, und »Müllermädchen« ist am Ende ein eben so guter Name als »Wassernixe«. Nachgerade haben wir das beständige Herumwandern satt, und nicht übel Lust, eine Woche lang die Vergnügungen eurer Jerseyer Jagd zu kosten. In dem Hochland wird ja wohl dieser Tage geschossen, nicht so?«

»Bei Leibe nicht, bei Leibe nicht, Meister Seestreicher! schon vor zehn Jahren habe ich alles Rothwild, der Häute halber, niederschießen lassen; und was die Vögel betrifft, so sind sie bis auf die letzte Taube fortgewandert, als der letzte Stamm Wilde nach dem westlichen Ufer des Delaware zog. Du hast deine Brigantine mit mehr Vortheil ihrer Fracht entladen, als Du je deine Vogelflinten ihres Schroots entladen könntest. Die Gastfreundschaft meines Landhauses wird hoffentlich von Niemanden in Zweifel gestellt, aber Potz Erröthen und Neugier! ich wünsche meinen Nachbarn gerade in's Gesicht sehen zu können. Bist Du so gewiß, daß die impertinenten Masten deiner Brigantine, die über die Bäume wegragen, bei Tage unsichtbar bleiben werden? Dieser Capitän Ludlow legt die Hände nicht in den Schooß, wenn er glaubt, daß seine Dienstpflicht ihn ruft.«

»Den wollen wir schon ruhig zu halten suchen; und was seine Leute betrifft, so wird durch die Hülle, welche Bäume und Schiffsraum gewähren, Alles in gehöriger Ordnung gehalten. Den wackern Ruderpinne lasse ich zurück, um die Rechnungen zwischen uns auf's Reine zu bringen, und somit Gott befohlen. Aber noch ein Wort, Herr Alderman, ehe wir scheiden. Hält der Graf Cornbury sich noch in den Provinzen auf?«

»Wie ein angenageltes Stück Möbel. Kein Handelshaus in der Colonie unbeweglicher.«

»Wir stehen noch in Rechnung mit einander. – Mit einer kleinen Prämie kauft man mir die Schuldverschreibung ab.«

»Der Himmel erhalte Dich, Meister Seestreicher, und glückliche Reise hin und zurück. Hinsichtlich der Zahlungsfähigkeit des Grafen, so mag die Königin ihm eine andere Provinz anvertrauen, aber Myndert Van Beverout gibt ihm keinen Kredit, nicht für einen Marderschwanz; also noch einmal, der Himmel erhalte Dich!«

»Der Contrebande-Händler schien sich von allen den kleinen niedlichen Gegenständen, die das Zimmer der schönen Barbérie enthielt, nur ungern loszureißen. Sein Abschied vom Alderman war ziemlich trocken, und er hielt es nicht der Mühe werth, seine Kälte und Zerstreuung zu verbergen. Andrerseits beobachtete der Alte kaum die Formen des Anstandes, so heftig war sein Verlangen, den Gast so bald als möglich los zu werden. Es blieb also diesem endlich nichts übrig, als zu gehen, und er verschwand da, wo er zuerst seine Erscheinung machte, an dem niedrigen Balkon.

Als Myndert Van Beverout sich allein sah, machte er die Fenster des Pavillons seiner Nichte zu, und begab sich nach dem Theil des Hauses, den er selbst bewohnte. Hier beschäftigte sich der geldliebende Bürger vor allem mit verschiedenen Berechnungen, und zwar so eifrig und angestrengt, daß man sah, wie sein ganzes Innere davon eingenommen war. Nach dieser vorläufigen Arbeit hatte er eine kurze, heimliche Zusammenkunft mit dem Matrosen vom indischen Shawl, während welcher viel Goldstücke klimperten. Sobald aber der Letztere fort war, sah der Eigner der Villa nach dem Verschluß der Thüren, welcher übrigens in Amerika weder damals noch jetzt sich europäischer Festigkeit rühmen konnte. Hierauf besuchte er noch den Plan vor dem Hause, als wenn er frische Luft schöpfen wollte, in Wahrheit aber, um zu sehen, ob kein unberufenes Auge wache. Mehr als einmal schaute er hinauf nach den Fenstern des von Oloff Van Staats bewohnten Zimmers, wo alles nach Wunsch still war; unbeweglich sah er die Brigantine in der Runden Bucht, und eben so regungslos weiter in der Ferne den Rumpf des königlichen Kreuzers vor Anker liegen. Ringsumher herrschte Mitternachtsruhe. – Selbst die Boote, die, wie er recht gut wußte, zwischen dem kleinen Fahrzeug und dem Ufer hin- und herfuhren, waren nicht zu sehen. Er kehrte nun in's Haus zurück, mit dem Sicherheitsgefühl, welches ähnliche Umstände in einer so wenig bevölkerten, wenig bewachten Gegend einflößen mußten.

Zwölftes Kapitel.

»Nerissa komm: ich hab' ein Werk zur Hand,
Wovon du noch nicht weißt.« –

Kaufmann von Venedig.

Außer den Eingeweihten wußte Niemand das Geringste von den verschiedenen, in der Villa und deren Umgebung stattgefundenen Vorfällen, welche die Nacht, mit der das vorhergehende Kapitel schloß, belebt hatten. Oloff Van Staats war früh auf den Beinen, und hielt auf dem Plan einen Morgenspaziergang, um die herrliche Luft einzuathmen; ihm stieß aber nichts auf, was den Verdacht hätte erregen können, daß sich, während er schlief, irgend etwas Außerordentliches zugetragen hätte. *La cour des Fées* war noch verschlossen, der treue François indessen schon um die Wohnung seiner jugendlichen Gebieterin mit allerhand kleinen Verrichtungen beschäftigt, von der Art, die einer Dame von ihren Jahren und ihrem Stande Freude zu machen sich eignete. Van Staats von Kinderhook hatte so viel Romantisches in seiner Zusammensetzung, als sich nur bei einem jungen Mann von fünf und zwanzig Jahren suchen ließ, der im Rufe stand zu lieben, und von der in der Gesellschaft eingeführten Art und Weise, jene Leidenschaft kund zu geben, wirklich einigen Begriff hatte. Der Mensch war ein Sterblicher, und da die persönlichen Reize der Dame augenfällig genug waren, so entging er nicht ganz dem Schicksal, welches jugendlicher Einbildungskraft, der Schönheit gegenüber, nun einmal allgemein beschieden zu seyn scheint. Er schlich sich an die Villa heran, und wußte es durch ein behutsames, aber entscheidendes Manöver so zu machen, daß er dem Diener nahe genug kam, um ein Gespräch mit demselben anknüpfen zu können, ohne daß es das Ansehen hatte, als wenn er es gesucht hätte.

»Ein schöner Morgen und eine gesunde Luft, Monsieur François;« hob der junge Patroon an, nachdem er durch ein vornehmes Rücken seines Biberhuts den Bückling des Lakaien erwiedert hatte. »Der Aufenthalt hier ist recht angenehm in den warmen Monaten: man könnte schon wünschen, den Ort öfter zu besuchen.«

»Wenn *Monsieur le Pateron der Seigneur* von diesem Gut seyn werden, wird er so oft kommen, als es ihm macht *plaisir*,« erwiederte François, welcher sich sein vermeintliches Bon-mot um so weniger versagen konnte, als er wußte, daß es seinem Zuhörer schmeicheln würde, ohne geradezu die Auslegung zuzulassen, als ob seine Gebieterin schon eine günstige Erklärung hätte fallen lassen.

»*Monsieur de Van Staats* besitzen viel Güter am Fluß, und werden vielleicht *un jour* viel Güter am Meere besitzen, *aussi*.«

»Ich habe schon daran gedacht, ehrlicher François, das Beispiel des Alderman nachzuahmen und eine Villa an der Küste zu bauen; doch dazu ist noch Zeit, wenn ich erst mehr im Leben etablirt seyn werde! ist Deine junge Herrin noch nicht auf, François?«

»*Ma foi*, nein! Fräulein Alide schlafen. Es ist ein sehr guter Symptom, *Monsieur Pateron*, wenn junge *personnes* schlafen *très-bien*. *Monsieur de Barbérie* und seine ganze Familie immer sehr gut schlafen, *à merveille*. *Oui*, was anbetrifft die Schlaf, ist eine merkwürdige Familie.«

»Und doch hat diese frische, stärkende Morgenluft, die gleich Balsam von dem Meere herweht, so viel Einladendes.«

»Ohne Zweifel, *Monsieur*. Es ist ein *miracle*, wie Fräulein lieben die Luft. Niemand liebt die Luft mehr als Fräulein Alide, *bah!* es war groß *plaisir* zu sehen, wie *Monsieur de Barbérie* liebten die Luft!«

»Vielleicht weiß Ihre junge Gebieterin nicht, wie viel Uhr es ist, Herr François. Es wäre gut, an die Thüre, oder vielleicht an das Fenster anzuklopfen. Ich gestehe, ich würde voll Bewunderung seyn, wenn ihr glänzendes Antlitz aus dem Fenster dort die milde Morgenscene anlächelte.«

Wahrscheinlich war dies der höchste Flug, welchen die Einbildungskraft des Patroons von Kinderhook je gewagt hatte, und in der That gab der schwankende und furchtsame Blick, den er nach einer so unzweideutigen Aeußerung seiner Schwäche um sich her that, zu der Vermuthung Grund, daß er seine Kühnheit schon bereue. François, ungern sich einem Manne ungefällig zeigend, der wie Jedermann wußte, hunderttausend Morgen Landes, nebst gutsherrlichen Rechten und erklecklichem persönlichem Vermögen besaß, befand sich durch dessen Bitte in keiner geringen Verlegenheit, erinnerte sich jedoch noch zur rechten Zeit, daß die Erbin von sehr entschiedenem Charakter war, und sich in dem, was ihr beliebte, keine Vorschriften machen ließ.

»Gut, ich werde mit überaus groß *plaisir* anklopfen; aber... *Monsieur* wissen, daß die Schlaf sehr *agréable* ist für die junge Personen. Man hat niemals angeklopft in der Familie des Herrn *de Barbérie,* und ich ganz gewiß weiß, daß Fräulein Alide nicht lieben das Klopfen... Indeß, wenn der Herr *Pateron* es will, so werde ich seinen Wunsch... *Voila Monsieur Bevre,* der ohne Klopfen am Fenster erscheint. Ich habe die honneur, Sie mit Herr *Al'erman* allein zu lassen.«

Auf diese Weise complimentirte sich der höfliche, aber nicht weniger besonnene Lakai aus einer schwierigen Lage heraus, die ihm nach gerade, wie er beim Weggehen vor sich hin brummte, langweilig ward.

Das Aussehen und die Manier des Alderman, als er sich jetzt seinem Gaste näherte, bekundete, in Übereinstimmung mit seinem ganzen übrigen Wesen, etwas Derbes, Kräftiges, zugleich aber auch viel Bequemlichkeitsliebe und Einbildung. Ehe er zum Sprechen nahe genug herankam, räusperte er sich dreimal, und zwar so stark, als wollte er dem Patroon hörbaren Beweis von der Stärke seiner Lunge geben, und ihn zur Bewunderung der reinen Luft um seine Villa herausfordern.

»Alle Zephyr und Spaa's! hier ist die Residenz der Gesundheit, Patroon!« rief der Bürger, als er sein eigenes körperliches Wohlbefinden hinlänglich an den Tag gelegt hatte. »In solcher Luft glaubt man sich bisweilen im Stande, mit seinen Freunden jenseits des atlantischen Meeres zu Scheveningen oder im Helder ein Gespräch zu unterhalten. Ja, ja, eine breite, gewölbte Brust, solche Luft von dem Meere, dabei ein reines Gewissen und ein glücklicher Wurf im Handel, machen einem das Spiel der Lunge so leicht und unmerkbar, wie die Flügel eines Colibri. Laß sehen: in Deinem Stamm hat's wenig Achtziger gegeben; der letzte Patroon hat mit dem sechsundsechzigsten die Bücher geschlossen, und sein Vater ging nicht viel weiter als siebzig. Ich wundere mich nur, daß zwischen Euch und den Van Courtlandt's nie eine Zwischenheirath stattgefunden hat;

das Courtlandt'sche Geblüt ist, schon an und für sich, so gut wie eine Lebensversicherung auf etliche neunzig.«

»Ich finde die Luft ihrer Villa eine wahre Herzstärkung, Herr Van Beverout, die man öfter zu genießen wünschen könnte,« erwiederte Jener, welcher weit weniger von der barschen Kaufmanns-Manier an sich hatte, als sein Gefährte.»Schade, daß sich nicht *Alle* die so treffliche Gelegenheit, hier zu athmen, zu Nutze machen.«

»Sie meinen die trägen Seeleute in jenem Schiffe dort. Ja, Ihrer Majestät Diener übereilen sich selten, und was diese Brigantine in der Runden Bucht betrifft, so scheint sie nicht mit rechten Dingen ihr Einlaufen bewirkt zu haben. Wahrhaftig, ich wollte wetten, der Spitzbub dort führt nichts Gutes im Schilde, und der königliche Schatz wird sich durch seinen Besuch keiner Vermehrung zu erfreuen haben. Hör 'mal, Du, Brom da!« einem ältlichen, nicht weit vom Hause beschäftigten Schwarzen, der in seine Geheimnisse vollkommen eingeweiht war, zurufend, »hast Du etwa Boote zwischen dem Lande und jener schelmischen Brigantine hin- und herfahren gesehen?«

Der Neger schüttelte mit dem Kopf wie eine thönerne Mandarinen-Figur, und schlug ein helles Gelächter auf.

»Ich glaub', er all' seine Spitzbüberei verübt unter den Yankihs, und er nur kommt her, um sein Brot zu kaufen,« sagte der schlaue Sclave. »Na, ich von ganzem Herzen wünsch', daß 'mal auch an unsre Küste ein Kunterbuntmann kommen thät'. Da hätt' ein armer schwarzer Mensch doch Hoffnung, zu verdienen einen ehrlichen Pfennig.«

»Sie sehen, Patroon, die menschliche Natur selbst lehnt sich gegen Monopole auf. Hier hat sich einmal durch Brom's Zunge der echte Instinkt ausgesprochen, und es ist für einen Kaufmann wirklich keine leichte Aufgabe, seine Leute im Gehorsam gegen Gesetze zu erhalten, die so beschaffen sind, daß sie beständig die Versuchung erzeugen, sie zu verletzen. Nun gut, wir wollen immer das Beste hoffen, und uns bestreben als getreue Unterthanen zu handeln. Das Boot ist übrigens, in Hinsicht auf Gestalt und Takelage, gar nicht so übel, mag's herkommen, woher es will. Was meinst Du, wird der Wind diesen Morgen vom Lande wehen?«

»Nach den Wolken zu schließen, wendet er sich bald. Es wär' zu wünschen, daß *Niemand* drinnen bliebe, sondern die wohlthuende Seeluft, so lange sie währt, im Freien genösse.«

Der Alderman, durch den Andern auf den bevorstehenden Wetterwechsel aufmerksam gemacht, vergaß einen Augenblick lang seine Behutsamkeit, und studirte ängstlich das Aussehen des Himmels; doch bald besann er sich und rief hastig:

»Kommen Sie, kommen Sie, wir wollen zu unserm Frühstück. Hier ist der Ort, seine Zähne zu gebrauchen. Die Neger sind in der Nacht nicht müßig gewesen, Herr Van Staats, ha ha ha; ich kann Sie versichern, sie sind nicht müßig gewesen, und wir werden eine Auswahl von Leckerbissen aus der Bai und dem Flusse haben. – Jene Wolke über der Mündung des Rariton scheint in die Höhe gehen zu wollen, vielleicht bekommen wir doch noch einen Wind aus Westen.«

»Dort in der Richtung der Stadt sah ich ein Boot herkommen,« bemerkte der Andere, der nur ungern der Einladung des Alderman, ihm ins gewöhnliche Frühstückzimmer zu folgen, gehorchte. – Mir scheint es sich mit mehr als gewöhnlicher Eile zu nähern.«

»Wahr, die Ruder werden von kräftigen Armen geführt! Sollte es eine Botschaft an den Kreuzer seyn? Nein, das Boot steuert mehr auf unsern Landungsplatz zu. Diese Jersey-Fahrer werden oft zwischen Dock und ihrer eigenen Thüre von der Nacht eingeholt, daher eilen sie so. Doch jetzt, Patroon, lassen Sie uns nach dieser Magenstärkung zu den Messern und Gabeln –«

»Sollen wir die Erquickung allein zu uns nehmen?« fragte der junge Mann, der von Zeit zu Zeit einen sehnsüchtigen Seitenblick auf die noch immer geschlossenen Laden des Pavillons warf.

»Deine Mutter hat Dich erzogen, junger Oloff; wenn der Kaffee nicht von einer niedlichen Hand kredenzt wirb, schmeckt er nicht. Ich verstehe Dich, und bin gar nicht böse darüber, denn diese Schwachheit ist in deinen Jahren natürlich genug. Potz Unabhängigkeit und Cölibat! so lange ein Mann die Vierzig nicht erreicht hat, darf er nicht schwören, daß er sein eigner Herr bleiben werde. Komm einmal her, Musje François! es ist Zeit, daß meine Nichte den trägen Schlaf abschüttle, und ihr weißes Gesichtchen dem Tage zeige. Wir warten auf ihre Honneurs beim Frühstück. Die Müßiggängerin Dinah läßt eben so wenig von sich sehen, als ihre Herrin.«

»Non, ganz gewiß, *monsieur*,« erwiederte der Diener. Mamsel Dinah nicht allzusehr die viele Beschäftigung liebt. Aber sie sind jung, *Monsieur Al'erman*, alle beide! Schlaf sehr gesund ist für die Jugend.«

»Was zum Kuckuck! die Dirne ist nicht mehr in ihrer Wiege; François, es ist Zeit, an die Fenster anzuklopfen. Was das schwarze Zierpüppchen anbetrifft, die schon eine Stunde lang bei ihrer Arbeit seyn sollte, so habe ich ohnedies noch ein Wörtchen mit ihr zu sprechen. Komm, Patroon, der Appetit richtet sich nicht nach der Trägheit eines eigensinnigen Mädchens; wir wollen zu Tisch. Was meinst du, wird der Wind diesen Morgen nach Westen stehen?«

Mit diesen Worten ging der Alderman voran nach dem kleinen Wohnzimmer, wo ein nettes, behagliches Mahl schon aufgetragen stand, und zum Frühstücken einlud. Zaudernden Schrittes folgte Oloff Van Staats, der sich immer noch mit der Hoffnung geschmeichelt hatte, die Fenster des Pavillons sich öffnen, und das lächelnde Gesicht die ihn umgebenden Schönheiten erhöhen zu sehen. François schickte sich an, seine Gebieterin zu wecken, und suchte in der Art und Weise, wie er dies bewerkstelligte, den schuldigen Gehorsam gegen den Onkel mit seinen eigenen Begriffen von Schicklichkeit zu vereinigen. Nach einigem Warten setzte sich der Alderman zu Tische, nöthigte seinen Gast auch heran, indem er laut gegen die Nothwendigkeit, auf die Träge länger zu warten, protestirte, und seine Rede mit moralischen Sentenzen über den Werth der Pünktlichkeit – in häuslichen wie in Handelsangelegenheiten – reichlich durchspickte.

»Die Alten,« sagte der nicht nachlassende Glossenmacher, »theilten die Zeit in Jahre, Monate, Wochen, Tage, Stunden, Minuten und Sekunden ein, so wie sie die Zahlen in Einer, Zehner, Hunderte, Tausende und Zehntausende eingetheilt haben; und Beides hatte seinen guten Grund. Fangen wir nun unten an, Herr Van Staats, und benutzen die Sekunden gehörig, so verwandeln wir Minuten in Zehner, die Stunden in Hunderte, und die Wochen und Monate in Tausende, ja! wenn der Handel im blühenden Zustand ist, in Zehntausende! Eine Stunde also unbenutzt vorbeigehen lassen, ist ungefähr dasselbe, als wenn man in einer verwickelten Zusammenaddirung eine wichtige Ziffer überspringt, und geht man nicht pünktlich zu Werk, so ist die Arbeit eben so gut verloren, als wenn man beim Rechnen ungenau verfährt. Ihr Vater, der verstorbene Patroon, war ein sogenannter Minutenmann. Man konnte eben so sicher darauf zählen, daß er sich mit dem Schlag der Glocke in seinem Kirchenstuhl einfand, als daß er eine gehörig durchgesehene Rechnung prompt honorirte. O, es war eine Freude, Inhaber einer seiner Noten zu seyn, die freilich seltener waren, als blanke Goldmünzen und Barren. Ich habe mir sagen lassen, Patroon, daß Du, außer dem Gut, eine stattliche Menge von portugiesischen Johannes und holländischen Ducaten[11] geerbt habest.«

»Der Erbe hat keine Ursache, seinen Vorfahren Mangel an Bedachtsamkeit vorzuwerfen.«

»Klug geantwortet; kein Wort zu viel, keins zu wenig; ein Grundsatz, welchen alle rechtliche Leute bei'm Abschluß ihrer Geschäfte befolgen. Wird so ein Kapital klüglich verwaltet, so kann es das Fundament zu einem Gute werden, von Tausenden der besten Holländer oder Engländer bevölkert! Potz Wachsthum und Volljährigkeit! Wir in den Colonien, Patroon, werden doch auch endlich einmal zum reifen Mannesalter kommen, wie unsere Vettern auf den Deichen der Niederlande, oder unsere englischen Beherrscher zwischen ihren Schmiedeeisen. – Erasmus, schau doch einmal nach der Wolke dort über dem Rariton, und bring' mir Nachricht, ob sie in die Höhe steigt.«

Der Neger kam mit der Kunde zurück, das Dunstgewölk rühre sich nicht von der Stelle, zugleich aber als Anhang berichtete er seinem Herrn, daß das Boot, welches Patroon zuerst sich nähern gesehen, das Werft erreicht hätte, und einige von der Mannschaft den Hügel heraufkämen nach der Villa zu.

»Im Namen der Gastfreundlichkeit, laß sie kommen,« erwiederte der Alderman mit biederherzigem Tone; »was gilt's, es sind ehrliche

---

[11] Vor der Revolution hatten die Colonien außer Kupfergeld keinerlei Münze eigenen Gepräges. Die Nähe von West-Indien und der Handels-Verkehr mit Süd-Amerika brachte große Summen fremder Münze herbei und was im Umlauf war, zeigte somit größtentheils Spanisches Gepräge

Pächter aus dem Innern, welche die Nacht hindurch gearbeitet haben und nun hungrig sind. Geh und sag' dem Koch, daß er ihnen das Beste vorsetze, und heiße sie willkommen. Und, hör 'mal, Bursch! wenn sich ein wohlhabender Freisasse unter ihnen befinden sollte, so führ' ihn her zu uns, er mag mit uns hier am Tisch sitzen. Dies ist kein Land, Patroon, wo man was darnach frägt, ob ein Mann grobes oder feines Tuch, ob er eine Perüke oder bloß sein eigenes schlichtes Haar trage. – Was gafft denn der Kerl so?«

Erasmus rieb sich die Augen, grinste so gewaltig, daß die Doppelreihe seiner perlenweißen Zähne von einem Ohr bis zum andern sichtbar ward, und gab dann seinem Herrn zu verstehen, daß sein Halb-Bruder, der Neger Euclid, derselbe, welchen unsere Leser bereits kennen, eben in das Haus eintrete. Diese Nachricht brachte in dem Prozeß des Kauens, in welchem der Alderman eben begriffen war, eine plötzliche Stockung hervor. Aber ehe er noch Zeit gewinnen konnte, seine Verwunderung zu äußern, öffneten sich zwei Thüren zugleich, und François erschien an der einen, während das gleißendschwarze, zweifelvolle Antlitz des Sclaven aus der Stadt die Oeffnung der anderen verdunkelte. Myndert's Augen rollten ein paarmal hin und her, von der einen auf die andere Erscheinung, ohne vor bösen Ahnungen die Sprache gewinnen zu können, denn die zerstörten Züge beider dienenden Wesen lieferten ihm Anzeichen, die ihn sich auf unwillkommene Zeitung gefaßt halten hießen. Nach der Beschreibung, die wir sogleich liefern werden, mag der Leser urtheilen, ob der schlaue Bürger nicht sattsame Ursache zu erschrecken hatte. Das an sich schon magere und lange Gesicht des Lakaien schien noch einmal so lang gedehnt, und der Unterkinnbacken dreimal so dünn und eingefallen als gewöhnlich. Die blaßblauen, herausstehenden Augen waren weit aufgerissen, und drückten eine Verwirrung und Verwilderung aus, die durch die Beimischung von schmerzlicher innerer Bewegung nichts weniger als gemildert wurde. Die beiden Arme waren in die Höhe gehalten, und die flachen Hände vorwärts gestreckt, während die Schultern sich so sehr den Ohren näherten, daß das Bischen Symmetrie, womit die Natur den armen Teufel in diesem Theil seines Körperbaues bedacht hatte, vollends verschwand.

Auf der andern Seite stand der Neger, schuldigen, verdrießlichen und listigen Blickes. Sein Auge wanderte schräg bei seinem Herrn vorbei, als wollte es dessen Person umgehen, in gleicher Weise wie seine, sogleich von uns zu berichtenden Worte den Verstand seines Herrn zu umgehen suchten. In den Händen hielt er eine wollene Mütze, die er zwischen den krampfhaft sich bewegenden Fingern zerdrückte, und einer seiner Füße, gestemmt auf die Ferse beschrieb zitternd Halbkreise mit der Zehe.

»Wohlan!« schrie Myndert, indem er bald den Einen, bald den Andern anblickte: »Was gibt's Neues aus den Canadas? – Ist die Königin gestorben, oder hat sie die Kolonie den Vereinigten Provinzen zurückgegeben?«

»Fräulein Alide!« rief oder stöhnte vielmehr François.

»Die arme, stumme Bestie!« murmelte Euclid.

Beiden, Myndert und seinem Gast, gleichsam von einer und derselben Lähmung getroffen, fielen Messer und Gabel aus den Händen. Der Letztere erhob sich unwillkührlich von seinem Sitze, während der Erstere seine Corvulenz nur noch fester in den seinigen eindrückte, wie Jemand, der sich gefaßt hält, einem heftigen, unerwarteten Schlage alle physische Entschlossenheit, die er nur aufzubieten vermag, entgegenzusetzen. »Was ist's mit meiner Nichte? – Was ist's mit meinem Wallach? – Hast Du die Dinah gerufen?«

»*Sans doute, monsieur!*«

»Und hast Du den Schlüssel des Stalls behalten?«

»Ich ihn gehen ließ, nie.«

»Und Du hießest sie ihre Herrin wecken, wie?«

»Sie gab keine Antwort, *du tout!*«

»Die Thiere wurden doch gefüttert und getränkt, wie ich's befahl, was?«

»Sie nie ihr Futter nahmen besser!«

»Du gingst selbst in's Zimmer meiner Nichte, sie zu wecken, sag'!«

»*Monsieur* hat *raison.*«

»Was zum Teufel ist der Armen zugestoßen?«

»Er hat seinen Appetit verloren ganz, und ich glaube, es wird dauern lang, ehe er wieder kriegt den Appetit.«

»Meister Francis, ich will wissen, was Monsieur de Barbérie's Tochter geantwortet hat.«

»Fräulein nicht hat geantwortet, *monsieur, pas une syllabe*!«

»Alle Schnäpper und Medicamente! der Schönen muß auf der Stelle zur Ader gelassen werden.« –

»Es ist zu spät dafür, Masser, auf Ehre.«

»Die halsstarrige Dirne! Das kommt von ihrem Hugenotten-Blut, einer Race, die lieber Haus und Hof im Stich lassen wollte, als den Ort ihres Gottesdienstes ändern.«

»Die Familie *de Barbérie* ist ehrenvoll, *monsieur*, aber der *grand monarque* verlangte ein wenig zu viel. Wahrlich die *dragonnade*[12] war ein schlechtes Mittel, Christen zu machen.«

»Potz Schlagfluß und Uebereilung! Du hättest den Roßarzt sollen holen lassen, dem kranken Thiere zu helfen, Du schwarzer Hund!«

»Ich ging zum Henker, Masser, zu retten die Haut, denn er war zu geschwind todt.«

Das Wort *todt* brachte eine plötzliche Pause hervor. Der vorhergehende Dialog folgte so wüthend rasch auf einander, und die Fragen und Antworten, wie auch die Ideen des Hauptwortführers, geriethen in solche Verwirrung, daß Letzterer einen Augenblick wirklich nicht wußte, ob es Barbérie die Schöne, oder einer der Flamländischen Wallache war, welcher die letzte Schuld der Natur bezahlt hatte. Bis jetzt hatte der Patroon, theils aus eigener Bestürzung, theils durch den Wirrwar der drei Sprechenden nicht zu Worte kommen können; er benutzte die eingetretene Pause, um seine Meinung abzugeben.

---

[12] Man nannte unter Ludwig XIV. la conversion des Dragonnades die abscheuliche Maßregel, nach Aufhebung des Edikts von Nantes, in die Dörfer und Städte, in welchen es besonders viel Hugenotten gab, so lange Dragoner einzuquartieren, bis sie die Ketzerei abschworen oder die Flucht ergriffen und die Häuser leer ließen. Das war das erste, und obgleich der gute François es für ein schlechtes hält, das sanfteste Mittel in dieser schrecklichen Bekehrungsgeschichte. Der Uebers.

»Es ist klar, Herr Van Beverout,« sagte er mit einem Beben in seiner Stimme, das seine inneren Besorgnisse bekundete, »daß sich irgend ein unangenehmes Ereigniß zugetragen hat. Es ist vielleicht besser, daß der Neger und ich uns wegbegeben, damit Sie François mit mehr Ruhe über das, was Jungfer Barbérie zugestoßen ist, befragen können.«

Den Alderman weckte dieser anständige und besonnene Vorschlag aus einer tiefen Betäubung. Er verbeugte sich dankend und erlaubte Herrn Van Staats, sich zurückzuziehen; Euclid wollte diesem folgen, allein er erhielt einen Wink zu bleiben.

»Es könnte seyn, daß Du mir noch Antwort zu geben hast,« sprach der Stadtrath mit einer Stimme, die viel von dem Umfang und der Tiefe, die sie sonst auszeichnete, verloren hatte. »Bleib' dort stehen, Kerl, und warte, bis ich mit Dir rede. Und nun, François, laß mich endlich hören, warum meine Nichte sich weigert, ihr Frühstück in meiner und meines Gastes Gesellschaft einzunehmen.«

»*Mon dieu, monsieur,* das kann ich unmöglich beantworten. Die Gesinnungen der *demoiselles* sind nie entschieden.«

»So geh' und sag' ihr, daß *meine* Gesinnung entschieden ist, gewisse Vermächtnisse und Clauseln abzuschneiden, welche zu ihrem Besten gemacht waren, und zwar mit Hintansetzung der Gerechtigkeit gegen andere Verwandten, die sogar meinen Namen führen.«

»*Monsieur* werden sich besinnen. Fräulein Alide ist so junge Person.«

»Alt oder jung, mein Entschluß ist gefaßt. Fort nach Eurem *Cour des Fées,* und sagt das dem trägen Zieräffchen. – Wohlan, du lauernder schwarzer Dämon dort, Du hast also doch das arme Pferd geritten!«

»Aber, *monsieur,* denken Sie doch nach, *je vous en prie.* Fräulein soll sich nie wieder verstecken, *jamais*; ich stehe Ihnen dafür.«

»Was schnattert denn der Kerl da!« rief der Alderman, dessen Unterkinn fast dieselbe Länge erreichte, welche dem Gesicht des Lakaien einen so ergreifenden Ausdruck innigen Schmerzes gab. »Wo ist meine Nichte, Sir; und was soll diese Anspielung, als wäre sie abwesend?«

»Die Tochter von *Monsieur de Barbérie* ist nicht da!« schrie François, dessen Herz zu voll war, um mehr sprechen zu können. Der alte, seine Herrschaft von Herzen liebende Diener legte die Hand auf die Brust, mit dem Aussehen aufrichtigen Leidens; doch bald erinnerte er sich, daß er stehe in der Gegenwart seines Vorgesetzten, verbeugte sich mit einer tiefen Condolenz-Miene, kämpfte wacker gegen sein inneres Ergriffenseyn, und erreichte die Thüre so glücklich, ohne seiner männlichen Festigkeit eine Blöße gegeben zu haben.

Gerechtigkeit gegen den Charakter des Aldermans Van Beverout verbietet uns, es unerwähnt zu lassen, daß der Schmerz, den ihm der plötzliche Tod eines seiner flämischen Wallache verursachte, in Folge der so unerwarteten Nachricht von der unerklärlichen Abwesenheit seiner Nichte, viel von seiner Stärke verlor. Euclid hatte zehn Minuten lang die Tortur wiederholter Fragen, Drohungen, ja selbst Verwünschungen auszustehen; allein als nun unmittelbar nach des François Berichterstattung das Aufsuchen begann, gelang es dem listigen Sclaven, sich so gänzlich unter seine übrigen halben Blutsverwandten zu verlieren, daß auch sein Verbrechen größtentheils in Vergessenheit kam. *La Cour des Fées* war natürlich der erste Ort, wohin die Suchenden sich wendeten; die schönste Zierde davon fehlte. Die kleinen Außenzimmer, des Tags gewöhnlich von François und der Negerin Dinah, und Nachts nur von Letzterer bewohnt, fand man ganz so, wie man erwarten konnte, sie zu finden. Das Bedientenzimmer lieferte Beweise, daß es von seiner Bewohnerin eilig verlassen worden, obgleich man deutlich genug sehen konnte, daß sie sich zur gewöhnlichen Stunde zur Ruhe begeben hatte. Die meisten der Dienerin angehörenden Kleinigkeiten waren zwar verschwunden, indeß lagen doch noch einige Kleidungsstücke nachlässig im Zimmer umher zerstreut, was hinlänglich bewies, daß die Abreise eine unvorhergesehene war.

Dahingegen befanden sich das Schlafgemach, Ankleidezimmer und der kleine Salon der schönen Barbérie in der höchsten, fast in einer gesuchten Ordnung. Kein Stück Geräth am unrechten Ort, keine Thüre halb offen, kein geöffnetes Fenster. Man war offenbar durch den gewöhnlichen Ausgang aus dem Pavillon gegangen. Das Bett war unberührt, denn glatt und faltenlos lagen die Decken noch. Kurz, es war alles so vollkommen in der gewohnten Ordnung, daß der Alderman, von einem mächtigen natürlichen Gefühl gedrungen, seine Nichte beim Namen rief, und sie aufforderte, doch ihr loses Verstecken-Spiel aufzugeben. Es war rührend zu sehen, wie der Alte bald nach dem einen, bald nach dem andern Winkel schaute, als müsse das neckende Mädchen daraus hervortreten. Vergebens! Hohl tönte die Stimme in den verödeten Gemächern; man wartete, man lauschte umsonst, keine scherzende lachende Antwort erwiederte den Ruf.

»Alida!« schrie der Bürger endlich noch einmal, »komm hervor, Kind; ich vergebe Dir ja Dein loses Spiel; alles, was ich von Enterbung gesprochen habe, war eitel Scherz. Komm hervor, Schwesterkind, und küß' Deinen bejahrten Onkel!«

Der Patroon wendete sich weg, als er einen Mann, der seines weltlichen Sinnes halber so bekannt war, der Macht der Natur nachgeben sah, und der Eigentümer der hunderttausend Morgen vergaß, von Mitleid hingerissen, den eignen Kummer.

»Lassen Sie uns von hinnen,« sagte er, den Bürger sanft beim Arm nehmend, und ihn hinwegführend. »Ein wenig Nachdenken wird uns in Stand setzen, zu entscheiden, was zu thun sey.«

Der Alderman nahm den Rath an, doch verließ er den Pavillon nicht eher, als bis er die Kabinette und Schränke untersucht hatte, und diese Nachsuchung beseitigte vollends jeden Zweifel über den Schritt, den die junge Erbin gethan hatte. – Ihre Kleider, Bücher, Zeichenmaterialien und Musikinstrumente waren verschwunden.

Dreizehntes Kapitel.

>– Ha, nun wird ihr Spiel mir klar.
Sie hat ihn unsern Wuchs vergleichen lassen,
Ich merke schon! – –«

Ein Sommernachtstraum.

Abwärts strömt die Fluth des Daseyns, und die Neigungen, aus
denen die Bande der Familien und der Verwandtschaft bestehen,
folgen in ihrer höchsten Kraft keiner andern Richtung. Wir lernen
unsere Eltern erst in der Reife ihrer Vernunft kennen, und in der
Regel auch in der ihrer körperlichen Ausbildung. Unsrer Liebe ist
Ehrerbietung und Achtung beigemischt; die Liebe aber, mit welcher
wir das hülflose Kindesalter bewachen, die Freude, welche es in uns
erregt, wenn die empfängliche Jugend unsrer Sorgfalt entspricht,
das Erhebende immer zunehmender Bildung und das Bezaubernde
der Hoffnung erzeugen eine Innigkeit der Theilnahme an unsern
Kindern, die mit der Selbstliebe fast identisch ist. Es ruht geheimnißvoll ein doppeltes Daseyn in dem Bande, welches die Eltern an
ihr Kind knüpft. Ein Hang, ein bloßes Wollen des Letztern reicht
hin, um in der Brust der Ersteren einen Schmerz hervorzurufen, der
so herb ist, wie ihn nur immer eigne Fehltritte, ja Verbrechen erzeugen können. Wenn aber die schlechte Aufführung des Sprößlings
auf Verwahrlosung oder fehlerhaften Unterricht der Erzeuger zurückgeführt werden kann, so tritt zu den übrigen Leiden noch das
höchste hinzu, die Qual eines schuldbewußten Gewissens. Einigermaßen von dieser Beschaffenheit war der Gram, den der Alderman
Van Beverout fühlen mußte, als er mit Muße über die rasche Handlung nachdachte, welche die schöne Barbérie begangen hatte.

»Sie war eine angenehme, einschmeichelnde kleine Hexe, Patroon,« sagte der Bürger, mit schnellem, schwerem Schritt im Zimmer,
wo sie waren, auf- und abgehend, und von seiner Nichte unwillkührlich wie von einem dem Leben schon entrückten Wesen sprechend; »und so eigensinnig und halsstarrig wie ein wildes Füllen. –
Du schonungslos reitender Teufel! ich finde nie einen Kamerad für
das arme trostlose Thier, das noch lebt. – Dabei aber hatte das Mädchen tausend liebliche und entzückende Künste, die sie zur Freude

meiner alten Tage machten. Sie hat nicht wohl daran gethan, den Freund und Wächter ihrer Jugend, ja ihrer Kindheit zu verlassen, um bei Fremden Schutz zu suchen. Im Ganzen ist's eine unglückliche Welt, Herr Van Staats! Alle unsere Berechnungen werden zu nichte, und das Glück hat es in seiner Gewalt, unsre gerechtesten und weisesten Erwartungen zu Schanden zu machen. Ein Windstoß drückt das reichbeladene Schiff in den Meeresgrund hinab, ein plötzliches Fallen auf den Märkten beraubt uns unseres Goldes, wie der Novembersturm das Laub von den Eichen abstreift, und Fallissements und geschwächter Credit suchen oft die Tage der ältesten Häuser heim, wie Krankheiten die Kräfte der stärksten Körper untergraben. – Alida, Alida! Du hast Einen verwundet, der Dir nie wehe gethan; Du hast mein Alter elend gemacht.«

»Gegen die Neigungen läßt sich nicht kämpfen,« erwiederte der reiche Gutsbesitzer mit einem tiefen, seine Aufrichtigkeit bewährenden Seufzer. »Es würde mich glücklich gemacht haben, Ihrer Nichte den Platz anzubieten, den meine verehrte Mutter mit so vieler Würde und Ehre ausfüllte, allein jetzt ist es zu spät.« –

»Das wissen wir noch nicht, das können wir noch nicht wissen,« fiel ihm der Alderman in's Wort, der sich an die Hoffnung, den sehnsüchtigsten Wunsch seines Herzens noch verwirklicht zu sehen, so fest anhielt, als er sich an die Stipulationen irgend eines andern glücklichen Handels gehalten haben würde. »Wir sollen nie verzweifeln, Herr Van Staats, so lange noch ein Weg zur Verhandlung offen bleibt.«

»Jungfer Barbérie hat ihre Vorliebe auf eine so entschiedene Weise zu erkennen gegeben, daß ich keine Hoffnung sehe, die Angelegenheit zu Stande zu bringen.«

»Bloße Coquetterie, Sir, bloße Coquetterie! Das Mädchen hat sich aus dem Wege gemacht, um ihrem endlichen Gehorsam einen größeren Werth zu geben. Man muß keine Unterhandlung als abgebrochen betrachten, so lange man noch vernünftigerweise hoffen kann, daß sie zum Vortheil der Contrahirenden fortgesetzt werden könne.«

»Ich fürchte, Sir, der Schritt der jungen Dame hat mehr von dem Charakter der Coquette an sich, als ein Gentleman vergessen kann,« erwiederte der Patroon etwas trocken, und weit spitziger, als sonst in seiner Manier lag. »Wenn der Befehlshaber des Kreuzers kein glücklicher Mann ist, so wird er sich wenigstens nicht beklagen können, daß seine Geliebte ihn verschmäht habe.«

»Ich weiß wirklich nicht, Herr Van Staats, ob wir in unseren Verhandlungen so weit vorgerückt sind, daß ich mir eine Anspielung auf die Aufführung meiner Mündel gefallen zu lassen brauche. Der Capitän Ludlow – na, Schlingel! was soll diese Unverschämtheit heißen?«

»Er fragen läßt, ob er kann sprechen den Masser,« erwiederte der gaffende Erasmus mit der Thür in der Hand, in voller Verwunderung über den Scharfsinn seines Herrn, der vorausgewußt habe, wen er anzusagen komme.

»Wer läßt fragen? was meint denn der Einfaltspinsel?«

»Ich meine den Gentlum, von dem Masser gesprochen hat.«

»Der glückliche Mann ist schon hier, um uns selbst seinen Erfolg anzukündigen,« bemerkte stolz Van Staats von Kinderhook. »Meine Gegenwart ist überflüssig bei einer Unterredung zwischen dem Alderman Van Beverout und seinem Neffen.«

Der mit Recht gekränkte Patroon machte dem gleich sehr in seinen Erwartungen getäuschten Rathsherrn eine steife Verbeugung und verließ das Zimmer mit dem letzten Worte. Der Neger, diesen Rückzug als ein für den jungen Capitän günstiges Zeichen haltend, welcher allgemein als der Nebenbuhler des Patroons bekannt war, eilte fort, um dem vermeinten Glücklichen anzuzeigen, daß das Feld rein sey.

Das Zusammentreffen, welches unmittelbar darauf statt fand, war gezwungen und steif in hohem Grade. Der Rathsherr Van Beverout nahm eine Miene beleidigter Autorität und verletzter Liebe an, während der Kronbeamte aussah, wie Jemand, der einer unangenehmen, aber unausweichlichen Pflicht gezwungenen Gehorsam leistet. Das Gespräch war daher Anfangs zeremoniös und ängstlich höflich. Nach den einleitenden steifen Complimenten fuhr Ludlow also fort:

»Es ist meine Amtspflicht, Ihnen zu sagen, daß es mich sehr befremdet, ein so außerordentlich zweideutiges Fahrzeug wie die

Brigantine, welche in der Runden Bucht vor Anker liegt, in einer Situation zu finden, welche geeignet ist, hinsichts des merkantilen Verfahrens eines so allgemein gekannten Kaufmannes, wie Alderman Van Beverout ist, unangenehmen Verdacht zu erregen.«

»Der Ruf von Myndert Van Beverout ist zu wohlbegründet, Herr Capitän Cornelius Ludlow, als daß die zufällige Lage von Schiffen und Baien ihn zweifelhaft machen könnten. Ich sehe *zwei* Fahrzeuge in der Nähe von »Lust in Ruh« vor Anker liegen, und wenn ich der Königin im Conseil mein Zeugniß darüber abzugeben hätte, so würde ich unbedenklich erklären, daß das Fahrzeug, welches ihre Flagge führt, ihren Unterthanen mehr Schaden zugefügt habe, als das fremde. Doch was weiß man Unrechtes von diesem?«

»Ich werde keine der Thatsachen unerwähnt lassen, denn ich fühle wohl, daß bei einem solchen Fall ein Herr Ihres Standes das vollkommenste Recht hat, weitläufige Auseinandersetzung zu fordern.« –

»Hum« – unterbrach ihn der Bürger, dem die Art, wie der Andere die Unterredung eröffnete, nicht gefiel, und der in der Wendung, die sie nahm, die Einleitung zu einer erzwungenen Verständigung sehen wollte; »Hum« – Ihre Mäßigung ist lobenswerth, Capitän Ludlow. Sir, wir fühlen uns geschmeichelt, einem Landsmann aus unsrer Mitte ein so ehrenvolles Commando an der Küste anvertraut zu sehen. Setzen Sie sich, ich bitte, junger Herr, damit wir uns mit größerer Muße besprechen. Die Ludlows sind eine alte, in der Colonie mit Ehren ansäßige Familie, und wenn sie keine Freunde von König Karl waren, ei nun – wir haben noch Andere hier, von denen dasselbe gesagt werden kann. Es gibt wenige Kronen in Europa, die nicht einige ihrer unzufriedenen Unterthanen in diesen Colonien finden würden, und um so mehr Ursache haben wir, nach meiner Meinung, nicht unbedingt an die Weisheit dieser europäischen Gesetzgebung zu glauben. Ich läugne gar nicht, Sir, daß ich nicht alle Handelsregulirungen, welche die Weisheit der königlichen Räthe eingeführt hat, mit Bewunderung betrachte. Die Aufrichtigkeit befiehlt, daß ich diese Wahrheit eingestehe; doch was hat dies mit der Brigantine in der Runden Bucht zu schaffen?«

»Es ist überflüssig, einem in Handelsangelegenheiten so Eingeweihten von dem Schiffe, die Wassernixe, oder dessen gesetzlosem

Befehlshaber, dem berüchtigten Streicher durch die Meere, eine Schilderung zu geben.«

»Sie sind doch nicht etwa im Begriff, Herr Capitän, den Alderman Van Beverout anzuschuldigen, daß er mit einem solchen Menschen in Verbindung stehe!« rief der Bürger, indem er gleichsam unwillkührlich aufstand und offenbar mit Unwillen und Befremdung ein paar Schritte zurücktrat.

»Sir, mein Auftrag lautet nicht dahin, daß ich irgend einen königlichen Unterthan anklage. Meine Pflicht ist die, die Interessen der Königin auf der See zu beschützen, ihren erklärten Feinden mich zu widersetzen, und ihre königliche Prärogative aufrecht zu erhalten.«

»Eine ehrenvolle Beschäftigung, die auch, wie ich nicht zweifle, ehrenvoll vollzogen wird. Nehmen Sie Ihren Sitz wieder ein, Sir, denn ich sehe voraus, der Schluß unserer Conferenz wird so ausfallen, wie er zwischen einem Sohn des verstorbenen höchst achtbaren königlichen Raths und dem Freunde seines Vaters ausfallen soll. Sie haben also Ursache zu glauben, daß diese Brigantine, die sich so unerwartet in der Runden Bucht zeigt, in einem entfernten Zusammenhange mit »dem Streicher durch die Meere« stehe, wie?« »Ich halte das Fahrzeug für die berühmte Wassernixe selbst, und folglich den Befehlshaber desselben für den wohlbekannten Abenteurer.«

»Nun ja, Sir, es kann seyn. Ich bin nicht im Stande, zu sagen, ob Sie irren oder nicht, – aber was sollte ein solcher Vogelfreier hier vor den Kanonen eines königlichen Kreuzers zu thun haben?«

»Herr Alderman, Ihnen ist nicht unbekannt, daß ich ein Bewunderer Ihrer Nichte bin.«

»Ich habe es vermuthet, Sir;« erwiederte der Bürger, in dem Glauben, daß er die vom Capitän gewünschte Verständigung schon etwas klarer durchschaue, aber entschlossen, erst den Werth der Einräumungen, die Jener zu machen bereit sey, genauer kennen zu lernen, ehe er sich auf einen Tausch einlasse, den er nach reiferer Ueberlegung bereuen könnte. »In der That, wir haben sogar schon davon gesprochen.«

»Diese Bewunderung veranlaßte mich vergangene Nacht, Ihre Villa zu besuchen.«

»Freilich eine nur zu wohl begründete Thatsache.«

»Ich nahm von dort«... Ludlow stotterte hier, als wenn er ängstlich wäre, das rechte Wort zu finden.

»Alida Barbérie.«

»Alida Barbérie!«

»Nun ja, Sir, meine Nichte, oder wie Sie vielleicht lieber hören, meine Erbin, nicht minder als die des alten Etienne de Barbérie. Die Seefahrt war kurz, mein Herr Capitän, und doch wird sie reiche Prisengelder bringen, es müßte denn vielleicht zu Gunsten eines Theils der Ladung der Anspruch auf neutrale Privilegien für gültig anerkannt werden.«

»Sir, wie angenehm auch Ihr Scherz ist, so habe ich doch keine Muße, ihn zu genießen. Daß ich in *Cour des Fées* gewesen bin, will ich nicht läugnen, denn ich glaube, unter obwaltenden Umständen wird die schöne Barbérie über diese« Eingeständniß nicht zürnen.«

»Traun, die Hexe müßte, nach dem, was vorgefallen ist, ganz besonders zimperlich seyn.«

»Ich mag mir über nichts, was meine Pflicht nicht angeht, ein Urtheil anmaßen. Der Wunsch, meiner königlichen Gebieterin zu dienen, veranlaßte mich, einen Seemann von sonderbarem Anzuge und verwegenem Benehmen in mein Schiff einzuführen. Sie werden den Menschen kennen, Herr Van Beverout, wenn ich Ihnen sage, daß er bei Ihrer Abfahrt von der Stadt Ihr Schiffsgenosse war.«

»Ganz recht; ich gestehe, es befand sich in dem Fährboot ein Matrose von der langen Seereise, der mir, meiner Nichte und Herrn Oloff Van Staats viel Befremden und einige Unruhe verursachte.«

Ludlow fuhr, wie Jemand, den man nicht so leicht irre macht, lächelnd fort:

»Schon gut. Sir. – Diesem Menschen gelang es, mich, unter der Verpflichtung eines halb erpreßten Versprechens, zu bewegen, ihn landen zu lassen. Wir fuhren zusammen in den Fluß ein, und betraten gemeinschaftlich Ihren Grund und Boden.«

Jetzt fing der Alderman an, mit Spannung und Angst auf jede Sylbe zu lauschen. Als er indessen bemerkte, daß Ludlow inne hielt und ruhigen stetigen Blickes seine Züge beobachtete, bemühete er sich, seine Fassung wieder zu gewinnen, affectirte nur gewöhnliche Neugierde, und winkte dem Andern, fortzufahren.

»Ich weiß nicht, ob ich dem Alderman Van Beverout etwas Neues sage,« nahm Ludlow wieder auf, »wenn ich noch hinzufüge, daß der Kerl mich ungestört in den Pavillon treten ließ, dann aber mir mit einer Bande gesetzloser Menschen auflauerte, nachdem er vorher glücklich die Mannschaft meiner Barke zu Gefangenen gemacht hatte.« »Potz Arrestation und Haftbefehle! was sagen Sie da?« rief der Bürger, mit starker und hastiger Sprache, wie sie ihm natürlich war, wenn er sich über Etwas verwunderte. »Das ist ja das Erste, was ich von der Affaire höre. Affaire! verzeihen Sie, daß ich es mit keinem stärkern Namen belege.«

Ludlow schien es Genugthuung zu geben, als er an dem ungeheuchelten Erstaunen seines Gefährten sah, daß diesem die Ursache, die ihn zu »Lust in Ruh‹ festhielt, wirklich unbekannt war.

»Es würde nicht geschehen seyn, Sir, wenn meine Leute eben so aufmerksam gewacht hätten, als die List tief angelegt war,« fuhr er fort. »Allein meine Bedeckung war nur gering, und da ich mich von den Mitteln, mein Schiff zu erreichen, entblößt sah, so« –

»Ich verstehe schon, Herr Capitän; Sie brauchen nicht so ausführlich zu seyn; Sie begaben sich an's Werft, und« –

»Kann seyn, Sir, daß ich mehr meinen Gefühlen, als meiner Pflicht Gehör gab,« bemerkte Ludlow, hoch erröthend, als er sah, daß der Bürger inne hielt, sich zu räuspern. »Ich kehrte nach dem Pavillon zurück, wo«...

»Sie eine Nichte überredeten, die Pflicht zu vergessen, die sie ihrem Onkel und Beschützer schuldig ist.«

»Herr, diese Beschuldigung ist, sowohl in Beziehung auf die junge Dame, als auf mich selbst eine harte, unverantwortliche. Ich weiß einen Unterschied zu machen zwischen dem sehr natürlichen Wunsch, gewisse, von den Gesetzen untersagte Waaren zu besitzen, und einer überdachteren, geldsüchtigen Beeinträchtigung des Staatseinkommens. Der Putz, welcher in meiner Gegenwart der schönen Barbérie angeboten wurde, war von so ausgesuchter Art, daß es wohl wenig Mädchen von ihren Jahren gibt, welche der Versuchung, sich ihn anzueignen, widerstehen würden, zumal da das Aergste, was es zur Folge haben könnte, bloß der Verlust der Waare wäre, da diese schon in's Land eingeführt war.« »Eine sehr richtige Unterscheidung, eine sehr richtige! ich sehe schon, wir werden nicht, ohne uns verständigt zu haben, wieder auseinander gehen. Wußt' ich's doch, daß mein alter Freund, der Rath, nicht vernachlässigen würde, seinem Sohne Grundsätze beizubringen, noch dazu, da er ein Fach ergreifen wollte, das mit so vieler Verantwortlichkeit verbunden ist. – Meine Nichte beging also die Unklugheit, einen Contrebande-Händler bei sich zu sehen?«

»Herr Alderman Van Beverout, Boote waren zwischen Ihrem Landungsplatze und der Brigantine in der Runden Bucht in voller Thätigkeit. Ja, eine Pirogue ist um die außergewöhnlichste Zeit, um Mitternacht, aus dem Fluß nach der Stadt abgesegelt!«

»Sir, das läßt sich nicht anders machen; wenn Menschenhände ein Boot in Bewegung setzen, so kann's nicht still stehen bleiben: aber was geht das mich an? Sind Waaren in die Provinz eingefühlt worden, die keinen Zoll bezahlen, ei nun, dann suche man sie auf und confiscire sie, und wenn Freihändler sich an der Küste blicken lassen, je nun, so fange man sie doch. Wär' es nicht gut, ungesäumt sich in die Stadt zu begeben, und dem Gouverneur anzuzeigen, daß diese fremde Brigantine hier vor Anker liegt?«

»Ich habe andere Absichten. Wenn, wie Sie sagen, wirklich Waarengüter die Bai hinaufgebracht worden sind, so ist es jetzt nicht mehr Zeit, sie einzuholen; hingegen ist es nicht zu spät, einen Versuch zu machen, jenes Schiffes habhaft zu werden. Nun wünschte ich aber diese Pflicht, so viel als sich nur immer mit meiner Amtstreue verträgt, ohne Nachtheil für in gutem Ruf stehende Leute auszuführen.«

»Sir, ich lobe diese Mäßigung. Nicht als ob Zeugniß gegen irgend Jemand außer der Mannschaft der Brigantine vorhanden wäre, sondern weil der Credit eine zarte Blume ist, und zart behandelt seyn will. Ich sehe eine Auskunft, wie wir einig werden können; indeß wollen wir schuldigermaßen zuerst Ihre Vorschläge anhören, da Sie, so zu sagen, mit der Autorität der Königin sprechen. Nur wollte ich noch erinnern, daß die Bedingungen mäßig seyn sollten, zwischen Freunden – oder, wie ich vielleicht sagen sollte, Herr Capitän, zwischen Verwandten.«

»Sehr schmeichelhaft, Sir«, erwiederte der junge Seemann mit einem entzückten Lächeln. »Erlauben Sie mir nur erst Zutritt in den bezaubernden Feenhof, nur auf einen Augenblick.«

»Diese Gunst kann Ihnen nicht gut versagt werden, der Sie ja gewissermaßen nunmehr das Recht haben, zu jeder Ihnen beliebigen Zeit in den Pavillon einzutreten,« versetzte der Alderman, und ging ohne Zaudern voran durch den langen Corridor, den Weg nach den verödeten Gemächern seiner Nichte zeigend, indem er in Einem fortfuhr, auf dieselbe Weise, wie während des ganzen bisherigen Gesprächs zweideutige Anspielungen auf die Vorfälle der letzten Nacht zu machen. »Ich werde nicht unbillig seyn, junger Herr; hier ist der Pavillon meiner Nichte, ich wünschte hinzufügen zu können: und hier dessen Bewohnerin!«

»Nun, bewohnt denn die schöne Barbérie die *Cour des Fées* nicht mehr?« fragte Ludlow mit unverkennbarem Erstaunen.

Der Alderman blickte seinerseits den jungen Mann mit fast eben so großer Verwunderung an. Einen Augenblick erwog er bei sich selbst, inwiefern der Offizier es für seinen Vortheil halten konnte, vor dem Abschluß der Verhandlung sein Wissen von der Flucht des Mädchens zu läugnen, und dann bemerkte er trocken: »Boote sind während der Nacht auf dem Wasser thätig gewesen. Wenn Capitän Ludlow's Leute Anfangs eingesperrt wurden, so werden sie ja wahrscheinlich zur rechten Zeit wieder freigelassen worden seyn.«

»Ich weiß nicht, an welchen Ort man sie gebracht hat; auch meine Barke ist fort, und ich bin ganz allein hier.«

»Soll das so viel heißen, Herr Capitän, daß Alida Barbérie nicht in Ihrem Schiff Zuflucht genommen habe, als sie in der letzten Nacht mein Haus verließ?« »Verließ!« wiederholte der junge Capitän mit Entsetzen. *Alida de Barbérie* hat das Haus ihres Onkels verlassen?«

»Herr Capitän, ich sehe, Sie spielen nicht Comödie. Sagen Sie mir auf Ihr Ehrenwort, ist Ihnen die Abwesenheit meiner Nichte unbekannt?«

Der Commandeur antwortete nicht, sondern schlug sich vor die Stirn, und erstickte einige dem Andern unverständlich gebliebene Worte. Nachdem dieses augenblickliche Hervorbrechen des Gefühls vorüber war, sank er in einen Stuhl und schauete in dumpfer Betäubung um sich her. Von diesem ganzen Geberdenspiel vermochte der Alderman sich nichts zu erklären; inzwischen fing es ihm doch an, einzuleuchten, daß bei dem abzuschließenden Vertrag mit seinem Gefährten noch mehr Bedingungen außer dessen Macht zu erfüllen liegen dürften, als er Anfangs gefürchtet hatte. Trotz dieser dunkeln Ahnung aber war das Mißverständniß immer verwickelter. Der Capitän saß, wie gesagt, in düstrer Bestürzung da; der Alderman, aus Furcht, mehr zu sagen, als die Klugheit billigte, schwieg ebenfalls, und so entstand eine minutenlange Pause voll gegenseitiger Bestürzung. Endlich fing der Alderman wieder an:

»Ich will Ihnen nur gestehen, Capitän Ludlow, daß ich glaubte, Sie hätten meine Nichte vermocht, an Bord der Coquette zu flüchten; denn obgleich ich ein Mann bin, der stets Herr seiner Gefühle geblieben ist, – als die sicherste Art, seine Privatangelegenheiten zu betreiben, – so weiß ich doch recht gut, daß die rasche Jugend sich oft Thorheiten zu Schulden kommen läßt. Ich bin jetzt nicht weniger als Sie selbst darüber im Dunkeln, was aus meiner Nichte geworden sey, denn hier ist sie nicht.«

»Halt!« unterbrach ihn Ludlow hastig. »Früh am Morgen segelte ein Boot vom Werft nach der Stadt: Ist es möglich, daß sie sich darin befunden hat?«

»Nicht möglich. Ich weiß es ganz gewiß – kurz, mein Herr, sie war *nicht* darin.« »So ist das unglückliche, liebenswürdige, rasche Mädchen auf immer sich selbst und uns verloren!« rief der junge Seemann unter Seufzern, die den tiefsten Gram bekundeten. »Unvorsichtiger, habgieriger Mann! zu welcher wahnsinnigen Handlung hat dieser Ihr Golddurst ein so schönes – ach, daß ich hinzufügen dürfte, so reines und unschuldiges Wesen getrieben!«

Während aber der heftige Schmerz des Liebenden sich in so wenig gemessenen Ausdrücken Luft machte, saß der Oheim der schönen Sünderin in Erstaunen versunken da. Hatte auch die liebenswürdige Barbérie dem Anstande und der Zurückhaltung ihres Geschlechts stets so wenig vergeben, daß selbst ihre Anbeter über die

Richtung ihrer Neigung in Ungewißheit blieben, so hegte doch der beobachtende Alderman schon längst den Verdacht, daß der feurige, offenherzige und männliche Befehlshaber der Coquette über den in seinem Aeußern so kalten, in seinen Annäherungen so umsichtigen Patroon den Sieg davon tragen würde. Als daher die Flucht Alida's augenfällig wurde, schloß er ganz natürlich, das Mädchen habe sich dem jungen Seemann ohne Weiteres in die Arme geworfen, und somit den geradesten Weg eingeschlagen, alle seine Pläne zu Gunsten des Gutsherrn von Kinderhook zu nichte zu machen. Die Gesetze in den Colonien legten der Gültigkeit einer solchen Verbindung wenig Hindernisse in den Weg, und als Ludlow diesen Morgen sich zeigte, so glaubte der Alte fest, er sehe in ihm Einen, der, wenn er nicht schon wirklich sein Neffe war, es unvermeidlich werden müßte. Allein der Kummer des in seinen Hoffnungen getäuschten jungen Mannes war ungeheuchelt, und der verwirrte Rathsherr, seine anfängliche Meinung nunmehr nicht haltbar findend, schien durchaus nicht im Stande, die geringste Vermuthung zu fassen, was aus seiner Nichte geworden sey. Es war mehr Verwunderung, als Seelenleiden, was ihn erfüllte, und er saß, das breite Kinn auf Zeigefinger und Daumen lehnend, wie ein Mensch, der innerlich einen schwierigen Fall von allen Seiten betrachtet, und ihm irgend eine versprechende abzugewinnen bemüht ist.

»Potz Löcher und Schlupfwinkel!« polterte er nach langem Schweigen, »die eigensinnige Lose wird ja doch nicht Versteckens mit ihren Freunden spielen! Die Dirne verrieth stets zu viel von dem Stolz der Familie de Barbérie und von ihrem hohen normannischen Geblüt, wie der Hausnarr von altem Lakaien da sich auszudrücken pflegt, als daß sie sich zu solchen Kindereien herablassen könnte. Fort ist sie, so viel ist gewiß;« setzte er, mit noch einem Blick nach den leeren Fächern und Schränken, hinzu, »und die Kostbarkeiten sind mit ihr verschwunden. Die Guitarre fehlt; die Laute, die ich ausdrücklich jenseits des Oceans kaufen ließ, ein herrlich klingendes holländisches Instrument, das nicht einen Stüber weniger als hundert Gilders gekostet hat, ist auch nicht da, und alle die neuerlich angeschafften Sachen sind nicht mehr zu sehen. Und dort, wo ihrer Mutter Juwelen standen, die sie auf mein Zureden mitnahm, damit sie nicht während unserer Abwesenheit abhanden kämen, sehe ich nur noch die leere Stelle. François! François, du lang geprüfter Diener von Etienne Barbérie, sag', was zum Teufel ist denn aus deiner Herrschaft geworden?«

»*Mais, monsieur,* erwiederte der trostlose Bediente, dessen anstandsvolles Gesicht alle Züge unzweideutigen Grams zeigte, »sie nichts hat gesagt dem *pauvre François.* Ich glaube, *Monsieur* frage lieber den Herrn *Capitaine,* der wird's wahrscheinlich wissen, *vraisemblablement.*«

Der Bürger überflog Ludlow's Angesicht noch einmal verdachtvoll, schüttelte aber dann, von der Aufrichtigkeit des jungen Mannes überzeugt, den Kopf.

»Geh, bitte Herrn Van Staats von Kinderhook, uns mit seiner Gesellschaft zu beehren.«

»Halt,« rief Ludlow, und winkte dem alten Diener, sich zurückzuziehen. »Herr Beverout, ein Oheim sollte gegen den Irrthum einer so Theuren, wie dieses grausame, unbesonnene Mädchen, schonend verfahren. Sie können doch unmöglich daran denken, sie einem so schrecklichen Loose preiszugeben.«

»Es ist mein Hang nicht, Sir, irgend etwas preiszugeben, worauf ich gerechten, gesetzmäßigen Anspruch habe. Doch, Sie sprechen in Räthseln: ist Ihnen der Ort, wo sich meine Nichte verborgen hält, bekannt, so reden Sie frei heraus, und lassen Sie mich diejenigen Maßregeln ergreifen, welche der Fall erfordert.«

Ludlow's Züge entflammten bis an die Haarwurzeln, und er hatte einen harten Kampf gegen seinen Stolz und sein inniges Bedauern zu bestehen.

»Der Versuch, den Schritt zu verheimlichen, welchen Alida de Barbérie zu thun für gut gefunden hat, ist vergeblich,« sagte er, und in seinen Zügen spielte ein Lächeln so bitter, wie beißender Spott; »sie hat eine würdigere Wahl getroffen, als Sie oder ich geglaubt hätten, hat einen Gefährten gefunden, der sich für ihren Stand, Charakter und Geschlecht besser paßt, als Van Staats von Kinderhook oder der arme Commandeur eines königlichen Schiffes.«

»Alle Seefahrer und Gutsbesitzer! Was, im Namen alles Geheimnißvollen frage ich, was willst Du damit sagen? Hier ist das Mädchen nicht, am Bord der Coquette, sagst Du, sey sie auch nicht, mithin bleibt nur –«

»Die Brigantine,« stöhnte der junge Seemann so, daß man merken konnte, wie viel es ihn kostete, das Wort auszusprechen.

»Die Brigantine!« wiederholte der Alderman in gezogenem Tone. »Meine Nichte kann am Bord eines Contrebande-Händlers nichts zu schaffen haben; das heißt, Alida Barbérie gibt sich nicht mit kaufmännischen Angelegenheiten ab.«

»Herr Alderman Van Beverout, wenn wir der Ansteckung des Lasters entgehen wollen, so müssen wir jede Gemeinschaft mit demselben vermeiden. Es befand sich vergangene Nacht Jemand im Pavillon, von einer Miene und einer Zuversicht, welche einen Engel hätte verführen können. O, Weib, Weib! deine Seele ist aus Eitelkeit zusammengesetzt, und dein ärgster Feind ist deine Einbildungskraft!«

»Hol' der Henker die Eitelkeit und die Weiber!« donnerte der Bürger zurück. Wie, meine Nichte, die Erbin des alten Etienne Marie de Barbérie, das Mädchen, um welche so viele ehrenvolle, angesehene Männer sich eifrig bewarben, davongegangen mit einem Seewanderer! – das heißt, wenn Ihre Meinung von dem Charakter der Brigantine gegründet seyn sollte. Nein, die Vermuthung kann nicht richtig seyn, es ist zu unwahrscheinlich.«

»Sir, das Auge eines Liebenden ist doch vielleicht schärfer, als das eines Vormunds; – nennen Sie's Eifersucht, wenn Sie wollen, – wollte der Himmel, mein Verdacht wäre grundlos! – aber wenn sie nicht dort ist, wo ist sie?«

Der Alderman fing an in seiner Meinung zu schwanken. Und in der That, wars nicht die Blendkraft jenes schwärmerischen Auges, jenes verführerischen Lächelns, jener seltenen Schönheit des Gesichts; war's der geheime, oft unwiderstehliche Zauber nicht, der hohe persönliche Reize umwebt, zumal im Halbdunkel des Geheimnißvollen; war's dies nicht, was die schöne Barbérie verleitete, was war es, und wohin hatte sie sich geflüchtet?

Diese Betrachtungen beschäftigten jetzt die Gedanken des Alderman, wie sie die Brust Ludlow's schon früher mit Qual erfüllt hatten. Mit der Ueberlegung fing allmählich auch die Ueberzeugung an, Kraft zu gewinnen. Bei dem Liebenden war die Wahrheit ein Blitz, der erhellend durch sein von Eifersucht geschärftes Gemüth zuckte; nicht so bei dem bedächtigen, berechnenden Kaufmann: er erwog jeden Umstand, welcher während der Unterredung zwischen dem Contrebande-Händler und seiner Nichte vorgefallen seyn konnte, vergegenwärtigte sich das Wesen und Betragen des Ersteren, entwarf ein allgemeines, unbestimmtes Bild von der Macht der Neuheit und des Romantischen auf die weibliche Phantasie, und weilte lange und geheimnißvoll bei einigen, nur ihm bekannten Thatsachen, bis er endlich dahin kam, dasselbe Urtheil zu fällen, welches dem andern der Instinct der Eifersucht ohne alles Nachdenken eingegeben hatte.

»Potz Weiber und Grillen!« brummte der Bürger, als er mit Grübeln fertig war. »Ihre Einfälle sind so ungewiß, wie eine Fahrt auf dem Wallfischfang, oder die Ausbeute eines Waidmannes. Herr Capitän, Ihre Hülfe wird in dieser Sache vonnöthen seyn, und da es vielleicht noch nicht zu spät ist, da es wenig Priester auf der Brigantine geben mag – das heißt, wenn sie wirklich das ist, was Sie behaupten, so sieht meine Nichte ihren Irrthum vielleicht noch ein, und fühlt sich geneigt, so viele Aufmerksamkeit und Anhänglichkeit zu belohnen.«

»Meine Dienste werden stets bereit seyn, so lange sie Alida Barbérie nützlich seyn können,« erwiederte der junge Offizier hastig, aber dennoch etwas kalt. »Es wird Zeit genug seyn, von Belohnung zu sprechen, nachdem unsre Bemühungen Erfolg gehabt haben.«

»Je weniger Lärm von einer kleinen häuslichen Ungelegenheit gemacht wird, desto besser; ich schlage daher unmaßgeblich vor, daß wir unsern Verdacht hinsichtlich des Schiffs für's Erste, bis wir genauer unterrichtet sind, geheim halten.«

Der Capitän machte eine einwilligende Verbeugung.

»Und nun, da wir über die vorläufigen Punkte gleicher Ansicht find, wollen wir den Patroon von Kinderhook aufsuchen; er hat ein Recht auf unser Vertrauen.«

Hierauf verließen sie den leeren, trauererregenden Pavillon; Myndert ging voran, und zwar mit einem Schritte, fest und geschäftig wie zuvor, und einem Gesicht, auf welchem Verdruß und Ermüdung weit sichtbarer waren, als wirklicher Gram.

Vierzehntes Kapitel.

>>Ich geb' Dir einen Wind.
Viel Dank, mein Kind.
Und ich einen andern.
Ich selbst hab' alle andern.<<

Macbeth.

Die Wolke über der Mündung des Rariton war nicht in die Höhe gegangen: im Gegentheil, der Wind stand noch immer seewärts, und die Brigantine in der Runden Bucht, so wie der königliche Kreuzer, lagen noch vor ihren Ankern, zwei schwimmenden Wohnungen gleich, die stets an Ort und Stelle bleiben sollten. Es war um die Stunde, wo man bestimmt angeben kann, was man den Tag über für Wetter behalten werde, und nicht mehr daran zu denken, daß sich heute noch ein Landwind einstellen würde, der es dem Fahrzeuge des Freihändlers möglich machte, vor der Wiederkehr der Abendfluth aus dem kleinen Meereseinschnitt herauszukommen.

Die Fenster in >>Lust in Ruh<< standen offen, als Zeichen, daß die Herrschaft da sey, und die Dienerschaft war innerhalb und in der Umgebung der Villa bei ihren gewöhnlichen Beschäftigungen, obgleich sie häufig in versteckten Winkeln bei einander stehen blieben, und sich flüsternd zusammen unterhielten – ein offenbarer Beweis, daß die unbegreifliche Abwesenheit ihrer Herrin sie verwunderte. In jeder anderen Hinsicht war die Villa und das Gelände umher wie immer ruhig und dem Anschein nach verlassen.

Aber unter dem Schatten einer Eiche am Rande der Runden Bucht, an einem Punkt, wo sich selten ein Mensch zu zeigen pflegte, stand eine kleine Gruppe Menschen beisammen, harrend, als wenn sie eine Mittheilung von der Brigantine erwarteten, da sie an einer solchen Stelle des Meereinschnitts Posto gefaßt hatten und so zurückgezogen standen, daß sie von Leuten, welche bei der Mündung des Shrewsbury vorbeikamen, nicht bemerkt werden konnten. Kurz, sie befanden sich auf dem langen, niedrigen und schmalen Sandsaum, welche jetzt den Landvorsprung Hook bildet, der aber, durch die zeitweilige Durchbrechung zwischen den Gewässern der Runden Bucht und denen des Ozeans, damals eine Insel war.

»Das Wort: *Geheim* sollte das Motto jedes Kaufmanns seyn,« bemerkte Einer aus der Gruppe, dessen Name wir dem Leser schon nach Aufführung dieser einen Sentenz nicht mehr zu nennen brauchen. »Der Kaufmann muß geheim seyn in seinem Handel, geheim in der Art und Weise wie er ihn führt, geheim in seinem Creditwesen, vor allem aber geheim in seinen Speculationen. Ein vernünftiger Mann, meine Herren, kann seine Haushaltung schon allein in Ordnung halten, und bedarf nicht gleich der Hülfe der Polizei; eben so wenig hat ein kluger Kaufmann nöthig, die Geschichte seiner Operationen auf dem öffentlichen Markt auszuposaunen.« Um so willkommener aber ist mir der Beistand zwei so würdiger Männer als Kapitän Ludlow und Herr Oloff Van Staats, da ich weiß, daß durch sie kein unnützes Geschwätz über die vorgefallene Kleinigkeit in Gang gesetzt werden wird. – Aha, der Schwarze hat schon Antwort von dem Freihändler – das heißt, wenn Herrn Ludlow's Meinung von dem Charakter des Fahrzeugs wirklich gegründet seyn sollte – und stößt eben ab von der Brigantine.«

Ohne auf die Bemerkungen des Alderman zu antworten, beobachteten seine beiden Gefährten die Bewegung des Kahns, in welchem sich ihr Abgesandter befand, und jeder von Beiden schien gleich großen Antheil an dem Ergebniß der Botschaft zu nehmen. Aber der Neger, statt nach der Stelle hinzufahren, wo sein Herr und dessen zwei Freunde ihn erwarteten, die, wie er wissen mußte, ohne das Boot nicht wieder zurück konnten, ruderte gerade auf die Flußmündung zu, also der Richtung, die er nehmen sollte, schnurstracks entgegengesetzt.

»Verwünschter Ungehorsam!« tobte der erzürnte Gebieter. »Der unehrerbietige Hund läßt uns hier auf dieser Sandenge im Stich, wo wir so total von aller Verbindung mit dem Innern abgeschnitten sind, von allen Nachrichten über den Stand der Preise, und von jedem andern Lebensbedürfniß, wie mitten in der Wüste!«

»Hier kommt Einer, wahrscheinlich mit der Absicht, uns zu einer Unterredung zu bringen,« nahm Ludlow das Wort, da sein geübtes Auge ein von der Brigantine abstoßendes Boot zuerst entdeckte, und die Gegend, auf die es loszusteuern im Begriffe war, errieth.

Der junge Commandeur hatte nicht geirrt: ein kleiner Cutter schwamm, leicht und schnell wie eine Wasserblase, nach dem Ufer zu, wo die drei Erwartenden saßen. Als sie nahe genug gekommen waren, um genau recognosciren und ohne Anstrengung hörbar anreden zu können, stellten die Leute das Rudern ein, und ließen das Boot stille stehen. Jetzt erhob sich dicht am Steuer der Matrose mit dem indischen Shawl und durchspähete sorgsamen, verdachtvollen Blickes das hinter der Gruppe befindliche Dickicht, worauf er seiner Mannschaft den Wink gab, den Cutter näher an's Land zu bringen und dann mit der Miene eines Menschen, der um den Zweck des versammelten Haufens nichts wußte, unbefangen fragte:

»Wer hat mit Leuten von der Brigantine Geschäfte abzumachen? Sie hat wenig mehr übrig, was Profit abwerfen könnte, sie müßte denn ihre eigene Schönheit feilbieten.«

»Fürwahr, guter Fremde,« erwiederte der Rathsherr, das letzte Wort stark betonend, »hier ist Niemand, der Neigung zu einem Handel verspürte, welcher, wenn er bekannt würde, das Mißfallen der Behörden nach sich ziehen könnte. Wir wünschen eine Zusammenkunft mit dem Befehlshaber jenes Fahrzeugs in einer wichtigen Privatangelegenheit.«

»Was soll denn der Offizier dabei? Ich sehe dort Einen in der Livrée der Königin Anna. Wir sind keine Freunde von den Dienern Ihrer Majestät, und möchten nicht gern unangenehme Bekanntschaften machen.« Ludlow, aufgebracht über die kaltblütige Unverschämtheit des Menschen, der ihn schon einmal mit so wenig Umständen behandelt hatte, biß sich beinahe die Lippe durch, um seinen Zorn zurück zu halten, und der Stolz auf seinen Rang oder vielleicht auch nur die im Amte angeeignete Gewohnheit ließ ihn auf einen Augenblick den Zweck seines Kommens ganz vergessen, und mit der hochfahrenden Rede dreinfallen:

»Wenn Ihr die Livrée des königlichen Ansehens erblickt, so müßt Ihr wissen, daß sie Jemand trägt, welcher beauftragt ist, den königlichen Rechten Achtung zu verschaffen. Ihr sollt mir Namen und Charakter der Brigantine dort angeben; ich befehle es.«

»Ihrem Charakter geht es wie dem jeder andern Schönen; er ist in bösem Leumund, ja Einige gehen in ihrem Neide so weit, daß sie ihn einen bescholtenen nennen! Doch wir, die wir sie bemannen, sind muntere Matrosen, und kümmern uns wenig um das verrückte Zeug, das man unserer Gebieterin nachsagt. Was ihren Namen betrifft, so antworten wir auf jeden deutlich gesprochenen und ehrlich gemeinten Ruf: Nennen Sie sie, in Ermangelung des Registers »Ehrlichkeit« wenn Sie wollen.«

»Es ist Grund zu starkem Verdacht vorhanden, daß Euer Fahrzeug ein gesetzwidriges Gewerbe treibe; ich verlange daher, im Namen der Königin, Durchsicht der Schiffspapiere und die Freiheit, Ladung und Mannschaft streng zu untersuchen. Im Weigerungsfall wird sie mit den Kanonen des Kreuzers, der dort in der Nähe liegt, und nur auf Ordre wartet, Bekanntschaft machen müssen.«

»Es braucht keinen Gelehrten, unsere Documente zu lesen, Kapitän Ludlow, denn sie sind mit einem leichten Kiel auf den wogenden Gewässern geschrieben, und daß sie authentisch find, wird Der schon finden, der unserm Kielwasser folgt. Wenn Sie unsere Ladung durchsehen wollen, so begeben Sie sich auf den nächsten Ball, der im Fort gegeben wird, und lassen Sie des Gouverneurs Lady mit ihren Handkrausen, Kragen und Brusttüchern die Musterung passiren; auch kann ihnen der genaue Anblick der Segel, welche über den Reifröcken der Frau und Töchter Eures Admiralitäts-Richters ausgespannt sind, zu einiger Kenntniß verhelfen. Wir sind keine Käsekrämer, daß ein enternder Offizier auf unserm Verdeck sich an Kisten und Tonnen das Schienbein zerstieße.«

»Kerl, Eure Brigantine muß ja doch einen Namen haben, und im Namen der Königin befehle ich, ihn anzugeben.«

»Verhüte der Himmel, daß irgend Jemand hier der Königin ihr Recht streitig machen sollte! Sie sind ein Seemann, Capitän Ludlow, und haben mithin ein Auge für die Schönheit eines Fahrzeugs, nicht minder als für die eines Weibes. Sehen Sie die Rundungen dieses Bugs an! So anmuthig, so reich senkt sich keine Schulterlinie; der Lauf dieser Seitenplanken übertrifft die regelgerechteste zarteste Taille, und was sind die weichen Umrisse einer Venus gegen die schwellenden Wellenlinien jener Querhölzer? O, es ist ein bezauberndes Geschöpf! und da es auf dem Wasser schwimmt, so heißt es mit Recht –«

»Die Wassernixe!« endigte Ludlow, als Jener mitten inne hielt.

»Sie verdienen selbst der Schwesterschaft anzugehören, da Sie eine solche Gabe des Weissagens und Errathens besitzen.«

»Verwunderung und Erstaunen, Patroon!« rief Myndert mit einem gewaltigen Räuspern. »Dies ist ja eine Entdeckung, welche einem ehrbaren Kaufmann mehr Unruhe verursachen kann, als das pflichtvergessene Betragen von fünfzig Nichten! Also dieses Fahrzeug ist die berüchtigte Brigantine des notorischen *Meerdurchstreichers*, eines Menschen, dessen Unthaten im Handel so allgemein bekannt sind, wie die Zahlungseinstellung eines Großhändlers. Hören Sie, Herr Seemann, setzen Sie kein Mißtrauen in unsere Absichten. Wir sind von keiner Landesbehörde abgeschickt, um Eure bisherigen Verhältnisse auszukundschaften, so daß Ihr nicht nöthig habt, davon etwas zu erwähnen; noch weniger sind wir gekommen, um gierigen Durst nach Gewinnst durch gesetzlich verbotenen Handel zu befriedigen. Wir wünschen nichts weiter, als einen Augenblick Unterredung über eine uns Drei gemeinschaftlich angehende Sache mit dem berühmten Freihändler und Wanderer, der, wenn Euer Bericht Wahrheit ist, das Fahrzeug befehligt. Diesen Offizier der Königin zwingt sein Amt, Euch gewisse Fragen vorzulegen; ob Ihr sie beantworten wollt, bleibt darum nicht weniger Euch anheim gestellt, wie sich auch nicht anders erwarten läßt, in Betracht, daß der Kreuzer Ihrer Majestät nicht innerhalb Schußweite liegt; aber mehr zu thun, hat der Herr Capitän jetzt wenigstens nicht im Sinn. Potz Parlamentiren und Höflichthun, Herr Capitän! wir müssen fein säuberlich mit dem Menschen sprechen, sonst steuert er ab und läßt uns zusehen, wie wir über den Kanal und nach »Lust in Ruh« zurück gelangen, und zwar mit so leerer Hand, als wie wir hierher gekommen sind. Vergessen Sie nicht, was wir miteinander ausgemacht haben; wenn Sie sich daran nicht halten wollen, so ziehe ich mich von dem Abenteuer ganz zurück.«

Ludlow biß sich in die Lippe und schwieg. Der Matrose mit dem Shawl, oder, wie er öfter schon genannt worden ist, Meister Ruderpinne, recognoscirte noch einmal den Hintergrund scharf, und ließ dann sein Boot so nahe an's Land kommen, daß man bei'm Spiegel einsteigen konnte.

»Treten Sie herein,« sagte er zum Capitän der Coquette, der es sich nicht zum zweitenmale sagen ließ; »ein schätzbarer Geißel ist eine sichere Bürgschaft bei einem Waffenstillstand. Der Seestreicher ist kein Feind von guter Gesellschaft, und ich habe den Diener der Königin schon gebührend mit Angabe des Namens und Standes angemeldet.«

»Kerl, magst Du immerhin wegen des Erfolgs deines Betruges eine Zeit lang triumphiren, aber vergiß nicht, daß die Coquette –«

»Ein gesundes Boot ist, dessen Fähigkeiten ich nach dessen eigenem Minutenglas abgemessen habe.« bemerkte Ruderpinne, indem er dem andern ganz ungenirt das Wort abnahm. »Da Sie jedoch jetzt mit dem Seestreicher Geschäfte abzumachen haben, so wollen wir hievon ein andermal mehr sprechen.«

Der Matrose vom Shawl, welcher sein früheres trotziges Benehmen bisher behauptet hatte, ward jetzt ernst, und befahl seiner Mannschaft in einem gebieterischen Tone, das Boot nach der Brigantine zurückzurudern.

Die Thaten, der geheimnißvolle Charakter und die Verwegenheit der Wassernixe und Dessen, der sie steuerte, waren in jenen Tagen der häufige Gegenstand des Zorns, der Bewunderung und des Erstaunens. Diejenigen, welche an dem miraculösen Vergnügen fanden, konnten nicht satt werden, von den Wundern zu hören, die man sich von ihrer Eile und Kühnheit erzählte; Solche, deren häufige Versuche, den waghalsigen Contrebande-Händlern das Handwerk zu legen, gescheitert waren, entflammten, wenn ihr Name genannt wurde; aber Aller bemächtigte sich auf gleiche Weise hohes Erstaunen über das Glück und den Scharfsinn, unter deren Gunst und Leitung der Wassernixe Bewegungen standen. Man wird es daher sehr natürlich finden, daß Ludlow und der Patroon sich dem leichten anmuthigen Gebäude mit einer Theilnahme näherten, die mit jedem Ruderschlage stärker ward. Der Seemannsstand hob sich in jenem Zeitalter durch ganz besondere Eigenthümlichkeiten hervor, und unterschied sich von den übrigen Klassen der Gesellschaft durch eigene Sitten und Ansichten. Auch dem Charakter unsers jungen Commandeurs waren die letzteren so sehr natürlich geworden, daß er die richtigen Verhältnisse, die zarten Umrisse des Rumpfs, die bis in's Kleinste genaue Gleichmäßigkeit und Nettigkeit der Spieren und Taue unmöglich anschauen konnte, ohne ein Gefühl zu verspüren, das dem sehr ähnlich war, welches unläugbare Ueberlegenheit selbst in der Brust eine« Nebenbuhlers erregt. Der Styl derjenigen Theile an der herlichen Maschine, die bloß als Verzierungen dienten, war nicht minder geschmackvoll, und erregte eben so viel Bewunderung als die Gestalt und Auftakelung des Schiffes. Zu allen Zeiten und in jeder Periode der Schifffahrtskunde, bestand unter den Seeleuten der Ehrgeiz, ihre schwimmenden Wohnungen mit Zierrathen zu versehen, welche nicht bloß im Einklange mit ihrem flüssigen Elemente stünden, sondern auch an den architektonischen Ton erinnerten, der in ihrem Vaterlande herrschte. Religion, Aberglaube und Volksgebräuche üben gleichen Einfluß auf die bezeichnenden Schnörkeleien, die noch jetzt in allen Gegenden der Erde die Außenseite der Schiffe deutlich von einander unterscheiden. An dem einen stellt das Schnitzwerk am Kopf des Steuers ein häßliches Ungeheuer vor; aus dem Krahnbalken eines anderen stieren Augen, oder hängt eine lange Zunge hervor; auf einem dritten prangt an den Mallen, oder an den Backen des Schiffes der Schutzheilige, oder die immer gütige Maria im Hoch-Relief, während ein viertes mit allegorischen Sinnbildern des Vaterlandes oder des Seedienstes übersäet ist. Wenige dieser Leistungen nautischer Bildhauerei sind gelungen zu nennen, obgleich ein besserer Geschmack allmählich anfängt, auch diesen Zweig menschlicher Industrie aus dem Schutt der Barbarei und Rohheit hervor- und zu einem Zustande zu erheben, der die hochgespannten Forderungen der Zeit nicht verletze. Das Fahrzeug aber, das jetzt unsre Feder beschäftigt, obgleich in jenem entfernten Alter erbaut, würde selbst der künstlerischen Ausbildung unsrer Tage Ehre gemacht haben.

Daß der Rumpf dieses berühmten Schmugglerschiffes niedrig, dunkel, mit ganz vorzüglicher Geschicklichkeit gezeichnet, und so richtig balancirt war, daß es sich ungezwungen wie ein Seevogel auf seinem Element bewegte – ist schon erwähnt worden. Bis zu einiger Höhe vom Wasserrand zeigte es ein Blau, das an Durchsichtigkeit mit der Farbe der hohen See wetteiferte (mit Kupfer pflegte man damals die Schiffe noch nicht zu beschlagen)! die höheren Theile waren schwarz wie Ebenholz, sanft gehoben durch zwei strohgelbe Linien, welche, mit mathematischer Genauigkeit gezeichnet, mit der Ebne der oberen Werke parallel liefen, und folglich unter der Gilling des Spiegels, mit einer leisen Biegung abwärts zur Wasserfläche, aufeinanderstießen. Die auf dem Verdeck Befindlichen waren durch glanzfarbige Hängemattentücher dem Blick entzogen, und die gedrängten Bollwerke gaben der Brigantine das Aussehen eines zum Krieg gerüsteten Fahrzeugs. Nicht zufrieden hiermit, ließ Ludlow den neugierigen Blick an den zwei strohfarbenen Linien entlang laufen, doch vergebens! nichts verrieth ihm das Kaliber und die Anzahl des Geschützes. Wenn das Schiff überhaupt Stückpforten hatte, so waren sie so geschickt verborgen, daß sein schärfster Blick sie nicht entdecken konnte. Die Beschaffenheit der Takelage haben wir schon beschrieben. Wenn, wie bei der Brigantine, der Hintermast Segel- und Spierenwerk eines Schoners führt, der Vordermast aber das einer Brigg, so daß das Fahrzeug die Eigenschaften beider Schiffsgattungen in sich vereinigt, so hat es in der Seemannssprache den familiären Namen Zwitter. Man könnte nach dieser Benennung leicht auf die Idee gerathen, daß es solchen Structuren an dem die Schönheit bedingenden Ebenmaaß fehlte, allein man vergesse nicht, daß es nur eine Abweichung von herkömmlichen Kunstregeln war; die allgemeinen und dauernden Gesetze, die den Reiz der Natur ausmachen, waren nicht verletzt worden. Die zierlichen Glasmodelle, welche die Maschinerie auf einem Schiffe anschaulich machen, können die verschiedenen Linien nicht so genau und wahr wiedergeben, als die Taue und Spieren dieser Brigantine. Kein Seil schwebte in falscher Richtung; kein Segel, das nicht aussah, als wenn eine ordnungsliebende Hausfrau dessen Falten gelegt hätte, und nach den strengsten Regeln der Symmetrie stieg jeder Mast empor, reckte jede Raa die Arme aus. Alles an der Brigantine war lustig, geist- und anmuthsvoll, und lieh dem Bau das Ansehen, als sey er so leicht und geflügelt wie eine Luftgestalt. Während das Boot sich näherte, wendete sich das leichtschwimmende Fahrzeug im Luftzuge gleich einer Wetterfahne, und als so die langen, gespitzten Linien des Focks zum Vorschein kamen, sah Ludlow unter dem Bugspriet ein Bild, welches eine allegorische Anspielung auf den Charakter des Schiffs zu seyn schien. Auf dem Vorsprung des Schaftes stand eine weibliche Gestalt, die des Bildners höchste Kunst geschaffen hatte. Sie ruhte leicht auf dem Ballen des einen Fußes, der andere schwebte in ungezwungener Haltung, so daß das Ganze mit der luftigen Attitüde des Borghesischen Merkurs hohe Aehnlichkeit hatte. Die nicht überfüllte Draperie wehte wie im Winde und war, gleichsam als hätte sie die Tinten des Elements, über welchem sie flatterte, eingesogen, hell meergrün. Das

Gesicht zeigte jene dunkle Bronzfarbe, die der menschliche Geist fast zu allen Zeiten als die passendste erachtet hat, den Ausdruck des Uebermenschlichen darzustellen. Das reiche Haar flog wild, der Sinn im Auge brachte unwiderstehlich im Beschauenden die Idee eines Zauberblickes hervor, und den Mund umspielte ein so seltsam sprechendes, ironisches Lächeln, daß der junge Seemann, so wie er es gewahr ward, zurückschrack, als wäre sein Blick auf ein lebendiges Wesen gestoßen.

»Potz schwarze Kunst und Hexerei!« brummte her Alderman, als auch sein Gesicht dieses ungewöhnliche Bild plötzlich traf: »Das ist ein frech blickendes Mensch! die wär' im Stande, den königlichen Schatz selbst ohne Gewissensbisse zu plündern! Sie haben junge Augen, Patroon; was ist's, das die Muthwillige so unverschämt über den Kopf emporhält?«

»Es scheint ein offenes Buch, dessen Seiten mit rothen Buchstaben beschrieben sind. Man braucht kein Zauberer zu seyn, um zu errathen, daß es kein Auszug aus der Bibel ist.«

»Noch aus dem Gesetzbuch der Königin Anna. Was gilt's, es ist ihr Hauptbuch, worin der Gewinnst, den sie auf ihren vielen Wanderungen gemacht hat, aufgeführt steht. Potz Blinzeln und Aeugeln! der kühne Blick der dreisten Creatur reicht hin, einen ehrlichen Mann ganz schamroth zu machen!«

»Willst Du das Motto der Nixe lesen?« fragte Der mit dem indischen Shawl, welcher, wenig Acht gebend auf das, was seiner Gefährten Blicke so sehr auf sich zog, bis jetzt damit beschäftigt gewesen war, die Rüstung der Brigantine Stück für Stück zu prüfen. – »Die Nachtluft hat das Tauwerk an dem oberen Klüverbaum dort zu straff angezogen, ihr Kerle; er rümpft die Nase wie ein ekler Londoner, wenn er Salzwasser riecht! Merkt's Euch, und bringt die Stange wieder in die gehörige Richtung, wenn Ihr keinen Verweis von der Zauberin haben wollt, die ihre Glieder, wie Ihr wißt, nicht gern in verrenktem Zustande sieht. Hier, meine Herren; es ist zwar nicht möglich, das Gemüth der Frauen ganz zu ergründen, aber die Gesinnung dieser Dame ist ziemlich deutlich zu lesen.«

Während der paar Worte an seine Mannschaft hatte Ruderpine die Richtung des Bootes geändert, und der Bewegung seiner Hand gehorchend, stand es bald dicht unter dem phantastischen bedeutsamen Gebilde, das wir so eben zu schildern versuchten. Nunmehr ließen sich die rothen Buchstaben unterscheiden, und nachdem der alte Rathsherr seine Brille aufgesetzt hatte, konnte jeder der Passagiere folgende Sentenz lesen:

»– Wiewohl ich weder leih' noch borge.
Um Ueberschuß zu geben oder nehmen,
Doch will ich, weil mein Freund es dringend braucht,
Die Sitte brechen.«

»Die eherne Stirn!« rief Myndert, nachdem er diese Anführung aus dem unsterblichen Barden[13] gelesen hatte, »dringend oder nicht dringend, Niemand kann wünschen, der Freund eines so unverschämten Dinges zu seyn. Einem ehrbaren Handelsmann, er sey nun aus Venedig oder Amsterdam, solche Gesinnungen zuzutrauen! Laßt uns die Brigantine besteigen, Freund Matrose, damit das Verhältniß bald ein Ende nehme, sonst legt der böse Leumund diesem unserm Besuch noch Gott weiß was für Beweggründe unter.«

Das reisemüde Schiff hat das Meer zu tief gepflügt, als daß es jetzt so geschwind segelfertig seyn sollte; gemach, wir langen ohne so eilig zu seyn, noch zeitig genug im Hafen an. Willst Du nicht noch einen Blick in's Buch der dunkelfarbigen Dame werfen? Eines Weibes Sinn läßt sich nie aus ihrer ersten Antwort errathen!«

Bei diesen Worten hob er die Stange, die er in der Hand hatte, und drehte damit ein metallenes Blatt um, dessen Scharnier so künstlich angebracht war, baß man es gar nicht sah. Auf einer neuen Fläche zeigte sich ein zweites Motto.

Was ist es? was ist es, Patroon?« fragte der Bürger, der offenbar zur Verschwiegenheit der Zauberin kein sonderliches Vertrauen hatte. »Potz Narrheiten und Reimereien! so machen es alle Frauen: hat die Natur ihnen die Zunge versagt, so erfinden sie andere Sprachmittel.«

»Schwärmer über See und Land
Drehen so im Kreise sich;

---

[13] Die Stelle ist aus dem Kaufmann von Venedig

Dreimal dein, und dreimal dein,
Dreimal noch, so macht es neun.«[14]

»Baarer Unsinn!« fuhr der Kaufmann fort. »Wenn es Leute gibt, die im Stande sind, aus ihren Vorräthen dreimal dreifachen Gewinnst zu ziehen, desto besser für sie; aber glauben Sie mir, Patroon, es ist schon ein blühender Handel, dem's gelingt, den Werth seiner Speculationen zu verdoppeln, und zwar mit erklecklichem Risico und nach Monaten geduldigen Wartens.«

»Wir haben noch andere Blätter,« nahm nun Ruderpinne wieder auf, »doch unsere Geschäfte drängen, wir dürfen uns nicht länger aufhalten. Bei hinlänglicher Muße und passender Gelegenheit kann Einer viel gute Dinge in den Blättern der Zauberin lesen. Wenn's Windstille ist, gebe ich mich oft daran, ihr Buch zu studiren, und es trifft sich selten, daß sie eine und dieselbe Lehre zweimal wiederholt, wie diese wackeren Seeleute beschwören können.«

Die Matrosen an den Riemen bestätigten diese Behauptung mit ernstem, gläubigen Gesicht, während ihr Oberer das Boot von der Stelle weglenkte, und das über seinem eigenen Elemente schwimmende Bild der Wassernixe der Einsamkeit überließ.

Unter Denen auf dem Verdeck der Brigantine erregte die Ankunft des Cutters kein Aufsehen. Der Matrose mit dem Shawl hieß seine Passagiere herzlich willkommen und überließ sie dann auf einige Minuten ungestört ihren Beobachtungen, da der Dienst ihn in's Innere des Schiffes rief. Sie ließen diese Augenblicke nicht unbenutzt verfließen; von mächtiger Neugierde getrieben, schauten die drei Fremden sich mit dem Eifer um, mit welchem man die Erscheinung eines berühmten, längst dem Rufe nach gekannten Gegenstandes zu betrachten pflegt. Selbst Alderman Van Beverout, das konnte man deutlich sehen, war noch nie so tief in die Geheimnisse der schönen Brigantine gedrungen als jetzt. Wer aber am meisten Belehrung während der kurzen Gelegenheit sammelte, das war Ludlow: sein Kennerblick überflog gierig und prüfend Alles, was für einen Seemann Interesse hatte.

---

[14] Aus Macbeth

Ueberall herrschte eine bewundernswürdige Sauberkeit. Die Deckplanken glichen mehr der Arbeit eines Kunsttischlers, als der rohen des Schiffszimmermanns, und dieselbe Vorzüglichkeit des Materials und Vollendung in der Ausarbeitung war sichtbar an den Decken der lichtvollen Bollwerke, an dem Gitterwerk und an allen übrigen Gegenständen, die in der Einrichtung eines Gebäudes dieser Gattung solche Stellen einnehmen, daß sie nothwendig in's Gesicht fallen. An vielen Theilen, wo Metall nöthig ist, hatte man das Messing geschmackvoll, nicht verschwenderisch in Anwendung gebracht; im Uebrigen war das Innere des Schiffes mit einem hellen, gefälligen Strohgelb angestrichen. Waffenrüstung war nicht da, wenigstens keine zu sehen, und die fünfzehn bis zwanzig ernstschauenden Matrosen, welche mit verschlungenen Armen müßig auf dem Deck spazieren gingen, hatten durchaus nicht das Aussehen von Leuten, die an gewaltsamen Auftritten Gefallen finden. Sie waren alle, ohne eine einzige Ausnahme, Männer von mittlerem Alter, mit Gesichtern, auf welchen sich die Spuren der Strapazen mit denen des Denkens vereinigten, und Vielen darunter begann das Haupthaar grau zu werden, mehr aus Alter, als aus Beschwerlichkeiten, die sie schon erfahren hätten. So viel hatte Ludlow während der Abwesenheit des Meisters Ruderpinne auszumitteln vermocht. Als dieser jedoch wieder aufs Verdeck kam, zeigte er so wenig Mißfallen an der Neugier der Fremden, daß er sie selbst auf die Vollkommenheiten seiner Wohnung aufmerksam machte.

»Die Zauberin ist ein Sonderling, aber sie behandelt ihre Anhänger nicht knickermäßig,« sagte er, als er bemerkte, womit der Offizier der Königin beschäftigt war. »Sie sehen, der Seestreicher behält hier in seinen Kajüten Raum genug für einen Admiral, und die Bursche haben ihre Logis weit jenseits des Fockmastes. Willst Du nicht an die Luke herantreten und hinabschauen?«

Der Capitän und seine Gefährten kamen der Aufforderung nach, und der Erstere bemerkte zu seinem Erstaunen, daß, mit Ausnahme eines kleinen Raums, in Gestalt eines Zimmers, an dessen Seiten rund umher große, wasserdichte Kasten so angebracht waren, daß der Blick gleich darauf stieß, der ganze übrige Schiffsraum zur Bequemlichkeit der Offiziere und der Mannschaft verwendet war.

»Die Welt gibt uns den Ruf von Freihändlern,« fuhr Ruderpinne mit einem boshaften Lächeln fort;»doch das Admiralitäts-Tribunal mit seinen Alongeperüken und Amtsstäben, Richtern und Geschworenen mag sich hierher begeben, es soll ihm nicht leicht werden, uns zu überführen. Hier unterm Deck haben wir Eisen, um das Fußwerk der Dame in gutem Stand zu halten, Wasser mit einiger Zugabe aus Jamaica, Weine aus Alt-Spanien und den Inseln, um meinen Kameraden das Herz zu erquicken und die Kehle zu kühlen – weiter ist nichts da. Hinter jenen Schotten liegen unsere Vorräthe für die Tafel und gegen den Sturm; und hier, gerade unter Ihnen, sind leere Kisten. Schauen Sie, eine ist eben offen; sie ist so reinlich wie nur immer ein Fach in einer Damen-Garderobe. Das ist kein Raum für holländischen Branntewein, noch für die groben Häute eines Tabakshändlers. Wahrhaftig! wer vermittelst des Geruchs ausfinden will, woraus die Ladung der Wassernixe bestehe, der muß den beatlaßten Schönen, den Geistlichen in ihren Talaren und Bäfchen folgen. Es würde viel Wehklagen in der Kirche und manchen bekümmerten Bischof geben, sollte man einmal hören, daß dem guten Schiffchen ein Leid widerfahren sey.«

»Diesem frechen Spiel mit den Gesetzen muß ein Ziel gesetzt werden,« – sagte Ludlow, »und die Zeit ist vielleicht näher, als Ihr vermuthet.«

»Ich ziehe jeden Morgen mit Tagesanbruch das Buch der Dame zu Rathe, denn die Sage geht am Bord, daß wenn sie vorhat, uns einen Streich zu spielen, sie uns wenigstens eine redliche Warnung nicht versage. Die Sinnsprüche wechseln, aber ihre Worte sind stets Wahrheit. Herr Capitän, Herr Capitän, es ist schwer, den treibenden Nebel einzuholen, und Derjenige, welcher lange in unserer Gesellschaft zu bleiben wünscht, muß ziemlich gleichen Schritt mit dem Winde halten.«

»Ist ja doch schon so mancher prahlerische Seemann erwischt worden. Ein anderer Wind ist gut für das Gefäß von leichter Wassertragt, ein anderer für den tiefen Kiel. Du erlebst es vielleicht noch, zu erfahren, was eine tüchtige Spiere, ein weittragender Arm und ein stetig ausdauernder Rumpf vermögen.«

»Bewahre uns die Dame mit dem wilden Auge und dem boshaften Lächeln! Fadentief habe ich schon die Zauberin im Salzwasser begraben gesehen, gesehen, wie die glänzenden Wassertropfen gleich goldnen Sternen aus ihren Locken fielen, allein ihre Blätter haben mir noch nie Unwahrheit verkündet. Zwischen ihr und gewissen Leuten am Bord herrscht ein gutes Einverständniß, und glauben Sie mir, sie kennt des Oceans Pfade zu gut, um je auf falschem Lauf zu steuern. Doch, wir plaudern da, wie geschwätzige Philister von Flußschiffern. Willst Du den Streicher durch die Meere sprechen?«

»Deßhalb sind wir hierhergekommen,« erwiederte Ludlow, dessen Herz bei'm Namen des schreckbaren Piraten heftig pochte. »Wenn Du es nicht bist, so bring' uns zu ihm.«

»Sprich leiser; hört die Dame unter dem Bugspriet solche verrätherischen Worte gegen ihren Liebling, so stehe ich für ihr Wohlwollen nicht ein. Wenn ich es nicht bin!« setzte der Held vom indischen Shawl hinzu, und lachte herzlich dabei. »Na was schadet es, ein einzelnes Meer kann sich nun einmal nicht mit dem Ocean messen, und ein Meerbusen ist natürlich größer, als eine Bai. Sie sollen Gelegenheit haben, nobler Capitän, zwischen uns einen Unterschied zu machen, und wer klug ist, mag dann selbst urtheilen. Kommen Sie.«

Hierauf stieg er in die Luke hinab, seinen Gefährten vorangehend, nach den Gemächern in dem Spiegel des Schiffes.

Fünfzehntes Kapitel.

>>Grüß' Euch Gott, Sir! –
Und Euch, Sir; Ihr seyd willkommen.
Reist Ihr, oder seyd Ihr schon am Ziel?<<

Zähmung der bösen Sieben.

War die Oberfläche der Brigantine von anmuthiger Gestalt und
seltener Anordnung, so bot ihr Inneres noch Bemerkenswertheres
dar. Unter dem Hauptdeck befanden sich zwei Kammern, eine auf
jeder Seite des beschränkten, zur Aufnahme der geringen aber
werthvollen Ladung bestimmten Raumes. In eine dieser Kammern
war Ruderpinne hinabgestiegen, unbefangen, wie Jemand, der in
sein eigenes Gemach eintritt; allein etwas höher und mehr nach
dem Schiffsspiegel zu, zog sich eine Flucht kleiner Gemächer entlang, in deren Einrichtung und Verzierung ein ganz verschiedener
Styl herrschte. Die Ausstattung war die einer Yacht und weit über
alle diejenigen Bequemlichkeiten erhaben, womit man hätte glauben sollen, daß ein Contrebande-Händler, selbst der erfolgreichste,
Geschmack oder Mittel genug hätte, sich zu umgeben.

Das Hauptdeck war so gut gebaut, daß es, von der hintersten
Schotte der geringeren Offizierskajüten anhebend, sich mehrere Fuß
senkte; auf diese Weise war die nöthige Höhe gewonnen, ohne
deswegen mit der Strook-Linie[15] in Berührung zu kommen, und die
Einrichtung von keinem Beobachter, der sich nicht auf dem Schiffe
selbst befand, zu erkennen. Nachdem die Fremden eine oder zwei
Stufen hinabgetreten waren, kamen sie in den Kajütengang und von
da in ein Vorzimmer, wo, wie die Möblirung andeutete, die Bedienten sich aufzuhalten pflegten. Auf dem Tische stand eine kleine
silberne Schelle, mit welcher Ruderpinne leise klingelte, ein Beweis,
daß nicht seine ihm eigenthümliche ungenirte Weise, sondern die
Ehrerbietung vor dem Vorgesetzten ihm die Hand lenkte. Auf diesen Ruf erschien ein Knabe von höchstens zehn Jahren, dessen An-

---

[15] Die Linie, welche im Elevationsplan den krummen Lauf der Seitenplanken
anzeigt. D. U.

zug so phantasiereich war, daß wir ihn der Schilderung werth halten.

Der Stoff der Kleidung dieses jugendlichen Satelliten Neptuns war hell rosafarbene Seide; die Façon der ähnlich, wie man sie früher an den Pagenröcken der Großen sah. Als Gürtel trug er ein goldenes Band um den Leib, Hals und Schultern umwallte eine Krause der feinsten Brabanter Spitzen, und selbst seine Füße bedeckten ein paar spanische Halbstiefeln, die mit ächten Spitzen und massiven goldenen Troddeln besetzt waren. »O Schande! o Verschwendung!« brummte der Alderman, als dieser außerordentliche, kleine Aufwärter auf des Seemannes Ruf seine Erscheinung machte. »Wie üppig, muthwillig da mit den Waaren umgegangen ist! da kann man sehen, wie es ist, wenn Waaren wohlfeil sind, und der Handel frei von Fesseln. Auf den Schultern des Bürschchens da hängen Brabanter genug, Patroon, um den Brustlatz der Königin damit auszuschmücken. Beim h. Georg, die Güter müssen Spottpreise gehabt haben, als dem jungen Schelm die Livree angemessen wurde!«

Aber nicht auf den minutiösen und sparsamen Bürger allein beschränkte sich die Verwunderung. Gleiches Erstaunen offenbarte sich auch in Ludlow und Van Staats von Kinderhook, obgleich auf eine minder eigenthümliche Weise. Sie befanden sich nunmehr mit dem seltsamen Pagen allein, und mithin in der Nothwendigkeit, ihn zu befragen, was noch zu thun sey, um zu einer Unterredung mit seinem Gebieter zu gelangen.

»Wer bist Du, Kind, und wer hat dich hierher geschickt?« fragte Ludlow. Der Knabe zog sein seidenes Barret, das von derselben Rosafarbe, wie seine übrige Kleidung, und an dessen Vorderseite auch das Bild eines weiblichen, ironisch-lachenden Wesens, äußerst künstlerisch gezeichnet war. Auf dieses wies er hin, als er antwortete:

»Ich diene der meergrünen Dame, wie die Anderen auf der Brigantine.«

»Und wer ist denn diese Dame von seichter See, und woher kommst Du denn eigentlich?«

»Dies ist ihr Porträt, wenn Sie sie zu sprechen wünschen, sie steht auf dem Schaft, und steht Jedem gern Rede.«

»Das ist ja lächerlich; wie kann eine hölzerne Gestalt die Gabe des Sprechens haben?«

»Hältst Du sie denn von Holz!« erwiederte das Kind, furchtsam und doch neugierig Ludlow in's Gesicht schauend. »Andere haben das auch schon gesagt, doch die am besten Unterrichteten wollen es nicht zugeben. Sie spricht freilich nicht mit der Zunge, aber das Buch hat stets eine Antwort in Bereitschaft.«

»O des argen Betrugs, den man dem Aberglauben dieses Knaben spielt! – Kleiner, in dem Buche habe ich gelesen, aber nur wenig Sinn darin finden können.« »So lesen Sie noch einmal. Ein Schiff unter dem Winde muß mehr als einmal laviren, wenn es die Luv gewinnen will. Mein Herr hat mir befohlen, Sie hineinzuführen.« –

»Bleib' noch; – Du hast also nicht blos die Dame, von der Du uns erzählt, zur Herrschaft, sondern auch einen Herrn. Wer ist denn Dein Herr?«

Der Knabe lächelte und ließ den Blick seitwärts schweifen, als nehme er Anstand, diese Frage zu beantworten.

»Du mußt Dich nicht weigern, zu antworten; ich komme mit der Autorität der Königin.«

»Er sagt uns, daß die meergrüne Dame unsere Königin ist, und daß wir keine andere haben.«

»Potz Unvorsichtigkeit und Rebellion!« brummte Myndert vor sich hin; »bei dieser Tollkühnheit fällt die hübscheste Brigantine, die je die engen Gewässer beschiffte, noch in die Hände der Behörden; und der Gerüchte, welche dann in Umlauf kommen, der Reputationen, die dann zu Grunde gehen, würden so viele seyn, daß alle Lästermäuler in Amerika sich daran müde schwatzten.«

»Das ist ein kühner Unterthan, der so was zu sagen wagt!« versetzte Ludlow, ohne Rücksicht auf das Nebenspiel des Aldermans; »Dein Herr hat doch einen Namen?«

»Wir hören ihn nie. Wenn Neptun unter den Wendezirkeln zu uns kommt, ruft er immer den »Streicher durch die Meere«, und auf diesen Anruf hören sie. Der alte Gott kennt uns recht gut, denn wir passiren seine Breite öfter als andere Schiffe, sagt man mir.« »Du verrichtest also Matrosendienste in der Brigantine; hast gewiß schon viele entfernte Gestade betreten, da Du zu einem solchen Schnellsegler gehörst.«

»Ich; – ich war nie auf dem trocknen Lande,« erwiederte der Knabe nachdenklich. »Es muß drollig seyn, sich darauf zu befinden; ich höre, man kann kaum gehen, so unbeweglich ist es! Ich legte der meergrünen Dame eine Frage vor, ehe wir in diesen schmalen Kanal einfuhren, um zu erfahren, wann ich einmal die Küste betreten dürfte.«

»Und sie antwortete?«

»Erst dauerte es einige Zeit. Zwei Wachen gingen vorüber, ehe ein Wort zu sehen war, doch endlich kriegte ich die Zeilen. Ich glaube, sie hatte mich zum Besten, aber ich getraute mir nicht, sie dem Herrn zu zeigen, daß er es mir sagte.«

»Hast Du die Worte bei Dir? vielleicht können wir sie Dir erklären; einige unter uns sind ziemlich bewandert zur See.«

Der Knabe schaute furchtsam und spähend um sich her, und holte dann hastig zwei bekritzelte Stückchen Papier aus der Tasche, die beide so zerknittert waren, daß man sehen konnte, der Knabe hatte sie oft durchstudirt.

»Hier,« sagte er, mit unterdrückter Stimme, fast flüsternd; »dies stand auf dem ersten Blatte. Ich hatte große Furcht, daß die Dame vielleicht böse seyn könnte, daher wagte ich's die ganze Wache nicht mehr aufzublicken; als ich in der darauf folgenden wieder hinschaute, fand ich« (das zweite Papierschnitzel zeigend) »dieses.«

Ludlow nahm das zuerst dargebotene Stückchen Papier, und las, in der Hand eines Kindes geschrieben, folgenden Auszug:

> – »O bitte!
> Bedenk', ich hab' Dir braven Dienst gethan;
> Ich log Dir nie was vor, versah Dir nichts«.
> Und murrt' und schmollte niemals.«[16]

---

[16] Diese und die bald darauf folgende Stelle sind aus Shakspeare's Sturm

»Ich glaubte,« fuhr der Knabe fort, als er an dem Blick des jungen Capitäns bemerkte, daß er die Stelle ausgelesen habe; »die Dame äffe mir aus Spott nach, denn es glich sehr, nur in schöneren Worten, dem was ich selbst gesagt hatte.«

»Und das da war die zweite Antwort?«

»Dies fand ich in der Tagwache,« erwiederte das Kind und las den Auszug selbst:

»Du achtest groß es, zu betreten
Der salz'gen Tiefe Schlamm,
Zu rennen auf des Nordens scharfem Wind.«

»Ich wagte nie eine zweite Frage. Es schadet auch nicht viel, der trockne Boden soll rauh seyn, und schwer darauf zu gehen, und die Erdbeben erschüttern ihn und öffnen Klüfte, so groß, daß sie ganze Städte verschlingen; die Menschen sollen einander auf den Heerstraßen des Geldes wegen tödten, und die Häuser, die ich auf den Bergen liegen sehe, sollen immer an einer und derselben Stelle bleiben müssen. Es muß sehr traurig seyn, immer auf demselben Fleck zu wohnen, und das Seltsamste von Allem ist, keine Bewegung jemals zu fühlen!«

»Als etwa das Schütteln eines Erdbebens! Bleib' Du zu Schiffe, Kind, es ist besser für Dich; – – aber dein Herr, der Streicher durch die Meere, –«

»St!« rief flüsternd der Knabe, mit aufgehobenem Finger Stillschweigen empfehlend. »Er ist so eben in die große Kajüte gekommen. Wir werden gleich sein Signal zum Eintreten hören.«

Jetzt folgten einige leise stimmende Guitarrentöne von Jemandem im nächsten Zimmer und gleich darauf eine Melodie, rasch und prächtig ausgeführt.

»Alida selbst ist nicht geschwindfingeriger,« raunte der Alderman den Anderen zu; »ich habe das Mädchen nie mit größerer Lebendigkeit auf der holländischen Laute, die hundert Gilders kostete, spielen hören.«

Ludlow winkte ihm, daß er doch schweigen möchte. Eine schöne männliche Stimme, von herrlichem Metall und Tiefe, sang zur Begleitung des genannten Instruments. Die Melodie ging ernst und durchaus abweichend von dem, was in der geselligen Sangweise des Seelebens herkömmlich ist, denn sie war meist im Recitativ gehalten. Die Worte, so weit sie sich unterscheiden ließen, lauteten wie folgt:

> Mein Schiffchen fein!
> Von schönem Bau und zierlicher Gestalt
> Schwebst auf der Wogen Gipfel Du einher.
> Und schaukelst spielend unter Sturmgewalt,
> Der leichten Möve gleich, von Meer zu Meer;
> Du Herrin mein!
>
> O Dame mein!
> Wer zieht wie Du auf unbestånd'ger Spur
> Mit sichrer'm Kiel die vorgeschrieb'ne Bahn?
> Uns schreckt sie nicht, des Oceans Natur,
> Uns füllt mit Lust der heulende Orkan!
> Denn wir sind dein!
>
> Du Schiffchen mein!
> Dich nimmt ein Genius in sein Geleit,
> Dich schützt ein Auge, schauend in die Fern'
> Geheimnißvoll glänzt in der Dunkelheit
> Der meeresgrünen Wassernixe Stern;
> Mein Schiffchen fein!«

17

---

17 Vielen unserer Leserinnen und Leser ist es gewiß angenehm, das Original selbst kennen zu lernen; wir fügen es daher bei, damit sie sich über die in der Übersetzung verloren gegangenen Schönheiten nicht zu sehr zu beklagen haben:
My brigantine!
Just in thy mould, and beauteous in thy form,
Gentle in roll, and buoyant on the surge,
Light as the sea-fowl, rocking in the storm,
In breeze and gale, thy onward course we urge;
My water queen!
Lady of mine!
More light and swift than thou, none thread the sea,

»So singt er oft,« flüsterte der Knabe, als das Lied beendigt war, »denn die meergrüne Dame soll die Musik, welche vom Ocean und von ihrer Macht spricht, gern haben. – Horch! er hat befohlen, einzutreten.«

»Er hat ja bloß eine Guitarrensaite noch einmal berührt, Knabe.«

»Das ist sein Zeichen bei schönem Wetter. Wenn der Wind saust und das Wasser rauscht, pflegt er auf eine andere Weise zu rufen.«

Gern hätte Ludlow mehr gehört, allein der Knabe öffnete eine Thür, winkte den Fremden, die er einzuführen hatte, vorwärts, und verschwand stumm hinter einen Vorhang.

Beim Eintritt in die Hauptkajüte der Brigantine fanden die Drei, namentlich aber der junge Kommandeur der Coquette, neuen Grund zum Bewundern und Erstaunen. Das Gemach war, im Verhältniß zum Gehalt des Fahrzeuges, hoch und geräumig. Sein Licht erhielt es von einigen im Spiegel angebrachten Fenstern, die auch zugleich, wie sich bald erkennen ließ, zwei kleinere Zimmer, an jeder Hauptwand eins, erleuchteten. Der Raum zwischen den Staatsgemächern, wie man diese beiden Zimmer in der Seemannssprache nennt, bildete natürlich eine starke Vertiefung. Dieser Alkoven konnte von der Frontseite der Kajüte abgesperrt werden, durch einen carmoisin-damastenen Vorhang, welcher in Festons an einer als Karnieß geschnitzten vergoldeten Kranzleiste hing. Längs der Spiegelwrangen war eine Reihe üppig schwellender, mit rothem Maroquin überzogener Kissen gelegt, in Form eines Divans, und gegen die Schotte jedes Staatsgemachs lehnte ein kurzes Sopha aus Mahagony, mit demselben Zeuge ausgeschlagen. Nette, geschmackvoll gearbeitete Bücherfächer hingen an verschiedenen

---

With surer keel, or steadier on its path,
We brave each waste of ocean-mystery,
And laugh to hear the howling tempest's wrath!
For we are thine!
My brigantine!
Trust to the mystic power that points thy way,
Trust to the eye that pierces from afar,
Trust the red meteors that around thee play,
And fearless trust the sea-green lady's star;
Thou bark divine!«

Stellen und die so eben erst gebrauchte Guitarre lag auf einem kleinen Tische von einem seltenen, kostbaren Holz, welcher in der Mitte der beschriebenen Vertiefung stand. Noch andere Gegenstände, welche zur Unterhaltung eines gebildeten, vielleicht zu gleicher Zeit mehr weibisch verfeinerten, als kräftigen Geistes dienen, lagen zerstreut umher, von denen einige offenbar lange unberührt geblieben waren, andere aber kürzlich die Lieblingsbeschäftigung abgegeben hatten.

Der vordere Theil der Kajüte war im ähnlichen Styl möblirt, – enthielt jedoch weit mehr von denjenigen Gegenständen, die zum gewöhnlichen häuslichen Bedarf gehören. Er hatte sein Sopha, seine Reihen Kissen, seine Stühle von schönem Holze, seine Bücherfächer, mehrere Instrumente, die lange vernachlässigt schienen; alles dieses stand und lag zwischen Gerätschaften von soliderem Aussehen und dauernderem Gebrauch, welche so eingerichtet waren, daß sie durch die heftige, in kleineren Schiffen oft unvermeidliche Bewegung nicht aus ihrem Platze gerückt wurden. Ein schmales Gehänge carmoisinfarbenen Damasts umsäumte das ganze Gemach, und hier und da war ein kleiner Spiegel in die Schotten und Decken eingerahmt. Das Uebrige der Wände bestand aus schön geädertem Mahagony, gehoben durch eine Täfelung von Rosenholz, welche der ganzen Einrichtung der Kajüte die letzte Vollendung gab. Den Fußboden bedeckte eine ausgesucht fein gewebte Matte, deren frischer Wohlgeruch verkündete, daß der Halm, aus dem das Gewebe bestand, das Erzeugnis eines warmen, üppigen Clima's war. Auch hier konnte Ludlow's scharfes Auge, eben so wenig wie in irgend einem anderen Theile des Schiffes, nicht die geringste Spur von Waffen entdecken; nicht einmal ein Pistol oder ein Schwert hing an den Stellen, wo diese Waffengattungen in allen Kriegs- und Kauffahrteischiffen gewöhnlich zu sehen sind, um bei der Hand zu seyn, wenn Verteidigung oder Angriff sie nöthig machen.

Im Mittelpunkt der Vertiefung stand der jugendliche außerordentliche Mensch, welcher in der vergangenen Nacht mit so wenig Umständen in der Cour des Fées einen Besuch abgestattet hatte. Seine Kleidung, dem Schnitt und Stoffe nach, glich ziemlich der damals geschilderten, obgleich es nicht dieselbe war, da auf dem Brusttheil der seidenen Jacke, die er jetzt trug, das Bild der meergrünen Dame mit vollendeter Kunst und so ähnlich gezeichnet war, daß sich der wilde unirdische Ausdruck des Urbildes darin voll-kommen wiederholte. Der Träger dieses seltsamen Schmuckes stand da, leicht gegen den kleinen Tisch angelehnt, und als er seine Gäste mit einer ruhigen Verbeugung empfing, umleuchtete sein Antlitz ein Lächeln, welches ebenso sehr der Melancholie als der Höflichkeit angehörte. Er nahm während der Verbeugung die Müt-ze ab, so daß die reichen rabenschwarzen Locken, mit welchen die Natur ihn so freigebig bedacht hatte, um seine Stirn wallten und sie umdüsterten.

Nicht so unbefangen war das Wesen der Eintretenden. Ludlow und der Patroon waren so erfüllt von Erstaunen und Neugierde, daß sie den Zweck ihres Kommens, der ihre Gemüther vorher so ganz beschäftigt hatte, fast aus den Augen verloren, und was den Alderman Van Beverout betrifft, so bemächtigte sich seiner eine gewisse Scheu und furchtsame Berechnung der Folgen, welche dieser merkwürdige Besuch am Bord des notorischen Smugglers nach sich ziehen konnte, – für den Gedanken an seine Nichte blieb wenig Raum in seinem Kaufmannsgeist. Den Gruß ihres Wirths erwiderten alle, aber keiner wollte zuerst sprechen.

»Ich habe, wie ich höre, das Vergnügen, einen Commandeur in Diensten der Königin Anna, den reichen und ehrenwerthen Patroon von Kinderhook und ein höchst würdiges und respektables Mit-glied des Stadtmagistrats, bekannt als Alderman Van Beverout bei mir zu sehen,« hob endlich das Individuum, welches die Honneurs des Schiffes bei dieser Gelegenheit machte, an. »Es trifft sich nicht oft, daß meiner armen Brigantine solche Ehre widerfährt, und ich sage Ihnen daher im Namen meiner Gebieterin und meinem eige-nen vielen Dank.«

Mit dem letzten Worte verbeugte er sich abermals ernst und vor-nehm, als ob sie ihm sämmtlich fremd gewesen wären. Den beiden jungen Leuten entging indessen ein unterdrücktes Lächeln nicht, welches seinen schönen Mund, wie sie selbst gestehen mußten, doppelt reizend machte.

»Da wir nur Eine Gebieterin haben,« sagte Ludlow, »so ist der Wunsch, ihre hohen Befehle zu vollziehen, unsre gemeinschaftliche Pflicht.«

»Ich verstehe Sie, Sir. Es ist jedoch kaum nöthig, zu sagen, daß die Gemahlin Georgs von Dänemark hier wenig zu befehlen habe. Nichts mehr darüber, ich bitte Sie,« setzte er hastig sprechend hinzu, als er bemerkte, daß Ludlow antworten wollte. »Solche Zusammenkünfte mit den Dienern jener Dame sind mir keine Seltenheit, und da ich weiß, daß andere Ursachen Sie hierhergeführt haben, so wollen wir Alles als gesprochen annehmen, was ein wachsamer und höchst loyaler Unterthan gegen einen vogelfreien Uebertreter der Zollgesetze nur immer zu sagen haben kann. Zu passenderer Zeit, an passenderem Orte, und wenn wir uns jeder unter seinen ausgebreiteten Segeln befinden, da messen wir unsere Schnelligkeit, oder andere Seemannstugenden mit einander, und gleichen so den Streit zwischen uns aus. Jetzt lassen Sie uns von anderen Dingen sprechen.«

»Der Herr hat, glaube ich, Recht, Patroon. Sind die Dinge erst bis zur Schatzbehörde gediehen, ist es unnütz mit Aufzählung der Zeugenaussagen die Lunge abzuquälen, wie ein bezahlter Advokat. Zwölf diskrete Männer, welche Mitgefühl für die Schwankungen des Handels haben, und wissen, wie sauer das Verdienen, und wie leicht das Vergeuden ist, werden mit der Sache besser fertig, als alle leere Schwätzer in den Provinzen zusammengenommen.«

»Wenn ich erst den zwölf uneigennützigen Daniels gegenüberstehe, so werde ich mich deren Urtheil unterwerfen,« versetzte der Andere mit demselben muthwilligen Lächeln um seine Lippen wie vorher. »Sie, Sir, heißen, wie ich glaube, Herr Myndert Van Beverout; welchem Sinken in den Pelzpreisen oder welchem Steigen im Markte verdanke ich die Ehre Ihres Besuchs?«

»Ich habe mir sagen lassen, daß sich einige aus diesem Fahrzeuge vergangene Nacht herausgenommen haben, auf meinem Grund und Boden zu landen, ohne Wissen und Willen des Eigentümers desselben – – nehmen Sie Notiz, Herr Van Staats, von dem, was zwischen uns hier gesprochen wird, da es immer seyn könnte, daß es noch vor die Behörden kommt – – wie gesagt, Sir, ohne Wissen des Eigenthümers, und daß Verkauf von Artikeln stattgefunden habe, welche das Gesetz für Contrebande erklärt, wenn sie in den Provinzen eingeführt werden, ohne vorher gereinigt und verschönert worden zu seyn durch die Luft der europäischen Länder Ihrer Majestät der Königin – – Gott segne sie!«

»Amen! – Was übrigens die Wassernixe verläßt, pflegt vorher durch die Luft gar mancher Regionen gereinigt zu seyn. Wir am Bord hier lieben träge Bewegung nicht, und die Winde Europa's haben kaum aufgehört, unsere Segel anzuschwellen, so wehen uns schon Amerika's Lüfte entgegen. Doch das gehört mehr vor die Schatzbehörde und die zwölf barmherzigen Civil-Geschwornen, und ist schlechte Unterhaltung für meine Gäste.«

»Ich habe diese Thatsachen vorangeschickt, um Mißverständnissen vorzubeugen; allein außer dieser schnöden Anschwärzung meines Rufs als Kaufmann ist mir und meinem Haushalt in letzter Nacht noch ein großes Unglück begegnet. Die Tochter und Erbin des alten Etienne de Barbérie hat ihren Aufenthalt verlassen, und wir haben Ursache zu glauben, daß sie sich hat bethören lassen, hierher zu kommen. – – Potz Kaufmannswort und Correspondenz, Meister Seestreicher! das geht über den Geschäftskreis selbst eines Contrebande-Händlers hinaus. Ich kann Nachsicht mit einem Rechnungsfehler haben, aber Weiber können überall und alle Zeit zollfrei ein- und ausgeführt werden; um so weniger nöthig ist es daher, ihnen auf eine so heimliche Weise aus der Wohnung ihres alten Onkels zu helfen.«

»Ein unläugbarer Vordersatz und ein rührender Schluß ! Ich gebe zu, daß die Forderung in aller Form geschehen ist, und vermuthe, diese beiden Herren sind hier als Zeugen für die Legalität derselben.«

»Wir sind mitgekommen, um dem gebeugten und in seinen Rechten gekränkten Onkel und Vormund der Dame in seinen Nachforschungen nach ihr beizustehen,« sagte Ludlow.

Der Freihändler lenkte nun die Augen auch auf den Patroon, welcher seine Beistimmung schweigend durch ein Kopfnicken zu erkennen gab.

»Gut, meine Herren; auch dies Zeugniß nehme ich an. Doch, wiewohl gewöhnlich für einen so würdigen Gegenstand der Gerechtigkeit gehalten, so habe ich doch bis jetzt noch wenig unmittelbaren Verkehr mit der blinden Göttin gehabt. Unterrichten Sie mich daher, ob die Gerichte in der Regel solchen Beschuldigungen, ohne weitere Beweise von der Wahrheit derselben, Glauben schenken.«

»Läugnen Sie sie dann?«

»Sie sind im Besitz Ihrer Sinne, Capitän Ludlow, und können ungehindert Gebrauch davon machen. Inzwischen ist dies eine List, um die Verfolgung auf falsche Spur abzulenken. Es gibt noch mehr Schiffe, außer dieser Brigantine, und warum sollte es der Laune einer Schönen nicht einfallen können, selbst unter der Flagge der Königin Anna einen Beschützer zu suchen?«

»Diese Wahrheit hat mir nur zu sehr eingeleuchtet, Herr Van Beverout,« bemerkte der sententiöse Patroon. »Es wäre gut gewesen auszumitteln, ob die Gesuchte nicht einen minder tadelnswerthen Schritt gethan habe, ehe wir rasch dem Glauben Raum schenkten, daß Ihre Nichte sich so leicht dazu verstehen würde, die Frau eines Fremden zu werden.«

»Verbindet Herr Van Staats eine verborgene Meinung mit seinen Worten, daß er sich so räthselhaft ausdrückt?« fragte Ludlow.

»Wer sich einer redlichen Absicht bewußt ist, der braucht nicht zweideutig zu sprechen. Ich theile mit diesem angeblichen Smuggler die Meinung, daß die schöne Barbérie weit wahrscheinlicher mit einem von ihr längst Gekannten, und, wie ich fürchte, nur zu sehr Geachteten entflohen sey, als mit einem Wildfremden, dessen Leben in ein so finsteres Geheimniß gehüllt ist.«

»Wenn die Vermuthung, daß die Dame ihre Achtung mit zu weniger Vorsicht verschenken könne, hinreicht, einen Verdacht zu rechtfertigen, so könnte ich meinerseits auf eine Nachsuchung in dem Herrenhause zu Kinderhook antragen.«

»Topp! und Glück zu! Das Mädchen durfte sich nicht erst in die Kirche stehlen, um sich mit Oloff Van Staats trauen zu lassen!« fiel der Alderman ein. »Zu dieser Parthie würde ich meinen Segen gegeben haben, und eine fette Mitgift noch obendrein.«

»Diese gegenseitigen Verdächtigungen sind ganz natürlich zwischen Männern, welche sich den Besitz eines Gegenstandes streitig machen,« nahm jetzt der Freihändler wieder auf. »Der Offizier der Königin glaubt, das Streifen des Auges einer muthwilligen Schönen bedeute Bewunderung großer Aecker und üppiger Wiesen; der Gutsherr hingegen traut dem Romantischen des Kriegerstandes und der die See durchstreichenden Einbildungskraft nicht recht; allein erlauben Sie mir die Frage: was gibt es bei mir für Gründe, daß eine stolze, vielgesuchte Schönheit darum Stand, Geschlecht und Verwandte vergessen sollte?«

»Potz Eitelkeit und Caprice! Für die Grillen eines Weibes lassen sich keine Gründe angeben! So zum Beispiel führen wir ihnen aus dem fernen Indien mit großem Risiko und schweren Kosten Waaren zu, um ihrem Geschmack zu Gefallen zu leben, aber – hat sich was zu gefallen! der Biber ändert nicht leichter sein Fell, als sie ihre Moden. Halten doch ihre Einfälle den Handel in trauriger Schwankung, warum sollten sie nicht auch ein eigensinniges Mädchen zu irgend einer andern Narrheit aufgelegt machen.«

»Dieser Schluß scheint den Onkel zu überzeugen; halten ihn die Herren Bewerber ebenfalls für den richtigen?«

Der Patroon von Kinderhook stand da, dem außerordentlichen Wesen, welches die Frage gethan hatte, lange und ernst in's Antlitz schauend. Unwillkührlich entschlüpfte ihm eine Geberde, die seine jetzige Ueberzeugung und seinen Verdruß gleich unverkennbar andeutete, doch sein Schweigen brach er nicht. Nicht so Ludlow. Wiewohl ihm die Versuchung, die Alida's Fehltritt verursacht hatte, nicht weniger in's Auge sprang; wiewohl ihm die Folgen jenes Fehltritts für das Mädchen selbst, wie für Andere, nicht weniger einleuchtend waren, so konnte doch sein feuriges Temperament sich von dem seemännischen Rivalitätsgefühl und von dem Glauben nicht freimachen, daß sein Amt ihm ein Recht auf Durchsuchung gebe. Er hatte während des vorhergehenden Gesprächs Zeit gefunden, den Inhalt der Kajüte genauer zu mustern, und zeigte daher mit halb ironischem, halb traurigem Lächeln, als der sonderbare Wirth obige Frage stellte, auf einen Fußschemel mit einem reichgestickten Ueberzug, worauf Farbe und Schattirung der Blumen bis zur Täuschung der Natur nachgeahmt waren.

»Dies ist keine Arbeit für die Nadel eines Segelmachers!« sagte der Kapitän der Eoquette. »Andere Schönheiten müssen bewogen worden seyn, eine müßige Stunde in Deiner üppigen Wohnung zuzubringen, dreister Seemann; doch früher oder später holt das Gericht dennoch dein leichtfüßiges Fahrzeug ein.«

»Vor oder bei dem Wind, irgend einmal muß es hinken, wie wir zu sagen pflegen. Capitän Ludlow, ich entschuldige die Härte in Ihrer Sprache; die Vollmacht eines Beamten der Krone bringt es nun einmal so mit sich, daß er seine Worte nicht auf die Goldwage lege, wenn er es mit Einem zu thun hat, der gleich dem lüderlichen Gesellschafter des Prinzen Heinrich, nur zu geneigt ist, vorzuschlagen: »Bestiehl mir den königlichen Schatz«. Sie kennen aber diese Brigantine und ihren Charakter nicht, Sir. Wir brauchen uns nicht erst von verlaufenen Jüngferchen den Geschmack des Geschlechts lehren zu lassen, denn ein weiblicher Geist leitet alle unsere Launen, und theilt allen unsern Handlungen etwas von seiner Zartheit mit, wenn auch Philister sie gesetzlos zu nennen pflegen. Sehen Sie – (einen Vorhang nachläßig zurückwerfend, und auf mehrere Erzeugnisse weiblicher Geschicklichkeit hinzeigend) – hier sind Schöpfungen sowohl von Pinsel als Nadel. Die Zauberin – (dabei berührte er das Bild auf seiner Brust) – schlägt ihren Aufenthalt nur da auf, wo man ihrem Geschlechte huldigt.«

»Die Angelegenheit, sehe ich, kann nur durch ein gegenseitiges Nachgeben in Ordnung gebracht werden,« bemerkte der Alderman. »Wenn sie erlauben, meine Herren, so will ich mit diesem unerschrockenen Kauffahrer allein unterhandeln; vielleicht gibt er dem, was ich vorzuschlagen habe, willigeres Gehör.«

»Aha, in diesem Vorschlag wittere ich nichts von dem Geiste der Seegöttin, der ich diene, wohl aber von dem des Handels,« rief jener, indem er mit den Fingern leise über die Guitarrensaiten fuhr. »Gegenseitiges Nachgeben und Vorschläge sind Töne, die sich aus eines Bürgers Mund gut anhören. Mein kleiner Fleiß, empfiehl diese Herren der Sorgfalt des kühnen Thomas Ruderpinne, während ich mich mit dem Kaufmann hier unterhalte. Der Charakter des Herrn Van Beverout, Capitän Ludlow, wird ihn und mich gegen den Verdacht sicher stellen, als ob wir Pläne gegen die Revenüe schmiedeten.«

Der Freihändler konnte nicht umhin, über seine eigene Anspielung zu lachen, gab aber zu gleicher Zeit dem Knaben, welcher hinter einem Vorhang hervorgetreten war, einen Wink, die betroffenen Bewerber der schönen Barbérie in ein anderes Zimmer zu führen.

»Potz Leumund und böse Zungen, Meister Seestreicher! diese ungesetzliche Weise, kurz zu Werk zu gehen, nachdem schon Rechnungen abgeschlossen und Quittungen ausgestellt sind, bringt mich am Ende zu Schaden, und um meinen Ruf noch obendrein. Der Befehlshaber der Coquette ist ohnedies nur halb überzeugt, daß ich von deinen Verdiensten um die Zölle nichts wisse, und diese deine Spässe gemahnen mich, wie wenn Einer bei dunkler Nacht in ein erlöschendes Feuer hineinstößt; statt es zu unterdrücken, macht er es nur lebendiger, so daß man heller dabei sehen kann. Der Himmel weiß zwar, daß Niemand weniger von einer Untersuchung seiner Geschäftsführung zu besorgen hat, als ich! Den besten Rechner in den Colonien fordere ich heraus, ob er in irgend einem meiner Bücher, vom Notizenbuch bis zum Hauptbuch, einen falschen Latus oder ein doppeltes Item finden könne.«

»Salomon's Sprüche sind nicht sentenzenreicher, die Psalmen David's nicht halb so poetisch, als deine Bibliothek. Doch was soll diese geheime Unterredung? – Die Brigantine hat einen reingekehrten Schiffsraum.«

»Reingekehrt! Potz Van Besen und Van Tromp! Du hast aus dem Pavillon meiner Nichte die Besitzerin rein herausgekehrt, so wie aus meinem Beutel die Johannesd'ors. Das heißt, aus einem kleinen unschuldigen Tausch einen höchst verbotenen Handel machen, und ich will hoffen, daß du den Scherz nicht weiter treibst, sonst dient die Affaire noch zur Würze bei den Theegesellschaften unser Gevatterinnen in den Provinzen. So eine Geschichte würde nächsten Herbst eine stärkere Zuckereinfuhr nöthig machen.«

»Das ist alles recht witzig, mein Bester, aber nicht klar. Sie haben meine Spitzen und Sammetstoffe; schon handhaben die schönen Manhattaneserinnen meine Brokate und Atlasse, und Ihre Pelze und Johannesd'ors sind sicher verwahrt an einem Ort, wohin kein enternder Offizier aus der Coquette –«

»Schon gut, schon gut; mußt Du einen Rufer an den Mund setzen, um mir zu sagen, was ich schon weiß, zu meinem großen Schaden weiß? Mach' ich noch zwei oder drei Einkäufe der Art, so ist Bankerott das Geringste was mir bevorsteht, also bring' mich wenigstens nicht um meinen guten Namen, wie Du mich um meine guten Johannes gebracht hast. Die Schotten in Schiffen haben eben so gut Ohren wie die Wände in Häusern. Also genug gesprochen von dem unbedeutenden Handel, den wir mit einander gemacht haben. Verliere ich tausend Thaler bei der Sache, nun, so muß ich mich drein zu fügen suchen. Potz Geduld im Unglück! habe ich nicht noch diesen Morgen einen Wallach begraben, so wohlgenährt und vielversprechend wie noch keiner das Straßenpflaster beschritt, und hat Jemand auch nur die geringste Klage aus meinem Munde gehört? Ich schmeichle mir, einem Verlust die gehörige Resignation entgegensetzen zu können, also kein Wort mehr über meinen unglücklichen Kauf.«

»Wahrlich, ich wüßte außer Handelsgeschäften keine anderen, welche Alderman Van Beverout und die Matrosen der Brigantine mit einander abzumachen hätten.«

»Um so nöthiger ist's, daß Du ihm seine Nichte herausgebest, und somit dem albernen Scherze ein Ende machest. Ich weiß ohnedies nicht, ob aus der Parthie mit irgend einem dieser zwei jungen Hitzköpfe noch irgend etwas werden könnte, selbst wenn ich mich zu einer Zugabe von einigen Tausenden verstehen sollte. Wenn der Ruf eines Weibes einmal in Miscredit gekommen ist, so läßt es sich schwerer unterbringen als sinkendes Staatspapier, und dergleichen Gutsherren und Kreuzer-Capitäns haben Euch Magen wie Wucherer; mit Procenten sind sie nicht zufriedenzustellen, entweder Alles oder gar nichts! Von dergleichen Narrenpossen hat man nichts gewußt, als dein wackerer Vater noch lebte: dieser redliche Handelsmann steuerte seinen Cutter in den Hafen, mit einem so unschuldigen, nüchternen Wesen wie ein Müllerboot. Wir besprachen die Qualität seiner Waaren, und damit gut. Hier war sein Preiscourant, und dort mein Geld. Gleich oder ungleich, ob der Eine oder der Andere bei'm Handel den Gewinn hatte, hing rein vom Zufall ab. Ja, das waren Tage! damals florirte mein Geschäft; aber dein Geist, Meister Seestreicher, ist die personificirte Erpressung!«

Auf der Lippe des schönen Smugglers zeigte sich einen kurzen Augenblick der Ausdruck der Verachtung, welcher aber schnell dem deutlicheren der schmerzlichen Trauer Platz machte.

»Dies ist nicht das erstemal, Du höchst freigebiger Bürger,« antwortete er, daß Du mir durch solche Anspielungen auf meinen Vater das Herz erweicht hast, und gar manche Dublone habe ich Dir schon für deine Lobreden bezahlt.«

»Kein Geistlicher kann mit mehr Uneigennützigkeit predigen. Was will zwischen Freunden ein Bischen Geld sagen! Noch einmal, zu Deines Vorfahrers Zeiten war Glück im Handel. Er hatte ein hübsches hinter's Licht führendes Schiffchen, welches man am besten mit einem unaufgetakelten Schnellsegler vergleichen konnte. Es hatte Bewegung in sich, wenn's galt, und doch sah es aus wie ein behaglich-gemächlicher Amsterdamer. Ich erinnere mich noch, wie einmal ein Revenüe-Kreuzer es anrief, und, mit so wenig Argwohn, als wäre es das Flaggenschiff des Lord-Ober-Admirals, bei ihm Erkundigungen über den berühmten Freihändler einzog. Damals legte man sich aber auch nicht auf Hanswurststreiche, stellte keine unanständige Puppen unter's Bugspriet, die einen rechtschaffenen Mann schamroth machen, prahlte nicht mit hochgehießten Segeln und bunten Farben; da gab's weder Klimpern auf der Laute, noch Singsang, sondern Alles ging vernünfig her; wie man profitabeln Tauschhandel treiben könne, war das Einzige, worauf Jeder bedacht war. Ferner war er ein Mann, der sein Boot mit schätzbaren Artikeln zu beballasten wußte; er war im Stande, wenn man ihm seine feineren Waaren abgekauft hatte, fünfzig Anker Branntwein als Zugabe zu bewilligen, ohne einen Heller für die Fracht zu nehmen, ja, zuletzt führte er die so geschenkten Fäßchen, gegen eine kleine Vergütigung, selber in England ein!«

»Er verdient Dein Lob, dankbarer Alderman; doch was für ein Schluß soll auf diese Eröffnung folgen?«

»Na, wenn noch nicht Gold genug in Deine Koffer geflossen ist,« fuhr Myndert, dem das Anerbieten herzlich schwer ward, endlich fort, »so wollen wir mit dem Zählen die Zeit nicht verderben, obgleich der Himmel weiß, daß Du mich schon ganz ausgesogen hast, Meister Seestreicher. Seit Kurzem sucht mich ein Verlust nach dem andern heim. Da ist mir erst ein Wallach gestorben, den ich am Kai zu Rotterdam nicht mit fünfzig holländischen Dukaten wieder ersetze; von der so theuren Fracht und den sonstigen Kosten will ich gar nicht« –

»Zur Sache'.« unterbrach ihn der Andere, sichtlich ungeduldig über die lange Unterredung, »was ist dein Anerbieten?«

»Gib das Mädchen zurück, und nimm fünfundzwanzig unvollwichtige Stücke.«

»Also die Hälfte dessen, was ein flämischer Wallach kostet! Die Schöne würde aus gerechtem Stolze erröthen, wenn sie erführe, wie viel sie im Markte gilt.«

»Potz Erpressung und Mitgefühl! so mögen es denn hundert seyn, und damit abgemacht.«

»Laßt Euch was sagen, Herr Van Beverout; daß ich mir zuweilen einige Freiheit mit den Einkünften der Königin erlaube, läßt sich nicht läugnen, am allerwenigsten gegen Euch; denn mir behagt weder diese Art, eine Nation durch Stellvertreter zu regieren, noch der Grundsatz, daß eine Strecke Erde für eine andere Gesetze machen solle. Ich bin nicht aufgelegt dazu, Sir, englisches Baumwollenzeug zu tragen, wenn ich an florentiner mehr Geschmack finde, oder Bier zu verschlucken, wenn mir die feinen Gascogner Weine besser munden. In jeder andern Beziehung taste ich, wie Du weißt, die Rechte keines Menschen an, und wären es auch nur eingebildete. Und hätte ich fünfzig deiner Nichten, so würden Säcke voll Dukaten nicht eine einzige davon erkaufen.«

Der Alderman blickte ihn starr an, so daß ein Zuschauer geglaubt haben würde, er habe des Andern Rede nicht verstanden. Und doch hatte dieser mit einer Wärme gesprochen, die ihn überzeugen mußte, daß er es ernstlich meine, und daß er, wie unbegreiflich es auch sey, Gold wirklich weniger hoch stelle, als Gefühl.

»Potz Starrsinn und Geldverachtung!« brummte Myndert; »was kann einem Menschen von Deiner Lebensart ein lästig fallendes Mädchen nützen? Solltest Du sie bethört« –

»Ich habe Niemand bethört. Die Brigantine ist kein Algierischer Corsar, daß sie Auslösungsgeld verlangte oder annähme.«

»Nun, so erlaube wenigstens, daß sie sich etwas gefallen lasse, was ihr, wie ich glaube, noch fremd ist. Ist es nicht wahr, daß Du durch einen, der Himmel weiß es! höchst trügerischen Beweggrund, meine Nichte zur Flucht gestimmt hast, so gestatte, daß das Fahrzeug durchsucht werde. Dies wird die Gemüther der jungen Männer zufriedenstellen; so daß sie die Heirathsunterhandlungen nicht abbrechen, und der Artikel im Markte seinen Werth behält.«

»Gern – – doch merk' Dir! sollten gewisse Ballen schlechter Marder- und Biberfelle, nebst anderen Deiner Colonial-Waaren den Charakter meiner Geschäftsfreunde aufdecken, so muß ich nicht beschuldigt werden, mein Wort gebrochen zu haben.«

»Das ist klug gesprochen. Du hast Recht, es müssen keine unberufene Augen die Ballen und Packe begaffen. Wohlan! ich sehe, Meister Seestreicher, die Unmöglichkeit, die Sache gleich mit Dir abzumachen; ich will daher Dein Schiff nur wieder verlassen, denn in der That, ein Kaufmann von Reputation sollte mit einem so Verdächtigen in keiner Verbindung stehen, wenn er nicht muß.«

Spöttisch, aber dennoch melancholisch war das Lächeln des Freihändlers, als er jetzt zum zweitenmal das Signal auf der Guitarre gab.

»Führ' diesen würdigen Bürger zu seinen Freunden, Zephyr, sagte er, verbeugte sich gegen den Alderman und entließ ihn auf eine Weise, welche ein seltsam gemischtes Gefühl verrieth. Ein Menschenkenner, vertraut mit den Spuren menschlicher Leidenschaften, hätte durch die natürliche oder angenommene Sorglosigkeit in dem Aussehen und der Sprache des Smugglers hindurchgeblickt und Bedauern, ja Kummer dahinter gefunden.

Sechszehntes Kapitel.

>»Dies wird mir ein tüchtiges Königreich
>werden, wo ich meine Musik umsonst habe.«

Der Sturm.

Während in der Kajüte die geheime Conferenz vor sich ging, wußte der Held vom indischen Shawl den Capitän der Coquette und den Patroon auf der Schanze zu unterhalten. Das Gespräch drehte sich um Gegenstände des Seelebens, da Van Staats seinen alten Ruf für Schweigsamkeit behauptete. Myndert erschien nun wieder, gedankenvoll, in seiner Erwartung getäuscht und ganz augenfällig sehr verwirrt; dies gab dem Ideengange Aller eine neue Richtung. Wahrscheinlich hegte der Kaufmann den Glauben, daß er dem Freihändler noch nicht genug geboten hätte, um denselben zu versuchen, seine Nichte zurückzugeben; denn seine Miene verrieth nichts weniger, als die Ueberzeugung, daß sie sich nicht im Schiffe befinde. Nichtsdestoweniger suchte er ausweichende Antworten zu geben, als seine Gefährten ihn über das Ergebniß seiner Unterredung mit dem Freihändler befragten. Warum? das wußte er selbst am besten.

»Dies Eine,« sagte er, »ist gewiß: das Mißverständniß in dieser Angelegenheit klärt sich noch auf, und dann kehrt Alida Barbérie, vom Zwange befreit, zurück, mit einem Charakter, so makellos wie der Credit der Van Stoppers von Holland. Der sonderbare Mensch unten läugnet, daß meine Nichte hier sey, und ich bin fast zu glauben geneigt, daß die Bilanz der Wahrheit auf seiner Seite stehe. Ich gestehe, wenn es anginge, die Kajüten ein wenig zu durchsuchen, ohne Kisten und Cargo zu sehr in Unordnung zu bringen, so würde man der Behauptung besser trauen können; allein – hm – da wir keine zufriedenstellendere Beweise haben, meine Herren, so müssen wir uns mit seinem bloßen Worte begnügen.«

Ludlow blickte nach den Wolken über der Mündung des Rariton und ein vornehmes Lächeln kräuselte seine Lippe.

»Der Wind wehe hier nur von Osten her,« sagte der Capitän, »so werden wir mit Kisten und Kajüten nach unserm eigenen Gutdünken verfahren.«

»St! der würdige Meister Ruderpinne könnte diese Drohung hören. – Ueberhaupt weiß ich nicht, ob die Klugheit uns nicht gebietet, die Brigantine fahren zu lassen.«

»Herr Alderman Van Beverout,« versetzte der Capitän mit erglühender Wange, »Sie müssen Ihre Liebe zu Ihrer Nichte nicht zum Maaßstab meiner Dienstpflicht machen wollen! sind Sie es auch zufrieden, daß Alida Barbérie, einem gewöhnlichen Waarenartikel gleich, aus dem Lande geführt werde, so soll doch der Befehlshaber dieses Fahrzeugs ohne Paß von dem königlichen Kreuzer nicht in die hohe See zurück.«

»Würdest Du gegen die meergrüne Dame dieselbe Sprache führen?« fragte der Matrose mit dem Shawl, plötzlich an seiner Seite erscheinend.

So unerwartet und sonderbar war die Frage, daß der junge Seemann unwillkührlich zurückschrack; doch sammelte er sich noch in demselben Augenblick wieder, und antwortete mit Stolz:

»Gegen sie wie gegen jedes andere Ungeheuer, daß Du heraufbeschwören kannst!«

»Wir nehmen Euch bei'm Worte. Es gibt keine zuverlässigere Methode, die Vergangenheit oder die Zukunft, die Weltgegend, von woher der Wind, oder die Zeit, wann der Orkan kommen werde, kennen zu lernen, als eine Frage an unsre Gebieterin. Diejenige, welche so viele verborgene Dinge kennt, kann uns vielleicht auch sagen, was ihr zu wissen wünschet. Wir wollen sie auf die gewöhnliche Weise dazu auffordern.«

Mit diesen Worten verließ der Seemann vom indischen Shawl mit ernstem Anstand seine Gäste, und stieg in die untergeordneteren Schiffskammern hinab. Keine Minute, so wallten aus einem geheimen und dennoch nahen Theile der Brigantine Töne herauf, welche Ludlow und den Patroon bis zu einem gewissen Grade angenehm überraschten; ihr Gefährte, der Alderman, hatte seine Gründe, für diese Empfindung unempfänglich zu seyn.

Nach einer kurzen und raschen Einleitung ertönte, auf einem Blasinstrument gespielt, eine wildphantastische Melodie, begleitet von einer Singstimme, deren Worte jedoch von der Composition so sehr bedeckt wurden, daß es nicht möglich war, sie deutlich zu unterscheiden; nur so viel ward klar, daß der allgemeine Inhalt einen geheimnißvollen Aufruf an eine Gottheit des Oceans zum Gegenstand hatte.

»Potz Flöten und Quieken!« brummte Myndert ungeduldig, noch ehe die Schlußtöne verklungen waren. »Das ist ja baares Heidenthum, und ein schlichter Mann, der hier auf dem Verdeck Geschäfte hat, hat alle Ursache, sich geborgen in die Kirche zu wünschen. Was haben wir mit Landhexen oder Wasserhexen, oder mit der Hexerei überhaupt zu schaffen, daß wir noch in der Brigantine verweilen, wenn wir doch einmal wissen, daß sich meine Nichte nicht an ihrem Bord befindet; ja noch mehr, das Boot enthält nichts, was ein Bewohner Manhattans brauchen könnte, selbst angenommen, daß wir Lust hätten, Einkäufe zu machen. Der tiefste Sumpf auf deinem Gut, Patroon, bietet dem Tritte mehr Sicherheit dar, als das Verdeck eines so verrufenen Fahrzeuges.«

Auf Van Staats von Kinderhook hatten die Auftritte, von denen er ein Zuschauer war, einen mächtigen Eindruck gemacht. Von langsamer Einbildungskraft, aber kräftigem und gewaltigem Körperbau, war er persönlicher Furcht eben so schwer zugänglich, als den Gebilden der Phantasie. Noch wenige Jahre zuvor hatten selbst in sonstiger Hinsicht Gebildete den festen Glauben an das Daseyn übernatürlicher Einwirkungen auf die Lenkung der Angelegenheiten dieser Welt, und wenn gleich jene Bethörung, welche in den religionseifrigen Provinzen Neu-Englands so sehr vorherrschte, die Neu-Niederländer nicht angesteckt hatte, so sind doch die Gemüther der aufgeklärtesten holländischen Ansiedler, ja selbst die ihrer Nachkommen bis auf unsere Tage, von einer minder regsamen, aber eben so leichtgläubigen Superstition nicht frei geblieben. Ganz besonders war die Kunst des Weissagens bei ihnen beliebt und sobald irgend ein unerklärliches Ereigniß das Schicksal oder die Ruhe der guten Colonisten auf eine oder die andere Weise berührte, so durfte man sicher seyn, daß sie zu einem der berühmteren Weissager im Lande ihre Zuflucht nahmen, um sich Licht zu verschaffen. Menschen mit schwerfälligem Seelenvermögen lieben starke Aufregung, weil sie für weniger mächtige Eindrücke unempfänglich find, so wie geistige Getränke Stumpfsinnigen den meisten Genuß gewähren. Nun gehörte aber der Patroon ganz und gar zu der Klasse der Phlegmatischen, und die Spannung, zu welcher seine gegenwärtige Lage ihn hinanhob, hatte für ihn, der sie so wenig gewohnt war, etwas Unbegreifliches und Wohlthuendes zugleich.

»Wir können nicht wissen,« erwiederte Oloff Van Staats, »was für wichtige Folgen noch aus diesem Abenteuer entspringen, Herr Alderman Van Beverout; ich läugne nicht, daß ich mehr zu sehen und zu hören wünsche, ehe wir landen. Dieser Meerdurchstreicher gleicht durchaus nicht der Schilderung, welche unsere Stadtgerüchte von ihm machen; wenn wir also bleiben, so setzen wir uns in Stand, die öffentliche Meinung zu berichtigen. Ich erinnere mich, daß meine verstorbene, ehrwürdige Tante –«

»Potz Kaminwinkel- und Alte-Weiber-Mährchen! Die gute Dame war kein schlechter Kunde von den saubern Leuten hier, Patroon; Du kannst von Glück sprechen, daß sie von Deinem Erbgut nicht noch mehr wegschnappten. Du siehst doch meine Villa dort am Bergabhang: gut, so viel als Jedermann wissen mag, ist an der Außenseite; aber alles was zu meinem Privat-Vergnügen dienen soll, halte ich hübsch drinnen. – Doch Herr Capitän Ludlow hier hat die Geschäfte der Königin zu besorgen, und wird es mit seiner Amtspflicht nicht verträglich finden, die kostbaren Augenblicke mit diesen Gaukeleien zu vergeuden.«

»Ich gestehe, ich wünschte ebenfalls das Ende abzuwarten,« antwortete trocken der Commandeur der Coquette. »Der Zustand des Windes läßt an eine Aenderung in der gegenseitigen Stellung der Schiffe für's Erste nicht denken; warum also die Gelegenheit nicht benutzen, eine genauere Einsicht in den außerordentlichen Charakter der Leute auf der Brigantine zu erlangen?« »Ja, ja, da haben wir's!« brummte der Alderman zwischen die Zähne. »Diese Einsichten und Aussichten sind an allem Unheil im Leben schuld. Mit diesen phantastischen Wassernixlern ist kein Geheimniß recht sicher: sie spielen damit wie eine Fliege um das Licht, bis sie sich die Flügel verbrannt hat.«

Indessen blieb dem Bürger nichts übrig, als sich in Geduld zu fügen, da die Andern einmal entschlossen waren zu bleiben. Auch

war er, wenn gleich in ihm die Besorgniß vor ungelegenen Entde-
ckungen vorherrschte, nicht ganz von der Schwachheit frei, welche
der geheimen ehrerbietigen Scheu des ganz im Schauen und Lauschen versunkenen Oloff Van Staats zum Grunde lag. Ja Ludlow
selbst ergriff die Lage, in welche er sich versetzt sah, tiefer als er
sich gern hätte merken lassen; denn kein Mensch ist dem Einflusse
der Sympathie, sey die Art ihrer Machtäußerung welche sie wolle,
gänzlich verschlossen – eine Wahrheit, woran der junge Capitän
lebhaft durch die Wirkung erinnert wurde, die die ernste Haltung
und das aufmerksame Wesen sämmtlicher Matrosen der Brigantine
auf ihn hervorbrachten. Er war ein Seemann von ungewöhnlicher
Bildung, und hatte unter andern seinen Collegen eigenthümlichen
Fertigkeiten auch diejenige, jedem Matrosen bald abzumerken, aus
welchem Lande er gebürtig war. Bei Menschen, deren gemein-
schaftliches Gewerbe unter ihnen einen im hohen Grade gemeinschaftlichen Charakter erzeugt, kann nur der Kennerblick gewisse
zurückgebliebene, allgemeine Hauptmerkmale, wodurch sie sich
von einander unterscheiden, festhalten und deuten.

Geistige Bildung war zu jener Zeit überhaupt nur auf sehr wenige
von Denen, die sich dem Seeleben gewidmet hatten, beschränkt.
Selbst der Offizier blieb nur zu häufig roh, ausgelassen, zänkisch,
unwissend und voll eingewurzelter, unausrottbarer Vorurtheile.
Kein Wunder also, daß dem gemeinen Mann in der Regel die meisten Ideen, durch welche nach und nach Licht in die Gesellschaft der
Menschen eingeführt worden ist, gänzlich fremd blieben. Ludlow
befand sich wenig Augenblicke im Schiff, so hatte er schon erkannt,
daß die Leute, aus denen die Mannschaft zusammengesetzt war,
aus den verschiedensten Nationen genommen waren, obgleich nicht
National-Eigenthümlichkeiten den Wählenden geleitet zu haben
schienen, sondern das Alter und der persönliche Charakter. Unter
Andern bemerkte er einen Finnländer mit leichtgläubigem, ovalem
Gesicht, hellem, aber leerem Auge, und von einer kurzen, aber der-
ben Gestalt; auch den dunkelhäutigen Matrosen von den Küsten
des Mittelmeeres fand er heraus, dessen klassische Gesichtsumrisse
der unruhige vielsagende Blick nach dem Horizont häufig verzerr-
te. Diese beiden Männer hatten sich jetzt, bei den letzten Tönen der
Musik, der Schanze, wo die Gruppe stand, genähert. Ludlow
schrieb dies Anfangs ihrer Empfänglichkeit für den Wohllaut zu,

aber nicht lange, so kam der Knabe Zephyr zu ihnen herangeschlichen, so daß leicht zu merken war, ihr Herannahen habe einen andern Zweck, als den scheinbaren – ein Zweck, welcher klar genug wurde, als nun Ruderpinne wieder heraufkam, und außer den Fremden auch die beiden Matrosen einlud, in die Kajüte zu kommen; diese riefen also ebenfalls Geschäfte zu dem Wesen, welches, wie angegeben wurde, die Schicksale der Brigantine leitete.

Die Menschen, die jetzt in das kleine Vorzimmer traten, waren von sehr verschiedenen Gefühlen beseelt. Bei Ludlow herrschte lebhafte, furchtlose Neugierde vor, nicht ohne eine Beimischung der bei einem Seemann sehr natürlichen Theilnahme; Neugierde war auch die Regung seiner Gefährten, aber sie war mit einer verborgenen Ehrfurcht vor der geheimnißvollen Gewalt der Zauberin verbunden. In den beiden Matrosen äußerte sich nur stumpfsinnige Unterwerfung, während des Knaben offenes, halb erschrockenes Gesicht deutlich den Einfluß kindischer Furcht erkennen ließ. Ernst, still und, was eine Seltenheit in seinem Benehmen war, ehrerbietig verhielt sich der Seemann von dem indischen Shawl. Nach Verlauf einiger Augenblicke öffnete der Seestreicher selbst die Thür des inneren Gemachs und winkte Allen, einzutreten.

Die Anordnung in der Hauptkajüte hatte eine wesentliche Veränderung erlitten. Das Licht, welches vom Schiffsspiegel herabfiel, war jetzt ganz ausgeschlossen, und der carmoisinfarbene Vorhang vor der Vertiefung herunter gelassen. Ein Fenster an der Seite gab genau so viel Beleuchtung, als nöthig war, um die Finsterniß sichtbar zu machen, und die am stärksten beleuchteten Gegenstände erhielten eine Färbung von der seidenen Draperie.

Der Freihändler empfing seine Gäste mit einer demüthigen Haltung, verbeugte sich stumm und mit weniger Muthwillen in seiner Miene, als bei der ersten Zusammenkunft in der Kajüte. Dem Capitän wollte es indessen doch scheinen, als zucke ein gezwungenes trauriges Lächeln über seinen schönen Mund, und der Patroon staunte seine feinen Züge an, mit der Empfindung eines Menschen, welcher sich in der Gegenwart des ersten Günstlings eines übernatürlichen Wesens befindet. Das Innere des Rathsherrn äußerte sich durch ein halb unterdrücktes, unzufriedenes Gemurre, welches in Zwischenpausen laut ward, aber allmählich ganz verstummte, denn

eine gewisse heilige Scheu siegte endlich selbst über diesen unwillkührlichen Ausdruck seiner inneren Unzufriedenheit.

»Ich höre, die Fremden wünschen mit unsrer Gebieterin zu sprechen,« sprach die vornehmste Person des Schiffes mit unterwürfiger
Stimme. »Auch Andere scheint es, sind hier, welche von ihrer
Weisheit Rath verlangen. Es sind jetzt viele Monde, seit wir mit ihr
ohne Vermittlung gesprochen haben, denn ihr Buch ist stets Denjenigen geöffnet, die bei ihr Belehrung suchen. Habt Ihr auch Fassung
genug zu einem Gespräch mit ihr?«

»Die Feinde Ihrer Majestät haben mir nie Mangel an Fassung vorgeworfen,« erwiederte Ludlow mit ungläubigem Lächeln. »Schreite
zu Deinen Beschwörungen, damit wir das Weitere erfahren.« »Wir
sind keine Zauberer, Sir, sondern treue Matrosen, welche den Willen ihrer Gebieterin üben. Ich weiß. Sie sind ein Zweifler, doch küh-
nere Männer haben schon ihren Irrthum eingestanden, ohne solche
Beweise. – Still! wir sind nicht allein; ich höre die Worpen der Brigantine sich öffnen und wieder schließen.«

Der Sprechende trat hierauf fast bis in die Reihe, welche die Anderen gebildet hatten, zurück, und erwartete schweigend den Ausgang. Jetzt erklang eine gedämpfte, feierliche Symphonie, langsam
stieg der Vorhang in die Höhe, und es zeigte sich ein Gegenstand,
welchen selbst Ludlow nicht anschauen konnte, ohne sich von einem mächtigeren Gefühl, als bloßem Interesse, ergriffen zu finden.

Im Mittelpunkt der Vertiefung stand, Kostüm und Haltung so
ähnlich als möglich der Figur an dem Gallion, eine weibliche Gestalt. Wie im Bilde, hielt sie in der einen Hand ein Buch, die geöffneten Seiten den Zuschauern zugekehrt, während ein Finger der anderen vorwärts zeigte, gleichsam als wiese sie dem Schiffe seinen
Lauf. Die Falten des meergrünen Gewandes flatterten hinter ihr,
wie von der Luft angeweht, und das Antlitz hatte dieselbe dunkle
unirdische Färbung, dasselbe ironisch-boshafte, bedeutsame Lächeln.

Nachdem die Zuschauer von ihrem ersten Betroffenseyn und Erstaunen zurückgekommen waren, sahen der Alderman und seine
Begleiter sich einander verwundert an. Deutlicher trat nun auch der
zurückgehaltene Triumph auf dem Antlitze des Freihändlers hervor.

»Hat irgend Jemand hier der Herrin unsers Boots etwas zu sagen, so erkläre er es jetzt. Von uns gerufen, kommt sie aus großer Ferne, und wird nicht lange verweilen.«

»Nun, so wünschte ich zu erfahren,« sagte Ludlow, tief, wie Jemand, der sich von einer plötzlichen, überwältigenden Empfindung erholt, aufathmend, »ob Die, welche ich suche, sich in der Brigantine befinde?« Der, welcher bei dieser ungewöhnlichen Ceremonie die Rolle des Vermittlers oder Dollmetschers spielte, trat nach einer Verbeugung hervor an das Buch, in welchem er mit der Miene tiefster Ehrfurcht forschend las, oder zu lesen schien.

»Als Erwiederung auf Deine Frage wird Dir im Buch die Gegenfrage vorgelegt, ob Du die Gesuchte aufrichtig suchest?«

Ludlow erröthete; seiner Selbstachtung ward natürlich das Eingeständnis schwer, doch die männliche Geradheit seines Seemanns-Charakters besiegte diese Zurückhaltung und er antwortete: »Aufrichtig.«

»Aber Du bist ein Seemann; Leute deines Gewerbes lieben häufig nichts so sehr als die schwimmende Hülle, die sie birgt. Ist deine Anhänglichkeit an die Gesuchte stärker, als deine Liebe zum Herumwandern, zu deinem Schiffe, zu den Erwartungen deiner Jugend, zu dem Ruhme, der die Träume eines jungen Kriegers verschönt?«

Der Commandeur der Coquette zögerte einen Augenblick mit seiner Antwort, als wenn er sich erst innerlich prüfte, dann sagte er:

»Sie ist so stark, als nur immer einem Mann ziemt.«

Eine Wolke zog über des Fragers Stirn; er trat abermals hervor und zog das Buch zu Rathe.

»Es wird verlangt, daß Du sagest, ob ein neueres Ereigniß dein Vertrauen in die Gesuchte nicht erschüttert habe?«

»Erschüttert, aber nicht zerstört.«

Die meergrüne Dame bewegte sich, und die Blätter des geheimnißvollen Buches zitterten, gleichsam als könnten sie die Zeit nicht erwarten, bis sie ihre Orakel verkündeten.

»Und wärst Du im Stande, Neugierde, Stolz und alles andere, was die männliche Brust bewegt, zu unterdrücken, und, so wie vor dem Eintritt jener neueren Ereignisse, um ihre Gunst zu werben, ohne Erklärung abzufordern?«

»Um einen gütigen Blick von Alida de Barbérie zu erlangen, würde ich viel thun, allein die herabwürdigende Unterwürfigkeit, von der Du sprichst, würde mich ihrer Achtung unwürdig machen. Fände ich sie so, wie ich sie verloren habe, so sollte mein Leben ihrem Glücke geweiht seyn; wo nicht, der Trauer, daß eine so Holde fallen konnte.«

»Hast Du jemals Eifersucht empfunden?«

»Erst will ich wissen, ob Grund dazu vorhanden sey!« schrie der junge Mann, trat rasch einen Schritt vorwärts auf die regungslose Gestalt zu, mit der offenbaren Absicht, sich selbst zu überzeugen, was es mit ihr für eine Bewandtniß habe.

Die Hand des Seemanns vom Shawl hielt ihn zurück mit der Stärke eines Riesen.

»Niemand vergesse die unsrer Herrin gebührende Achtung,« bemerkte der kräftige Seemann ruhig, und winkte den jungen Mann in die Reihe zurück.

Ein wilder Blick schoß aus des Letzteren Auge, aber bald kam ihm die Besinnung wieder, daß Zorn in seiner gegenwärtigen Lage nichts nützen könne.

»Hast Du jemals Eifersucht empfunden?« erwiederte der nicht aus seiner Fassung zu bringende Frager.

»Welcher wahrhaft Liebende hat es nicht?«

Ein leises Aufathmen ward in der Kajüte vernehmbar während der kurzen Pause, welche auf die Antwort folgte; aber Niemand wußte, woher es kam; der Alderman wendete sich nach dem Patroon und sah ihn forschend an, ob etwa der Seufzer ihm angehörte. Ludlow hingegen schaute rings um sich her, vergeblich bemüht, auszumitteln, wer auf eine so sinnige Weise die Wahrheit seiner Erwiederung anerkannt haben könne.

»Deine Antworten sind gut;« nahm der Freihändler nach einer längern Pause wieder auf. Jetzt wendete er sich zu Oloff Van Staats und sagte:

»Wen oder was suchst Du?« »Ein und derselbe Zweck ist es, der uns Alle hieher geführt.«

»Und suchst Du mit vollkommener Aufrichtigkeit?«

»Ich könnte wünschen, zu finden.«

»Du bist reich an Ländereien und Häusern: ist Dir die Gesuchte so theuer, wie deine Güter?«

»Ich habe Achtung für Beide, da man nicht wünschen könnte, das Weib, das man bewundert, mit der Armuth zu verbinden.«

Hier räusperte sich der Alderman so laut, daß die ganze Kajüte davon erdröhnte, aber in demselben Augenblick erschrack er über die durch ihn entstandene Unterbrechung, machte unwillkührlich der unbeweglichen Gestalt in der Vertiefung eine entschuldigende Verbeugung, und gewann erst hiernach seine vorige Fassung wieder.

»In deiner Antwort ist mehr Klugheit als wahres Liebesfeuer. Hast Du jemals Eifersucht empfunden?«

»Das hat er!« rief Myndert eifrig. »Ich erinnere mich noch, wie der Herr gleich einem Bären, der sein Junges verloren hat, zu wüthen pflegte, wenn meine Nichte lächelte, und wäre es auch zum Beispiel nur in der Kirche geschehen, als Erwiederung auf den Gruß einer alten Matrone. – Potz Philosophie und Gelassenheit, Patroon! wer zum Teufel steht dafür, daß Alida diese Fragen mit anhört? in welchem Fall ihr französisches Blut sieden wird, wenn sie findet, daß deine Liebe stets so regelmäßig gegangen ist, wie eine Stadtuhr.«

»Könntest Du sie aufnehmen, ohne nach dem Vorhergegangenen zu forschen?«

»Das würde er, das würde er;« erwiederte der Alderman. »Ich verbürge mich dafür, daß Herr Van Staats alle Verbindlichkeiten erfüllt, so pünktlich wie das beste Haus in Amsterdam selbst.«

Abermals zitterten die Blätter des Buches, aber die Bewegung war eine zurückweisende, unzufriedene.

Jetzt kam die Reihe an die beiden Matrosen. Der Freihändler wendete sich zuerst an den mit dem blonden Haar. »Was wünschest Du von unserer Gebieterin?«

»Ich habe mit meinen Landsleuten einen Handel abgeschlossen, und wollte wissen, ob wir bald einen Wind kriegen, der uns aus dem schmalen Kanal herausführt.«

»Geh', Die Wassernixe wird absegeln, wenn es Zeit ist. – Und Du?«

»Ich habe gestern Abend einige Felle für meine eigene Rechnung gekauft; kann ich nicht erfahren, ob der Handel zu meinem Vortheil ausschlagen werde?«

»Vertraue der meergrünen Dame, so ist Dein Vortheil sicher. Wann hat sie je irgend Jemand in seinen Spekulationen verlassen. – Kind, was hat Dich hierher geführt?«

Der Knabe zitterte und es verging eine Weile, ehe er Muth genug fand, um zu antworten.

»Ich höre, es soll so drollig auf dem trockenen Lande seyn!«

»Junge! Du hast schon Deine Antwort erhalten. Wann Andere gehen, sollst Du mitkommen.«

»Es soll so angenehm seyn, das Obst selbst von den Bäumen zu pflück –«

»Du hast Deine Antwort schon. Meine Herren, unsere Gebieterin scheidet. Ihr ist's recht gut bekannt, daß Einer unter Euch ihrem Lieblingsschiff mit dem Zorne einer irdischen Königin gedroht habe, doch es ist unter ihrer Würde, an so leeren Drohungen ein Wort zu verlieren. Horch! Ihre Begleiter sind da.«

Wieder ertönte die sanfte Melodie auf der Flöte, und während der Klänge sank langsam und feierlich das seidene Gewölk. Ein plötzliches und heftiges Geräusch folgte, wie von einer sich öffnenden und wieder schließenden schweren Thüre, und dann herrschte allgemeine Stille.

Als die Zauberin verschwunden war, nahm der Freihändler sein früheres unbefangenes Wesen wieder an, sein Reden und Thun schien natürlicher. Der Alderman Van Beverout holte, wie von einem schweren Drucke befreit, tief Athem, und selbst der Seemann mit dem bunten Shawl hatte in der Gegenwart der Gestalt etwas Unfreies, Zwangvolles in seiner Haltung, die jetzt erst ihre Natürlichkeit wieder gewann. Die beiden Matrosen und das Kind zogen sich zurück.

»Wenige von denen, welche Ihre Uniform tragen, haben je die Herrin unserer Brigantine gesehen,« fuhr der Freihändler jetzt fort, indem er sich an Ludlow wendete; »ein Beweis, daß sie keine so große Abneigung gegen Ihren Kreuzer fühlt, als gegen die meisten langen Flaggen auf dem Meere.«

»Deine Gebieterin, Dein Schiff und Du, Ihr seyd gleich komisch!« erwiederte der junge Seemann mit ungläubigem Lächeln und nicht ohne etwas Amtsstolz. »Wir wollen sehen, wie lange Ihr diese Komödie auf Kosten der Zölle Ihrer Majestät noch fortführt.«

»Wir vertrauen der Wassernixe und ihrer Macht. Sie hat unsre Brigantine zu ihrem Aufenthalt gemacht, ihr ihren Namen gegeben und lenkt sie mit eigener Hand; so geschützt, wären wir schwachsinnig, wollten wir zagen.«

»Die Gelegenheit, ihre Tugenden auf die Probe zu stellen, wird sich schon finden. Wäre sie übrigens ein Geist der tiefen Gewässer, so würde ihre Robe blau seyn. Kein Schiff von geringer Wassertracht kann der Coquette entwischen.«

»Weißt Du denn nicht, daß die Farbe der See nicht in jedem Clima dieselbe ist. Wir sind unbesorgt: zur rechten Zeit wird für jede Ihrer Fragen eine gerechte Antwort zur Hand seyn. Der ehrliche Ruderpinne wird Euch sämmtlich an's Land bringen, da könnt Ihr dann im Vorbeifahren das Buch noch einmal zu Rathe ziehen. Ganz gewiß läßt sie uns noch ein Andenken an ihren Besuch zurück.«

Hier verbeugte sich der Freihändler und zog sich hinter den Vorhang zurück mit dem Anstand eines Souveräns, welcher eine Audienz aufhebt; indeß warf er doch bei'm Verschwinden einen neugierigen Blick rückwärts, als wollte er sich von der Wirkung überzeugen, welche die Zusammenkunft hervorgebracht hatte. Alderman

Van Beverout und seine zwei Freunde befanden sich wieder im Boote, ohne eine Sylbe mit einander gewechselt zu haben; dem Winke des Seemannes vom Shawl gehorchend, waren sie Diesem gefolgt und an der Seite der reizenden Brigantine hinabgestiegen, im stummen Nachdenken über das, was sie eben gesehen und gehört hatten, versunken.

Aus dem bisher Erzählten leuchtet wahrscheinlich zur Genüge ein, daß Ludlow in das Gesehene wenig Vertrauen setzte, wenn er auch nicht umhin konnte, sich darüber zu verwundern. Ohne von jenem, damals unter Seeleuten so herrschenden Aberglauben gänzlich frei zu seyn, halfen ihm die gute Erziehung, die er genossen hatte, und sein gesunder Menschenverstand dazu, daß die Liebe zum Wunderbaren, die allen Menschen, wenn auch nicht in gleichem Grade eigenthümlich ist, seine Einbildungskraft nicht gefangen hielt. Ihm boten sich die mannigfaltigsten Vermuthungen über das, was er von dem Vorgefallenen zu denken habe, dar; jede schien ihm haltbar, bis eine wahrscheinlichere sie verdrängte, aber alle dienten nur dazu, seine Neugierde zu schärfen, so wie den Entschluß, der Sache auf den Grund zu kommen.

Für den Patroon von Kindethook war dieß ein Tag seltenen, ja noch nie empfundenen Vergnügens. Das Wohlthuende, was eine kräftige Erschütterung für schwer aufzuregende Gemüther mit sich führt, war ihm in hohem Maaße zu Theil geworden, und das genügte ihm; er fühlte das Bedürfniß nicht, seine Zweifel, wenn er überhaupt welche hatte, gelöst zu sehen, und daher konnte ein weiteres Nachforschen, welches vielleicht seine angenehmen Täuschungen zerstört hätte, nicht in seiner Absicht liegen. Seiner Phantasie schwebte abwechselnd bald das dunkle, übernatürliche Antlitz der Zauberin vor, bald die schönen Züge, das zweideutige Lächeln und die anziehende Miene ihres kaum weniger wunderbaren Priesters. Als das Boot einige Entfernung von der Brigantine gewonnen hatte, stand Ruderpinne auf, und wohlgefällig schweifte sein Auge über die Vollkommenheiten ihres Körpers und ihrer Ausrüstung.

»Gar manch' ein Boot hat unsere Gebieterin schon ausgerüstet und in's weite, pfadlose Meer geschickt,« sagte er, »doch nie ein lieblicheres als dieses da! Capitän Ludlow, in unserem bisherigen Verhältniß zu einander ist nicht alles ohne einige Hinterlist abge-

gangen – das soll ein Ende haben; messen wir von jetzt an nur Seemannskunst gegen Seemannskunst und Schiff gegen Schiff. Sie
dienen der Königin Anna, ich der meergrünen Dame; sey ein Jeder
seiner Gebieterin getreu und schütze der Himmel den Verdienteren!
– Willst Du das Buch noch einmal sehen, ehe wir zum Versuch
schreiten?«

Ludlow willigte schweigend ein, und das Boot näherte sich der
Figur am Gallion. Unwiderstehlich war das Gefühl, welches einen
Jeden von unsern drei Abenteurern, selbst den Alderman nicht
ausgenommen, hinriß, als sie nun nahe genug herankamen, um das
unbewegliche Bild deutlich sehen zu können. Die geheimnißvolle
Stirn schien mit Denkvermögen begabt, und ironischer noch als vor
ihrem Eintritt kam ihnen das boshafte Lächeln vor.

»Sie thaten die erste Frage, Sie sollen auch zuerst Antwort erhalten;« sagte Ruderpinne, indem er Ludlow ein Zeichen gab, daß er
das offene Auch befragen möge. »Unsere Gebieterin spricht am
liebsten in Versen aus dem alten Schriftsteller,[18] dessen Gedanken
Allen auf der Brigantine fast so geläufig sind, wie der menschlichen
Natur im Allgemeinen.«

»Was bedeutet das?« rief Ludlow hastig.

> »Claudio,
> Gib Der, die Du bethört, die Ehre wieder;
> – schenk' Deine Lieb' ihr, Angelo:
> Sie beichtet mir, ich kenne ihren Werth.««

»Die Worte sind klar genug; doch wünschte ich derjenigen, die
ich liebe, einen andern Beichtvater.«

»Still! Junges Blut ist rasch und leicht erhitzt. Unsere Schiffsköni-
gin kann aufbrausende Rede bei ihren Orakeln nicht vertragen. –
Kommen Sie, Meister Patroon, wenden Sie mit der Stange das Blatt,
und sehen Sie, was das Glück Ihnen bringt.«

Oloff Van Staats hob den mächtigen Arm zaudernd und doch
neugierig wie ein junges Mädchen. Sein Auge verrieth, wie viel
Vergnügen seiner phlegmatischen Natur die Spannung verursachte,

---

[18] Die drei folgenden Citate sind aus Shakspeare's Maaß für Maaß

aber eben so leicht zeigten sich in dem Ernste aller übrigen Theile seines Gesichts furchtsame Ahnungen – die natürlichen Wirkungen einer verfehlten Erziehung. Er las nun laut:

»Mein Antrag zielt nur auf dein Bestes hin:
Und willst Du, Theure, ihm willfährig seyn,
So ist das Meine Dein, das Deine Mein,
Im Schloß wird sich das Uebrige schon finden:
Dort will ich, was Ihr noch nicht wißt, verkünden.«

»Ein billiges Verfahren und noch billigere Sprache! ›Was dein ist, ist mein, und was mein ist, dein,‹ das nenn' ich in der That Maaß für Maaß, Patroon!« rief der Alderman. »Mehr Rechtschaffenheit im Handel, zumal wenn die beiderseitigen Portionen von gleichem Werthe sind, läßt sich nicht verlangen. Viel Aufmunterung, in allem Ernst! Und nun, Herr Seemann, wollen wir machen, daß wir landen und ›nach Lust in Ruhe‹ kommen, welches wohl das ›Schloß‹ ist, das die Verse meinen. ›Das Uebrige‹, wovon in der Reimerei die Rede ist, kann nichts anderes bedeuten, als den Quälgeist, die Alida! die gewiß aus keinem andern Grund Versteckens mit uns gespielt hat, als um zu zeigen, wie sie drei ernsthaften, verantwortlichen Männern das Leben sauer machen könne, was natürlich ihrer weiblichen Eitelkeit nicht wenig schmeicheln muß. Stoß nun ab, Meister Ruderpinne, da Du einmal so heißest; und Hab' Dank für Deine Höflichkeit.« »Die Dame würde sich sehr beleidigt fühlen, wenn wir sie verließen, ohne alles, was sie mitzutheilen hat, anzuhören. Ihre jetzige Antwort betrifft Euch, würdiger Alderman, und die Stange wird, in Eurer Hand, eben so gut ihren Dienst thun, wie in der eines Andern.«

»Ich verschmähe armselige Neugier, und bin zufrieden mit der Kenntniß, welche der Zufall und das gute Glück mir geben,« erwiederte Myndert. »Wir haben Leute zu Manhattan, die weiter nichts thun als in ihres Nachbars Kredit spürnäseln, wie Frösche, die die Schnauzen zum Wasser herausstrecken; ich meinestheils begnüge mich damit, zu wissen, wie meine Bücher stehen, und die Preise auf dem Markt.«

»Hilft nichts! das mag ein ruhiges Gewissen, wie das Eurige, Sir, zufrieden stellen, allein wir von der Brigantine dürfen unsere Gebieterin nicht zum Besten haben. Eine einzige Berührung mit der Stange, so erfahrt Ihr, Herr Van Beverout, ob dieser Besuch, den Ihr der Wassernixe abgestattet habt, Euch Vortheil bringen werde.«

Myndert zögerte. Wir haben bereits erwähnt, wie er gleich den Meisten von derselben Abkunft in der Colonie, einen innern Hang zur Divinationskunst hatte; die Anspielung des Helden vom Shawl auf den Gewinnst, den ihm sein heimlicher Handel bringen werde, war wenig geeignet, jenen Hang diesmal zu schwächen, daher nahm er endlich die dargebotene Stange und las gierig, was auf dem gewendeten Blatte stand. Es enthielt nur eine Zeile aus demselben bekannten Lustspiel, aus welchem die zwei vorhergehenden Sinnsprüche entlehnt waren; sie lautete:

»Verkünde es, Profos, der ganzen Stadt.«

Aus Hast hatte Myndert das Orakel laut gewesen. Schnell sank er auf seinen Sitz zurück; um seine Verwirrung zu verbergen, erzwang er ein Gelächter, als wenn er das Ganze nur für eine leere, kindische Spielerei hielte. »Verkünde mir keine Verkündigungen! Leben wir denn in einer feindseligen Zeit, unter öffentlicher Gefahr, daß man seine Angelegenheiten laut durch die Straßen ausposaunen soll. Ja wahrlich! schönes Maaß für Maaß! Hör 'mal, Meister Ruderpinne, diese Eure meergrüne Schlumpe da ist mir ein rares Stück; wenn sie ihr Betragen nicht ändert, wird sich kein rechtschaffener Mann gern in ihrer Gesellschaft treffen lassen. Was mich anbelangt, so glaube ich nicht an schwarze Kunst; der Kanal ist freilich dieses Jahr auf eine ganz ungewöhnliche Weise fahrbar geworden, aber ich glaube nun einmal nicht an Hexerei, daher mache ich mir wenig aus ihrem Schnickschnack. Uebrigens fordere ich sie heraus, von mir oder den Meinigen in der Stadt wie auf dem Lande, in Holland oder in Amerika, das Geringste zu sagen, was meinen Credit erschüttern könnte. Indessen wäre es mir nicht angenehm, leeren Gerüchten erst widersprechen zu müssen, weßhalb ich Euch schließlich den guten Rath ertheile, ihrem bösen Maule Zügel anzulegen.«

»Lege Du einem Sturm oder Wetterwirbel Zügel an! Wahrheit wird stets in ihrem Buche stehen, und wer darin liest, muß sich nicht vor ihr scheuen. – Herr Capitän, Sie sind von nun an wieder freier Gebieter über sich selbst, denn der Canal schneidet Sie nicht mehr von Ihrem Kreuzer ab. Hinter jener Anhöhe liegt das Boot und die Mannschaft, die Sie vermißten; von der letzteren werden Sie schon erwartet. Und nun, meine Herren, stellen wir alles Uebrige der Leitung der meergrünen Dame, unserer eigenen Geschicklichkeit und den Winden anheim. Leben Sie wohl!«

Kaum waren seine Passagiere an's Land gesetzt, so stieß der Held des Shawls sein Boot von demselben ab, und in weniger als fünf Minuten konnte man es an den Spiegel der Brigantine festgebunden, an seinen Taljen schwanken sehen.

Siebzehntes Kapitel.

»– Ich sah ihn unter sich die Wellen schlagen,
Auf ihrem Rücken reitend, er beschritt
Das Wasser, dessen Anfall von sich schleudernd,
Und bot die Brust der hochgeschwollenen Woge,
Die ihm entgegen kam.«

Der Sturm.

An dem Morgen, als das Obige vorfiel, stand im Garten des Aldermans ein neugieriger, obgleich nicht sehr klarer Beobachter alles dessen, was sich in der Runden Bucht und ihrer Umgebung ereignete. ES war dies keine andere Person als der Sklave Namens Bonnie, welchem die Aufsicht über das Gut »Lust in Ruhe« übertragen war, während der Zeit, wo sein Herr, der Alderman, sich in der Stadt aufhielt, also wenigstens mehr, als neun Monate im Jahre. Verantwortlichkeit und Vertrauen hatten bei diesem Neger dieselbe Wirkung, die sie bei gebildeteren Menschen hervorbringen. Durch lange Gewohnheit mit Lagen vertraut geworden, welche Sorgfalt erfordern, hatte er eine Wachsamkeit und Beobachtungsgabe erlangt, wie man sie selten bei Leuten von dieser unglücklichen Klasse antraf. Es ist eine der größten moralischen Wahrheiten, daß wenn Menschen einmal an sklavische Unterwerfung gewöhnt sind, sie eben so bereitwillig ihren Geist, als ihren Körper von Anderen beherrschen lassen. Daher kommt es, daß ganze Nationen mit so vielen Irrthümern behaftet sind. Diese fehlerhaften Maximen taugten in den Kram Derjenigen, die für das Volk dachten, daher wurden sie diesem für Wahrheiten ausgegeben. Zum Glück für die Aufklärung des Menschengeschlechts und die Förderung der Wahrheit braucht der Mensch weiter nichts als Gelegenheit zur Uebung seiner natürlichen Fähigkeiten, um ein selbstdenkendes und in gewissem Grade unabhängiges Wesen zu werden. Dies nun war auch bei dem eben erwähnten Sklaven, obgleich in sehr beschränktem Maaße, der Fall.

Welchem Antheil Bonnie an dem zwischen seinem Herrn und der Mannschaft der Brigantine bestehenden Handelsverkehr genommen habe, gehört nicht hierher. Es reicht hin zu wissen, daß in der

Villa fast nichts vorging, um das er nicht gewußt hätte, und da die einmal rege gemachte Neugierde immer mehr wissen will, je mehr sie erfährt, so war er unzufrieden, wenn sich in der Umgegend überhaupt etwas zutrug, wovon er nicht die näheren Umstände kannte. Scheinbar mit seiner Hacke im Garten der Villa beschäftigt, hatte er recht gut gesehen, wie Erasmus das Trio den Kanal hinüberruderte, wie dann die Drei dem Ufer folgend, sich in den Schatten der Eiche stahlen und nachher die Brigantine bestiegen. Dieser außerordentliche Besuch am Bord eines von so dunkelm Geheimniß erfüllten Schiffes gab dem Schwarzen viel Stoff zum Nachdenken. Oft hielt er mitten im Arbeiten inne und lehnte sich sinnend auf sein Gartenwerkzeug. Es war ihm noch nicht vorgekommen, seinen Herrn die gewöhnliche Vorsicht so wenig berücksichtigen zu sehen, daß er, so lange der Freihändler im Kanal lag, auch nur sein Wohnhaus verlassen hätte; und doch ging er jetzt dem Löwen geradezu in den Rachen, und zwar in Begleitung des Befehlshabers eines königlichen Kreuzers! Kein Wunder also, daß die Wachsamkeit des Negers sich verdoppelte, und seinem erstaunten Auge auch nicht der geringste Umstand unbemerkt entging. Während der ganzen Dauer des im vorhergehenden Kapitel beschriebenen Besuchs, blickte er jede Minute forschend entweder nach der Brigantine oder nach dem zunächst gelegenen Theil des Ufers.

Am gespanntesten ward aber die Aufmerksamkeit des Sklaven, als er seinen Herrn und dessen Begleiter wieder aus dem Schiffe an's Land kommen sah. Sie stiegen ungesäumt vom Ufer bis zum Fuß der Eiche hinan, wo sie sich eine geraume Zeit und wie es schien, höchst angelegentlich mit einander besprachen. So lange diese Berathung dauerte, stützte der Neger sein müßiges Werkzeug auf die Erde, schaute in einem fort nach derselben Richtung hin, und erlaubte sich kaum Athem zu holen, bis die Gruppe den Fleck verließ und sich in dem, das Cap verbergenden Dickicht verlor, da sie sich dem schmalen Kanal nicht längs des Ufers der Runden Bucht, sondern in der Richtung der äußern oder nördlichen Spitze des Caps näherten. Jetzt holte Bonnie tief Athem, und benützte die Zwischenzeit, um rund umher die anderen Gegenstände, welche Theile des Schauplatzes ausmachten, in's Gesicht zu fassen.

Die Brigantine hatte ihr Boot wieder aufgezogen, und lag da, wie vorher, ein unbewegter, schöner, im höchsten Grade anmuthsvoller

Bau, ohne das leiseste Anzeichen von einer Absicht in See zu stechen; ja, wenn ihre bewundernswürdige Ordnung und Symmetrie nicht vom Gegentheil gezeugt hätten, so würde man zu glauben versucht worden seyn, es befände sich kein menschliches Wesen darin. Der königliche Kreuzer, obgleich größer und von weit minder gefälliger Spannung und Gestalt, bot dasselbe Bild der Ruhe dar. Die Entfernung zwischen Beiden mochte ungefähr eine Stunde betragen, und Bonnie, mit der Gestaltung des Gestades und der Lage der Fahrzeuge ziemlich genau bekannt, sah recht gut ein, daß die, deren Amt es war, die Gerechtsame der Königin zu schützen, sich deßhalb so unthätig verhielten, weil sie durchaus keine Ahnung hatten, daß ein anderes, geschweige ein solches Schiff in ihrer Nähe liege. Die Thatsache war übrigens erklärlich genug, da das Dickicht die Runde Bucht ganz umsäumte, und sich außerdem längs der schmalen sandigen Landspitze bis an ihren äußersten Endpunkt eine Reihe Eichen und Fichten hinzog. Als daher der Neger mehrere Minuten lang bald das eine, bald das andere unbeweglich vor ihm liegende Schiff angeschaut hatte, schweifte er mit dem Blicke seitwärts ab nach dem Lande, schüttelte den Kopf, und brach dann in ein so gewaltiges Gelächter aus, daß seine schwarze Lebensgefährtin zum offenen Fenster der Scheuerkammer im Erdgeschoß der Villa ihr nichtssagendes, kreisförmiges Gesicht herausreckte, um sich nach dem Grund einer Fröhlichkeit zu erkundigen, welche nach ihren ehelichen Begriffen ein wenig ungefällig war, da sie nicht Theil daran nehmen konnte.

»He da! Du immer behältst für Dich, wenn's was Komisches gibt, Bonnie, hörst!« schrie die Keifende. »Wenn alte Knochen noch gern führen eine Hacke, das freut mich, und mich wundert, wie noch Zeit ist zum Lachen übrig bei einem Garten voll Unkraut.«

»Schnack!« rief der Eheherr, indem er den schwarzen Arm gleich einem plaidirenden Advokaten ausstreckte; »was weiß ein schwarzes Mensch von Politücke! Wenn sie hat Zeit zum Schwatzen, kann sie lieber kochen das Mittagessen. Sag' eins, Phillis, und das sey dieses, warum's Schiff von Capitän Ludlow nicht Anker lichtet und kommt und nimmt den Schelm in der Runden Bucht? kannst Du das erklären, oder nicht? wo nicht, so laß einen Mann, welcher die Sache versteht besser, lachen so viel er hat Lust. Ein Bischen lustig thut keinen Schaden der Königin Hanne und macht keinen Gubbenör todt.«

»Nichts als arbeiten und nicht schlafen macht alte Knochen müd', Bonnie, hörst! erwiederte sein anderes Ich. »Zehn Uhr – zwölf Uhr – drei Uhr und kein Bett; na, ich sehe die Sonne, ehe der schwarze Narr seinen Kopf auf's Kissen legt! – Und jetzt er schon wieder rührt die Hacke, als wenn er hätt' geschlafen zehn Stund. Masser Myndert ein Herz hat, und er nicht wünscht seine Leute todt zu machen mit Arbeit, sonst wär' alte Phillis todt fünfzig Jahr nächsten Winter.«

»Ich glaub' ein Weibsperson seine Zunge ist nie zufrieden! Warum der ganzen Welt sagen, wenn Bonnie geht zu Bett? Er schläft für sich, er nicht schläft für die Nachbarsleute! Ja! Ein Mensch kann nicht an Alles denken in einer Minute. Hier ist ein Band lang genug, daß er[19] sich kann dran hängen, nimm's, und dann nicht vergiß, Phillis, daß Du bist die Frau eines Mannes, der hat Sorge auf der Schulter.«

Bonnie schlug nun ein zweites Gelächter auf, und seine Ehehälfte, die herbeigelaufen kam, um das geschenkte Band zu empfangen, dessen Farben mit der Haut der buntesten Schlange wetteiferten, stimmte herzlich mit ein, ohne zu wissen worüber. Das Geschenk hatte die gewünschte Wirkung, und unser Beobachter konnte nun, von seiner geschwätzigen Ruhestörerin glücklich befreit, seine Reflexionen fortsetzen.

Bald sah Bonnie aus dem das Ufer bekränzenden Gebüsch ein Boot hervorkommen, in dessen Spiegel er die Personen seines Herrn, Ludlow's und des Patroons deutlich von einander unterscheiden konnte. Ihm war die am Abend vorher geschehene Wegnahme der Barke der Coquette und die Gefangennehmung der darin befindlichen Mannschaft keineswegs unbekannt, daher er sich über ihre Erscheinung an jener Stelle im Kanal nicht wunderte. Dagegen stieg sein Erstaunen immer höher, als er bemerkte, daß die Matrosen auf die Kriegsschaluppe zu ruderten. Er warf nun seine Hacke von sich, und lief nach dem Abhange des Berges, von wo aus

---

[19] Die Neger scheinen in ihrem gebrochenen Englisch keinen Unterschied zwischen den männlichen und weiblichen Fürwörtern zu machen

er einen Ueberblick über die ganze Bucht hatte. So lange die Geheimnisse von »Lust in Ruhe« sich auf die gewöhnlichen, mit heimlichem Handelsbetrieb verbundenen Manövers beschränkten, war es ihm ein Leichtes, sich alle Bewegungen zu erklären; allein eine so unnatürliche Verbindung wie die zwischen seinem Herrn und dem Kreuzer der Krone, die jetzt eingetreten zu seyn schien, überstieg sein Fassungsvermögen, und er fühlte sich zu doppelter Wachsamkeit und angestrengterem Denken aufgefordert.

Ein aufgeklärterer Geist als der des Sklaven würde jetzt in die höchste Spannung versetzt worden seyn durch die erwartungsvolle Stille, und durch die sich dem Beschauer darbietenden Gegenstände, zumal wenn ihm der Charakter der beiden im Gesicht liegenden Fahrzeuge bekannt war und er sich daher von dem, was da kommen sollte, einen vorläufigen Begriff bilden konnte. Der Wind schwebte noch im Osten, dessenungeachtet aber hatte die Wolke über der Mündung des Rariton endlich sich zu heben begonnen. Die großen Flocken des weißlichen Dunstes, welche den ganzen Morgen über dem festen Lande zerstreut herunter hingen, flossen schnell in einander, und bildeten schon eine finstere, dichte Masse, welche über das Innere der Bucht dahinzog und bald die ganze Ausdehnung ihrer Gewässer zu umfassen drohte. Leichter und veränderlicher ward die Luft, lauter das Rauschen der Brandung, unregelmäßiger ihr Heranwälzen an den Strand, als in den früheren Stunden des Tages. Dies war der Zustand der beiden Elemente schon, als die Barke noch zeitig genug die Seite ihres Schiffes erreichte; in der nächsten Minute hing sie bereits hoch in der Luft an ihren Taljen, und verschwand dann in die dunkle Masse des Rumpfs.

Es ging weit über den Verstand unseres Beobachters hinaus, nunmehr irgend ein weiteres Zeichen von Vorbereitung an einem oder dem anderen Schiffe zu entdecken, wie gänzlich auch Beide seine Aufmerksamkeit einnahmen. Ihm kamen sie beide gleich regungslos, gleich entvölkert vor. Zwar entgingen ihm einige dunklere Punkte in der Takelage der Coquette nicht, was vielleicht Menschen waren; die Entfernung ließ ihn jedoch darüber nicht zur Gewißheit kommen, und selbst zugegeben, daß Matrosen in den Tauen standen, so hatte ihr Dortseyn doch keine sichtbare Aenderung zur Folge, wenigstens keine, welche Bonnie's unbelehrtes Auge zu erspähen vermocht hätte. Nach einer oder zwei Minuten waren selbst jene dunkleren Punkte nicht mehr zu sehen, dagegen aber glaubte der umsichtige Schwarze zu bemerken, wie die Tops und das Tauwerk unter den Marsen sich verdichteten, als würden sie von mehr als dem gewöhnlichen Gewebe von Linien umzogen. In diesem Augenblick der ängstlichen Spannung zuckte ein Blitz aus der Wolke über dem Rariton und fernher wälzte sich der Donner über das Gewässer. Dies schien dem Kreuzer als Signal zu dienen, denn als Bonnie's Blick, der einen Moment nach den Wolken gerichtet war, wieder auf das Fahrzeug fiel, hatte es Mars-, Bram- und Oberbramsegel aufgehißt, scheinbar mit eben so wenig Anstrengung als ein Adler, wenn er die Fittige ausbreitet. Jetzt fing das Schiff an unruhig zu werden, denn der Wind kam stoßweise, und das Fahrzeug schlingerte, gleichsam als kämpfte es, um sich von den Banden seines Ankers loszureißen. Aber genau in dem Moment, wo der Wind umsetzte und aus der Wolke im Westen wehte, schoß der Kreuzer wirbelnd von der Stelle, an die er bis jetzt gebannt war. Anfangs zitterte das Schiff, wie ein Hengst der sich vom Bindseil losgerissen, aber immer langsamer wurden die Schwingungen, und als es jetzt in die Windlinie kam, hatte es durch die Balancir-Kraft der Segel sein Gleichgewicht schon wieder gewonnen. Noch eine oder zwei Minuten vergingen nun dem Anscheine nach in Unthätigkeit, allein bald zeigte sich eine Veränderung in den Obersegeln: sie waren in parallele Linien gebracht worden. Ein weißes Tuch nach dem andern entfaltete sich über dem Rumpfe, und Bonnie sah nunmehr die Coquette, den schnellsten Kreuzer der Krone in jenen Gewässern, unter einem Gewölk von Leinwand in die See stechen.

Während dieser ganzen Zeit blieb die Brigantine ruhig in der Runden Bucht vor Anker liegen. Als der Wind absprang, schwankte das leichte Schiff in den Luftstrom, und das Bild der meergrünen Dame bot die dunkle Wange dem Fächeln des Windes dar. Sie schien allein über das Schicksal ihrer Anhänger zu wachen; denn kein anderes Auge war zu sehen, das sich von der Gefahr unterrichtet hätte, womit sowohl der Himmel als ein bestimmterer, verständlicherer Feind die Wassernixe bedrohte.

Da der Wind, obgleich unstät, kräftig blies, so bewegte sich die Coquette mit einer Geschwindigkeit durch die Wogen, die ihren

Ruf als Schnellsegler keineswegs widerlegte. Zuerst hatte es das Aussehen, als beabsichtige das königliche Schiff, das Vorgebirge zu doubliren und eine Höhe auf offener See zu gewinnen, denn sein Gallion stand nach Norden; doch kaum war die Krümmung der kleinen Bucht erreicht, welche wegen ihrer Gestalt den Namen »der Pferdeschuh« führt, so schoß es gerade in den Wind hinein, und fiel mit der schönen leichten Bewegung eines beigedrehten Schiffes ab, das Vordertheil nach der Fronte der Villa zugewendet. Von nun an war das Vorhaben des königlichen Kapitäns gegen den notorischen Contrebande-Händler zu klar, um noch einen Zweifel zuzulassen.

Doch die Wassernixe verrieth noch immer kein Zeichen der Furcht. Das sinnvolle Auge des Bildes schien die Bewegungen des Gegners zu studiren, mit der ganzen Thätigkeit eines verständigen Wesens, und hin und wieder machte die Brigantine in den abwechselnden Luftströmen eine leise Wendung, als wenn der kleine Bau mit selbstbewegender Willenskraft begabt gewesen wäre. Diese veränderten Stellungen glichen den schnellen, abgebrochenen Geberden eines Jagdhundes, wenn er in seinem Lager den Kopf aufwärts reckt, um einem entfernten Geräusch zu lauschen, oder einem in der Luft vorüberziehenden Geruche nachzuschnuppern.

Unterdessen näherte sich das Schiff mit einer solchen Schnelligkeit, daß des Negers stets wichtigthuender Blick doppelt sprechend wurde, und er das weise Haupt bedenklich schüttelte. Alles schien dem Laufe des königlichen Kreuzers günstig, und da Jedermann wußte, daß das Wasser der Runden Bucht während der Periode, wo der Kanal schiffbar blieb, hinlänglich tief war, um Schiffe von bedeutender Wassertracht aufnehmen zu können, so war dem treuen Bonnie um das künftige Schicksal seines Herrn ernstlich bange. Er sah für den Smuggler keine andere Hoffnung zum Entkommen mehr, als die, daß der Wind noch umspringen könne. Obgleich die drohende Wolke nunmehr die Mündung des Rariton verlassen hatte und sich mit furchtbarer Geschwindigkeit nach Osten wälzte, so war sie doch noch nicht geborsten. Die Luft hatte jenes unnatürliche, schwüle Aussehen, welches einem Fallwind voranzugehen pflegt; inzwischen fielen nur einige große Tropfen, scheinbar aus einem wolkenfreien Himmel, so daß man es für's Erste eine trockne Bö nennen konnte. Dann und wann waren die Wogen der Bai grünlich und finster drohend, und einige Male schien es, daß schwere

Windströme sich auf die Wasserfläche senkten, als wollten sie in ihrem Muthwillen vorläufig ihre Gewalt gegen das verschwisterte Element versuchen. Trotz dieser nichts Gutes bedeutenden Vorzeichen setzte die Coquette ihren Lauf fort, ohne die weite Ausdehnung ihrer Tücher auch nur um einen Zoll zu verkürzen. Diejenigen, welche ihre Bewegungen regierten, waren keine Matrosen aus der trägen Levante, noch aus den friedlichen Gewässern des Mittelländischen Meeres, daß sie sich in solcher Lage das Haar zerrauft oder alle Heiligen angerufen hätten, ihre Rathlosigkeit gegen Unglück zu schützen, sondern es waren Seeleute, die ihr Handwerk in stürmischer See erlernt hatten und gewohnt waren, ihr Hauptvertrauen in ihre eigne wackre Männlichkeit zu setzen, geleitet von der Wachsamkeit und Geschicklichkeit einer langen in tausend Gefahren bewährten Erfahrung. Hundert Augen am Bord des Kreuzers waren scharf beobachtend theils auf die schnell vorwärts rückende Wolke, theils auf das, die Farbe des Wassers verändernde Spiel von Licht und Schatten gerichtet; doch geschah es nicht aus Zagen, denn Alle verließen sich unbedingt auf die Kenntnisse des jungen Offiziers, welcher den Oberbefehl im Schiffe führte.

Dieser selbst schritt mit seiner gewöhnlichen Fassung auf dem Verdeck auf und ab; allein diese Ruhe war nur Außenseite, denn in der That durchströmten Gefühle sein Inneres, die mit den Pflichten seines Postens in keiner Verbindung standen. Auch er hatte von Zeit zu Zeit nach der herannahenden Bö hingeschaut; doch weit öfter hing sein Blick an der regungslosen Brigantine, die man jetzt deutlich vom Verdeck der Coquette vor Anker konnte liegen sehen. Der Ruf: »Ein Fremder in der Runden Bucht!« welcher wenig Augenblicke zuvor aus einem der Marse erschollen war, kam dem Commandeur nicht unerwartet; hingegen erkannte die verwunderte, aber an Gehorsam gewöhnte Mannschaft jetzt den Zweck ihrer seltsamen Evolutionen zum ersten Male. Selbst der dem Kapitän zunächst im Kommando stehende Offizier hatte bisher keine Frage gewagt; als aber nunmehr der Gegenstand, den sie suchten, so klar vor Augen lag, gab ihm sein Rang Dreistigkeit, um eine Bemerkung zu äußern.

»Ein liebliches Fahrzeug!« sagte der gesetzte Lieutenant, hingerissen von einer Verwunderung, die bei seinem Gewerbe natürlich genug war; »wahrlich, es wäre nicht zu schlecht zu einem Staatsboot für die Königin! Gewiß ist's Einer, der die Revenüe beeinträchtigt, wo nicht gar ein Boucanier von den Inseln: der Kerl zeigt keine Flagge!«

»Setzen Sie ihn in Kenntniß, Sir, daß er es mit Jemand zu thun habe, der königliche Vollmachten trägt,« gab Ludlow mehr aus Gewohnheit des Commando's, als aus vollem Bewußtseyn, den Befehl. »Wir müssen diese Wanderer lehren, Achtung vor der königlichen Flagge zu haben.«

Der Knall der Kanone rief den Abwesenden zurück zu sich; erst jetzt ward er inne, daß er die Ordre ertheilt hatte.

»War dieser Schuß scharf?« fragte er in einem Tone, der mehr wie ein Verweis, als eine Frage klang.

»Scharf, aber nicht gezielt, Sir; bloß ein deutlicher Wink. Sie wissen, Kapitän Ludlow, in der Coquette versteht man sich nicht auf Pantomime.«

»Ich wünschte nicht, das Fahrzeug zu verletzen, selbst wenn es sich ausweisen sollte, daß es ein Boucanier ist. Sorgen Sie, daß Nichts es berühre, ohne gegebene Ordre.« »Ganz wohl; 's wird freilich besser seyn, die Schöne lebendig zu fangen, Sir; so ein hübsches Boot zu zersplittern, wie ein altes abgedanktes Schiff, wäre Schade. Aha! da fängt endlich sein Flaggentuch an zu flattern. Er zeigt ein weißes Feld – sollte der Kerl am Ende ein Franzose seyn?«

Der Lieutenant nahm ein Fernglas und hielt es mit der gewohnten Stetigkeit einen Augenblick gegen das Auge; dann senkte er es nachsinnend, als wenn er seinem Gedächtniß die verschiedenen Flaggen zurückrufen wollte, welche ihm in seinem vieljährigen Dienste zu Gesicht gekommen waren.

»Dieser Spaßvogel,« sagte er, »muß aus irgend einem unbekannten Lande seyn; hier hat er ein Frauenbild in seinem Felde, und noch dazu, so das Glas mich nicht täuscht, mit einer garstigen Physiognomie. – So wahr ich lebe, der Spitzbube führt das Seitenstück als Figur an seinem Gallion! – Wollen Sie die Dame nicht in Augenschein nehmen, Sir?«

Ludlow ergriff das Fernrohr, und richtete es nicht ohne Neugierde auf die Fahne, die der dreiste Smuggler in Gegenwart eines

Kreuzers zu entfalten sich erkühnt hatte. Die Fahrzeuge befanden sich jetzt einander nahe genug, um ihn in Stand zu setzen, die schwärzlichen Züge und das boshafte Lächeln der meergrünen Dame zu erkennen, deren Gestalt in das Feld der Flagge mit derselben Kunst eingewirkt war, die in den verschiedenen anderen Abbildungen, welche er am Bord der Brigantine gesehen, schon seine Bewunderung erregt hatte. Erstaunt über die Frechheit des Freihändlers, gab er das Rohr zurück und setzte seinen Spaziergang auf dem Deck schweigend fort.

Ein dritter Offizier, dessen Haupt und Gestalt schon die Kennzeichen des Alters trugen, hatte während der Unterredung den beiden Sprechenden so nahe gestanden, daß er nothwendig jedes Wort, das sie fallen ließen, hören mußte. Obgleich dieser Seemann – er war der Segelmeister der Schaluppe – den Blick abwechselnd bald auf die drohende Wolke am Himmel, bald auf das Gewölk von Leinwand über seinem Fahrzeug richten mußte, so hatte er doch Muße genug gefunden, den Fremden in's Auge zu fassen.

»Eine halb zugetakelte Brigg, mit einer nach hinterwärts geriegelten Vorbramstange, einer doppelten Bugsprietspier und stehender Gaffel;« so zählte der etwas pedantische Seemann die technischen Theile des fremden Schiffes auf, wie ein Anderer bei einer Personenbeschreibung sich bei den Eigenthümlichkeiten der Gesichtszüge aufgehalten hätte. »Der Spitzbub braucht nicht erst sein Mensch mit der eisernen Stirn zu zeigen, um kenntlich zu seyn! Erst letztes Jahr habe ich im Sankt Georg's Canal sechs und dreißig Stunden hinter einander Jagd auf ihn gemacht, und der Kerl lief um uns her wie ein Meerschwein, das um den Kinnback des Kiels spielt. Bald hatten wir ihn auf unserer Luvseite, bald kreuzte er unsern Cours, und einmal folgte er gar unserm Kielwasser, als wenn er, wie das Hühnlein einer Hausfrau, unsere Brosamen aufpicken wollte. Er scheint in der Bucht dort eingepfercht genug, ich gestehe es, aber dennoch wette ich den Gehalt, von welchem Monat im Jahr Ihr wollt, daß er uns durch die Finger davon läuft. Kapitän Ludlow, die Brigantine zur Lee dort ist der wohlbekannte *Meerdurchstreicher*.«

»Der Meerdurchstreicher,« tönte es wie ein vielstimmiges Echo aus zwanzig Kehlen wieder, ein Beweis, welches Aufsehen diese unerwartete Kunde verursachte.

»Ich bin bereit, über seinen Charakter einen Eid abzulegen vor jedem Admiralitätsrichter in England, oder auch selbst in Frankreich, sollte es nöthig seyn, vor eine ausländische Behörde zu gehen; aber wozu ein Eid? hier habe ich einen geschriebenen Bericht, den ich eigenhändig aufsetzte, als wir ihn in der Mitte des Tages verfolgten, und das Schiff vollständig im Gesicht hatten.«

Bei diesen Worten zog der Segelmeister eine Tabaksdose aus der Tasche, wand ein Gewinde von einer Seeschlingpflanze von derselben ab und nahm ein Päckchen Notizen heraus, dessen Farben bunter waren, als die Pflanze selbst.

»Jetzt, meine Herren,« fuhr er fort, »sollt Ihr seinen Bau haben,« so genau, als wenn der Schiffsbaumeister den Riß mit seinem Zollmaaß gemacht hatte. (Liest) ›Vergessen Sie nicht, einen Marderpelz aus Amerika mitzubringen zum Muff für Frau Spannsegel; kaufen Sie ihn zu London und schwören Sie – ‹ das ist nicht das rechte Papier! Da habe ich Ihren Jungen, Herr Luff, den letzten Posten Tabak für mich stauen lassen, und der kleine Hund hat mir richtig alle meine Papiere in Unordnung gebracht. Ja, ja, da kann man sehen, warum das Parlament zuweilen die Rechnungen der Minister nicht bekommen kann, wenn es sie durchlesen will; sie sind gewiß irgendwo festsitzen geblieben. Na, ich denke immer, das junge Blut muß sich ausbrausen. Ich habe selbst einmal, als ich noch ein Springinsfeld war, einen Affen am Samstag Abend in die Kirche gelassen, und dieser stellte eine solche Verpackung mit den Gesangbüchern an, daß sich die ganze Gemeinde sechs Wochen lang in den Haaren lag, und ganz besonders geriethen zwei alte Damen in einen Streit, der heute noch nicht geschlichtet ist. – Aha, hier ist es. ›Meerdurchstreicher. Volle Takelage nach vorne, hinten ein großes Segel, von vorne nach hinten gebraßt; ein Obergaffelsegel; hohe Spieren und leichter Windfang; so nett in seinen Geräthschaften, wie's nur irgend eine Schöne seyn kann. Ferner: führt einen Brodwinner bei hellem Wetter; der Giesbaum gleich einer Fregatte, Obersegelraa, mit einem großen Stangen-Stagsegel von dem Umfang eines Klüvers. Ferner: tief im Wasser, mit einem Weibsbild zur Gallion-Figur; trägt die Segel mehr wie ein Teufel, als wie ein menschliches Wesen, und liegt innerhalb fünf Punkten, wenn er dicht bei'm Wind eingeklemmt ist.‹ Hier sind Kennzeichen, durch die jede Ehrendame der Königen Anna den Schelm wieder erkennen würde, und dort seht ihr sie Stück für Stück, so deutlich, wie die menschliche Natur sich nur immer an einem Schiffe zu offenbaren vermag.«

»Der Meerdurchstreicher!« wiederholten die jungen Offiziere, welche um den alten Schwalker einen Kreis gebildet hatten, um diese charakteristische Beschreibung des notorischen Freihändlers mit anzuhören.

»Streicher oder Flieger, jetzt haben wir ihn fest auf unserer Leeseite, auf drei Seiten von einem sandigen Strand eingeschlossen und den Wind gerade in's Auge!« rief der erste Lieutenant. »Ihr sollt Gelegenheit haben, Herr Spannsegel, Eure Notizen durch wirkliche Abmessung zu berichtigen.«

Der Segelmeister schüttelte zweifelhaft den Kopf und richtete das Auge wieder nach der herannahenden Wolke.

Nunmehr war die Coquette so sehr vorwärts, daß sie schon den Eingang der Runden Bucht vor sich hatte, und ihr Gegner nur einige Kabeltaulängen noch entfernt lag. Einer von Ludlow ertheilten Ordre zufolge war alles leichte Segeltuch eingezogen worden, und das Schiff lief nur noch unter den drei Obersegeln und dem Klüver. Er fragte sich indessen, was nunmehr für eine Bahn zu nehmen sey, denn es war etwas Ungewöhnliches, daß ein Schiff von der Wassertracht der Coquette sich so weit landwärts in die Bai hineinwagte, und der drohende Zustand des Wetters machte doppelte Vorsicht nöthig. Der Lootse wollte eine Verantwortlichkeit nicht auf sich nehmen, welcher er sich von Amtswegen nicht zu unterziehen brauchte, da der gewöhnliche Seeweg durchaus nicht nach dieser entlegenen Stelle ging, und Ludlow selbst, wie sehr er sich auch durch so viele starke Beweggründe angespornt fühlte, nahm Anstand, eine Gefahr zu laufen, die weit außerhalb des Bereichs seiner Dienstpflicht lag. Das sichtliche Vertrauen des Smugglers hatte etwas so Auffallendes, daß es ganz natürlich auf den Gedanken brachte, er wisse sich durch irgend ein ihm bekanntes Hinderniß sicher geschützt; man beschloß daher zu lothen, ehe man das Schiff auf's Spiel setzte. Ein Vorschlag, den Freihändler mit den Booten zu nehmen, obgleich vielversprechend an sich, und vielleicht von allen Methoden die weiseste, wurde vom Commandeur verworfen, weil, wie er ausweichend sagte, der Ausgang ungewiß wäre, in Wahrheit aber, weil seine Theilnahme an einem Wesen, welches er am Bord der Brigantine vermuthete, ihn die Idee mit Abscheu zurückweisen ließ, das Fahrzeug zum Schauplatz eines so heftigen Auftrittes zu machen. Es wurde daher eine Jolle in's Wasser hinabgelassen, das große Marssegel an den Mast angeholt, und Ludlow selbst, begleitet vom Lootsen und dem Segelmeister, begab sich hinab, um auszumitteln, wo man sich dem Smuggler am besten nähern könne. Ein zuckender Blitz und schnell darauf einer jener fürchterlichen Donnerschläge, wie man sie nur in Amerika zu hören pflegt, warnten den jungen Seemann, daß Eile dringend Noth thue, wenn er sein Schiff wieder erreichen wolle, ehe die furchtbar drohende Wolke sich bis zu der Stelle, wo es lag, herangewälzt haben würde. Munter ruderte das kleine Boot in die Runde Bucht, während der Lootse und der Segelmeister auf beiden Seiten den Boden untersuchten, so schnell als sie die Lothlinie nur immer zu werfen und wieder heraufzuziehen vermochten.

»Schon genug,« sagte Ludlow, nachdem sie sich von der Möglichkeit einer Einfahrt überzeugt hatten. »Ich wünsche das Schiff so nahe an die Brigantine zu bringen, als nur immer angeht, denn ich traue ihrer Ruhe nicht. Laßt uns näher heran.«

»Eine eherne Hexe! der naseweise Blick und die unverschämte Gestalt reichen hin, einen Matrosen, wie ehrlich er auch immer seyn möge, zum Contrebandiren, wo nicht gar zum Seeraub zu verführen!« bemerkte Spannsegel halbflüsternd, wahrscheinlich aus Furcht, so nahe bei einer fast mit den Regungen des Lebens begabten Creatur seine Stimme laut werden zu lassen. »Ja, ja, das ist die Trolle! Ich kenne sie an dem Buche und dem grünen Spenser! Aber wo sind ihre Leute? Das Fahrzeug ist so still wie die königlichen Grabgewölbe an einem Krönungstage, wo der zuletzt verstorbene König und seine Vorgänger in der Regel den Ort ganz für sich allein besitzen. Hier hätten wir eine hübsche Gelegenheit, die Mannschaft eines Boots auf das Verdeck zu werfen, und das schamlose Zeichen, welches da oben mit dem Porträt dieser gottlosen Dame hier so lustig in der Luft flattert, herunterzuholen, wenn –«

»Wenn was?« fragte Ludlow, dem das Thunliche dieses Vorschlags sehr einleuchtete.

»Je nu, wenn man wüßte, woran man mit dem Mensch ist, Sir; denn die Wahrheit zu gestehen, Sir, so hätte ich es viel lieber mit einem regelmäßig gebauten Franzosen zu thun, der seine Kanonen ehrlich zeigt, und ein solches Geschnatter an seinem Bord hören läßt, daß man im Finstern seine Beschaffenheit errathen könnte. – Die Creatur hat gesprochen!«

Ludlow hatte nicht Zeit, zu antworten, denn unmittelbar auf den pfeilschnellen Blitz, welcher so plötzlich leuchtend über die dunkeln Lineamente der Gestalt gefahren war, daß er Spannsegeln unwillkührlich den seltsamen Ruf, womit er seine Rede schloß, entriß, folgte der Donner mit einem entsetzlichen Krachen. Dieser Wink aus der Wolke durfte nicht vernachläßigt werden. Der so lange hin- und herspringende Wind fing an in der Takelage der Brigantine hörbar zu werden, und die drohende und schnellwechselnde Färbung der Elemente war ein unzweideutiger Beweis von der ungesäumten Nähe des Fallwindes. Der junge Seemann wendete mit ungetheilter, angestrengter Aufmerksamkeit das Auge auf sein eigenes Schiff. Die Raaen lagen auf den Eselshäuptern,[20] die bald schwellende, bald zusammensinkende Leinwand flatterte weit leewärts, und zwanzig bis dreißig menschliche Gestalten standen auf jeder Spiere, schnellfingerige Toppgasten, welche damit beschäftigt waren, mit aller Macht einzuholen und die Segel stark einzureefen.

»Gebt Fahrt, Leute, es gilt euer Leben!« schrie Ludlow mit aufgeregter Stimme.

Ein einziger Ruderschlag und die Jolle war schon zwanzig Fuß von dem geheimnißvollen Bilde entfernt. Hierauf folgte ein verzweifelter Kampf zur Wiedererreichung des Kreuzers, ehe der Fallwind sie umschlüge; schon einige Augenblicke ehe sie des Schiffes Seite wieder gewonnen hatten, hörten sie das dumpfe Gebrüll des Windes in den Taugewinden, und das Aufeinanderstoßen der Elemente gegen das Fahrzeug war bisweilen so unverkennbar, daß der junge Commandeur befürchtete, er würde zu spät kommen.

---

[20] Eselshaupt ist ein hartes Stück Holz, welches den Masten und Stangen und den Stangen und Bramstangen zur Befestigung über den Sahlingen (Kreuzgebälke unter dem Topp der Masten, auf welches der Mars gelegt wird) dient. D. U.

Ludlow's Fuß berührte das Verdeck der Coquette genau in dem Moment, wo die Wucht der ganzen Bö auf die Segel herniederfiel. Jedes andere Interesse war nun aus seiner Seele wie weggetilgt, sein Schiff füllte sie gänzlich aus.

»Laßt Alles nieder!« schrie der Offizier, welcher wußte, was es nunmehr galt, mit so gewaltiger Stimme, daß sie das Windgebrülle übertönte. »Bolzt die Schotthörner ein, beschlagt die Segel! Rasch da oben, ihr Toppgasten! wacker! eingeschnürt was Zeug hält!«

Diese Befehle wurden schnell hintereinander und ohne Sprachrohr gegeben, denn der junge Mann konnte, wenn es Noth that, laut sprechen wie der Sturm. Ihnen folgte eine jener, Seeleuten so wohlbekannten Minuten voll angstvoller Erwartung. Jeder war angestrengt mit seinem Theil des Schiffsdienstes beschäftigt, während um ihn her die Elemente schalteten, so wüthend, als wenn sie sich von der Hand, die sie gewöhnlich regiert, auf immer losgerissen hätten. Die Bai war eine ununterbrochene Schaumfläche, während das Rauschen der Bö dem dumpfen Gerassel von tausend dahineilenden Wagen glich. Das Schiff gab dem ungeheuren Drucke nach, bis das Wasser stromweise aus seinen Lee-Speigaten hervorstürzte, und die Reihe hoher Masten neigte sich zur Wasserebne, als wenn die Raanocken untertauchen wollten. Dies war indeß nur die Beugung vor dem ersten heftigen Anfall. Der richtig gespannte Bau gewann sein Gleichgewicht wieder und kämpfte vorwärts in seinem Elemente, als hätte er das Bewußtseyn, daß jetzt nur in Bewegung Sicherheit zu finden war. Ludlow warf nun einen Blick leewärts. Die Mündung der Runden Bucht lag günstig dazu, und er konnte die Spieren der Brigantine heftig im Sturm hin- und herwanken sehen. Er erkundigte sich, ob die Anker klar wären, worauf er von der Fallreepstreppe an der Luvseite, wo er stand, den Befehl hervordonnerte:

»Luv das Ruder windwärts an Bord!«

Von Segeln ganz entblößt, waren die ersten Anstrengungen des Schiffes, um, dem Steuer gehorchend, vom Winde abzufallen, mühselig und langsam. Als aber erst das Vordertheil aus dem Winde herausgedreht war, so konnte das treibende Gewölk sich kaum schneller bewegen. In diesem Augenblick brachen die Schleusen der Wolke los, und Regenströme mischten sich in das Getöse, und erhöhten die allgemeine Verwirrung. Nichts blieb mehr sichtbar als die gießenden Wasserstrahlen und der weiße Schaum, welchen das Schiff durchschnitt.

»Hier ist das Land, Sir!« brüllte Spannsegel von einem Krahnbalken hervor, worauf er stand, gleich einem ehrwürdigen Seegotte, triefend von seinem angebornen Element. »Wir fahren daran vorbei, wie ein Rennpferd!«

»Seht zu, daß Teu- und tägliches Anker klar sind!« rief der Capitän zurück.

»Fertig, Sir, fertig.«

Ludlow winkte den Leuten am Steuer, das Schiff an den Wind zu bringen, und als sein Lauf hinlänglich gedämpft war, fielen auf ein zweites Signal zwei schwere Anker in die Tiefe. Die ungeheure Maschine war nicht ohne eine nochmalige furchtbare Erschütterung zu hemmen. Als sich der Anhalt den Seiten mittheilte, schwang das Gallion sich nach dem Winde, und die Wogen, deren Heftigkeit den Rumpf bis in seinen Mittelpunkt erbeben machten, rissen Klafter nach Klafter von dem gewaltigen Kabel hinab. Doch der erste Lieutenant und Spannsegel waren keine Neulinge im Dienst, so daß es keine ganze Minute währte, bevor das Schiff sicher und stetig vor seinen Ankern lag. Als dieses wichtige Geschäft verrichtet war, standen die Offiziere und die Matrosen da, und schauten einander an, wie Menschen, die so eben ein gefährliches und furchtbares Wagestück bestanden haben. Die Aussicht öffnete sich nun wieder, und durch den noch immer fallenden Regen wurden die Gegenstände am Ufer sichtbar. Es war den Leuten, als wenn nach finstrer Nacht ihnen die heitre Sonne wieder aufginge, und obgleich die Meisten ihr ganzes Leben zur See zugebracht, so holten doch Alle tief und angstlindernden Athem, im Bewußtseyn, daß die Gefahr glücklich vorüber sey. Da ihre eigene Lage nun nicht mehr so dringend all' ihre Aufmerksamkeit in Anspruch nahm, so erinnerten sie sich Dessen, den sie verfolgten, wieder, und Aller Augen suchten angestrengt den Smuggler – er war unerklärlicherweise verschwunden!

»Der Meerdurchstreicher! und, was ist aus der Brigantine geworden?« ward gerufen und gefragt, was selbst die am Bord eines königlichen Kreuzers herrschende Disciplin nicht zu hindern vermochte. Aus hundert Kehlen tönte diese Frage des Erstaunens wieder, während noch einmal so viele Augen das schöne Schiff zu finden angestrengt bemüht waren. Vergebens! Leer war die Stelle, wo die Wassernixe noch so kürzlich lag, und von einem etwaigen Wrak derselben säumten keine Trümmer die Ufer der Runden Bucht. Während der Augenblicke, wo das Schiff seine Segel beschlug und zur Einfahrt in die Bucht die nöthigen Vorkehrungen traf, war Keinem Muße genug übrig geblieben, um sich nach dem Fremden umzuschauen, und von der Zeit an, wo das Fahrzeug die Anker geworfen hatte, bis jetzt, war die Aussicht auf den Gegner nach allen Seiten abgeschnitten. Eine dichte, seewärts ziehende Masse fallenden Regens war freilich noch immer zu sehen, allein Ludlow's ängstlich forschendes Auge müdete sich umsonst ab, bis zu dem, was sie etwa verberge, hindurchzudringen. Zwar dünkte es ihn einmal, als der Ocean am Horizont klar und ruhig war, und über eine Stunde, nachdem der Windstoß sein eigenes Schiff getroffen hatte, daß er weit in der See die feinen, sich am Horizonte abzeichnenden Spierenlinien eines Fahrzeugs ohne beigesetztes Segeltuch entdecken könne, doch ein zweiter Blick bestätigte die Vermuthung nicht.

In jener Nacht ward gar manche seltsame Geschichte am Bord des königlichen Schiffes Coquette erzählt. Der Bootsmann behauptete, daß während er unten auf der Flöte zum Verfahren des Ankertaues das Commando gab, er ein Kreischen in der Luft vernommen habe, welches sich anhörte, als wenn ein paar Schock Teufel ihn zum Besten hätten. Er habe dem Konstabel gleich gesagt, er halte es für nichts anders als das Commando der Bootsmannspfeife am Bord der Brigantine, welche gerade die Zeit, wo andere Schiffe froh sind: vor Anker zu kommen, dazu benutzte, sich auf ihre eigne Manier flott zu machen. Einer der Vormarsgasten, Robert Garn genannt, ein Kerl, der es im Mährchenerzählen mit Scheherazade selbst aufnehmen konnte, behauptete, und schwor hoch und theuer, daß, während er auf der Lee-Raanocke des Vormarssegels lag und einen Arm ausstreckte, um das stehende Leik zu fassen, ein Weib mit düsterm Blick so dicht über seinem Kopf vorüberschwebte, daß ihr langes Haar ihm in's Gesicht schlug und er die Augen schließen mußte, was ihm vom Reefer einen scharfen Verweis zugezogen habe. Der Mann, welcher Robert zunächst stationirt war, machte zwar einen schwachen Versuch, den Umstand auf eine ganz natürliche Weise zu erklären; es sey, meinte er, weiter nichts gewesen, als das im Winde hin- und herpeitschende Ende einer Beschlagseising, allein sein Schiffsmaat, der in der Jolle einen Riem geführt hatte und dessen Ruf für Wahrheitsliebe längst bei der Mannschaft feststand, wußte diese unwahrscheinliche Erklärung bald niederzuschlagen. Sogar Spannsegel hatte in der Konstabelkammer verschiedene geheimnißvolle Vermuthungen aufzustellen gewagt, war aber nach seiner Rückkehr aus dem schmalen Kanal, wo er auf Befehl des Capitäns lothen geholfen hatte, weniger gesprächig und mehr nachdenkend. Ueberhaupt bewies das Befremden aller Offiziere über den Bericht des Quartiermeisters, dem bei dieser Expedition das Lothwerfen übertragen war, daß außer dem Alderman Van Beverout Niemand am Bord dieser geheimen Durchfahrt mehr als zwei Faden Wassertiefe zugetraut hatte.

Achtzehntes Kapitel.

Fass't Posten, meine Herren, und wacht.«

Heinrich IV.

Am folgenden Tage hatte das Wetter ein dauerndes Aussehen. Der Wind, obgleich ein schlaffer, stand fest in Osten. Die dicke Luft bot jene nebelige Erscheinung dar, welche in diesem Klima zwar dem Herbst eigenthümlich ist, doch bisweilen auch mitten im Sommer zu sehen ist, wenn von dem Ocean her ein trockner Wind weht. Regelmäßig und eintönig war das Wälzen der Brandung an der Küste, und der Luftstrom so stetig, daß nicht der mindeste Wechsel zu besorgen stand. Die ersten Nachmittagsstunden sind der Zeitpunkt, in welchen der Fortgang unsrer Erzählung fällt.

Die Coquette lag nunmehr abermals vor ihren Ankern, genau innerhalb des Schutzes des Vorgebirgs. Die Bai hinauf sah man zwar einige kleine Segel vorüberziehen, im Ganzen zeigte die Scene jedoch an jenem längst verflossenen Tage wenig von dem regen Leben, womit sie unserer Zeit das Auge ergötzt. Die Fenster von »Lust in Ruh« waren wieder geöffnet, und das Hin- und Herlaufen der Sclaven in der Villa und deren Umgebung deutete auf die Wiederankunft des Besitzer.

So verhielt es sich denn auch. Zur genannten Stunde sah man den Alderman, von Oloff Van Staats und dem Commandeur des Kreuzers begleitet, über den vor der Cour des Fées liegenden grünen Platz kommen. Der letztere schaute sehr oft nach dem Pavillon hin, und bewies dadurch, daß er sich noch immer nicht entwöhnen konnte, an die Abwesende mehr zu denken; das Innere der beiden Anderen schien sich besser in die Nothwendigkeit zu fügen, kein Zeichen der Besorgniß war an ihnen zu bemerken. Wer den Charakter des Patroon kannte, und von dem Vorgefallenen unterrichtet war, dem mußte diese Gleichgültigkeit des jungen Bewerbers, zumal da sie mit einer gewissen geheimnißvollen Theilnahme, welche auf seinem sonst so stillzufriedenen Gesicht glänzte, im seltsamen Contrast stand, auf den Verdacht bringen, daß er weniger als früher an den Nachlaß des alten Etienne, und mehr an das heimliche Vergnügen denke, welches die lebhaften Austritte, denen er beige-wohnt hatte, ihm gemacht.

»Potz Anstand und Discretion!« rief der Bürger in Erwiederung auf die Bemerkung eines der jungen Männer. »Ich wiederhole es zum zwanzigstenmal, Alida Barbérie kommt wieder zurück zu uns, so schön, so unschuldig, und, was mehr ist, so reich als jemals! auch vielleicht eben so muthwillig. Die Bagage! ihren alten Onkel und zwei ehrenwerthe Bewerber auf eine so gedankenlose Weise zu quälen! Die Umstände, meine Herren,« fuhr der schlaue Kaufmann fort, als er bemerkte, daß der Werth der Hand, über welche er zu verfügen hatte, im Preise etwas gesunken war, »haben Sie in meiner Achtung gleichgestellt. Sollte meine Nichte am Ende dem Capitän Ludlow als Gefährten in ihren weltlichen Angelegenheiten den Vorzug geben, ei nun, deßhalb würde das gute Vernehmen zwi-schen dem Sohne des alten Stephanus Van Staats und Myndert Van Beverout nicht schwächer werden. Unsere Großmütter waren Ba-sen, und wenn ein und dasselbe Blut in den Adern fließt, so geziemt es sich, daß man hübsch Freundschaft halte.«

»Ich könnte nicht wünschen, auf meiner Bewerbung zu beste-hen,« erwiederte der Patroon, »nachdem die Dame einen so deutli-chen Wink gegeben hat, daß dieselbe ihr unangenehm« –

»Hat sich was zu winken! Nennen Sie diese augenblickliche Gril-le, dieses Spielen mit Wind und Fluth, wie der Capitän hier sich ausdrücken würde, einen Wink? Das Mädchen hat normännisches Blut in den Adern, und wünscht, mehr Lebhaftigkeit in die Bewer-bung zu bringen. Wenn ein Handel gleich aufgegeben würde, weil der Käufer ein wenig feilscht, und der Verkäufer eine Zeit lang thut, als wollte er einen bessern Bieter abwarten, so sollte Ihre Majestät nur lieber ihre Zollhäuser ohne Weiteres schließen lassen, und sich nach anderweitigen Revenüe-Quellen umsehen. Laß Alida ihr Müthchen erst kühlen, und ich setze den jährlichen Gewinn von meinem Pelzhandel gegen Deinen Zinsertrag, wenn wir sie nicht reuevoll wegen ihrer Thorheit und willig, Vernunft anzunehmen, wiedersehen. Meine Schwestertochter ist keine Hexe, daß sie auf einem Besenstiel die Reise um die Welt machen sollte.«

»Unsre Familie hat eine Tradition,« sagte Oloff Van Staats mit schwärmerischer Extase und einem affectirten Lachen, als schenkte er selbst der närrischen Sage keinen Glauben, »daß die große Wahrsagerin von Poughkeepste in der Gegenwart meiner Großmutter prophezeiht habe, ein Patroon von Kinderhook werde einstens eine Hexe heirathen. Mithin würde ich mich nicht sonderlich entsetzen, wenn mir die schöne Barbérie in der von Ihnen genannten Stellung zu Gesicht käme.«

»Die Vorhersagung muß schon durch deines Vaters Hochzeit erfüllt worden seyn!« brummte Myndert, der aber trotz dem, daß er sich stellte, als käme die Sache ihm lächerlich vor, dennoch nicht ganz frei war vom geheimen Glauben an die Wahrsager in der Provinz, von denen einige selbst bis zu Ende des letzten Jahrhunderts herab noch in hohem Rufe standen. »Sonst würde sein Sohn kein so gescheuter Junge geworden seyn! Doch was machen Sie denn da, Herr Capitän? Sie schauen ja nach dem Meere, als wenn Sie erwarteten, meine Nichte in Gestalt einer Seejungfer aus dem Wasser heraufkommen zu sehen.«

Der Commandeur der Coquette wies auf den Gegenstand hin, welcher seinen Blick auf sich gezogen hatte, und der, da er gerade jetzt erschien, allerdings nicht geeignet war, den Glauben seiner beiden Gefährten an übernatürliche Einwirkungen zu schwächen.

Es ist bereits erwähnt worden, daß der Wind trocken war und die Luft nebelig, oder vielmehr so angefüllt mit einem feinen Dunst, daß sie wie ein halberleuchteter Rauch aussah. Wenn das Wetter so beschaffen ist, läßt sich, zumal von einer Anhöhe, der sogenannte scheinbare Horizont[21] zur See nicht unterscheiden. Beide Elemente stießen so in einander, daß unsere Sinne nicht scharf genug sind, die Grenzlinie zu erkennen, wo das Wasser aufhört und das Himmelsgewölbe anhebt. In Folge dieser Unklarheit gewinnt ein jenseits der Wassergrenzlinie gesehener Gegenstand das Aussehen, als schwebe er in der Luft. Es ist selten, daß eines Nicht-Seemannes Gesichtsorgane über die scheinbare Wasserlinie hinauszusehen vermögen, wenn die Atmosphäre so eigenthümlich beschaffen ist; das geübte Matrosenauge entdeckt jedoch oft Fahrzeuge, die Anderen verborgen bleiben, weil sie sich nicht am rechten Punkte zu suchen verste-

---

[21] Der scheinbare Horizont oder, wie die Matrosen ihn nennen, die Kimm, ist dem wahren, den Mittelpunkt der Erde durchschneidenden, entgegengesetzt

hen. Es kann auch seyn, daß ein geringer Grad von Strahlenbrechung die Täuschung verstärkt.

»Hier!« sagte Ludlow, indem er eine Linie zeigte, welche zwei oder drei Stunden die hohe See hinein, mit dem Wasser in einen Punkt zusammengefallen wäre. »Schaut über den Schornstein des niedrigen Gebändes dort auf der Ebene weg, in gerader Linie nach jener abgestorbenen Eiche am Strand, und dann hebt das Auge langsam, bis es auf ein Segel stößt.«

»Das Fahrzeug beschifft den Himmel!« rief Myndert aus. »Deine Großmama war eine vernünftige Frau, Patroon, und eine Base meiner gottseligen Ahnfrau: es läßt sich gar nicht sagen, was zwei gewitzigte alte Damen damals zusammen gehört und gesehen haben mögen, wenn in unsern eigenen Tagen noch Gesichte, wie das vor uns da oben erscheinen.«

»Ich glaube nicht mehr Neigung als Andere zu haben, unglaubliche Dinge für wahr zu halten,« erwiederte Oloff Van Staats mit unerschütterlichem Ernst, »und dennoch, wenn mein Zeugniß verlangt würde, daß jenes Fahrzeug nicht in der Luft schwimme, so würde ich Anstand nehmen, es abzugeben.«

»Sie könnten es mit vollkommener Sicherheit thun;« sagte Ludlow. »Es ist nichts mehr und nichts weniger als eine halb aufgetakelte Brigantine mit steifen Buleinen, obgleich ohne viele ausgebreitete Segel.«

Myndert verursachte diese Entdeckung sichtlichen Verdruß. Er sprach viel von der Tugend der Geduld und den Freuden des trockenen Landes; als er indessen fand, daß der Vorsatz des königlichen Offiziers unerschütterlich war, gab er nothgedrungen die Absicht zu erkennen, eben den gemachten Versuch persönlich zu erneuern. Demgemäß dauerte es keine halbe Stunde, so befand sich die ganze Gesellschaft an dem Ufer des Shrewsbury und im Begriff, sich in der Barke der Coquette wieder einzuschiffen.

»Leb' wohl, *Monsieur François*,« sagte der Alderman, indem er dem alten Bedienten, welcher mit trostlosem Auge am Wasser stand, ein scheidendes Kopfnicken zuwarf. »Sorg', daß die Möbel in der *Cour des Fées* in gutem Stande bleiben; kann seyn, daß wir sie wieder brauchen.«

»*Mais, Monsieur Bèvre,* meine Pflicht und, *ma foi,* wenn die See mehr *agréable* wäre, auch mein Wunsch, ist, zu folgen Fräulein Alide. Niemals Jemand von dem Hause Barbérie das Meer geliebt hat, *jamais; mais, Monsieur,* was soll ich machen? ich werde sterben auf dem Wasser vor Schmerz, und ich werde sterben vor *ennui,* wenn ich bleibe hier, *c'est bien sûr.*«

»Wohlan, so komm mit, treuer *François,*« sagte Ludlow. »Du sollst deiner jungen Gebieterin folgen! versuch's nur, vielleicht findest du am Ende denn doch, daß wir Seeleute ein erträglicheres Leben führen, als du Anfangs glaubtest.«

Der alte Mann machte ein Gesicht, welches, wie den innerlich belustigten, obgleich äußerlich ernsthaft bleibenden Ruderern der Barke nicht entging, ein Pröbchen von seiner Gabe des Vorgeschmacks abgab; aber seine aufrichtige Anhänglichkeit siegte über den physischen Widerwillen, und so stieg er in das Boot. Ludlow hatte Mitgefühl mit seinem Kummer und suchte ihn durch eine stumme Beifallsbezeigung aufzumuntern. Ein menschliches Herz bedarf nicht überall der Zunge, um seine Regungen zu offenbaren; bald machte sich der dankbare Diener Gewissensvorwürfe, daß er seine Abneigung gegen die See zu stark geäußert habe, da der freundliche Capitän auf ihr sein Leben zubringe, auf sie seine Hoffnungen gründe.

»*La mer, Monsieur le Capitaine,*« erwiederte er mit einer dankenden Reverenz, »*est un vaste théâtre de la gloire. Voilâ Messieurs de Tourville et Duguay-Trouin, ce sont des hommes vraiment remarquables!* aber, *Monsieur,* was die *famille de Barbérie* betrifft, wir immer haben gehabt *un sentiment plus favorable pour la terre.*«

»Ich wünschte, Dein wunderliches Fräulein hätte diese Vorliebe mit der Familie getheilt,« bemerkte Myndert etwas kurz. »denn ich muß Dir nur sagen, Meister Francis, dieses Umherschiffen in einem verdächtigen Fahrzeug macht ihrem Verstande eben so wenig Ehre als«.....»Nicht verzagt, Patroon! das Mädchen will blos Deinen Muth auf die Probe stellen, und die Seeluft wird weder ihre Schönheit noch ihr Vermögen verringern. Und was Sie betrifft, Herr Kapitän, so muß ein Bischen Neigung zum Salzwasser das Mädchen in Ihrer Meinung heben.«

»Wenn die Neigung nichts weiter als das Element zum Gegenstand hätte, Sir,« war die kaustische Antwort: »aber, getäuscht oder nicht, mag Alida gefehlt haben oder blos hintergangen seyn. So dürfen wir sie nicht als das Opfer der Künste eines Niederträchtigen verlassen. Ich habe Ihre Nichte geliebt, Herr Van Beverout, und – Drauf zu gerojet, Ihr Leute; schlaft Ihr auf eurem Riemen, Kerle?«

Dieses plötzliche Abbrechen seiner Rede und der barsche Ton, mit welchem der Kapitän seine Mannschaft anfuhr, machte dem Gespräch ein Ende. Sichtlich wünschte er nicht mehr zu sagen, und bedauerte sogar die Schwachheit, so viel gesagt zu haben. Der übrige Weg zwischen dem Schiffe und der Küste wurde schweigend zurückgelegt.

»Als der Königin Anna Kreuzer das Vorgebirge Sandy Hook doublirte, nach Mittag am 6. Juni (Seezeit) im Jahre 17.., stand der Wind – »so wird in einem alten Journal, welches einer der Seekadetten hielt, und das noch existirt – »leicht stetig Süd-West ½ West.« Ferner erhellt aus derselben Urkunde, daß das Schiff präcis 7 Uhr p.m. absegelte, die Spitze von Sandy Hook West zum Süden und drei Stunden entfernt liegend. Unter der Rubrik: »Bemerkungen« heißt es in dem Document, das obige Angaben enthält: »das Schiff unter Steuerbord-Cours-Segel, von vorn nach hinten, sechs Zeichen ablaufend. – Am östlichen Bord eine verdächtige, halb aufgetakelte Brigantine einen Beilieger machend, liegt unter ihrem großen Segel, das Vormarssegel am Mast; Segeltücher leicht und hoch und der Klüver lose, Focksegel aufgegeit. Ihre Steuerbord-Cours-Segelbäume scheinen mit Tauen versehen, die Kardeelen aufgewunden, lauffertig. Dieses Fahrzeug soll der berühmte Zwitter, die Wassernixe, seyn, befehligt von dem berüchtigten Meerdurchstreicher, demselben Spitzbuben, der uns gestern auf eine so kuriose Art entwischt ist. Unser Herrgott schicke uns nur eine Mütze voll Wind, so wollen wir seine schnelle Ferse, ehe es morgen wird, auf die Probe stellen. – Passagiere: Van Beverout, Alderman vom zweiten Stadtviertel von Neuyork in der königlichen Provinz gleichen Namens; Oloff Van Staats Esq., gewöhnlich der Patroon von Kinderhook genannt und aus derselben Colonie; endlich ein alter Kerl, der stets aussieht, als wenn er sich übergeben wollte, mit einer Art von Seesoldatenjacke bekleidet, und auf den Ruf Francis antwortend. Zusammengenommen knurrige Kumpane, obgleich sie dem Capitän ganz gut zu gefallen scheinen. – Notabene: jede nippende Welle wirkt wie ein Brechmittel auf den Burschen in der Marine-Kleidung.

Der im vorhergehenden Auszuge enthaltene graphische Bericht über die damalige Stellung der beiden Schiffe, übertrifft jede Schilderung, die wir davon zu geben vermöchten, und wir nehmen daher den Faden der Erzählung in dem Augenblicke wieder auf, wo jener Bericht sie stehen läßt, welcher unterm 33sten Breitengrad und im Monat Juni, wie der Leser leicht einsehen wird, nicht lange nach Sonnenuntergang fällt.

Wenn der junge Priester Neptuns, dessen Meinungen wir so eben angeführt haben, Entfernung und Lage des Vorgebirges angibt, so hat er sich dabei blos auf seine Kenntniß der Oertlichkeit verlassen müssen, denn vom Verdeck war die niedrige Sandspitze nicht mehr sichtbar. Vom Schiffe aus gesehen, war die Sonne genau bei der Mündung des Rariton untergegangen, und die Gipfel der Navesink-Berge[22] warfen ihre Schatten weit in die See hinein. Kurz, die Nacht kam allmählich heran mit allen Merkmalen beständigen und schönen Wetters, aber zugleich einer Dunkelheit, wie sie auf dem Ocean nicht gewöhnlich ist. Bei so bewandten Umständen mußte die hauptsächlichste Sorge die seyn, daß man während der Stunden, wo die Finsterniß das gejagte Schiff dem Auge entzog, wenigstens dessen Pfad nicht verliere.

Ludlow schritt in dem schmalen Gang auf der Leeseite auf und ab, blieb dann stehen, stützte den Ellenbogen auf die leeren Finkenetten und schaute lange und schweigend auf das Fahrzeug hin, das er verfolgte. Die Wassernixe lag gerade in demjenigen Theil des Horizonts, welcher einer Recognoscirung am günstigsten war. Die noch anhaltende Dämmerung hatte hier alles Blendlicht verloren, so daß Ludlow jetzt zum ersten Male seit diesem Morgen das Schiff in seinen wahren Verhältnissen sehen konnte. In die Gefühle des Jünglings mischte sich jetzt die Bewunderung des Seemanns. Die Brigantine lag so, daß ihr künstlerisch schön gebauter Körper und der herausfordernde Wurf ihres Tauwerks sich am vortheilhaftesten

---

[22] Navesink, eine Abkürzung des ursprünglichen Namens Never-sink, niemals untergehend, weil man die Gipfel dieser Anhöhen auf der See sehr lange im Auge behält

zeigten. Ihr Gallion hatte sich dem Winde und folglich auch den Verfolgenden zugekehrt, und da gerade eine etwas mächtigere Woge den Rumpf emporhob, so sah Ludlow, wenn anders seine Einbildungskraft ihn nicht betrog, das geheimnißvolle Bild in schwebender Stellung auf dem Schaft, dem Beschauer das Buch entgegenhaltend und mit dem Finger über die Wasseröde hinwegzeigend. Ein Schwanken des Netzes, worauf der junge Matrose sich lehnte, störte ihn aus seiner Vertiefung auf, er bog den Kopf seitwärts und erblickte den Segelmeister, der sich ihm so nahe als die Disciplin gestattete, zur Seite gestellt hatte. Ludlow wußte die Sachkenntnisse, die sein Untergebener unstreitig besaß, gehörig zu würdigen; auch ließ ihn die Betrachtung nicht gleichgültig, daß das launische Glück wenig gethan hatte, die Entbehrungen und die Dienste eines Seemanns zu belohnen, der alt genug war, um sein Vater seyn zu können.

»Es sieht aus, als wenn wir eine finstere Nacht bekommen sollten, Herr Spannsegel,« sagte der junge Capitän, indem er jedoch vornehm seine bisherige Stellung und den auf die Brigantine gerichteten Blick beibehielt. »Wir werden wohl noch die Buleinen straff anziehen müssen, ehe wir den Unverschämten dort einholen.«

Lächelnd, wie Jemand, der mehr weiß als er sagen will, schüttelte der Alte das Haupt, indem er antwortete:

»Wir können unsere Buleinen noch gar manchmal anziehen, ja auch unsere Raaen in's Viereck zu brassen haben, ehe die Coquette[23] der Weibsperson mit den dunkeln Wangen unter dem Bugspriet der Brigantine die Wahrheit wird in's Ohr raunen können. Sie und ich waren nahe genug, um das Weiße in ihrem Auge zu sehen, und die Zähne zu zählen, die sie zeigt, wenn sie so hämisch lächelt, und was hat es uns genützt? Ich bin nur ein Subaltern, Herr Capitän, und kenne meine Pflicht zu gut, um bei einem Sturm nicht zu schweigen, aber auch hoffentlich zu gut um nicht dann zu sprechen, wenn im Kriegsrath mein Vorgesetzter die Meinung seiner Offiziere zu hören wünscht; und meine ist daher eben jetzt vielleicht verschieden von der einer Anderen im Schiffe, die ich nicht nennen mag, recht wackere Leute, obgleich sie nicht zu den ältesten gehören.«

---

[23] Am Gallion der königlichen Kriegsschaluppe war ebenfalls eine Frauengestalt als Schiffsfigur angebracht

»Und was ist denn Ihre Meinung, Spannsegel? Das Schiff, dächte ich, thut das Seinige und führt seine Segeltücher tapfer genug.«

»Das Schiff führt sich auf wie ein wohlerzogenes junges Frauenzimmer in der Gegenwart der Königin, bescheiden, aber anstandsvoll; doch was hilft Segeltuch bei einer Jagd, wo die Zauberei Stürme erzeugt und dem einen Schiffe Segel wegnimmt, während sie dem anderen fliegende Drachen vorspannt! Sollte Ihre Majestät, die Gott segnen wolle, sich jemals zu dem so dummen Streich bereden lassen, dem alten Tom Spannsegel ein Schiff anzuvertrauen, und besagtes Schiff läge just in diesem Wasserpfad, auf dem die Coquette so munter vorwärts eilt, ei nun, so wüßt' ich wohl, was der Commandeur desselben schuldigermaßen thun würde –«

»Und das wäre?«

»Herum, alle Leesegel herunter und das Fahrzeug bei dem Winde drehen.«

»Das würde Sie ja südwärts führen, während das Schiff hier am östlichen Bord liegt!«

»Wer steht uns dafür, wie lange es dort liegen bleibt! Zu Neuyork erzählte man uns, daß ein Franzose, an Tonnenmaaß und Kanonenzahl mit uns gleich, weiter unten an der Küste unter den Fischerbooten herumschnuppere. Nun weiß aber niemand besser als ich, Sir, daß der Krieg halb vorüber ist, denn nicht ein halber Pfennig Prisengelder hat in diesen drei letzten Jahren meine Tasche erwärmt; – – aber, wie gesagt, wenn ein Franzose nun durchaus einmal aus seiner Tiefe heraus will, und Luft kriegt, sein Schiff in trübes Wasser hineinzusteuern, je nun, wer sonst als er kann dafür? Aus einem solchen Mißständniß ließe sich was Ordentliches machen, Capitän Ludlow; dagegen jener Brigantine nachlaufen, heißt der Königin Leinwand ohne Nutzen verbrauchen. Meiner geringen Meinung nach wird der Boden der Coquette einen neuen Beschlag nöthig haben, ehe Sie sie fangen.«

»Das seh ich nicht ein, Spannsegel,« erwiederte der Capitän, indem er einen Blick in die Höhe warf; »alles zieht gehörig, und das Schiff ist nie mit weniger Anstrengung durch die Wellen gegangen. Wir können nicht eher wissen, wer von beiden die längsten Füße hat, als bis wir den Versuch gemacht haben.« »Sie können die Schnelligkeit des Spitzbuben nach seiner Unverschämtheit beurtheilen. Dort liegt er und wartet auf uns, wie ein Linienschiff, das beidreht und den Feind herankommen läßt. Wiewohl ein Mann von weniger Erfahrung in meinem Fache, so habe ich doch nie eines Lords Sohn gesehen, der sich zuversichtlicher auf Avancement verlassen hätte, als die Brigantine da auf ihre Ferse. – Wenn der alte Franzose hier so mit Gesichterschneiden noch lange fortfährt, so kehrt er sein Inwendiges heraus, so daß wir ihn ordentlich zu sehen bekommen, denn diese Kerle führen nie ihre wahre Flagge, wie ein ehrlicher Engländer. – Jener Seewanderer also hat, wie ich eben bemerkte, mehr Vertrauen in seine Segel, Sir, als in die Kirche. Ich bin überzeugt, Herr Capitän, daß die Brigantine gestern den Augenblick, wo wir unsere Obersegel beschlugen, benutzt hat, um aus dem schmalen Kanal zu entkommen; denn ich gehöre nicht zu denen, welche so leicht einem Irrwischmährchen Glauben schenken, und überdies habe ich die Passage mit eigener Hand gelothet und weiß daher, daß die Sache angeht, wenn der Wind frisch über das Hackebord wegbläst; indessen, Sir, menschliche Natur bleibt menschliche Natur, und der älteste Seemann ist doch immer weiter nichts als ein Mensch; meine Schlußmeinung also ist die, daß ich jeden Tag die Jagd auf einen Franzosen, von dem ich doch weiß, was er im Schilde führt, dem Ruhme vorziehen würde, achtundvierzig Stunden lang hinter einem dieser Flieger her Koppel-Course zu machen, mit geringer Hoffnung ihm zum Anrufe nahe genug zu kommen.«

»Sie vergessen, Herr Spannsegel, daß ich mich am Bord des gejagten Schiffes befunden habe, und sein Bau und Charakter mir nicht unbekannt sind.«

»So heißt es hier im Schiffe, Sir,« erwiederte der alte Matrose, indem er, von mächtiger Neugierde getrieben, sich näher an den Capitän heranmachte, »obgleich Niemand zu behaupten wagt, etwas Weiteres davon zu wissen. Ich thue nicht gern impertinente Fragen, zumal unter der königlichen Flagge, denn mein ärgster Feind wird mir nicht nachsagen können, daß ich Weibersitten habe. Aber ich getraue mir schon zu vermuthen, daß ein Fahrzeug, dessen Bau sich so trefflich in seiner Wasserlinie ausnimmt, auch inwendig nett gearbeitet ist; hab' ich Recht?«

»Es ist vollkommen in seinem Bau und wunderbar in seiner Ausrüstung.«

»Das hat mir der Instinkt schon gesagt. Der Commandeur desselben braucht sich jedoch deßhalb nicht darauf zu verlassen, daß es nicht dennoch einmal stranden könne. Das schönste Mädchen in unserem Kirchspiel hat, wie man sagen kann, auf den Untiefen ihres eigenen hübschen Gesichts Schiffbruch gelitten, als sie einst eine überflüssige Fahrt mit dem Sohn des Gutsbesitzers machte. Es war eine schmucke Dirne, obgleich sie alle ihre alten Bekannten dwars ab unterm Wind liegen ließ, als das junge Herrchen ihrem Kiel folgte. Gut, sie hielt sich wacker genug, Sir, so lange sie ihre Flieger tragen und mit passabelm Wind fahren konnte; als aber die Bö, von der ich sprach, sie einholte, was blieb ihr da übrig, als Kehraus davon zu machen? Andere, die ihr Thun und Lassen besser geheim zu halten wissen, beeilen sich in der Regel unter solchen Umständen, unter dem Sturm-Klüver der Religion und dergleichen mehr, was sie aus dem Katechismus aufgeschnappt haben, beizudrehen, aber das triftig gewordene Fahrzeug der Armen mußte auf die Leeseite aller ehrlichen Leute treiben. Ein nettgebautes, dralles Schiffchen war das Mädchen, und ich will keineswegs schwören, daß Mistreß Spannsegel sich heute die Frau eines königlichen Seeoffiziers nennen würde, wenn Jene besser verstanden hätte, wie man in Gesellschaft Vornehmerer sein Segel zu führen hat.«

Der gute Alte holte einen tiefen Athem; möglich, daß es ein nautischer Seufzer seyn sollte, aber man hätte eher geglaubt, das Heulen des Nordwindes als den sanften Zephyr zu hören. Hierauf nahm er seine Zuflucht zu einer kleinen eisernen Schnupftabaksdose, aus welcher er sich gewöhnlich seinen Trost zu holen pflegte.

»Ich habe von dieser Geschichte schon früher gehört,« erwiederte Ludlow, der in dem nämlichen Fahrzeug ehedem als Seekadett, und mithin als Untergeordneter seines jetzigen Subalterns gedient hatte. »Doch allen Berichten zufolge, haben Sie wenig Ursache, den Tausch zu bereuen, da ihre gegenwärtige Ehehälfte im besten Rufe steht.«

»Ohne Zweifel, Sir, ohne Zweifel. Keiner im Schiffe wird sich unterstehen können, mir vorzuwerfen, daß ich einem Menschen hinter'm Rücken Böses nachsage, selbst nicht meiner Frau, über welche ich doch von Rechtswegen gerade heraussprechen kann. Ich beklage mich nicht, ich bin ein glücklicher Mann zur See, und hoffe zu Gott, Mistreß Spannsegel wird zu Hause ihren Pflichten nachzukommen wissen. – – Die Brigantine holt ihre Raaen an, und bringt ihren Fockhals auf's Deck, Sie bemerken es doch auch, Sir?«

Ludlow, der überhaupt selten den Blick von dem verfolgten Schiffe wegwandte, bejahete die Frage schweigend, und nachdem der Alte sich durch wiederholtes Nachsehen überzeugt hatte, daß jedes Segel auf der Coquette seine Dienste thue, fuhr er fort:

»Die Nacht wird immer finsterer, und wir werden alle unsre Augen vonnöthen haben, um den Schelm nicht aus dem Gesicht zu verlieren, wenn er seine Richtung ändert – aber, wie gesagt, wenn der Kommandeur jenes halb aufgetakelten Schiffes sich zu viel auf sein hübsches Aussehen einbildet, so strandet er es doch noch in seinem Stolze. Der Spitzbube hat einen verzweifelten Charakter als Smuggler, wiewohl ich meinestheils nicht sagen kann, daß ich eben so streng über dergleichen Leute denke, wie gewisse Andere. Dieses Handelsgeschäft kommt mir vor, wie eine Art von Jagd zwischen dem Witz des Einen und dem Witz des Andern; wer am dümmsten ist, muß sich's gefallen lassen, die Segel zu streichen. Nimmt die Schatzbehörde die Sache erst in ihre eigne Hände, je nun, so ist der glücklich, der entwischt, und wer sich fangen läßt, gute Prise. Ich erinnere mich noch, Herr Kapitän, daß ein Flaggenoffizier einst anders wohin sah, als seine eignen Waaren zollfrei vorübergeführt wurden, und was die Admiralsfrauen betrifft, so weiß Jedermann, daß die Contrebande sich ihrer hohen Gönnerschaft erfreut. Ich läugne nicht, Sir, daß ein Smuggler genommen, und nach der Wegnahme condemnirt werden und hierauf eine gehörige Vertheilung des Genommenen unter die Prisenmacher stattfinden soll; sondern ich will nur sagen, daß es schlimmere Leute in der Welt gibt, als einen britischen Smuggler, zum Beispiel: Franzmänner, Holländer und Dons.«

»Das sind heterodore Meinungen für einen königlichen Offizier,« sagte Ludlow, halb lachend, halb böse.

»Ich werde mich auch hüten, sie der Schiffsmannschaft vorzupredigen; vor seinem Kapitän jedoch kann man schon das auf eine philosophische Weise äußern, was für das Ohr eines Seekadetten gefährlich wäre. Ich bin zwar kein Jurist, weiß aber doch, was es heißt, einem Zeugen den Eid abnehmen, daß er die Wahrheit und nichts als die Wahrheit sagen wolle. Ich wünschte die Königin, Gott segne sie, bekäme die letztere immer zu hören; gar manche ausgediente Schiffe würden dann zerhauen und bessere an ihre Stelle in See geschickt werden. Hingegen vom religiösen Gesichtspunkte aus frage ich: ist es nicht ganz gleich, ob eine Kiste mit Putzwaaren unter dem auf einer Messingplatte eingegrabenen Namen einer Herzogin, oder ob so viel Branntwein eingeschwärzt wird, als nur immer der Raum eines Kutters fassen kann?«

»Ein Mann von Ihren Jahren, Herr Spannsegel, sollte, dünkt mich, einsehen, daß es nicht einerlei ist, wenn das Staatseinkommen um eine Guinee, und wenn es um tausend Pfund beeinträchtigt wird.« »Ich sehe hier keinen andern Unterschied, als den zwischen Detail-Geschäft und Handel im Großen, was freilich bei einer Handelsnation, zumal für die Vornehmen, keine Kleinigkeit ist. Inzwischen hat das Land gerechte Ansprüche auf seine Revenüen, daher gebe ich zu, daß ein Schwarzer ein schlechter Mensch sey, nur nicht ein so schlechter wie die, welche ich eben genannt habe, absonderlich die Holländer. Die Königin hat ganz Recht, daß sie diese Schufte zwingt, in den engen Gewässern, die Höchstihr gesetzmäßiges Eigenthum sind, die Flagge vor der unsrigen zu streichen: denn da England eine reiche Insel ist, Holland hingegen nur ein trocken gelegter Sumpf, so ist es nicht mehr als billig, daß wir zur See zu befehlen haben. Nein, nein, Sir, wenn ich auch nicht zu denen gehöre, die gleich über einen Menschen herfallen, weil er von einem Revenüe-Cutter verfolgt, den Kürzeren gezogen hat, so bilde ich mir doch ein, die angebornen Rechte eines Engländers zu kennen. Wir müssen hier, sey's mit Güte oder mit Gewalt, die Herren bleiben, Capitän Ludlow, Handel und Manufakturen beschützen, und hierin auf das besonders Acht haben, worauf es hauptsächlich ankommt.«

»Ei, Herr Spannsegel, Sie sind ja ein ausgemachter Staatsmann, dafür hätte ich Sie gar nicht gehalten.«

»Obgleich armer Leute Sohn, Herr Capitän, so bin ich doch ein freigeborner Brite, und meine Erziehung ist nicht ganz vernachlässigt worden. Ich hoffe, ich verstehe mich ein wenig auf die Constitution, so gut wie einige Vornehmere. Gerechtigkeit und Ehre sind einmal der Wahlspruch eines Engländers, deßhalb müssen wir männlich auf das sehen, worauf es hauptsächlich ankommt. Wir sind keine oberflächlichen Schwätzer, sondern ein raisonnirendes Volk; unserm kleinen Eiland fehlt es nicht an tiefen Denkern; alles zusammengenommen also, muß England seine Rechte mit hoher Hand bewachen, Sir. Da ist, zum Beispiel, der Holländer ein wahrer Wasserrabe, ein Vielfraß mit einem Schlund, der weit genug ist, alles Gold des großen Moguls zu verschlingen, wenn er's kriegen könnte, und doch ist er, die Wahrheit zu sprechen, ein Vagabund, der nicht einmal einen ordentlichen Wohnsitz auf der Erde hat. Soll nun England einer Nation von solchen gemeinen Kerlen seine Rechte aufopfern, Sir? Nein, Sir, das verbietet unsere ehrwürdige Constitution und selbst unsere Mutter-Kirche; ich bleibe also, hol' mich der Teufel, dabei, daß man sie entere, wenn sie uns irgend eins unserer natürlichen Rechte verweigern, oder die Absicht blicken lassen, uns zu behandeln, als wären wir solche schmutzige Sumpfthiere wie sie selbst.«

»Das heiß' ich raisonniren wie ein Landsmann von Newton, und mit einer Beredtsamkeit, die einem Cicero Ehre machen würde! Bei größerer Muße werde ich Ihre Ideen zu verdauen bemüht seyn, da sie eine viel zu solide Speise sind, als daß man sie in einer Minute klein kriegen könnte. Jetzt aber müssen wir auf das Schiff dort Acht geben, denn mittelst meines Fernrohrs sehe ich, daß es seine Leesegel beigesetzt hat und Reißaus zu nehmen anfängt.«

Diese Bemerkung machte dem Gespräch zwischen dem Capitän und seinem Subaltern ein Ende. Letzterer verließ die Seite des Schiffes mit jenem inneren Wohlbehagen, welches Jeder fühlt, wenn er glaubt, eine Reihe tiefer Gedanken geschickt vorgetragen zu haben.

Es war in der That hohe Zeit, die angestrengteste Aufmerksamkeit auf die Bewegungen der Brigantine zu richten, da aller Grund zur Besorgniß vorhanden war, daß sie in der Finsterniß ihren Cours verändern und so entwischen würde. Die Coquette ward jeden Augenblick von der Nacht dichter umhüllt, der Horizont verengte sich mehr und mehr, so daß die Ausgucker oben nur noch in ungewissen Zwischenräumen die Lage des verfolgten Schiffes auszufinden im Stande waren. Während dieses gegenseitigen Verhältnisses beider Fahrzeuge gesellte sich Ludlow wieder zu seinen Gästen auf der Schanze. »Ein kluger Mann verläßt sich auf seinen Verstand, da wo die Gewalt nicht ausreicht;« sagte der Alderman. »Ich mache keine Ansprüche auf viel Seemannskunst, Capitän Ludlow, wiewohl ich einmal eine ganze Woche in London zugebracht, und die Reise über den Ocean nach Rotterdam siebenmal gemacht habe. Es kam wenig dabei heraus, wenn wir auf unseren Fahrten die Natur bezwingen wollten. Wenn die Nächte finster waren, wie die jetzige, so fügten sich die ehrlichen Schiffer und warteten gelegenere Zeit ab; auf diese Weise waren wir stets sicher, unsern Weg nicht zu verlieren, und endlich wohlbehalten in den gewünschten Hafen einzulaufen.«

»Sie haben bemerkt, daß die Brigantine, als sie zuletzt sichtbar wurde, eben ihre Segeltücher entfaltete; wer also am schnellsten vorwärts will, muß seine Flieger gebrauchen.«

»Man kann niemals wissen, was da oben im Himmel gebraut wird, wenn das Auge die Farbe der Wolken nicht mehr unterscheiden kann. Vom Charakter des Meerdurchstreichers ist mir nicht mehr bekannt, als was das allgemeine Gerücht davon erzählt, aber nach meinem geringen Urtheil als Nicht-Seemann, so thäten wir wohl daran, damit nicht ein oder das andere hafenwärts segelnde Fahrzeug mit uns zusammenstoße, an verschiedenen Theilen des Schiffes Laternen auszuhängen, und alle weitere Bewegung bis morgen früh einzustellen.«

»Die Mühe wird uns erspart, sehen Sie nur, der Unverschämte hat selbst ein Licht ausgesetzt, gleichsam als fordere er uns heraus, ihm zu folgen! Unglaubliche Frechheit, es zu wagen, so mit einem der besten Segler der englischen Flotte seinen Scherz zu treiben! Seht zu, meine Herren, daß alle Segel voll seyen, und zieht die Tücher straff an. Geben Sie den Topleuten einen Anruf, Sir, und überzeugen Sie sich, ob Alles fest ist.«

Unmittelbar nach diesem Befehl erschallte der des wachthabenden Offiziers, der sich erkundigte, ob, wie die Ordre lautete, jedes Segel so steif als möglich angespannt sey; hierauf wurden die Tau auf's straffste angeholt, und dann folgte auf diese allgemeine Regsamkeit eine eben so allgemeine Stille.

Die Brigantine hatte allerdings, gleichsam aus Spott über den Versuch des königlichen Kreuzers, ein Licht aufgesteckt. Zwar kränkte es innerlich die Offiziere der Coquette, zu sehen, wie wenig man sich am Bord des Freihändlers aus ihrer Schnelligkeit machte, allein dessenungeachtet fanden sie sich nun eines ermüdenden, peinlichen Dienstes überhoben. Ehe dieses Zeichen erschien, sahen sie sich genöthigt, ihre Sehkräfte bis auf's Aeußerste anzustrengen, um dann und wann bei einem zufälligen Schimmer den verfolgten Gegenstand zu erspähen; jetzt aber durften sie nur zuversichtlich dem glänzenden kleinen Punkt folgen, der sich sanft mit den Wogen hob und senkte.

»Ich glaube, wir rücken ihm näher,« sprach halb flüsternd der erwartungsvolle Capitän; »denn, seht nur, an den Seiten der Laterne wird eine Zeichnung erkennbar. Halt! richtig, so wahr ich lebe, es ist ein Frauengesicht!«

»Die Ruderer der Jolle berichten, daß der Seewanderer an vielen Stellen seines Fahrzeugs dieses Sinnbild zeige, und gestern hat er ja, wie wir wissen, in unserer Gegenwart die Frechheit gehabt, es als Flagge aufzuziehen.«

»Wahr, wahr; wir rücken ihm ganz gewiß und zwar schnell näher. Nehmen Sie selbst das Glas, Herr Luff, und sagen Sie mir, ob nicht vor dem Lichte dort ein weibliches Gesicht gezeichnet ist. – Still hinten und vorne im Schiffe! – die Schelme haben sich in unsrer Richtung geirrt.«

»Ein so frech aussehendes Weibsmensch, daß man es nicht zweimal ansehen mag,« erwiederte der Lieutenant. »Mit unbewaffnetem Auge kann man ihr unverschämtes Lachen sehen.«

»Seht zu, daß Alles klar zum Entern sey. Halten Sie eine Anzahl Leute bereit, Sir, um sein Verdeck zu ersteigen: ich will sie selbst anführen.« Diese Ordres, mit gedämpfter Stimme und rasch hintereinander ertheilt, wurden eben so schleunig ausgeführt. Mittlerweile war die Coquette ohne Schwierigkeit vorwärts gekommen, da ihre Segel durch den Nachtthau anquollen, und jeder Windhauch mit verstärkter Gewalt auf deren Flächen wirkte. Die Enterer nahmen ihre Stellungen ein, die tiefste Stille wurde anbefohlen, und als das Schiff dem ausgehängten Lichte noch näher kam, erhielten auch die Offiziere Befehl, sich ruhig zu verhalten. Um das Schiff zu commandiren, faßte Ludlow in der Besahn-Rust Posto, und rief dem Quartiermeister seine Befehle in einer Art von lautem Flüstern zu.

»Die Nacht ist so dunkel, man sieht uns ganz gewiß nicht!« bemerkte der junge Seemann zu dem ihm zur Seite stehenden Zweiten im Commando. »Man hat unbegreiflicherweise unsere Stellung mißverstanden. Bemerken sie doch nur, wie das gemalte Gesicht immer deutlicher wird – schon sind sogar die Locken unterscheidbar. – Luv, Sir, luv! wir wollen ihn auf der Windseite entern.«

»Der Narr muß einen Beilieger gemacht haben!« versetzte der Lieutenant. »Ja, ja, Hexen haben zuweilen keinen gesunden Menschenverstand! Können Sie sehen, in welcher Richtung sein Gallion liegt, Sir?«

»Ich sehe nichts als das Licht. Es ist so finster, daß kaum unsre eigenen Segel sichtbar sind – und doch glaube ich, das sind seine Raaen, ein wenig vor uns, dort auf unsrer Lee.«

»Es ist unsre unterste Spier; ich habe sie zum zweiten Gang bereit legen lassen, im Fall der Schurke sollte wenden wollen. Laufen wir nicht mit zu vollem Segel?«

»Etwas anluven könnt Ihr – luv an, sonst zerschmettern wir ihn!«

Der Capitän cilte, nachdem er diesen Befehl gegeben hatte, nach vorne, wo er die Mannschaft zum Ueberspringen in's feindliche Schiff bereit fand, und sie mit schnellen Worten über ihr Verhalten unterrichtete. Die Brigantine sollten sie nehmen, es koste, was es wolle, aber Gewalt nur dann brauchen, wenn sie ernstlichen Widerstand fänden. In die Kajüten sollten sie nicht eindringen – dies Verbot wurde dreimal eingeschärft – und der junge Mann drückte den großmüthigen Wunsch aus, daß das Leben des Meerdurchstreichers selbst auf jeden Fall geschont und derselbe lebendig gefangen werden möchte. Ludlow hatte kaum seine Instruktionen ertheilt, so befand man sich dem Lichte schon so nahe, daß jeder Zug in dem spöttischen Gesicht der meergrünen Dame deutlich gesehen werden konnte. Vergebens schaute sich der junge Capitän nach den Spieren um, damit er daraus schließen könne, in welcher Richtung das Vordertheil der Brigantine liege; der entscheidende Augenblick war gekommen, er mußte das Uebrige dem Glücke anvertrauen.

»Steuerbord angerennt! – Hinüber dort, ihr Enterer, hinüber! Ausgeholt mit den Hacken, tüchtig herangezogen, ihr Leute! Das Steuer nach Backbord – dicht – daß ihr heran könnt – heran! – wacker!« Hell, voll und ermuthigend erschallten diese Commando-Wörter des jungen Capitäns, und mit jedem neuen Rufe gewann seine gewaltige Stimme an Tiefe, an Männlichkeit.

Mit einem kräftigen Hurrah sprangen die Enterer in die Takelage. Leicht und schnell gehorchte die Coquette ihrem Steuer: ein Hinneigen zu der Stelle, wo das Licht glänzte, ein Zirkelschlag nach dem Winde, und im nächsten Augenblick lag ihre Seite dicht am verfolgten Gegenstand. Man warf die Enterdreggen. Die Leute gaben ein zweites Hurrah, und dann hielt jeder an Bord den Athem an sich, voll gieriger Erwartung des Kraches, der auf das Zusammenstoßen der beiden Schiffsrümpfe nun gleich erfolgen mußte. In diesem Augenblick der athemlosen Spannung stieg das Frauenantlitz nicht weit von ihnen in die Luft empor, schien ihren Versuch spöttisch zu belächeln, und verschwand alsbald. Ohne Anstoß segelte die Coquette recht nach vorne, und kein Krachen, kein Geräusch, als das dumpfe Spühlen der Wogen ward hörbar. Die schweren Enterhaken fielen rauschend in die See, und der königliche Kreuzer segelt schnell und unaufgehalten über die Stelle hinweg, wo man die Leuchte gesehen hatte. Ein zufälliger Schimmer in den Wolken erhellte einen Gesichtskreis von mehreren hundert Fuß, allein er bot dem Blicke nichts dar, als das unruhige Element, und das darauf schwimmende stattliche Schiff der Königin Anna.

Das Gefühl getäuschter Erwartung war das einzige, Allen gemeinschaftliche, im Uebrigen aber die Stimmung so verschieden, als die Gemüther Derjenigen, welche den Vorgang mit angesehen hatten. Der Haupteindruck war allerdings für die Annahme, daß die Brigantine ein natürliches Schiff sey, ungünstig, und wenn sich erst ein solcher Wahn in den Unwissenden festgesetzt hat, so ist es nicht leicht, ihn wieder auszutilgen. Selbst Spannsegel, wie eingeweiht er auch in die Künste der Zollgesetz-Verächter zu seyn schien, meinte, der Fall gehörte nicht zu den gewöhnlichen Schlichen mit schwimmenden Lichtern oder falschen Zeichen, vielmehr hielt er denselben für einen Beweis, daß man hin und wieder wohl auch Andere als regelmäßig zum Seeleben Eingeübte auf dem Ocean antreffe. Capitän Ludlow hatte wahrscheinlich eine verschiedene Ansicht von der

Sache, erachtete es jedoch für überflüssig, sich gegen seine Untergebenen, die gehorchen mußten, sie mochten denken was sie wollten,
in eine Erklärung einzulassen. Eine geraume Zeit schritt er miß-
muthig auf der Schanze auf und ab, und gab dann seinem nicht
besser gelaunten Offizier die nöthigen Befehle. Die leichteren Segeltücher der Coquette wurden nunmehr eingezogen, das Tauwerk
der Leesegel wieder ausgeschoren, und die Spieren befestigt. Hierauf drehte man das Schiff in den Wind, holte die großen Segel ein,
beschlug das Vormarssegel an den Mast, und blieb so liegen in Erwartung des Tagesanbruchs, um den Bewegungen alsdann mehr
Bestimmtheit zu geben.

Neunzehntes Kapitel.

»Ich, Johann Spohner,
Bin Herr und Bewohner
Vom trefflichsten Schooner
Nach Nord-Carolina.«
u.s.w.

Küstenschifferlied.

Unsern Lesern ist Alderman Van Beverout's Charakter und der seines Freundes, des Patroons, hinreichend bekannt, um eine Schilderung ihrer Theilnahme an dem, was sich am Bord der Coquette zutrug, überflüssig zu machen. Als es kund wurde, daß das Schiff die Brigantine verfehlt habe, und keine Wahrscheinlichkeit mehr vorhanden sey, sie noch diese Nacht einzuholen, brach der Alderman in einen Ruf aus, welcher ziemlich wie ein Freudengeschrei klang.

»Was frommt es, auf dem Ocean Jagd auf Leuchtwürmer zu machen, Patroon!« raunte Myndert dem Oloff Van Staats in's Ohr. »Ich weiß von diesem Meerdurchstreicher nicht mehr, als dem Chef eines Handlungshauses zu wissen geziemt; allein Reputation gleicht einer Rakete, die man aus der Ferne sehen kann. Die Königin hat kein Schiff, das im Stande wäre, diesen Wanderer todt zu segeln, wozu also das unschuldige Fahrzeug vergeblich abmüden?« –

»Capitän Ludlow hat andere Wünsche, als die bloße Wegnahme der Brigantine;« erwiederte lakonisch der sententiöse Patroon. »Die Meinung, daß Alida de Barbérie sich am Bord derselben befinde, übt großen Einfluß auf die Bewegungen dieses Herrn aus.«

»Das ist eine komische Kälte, Herr Van Staats, da sie doch einmal mit meiner Nichte wo nicht gar schon getraut, doch so gut wie versprochen sind. Alida Barbérie übt großen Einfluß auf jenen Herrn aus! Ich möchte wohl wissen, Sir, auf wen von ihren Bekannten sie keinen Einfluß ausübe?« »Die günstige Meinung von der jungen Dame ist unläugbar ziemlich allgemein.«

»Potz Meinung und Gunst! Soll diese Apathie, Sir, mir andeuten, daß es mit unserm Handel aus sey, daß euer beiderseitiges Vermögen nicht in eins vereinigt, daß das Mädchen nicht Ihre Gattin werden soll?«

»Lassen Sie sich was sagen, Herr Van Beverout; wer mit seinen Einkünften und mit seinen Worten haushälterisch umgeht, der braucht sich wenig nach dem Gelde anderer Leute umzusehen, und kann da, wo es nöthig ist, von der Leber wegsprechen. Ihre Nichte hat einen so entschiedenen Vorzug für einen Andern an den Tag gelegt, daß die Lebhaftigkeit meiner Bewunderung wesentlich abgenommen hat.«

»Es wäre Schade, bei so vielem Feuer dennoch seinen Zweck nicht zu erreichen; das käme mir vor, als wenn Cupido sich für zahlungsunfähig erklärte. Bei Handelsangelegenheiten, Herr Van Staats, geht nichts über Aufrichtigkeit; erlauben Sie mir daher, Sie geradezu und entscheidend zu fragen, ob in Beziehung auf die Tochter des alten Etienne de Barbérie Ihr Entschluß noch derselbe ist oder ein anderer?«

»Ein anderer und ein entschiedener;« antwortete der junge Patroon. »Ich wünschte eben nicht die Stelle meiner Mutter von einer jungen Dame ausgefüllt zu sehen, die so viel von der Welt gesehen hat. Unsre Familie liebt die Eingezogenheit und neue Moden würden meine Haushaltung in Verwirrung bringen.«

»Ich bin kein Weissager, Sir, aber zum Besten eines Sohnes meines alten Freundes Stephanus Van Staats, will ich einmal eine Prophezeihung wagen. Sie werden sich verheirathen, Herr Van Staats – ja traun! Sie werden eine Frau bekommen, Sir – was für eine? verbietet mir die Klugheit zu sagen; aber Sie mögen sich für einen glücklichen Mann halten, wenn es nicht eine ist, die Ihnen Haus und Hof, Ländereien und Freunde, Güter und Einkünfte, kurz alle solide Lebensfreuden verleidet. Es würde mich gar nicht wundern zu hören, daß die Weissagung der Prophetin von Poughkeepsie in Erfüllung gegangen ist!«

»Aufrichtig Herr Stadtrath Van Beverout, was halten Sie von den verschiedenen geheimnißvollen Dingen, die wir gesehen und gehört haben?« fragte der Patroon, so vertieft im Sinnen über die neulichen Ereignisse, daß die harten Worte seines Gefährten ihn gar nicht beleidigten, wenn er sie überhaupt gehört hatte. »Diese meergrüne Dame ist kein ordinäres Frauenzimmer!«

»Meergrün oder himmelblau!« fuhr der ungeduldige Bürger dazwischen. »Das Weibsbild ist nur zu ordinär, Sir, und das ist eben das Unglück. Hätte sie sich damit begnügt, ihre Geschäfte auf eine geräuschlose und vernünftige Weise abzumachen, und dann wieder in die See zu stechen, so würde die ganze Narrethei unterblieben, und Rechnungen nicht in Unordnung gerathen seyn, die so gut wie abgemacht waren. Herr Van Staats, wollen Sie mir ein paar unumwundene Fragen erlauben, oder haben Sie jetzt nicht Muße, sie zu beantworten?«

Der Patroon nickte bejahend mit dem Kopfe.

»Was glauben Sie, daß aus meiner Nichte geworden sey, Sir?«

»Entführt.«

»Und von wem?«

Van Staats von Kinderhook streckte einen Arm nach dem freien Meere aus, und nickte abermals. Nachdem der Alderman einen Augenblick sinnend dagestanden, verscheuchte ein angenehmer Gedanke plötzlich seine üble Laune, so daß er in ein lautes Gelächter ausbrach.

»Scherz bei Seite, Patroon,« sagte er in dem freundlichen Tone, mit dem er gewöhnlich den Besitzer der hunderttausend Morgen anzureden pflegte, »dies Geschäft gleicht einer verwickelten Rechnung, ein wenig schwierig, bis man erst mit den Büchern ein Bischen bekannter ist, dann wird Alles klar und einfach. Bei Aufmachung des Vermögensbestands von Kobus Van Klinck waren Schiedsmänner, die ich nicht erst nennen mag, hinzugerufen worden. Nun war aber die Handschrift des alten Materialisten etwas undeutlich, und die Zahlen nicht ganz genau, so daß wir lange im Dunkeln herumtappten, bis wir endlich den Ort entdeckten, wo die Bilanz stehen sollte; darauf rechneten wir rückwärts und vorwärts, – denn darin besteht das Wesen des Schiedsmannsamtes – und so kamen wir am Ende vollkommen auf's Klare. Kobus war nicht sehr lichtvoll in seinen Eintragungen, und ging mit der Tinte etwas freigebig um. Man konnte sein Hauptbuch füglich ein Buch der Schwarzen Kunst nennen, denn es war voller Gekritzel und Kleckse, wiewohl letztere nicht wenig zur genügenden Aufklärung der Posten beitrugen. Indem wir drei von den größten Tintenklecksen als gleichbedeutend mit eben so vielen Orhöften Zucker gelten ließen, erhielten wir eine sehr zufriedenstellende Bilanz zwischen ihm und einem Ränkemacher von hausirendem Yankih. Und obgleich es nun schon lange her und kein Mensch mehr an dem Resultat betheiligt ist, so fordre ich doch jeden respektabeln Mann heraus, zu sagen, ob die Kleckse etwas Anderem ähnlicher sahen als Orhöften. Etwas müssen sie doch bedeutet haben, und da Kobus viel mit Zucker handelte, so hatten wir überdieß die größte moralische Wahrscheinlichkeit dafür, daß genannte Orhöfte damit gemeint waren. Also Scherz bei Seite, Patroon, wir kriegen die Muthwillige schon wieder, wenn's Zeit ist. Dein Feuer läuft mit deiner Vernunft davon, Junge, aber das pflegt bei wahrer Liebe nicht anders zu seyn, der übrigens eine kleine Zögerung nur zuträglich ist. Alida ist das Mädchen nicht, das Dir deine Lust verdirbt; diese normännischen Dirnen sind nicht schweren Fußes, wenn's zum Tanze geht, oder schläfrig, wenn die Fiddeln gestrichen werden.«

Mit diesem Trost fand der Alderman für gut, die Unterredung für jetzt zu schließen. Wiefern es ihm gelang, den Patroon zur pflichtmäßigen Gesinnung wieder zurückzuführen, wird die Folge lehren, und wir begnügen uns diesmal mit der wiederholten Bemerkung, daß der junge Gutsbesitzer an der Spannung seiner gegenwärtigen Lage ein Wohlbehagen fand, welches er in seinem kurzen einförmigen Leben noch nie empfunden hatte.

Während Andere des süßen Schlafs genossen, brachte Ludlow den größten Theil der Nacht auf dem Verdeck zu. Gegen Morgen legte er sich auf ein Paar Stunden in den Finkenetten hin, wachte jedoch, der Wind mochte nur ein wenig stärker durch das Tauwerk sausen, oder das Schiff etwas heftiger schlingern, von seinem Schlummer auf, und bei jedem leisen Anruf des wachthabenden Offiziers an die Mannschaft hob er den Kopf in die Höhe und schaute in dem engen Horizont um sich her. Er konnte sich des Gedankens nicht entschlagen, daß die Brigantine in der Nähe seyn müsse, und die ganze erste Wache hindurch erwartete er jeden Augenblick, daß beide Schiffe in der Dunkelheit auf einander stoßen würden. Da der junge Seemann sich in dieser Hoffnung getäuscht fand, nahm er seinerseits Zuflucht zur List, um einen in Seemanövers so Erfahrenen und Gewandten durch ein Gegenmanöver zu fangen.

Als gegen Mitternacht die Wache abgelöst wurde, und die ganze Mannschaft mit Ausnahme der nicht Dienstthuenden, sich auf dem Verdeck befand, gab er Befehl, die Boote hinauszuhiessen. Dieses in gering bemannten Schiffen so mühselige und schwierige Geschäft ward am Bord des königlichen Kreuzers mittelst Raa- und Stagtakel und den Kräften von hundert Matrosen mit Leichtigkeit ausgeführt. Nachdem vier von diesen Schiffssatelliten flott gemacht waren, erhielt jedes seine, zu wichtigem Dienst bestimmte Bemannung. Zuverlässigen Offizieren vertraute Ludlow das Commando der drei kleineren, den Befehl des vierten aber übernahm er in eigener Person. Nachdem alles in Bereitschaft war, und jeder Subaltern seine besonderen Instructionen empfangen hatte, stießen sie von der Seite des Schiffes ab und rojeten in abweichenden Linien in die finstere Ferne des Oceans. Ludlow's Boot hatte indessen keine fünfzig Faden gerudert, so überzeugte er sich vollkommen von der Fruchtlosigkeit dieser Jagd, denn die Dunkelheit war so groß, daß sie die Spieren seines eigenen Fahrzeuges, selbst in dieser geringen Entfernung kaum erkennen ließ. Zehn bis fünfzehn Minuten hatten sie so nach dem Compaß in einer Richtung gerojet, die luvwärts von der Coquette führte, da befahl der junge Capitän den Leuten, das Rudern einzustellen, und schickte sich an, das Ergebniß seines Unternehmens geduldig abzuwarten.

Eine Stunde lang unterbrach die Einförmigkeit der Scene nichts als das regelmäßige Wogen einer wenig bewegten See, hin und wieder einige Ruderschläge, um die Barke an ihrer Stelle zu erhalten, und dann und wann das dumpfe Hauchen eines kleinen Fisches von der Wallfischgattung, der an die Oberfläche stieg, um athmosphärische Luft einzuathmen. In keiner Himmelsgegend war irgend etwas zu sehe, kein durch die Wolken hindurchblickender Stern heiterte die Einsamkeit und Stille des öden Ortes auf. Die Matrosen nickten über ihren Riemen und unser junger Seemann war eben Willens, sein Vorhaben als nutzlos aufzugeben, als auf einmal, nicht weit von dem Fleck, wo sie lagen, ein Geräusch hörbar ward. Es war einer jener Töne, die keinem Nicht-Seemann verständlich gewesen wäre; Ludlow's Ohre hingegen brachte er so deutlichen Sinn bei, als der Uneingeweihte nur immer mittelst wirklicher Sprache hätte vernehmen können. Es war ein weinerliches Quieken, worauf das dumpfe Schnurren eines an einem harten oder straffgespannten Gegenstande sich reibenden Taues folgte; jetzt kam das gewichtige Geflatter von Segeltuch, welches, von einer mächtig wirkenden Kraft gehemmt, plötzlich verstummte.

»Hört ihr das!« rief Ludlow laut flüsternd. »Es ist die Brigantine, die ihr Gieksegel durchkajet. Vorwärts, Bursche, seht, daß alles zum Entern bereit sey!«

Von ihrem Schlummer aufgeschreckt, ließ die Mannschaft ihre Riemen sinken, daß ein Wassergeplätscher entstand, und im nächsten Augenblick wurden die Segel eines beinahe dwars über ihr Revier durch die Dunkelheit gleitenden Fahrzeuges sichtbar.

»Jetzt an Eure Ruder, Leute!« fuhr Ludlow mit dem ganzen Eifer eines in voller Jagd Begriffenen fort. »Wir stehen im Vortheil gegen ihn, er ist unser! ausgeholt, stark ausgeholt, anhaltend, Bursche, und mit Einem Schlage!«

Die geübte Mannschaft that ihre Schuldigkeit. Nur ein Moment schien es, so waren sie dicht am verfolgten Gegenstande.

»Noch ein Ruderschlag, so ist er unser!« schrie Ludlow. »Werft die Enterdreggs! – zu den Waffen! – hinüber Enterer, hinüber!«

Diese Ordres wirkten wie der Ruf der Kriegstrompete auf die Leute. Mit einem Hurrah sprangen sie aus dem Boote, das Waffengeklirr erdröhnte, und Fußgetrampel auf dem Verdeck des Fahrzeuges verkündete, daß das Unternehmen gelungen sey. Eine Minute lang war Alles regsame, wimmelnde lärmende Verwirrung. Das Geschrei der Enterer war bis in die Ferne gedrungen, Raketen stiegen schwirrend aus den andern Booten in die Höhe, deren Mannschaft mit kräftigen Lungen die Hurrahs verhundertfachte. Der ganze Ocean erschien in einem augenblicklichen Aufglühen und der Donner einer auf der Coquette gelöseten Kanone vermehrte das betäubende Getümmel. Die Coquette setzte mehrere Laternen aus, um ihren Standpunkt anzuzeigen, während in den heranrudernden Booten blaue Lichter und andere Seesignale beständig brannten, was den Schein sich nahender zahlreicher Verstärkung verbreiten und den Angegriffenen Furcht einjagen sollte.

Mitten in diesem Auftritt eines urplötzlichen Aufbrausens aus der tiefsten Stille schaute Ludlow um sich her, sich der Personen, auf die es hauptsächlich angelegt war, zu bemächtigen. Unter den andern Instructionen, welche den Mannschaften der verschiedenen Boote ertheilt worden waren, war auch die in Beziehung auf die Person des Meerdurchstreichers, und das Verbot, in die Kajüten einzudringen, wiederholt worden. Kaum sah sich daher der Capitän im unbestrittenen Besitz der Prise, so stürzte er sich hinab in die geheimen Räume des Schiffes, während ihm das Herz noch lauter klopfte, als mitten im Feuer des Enterns. Die Thüre der unter der hohen Schanze befindlichen Kajüte aufreißen, und die Treppenstufen bis zum Fußboden derselben hinabeilen, war das Werk eines Augenblicks. Doch plötzlich wich nun das Siegesgefühl vor dem der getäuschten Erwartung und der Demüthigung. Er bedurfte keines nochmaligen Umsichschauens, sich zu überzeugen, daß die rohe Arbeit und die üblen Gerüche, die seine Sinne trafen, mit der eleganten, prachtvollen Einrichtung der Brigantine nichts gemein hatten.

Von mächtigem Erstaunen ergriffen, rief er aus: »Hier ist keine Wassernixe!«

»Gelobt sey Gott!« erwiederte eine Stimme, und gleich darauf kam ein Mensch, ein wahres Bild des Schreckens, aus einer der sogenannten Staatskajüten hervor. »Gelobt sey Gott! Man hatte uns gesagt, der Seeräuber laure auf dieser Meereshöhe, und als wir das Geheul hörten, da glaubten wir, es könne von keinem menschlichen Wesen kommen.«

Wenn vorher dem Capitän das Blut alle Adern durchstürmte, so verkroch es sich jetzt in seinen Wangen, und züngelte fühlbar bis an seinen Fingerspitzen. Er gab seinen Leuten den hastigen Befehl, so schnell als möglich wieder in ihr Boot zu steigen, und Alles so zu lassen, wie sie es gefunden hätten. Eine kurze Unterredung fand nun zwischen dem Commandeur des königlichen Schiffes Coquette und dem Seemann von der Staatskajüte statt, worauf der Erstere auf's Verdeck und von da ungesäumt in seine Barke hinabeilte. Als sie von ihrer vermeintlichen Prise wegrojeten, geschah es inmitten einer Stille, die nichts unterbrach, als der Schall eines Liedes, höchst wahrscheinlich von dem wieder ermuthigten fremden Seemann, der unterdessen seinen Sitz am Steuerrath wieder eingenommen hatte, gesungen. Von der Musik ließ sich nicht viel mehr sagen, als daß sie mit dem Text harmonirte, von welchem letzteren Die in der

Barke keine volle Stanze vernahmen, wenn bei diesem Geistespro-
dukt eines erzseemännischen Liedermachers von Stanzen die Rede
seyn konnte. Unsre einzige Geschichtsquelle ist auch hier das schon
angeführte Journal des Seekadetten; es kann daher leicht seyn, daß
dem nautischen Dichter einige Ungerechtigkeit geschieht, aber in
unserer Urkunde wird die Stelle des Küstenschifferlieds, die wir
gegenwärtigem Kapitel als Motto vorgesetzt haben, als diejenige
citirt, welche der am Steuerrath sang, als unsere Abenteurer ihren
Rückzug machten. Viel ausführlichere Auskunft über den Küsten-
schiffer, als die in dem Vers enthaltene, erhielt man auch aus seinen
Schiffspapieren nicht; Thatsache ist es aber, daß das Logbuch der
Coquette noch weit geringere gibt. Es heißt darin: »ein Küstenschiff,
genannt die »stattliche Tanne«, Johann Spohner, Schiffer, von
Neuyork nach der Provinz Nord-Carolina segelnd, wurde um 1 Uhr
Morgens geentert. Alles war wohl.« Diese Beschreibung genügte
jedoch der Mannschaft des Kreuzers keinesweges. Diejenigen darunter, welche die Expedition selbst mitgemacht hatten, waren viel
zu aufgeregt gewesen, als daß sie die Dinge in ihrem wahren Lichte
hätten sehen sollen; und da ihnen die Wassernixe schon außerdem
zweimal so merkwürdigerweise entwischt war, so trug der eben
erzählte Vorfall nicht wenig dazu bei, sie in ihrer bereits gefaßten
Meinung von dem Charakter derselben zu bestätigen. Viele wurden
jetzt Proselyten zu dem Glauben des Segelmeisters, daß die Jagd auf
die Brigantine ein durchaus vergebliches Beginnen sey.

Man muß aber nicht glauben, daß die Mannschaften der Coquette
auf diese Schlüsse unmittelbar gerathen wären; dies geschah erst
später, als sie mehr Muße hatten, die Sache auf ihre eigene Manier
in Erwägung zu ziehen. Von dem Blitzen der Lichter geführt, vereinigten sich die verschiedenen Boote der Expedition wieder, aber die
Leidenschaftlichkeit der Mannschaften war so groß, daß sie schon
fast ihr Schiff erreicht hatten, ehe ihre Pulse ruhig genug schlugen,
um Ueberlegung zuzulassen. Eine passende Gelegenheit, ihren
erstaunten Kameraden das Geschehene zu erzählen, fanden die
Abenteurer erst im Hängematten-Raum. Robert Garn, der Vormarsgast, welcher, während der Bö, von den wehenden Locken der
vorüberfliegenden meergrünen Dame einen Schmiß in's Gesicht
bekommen hatte, benutzte den Umstand, um seine Erfahrungen
auszukramen, und nachdem er gewisse, seiner Theorie günstige

Maximen aufgestellt hatte, berief er sich auf einen der Ruderer der Barke, der bereit war, an jedem beliebigen Gerichtshof in der ganzen Christenheit durch einen leiblichen Eid zu erhärten, daß er mit seinen eigenen Augen gesehen habe, wie sich die schlanken, zierlichen Umrisse, wodurch der Bau des Smugglers sich auszeichnete, in das rohere und plumpere Modell eines Küstenschiffes verwandelten.

Durch dieses glaubhafte Zeugniß so wesentlich in seinem Vortrage unterstützt, fuhr Robert also fort: »Es gibt Nichtswisser, die läugnen Euch, daß das Wasser des Oceans blau sey, weil zufällig der Mühlbach ihres Dorfes lehmig aussieht. Aber der echte Matrose, welcher Euch viel in fremden Erdstrichen gelebt hat, ist ein Mann, der die Lebensphilosophie los hat und weiß, was er als Wahrheit glauben und was er als Mährchen verwerfen muß. Daß ein Fahrzeug, wenn es hart verfolgt wird, sich verwandeln kann, so daß es gar nicht mehr wieder zu erkennen ist, davon hat man mehrere Beispiele und auch Exempel in fernen Meeren; wir brauchen uns aber nicht erst dorthin zu verlieren, um es zu beweisen, da wir es jetzt ganz in der Nähe erlebt haben. Meine eigene Meinung in Betreff dieser Brigantine ist ungefähr folgende, nämlich: ich glaube, es gab einmal einen wirklichen, lebendigen Zwitter, ganz so gebaut und zugetakelt, und wahrscheinlich auch mit einem Handel von der Art, wie ihn die gesehene Brigantine treiben soll, beschäftigt. Nun ist dem besagten lebendigen Zwitter und seiner Mannschaft in einer oder der andern verhängnißvollen Stunde ein Unglück zugestoßen, wodurch sie verdammt sind, zu gewissen Zeiten an dieser Küste zu erscheinen. Er hat indessen noch immer eine natürliche Abneigung gegen einen königlichen Kreuzer, wird aber ohne Zweifel von Solchen geleitet, die weder Kompaß noch Anstellung von Beobachtungen brauchen! Da nun dieses Alles ausgemacht ist, so ist es gar nicht wunderbar, daß die Mannschaft, als sie auf's Verdeck kam, ein ganz anderes Schiff fand, als was sie zu finden glaubte. So viel ist gewiß, als ich innerhalb Bootshakenlänge von seiner Blinden-Raanocke lag, war er ein halbzugetakeltes Schiff mit einem Frauenzimmer als Gallion-Figur, und einem so niedlichen Tauwerk, als das Auge nur sehen kann, und unten Alles so hübsch zu wie eine Tabacksdose mit verschlossenem Deckel, und doch habt Ihr Alle hier nichts gesehen, als einen geschmacklosen Schooner mit erhabenem Verdeck! Braucht's mehr, um die Wahrheit des Gesagten zu beweisen? Wer was einzuwenden hat, der spreche.«

Da Niemand widersprach, so darf man annehmen, daß die Folgerungen des Topgastes Viele zu seiner Ansicht bekehrten. Es läßt sich leicht denken, daß der ganze Vorfall geeignet war, den Meerdurchstreicher in den Augen des gemeinen Matrosen doppelt furchtbar und unheimlich zu machen.

Die Gesinnungen unter den Offizieren auf der Schanze waren von einer andern Art. Der erste und zweite Lieutenant sprachen heimlich mit einander und sahen dabei ernst aus; ein Paar Seekadetten, welche an der Expedition Theil genommen hatten, unterhielten sich flüsternd mit ihren Kameraden, und brachen dann und wann in ein schlecht verborgenes Kichern aus; doch griff das Lachen nicht um sich, und wurde endlich ganz unterdrückt, da der Capitän seine gewöhnliche würdevolle und gebieterische Miene beibehielt.

Ehe wir in unsrer Erzählung fortfahren, ist es vielleicht nicht unpassend, zu erwähnen, daß die »stattliche Tanne« zur gehörigen Zeit die Landspitzen von Nordcarolina wohlbehalten erreichte, ihre Passage über die Sandbarre von Edenton, ohne an den Grund zu stoßen, bewirkte, den Fluß hinanstieg und an dem Ort ihrer Bestimmung glücklich ankam. Hier fing die Mannschaft bald an, entfernt zu verstehen zu geben, daß sie unterwegs ein Zusammentreffen mit einem französischen Kreuzer bestanden habe. Da nun aber das brittische Reich zu allen Zeiten, selbst in seinen abgelegensten Winkeln seinen Ruhm zur See mit der eifersüchtigsten Sorgfalt bewachte, so ward das Ereigniß bald zum Gegenstand des Gesprächs in den entlegeneren Theilen der Kolonie, und es dauerte keine sechs Monate, so enthielten die Londoner Zeitungen einen glänzenden Schlachtbericht, in welchem die Namen der »stattlichen Tanne« und des Johann Spohner dem Tempel unsterblichen Ruhmes um ein Erkleckliches näher gerückt wurden.

Wenn Capitän Ludlow sich überhaupt jemals auf eine genauere Darstellung des Vorfalls einließ, als die, welche er in sein Logbuch hatte eintragen lassen, so haben wahrscheinlich die Herren Admiralitätsräthe es nicht mit dem Anstand verträglich gefunden, solche Darstellung zur Oeffentlichkeit gelingen zu lassen.

Doch wir kehren von dieser Abschweifung, welche nur in sehr mittelbarer Verbindung mit dem Faden unserer Erzählung steht, zu dem zurück, was sich ferner am Bord des Kreuzers zugetragen.

Nachdem die Boote wieder eingehißt waren, erhielt die Mannschaft, mit Ausnahme Derjenigen, die zur Wache gehörten, Erlaubniß, sich in ihre Hängematten zurückzuziehen, die Lichter wurden herabgelassen, und im Schiff herrschte allgemeine Stille, wie vorher. Auch Ludlow suchte seinen früheren Ruheort an den Finkenetten wieder auf, und schlummerte bis zur Ablösung der zweiten Wache; ob sein Schlummer durch Träume nicht angenehmer Art gestört wurde, ist uns nicht bekannt, wir halten es aber für sehr wahrscheinlich.

Ungeachtet die wachthabenden Offiziere und die Ausgucker während der noch übrigen Nachtzeit die strengste Wachsamkeit beobachteten, so ereignete sich doch nichts, was nöthig gemacht hätte, die zwischen den Kanonen ausgestreckten Matrosen aufzuwecken. Der Wind blieb schlaff, aber stetig, die See flach und der Himmel bewölkt, ganz wie zu Anfang der Nacht.

Zwanzigstes Kapitel.

»Nie mied die Maus die Katze mehr, denn sie
Weit größ're Schufte als sie selber waren.«

Coriolanus.

Der Morgen mit weißlichem Perlenschein brach über dem atlantischen Meere an, der Himmel röthete sich, und die Sonne stieg dann majestätisch aus dem Gewässer hervor. Der diensteifrige Offizier, der die Morgenwache befehligte, erblickte kaum den ersten Schimmer des wiederkehrenden Tageslichtes, so ließ er den Capitän wecken. Hierzu bedurfte es bei Einem, der selbst im Schlaf das mit seinem wichtigen Posten verbundene Verantwortlichkeitsgefühl nicht verlor, nur einer leisen Berührung mit dem Finger. Ehe eine Minute verging, war der junge Mann schon auf der Schanze und damit beschäftigt, den Zustand der Wolken und des Horizonts genau zu prüfen. Seine erste Frage war, ob sich während der letzten Wache nichts gezeigt habe; die Antwort lautete verneinend.

»Mir gefällt die Oeffnung dort im Nordwesten,« bemerkte der Capitän, nachdem er den noch immer beschränkten und trüben Gesichtskreis wiederholentlich mit dem Blicke durchmessen hatte. »Sie wird uns Wind durchlassen. Ich verlange nur ein Segel voll, so wollen wir der Geschwindigkeit dieser vielgerühmten Wassernixe noch eine Aufgabe stellen! – Sehe ich nicht dort auf unserer Luvseite ein Segel, oder ist's der Kamm einer Woge?«

»Die See fängt an, etwas unruhig zu gehen, und der Schein hat mich seit dem Anbruch des Morgens mehr als einmal auf gleiche Weise getäuscht.«

»Lassen Sie mehr Segel beisetzen. Ich merke Wind landwärts von uns; wir wollen uns auf seinen Empfang vorbereiten. Sorgen Sie, daß Alles klar sey, um alle Segeltücher zu entfalten.«

Der Lieutenant empfing diese Ordres mit der üblichen Ehrerbietung und theilte sie seinerseits mit der die See-Disciplin auszeichnenden Schnelligkeit seinen Untergebenen mit. Die Coquette lag bis jetzt unter ihren drei Obersegeln, wovon das eine gegen den Mast gebraßt war, um das Schiff, so sehr als seine Abtrift und der Wellenschlag es gestatteten, an derselben Stelle zu halten. Sobald jedoch des wachthabenden Offiziers Aufforderung zur Thätigkeit an das Volk ergangen war, wurden die massiven Raaen geschwungen, mehrere kleine Segel, welche der Maschine ebensowohl zur Balancirung als zur Fortbewegung dienten, theils aufgehießt, theils entfaltet, worauf das Schiff unmittelbar in Gang kam. Während die Wache auf diese Weise beschäftigt war, kündigte das Hin- und Herflattern der Tücher an, daß eine frische Kühlte im Anzuge sey.

Nordamerika's Küste ist dem plötzlichen und gefährlichen Umspringen der Luftströme stark ausgesetzt. Es ist durchaus nichts Seltenes, daß ein Wind seine Richtung mit wenigen ober gar keinen vorherwarnenden Anzeichen ändert, was den Schiffen äußerst gefahrbringend, ja nicht selten verderblich wird, und man hat oft die Behauptung aufgestellt, daß das berühmte Schiff *La ville de Paris* durch einen dieser heftigen Windumsätze verloren gegangen ist, indem der Capitän unvorsichtiger Weise das Fahrzeug unter zu vielen Hintersegeln beigedreht hatte, ein Mißgriff, durch welchen es ihm unmöglich ward, in dem gleich darauf folgenden dringenden Augenblicke das Schiff länger in seiner Gewalt zu behalten. Wir lassen die Thatsache in Betreff jener unglücklichen Prise dahingestellt seyn, können aber versichern, daß unser junger Capitän die Gefahr, von der oft das erste Wehen eines Nordwestwindes an seiner heimischen Küste begleitet war, recht gut kannte, und es nicht vernachlässigte, sich gegen das Herannahen einer solchen gehörig zu rüsten.

Der Lichtstreif, ein Vorbote der Sonne, war schon mehrere Minuten am Himmel sichtbar, als der vom Lande herkommende Wind die Coquette erreichte. So lange die südöstliche Kühlte vorherrschte, hatten breite Dunstflächen den Himmel verschleiert gehalten; diese rollten sich jetzt, gleich einem riesigen Vorhang vor einer eben so kolossalen Schaubühne, in dichte Wolkenmassen zusammen, und enthüllten zu gleicher Zeit und nach allen Seiten hin das Firmament und die unermeßliche Wasserebene. Der Eifer läßt sich leicht denken, mit welchem unser junger Seemann den Horizont ringsherum mit dem Blicke durchlief, um die in dessen Bereich fallenden Gegenstände zu beobachten. Anfangs malte sich Unzufriedenheit auf seinem Gesichte ab, aber bald wich sie einem belebten Auge und einer vor Siegeshoffnung glühenden Wange.

»Ich glaubte schon, sie wäre fort!« sagte er zu seinem ersten Subaltern. »Allein hier leewärts ist sie, genau innerhalb des Randes
jenes treibenden Nebels, und so festgebannt unter dem Wind, wie
wir es nur immer wünschen konnten. Halten Sie das Schiff tüchtig
im Gange, Sir, und beladen Sie es mit Segeltüchern vom Flügelspill
an bis herunter. Das Volk aus seinen Hängematten gerufen, und
dem Unverschämten dort gezeigt, was Ihrer Majestät Schaluppe,
wenn es Noth thut, zu leisten vermag!« Dieser Befehl war der Anfang einer allgemeinen und raschen Bewegung, bei welcher die
Kräfte jedes Matrosen im Schiffe bis auf's Aeußerste in Anspruch
genommen wurden. Kaum erschallte das Commando-Wort:
Ueberall, Ueberalll! so kamen aus allen Winkeln der untern Schiffs-
räume die Leute herauf und vereinigten ihre Kräfte mit denen der
Wache auf dem Verdeck, so daß binnen wenigen Minuten die Spieren der Coquette von einem schneeweißen Gewölk umwallt waren.
Nicht zufrieden mit der Quantität Wind, welche die an den gewöhnlichen Raaen ausgespannten Flächen aufzufangen vermochten, schob man noch lange Bäume weit über den Schiffsbord hinaus
und setzte Segel über Segel bei, bis die sich beugenden Masten nicht
mehr zu tragen im Stande waren. Der niedrige Schiffskörper, der
dieses aufgethürmte Labyrinth von Tauen, Spieren und Segeln trug,
gab dem mächtigen Drucke nach, und der Bau mit der so schweren
Wucht der ganzen Mannschaft, des Geschützes, des Waffen- und
Mundvorraths, fing an, das Wasser mit der imposanten unwider-
stehlichen Gewalt eines Kolosses zu durchschneiden. Die Wogen
überstürzten sich und barsten an seinen Seiten wie an einem nicht
weichenden Felsen, ihr ohnmächtiges Toben zerschäumte spurlos
an den gewaltigen Schiffsrippen. In dem Verhältniß aber wie der
Wind zunahm und das Fahrzeug sich vom Lande entfernte, wurde
die Oberfläche des Oceans allmählich bewegter, und als die Anhöhen hinter ›Lust in Ruhe‹ endlich ganz in's Meer sanken, da sah
man das Oben- und Vorobenbramsegel des Schiffes große Kreisab-
schnitte gegen den Himmel beschreiben, und von Zeit zu Zeit aus
einer langen hohlen See emporgehoben, schimmerten die dunkeln
Schiffsseiten von dem stromweise herabtriefenden Wasser.

Zuerst nahm sich der Gegenstand, den Ludlow entdeckt hatte,
und darin das verfolgte Schiff wiedererkennen wollte, wie ein fester
Punkt an der äußersten Seelinie aus; nunmehr aber war er zur vol-

len Größe und Symmetrie der wohlbekannten Brigantine angeschwollen. Ihre zierlichen dünnen Spieren waren deutlich zu sehen,
leicht, aber in weitem Kreise und im Einklang mit der regelmäßigen
Bewegung des Rumpfes hin- und herschwankend. Von Segeln sah
man nur so viele ausgespannt, als zur Regierung des Fahrzeuges
auf den Wogen nöthig waren. Nachdem aber die Coquette innerhalb Kanonenschußweite gekommen war, entfalteten sich Tücher
über Tücher, und bald ward es augenfällig, daß der Meerdurchstreicher sich zur Flucht rüste.

Das erste Manöver der Wassernixe bestand darin, ihrem Verfolger den Wind abzugewinnen. Ein kurzer Versuch schien indeß diejenigen, welche die Brigantine leiteten, von der Fruchtlosigkeit des
Beginnens zu überzeugen, so lange der Wind so frisch und das
Wasser so rauh blieb. Sie halseten daher, und häuften die Segel auf
dem entgegengesetzten Gange an, um mit dem Kreuzer einen Wett-
lauf zu bestehen, und in der That duvten sie ihr Ruder nicht eher
Luv an Bord, als bis der Erfolg die dringende Gefahr zeigte, den
Jäger auch nur eine Spanne näher kommen zu lassen, dann aber
flog die Brigantine, mit dem Winde über dem Hackebord, wie ein
von seinen Fittigen getragener Seevogel auf und davon.

Jetzt boten beide Fahrzeuge das Schauspiel einer hitzigen Jagd
dar; denn auch die Brigantine entfaltete nun alle ihre Segel und über
ihrem fast unbemerkbaren Rumpfe hob sich eine Segelpyramide in
die Luft, welche einem chimärischen Gewölke glich, das, mit der
Schnelligkeit der wirklichen Wolken in den höheren Regionen wett-
eifernd, über die Wogen dahinschoß. Gleiche Geschicklichkeit leitete die Bewegungen beider Schiffe, ein und derselbe Wind schwellte
beider Segel, daher dauerte es lange, ehe sich ein merklicher Unterschied in ihrem Fortschreiten zeigte. Eine Stunde nach der andern
verfloß, und wenn von den Seiten der Coquette nicht die breiten,
flachen Güsse des weißen Schaums in Einem fort hinabstürzten,
wenn das Schiff nicht so schnell flog, daß selbst die Kämme der
Sturzsee hinter demselben zurückblieben, so würde der Commandeur haben glauben können, sein Fahrzeug rühre sich nicht von der
Stelle, so stetig, so regelmäßig ging's im jachen Treiben. Auf allen
Seiten bot der hochwogende Ocean dasselbe einförmige Bild dar,
und dort lag das verfolgte Schiff, scheinbar keinen Fuß näher, keinen Fuß entfernter, als in dem Augenblick, wo die Jagd ihren An-

fang genommen. Hin und wieder stieg eine dunkle Linie die Wogengipfel hinan, sank aber schnell jenseits, worauf dann wieder nichts zu sehen war, als das schwankende auf der Fläche fortgleitende Segelgewölk.

»Ich hatte mir mehr vom Schiffe versprochen, Herr Spannsegel!« sagte Ludlow, der lange auf einem vorspringenden Balken gesessen hatte, den Lauf der Brigantine beobachtend. »Wir sind bis zum Wasserstag begraben, und doch liegt der Kerl dort in der Ferne, um nichts deutlicher als da er zuerst seine Leesegel zeigte.«

»Und dort wird er liegen, Herr Capitän, so lange das Licht dauert. Ich habe auf diesen Seewanderer in dem Kanal Jagd gemacht, bis die weißen Felsen Englands wie der Kamm einer Woge dahinschmolzen, bis sich die Sandbänke Hollands hoben, so hoch wie unser Sprietsegel; und was hat es geholfen? Der Schelm spielt mit uns, wie der Angler mit der gefangenen Forelle, und wenn wir glaubten, nun haben wir ihn, husch! schoß er außerhalb unseres Kanonenstrichs, mit so wenig Anstrengung, wie ein Schiff von Stapel läuft, wenn die Stützen unter seinen Backen weggeschlagen sind.«

»Ja, das war in dem Druiden, der hatte etwas vom alterthümlichen Rost an sich; die Coquette hingegen hat nie ein Schiff unter ihrem Winde verfolgt, das sie nicht gezwungen hätte, ihr Rede zu stehen.«

»Ich mag keinem Schiffe etwas Uebles nachreden, denn Charakter ist Charakter, und Niemand sollte verächtlich von seinen Mitgeschöpfen sprechen, am wenigsten von denen, welche zur See leben. Ich gebe zu, daß die Coquette vor dem Winde ein lebhaftes Boot ist und daß sie, wenn es raumschoots geht, wie eine Wolke treibt; aber ehe Jemand sich zu sagen getraut, daß irgend ein Fahrzeug in der königlichen Flotte mit jener Brigantine, wenn sie stark verfolgt wird, Schritt halten könne, sollte er erst den Schiffbauer kennen, der sie gemodelt hat.«

»Diese Meinungen, Spannsegel, passen sich für die Mährchen der Topgasten, aber nicht für den Mund eines Offiziers auf der Schanze.«

»Ich weiß recht gut, Herr Capitän, und würde die Erfahrungen, die ich gemacht, schlecht benutzt haben, wenn ich es nicht wüßte, daß das heut zu Tage nicht mehr für Philosophie gilt, was in meinen jungen Tagen dafür gegolten hat. Die Leute sagen, die Welt sey rund, und das ist meine Meinung auch, erstlich, weil der glorreiche Sir Francis Drake und verschiedentliche andere Engländer, wenn ich so mich ausdrücken darf, an einem Ende hineingegangen und am andern wieder herausgekommen sind. Ein Gleiches haben mehrere Seefahrer anderer Nationen gethan, um von einem gewissen Magellan gar nicht erst zu sprechen, welcher der erste gewesen seyn will, der die Fahrt um das Cap gefunden hat, was ich für nicht mehr und nicht weniger halte als eine portugiesische Lüge, sintemal es ganz unvernünftig ist, zu glauben, daß ein Portugiese das thun sollte, woran kein Engländer noch gedacht hatte. Zweitens, wenn die Welt nicht rund oder rundlich ist, so frage ich, wie es kommt, daß wir die Obersegel eines Schiffes früher entdecken als dessen große Segel, oder daß sich seine Flügelspill eher am Horizont zeigt als sein Rumpf? Ferner sagt man, die Welt drehe sich um sich selbst, was ohne Zweifel wahr ist, wie es denn nicht weniger wahr ist, daß ihre Meinungen sich gleicherweise herumdrehen, und dieß bringt mich eben auf das zurück, was ich eigentlich bemerken – Wahrhaftig! der Kerl dort läßt mehr von seiner Seite sehen als bisher! Merk's schon, er möchte sich gern eine Bahn einkeilen nach dem Lande, welches hierwärts, Backbord von uns, liegen muß. Ja, ja, er sucht in glatteres Wasser zu kommen; so bergauf, bergab thut keinem Kiel nicht gut, mag ihn gelegt haben, wer will.« »Ich hatte gehofft, ihn von der Küste abwärts zu treiben! Könnten wir ihn ordentlich in den Golf-Strom hineinjagen, so wäre er unser; denn er geht viel zu kurz in's Wasser, als daß er uns in den engen Seen entwischen könnte. Wir müssen ihn durchaus in blaues Wasser treiben, und sollten unsre Oberspieren beim Versuche entzweibrechen. Gehen sie hinter, Herr Hopper, und sagen Sie dem wachthabenden Officier, daß er das Vordertheil des Schiffes anderthalb Strich mehr nordwärts bringen, und die Brassen etwas straffer anziehen lasse.«

»Welch ein Großsegel der Schelm führt! Der Länge nach ist es so ausgedehnt, wie die Instructionen eines Seeräuber-Auftrags, und der Höhe nach kommt es fast der Beförderung eines Admiralssohnes gleich. Sehen Sie, wie Alles am Bord desselben zieht. Ein ausgelernter Segler leitet die Brigantine, er mag nun herkommen, woher er will!«

»Ich glaube, wir kommen ihm näher. Das rauhe Wasser thut uns gute Dienste, wir kommen an einander. Das Steuer sachte geführt, sachte geführt! Ihr seht, die Farbe seiner Mallen wird schon kenntlich, wenn die Wogen ihn emporheben.«

»Die Sonne scheint ihm auf die Seite – und doch, Sie können Recht haben, Herr Capitän, denn hier, in seinem Vormars, sehe ich deutlich einen Ausgucker postirt. Ein Schuß oder zwei nach seinen Spieren und Segeln könnte jetzt von Nutzen seyn.«

Ludlow that, als wenn er die letzten Worte nicht gehört hätte; inzwischen war der erste Lieutenant auf die Back gekommen, der diese Ansicht durch die Bemerkung unterstützte, daß die Stellung der Coquette es allerdings möglich mache, den Jäger zu gebrauchen, ohne an Geschwindigkeit zu verlieren. Als nun Spannsegel seine aufgestellte Behauptung noch durch unwiderlegliche Gründe erhärtete, so sah sich der Commandeur zur Ordre gezwungen, das vorderste Stück von seinem Seitentheil loszumachen und in die Jagdpforte zu lassen. Da die Matrosen an der Scene lebhaft Theil nahmen und auf ihren Ausgang äußerst gespannt waren, so war die Ordre augenblicklich ausgeführt, und der Capitän erhielt auf der Stelle Bericht, daß das Geschütz bereit stehe.

Jetzt stieg Ludlow von seinem Posten nach der Back hinab und richtete die Kanone mit eigener Hand.

»Den Richtkeil ganz untergeschoben,« sagte er zum Commandeur des Jägers, als er das Ziel vor dem Seiten-Visir hatte; »jetzt gebt Acht, wenn das Schiff sich vorwärts hebt! – halten Sie es im Gleichgewicht, Sir! – Feuer!«

Herren, die in gemächlicher Ruhe zu Hause bleiben, wundern sich oft, wenn sie von Seeschlachten lesen, in denen so viel Pulver, und Hunderte, ja Tausende von Kugeln verbraucht wurden, ohne daß viele Menschen geblieben wären, während ein weit kürzeres und dem Anscheine nach minder hartnäckiges Gefecht zu Lande oft einen ganzen Haufen dahinrafft. Das ganze Geheimniß dieses Unterschieds liegt in der Unsicherheit des Zielens auf einem so unruhigen Elemente, wie die See ist. Selbst das größte Schiff ist auf hoher

See selten ganz ohne Bewegung, und es braucht nicht erst gesagt zu werden, daß die geringste Veränderung in der Richtung der Kanonenmündung sich in einer Entfernung von einigen hundert Fuß um das Hundertfache und noch mehr vergrößere. Das Artilleriewesen zur See hat viele Aehnlichkeit mit der Kunst des Vogelschützen, da in beiden Fällen die Lage des Gegenstandes, auf den gezielt wird, sich während des Schusses verändert, und diese Veränderung gemeiniglich berechnet werden muß, ja, bei dem See-Geschützwesen kommt noch der verwirrende Umstand einer, nicht einmal immer gleichmäßigen Doppelbewegung hinzu, nämlich des Zielpunkts und des zielenden Stückes selbst.

Wie fern die Kanone der Coquette diesen Einwirkungen ausgesetzt war, oder wie fern der Wunsch des Capitäns, Diejenigen zu schonen, die er am Bord der Brigg vermuthete, Einfluß auf die vom Schuß genommene Richtung ausübte, wird wahrscheinlich niemals ausgemittelt werden. So viel aber ist gewiß, daß, nachdem der Feuerstrahl über das Wasser dahingefahren, und der hinter ihm her folgende Rauchwirbel einigermaßen verzogen war, sich keine Spuren des eisernen Boten in dem Segel- und Tauwerk der Wassernixe auffinden ließen, obgleich fünfzig Augen angestrengt darnach suchten. Frei von aller Verwirrung blieb das schöne Ebenmaß ihrer Takelage, und leicht und schnell, als wenn nichts geschehen wäre, glitt der Bau über die Wogen dahin. Ludlow galt unter seinen Leuten für einen der geschicktesten Pointirer; daher sein Fehlschießen nicht wenig dazu beitrug, den Wahn der gemeinen Matrosen, daß es mit dem gejagten Schiffe was ganz Besonderes auf sich habe, zu verstärken. Viele schüttelten die Köpfe, und mehr als ein seemännischer Veteran äußerte, während er, beide Hände quer durch den Brustlatz der Jacke gesteckt, seinen engen Raum schwer tretend auf- und abmaß, mit gewöhnlichen Schüssen sey der Brigantine nicht beizukommen, sey sie nicht zum Beidrehen zu bringen. Um jedoch den Schein zu retten, mußte der Versuch wiederholt werden; die Kanone wurde mehrere Male gelöst, und stets mit demselben schlechten Erfolg.

»Es nützt wenig, in dieser Entfernung und bei so hochgehender See unser Pulver zu verschießen;« sagte Ludlow, und verließ nach einem fünften vergeblichen Versuche die Kanone. »Ich feure nicht mehr. Geben Sie auf Ihre Segel acht, meine Herren, und sehen Sie zu, daß Alles vorwärts ziehe. Wir müssen durch unsre Schnelligkeit siegen, und die Artillerie ruhen lassen. Die Kanone festgebunden!«

»Das Stück ist geladen, Sir,« bemerkte der Konstabel, im Vertrauen auf die Gunst, in welcher er bei seinem Capitän stand, obgleich er die Freiheit, die er sich nahm, durch ein ehrerbietiges Hutabnehmen milderte. »Es wäre Schade, der guten Kanone vor den Kopf zu stoßen!«

»So drück' sie selbst los, und zurück mit dem Geschütz in sein Gat,« erwiederte nachläßig der Capitän, der auch deßhalb schon einwilligte, damit die Mannschaft sähe, Andere könnten so gut fehlschießen, als er.

So sich selbst überlassen, beschäftigten sich die um die Kanone stehenden Constabler mit der Ausführung der Ordre.

»Den Richtkeil untergeschoben! los auf die Brigg! einen Wasserpassen!« rief der schroffe alte Seemann, dem der Local-Befehl über dieses besondere Stück anvertraut war. »Bleibt mir weg mit euren geometrischen Berechnungen!«

Die Mannschaft gehorchte, und das Pulver hinter dem Zündloch ward sogleich mit der Lunte berührt. Uebrigens beförderte eine sich hebende Woge den Zweck des geradezuhandelnden alten Schwerwers, sonst würde der Schuß unvermeidlich wenig Fuß von dem Kanonenkopf in eine Welle gefallen seyn, und unsere Erzählung von dem, was das Geschützstück ausgerichtet, sich mit dieser Entladung endigen. So wie der Rauch erschien, hoben sich die Backen des Schiffes, es erfolgte die gewöhnliche kurze Spannung, und dann sah man Holzsplitter über den Leesegel-Baum des feindlichen Schiffes dahinfliegen, der zu gleicher Zeit nach vorne gerissen wurde und die zwei wichtigen Segel, welche von demselben getragen werden, mitnahm und völlig in Unordnung brachte.

»Das vermag ungekünsteltes Seemannsverfahren!« rief der entzückte Alte und streichelte liebkosend die Kanone. »Hexe oder nicht Hexe, dort fahren zwei von ihren Schürzen dahin, und wenn der Capitän uns die gütige Erlaubniß ertheilt, so werden wir ihr bald noch mehr von ihren Kleidern abstreifen. Wischer in das Stück –«

»Der Befehl lautet, die Kanone zurückzubringen und wieder fest zu machen,« sagte ein lustiger Seekadet, und sprang auf's Bugspriet, um sich an der Verwirrung am Bord des getroffenen Schiffes zu weiden. »Der Schelm ist rasch dabei, seine Leinwand zu retten!« Allerdings durften die, welche die Bewegungen der Brigg regierten, keinen Augenblick verlieren, die unverdrossenste Anstrengung zu entwickeln. Bei einem Wind über das Hackebord waren gerade die zwei für's Erste unthätig gemachten Segel von der größten Wichtigkeit. Die Entfernung beider Schiffe von einander betrug keine halbe Stunde mehr, und würde durch den geringsten Verzug noch kleiner geworden seyn, eine Gefahr, die sich nicht länger bezweifeln ließ. In kritischen Augenblicken gibt nicht der langsamere Gedanke, sondern eine Art von Instinkt den Matrosen die Anleitung zu den nöthigen Evolutionen. Wo Alles beständig auf das Spiel gesetzt ist, wo Säumniß leicht den Untergang herbeiführen kann, und wo Leben, Ehre und Eigenthum so oft von der Geistesgegenwart und den inneren Hülfsquellen der Befehligenden abhängen – eine Beschäftigung von solcher Gefahr und Schwierigkeit erzeugt mit der Zeit eine so innige Vertrautheit mit dem unerläßlich Nothwendigen, die fast die Unmittelbarkeit einer natürlichen Anschauung an sich hat.

Die Leesegel der Wassernixe flatterten kaum lose in der Luft, so nahm die Brigg einen um etwas veränderten Cours, wie ein Vogel, an dessen Flügel die Kugel leise berührend vorbeistreifte. Das Gallion neigte sich nämlich jetzt eben so sehr nach Süden, als es eine halbe Minute vorher nach Norden gezeigt hatte; wie gering nun aber auch diese Veränderung war, so brachte sie doch den Wind auf die entgegengesetzte Seite, und machte, daß der Baum, an welchem das Großsegel ausgespannt war, sich von selbst durchkajete. In demselben Augenblick gewannen auch die Leesegel, denen bis jetzt durch das große Segel der Wind abgeschnitten war, so daß sie unbestimmt hin- und herflatterten, ihre vollste Spannung wieder, so daß dem Schiff wenig oder gar nichts von der vorwärts treibenden Kraft verloren ging. Mitten in der schnellen Ausführung dieser Evolution sah man in den Topps Matrosen eiligst beschäftigt, die außer Dienst gesetzten Segel zu beschlagen, was den kleinen achtsamen Seekadetten zu der obigen Bemerkung veranlaßt hatte.

»Ein Spitzbube merkt doch gleich auf Alles,« sagte Spannsegel, dessen Kennerauge keine Bewegung des feindlichen Schiffes entging; »auch hat er es nöthig, er komme aus welchem Hafen er wolle. Die Brigg dort wird nett gehandhabt, das läßt sich nicht läugnen. Unser Feuer hat uns weiter nichts verschafft, als des Konstablers Rechnung über den verbrauchten Schießbedarf, und der Freihändler hat weiter nichts dabei verloren, als einen Leesegelbaum, aus dem er übrigens noch Kreuz- und Bramraaen und andere leichte Spieren für seine Muschel schneiden kann.«

»Es ist immer etwas gewonnen, daß wir ihn von der Küste wegtreiben und zwingen, die hohe See zu halten;« antwortete Ludlow freundlich. »Ich glaube, wir sehen seine Seitenstützen deutlicher, als ehe wir die Kanone in Anwendung brachten.«

»Ohne Zweifel, Sir, ohne Zweifel. Vor einer Minute erst erblickte ich seine unteren Jungfern; indeß bin ich ihm schon so nahe gewesen, daß ich dem Mensch unter seinem Bugspriet in's unverschämte Auge schauen konnte; und doch ging er uns durch!«

»Ich bin überzeugt, wir kommen aneinander,« versetzte Ludlow gedankenvoll. »Reichen Sie mir ein Fernrohr, Quartiermeister.«

Während der junge Commandeur mit Hülfe des Glases die Brigg untersuchte, beobachtete Spannsegel seine Gesichtszüge, und glaubte hohes Mißvergnügen darin zu lesen, als jener das Werkzeug weglegte.

»Zeigt der Spitzbube keine Merkmale der reuigen Rückkehr zur Pflicht, Sir? bleibt er bei seiner Halsstarrigkeit?«

»Die Gestalt auf seiner Kampanje ist derselbe verwegene Mensch, der es wagte, an Bord der Coquette zu kommen. Er scheint jetzt gerade so ruhig wie damals, der Freche!«

»Der Schelm sieht aus wie Einer, der viel tiefes Wasser gesehen hat, und ich wünschte wirklich ihrer Majestät Glück, so eine Prise gewonnen zu haben, als er zuerst auf unser Verdeck trat. Wohl haben Sie Recht, ihn einen Verwegenen zu nennen; die Unverschämtheit des Kerls reicht hin, die Disciplin einer ganzen Schiffsmannschaft über den Haufen zu werfen, selbst wenn die eine Hälfte aus lauter Offizieren und die andere aus Priestern bestände. Wenn er auf der Schanze herumspazierte, nahm er so viel Raum ein, wie ein Linienschiff von 90 Kanonen beim Laviren, und das Flügelspill ist nicht halb so fest in den Top dieser Bramstange eingetrieben, als sein Hut ihm fest auf dem Kopfe saß. Der Kerl salutirte keine Flagge. Als ich beim Sonnenuntergang die Flaggen wechselte, richtete ich es, um ihm einen fühlbaren Wink zu geben, absichtlich so ein, daß ihm die, welche heruntergelassen wurde, gerade in's unverschämte Gesicht flatterte; allein er behandelte den Wink wie ein Holländer ein Signal, nämlich als eine Frage, deren Beantwortung bis zur nächsten Wache Zeit hat. Ein wenig Politur auf der Offizierschanze eines Linienschiffes erlangt, würde aus dem Schelm einen Philosophen machen, so daß er sich in jeder Gesellschaft – die im Himmel ausgenommen – zeigen könnte.«

»Da hießt er schon wieder eine Spiere in die Höhe!« rief Ludlow, indem er die ausschweifende Rede des Segelmeisters unterbrach. »Er ist erpicht darauf, näher an das Küstenwasser zu kommen.«

»Werden diese Windstöße viel heftiger,« erwiederte Spannsegel, bald von seiner abergläubischen Meinung über das gejagte Schiff, bald von seinem seemännischen Stolze hingerissen, »so kriegen wir ihn auf unsern eigenen Boden und werden dann sehen, was die Gewandtheit seiner Brigantine auszurichten vermag. Die See ist windwärts grün punktirt, und auf dem Wasser zeigen sich starke Symptome einer nahen Bö; auch die Luft ist so klar, daß man fast einen Blick in die obere Welt thun kann! Ja, ja, diese Nordwinde bürsten Euch die Nebel von Amerika's Küste hinweg und lassen Land und Wasser so glänzend wie das Gesicht eines Schulknaben, ehe er die Ruthe versucht hat und die Thränen sein Auge zum ersten Mal getrübt haben. Die südlichen Gewässer haben Sie beschifft, Herr Capitän, das weiß ich, denn wir waren damals zwischen den Inseln Schiffskameraden; ob sie aber die Durchfahrt von Gibraltar mitgemacht und das blaue Wasser zwischen den italienischen Gebirgen gesehen haben, ist mir nicht bekannt.«

»Ich machte eine Kreuzfahrt gegen die Barbaresken-Staaten als Knabe mit, und unsre Aufträge führten uns auch an die nördliche Küste.«

»Gut, die meine ich eben, die Nordküste! Kein Zoll davon, vom Felsen an der Einfahrt bis zum Leuchtthurm von Messina, den ich nicht mit diesen meinen Augen gesehen hätte. In jenen Gegenden fehlt's nicht an Ausguckern und Landmarken! Hier fahren wir dicht an der Küste von Amerika, die allenfalls acht bis zehn Stunden dorthin nördlich von uns, und ungefähr vierzig in unserm Spiegel liegen mag, und dennoch, wenn die Zeit unserer Abfahrt, die Farbe des Wassers und die Kenntniß der Tiefe durch's Loth uns keines Besseren belehrten, so sollte man glauben, man befände sich mitten im atlantischen Meere. Manches gute Schiff stößt auf Amerika, ehe es recht weiß, wohin es gehe; dagegen können Sie in jener See auf einen Berg, dessen Abhang ganz deutlich vor Ihnen liegt, vier und zwanzig Stunden lang lossteuern, ohne die an seinem Fuße liegende Stadt zu erblicken.«

»Die Natur hat diesen Unterschied wieder ausgeglichen, indem sie durch den Golf-Strom mit seinen schwimmenden Wasserpflanzen und seiner verschiedenen Temperatur die Annäherung an diese Küste erschwert hat; überdies kann man selbst in der dunkelsten Nacht seinen Weg mit dem Loth fühlen, da der Meeresboden nach dieser Küste zu von hundert Klafter Tiefe bis zur Fläche des sandigen Strandes so regelmäßig und so allmählich wie ein Hausdach hinansteigt.«

»Ich sagte, manches gute Schiff, Capitän Ludlow, und nicht mancher gute Seefahrer; nein, nein, ein ausgemachter Seemann kennt schon den Unterschied zwischen grünem und blauem Wasser, nicht weniger als zwischen einem Handloth und dem hohen Meere. Aber dessenungeachtet erinnere ich mich, daß mir einmal eine Beobachtung entging, als wir vor einem tüchtigen Winde auf Genua lossegelten. Es war alle Wahrscheinlichkeit vorhanden, daß sich das Land während der Nacht aufthun würde, und um so nöthiger war es daher, des Schiffes Standpunkt genau zu wissen. Ich hab' schon oft gedacht, Sir, daß der Ocean viel Ähnlichkeit mit dem menschlichen Leben hat – ein blinder Pfad in Beziehung auf Alles, was vor uns liegt, und Hinsichts dessen, den wir zurückgelegt haben, auch keiner von den hellsten. Mancher Mensch läuft blindlings in fein eigenes Verderben und manches Schiff steuert mit vollen Segeln auf eine Klippe los. Die Zukunft gleicht einem Nebel, den kein Auge durchdringt, und selbst die Gegenwart ist wenig besser als trübes Wetter, in welchem wir Beobachtungen anstellen, ohne sonderlich viel Belehrung daraus zu ziehen. Also, wie gesagt, hier lag unser Cours, der Wind hinlänglich hinter uns, so ziemlich von derselben Stärke wie der jetzige, denn jener französische Pausbäckige und dieser amerikanische Nordwind sind Geschwisterkinder. Wir hatten das große Bram ohne Leesegel beigesetzt, weil wir schon an die tiefe Bucht dachten, in welcher Genua eingestaut ist, und die Sonne bereits über eine Stunde untergetaucht war. Nun vertragen sich bekanntlich Wolken und Wind nicht lange mit einander, und das war unser Glück; wir bekamen einen klaren Horizont. Und was sahen wir! hier nördlich lag ein Schneeberg und dort Süd bei Ost lag ebenfalls einer. Die Königin Anna hat in ihrer ganzen Flotte kein Schiff, das den einen wie den andern in einem Tage eingeholt hätte, und dennoch sahen wir sie so deutlich vor uns, als wenn wir dicht leewärts dabei vor Anker lägen. Ein Blick auf die Seekarte verschaffte uns bald genaue Kenntniß über unsern Standpunkt. Das erstgenannte Gebirge waren die Alpen, wie man sie nennt, wahrscheinlich das französische Wort für Affen,[24] die sonder Zweifel in jenen Regionen sehr häufig sind; das andere war das Hochland von Corsica; beide mitten im Sommer so weiß wie ein achtzigjähriger Greis. Sie sehen, Sir, wir brauchten diese zwei Punkte nur nach dem Kompaß auszumitteln, um bis auf eine ober zwei Stunden zu wissen, wo wir uns befanden. Wir segelten also noch bis Mitternacht, drehten dann bei, und der Morgen darauf leuchtete uns zur Fortsetzung unserer Fahrt nach dem Haf ...«

»Da kajet sie schon wieder um, die Brigantine!« rief Ludlow. »Der Spitzbube ist entschlossen, seichteres Wasser zu erreichen.«

Der Segelmeister ließ den Blick rings um den Horizont schweifen, und wies dann mit fester Hand nach Norden. Ludlow bemerkte seine Geberde, wendete sich nach der Gegend hin, und erkannte alsbald, was Jener sagen wollte.

---

[24] Im Englischen ist der Unterschied in der vulgären Ausspracht der Wörter alps (Alpen) und apes (Affen) nur sehr gering

Einundzwanzigstes Kapitel.

»Seh't ich weich', Herr,
Aber gleich, Herr,
Bin ich wiederum da.«

Was ihr wollt.

Wie sehr es auch der sinnlichen Anschauung widerspricht, so ist es dennoch eine der erwiesensten Wahrheiten, daß die meisten Windströme von der Leeseite herkommen. Ein Orkan wirkt oft Stunden lang auf einen Punkt, der scheinbar nahe an seiner Grenze liegt, ehe er sich an einem andern, seiner Quelle dem Anschein nach näher gelegenen, fühlbar macht. Auch hat die Erfahrung gelehrt, daß ein Sturm mehr Zerstörung an dem Punkte, wo er anhebt, und in der Nähe desselben anrichtet, als an dem, wo er zu entstehen scheint.

Wenn die östlichen Stürme, die so häufig die Küsten des Frei-staats heimsuchen, schon stundenlang ihr Unheil in den Bais von Pennsylvanien und Virginien oder längs den Sunden der Carolinas gestiftet haben, so wird man in den östlicheren Staaten erst ihr Daseyn gewahr, und derselbe Wind, der zu Hatteras ein Sturm ist, mildert sich zu einem bloßen Säuseln in der Nähe des Penobscot. Dieses Phänomen kann indessen ohne Schwierigkeit erklärt wer-den. Der in der Luft entstandene leere Raum, dieser Ursprung aller Winde, muß zuerst aus den zunächst gelegenen Vorrathskammern der Atmosphäre wieder ausgefüllt werden, und da jede Region zur Wiederherstellung des Gleichgewichts beiträgt, so muß jede ihrer-seits von der jenseits befindlichen den Abgang, ersetzt bekommen. Entzöge man der See plötzlich eine gegebene Quantität Wasser, so würde das den leergewordenen Raum unmittelbar umgebende Flüssige zuerst in denselben hineinströmen: der hierdurch an einer andern Stelle entstehende leere Raum würde auf dieselbe Weise, aber schon mit geringerer Heftigkeit ersetzt werden, und so im abnehmenden Verhältnisse immer weiter. Entstände der leere Raum an einer Untiefe oder nahe dem Ufer, so würde von der Seite her, wo das Wasser die meiste Stärke hat, auch die Zuströmung am stärksten seyn, und die Zuströmung würde daher auch den Zug des Stromes selbst bedingen und bestimmen.

Bei all' dieser Verwandtschaft der beiden Flüssigkeiten aber ist die Wirkungsart der unsichtbaren Winde dem menschlichen Begreifungsvermögen weit weniger erreichbar, als die des verschwisterten Elements. Das Wasser ist oft dem unmittelbaren und sichtlichen Einfluß des Windes ausgesetzt, dagegen bleibt uns die Einwirkung des Oceans auf die Luft, wegen ihres den Sinnen sich entziehenden Charakters, ein Geheimniß. Zwar treffen wir auch im Meere auf unbestimmte abweichende Strömungen, doch lassen sie sich leicht als Folge der Windrichtung erkennen, während wir über die ersten Ursachen des Windursprungs selbst oft im Dunkeln bleiben. Daher wendet der Seefahrer, selbst in den Momenten, wo er das Opfer der alles besiegenden Wogen zu werden in Gefahr ist, das Auge nicht auf diese, sondern nach dem Himmel, denn von dorther kommt der Feind. Mitten im Aufruhr der Elemente fürchterlich kämpfend, um die gebrechliche Maschine, die er regiert, im Gleichgewicht zu erhalten, vergißt er nicht, daß das eine, welches die sichtbare und für einen Nicht-Seemann die am meisten zu fürchtende Quelle der Gefahr darbietet, nur das Werkzeug des unsichtbar, aber mächtig wirkenden anderen Elementes ist, das seinen Pfad mit Wasser umdrängt.

Dieser Unterschied in den Gewalten des Wassers und der Atmosphäre, dieses die Wirkung der letzteren verhüllende Geheimniß hat die Folge, daß die Seeleute aller Zeitalter in Beziehung auf den Wind äußerst abergläubig sind. Die Art und Weise, wie sie über die Wechsel dieses unbeständigen Elements geurtheilt haben, deutet stets auf die bald größere bald geringere Abhängigkeit der Unwissenheit hin. Selbst die Seefahrer unserer eigenen aufgeklärten Zeit machen hierin keine Ausnahme. Der unbesonnene Schiffsjunge erhält einen Verweis, wenn er bei'm Heulen des Sturmes pfeift, und der Offizier verräth zuweilen Furcht, bemerkt er in solchen Augenblicken eine Handlung, welche nach seinen seemännischen Begriffen zu den nicht erlaubten gehört. Er befindet sich in der Lage eines Menschen, der in seiner frühen Jugend viele Legenden übernatürlicher Erscheinungen hat erzählen hören, die späterer Unterricht ihn verwerfen lehrte. Kommt ein solcher Mensch in Verhältnisse, die jene Jugendeindrücke stark vergegenwärtigen, so wird er seiner ganzen Vernunft bedürfen, um Gefühle zu beschwichtigen, deren Daseyn zu bekennen er sich schämen würde.

Daß Spannsegel seinen jungen Kommandeur auf die Himmelsgegend aufmerksam machte, geschah indeß nicht aus der so eben beschriebenen Empfindung, sondern bekundete vielmehr die Einsicht des erfahrenen Seemannes. Es war mit einem Mal eine Wolke über dem Wasser entstanden; lange zerrissene Streifen zogen sich aus dem Dunste in eine solche Richtung, daß das Ganze ein, wie die nautische Sprache es nennt, windiges Aussehen gewann.

»Wir kriegen mehr als wir bei so vieler Leinwand brauchen!« sagte der Segelmeister, nachdem er mit seinem Vorgesetzten lange schweigend und forschend das Gewölk angesehen hatte. »Der Kerl dort in der Wolke ist ein Todfeind von hohen Segeln; er kann droben in seiner Nähe nichts leiden als nackte Stöcke.«

»Sein Erscheinen wird, dächte ich, die Brigantine zwingen, mehr Segel einzureefen,« erwiederte der Capitän. »Wir können schon bis zum letzten Augenblick aushalten, die Brigg aber muß bald anfangen zu beschlagen, sonst bleibt ihr bei ihrer geringen Bemannung nicht mehr Zeit genug, sich gegen den Sturm zu rüsten.«

»Das hat die Coquette als Kreuzer voraus. Aber, mit nichten! der Schurke macht keine Miene, ein einziges Tuch herunter zu lassen.«

»Wir wollen für unsere eigenen Spieren erst Sorge tragen,« sagte Ludlow, und wendete sich an den wachthabenden Lieutenant. »Rufen Sie die Leute herauf, Sir, und sehen Sie zu, daß Alles zum Empfange der Wolke dort in Bereitschaft sey.«

Der Ordre folgte der gewohnte rauhe Ruf des Bootsmanns an der Luke des Schiffes, der diese Anstrengung seiner Lunge durch einen gedehnten grellen Ton auf seiner Pfeife einleitete. Das Commando: »Ueberall! Segel eingezogen, ahoi'! brachte bald die Mannschaft aus den Tiefen des Schiffes auf's Verdeck; jeder der eingeübten Matrosen nahm schweigend seinen Posten ein, und nachdem die Taue klar gemacht und die wenigen Vorkehrungen getroffen waren, standen Alle, die nächsten Töne des Rufrohrs, das der erste Lieutenant selbst zur Hand genommen hatte, mit aufmerksamer Stille erwartend.

Die Ueberlegenheit im Segeln, die ein Schiff, das zum Kriege aus-gerüstet ist, über ein bloß zum Handel bestimmtes behauptet, rührt von mancherlei Ursachen her. Die vorzüglichste liegt in der Ver-schiedenheit der Construction des Rumpfes. Dieser ist in Kriegs-schiffen so genau, als die Kunst des Schiffsbaues es nur immer ge-stattet, auf Schnelligkeit und Beweglichkeit berechnet, zwei wichti-ge Zwecke, die bei Kauffahrteifahrzeugen aus Gewinnsucht dem größern Tonnengehalt aufgeopfert werden. Die zweite Ursache ist der Unterschied in dem Tauwerk, das in einem Kriegsschiff nicht bloß mehr vierkant, sondern auch höher ist als in einem Kauffahrer, weil die stärkere Anzahl der Mannschaft in dem ersteren leichter im Stande ist, die Raaen und Segel zu regieren, die schon an sich schwerer sind als in dem letzteren. Endlich ist es dem Kreuzer auch leichter möglich, Segel beizusetzen und wieder einzureefen; er kann den günstigen Wind bis zum letzten Hauch benutzen, da bei einer hundert bis zweihundert Mann starken Besatzung der letzte Au-genblick hinreicht, die nöthigen Veränderungen zu machen; dahin-gegen muß ein Schiff, das nur mit einem Dutzend Matrosen be-mannt ist, wegen dieser schwachen Anzahl ganze Stunden dransetz-en, um sich auf Aenderung des Windes zu rüsten, während wel-cher Zeit der beste Wind verloren geht. Diese Auseinandersetzung wird dem sonst uneingeweihten Leser erklären, wie sich Ludlow bei der Verfolgung so viel Günstiges von der herannahenden Bö versprechen konnte.

Um uns in nautischer Sprache auszudrücken, die Coquette be-hielt ihren Cours bis zum letzten Momente bei. Gezackte Dunst-streifen umwirbelten in furchtbarer Nähe die hohen, leichteren Segel, und schon war der zischende Schaum so weit herangekom-men, daß er des Schiffes Kielwasserspur vertilgte: jetzt erst gab Ludlow, der mit muthiger Ruhe das Fortschreiten der Wolke beo-bachtet hatte, seinem Subaltern das Zeichen, daß der rechte Augen-blick gekommen sey.

»Herunter mit Allem!« ertönte es durch den Rufer. Mehr war nicht nöthig, denn Matrosen wie Offiziere waren in ihrem Dienste wohlbewandert. Die Worte waren kaum vom Lieutenant ausge-sprochen, so ersäufte das Geräusch der vom Winde gepeitschten Taue und Segeltücher selbst das laute Brüllen der See. Halse, Segel-tücher und Raaentaue verschwanden mit Einem gleichzeitigen Zuge und keine Minute war verflossen, so zeigte der Kreuzer nackte Spieren und hin und her wehende Tau-Enden an der Stelle, wo noch so kurz vorher ein schneeweißes Segelgewölke geprangt hatte! Alle Steuersegel fielen gleichzeitig auf's Verdeck, und die höheren Tücher wurden bis an die Marssegel aufgeholt. Diese letzteren blieben noch ausgespannt, und das Fahrzeug empfing die Schwere des kleinen Sturms auf ihren breiten Flächen. Das wackere Schiff leistete dem Stoße trefflichen Widerstand, und als nun der Wind über das Hackebord blies, wirkte seine Gewalt weit weniger auf den Körper des Schiffes ein, als bei einer früher beschriebenen Gelegenheit. Nur dem Spierenwerk drohte noch Gefahr, und dieses wurde durch die genaue, obgleich nicht ängstliche Wachsamkeit des Capitäns gerettet.

Kaum hatte sich Ludlow überzeugt, daß der Wind seinen Kreuzer erreicht habe – und diese Ueberzeugung zu gewinnen, bedurfte es nur weniger Sekunden, – so wendete er neugierig den Blick auf die Brigantine. Die Wassernixe behielt noch alle leichtere Segel ausgespannt, eine Verwegenheit, die alle Zuschauer am Bord des königlichen Schiffes in Erstaunen setzte. Wie schnell das Schiff auch jetzt über die Wogen dahin flog, so ward doch dessen Geschwindigkeit vom Winde bei weitem übertroffen. Schon konnte man am Wasser erkennen, daß die vorüberfliegende Bö die Hälfte der zwischen beiden Fahrzeugen bestehenden Entfernung zurückgelegt hatte, und noch immer kein Zeichen am Bord des Freihändlers, daß er ihr Herannahen ahne. Er hatte offenbar streng Acht gegeben, welche Wirkung der Sturm auf die Coquette hervorbringen werde, und ließ den Anprall näher kommen, mit der Ruhe eines Menschen, der gewohnt ist, sich auf seine eigene Hülfsquellen zu verlassen, und fähig, die Kräfte, gegen die er anzukämpfen hat, scharf abzuwägen.

»Hält er noch eine Minute den Cours, so kriegt er mehr als er tragen kann, und alle seine Drachen zerstieben wie Rauch vor der Mündung der Kanonen!« brummte Spannsegel. »Aha! da kommen seine Leesegel herunter – recht so! weg mit dem großen Segel! – Vorobenbram und Kreuzbram herein und Vormarssegel auf's

Eselshaupt![25] Die Halunken sind so schnellfingerig, wie Beutel-schneider bei einem Auflauf.«

Des ehrlichen Segelmeisters Beschreibung von den am Bord der Brigg genommenen Vorsichtsmaaßregeln ist genau genug. Nichts wurde beschlagen, alles entweder aufgeholt oder niedergezogen, so daß dem Sturm wenig blieb, woran er seine Wuth hätte üben kön-nen. Die verringerten Flächen der Segel dienten dazu, die Spieren zu decken, während die Leinwand mittels der Taue gesichert war. Nach einer minutenlangen Pause sah man ein halbes Dutzend Topleute damit beschäftigt, die wenigen leichten Obersegel fester anzuholen.

Wenn nun aber auch der Erfolg die Kühnheit des Meerdurch-streichers, bis zum letzten Moment die Segel ausgespannt zu halten, rechtfertigte, so zeigte sich doch nichts desto weniger in der Fort-bewegung beider Schiffe die verschiedene Wirkung, welche ein zunehmender Wind und eine wachsende See auf sie hervorbrachte, immer deutlicher. Die kleine, niedrig gebaute Brigg fing an zu ar-beiten und zu schlingern, die Coquette hingegen ritt elastisch auf dem Element, und hatte folglich geringeren Widerstand von dem-selben zu leiden. Zwanzig Minuten, während welcher der Wind mit fast ungeschmälerter Stärke anhielt, brachten den Kreuzer so nahe an die Brigg heran, daß die Mannschaft die meisten kleineren Ge-genstände, die über die Laufstags wegragten, zu unterscheiden vermochte.

»Blast, Winde, bis Euch die Backen bersten![26] sagte Ludlow mit erstickender Stimme, so sehr regte die Aussicht auf Erfolg die Jagdwuth in ihm auf. »Ich verlange nur eine halbe Stunde, und dann mögt Ihr nach Belieben abspringen!«

»Blase, lieber Teufel, und du sollst den Koch zum Braten haben!« brummte Spannsegel mit den Worten eines sehr verschiedenen Dichters. »Noch ein Minutenglas bringt uns innerhalb Rufnähe.«

»Die Bö verläßt uns!« unterbrach ihn der Capitän. »Bespannen Sie wieder das Schiff, Herr Luff, vom Flügelspill herunter bis zu den Laufstags!«

---

[25] Vergleiche die Seite 255

[26] Aus der ersten Scene im Sturm, von Shakespeare

Abermals ertönte die Bootsmannspfeife an der Luke, abermals rief der rauhe Klang: »Ueberall! Segel beigesetzt, ahoi!« die Leute auf ihre Posten. Fast eben so schnell als sie vorhin zusammengezogen worden waren, spannten sich die Segeltücher jetzt wieder, und der heftigere Wind hatte kaum den Kreuzer hinter sich, so war das wallende Leinwandgewölke schon ausgebreitet, um den minder heftigen Nachzügler noch in Dienst zu nehmen. Noch unerschrockener als selbst der Kreuzer, wartete das gejagte Schiff seinerseits nicht einmal das Hinwegstürmen der Bö ganz ab; den Wink seines Gegners benützend, fing der Meerdurchstreicher schon an, seine Raaen in die Höhe zu schwingen, während der weiße Schaum noch die See bedeckte.

»Der scharfsichtige Spitzbube sieht, daß wir die Bö los sind,« sagte Spannsegel, »und macht sich zurecht, um auch noch was vom Rest abzukriegen. Wir gewinnen ihm nur wenig Vorsprung ab, bei all' unserer Händezahl.«

Die Thatsache war zu augenfällig, um einen Zweifel zuzulassen, denn der Freihändler segelte wieder unter allen seinen Tüchern, ehe das Kriegsschiff von seiner überlegenen physischen Stärke einen wesentlichen Voltheil ziehen konnte. Gerade jetzt, wo die Coquette bei der hohl gehenden See ihren Vorzug vielleicht hätte geltend machen können, hörte der Wind plötzlich auf. Der heftige Stoß war des Windes verscheidender Seufzer, und in weniger als einer Stunde, seit die Schiffe die Fahrt von neuem angetreten hatten, schlugen die Segel gegen die Masten an, und gaben in Wellenbewegungen eben so viel Wind zurück, als sie erhielten. Die See fiel rasch zusammen und ehe die letzte oder Vormittagswache vorüber war, bewegten des Oceans Oberfläche nur noch lange wogende Schwingungen, die selbst bei der ruhigsten See zu sehen sind. Eine kurze Zeit wehten die unbeständigen Lüfte spielend, obgleich immer noch mit einiger Stoßkraft, in verschiedenen Richtungen um das Schiff; dann aber, nach Wiederherstellung des atmosphärischen Gleichgewichts trat völlige Windstille ein. Während der halben Stunde, daß die Winde ab und zu sprangen, war die Brigantine im Vortheil, allein doch nicht so sehr, daß sie außer den Strich der feindlichen Kanonen gekommen wäre.

»Holt die großen Segel hinauf,« sagte Ludlow, nachdem der letzte Hauch des Windes erstorben war, und verließ die Kanone, auf der er lange, das andere Schiff beobachtend, gestanden hatte. »Schaffen Sie die Boote in's Wasser, Herr Luff, und bewaffnen Sie die Mannschaften derselben.«

Der junge Commandeur ertheilte diesen Befehl, dessen Zweck unzweideutig genug war, mit festem und doch zugleich niedergeschlagenem Ton. Er sah gedankenvoll aus, und sein ganzes Wesen war das eines Menschen, welcher einer gebieterischen, aber unangenehmen Pflicht gehorcht. Nach Ertheilung der Ordre gab er dem zuschauenden Alderman und dessen Freunde einen Wink, ihm in die Kajüte zu folgen.

»Es bleibt keine andere Wahl übrig,« fuhr Ludlow fort, indem er das Fernrohr, das er in den vorhergehenden Stunden so oft gehandhabt hatte, auf den Tisch legte, und sich in einen Stuhl warf. »Das Räuberschiff muß auf jede Gefahr hin genommen werden, und jetzt ist die Gelegenheit günstig, uns seiner mittelst Enterns zu bemächtigen. In zwanzig Minuten erreichen wir es, und fünf mehr, so ist es unser; allein ...«

»Allein der Meerdurchstreicher, wollen Sie sagen, ist nicht der Mann, solche Gäste mit einem Alte-Weiber-Willkommen zu empfangen;« war Myndert's pikante Bemerkung.

»Ich würde mich sehr in dem Manne irren, wenn er sein schönes Fahrzeug gutwillig ließe. Die Pflicht eines Seemannes ist unerbittlich; ich muß ihr gehorchen, Herr Stadtrath Van Beverout, wie sehr ich auch den Umstand bedaure.«

»Ich verstehe Sie, Sir. Der Capitän Ludlow hat zwei Gebieterinnen, nämlich die Königin Anna und die Tochter des alten Etienne de Barbérie. Er fürchtet beide. Wenn man mehr schuldig ist, als man Mittel zu bezahlen besitzt, so sollte man glauben, das weiseste Verfahren wäre eine Abfindung mit den Gläubigern, und als Gläubiger können in gegenwärtigem Falle Ihre Majestät und meine Nichte schon betrachtet werden.«

»Sie mißverstehen mich, Sir,« sagte Ludlow stolz. »Zwischen einem treuen Beamten und seiner Dienstpflicht kann von Abfinden nicht die Rede sein; auch erkenne ich in meinem Schiffe nur Eine

Gebieterin an. Aber Matrosen im Augenblicke des Sieges, wo ihre Leidenschaften durch Widerstand in vollem Aufruhr sind, ist nicht zu trauen. Herr Alderman, wollen Sie die Mannschaft begleiten und das Vermittleramt übernehmen?«

»Potz Picken und Handgranaten! bin ich ein passendes Subjekt, mit dem Säbel zwischen den Zähnen die Seiten eines Smugglerschiffes zu erstürmen? Wenn Sie mich in das kleinste und friedlichste Ihrer Boote setzen wollen, selbiges mit nicht mehr bemannen als zwei Schiffsjungen, die vor mir, als einer Magistratsperson, gehörigen Respekt haben; sich ausdrücklich verbindlich machen, die drei Bramsegel beigeschlagen und eine Parlamentairsflagge auf jedem Mast aufgezogen, hier liegen zu bleiben: so bin ich bereitwillig, den Oelzweig nach der Brigantine zu bringen; aber kein einziges, drohendes Wort. Wenn das Gerücht nicht lügt, so ist der Meerdurchstreicher da drüben kein Freund von Drohungen, und ferne sey's von mir, daß ich den Angewöhnungen irgend eines Menschen vor den Kopf stoßen sollte. Ich will ausfliegen als Ihre Turteltaube, mein werthester Capitän Ludlow, aber keinen Fuß setze ich vorwärts als Ihr Goliath.«

»Und weigern auch Sie sich, den Versuch zu machen, Feindseligkeiten vorzubeugen?« fuhr Ludlow fort, indem er den Blick auf den Patroon von Kinderhook richtete.

»Ich bin der Unterthan der Königin, und bereit, die Gesetze aufrecht zu erhalten;« erwiederte ruhig Oloff Van Staats.

»Patroon!« rief sein aufpassender Freund, »Sie wissen nicht, was Sie sagen. Wenn es von einem Ueberfall der Mohawks, oder einer Invasion aus Canada handelte, so wäre es was anders; allein hier ist bloß die Rede von einer geringfügigen Haderei wegen einer kleinen Bilanz in den Zolleinkünften, die man besser dem Hafenaufseher und den übrigen wilden Katzen des Gesetzes zum Schlichten überläßt. Will das Parlament nur die Versuchung in den Weg legen, so mag die Sünde auf sein eigenes Haupt fallen. Die menschliche Natur ist schwach, und so zahlreich wie die menschlichen Eitelkeiten sind auch die Lockungen zur Nichtachtung überstrenger Verbote. Darum sage ich, es ist besser, friedlich am Bord dieses Schiffes zu bleiben, wo unser Ruf und unsere Knochen gleich geborgen sind und den Himmel für das Uebrige sorgen zu lassen.«

»Ich bin der Unterthan der Königin und bereit, ihre Würde aufrecht zu erhalten;« wiederholte Oloff mit Festigkeit.

»Ich setze Vertrauen in Sie, Herr Van Staats,« sagte Ludlow, faßte die Hand seines Nebenbuhlers, und führte denselben in seine Staatskajüte.

Die geheime Unterredung war bald zu Ende, und kurz darauf rapportirte ein Kadett, daß die Boote in Bereitschaft wären. Hiernächst erhielt der Quartiermeister die Aufforderung, nach der Kajüte hinabzukommen, von wo er in das Privatgemach seines Vorgesetzten eingelassen wurde. Ludlow begab sich sodann auf's Verdeck und traf daselbst die zum Angriff noch nöthigen Verfügungen. Das Schiff stellte er unter Lieutenant Luff's Befehl mit dem Auftrag, jeden sich darbietenden Wind zu benützen, um dem Feind so nahe als möglich zu kommen. Spannsegel's Posten war die Anführung einer Abtheilung Enterer im großen Boot. Dagegen wurde dem reichen Gutsbesitzer die mit ihrer gewöhnlichen Bemannung versehene Jolle zugetheilt, während Ludlow seine eigene Pinasse bestieg, welche nicht stärker besetzt war, als bei andern Gelegenheiten, obgleich die Waffen, die im Spiegel aufgehäuft lagen, auf baldige außergewöhnliche Thätigkeit hinwiesen.

Das große Boot war am frühesten fertig, und da es ohnedies am schwersten zu regieren war, so stieß es am ersten von der Seite der Coquette ab. Der Segelmeister ließ gerade auf die blind und regungslos liegende Brigg lossteuern. Ludlow nahm einen größern Umweg, sichtlich in der Absicht, eine Diversion zu machen, die Aufmerksamkeit der Mannschaft auf dem Smugglerschiff dadurch zu zertheilen, und gerade in dem Augenblick, wo das große Boot mit seiner Hauptmacht ankäme, den gemeinschaftlichen Angriffspunkt zu erreichen. Auch die Jolle wählte die gerade Linie nicht, sondern wich eben so weit nach der einen Seite davon ab, wie die Pinasse nach der andern. In diesen Positionen rojete das Volk etliche zwanzig Minuten in tiefem Schweigen, indem die Bewegung des großen, am schwersten beladenen Bootes langsam und nichts weniger als leicht von Statten ging. Jetzt ward von der Pinasse aus ein Signal gegeben; alle Ruderer hielten inne und rüsteten sich zum Kampfe. Das große Boot lag innerhalb Pistolenschußweite von der Brigantine und in der Richtung ihres mittelsten Balkens; die Jolle hatte die Vorderseite gewonnen, wo Van Staats von Kinderhook die Gallion-Figur betrachtete, deren ironisches Lächeln eine träge Natur so völlig besiegte, daß er darüber alles Andere vergaß; auf der andern Seite hielt die Pinasse mit dem Capitän, der die Lage des Feindes mit seinem Fernrohr untersuchte. Diese Pause nun benützte Spannsegel zu einer Anrede an seine Leute.

»Gegenwärtiges ist eine Expedition in Booten,« hob der haarspaltende, pedantische Meister an, »unternommen in flachem Wasser, mit wenig oder, wie man sagen kann, mit gar keinem Winde, im Monate Junius und an der Küste von Nordamerika. Ihr seyd kein Haufe solcher Ignoranten, Ihr Leute, die glauben könnten, das große Boot wäre zu keinem andern Zweck hinausgehießt worden, und zwei, ich will nicht sagen, der besten, aber doch der ältesten Seeleute hätten sich in keiner andern Absicht vom Schiff wegbegeben, als bloß um der Brigg dort Namen und Charakter abzufragen. Der kleinste der jungen Herren auf der Schanze hätte den Dienst so gut verrichten können, als der Capitän oder ich. Es ist die Meinung derjenigen, die am besten unterrichtet sind, daß der Fremde, der die Unverschämtheit hat, ruhig innerhalb Schußweite eines königlichen Kreuzers zu liegen, ohne seine Flagge zu zeigen, kein anderer sey, als der famöse Meerdurchstreicher; ein Mann, gegen dessen Seefahrerkunst nichts zu sagen ist, der aber, so weit die Revenüe der Königin betheiligt ist, nicht im besten Rufe der Ehrlichkeit steht. Ohne Zweifel habt Ihr auch viele merkwürdige Berichte von den Thaten dieses Seewanderers vernommen, darunter einige sind, die auf die Vermuthung führen, daß der Kerl ein geheimes Einverständniß mit denjenigen habe, die bei ihren Angelegenheiten nicht so religiös zu Werke gehen, wie die ehrwürdige Bischofsbank. Doch was kümmert uns das? Ihr seyd beherzte Engländer, die da wissen, was der Kirche und was dem Staat gebührt, keine Bursche, hol mich der Teufel! die sich mit einem Bischen Hexerei in's Bockshorn jagen lassen (Beifallsruf). Schön, das ist verständlich und vernünftig gesprochen gewesen und überzeugt mich, daß Ihr was von der Sache versteht. Ich habe weiter nichts mehr beizufügen, als bloß noch die Bemerkung, daß der Capitän wünscht, es möge Keiner unanständige Redensarten führen, und was das anbelangt, jede weitere rauhe Behandlung der Mannschaft auf der Brigg, als die zur Eroberung nöthigen Kopfhiebe und Halsabschneidereien, unterbleiben. In diesem Punkt nehmt Euch an mir ein Exempel, der ich älter bin als die meisten von Euch, und also mehr Erfahrung haben und besser wissen muß, wann und wo man sich tapfer zu zeigen hat. Haut um Euch, wie Männer, so lange die Freihändler ihre Waffen brauchen, aber seyd barmherzig in der Stunde des Sieges: Ihr sollt in keinem Fall in die Kajüten eindringen; in dieser Beziehung sind meine Ordres besonders ausführlich und den Mann, der ihnen zuwider handelt, lasse ich ohne Weiteres über Bord werfen, als wäre er nichts mehr als ein todter Franzose. Da wir uns nun gegenwärtig verständigt haben und unsern Dienst genau kennen, so ist nichts Sonstiges nöthig, als ihn zu verrichten. Ich habe von Prisengeldern nichts gesagt (Beifallsruf), sintemal Ihr solche Leute seyd, welche die Königin und ihre Ehre höher schätzen als den Mammon (Beifallsruf); so viel aber kann ich sicher versprechen, daß die gewöhnliche Vertheilung nicht ausbleiben soll (Beifallsruf), und da sich nicht zweifeln läßt, daß die Spitzbuben einen einträglichen Handel getrieben haben, ei nun, so ist die Totalsumme wahrscheinlich kein Pappenstiel.« (Dreimaliges lautes Beifallrufen.)

Ein Pistolenschuß aus der Pinasse, auf welchen augenblicklich ein Kanonenschuß aus dem Kreuzer folgte, dessen Ladung pfeifend zwischen den Masten der Wassernixe flog, war das Signal zum Anfang des Kampfes; der Segelmeister erhob nun seinerseits ein ermuthigendes Hurrah, und mit voller, ungebrochener Baßstimme donnerte er das Commandowort hervor: »Drauf los«! Pinasse und Jolle näherten sich gleichzeitig dem Gegenstande des gemeinschaftlichen Angriffs, und zwar so geschwind, daß man berechtigt war, einer schleunigen Entscheidung entgegenzusehen.

Während des ganzen Verlaufs der Vorkehrungen in der Coquette und um sie her, von dem Momente an, wo die Windstille eintrat, bis zu dem jetzigen, war von der Mannschaft des verfolgten Schiffes nichts zu sehen gewesen. Da lag der schöne Bau tanzend auf den steigenden und wieder sinkenden Wogen, aber keine menschliche Gestalt ließ sich blicken, welche den Bewegungen desselben Richtung gegeben oder die zur Vertheidigung so nöthigen Vorkehrungen getroffen hätte. Die Segel blieben so hängen, wie der Wind sie gelassen, und der schwimmende Rumpf schien dem Spiele der Wellen preisgegeben. Auch die Annäherung der Boote störte diese tiefe Ruhe nicht, so daß, wenn das verzweifelte Individuum, welches,

wie Jedermann wußte, die Brigg befehligte, überhaupt auf Widerstand sann, Ludlow dies nicht errathen konnte, wie lange und wie
sorgfältig er auch forschte. Selbst die Hurrahs und die Ruderschläge
beim letzten entscheidenden Anlauf der Boote brachten auf dem
Deck des Freihändlers keine Veränderung hervor, nur die Raaen am
Vordertheil drehten sich, wie Ludlow recht gut bemerkte, langsam
und anhaltend in eine verschiedene Richtung. Nicht wissend, was
dieses Manövre bezweckte, erhob sich der Kapitän von seinem Sitze
in der Barke und schwenkte den Hut, seine Leute zu verstärkter
Anstrengung anspornend. Nur noch hundert Schritte war die Pinasse von der langen Seite dem Smuggler entfernt, als plötzlich und
mit einem Stoß alle seine faltenreichen Tücher sich nach auswärts
füllten. Die sorgfältig und schön geordnete Maschinerie der Spieren, Segel und Takelage neigte sich gegen die Barke, als wenn sie
einen anmuthigen Abschiedsknix machte, dann glitt die leichte
Schale vorwärts, und dem Boote stand es nun unbenommen, den
leergewordenen Raum zu durchpflügen. Ludlow überzeugte sich
durch einen einzigen Blick, daß längeres Verfolgen vergeblich wäre,
denn die See kräuselte sich schon unter dem Winde, der dem Freihändler zu so gelegener Zeit gekommen war. Er winkte Spannsegel,
die Jagd einzustellen, und Beide standen in ihren Fahrzeugen und
verfolgten getäuschten Blickes den weißen, schäumenden Streifen,
den der Kiel des Flüchtlings auf der Wasserfläche zog.

Die Wassernixe ließ nun zwar die von dem Capitän und dem Segelmeister befehligten Boote hinter sich, steuerte aber dagegen in
gerader Linie auf die Jolle los. Einige Augenblicke glaubte die
Mannschaft der letzteren, ihr eigenes Vorrücken bringe sie so
schnell an's Ziel, und als der Kadett, der das Boot steuerte, seinen
Irrthum erkannte, war es genau noch Zeit genug zu verhindern, daß
die daherschießende Brigantine das kleine Fahrzeug umrannte. Er
gierte nun die Jolle tüchtig ab, und rief den Leuten zu, aus allen
Kräften zu rojen; es gelte ihr Leben. Oloff Van Staats, mit einem
Enterhacken bewaffnet, hatte vorne im Schiffe Posto gefaßt, und so
gespannt waren alle seine Seelenkräfte durch die Erwartung des
nahen Kampfes, daß er die Gefahr, die ohnedies nur einem Seemann leicht in die Augen springend war, nicht gewahrte. Wie die
Brigantine daher vorbeigleitete und er die unteren Rusten derselben
sich gegen das Wasser neigen sah, so that er einen rüstigen Sprung

hinüber, ließ einen holländischen Kriegsschrei erschallen, schwang seine kräftige Gestalt über die Bollwerke und verschwand in das Verdeck des Smugglers.

Als Ludlow seine Boote auf dem Fleck, den das gejagte Schiff erst so kürzlich eingenommen, beisammen sah, vergewisserte er sich, daß die fruchtlose Unternehmung keinen weitern Unfall zur Folge hatte, als den unfreiwilligen Abgang des Patroons von Kinderhook.

Zweiundzwanzigstes Kapitel.

>»Welch' Land, Ihr Leut', ist dies?
– – – Illyrien, Dame.«

Was ihr wollt.

Der Mensch verdankt den Ruf, den ihm die Welt gibt, eben so sehr einem gewissen zufälligen Zusammentreffen von Umständen, als seinen persönlichen Eigenschaften. Schiffen ergeht es mit ihrem Rufe nicht anders. Die Eigenthümlichkeit eines Fahrzeugs mag, wie bei Individuen, von großem Einfluß seyn auf dessen gutes oder übles Geschick; doch bei einem wie beim andern ist Manches den Zufällen des Lebens zuzuschreiben. Schwollen auch die Segel der Coquette bald von demselben Winde, welcher der Wassernixe so sehr zu Statten gekommen war, so änderte dies doch nichts in der Meinung der königlichen Matrosen in Beziehung auf das Glück der Brigantine, und erhöhete zugleich den schon befestigten Ruf des Streichers durch die Meere als eines Seefahrers, dem in den tausend Schwierigkeiten seines gefahrvollen Gewerbes die Gunst des Zufalls – nicht lächelte, sondern zu Gebote stand. Als Ludlow seinem Verdrusse über das, was er das gute Glück des Smugglers nannte, Luft machte, schüttelte Spannsegel den Kopf, und sprach damit so deutlich aus, was er meinte, daß ganze Bände es nicht bezeichnender hätten beschreiben können, und die Mannschaften der drei Boote schauten der sich entfernenden Brigantine nach, wie die Einwohner Japans vielleicht jetzt noch einem durch Dampf in Bewegung gesetzten Schiffe nachschauen würden.[27]

Da Lieutenant Luff nicht lässig in seinem Dienste war, so wußte er die Wiedervereinigung der Coquette mit ihren Booten bald zu bewirken; dagegen ging mit dem Heraufhießen der letzteren nothwendig einige Zeit verloren, was die Brigantine in den Stand setzte, die Entfernung zwischen sich und ihrem Verfolger so sehr zu vergrößern, daß sie sich, als dieser wieder segelfertig war, bereits völlig außer Schußweite befand. Nichts destoweniger gab Ludlow

---

[27] Vielleicht jetzt auch nicht mehr; das persische und arabische Meer haben ihre Dampfboote schon, warum sollten sie dem chinesischen lange fehlen? D. Uebers

von neuem Befehl zum Jagdmachen, ehe er in seine eigne Kajüte eilte, um seinen Mißmuth zu verbergen.

»Ein lebendiger Profit ist die Belohnung des Verstandes eines Kaufmanns; gutes Glück sein Ueberschuß!« bemerkte Alderman Van Beverout, kaum fähig, die Freude, welche ihm das unerwartete wiederholte Entwischen der Brigantine machte, zu unterdrücken. »Mancher gewinnt Dublonen, wo er sich bloß der Dollars versah, so wie umgekehrt die Preise bisweilen, trotz des raschesten Absatzes, sich nicht halten. Ein tapferer Offizier braucht seine gute Laune nicht zu verlieren, Capitän; es giebt noch Franzosen genug; um so weniger Ursache also, wegen des unerheblichen Querstrichs bei'm Verfolgen eines Smugglerschiffes grämlich zu seyn.«

»Ich kann nicht wissen, was für Werth Sie, Herr Van Beverout, auf Ihre Nichte setzen; wäre ich aber der Onkel eines solchen Mädchens, so würde der Gedanke, daß sie das bethörte Opfer jenes scheulosen Nichtswürdigen geworden ist, mich rasend machen!«

»Potz Paroxysmen und stramme Jacken! Zum Glück sind Sie ihr Onkel nicht, und können also ruhig seyn. Das Mädchen besitzt eine franzmännische Phantasie und wühlt in des Contrebande-Händlers Kanten und Seidenwaaren herum: wenn sie ihre Wahl wird gemacht haben, erhalten wir sie zurück, und das Bischen Putz wird sie nur noch schöner gemacht haben.«

»Auswahl! O Alida, Alida! dies ist nicht die Wahl, die wir Ursache hatten, von deinem durchgebildeten Geiste und deinen stolzen Gesinnungen zu erwarten!«

»Die Ausbildung ist mein Werk; den Stolz hat sie vom alten Etienne de Barbérie geerbt,« versetzte Myndert trocken. »Aber Klagen haben noch nie einen Preis heruntergedrückt oder die Papiere in die Höhe gehoben. Wir wollen lieber den Patroon holen lassen, und ruhig mit einander berathen, wie wir auf die leichteste Art unsern Weg nach »Lust in Ruh« wieder zurückfinden, ehe Ihrer Majestät Coquette sich zu weit von der Küste Amerika's entfernt hat.

»Dein Scherz kommt ungelegen, Stadtrath. Der Patroon ist mit Ihrer Nichte davongegangen, und in ihrer gegenseitigen Gesellschaft wird Beiden wahrscheinlich die Zeit auf der Reise nicht lang werden. Er ist in der mit den Booten unternommenen Expedition verloren gegangen.«

Der Alderman stand da wie versteinert.

»Verloren! Oloff Van Staats verloren, in der Expedition mit den Booten! Unglück befalle den Tag, an dem dieser kluge und reiche junge Mann der Colonie verloren ging! Sir, Sie wissen nicht, was Sie sprechen, wenn Sie eine so rasche Meinung äußern. Mit dem Tod des jungen Patroons von Kinderhook würde eine der besten und wohlhabendsten Familien erlöschen, und das dritte Besitzthum in der Provinz ohne direkten Erben gelassen seyn.«

»So niederschmetternd ist der Unglücksfall nun eben nicht,« erwiederte der Capitän mit Bitterkeit. »Der Herr hat bloß das Smugglerschiff geentert, und amüsirt sich wahrscheinlich in Gesellschaft der schönen Barbérie mit Untersuchung der Kanten und Seidenwaaren am Bord.«

Ludlow erzählte nun die Art und Weise, wie der Patroon abhanden kam. Als der Alderman sich vollkommen versichert hatte, daß der Person seines Freundes kein Leid widerfahren war, äußerte er eine eben so lebhafte Freude, als er den Augenblick vorher Bestürzung an den Tag gelegt hatte.

»Fort mit der schönen Barbérie! untersucht Spitzen und Seidenstoffe! Herrlich, vortrefflich!« wiederholte er, entzückt die Hände reibend. »Ja, da zeigt sich endlich einmal das Geblüt meines alten Freundes Stephen. Der wahre Holländer zerschlägt sich nicht den Kopf oder schneidet Gesichter, wenn der Wind sich ändert oder ein Mädchen mault, wie der merkurialische Franzose; auch flucht er nicht und macht großes Aufheben wie der aufbrausende Engländer – vor Ihnen, junger Herr, kann ich das schon sagen, Sie sind selbst von der Colonie. Nein, nein, der Holländer ist, wie Sie sehen, ein ruhiger, ausdauernder, und in der Hauptsache thätiger Sohn des alten Bataviens; nimmt seine Gelegenheit wahr, und scheut selbst nicht die Gegenwart ...«

»Wessen?« fragte Ludlow, als Jener plötzlich inne hielt.

»Nun, seines Feindes, da doch einmal alle Feinde der Königin die Feinde jedes loyalen Unterthans sind. Bravo, Oloff! bravo, Herzensjunge! Gewiß, ganz gewiß, das Glück wird dem Tapfern lächeln.

Hätte der Holländer nur einen gehörigen Fußraum auf dieser Erde, mein lieber Capitän Cornelius Ludlow, so würde die Geschichte von dem Rechte auf die engen Seen, und überhaupt von den meisten Handelsangelegenheiten ganz anders klingen.«

Ludlow erhob sich von seinem Sitze; auf seinen Lippen schwebte ein bitteres Lächeln, obgleich er dem Manne wegen eines so natürlichen Triumphs innerlich nicht grollte.

»Herr Van Staats hat vielleicht Ursache, sich zu seinem günstigen Stern Glück zu wünschen,« sagte er; »indessen glaube ich doch, daß sein Unternehmen, wie kühn es auch ist, an den Künsten des verschlagenen, so sehr für sich einnehmenden Mannes, dessen Gast er jetzt geworden, scheitern wird. Uebrigens, Herr Alderman, kann und wird sich meine Pflicht nicht nach der Vorliebe Anderer richten. Dem Smuggler sind Zufall und List bisher zu Hülfe gekommen: drei Mal ist er mir entwischt, ein viertes Mal ist die Reihe vielleicht an mir. Besitzt dieses Schiff die Gewalt, den ruchlosen Räuber zu vernichten, so mag er sich vorsehen!«

Mit dieser Drohung noch im Munde verließ Ludlow die Kajüte, um auf dem Verdeck seinen Posten einzunehmen und sein unermüdliches Beobachten der Bewegungen des Gegners fortzusetzen.

Der Windwechsel begünstigte ganz entschieden die Brigantine. Durch ihn kam sie luvwärts zu stehen, und erhielten beide Schiffe eine solche Stellung, die es dem verfolgten möglich machte, aus seiner eigenthümlichen Bauart den größten Vortheil zu ziehen. Als daher Ludlow seinen Standpunkt erreichte, sah er, wie das leichte Fahrzeug Alles dicht an den Wind gepraßt und einen solchen Vorsprung gewonnen hatte, daß fast jede Aussicht, es wieder in den Bereich seiner Batterien zu bekommen, abgeschnitten war, es müßte denn einer von den zur See so häufigen Wechseln entschieden zu seinen Gunsten wirken. Es blieb mithin wenig sonst zu thun übrig, als Segel über Segel beizusetzen, um die Brigg während der stark herankommenden Nacht wo möglich im Auge zu behalten. Doch ehe die Sonne noch die Wasserfläche berührte, war der Rumpf der Wassernixe bereits dem Gesicht entschwunden, und als der Tag sich schloß, von ihren luftigen Umrissen nichts mehr sichtbar, als ihre obersten dünnen Spieren. Wenige Minuten nachher hüllte sich der Ocean in Finsterniß ein, und die Regierer des königlichen Kreuzers mußten nun die Jagd auf's Gerathewohl fortsetzen.

Wie viel Seeweg die Coquette in den Nachtstunden zurückgelegt haben mochte, geht ans unserer Quelle nicht hervor; wir erfahren bloß, daß sich dem forschenden Commandeur derselben am andern Morgen ringsherum nichts als ein leerer Horizont dargeboten habe, nichts außer der Seemöve, die mit breitem Fittig dicht über den unstäten grünen Wogen dahinflog. Diesen und manchen folgenden Tag hindurch fuhr der Kreuzer fort, den Ocean zu pflügen, bald raumschoots mit so vielen vollen Segeln, als die langen Bäume nur immer spannen konnten, bald in hohler See stampfend und gegen widrige Winde sich zerarbeitend, als wäre das Schiff erpicht, die Hindernisse zu besiegen, welche selbst die Natur seinem Fortschreiten entgegenschleuderte. Dem guten Alderman drehte sich Alles im Kreise herum; ehe eine Woche verflossen war, wußte er nicht mehr, in welcher Richtung das Schiff steuerte; indeß wartete er geduldig ab, was daraus werden sollte, und glaubte endlich Grund zur Vermuthung zu haben, daß man sich dem Ziele der Fahrt nähere. Die Anstrengungen der Matrosen ließen merklich nach, und das Schiff durfte seinen Lauf unter weniger Segel fortsetzen.

Am Nachmittag eines dieser arbeitfreien Tage sah man François sich herausschleichen, von einer Kanone zur andern wanken, um die Stelle in der Mitte des Schiffes zu erreichen, wo er in der Regel bei gutem Wetter saß, um frische Luft zu schöpfen. Er schien dieses Plätzchen deßhalb gewählt zu haben, weil er es sich hier bequem machen konnte, ohne sich einerseits zu viel Freiheit gegen Vornehmere zu erlauben, oder andererseits die rohere Heerde, das heißt, die gemeinen Matrosen, in Versuchung zu bringen, sich zu viel Freiheit gegen ihn herauszunehmen.

»Ah!« rief der Lakai, den Seekadetten anredend, der dem Leser bereits unter dem Namen Hopper bekannt ist, »voilà die Land! quel bonheur! Ich werde so froh seyn! das Schiff ist sehr agréable, zu sehr; aber Sie wissen, Monsieur Aspirant, ich bin nicht marin. Was ist die Name der Land?«

»Man nennt es Frankreich,« versetzte der Kadett, der gerade Französisch genug verstand, um des Anderen Sinn zu verstehen; »ein sehr gutes Land – für die, welche es leiden können.«

315

»*Ma foi, non!*« rief François halb erstaunt, halb entzückt, einen Schritt zurücktretend.

»Nun, so nennen Sie es Holland, wenn Ihnen dieses mehr zusagt.«

»*Dites-moi*, sagen Sie mir, *Monsieur Hoppére*,« fuhr der Lakai fort, und berührte mit zitterndem Finger den Arm des unbarmherzigen jungen Schelms; »*est-ce la France?*«

»Man sollte glauben, ein Mann von Ihrer Beobachtungsgabe müßte dies selbst einsehen. Sehen Sie den Kirchthurm nicht und das Schloß im Hintergrund nebst dem verworren gebauten Dorfe dicht dabei? Jetzt schauen Sie einmal nach jenem Gehölz: dort ist eine Allee, so gerade wie das Kielwasser eines Schiffes bei glatter See, und eine, zwei, drei, richtig! zwölf Statuen, mit einer einzigen Nase für das ganze Dutzend.«

»Ma, foi, dort ist nichts, nicht Gehölz, nicht château, nicht Dorf, nicht statue, nicht Nase; doch, Monsieur, ich bin alt: est-ce la France?«

»Ei was, wenn Sie nicht sonderlich sehen können, so schadet das gar nichts; ich will Ihnen, während wir entlang fahren, alles haarklein erklären. Jenen Abhang dort sehen Sie doch; er sieht aus wie eine Musterkarte mit grünen und gelben Streifen, oder wie ein Signalbuch, wo die Flaggen aller Nationen neben einander stehen – gut, das ist les champs; und dieser schöne Wald, den man mit seinen regelmäßig gestreckten Aesten fast für ein Regiment Marine-Rekruten halten möchte – Sie sehen ihn doch, den Wald? gut, das ist: la forêt.«

Mehr konnte die Leichtgläubigkeit des warmherzigen Lakaien nicht verschlucken. Mit einem Blick des Bemitleidens und der Würde zog er sich zurück, während der junge Zögling der See einem hinzutretenden Kameraden lachend seinen boshaften Scherz erzählte.

Inzwischen segelte die Coquette vorwärts. Schloß, Kirche und Dorf des Kadetten verwandelten sich bald in einen niedrigen sandigen Strand, mit einem Hintergrund von verkrüppelten Tannen, die an verschiedenen Stellen auseinander traten, und den ermüdeten Blick auf die bequeme Wohnung und die zahlreichen Außengebäude irgend eines wohlhabenden Pächters fallen ließen, hin und wieder auch auf die zierlichere Villa eines Gutsbesitzers. Gegen Mittag hob sich der Kamm eines Hügels aus der See, und genau nachdem die Sonne hinter dieser Berggrenze untergegangen war, fuhr das Schiff bei dem sandigen Vorgebirge vorbei und ging an der Stelle vor Anker, von der es nach der Rückkehr des Capitäns vor seinem Besuch in der Brigantine die Reise angetreten hatte. Ludlow und der Alderman stiegen hierauf an der Schiffsseite hinab und ruderten weiter nach der Mündung des Shrewsbury. Wiewohl es schon beinahe finster war, ehe sie das Ufer erreichten, so konnte der Erstere doch noch bei dem scheidenden Schimmer entdecken, daß in der Bai, nicht weit von der Linie seiner Pinasse, ein Gegenstand von ungewöhnlichem Aussehen schwamm. Die Neugierde vermochte ihn, darauf loszusteuern.

»Alle Kreuzer und Wassernixe!« rief zankend der Stadtrath, als sie nahe genug waren, das schwimmende Ding zu erkennen. Dieses eherne Mensch umspuckt uns, als hätten wir ihr Gold gestohlen! Lassen Sie uns Fuß an's Land setzen. Nichts geringeres als eine Deputation des Stadtmagistrats soll in Zukunft mich wieder aus meiner Wohnung locken.«

Ludlow schmiß das Ruder des Bootes über und lenkte so den Lauf wieder nach dem Flusse. Er bedurfte nun keiner weiteren Erklärung, durch welche List er bei der Nase herumgeführt worden war. Die genau in's Gleichgewicht gerichtete Tonne, die geradestehende Spier und die ausgelöschte Laterne von Horn mit den darauf gemalten Zügen des boshaft lächelnden Bildes dienten als eine nur zu unmittelbare Erinnerung an das falsche Licht, das die Coquette in der ersten Nacht nach dem Antritte der Jagd auf die Brigantine aus ihrem Cours gelockt hatte.

Dreiundzwanzigstes Kapitel.

»Arm zwar, doch würdig ist der Herr, den sich
Sein Töchterlein, die Erbin seines Reichs,
Zum Gatten wählte –«

Cymbeline.

Als der Stadtrath Van Beverout und Ludlow sich der Villa »Lust in Ruhe« näherten, war es bereits finster. Sie hatten sich noch nicht sehr weit vom Landungsplatze entfernt, da holte die Nacht sie ein, und der Berg warf schon seinen Schatten quer über den Fluß und über den engen Streifen Landes, der denselben von der See trennte, weit in den Ocean hinaus. Keinem von Beiden war es möglich, die Lage der Dinge in der Villa und deren Umgebung zu beobachten, bevor sie die Anhöhe ganz erstiegen und mit dem Hause in gleicher Ebene sich befanden, oder vielmehr nicht eher, als bis sie den kleinen, aber Wohlgeruch duftenden grünen Platz vor demselben betreten hatten. Eine kurze Strecke vor dem Thore, das auf diesen Plan führte, stand der Alderman still, und redete seinen Gefährten an mit dem Tone seiner früheren Vertraulichkeit, den er in dem Umgang mit dem Capitän seit einigen Tagen abgelegt hatte.

»Es kann Ihnen nicht entgangen seyn, daß die Dinge, welche sich auf dieser kleinen Parthie zugetragen haben, mehr zu häuslichen Angelegenheiten als zu öffentlichen gehören,« sagte er. »Dein Vater war mein sehr alter und viel geachteter Freund, und wo ich mich nicht irre, so sind wir durch Zwischenheirathen mit einander verwandt. Deine brave Mutter, ein wirthliches Weib, das gern schwatzte, hatte etwas vom Geblüt meiner Familie. Es würde mich schmerzen, wenn das aus diesen Erinnerungen entstandene gute Vernehmen auf irgend eine Weise eine Unterbrechung erleiden sollte. Ich gebe zu, Sir, daß die Revenüe dem Staate ist, was die Seele dem Körper, das bewegende und regierende Prinzip, und daß gleichwie der letztere ohne die Seele ein unbewohntes Haus wäre, so würde der Staat ohne die ihm gebührenden Gefälle ein lästiger Zwangherr seyn. Aber man muß auch anderntheils einen Grundsatz nicht zu weit treiben. Ist diese Brigantine, wie Du zu vermuthen scheinst, und wie in der That mehrere Umstände zu schließen berechtigen, die sogenannte Wassernixe, so wäre sie eine gesetzliche Prise gewesen, falls sie in Ihre Macht fiel; nun sie aber entkommen ist, weiß ich zwar nicht, was Ihre Absichten sind, aber lebte Ihr vortrefflicher Vater, das würdige Mitglied des königlichen Rathes, noch, so würde sich ein so gescheuter Mann sehr besinnen, ehe er den Mund aufthäte, um zu sagen, was in diesen oder ähnlichen Fällen zu thun rathsam sey.«

»Das Verfahren, das ich für pflichtgemäß halten werde, mag seyn, welches es wolle, so können Sie sicher auf meine Verschwiegenheit rechnen hinsichts des ... des merkwürdigen ... sehr entschiedenen Schrittes, den Ihre Nichte zu nehmen für gut gefunden hat,« erwiederte der junge Mann, nicht ohne bei dieser Erwähnung Alida's durch das Zittern seiner Stimme zu verrathen, wie groß noch immer ihr Einfluß auf ihn sey. »Es ist gar nicht nöthig, daß man die Geschichte ihres Fehltritts der müßigen Neugierde preisgebe und dadurch das Familiengefühl, auf welches Sie anspielen, verletze.«

Ludlow hielt in seiner Rede inne und überließ es dem Onkel, das, was er noch hinzufügen wollte, zu errathen.

»Das ist großmüthig und männlich, und einem loyalen – Liebenden ähnlich, Capitän Ludlow,« antwortete der Alderman; »ist jedoch nicht gerade, was ich eigentlich sagen wollte. Doch wir wollen hier in der Nachtluft das Gespräch nicht in die Länge ziehen – ha! wenn die Katze schläft, tanzen die Mäuse auf Tischen und Bänken. Diese schwarzen Jokei's, diese Nachtreiter, haben Alida's Pavillon in Besitz genommen, und wir mögen Gott danken, daß des armen Mädchens Zimmer nicht so groß sind wie die Haarlemer Wiese, sonst dürfte uns der Tritt einer scharf angespornten unglücklichen Bestie in die Ohren gellen und ....«

Hier kam die Reihe des plötzlichen Abbrechens an unsern Bürger; er stürzte einen Schritt vorwärts, als wenn ihm plötzlich ein Gespenst erschienen wäre. Seine Rede hatte Ludlow veranlaßt, in der Richtung von La Cour des Fées zu schauen, und Beide erblickten in einem und demselben Moment, als sie gerade bei einem der offenen Fenster ihres Zimmers vorübergingen, die schöne Barbérie.

Der junge Capitän wollte fortstürzen, doch Myndert hielt den Heftigen mit kräftiger Hand zurück.

»Hier ist mehr Arbeit für unsere Köpfe als für unsere Füße,« bemerkte der kaltblütige kluge Kaufmann. »Wenn das nicht die Gestalt meiner Mündel und Nichte war, so hat die Tochter des alten Etienne Barbérie eine Doppelgängerin. François, hast Du nicht das Bild eines Frauenzimmers am Fenster des Pavillon gesehen, oder spielen unsere Wünsche uns einen Streich? Ich bin schon manchmal auf eine unbegreifliche Art in der Qualität der Waare getauscht worden, Capitän, wenn mein Geist so recht auf den Handel versessen war; denn, sehen Sie, der Aufgeklärteste ist solchen Gemüthsschwachheiten ausgesetzt, wenn seine Hoffnung mit im Spiele ist.«

»Certainement, oui!« rief eifrig der Diener. »Welch malheur, zu sein obligé auf die See zu marschiren, und Fräulein Alida sind gar nicht vom Hause weggewesen! Ich mir es gleich dachte, daß wir uns irrten, denn die Familie Barbérie hat niemals geliebt zu seyn marins, jamais.«

»Schon gut, mein lieber François, die Familie Barbérie ist so irdisch gesinnt wie ein Fuchs. Geh' und zeige den nichtsthuenden Spitzbuben in der Küche an, daß ihr Herr angekommen ist, und, halt! vergiß nicht, daß gar keine Nothwendigkeit vorhanden ist, alle die Wunder zu erzählen, die wir auf der hohen See erlebt haben, hörst Du? – Jetzt, Capitän, wollen wir mit so wenig Lärm als möglich zu meiner gehorsamen Nichte gehen.«

Ludlow ließ sich natürlich nicht zweimal einladen, sondern folgte augenblicklich dem pedantischen, scheinbar ganz unbewegten Alderman nach der Wohnung. Nachdem sie über den Rasenplatz gegangen waren, standen sie unwillkührlich einen Augenblick still, um in die offenen Fenster des Pavillons hineinzuschauen.

Die schöne Barbérie hatte bei der Einrichtung und Verzierung ihres sogenannten Feenhofs der Nationalgeschmack geleitet, den sie von ihrem Vater geerbt. Da der schwerfällige Prunk, wodurch die Regierung Ludwig's XIV. sich auszeichnete, den niedern Adel, zu dem Monsieur de Barbérie gehörte, nicht ganz angesteckt hatte, so folgte Letzterem in sein Exil jener seinem Volke, wie es scheint, ausschließlich eigenthümliche, feine Geschmack, ohne die Ueberladung und den kostspieligen Pomp der anspruchsvollen Mode des Zeitalters. Dieser feine Geschmack einte sich nach und nach mit den häuslicheren und gemüthlichen Sitten der englischen, oder, was fast dasselbe ist, der amerikanischen Lebensweise – eine Vereinigung, welche, da wo sie zu Stande kommt, vielleicht die richtigste und glücklichste Mitte des Nützlichen und Angenehmen trifft.

Alida saß an einem kleinen Mahagony-Tisch, vertieft in den Inhalt eines vor ihr liegenden Büchleins. Neben ihr stand ein Theeservice, die Tassen und die anderen Geräthe von der damals üblichen niedlichen Form, vom feinsten Stoff und auf's Zierlichste gearbeitet. Ihr Anzug bestand in einem, ihren Jahren anstehenden Negligé, und ihre ganze Gestalt athmete jene anmuthsvolle Bequemlichkeit, welche des Geschlechts ausschließliche Eigenschaft zu seyn scheint, und die der Zurückgezogenheit eines gebildeten Weibes einen so eigenthümlichen Reiz verleihet. Alida's Geist war mit der Lektüre ganz beschäftigt, und sie schien das Zischen der an ihrem Ellenbogen stehenden silbernen Theeurne gar nicht zu hören.

»Ja, dies ist das Bild, das ich mir mit Wonne vormalte,« flüsterte Ludlow, »wenn Wind und Sturm mich manche öde, heulende Nacht auf dem Verdeck hielten. Wenn Körper und Geist gleich schmerzlich die Ermüdung fühlten, so war dies die Ruhe, nach der ich mich so sehr sehnte, dies die Erholung, die ich sogar zu hoffen wagte.«

»Mit der Zeit kommt der Porzellan-Handel doch noch in Blüthe, und Sie verstehen sich vortrefflich auf bequeme Einrichtung, Herr Ludlow,« erwiederte der Alderman. »Hat das Mädchen dort nicht eine Gluth auf der Wange, baß man schwören sollte, ihr Gesicht sey nie von Seelüften umweht gewesen. Wie sie so gemächlich dort sitzt! Wahrlich, Niemand sollte errathen, daß sie so kürzlich unter den Delphinen umhertanzte. Wir wollen hinein.«

Der Stadtrath Van Beverout pflegte, wenn er seine Nichte besuchte, wenig Höflichkeits-Ceremonien zu beobachten. Ohne daher eine vorläufige Anmeldung für nöthig zu halten, öffnete der selbstgefällige Bürger die Thür und führte seinen Gefährten in den Pavillon ein.

Zeichnete sich die Zusammenkunft durch affectirte Gleichgültigkeit von Seiten der Gäste aus, so setzte ihnen die schöne Wirthin einen wenigstens eben so hohen Grad von Unbefangenheit entgegen. Sie legte das Buch mit einer Ruhe bei Seite, als wenn man sich erst vor einer Stunde gesehen hätte, ein hinreichender Wink für

Ludlow sowohl als den Onkel, daß man von ihrer Rückkunft benachrichtigt war, und ihr Besuch nicht unerwartet kam. Als sie ein-
traten, erhob sich das Mädchen bloß von ihrem Sitze, und bat mit
einem Lächeln, das mehr der guten Erziehung als dem Gefühle
angehörte, daß sie Platz nehmen möchten. Den Alderman versetzte
diese Fassung seiner Nichte in ein verwirrendes Forschen, während
der junge Seemann kaum wußte, was er mehr bewundern sollte, die
unaussprechliche Liebenswürdigkeit der Schönen oder ihre wunderbare Geistesgegenwart in einem Auftritt, der wohl den Meisten
keine geringe Verlegenheit verursacht hätte. Alida hingegen schien
so wenig eine Erklärung von ihrer Seite für nöthig zu halten, daß
sie, nachdem ihre Gäste sich gesetzt hatten, bei'm Thee-Einschenken
das Gespräch mit den Worten einleitete:

»Sie kommen gerade recht zu einer Tasse köstlichen Bohea-Thees.
Ich glaube, Onkel nennt ihn Thee des Castells von Caernarvon.«

»Ein Schiff, das viel Glück hat, sowohl in seinen Fahrten, als in
seinen Waaren. Ganz richtig, es ist der Artikel, den Du genannt
hast, und ich kann ihn allen Kaufleuten anempfehlen. Aber Nichte
mein, darf man so frei seyn, um die Herablassung zu bitten, daß Du
diesen Schiffs-Commandeur in Diensten Ihrer Majestät, und einen
armen Alderman der guten Stadt Neu-York benachrichtigst, wie
lange es her ist, seit Du uns zum Thee erwartest?«

Alida zog eine kleine reichverzierte Uhr aus dem Gürtel, sah sie
an, als wüßte sie nicht, wie viel Uhr es war, und antwortete dann:

»Es ist neun Uhr. Ich glaube, der Tag hatte sich eben geneigt, als
Dinah zuerst ankündigte, daß mir dies Vergnügen bevorstehe. Doch
ich muß nicht vergessen, Ihnen zu sagen, daß Pakete, ich glaube mit
Briefen, aus der Stadt angekommen sind.«

Dieses hieß dem Ideengang des Kaufmanns plötzlich eine neue
Richtung geben. Ohnedies hatte er sich schon gehütet, auf diejenige
Erklärung zu dringen, welche die Umstände eigentlich zu erfordern
schienen; denn abgesehen davon, daß die Geistesgegenwart seiner
Mündel ihm zum Theil die seinige benahm, war ihm recht gut bekannt, daß er auf gefährlichem Boden stehe, und mehr zum Vorschein kommen könnte, als ihm, der Gegenwart des Capitäns wegen, lieb gewesen wäre. Um so willkommener war es ihm daher, für
den Aufschub der Erkundigungen die passende Entschuldigung zu

haben, daß er die Mittheilungen seiner Geschäftsfreunde durchlaufen müsse. Mit einem Schluck verschlang er den Inhalt der winzigen Tasse, die er in der Hand hielt, faßte dann das ihm jetzt von Alida hingereichte Paket, brachte ein paar Worte der Entschuldigung gegen Ludlow stotternd hervor, und damit lief er fort.

Bis jetzt hatte der Commandeur der Coquette den Mund noch nicht geöffnet; heftiger Unwille und Verwunderung machten ihn stumm, obschon er sich um so mehr Mühe mit den Augen gab, den Schleier zu durchdringen, in welchem Alida ihr Betragen und ihre Beweggründe dazu verborgen hielt. Während der ersten Augenblicke des Besuches glaubte er, trotz ihrer erkünstelten Ruhe, ein trauerndes Lächeln auf ihrem Munde kämpfen zu sehen; doch nur ein einziges Mal begegneten sich ihre Blicke, nämlich als sie ihre großen dunkeln Augen verstohlen auf sein Antlitz richtete, gleichsam als wäre sie neugierig, zu erfahren, was für Wirkung ihr Benehmen auf den Geist des jungen Seemanns hervorbringe.

»Haben die Feinde der Königin Ursache, die Seefahrt der Coquette zu beklagen,« sagte die Schöne hastig, als sie merkte, daß ihr Blick entdeckt war, »oder haben sie sich gefürchtet, einem Muth gegenüber zu treten, der ihnen schon vordem seine Ueberlegenheit fühlbar gemacht hat?«

»Furcht oder Klugheit oder, wie ich vielleicht sagen sollte, Gewissen, hat sie vorsichtig gemacht,« erwiederte Ludlow, indem er einen vielsagenden Nachdruck auf das letztere Wort legte. »Wir sind von dem Hook bis zur großen Bank gefahren und kommen ohne Erfolg wieder zurück.«

»Viel Unglück. Aber anstatt der Franzosen sind Sie vielleicht auf Contrebande-Händler gestoßen, die Sie wegen ihres gesetzwidrigen Treibens zur Rechenschaft zogen. Die Sklaven wollen wissen, daß die Brigantine, die uns kürzlich hier besuchte, der Regierung verdächtig sey.«

»Verdächtig! – Doch vielleicht erfahre ich von der schönen Barbérie am ersten, ob der Ruf, in dem der Befehlshaber jenes Fahrzeuges steht, ein verdienter sey, oder nicht.« Alida lächelte, und zwar, wie ihr Bewunderer meinte, so hold wie nur jemals.

»Es wäre eine ganz ungewöhnliche Herablassung, wollte sich der Capitän Ludlow bei den Mädchen in der Colonie über das, was seinen Dienst angeht, Belehrung holen. Wir mögen wohl heimliche Gönnerinnen der Contrebandirer seyn, das berechtigt aber keineswegs zu dem Verdacht, daß wir mehr von ihnen oder ihren Handlungen wissen. Solche Anspielungen zwingen mich vielleicht noch, den Vergnügungen zu »Lust in Ruhe« zu entsagen und frische gesunde Luft an einem minder zugänglichen Orte zu suchen. Die Ufer des Hudson bieten ja zum Glück manche nicht zu verwerfende Punkte dar.«

»Zu welchen Punkten Sie gewiß auch das Herrenhaus von Kinderhook rechnen.«

Ein abermaliges Lächeln, in welchem Ludlow Triumph zu lesen glaubte.

»Die Wohnung des Herrn Oloff Van Staats soll bequem seyn und keine schlechte Lage haben. Ich habe sie gesehen ...«

»In dem Bilde, das Sie sich von der Zukunft entwarfen?« sagte der junge Mann, als er bemerkte, daß sie stockte. Jetzt lachte Alida laut auf; doch bald gewann sie ihren vorigen Ernst wieder und antwortete:

»Nicht ganz so phantasiereich. Meine Kenntniß von den Schönheiten des fraglichen Hauses schreibt sich von ganz unpoetischen Anschauungen her, die ich beim mehrmaligen Vorbeifahren auf dem Flusse genommen habe. Die Schornsteine sind im ächtesten nordbrabantschen Styl gewunden; es fehlen zwar oben die Storchnester, doch dafür wohnt vielleicht unten am Heerde jene Verführerin des Weibes, die Behaglichkeit. Auch die Außengebäude haben ein gar lockendes Aussehen, wenigstens für eine wirthliche Hausfrau.«

»Ein Amt, das Sie aus Höflichkeit gegen den würdigen Patroon wohl nicht lange unbesetzt zu lassen entschlossen sind!« Alida spielte mit einem Theelöffel, der in die Form des Stengels und Blattes der Theepflanze künstlich ciselirt war. Sie schrak auf, ließ das silberne Geräthe aus der Hand fallen, und hob langsam das Auge zum Jüngling empor. Der Blick war fest und nicht ohne Theilnahme an seiner sichtlichen Niedergeschlagenheit.

»Nie wird es von mir besetzt werden, Ludlow,« war die feierliche Antwort, mit einer Entschiedenheit ausgesprochen, welche einen unwiderruflichen Entschluß verrieth.

»Diese Erklärung wälzt einen Berg von meinem Herzen. Ach Alida, könnten Sie eben so leicht ...«

»St!« flüsterte sie, sprang von ihrem Sitze auf und stand einen Augenblick in der Stellung der gespanntesten Erwartung da. Glänzender ward ihr Auge, glühender noch als bisher ihre Wangen und Freude und Hoffnung malten sich leserlich auf ihr schönes Antlitz. »St!« wiederholte sie, mit einer Bewegung der Hand Ludlow ermahnend, seine Begeisterung zu unterdrücken. »Hörten Sie nichts?«

Der gekränkte und dennoch bewundernde Ludlow schwieg, beobachtete aber mit einer Spannung, welche der des Mädchens gleichkam, ihre theilnahmvolle Miene und lieblichen Züge. Da kein zweiter Ton demjenigen folgte, den Alida gehört hatte, oder gehört zu haben glaubte, so nahm sie ihren Sitz wieder ein, und bemühte sich, ihrem Gesellschafter die vorige Aufmerksamkeit zuzuwenden.

»Sie sprachen eben von Bergen,« fuhr sie fort, kaum wissend, was sie sagte. »Die Fahrt zwischen den Bais von Newburgh und Tappan hat kaum ihres Gleichen, wie ich mir von vielgereisten Leuten erzählen lasse.«

»Ich sprach allerdings von einem Berg, aber von einem, der mich zur Erde niederdrückt. Ihr unerklärliches Betragen, Ihre grausame Gleichgültigkeit, Alida, haben ihn mir auf die Seele geladen. Sie haben gesagt, daß für Oloff Van Staats keine Hoffnung ist; dieses Wort entfloß der Ihnen angebornen Offenherzigkeit und Aufrichtigkeit, und hat alle meine schweren Besorgnisse von dieser Seite verscheucht. Nur noch die Enträthselung Ihrer Abwesenheit, und Ihr ganzer allbeherrschender Einfluß auf mich, der so gern Vertrauen in ihre Worte und Handlungen setzt, ist wieder hergestellt.«

Die schöne Barbérie schien gerührt. Sie sah den jungen Seemann gütiger an, und als sie ihm antwortete, verrieth ihre Stimme ein leises Beben.

»Jener Einfluß ist also wirklich geschwächt worden?«

»Sie werden mich verachten, wenn ich Nein! sage; und sage ich Ja! so werden Sie mir es nicht glauben.« »So ist Schweigen das beste Mittel, um unser jetziges gutes Vernehmen nicht zu stören. Aber in der That, mein Ohr trügt mich nicht, das war ein leises Anklopfen an den Fensterladen!«

»Die Hoffnung trügt zuweilen. Dieses wiederholte Lauschen scheint anzudeuten, daß Sie Besuch erwarten.«

Jetzt bestätigte ein deutlich hörbares Anpochen an den Laden die Vermuthung der Besitzerin des Pavillons. Sie sah ihren Gesellschafter verlegen an; ihre Farbe wechselte und sie schien etwas sagen zu wollen, das aber ihr Herz oder ihr Verstand sie unterdrücken ließ.

»Capitän Ludlow,« sprach sie endlich, »Sie sind schon einmal der unerwartete Zeuge eines Begegnens in *la Cour des Fées* gewesen, das, fürchte ich, mir ungünstige Voraussetzungen zugezogen hat. Doch ein so Männlichdenkender, Großherziger, wie Sie, versteht es wohl, Nachsicht gegen kleine weibliche Eitelkeiten zu üben. Ich erwarte allerdings einen Besuch, und zwar einen solchen, den ein königlicher Offizier vielleicht nicht gutheißt.«

»Ich bin kein Accisebeamter, der Kleiderschränke und geheime Fächer durchsucht; mein Dienst weist mir nur die hohe See zum Wirkungskreis und nur die offenbaren Verletzer des Gesetzes zu Gegenständen meiner Thätigkeit an. Wissen Sie daher Jemand draußen, dessen Gegenwart Sie wünschen, so lassen Sie ihn nur eintreten, er braucht mein Amt nicht zu fürchten. Treffen wir an einem passendern Ort zusammen, so werde ich mir schon Genugthuung zu verschaffen wissen.«

Seine Gefährtin verneigte sich mit dankbarem Blick. Hierauf machte sie ein Geklingel, indem sie mit dem Theelöffel im Innern einer Tasse hin- und herfuhr. Nun rauschte das Gesträuch vor dem einen Fenster, und gleich darnach machte der junge, unsern Lesern aus den früheren Scenen dieser Erzählung so wohlbekannte Fremde seine Erscheinung auf dem niedern Balcon. Kaum war seine Person von denen drinnen erkannt, so rollte ein Waarenballen bei ihm vorbei, bis in die Mitte des Zimmers.

»Ich schicke, wie Sie sehen, das Certificat meines Standes als Vorläufer voraus,« sagte der schmucke Contrebande-Händler, oder wie ihn der Alderman zu nennen pflegte, Meister Seestreicher, lüftete galant seine mit Gold eingefaßte Mütze gegen die Herrin des Feenhofs, sodann mit steiferem Anstand gegen ihren Gefährten, bedeckte dann wieder die reichen glänzenden Locken und machte sich an den Ballen. »Hier finde ich ja einen Kunden mehr als verabredet war, und darf also auf doppelten Verdienst rechnen. Wir haben uns schon ehedem gesehen, Capitän Ludlow.«

»Das haben wir, gnädiger Herr Meerdurchstreicher, und es wird wohl nicht das letzte Mal gewesen seyn. Der Wind kann sich ändern, und das Glück sich noch für die gerechte Sache erklären!«

»Wir vertrauen der Sorgfalt der meergrünen Dame,« erwiederte der außerordentliche Smuggler, und wies mit einer Art von Ehrerbietung, – ob gefühlter oder erkünstelter, bleibt dahingestellt – auf das in reichen Farben in seine Sammetmütze kunstreich eingewirkte Bild. »Was geschehen ist, kann wieder geschehen, die Vergangenheit stärkt uns mit Muth für die Zukunft. Hier treffen wir hoffentlich auf neutralem Boden zusammen, wie?« »Ich bin der Commandeur eines königlichen Kreuzers, Sir,« erwiederte der Andere auffahrend.

»Die Königin Anna kann stolz auf so einen Diener seyn! – Doch wir vernachlässigen unsre Geschäfte; bitte tausendmal um Vergebung, liebenswürdige Beherrscherin dieses Feenpalastes; dies Aufeinanderstoßen zweier rauher Seemänner läßt Ihrer Schönheit nicht ihr Recht widerfahren, und gereicht der männlichen Unterthanenpflicht wenig zur Ehre. Lassen wir jedoch die Complimente jetzt; ich habe Ihnen Waaren anzubieten, die selbst das glänzendste Auge noch nie ansah, ohne noch herrlicher zu strahlen, die in der Brust von Herzoginnen Sehnsucht erweckten.«

»Sie sprechen mit vieler Dreistigkeit von Ihren Verbindungen, Meister Seestreicher, und führen adelige Herrschaften so vertraulich unter Ihren Kundsleuten auf, als wenn Sie Staatsämter zu verkaufen hätten.«

»Dieser vielerfahrene Dienstbeflissene der Königin kann Ihnen sagen, Dame, daß der Wind, der auf dem atlantischen Meere die Gewalt eines Sturmes hat, auf dem Lande kaum stark genug ist, die glühende Wange eines Mädchens kühl zu fächeln, und daß die Gliederung der menschlichen Gesellschaft nicht minder künstlich verwebt ist, als das Tau eines Schiffes. Der Tempel von Ephesus und der Wigwam eines Indianers hatten eine und dieselbe Erde zur Grundlage.«

»Und daraus schließen Sie, daß hoher Stand die Natur nicht ändere. Man muß gestehen, Herr Capitän, Meister Seestreicher kennt das weibliche Herz, wenn es gilt, uns mit solchen köstlichen Geweben zu bethören.«

Ludlow hatte bis jetzt den schweigenden Beobachter abgegeben. Alida's Benehmen fand er bei Weitem weniger befangen als damals, wie er sie zuerst in des Smugglers Gesellschaft antraf, und siedend heiß ward sein Blut, als er sah, daß ihre Blicke sich mit geheimem und vertraulichem Einverständnis begegneten. Indessen hatte er sich vorgenommen, ruhig zu bleiben, sollte er auch das Schlimmste erfahren – das war ja die Ursache, warum er weilte. Mit gewaltiger Anstrengung gelang es ihm, seiner Gefühle Herr zu werden, und mit Gelassenheit in seinem Aeußern, obgleich nicht ohne etwas von der innerlich empfundenen Bitterkeit in seinem Ausdrucke, antwortete er:

»Wenn Meister Seestreicher ein Weiberkenner ist, so mag er auf sein gutes Glück stolz seyn.«

»Viel Umgang mit dem Geschlecht kam mir eines Theils dabei zu Statten,« erwiederte der cavaliermäßige Contrebande-Händler. »Hier ein Goldstoff, dessen Kamerad ohne Scheu in der Gegenwart unserer königlichen Gebieterin getragen wird, obgleich Beide den verpönten Webstühlen Italiens ihr Daseyn verdanken. Wenn die Hofdamen einmal im Jahr als gute Patrioten, dem Publikum zu Liebe, in einheimischen Zeugen tanzen, so tragen sie, sich selbst zu Liebe, das ganze übrige Jahr diese gefälligeren Muster. Sagen Sie selbst, warum sonst verwendet der Engländer mit seiner mattbleichen Sonne Tausende darauf, eine kränkliche Nachahmung dessen hervorzuzwingen, was ein tropisches Klima mit Ueppigkeit spendet, als weil er nach der verbotenen Frucht schmachtet? und was ist die Ursache, daß Eurem Pariser Gutschmecker eine Feige, die ein Neapolitanischer Lazzarone in seine Bai werfen würde, ganz köstlich mundet? Er wünscht die Gaben einer niedern Breitegegend unter einem regnigen Himmel zu genießen. Ich habe gesehen, wie Jemand sich an dem verzuckerten Saft einer Treibhaus-Ananas, die eine Guinee gekostet, labte, während sein Gaumen dieselbe Frucht, unter einer sengenden Sonne reif geworden, mit ihrer köstlichen Mischung des Sauern und Süßen, verschmäht haben würde, bloß weil er sie dort für nichts haben kann. Dies ist das Geheimniß, das uns so viele Gönner zuführt, und da es seine Macht dem schönen Geschlechte am stärksten fühlen läßt, so haben wir letzterem auch die meisten Verbindlichkeiten.« »Sie sind gereist, Meister Seestreicher,« versetzte die Schöne, indem sie unter den reichen, auf dem Fußteppich ausgebreiteten Stoffen wühlte: »Sie äußern sich eben so geläufig über menschliche Sitten, als Sie vorher vertraulich von hohen Personen sprachen.«

»Ein träger Diener ist kein Mann für die Dame mit dem meergrünen Gewand. Ihrem leitenden Fingerzeige folgen wir; bald weiset er uns nach den Inseln des adriatischen Meeres hin, bald nach Eurer stürmischen amerikanischen Küste. Es gibt wenig Stellen in Europa, von Gibraltar an bis zum Kattegat, die ich nicht besucht hätte.«

»Scheint doch Italien der Liebling gewesen zu seyn, wenn man nach dem Umstand schließen darf, daß die meisten Stoffe, die Sie führen, italienische Erzeugnisse sind.«

»Italien, Frankreich und Flandern sind die Länder, welche ich besuche; indeß ziehe ich das erstere, wie Sie ganz richtig vermuthen, allen übrigen vor. Viele Jahre meines frühern Lebens brachte ich auf den edlen Gestaden jener romantischen Gegenden zu. Jemand, der mich in meinen Kinder- und Jünglingsjahren schützte und leitete, ließ mich sogar eine Zeit lang zum Unterricht in der kleinen Ebne von Sorrento.«

»Und wo mag diese Ebne seyn? Der einstige Aufenthalt eines so berühmten Seewanderers könnte eines Tages der Gegenstand des Gesanges werden, und die Muße der Neugierigen beschäftigen.«

»Kommt die Rede aus so holdem Munde, wird es nicht schwer, die Ironie darin zu verzeihen. Sorrento ist ein Dorf auf der südlichen Küste der berühmten Bai von Neapel. Das Feuer hat in jenem sanften und doch wilden Lande gar viele Veränderungen bewirkt, und wenn es wahr ist, was die Religiösen sagen, daß die Quellen der großen Tiefe einst hervorbrachen, die Erdkruste barst, und die verborgenen Fluthen sich einen Weg nach der Oberfläche bahnten: so hatte Der, dessen Berührung unaustilgbare Spuren zurückläßt, jenen Fleck vielleicht gewählt, seine Macht zu verkünden. Das Erdreich in jener ganzen Gegend scheint selbst nur das Erzeugniß speiender Vulkane zu seyn, und der Sorrentine bringt sein friedliches Leben im Bette eines ausgebrannten Kraters zu. Seltsam ist's zu schauen, wie die Menschen des Mittelalters ihren Wohnort am Meeresrand erbauten, da wo das Element die eine Hälfte des gezackten Bassins verschlungen hat, wie sie die gähnenden Klüfte von Tofstein zu Gräben gewählt haben, ihre Mauern zu schützen. Viele Länder habe ich besucht, und die Natur beinahe in jedem Klima gesehen, aber nirgends traf ich einen Punkt, wo sich dem Blick so viele Herrlichkeiten der Natur mit so gewaltigen Erinnerungen entgegendrängten, als in jenem lieblichen Aufenthalt auf den Sorrentinischen Felsen.«

»O erzählen Sie von diesen Freuden, die Ihnen so angenehme Erinnerungen gewähren; ich sehe mir dabei die übrigen Waaren an.«

Einen Augenblick sann der junge, schmucke Freihändler; er schien sich in Bilder der Vergangenheit zu verlieren, dann fuhr er mit einem melancholischen Lächeln fort:

»Sind auch viele Jahre seitdem verflossen, ich kann die Schönheiten jener Scene mir so lebhaft in's Gemüth zurückrufen, als stünden sie noch vor meinem Auge. Unser Wohnhaus lag am Felsenrand: vor demselben breitete sich das tiefe blaue Wasser aus, und an dem jenseitigen Ufer bot sich dem Blicke ein Verein von Gegenständen dar, wie sie weder Zufall noch Absicht schwerlich irgend anderswo auf Erden zusammengebracht hat. Versetzen Sie sich, meine Dame, an meine Seite; wir folgen der Windung des nördlichen Ufers, und ich zeichne Ihnen die Umrisse der prächtigen Schaubühne vor. Jene hochgelegene, hügelige Insel mit ihrem gezackten Gestade dort auf unsrer äußersten Linken ist das neuere Ischia. Ihr Ursprung ist unbekannt, obgleich sich längs ihrer Küste Haufen Lava ziehen, die so frisch scheint, als hätte sie der Berg erst gestern herausgeschleudert. Das lange, niedrige Eiland daneben heißt Procida und ist ein Sprößling des alten Griechenlands. Noch jetzt lassen sich in ihrer Landestracht und Sprache die Spuren ihrer Abstammung erkennen. Diese schmale Landzunge führt sie auf einen hohen, nackten Erdrücken; es ist das alte Misenum. Hier kam Aeneas an's Land, hier stand Rom's Flotte, hier schiffte Plinius sich ein, um den Vulkan, der nach mehreren hundert Jahren Schlafs wieder aufgewacht war, arbeiten zu sehen. In der Höhlung der Firste, zwischen jenem kahlen Erdrücken und dem nächsten Anschwellen des Berges befinden sich der Styx, die elysäischen Gefilde und der Aufenthalt der Todten, die der Barde von Mantua geschildert. Höher hinan auf der Anhöhe und dem Meere näher liegen, in der Erde vergraben, die ungeheuren Gewölbe der *piscina mirabile* und die düstern Höhlen der Hundert Kammern – Oerter, welche gleich sehr Rom's Ueppigkeit und Tyrannei bekunden. Mehr nach dem riesenmäßigen Schlosse zu, das viele Stunden in der Ferne sichtbar ist, sieht man den anmuthigen, sich krümmenden Hafen Bajä, und an dem Abhang seiner einfassenden Hügel lag einst die Stadt der Villas. Nach jenem geschützten Berg strömten Kaiser, Consuln, Dichter und Krieger aus der Hauptstadt, um der Ruhe zu genießen und die reine Luft eines Ortes zu athmen, den seitdem die Pest zu ihrem Aufenthalt gemacht. Noch jetzt ist der Boden mit dem Ueberreste ihrer Größe bedeckt, und zwischen den Oel- und Feigenbäumen des Landmanns liegen die zahlreichen Trümmer von Tempeln und Bädern zerstreut. Der matte Schimmer dort an der nordöstlichen Grenze der kleinen Bai ist ein zweiter Erdrücken, der einst die Paläste von Kaisern trug. Dort hat Cäsar die Einsamkeit gesucht, und die heißen Quellen auf dem Abhange desselben werden noch heute die Bäder des blutigen Nero genannt. Jener kleine konische Hügel, der, wie Sie sehen, grüner und frischer aussieht, als das angrenzende Gelände, ist ein Kegel, den der unten befindliche Kessel erst vor zwei Jahrhunderten herausgeschleudert hat. Er steht zum Theil auf der Stelle, welche früher der alte Lucrinische See einnahm, und von jenem berühmten Reservoir der Leckermäuler am Fuß des Kegels ist nur noch ein schmaler seichter Strich Wassers zu sehen, der durch einen noch schmaleren Streifen Sandes von der See getrennt ist. Mehr im Hintergrunde, von öden Bergen umsäumt, sind die Wasser des Avernus, an deren Ufer die Ruine eines Tempels steht, wo den Höllengöttern einst geopfert wurde. Die Grotte der Sybylle ist in jene Kuppe links eingehöhlt, und der unterirdische Gang von Cumä läuft dicht dahinter. Eine Meile rechts ab sehen Sie den Hafen der Alten; es ist der Ort Pozzuoli, und Fremde besuchen ihn, um die Tempel Jupiter's und Neptun's, das verfallene Amphitheater und die halb verschütteten Grabmäler in Augenschein zu nehmen. Hier baute Caligula's eitler Ehrgeiz eine Brücke, und des schändlichen Nero Angriff auf das

Leben seiner eigenen Mutter geschah, als sie über die Brücke nach Bajä wollte. Hier war es auch, wo der heilige Paulus an's Land stieg, als er in Ketten nach Rom geführt wurde. Das kleine, aber hohe Eiland, beinahe in der Fronte von Pozzuoli gelegen, ist Nisida, wohin Brutus sich nach seiner That am Fuße der Statue des Pompejus auf seine Villa zurückzog, und von wo er mit Cassius nach Philippi absegelte, dem Schatten und der Rache des ermordeten Cäsar's entgegengehend. Jetzt folgten eine Menge dem Mittelalter bekannteren Oerter, obgleich noch der berühmte unterirdische Weg zu erwähnen wäre, von dem Strabo und Seneca erzählen; er ist unterhalb des Berges dort im Hintergründe, und noch heute treibt der Bauer täglich seinen Esel, mit Gemüse beladen, hindurch nach dem Markt der neuen Stadt. Am Eingange befindet sich das berühmte Grab Virgil's, und dann beginnt der erhabene Halbkreis weißer, in Terrassen gebauter Wohnungen. Dies ist das geräuschvolle Napoli selbst, gekrönt mit seinem Felsenschloß St. Elmo. Die weite Ebne rechts trug einst auf ihrer Fläche das üppige, entnervende Capua und noch so manche andere Stadt. Hierauf folgt der alleinstehende feuerspeiende Berg mit seiner in drei Kegel auslaufenden Spitze. Villas und Dörfer, Flecken und Städte sollen unter den Weingärten und Palästen, die jetzt gedrängt an seinem Fuße prangen, begraben liegen. Auf der verhängnißvollen Ebne, welche an dem Ufer der Bai zunächst folgt, stand das alte unglückliche Pompeji, und dann kommt die Linie des Vorgebirges, welches die Sorrentinische Wassergrenze bildet.« –

»Wer solchen Unterricht genossen hat, sollte es verstehen, eine bessere Anwendung davon zu machen,« war Ludlow's verweisende Bemerkung, als der von Erinnerung ergriffene Smuggler seine Beschreibung endete.

»In anderen Ländern ziehen die Menschen ihr Wissen aus Büchern; nicht so in Italien; dort erwirbt das Kind seine Kenntnisse durch die Anschauung der sichtbaren Natur,« erwiederte ruhig der Fremde.

»Viele hier zu Lande gefallen sich in dem Glauben, daß unsere eigene Bai, unser Sommerhimmel, und das Clima überhaupt, viel Ähnlichkeit mit denselben Gegenständen in Italien haben müssen, da beide Länder genau unter demselben Breitengrad liegen,« bemerkte Alida hastig, gleichsam als wollte sie dadurch einem Wortwechsel zwischen ihren beiden Gästen vorbeugen.

»Daß die Gewässer ihres Manhattan und Rariton ausgedehnt und angenehm sind, kann Niemand läugnen, und daß liebenswürdige Wesen deren Ufer bewohnen, meine Dame,« versetzte der Seestreicher, indem er mit Artigkeit die Mütze berührte, »davon habe ich mich durch eigene Anschauung überzeugt. Indessen würden sie doch besser thun, einen andern Vorzug dieses Landes zur Vergleichung hervorzuheben; den herrlichen Gewässern, den seltsam gebildeten Berg-Eilanden, den sonnigen Hügelabhängen des neuern Napoli lassen sich keine andern zur Seite stellen. Ich gebe zu, daß der Breitegrad für Ihre Behauptung spricht, auch senkt die Sonne ihren Strahl nicht minder wohlthätig auf das eine Land als auf das andere. Allein die Wälder Amerikas sind noch zu reich an feuchten Ausdünstungen, als daß dies der Reinheit der Luft nicht schaden sollte. Ich habe viel vom Mittelmeer gesehen, aber auch die nordamerikanischen Gewässer sind mir nicht fremd, und ich kenne daher die vielen Gründe, welche beide Küstengegenden, bei all' ihrer klimatischen Aehnlichkeit, deutlich von einander unterscheiden.«

»So belehren Sie uns über diese bezeichnenden Merkmale, damit wir in Zukunft den Irrthum vermeiden, wenn von unserer Bai und unserem Himmel die Rede ist.«

»Ihr Zutrauen, meine Dame, ist sehr ehrenvoll für mich. Weiß ich auch recht gut, wie beschränkt meine Kenntnisse und meine Rednergaben sind, so mag ich doch das Wenige, was Selbstbeobachtung mich gelehrt hat, nicht ungefällig vorenthalten. Die italienische Atmosphäre ist wegen der dem Ocean entsteigenden Dünste bisweilen trübe. Hingegen kennt man in jenem fernen Lande, außer den beiden Meeren, keine sonstigen großen Wasserflächen. In den Monaten, wo die Sonne die meiste Stärke besitzt, gibt es wenige Gegenstände in der Natur, die trockener sind, als ein italienischer Fluß. Die Wirkung, welche dieser Umstand auf die Luft hervorbringt, ist merklich genug: denn diese ist in der Regel elastisch, trocken und den allgemeinen Gesetzen des Climas folgsam. Von den feinen feuchten Dünsten, welche Ihre waldreichen Gegenden umwölken, sieht man wenig in Italien. Wenigstens pflegte mein Jugendführer dies so zu sagen.«

»Und wollen Sie unsern Himmel, unsere Abendsonne, unsere Bucht mit Stillschweigen übergehen?«

»Gewiß nicht; ich werde vielmehr aufrichtig meine Gedanken darüber äußern. Eine jede der Bai's scheint von der Natur diejenigen Eigenschaften, die ihrer verschiedenen Bestimmung am meisten entsprechen, erhalten zu haben. Die eine ist der Dichtung günstig, träge, anmuthig, prächtig, schön mehr Genuß als Nutzen gewährend; die andere wird einst ein Weltmarkt seyn!«

»Noch immer vermeiden Sie es, über die Schönheit der beiden Bais ein vergleichendes Urtheil auszusprechen,« sagte Alida nicht ohne innerlichen Verdruß, wiewohl sie sich bemühte, gleichgültig zu scheinen.

»In der Regel begehen alle Länder den Fehler, von sich zu hoch und von neuen Handelnden in dem großen Drama der Nationen zu gering zu denken, gerade wie Individuen, die längst die Gunst des Glücks genießen, verächtlich auf die herniederschauen, die jene Gunst erst zu erlangen streben;« sagte der Seestreicher, der schmollenden Schönen verwundert in's halb zürnende Auge schauend. »Doch in diesem Punkte kann man nicht umhin, dem Urtheil Europa's beizupflichten. Der hat eine furchtbare Einbildungskraft, welcher eine starke Aehnlichkeit zwischen der Bai von Neapel und der von Manhattan herauszufinden vermag; denn sie beruht auf dem bloßen Umstand, daß beide viel Wasser in sich fassen, und daß die Durchfahrt zwischen der Insel und dem Festland in der einen Bai mit der Durchfahrt zwischen zwei Inseln in der andern verglichen werden kann. Diese ist eine Bucht, jene ein Golf; diese hat das grüne, trübe Wasser sich allmählig senkender Ufer und einmündender Flüsse aufzuweisen, jene das blaue durchsichtige Element eines tiefen Meeres. Ich schweige von den romantischen schroffen Felsenbergen, von dem unbeschreiblich schönen Spiel des goldenen und rosigen Lichtes an ihren zerrissenen Flächen, von einem Gestade endlich, auf dem sich die Erinnerungen von dreitausend Jahren begegnen.«

»Ich fürchte mich, mehr zu fragen. Aber unser Himmel verdient doch wohl, selbst neben dem, den sie rühmen, einer kurzen Erwähnung?«

»Auf diesen haben Sie allerdings mehr Grund, sich etwas zu gute zu thun. Ich erinnere mich, einst auf dem *Capo di Monte* an der Seite des Mannes gestanden zu haben, dessen ich bereits erwähnt habe. Wir überschauten den kleinen malerischen belebten Strand der *Marina Grande* von Sorrento, einen Punkt, welcher wimmelt von allem, was das Fischerleben nur der Phantasie bietet; da wies mein Begleiter nach dem durchsichtigen Gewölbe über uns und sagte: »dort ist der Mond Amerika's«. Keine Rakete glänzt mit lebendigeren Farben, als die Sterne in jener Nacht, denn eine Tramontana hatte jede Trübung der Luft weit in die nahe See hinausgeweht. Aber Nächte wie jene sind in der That in jedem Klima selten. Die Bewohner niederer Breiten genießen sie dann und wann; die höherer nie.«

»So ist denn unser schmeichelhafter Glaube, daß diese westlichen Sonnenuntergänge mit den italienischen verglichen werden dürfen, ein leerer Wahn?«

»Das nicht, meine Dame. Man kann sie mit einander vergleichen, aber ähnlich sind sie sich nicht. Die Emaille des Etui's, auf welchem jetzt eine so schöne Hand ruht, ist nicht weicher, denn die Farben des italienischen Firmaments. Wenn aber das Perlenlicht, die rosigen Wölkchen und die zarten Tinten, die über das ganze Gewölbe Napoli's in einander schmelzen, Ihrem Abendhimmel, fehlen, so steht er hingegen in der lebendigen Gluth in der Mannigfaltigkeit der Uebergänge und dem Reichthum der Farben unübertrefflich da. Nur sanfter sind jene, prächtiger diese. Senden einst Ihre Waldungen nicht mehr so viele Dünste aus ihren Gründen hervor, so folgen vielleicht gleichen Ursachen gleiche Wirkungen. Bis dahin muß der Amerikaner sich mit dem Stolze begnügen, daß die Schönheit der Natur sich bei ihm in einer neuen, kaum minder gefälligen Gestalt offenbare.« »So haben also die aus Europa hierher Kommenden die Wahrheit nur halb auf ihrer Seite, wenn sie über die Ansprüche unserer Bai und unseres Himmels spötteln?«

»Das heißt, diese Leute haben noch einmal so viel Wahrheit auf ihrer Seite, als wenn sie in Europa von dem sprechen, was sie hier gesehen. Immerhin mögen Sie die zahlreichen Flüsse, den doppelten Ausfluß, die Menge Bassins und die unübertroffene Bequemlichkeit des Hafens von Manhattan hervorheben, denn diesen Vorzügen werden alle Schönheiten der einzigen Bai Neapels mit der Zeit weichen müssen: doch versuchen Sie den Fremden nicht, die Vergleichung weiter zu treiben. Seyen Sie dankbar für Ihren Himmel, Dame; Wenige leben unter einem heiterern oder wohlthätigerern. Doch ich ermüde mit meinem Gespräche, zumal da die Farben dieser Bänder mehr Reize für eine jugendliche und lebendige Einbildungskraft haben, als selbst die der Natur.«

Ein Lächeln, das den Capitän in Verzweiflung setzte, belohnte den Contrebande-Händler; des Mädchens vorherige gute Laune war zurückgekehrt, und sie wollte eben antworten, als des Onkels Stimme auf dem Gange vernehmbar ward.

Vierundzwanzigstes Kapitel.

>»In England sollen sieben Sechser-Brode künftig nur
einen Groschen kosten: die Schoppenkanne soll sieben Schoppen
enthalten, und Halbbier trinken will ich zu einem Criminal-
Verbrechen machen.«

Jack Cade.

Wäre Alderman Van Beverout Theilnehmer an dem vorhergehenden Gespräch gewesen, so hätte der einleitende Ausruf, womit
er in den Pavillon hereinstürmte, nicht passender seyn können.

»Potz Winde und Klima!« rief er, mit einem offenen Briefe in der
Hand eintretend; »Hier geht über Curaçao und die afrikanische
Küste die Nachricht ein, daß das gute Schiff »die Zibeth-Katze«
konträrem Wind auf der Höhe der Azoren begegnete, wodurch es
zu seiner Fahrt nach Hause siebzehn Wochen brauchte! Das heißt
zu viel kostbare Zeit zwischen einem Markt und dem andern verschwenden, mein lieber Capitän Cornelius Ludlow, und es wird
wahrlich dem guten Rufe des Schiffes Abbruch thun, das bis jetzt
stets einen makellosen Charakter hatte, da es niemals mehr als die
gewöhnlichen sieben Monate zur Reise hin und her nöthig hatte.
Wenn unsre Fahrzeuge einen so schläfrigen Gang anzunehmen
beginnen, so kriegen wir kein Fell mehr nach Bristol, bis es untaug-
lich geworden ist. – Was haben wir denn da, Nichte? Waaren! und
von verdächtiger Fabrik dazu! Wer hat die Faktura dieser Güter,
und mit welchem Schiff sind sie hier angekommen?«

»Der Eigenthümer wird Ihre Fragen besser beantworten können,«
erwiederte die Schöne, indem sie ernst und nicht ohne ein leises
Beben in der Stimme auf den Contrebande-Händler hinwies, der
beim Eintreten des Alderman sich so weit als möglich in den Hintergrund des Salons zurückgezogen hatte.

Myndert überflog mit einem Kennerblick den Inhalt des Waarenballens und schaute dann ängstlich das unbewegte Gesicht des
Königlichen Capitäns an. »Herr Capitän,« sagte er endlich, »das
Blatt hat sich gewendet, der Verfolgende ist der Verfolgte geworden. Nachdem wir eine Woche oder noch länger auf dem atlanti-

schen Meere herumgesegelt sind, wie der Comptoir-Schreiber eines jüdischen Mäklers auf dem Kai zu Rotterdam auf und ab läuft, um eine Parthie schadhaften Thees loszuwerden, sind wir förmlich selbst gefangen! Welchem Sinken der Preise, oder veränderten Grundsätzen der Handelsbehörde verdanke ich die Ehre gegenwärtigen Besuches, Herr M – hem – Herr Elegant, der Sie grüne Damen und Prachtgewebe zu verkaufen haben?«

Die zuversichtliche, kecke Haltung des Freihändlers war verschwunden, und an ihre Stelle trat eine zage, verlegene Miene, wie man sie an dem Fremden nicht gewohnt war. Er schien nicht zu wissen, was er antworten sollte. Nach einer Pause, welche ausdrucksvoll genug den gänzlichen Wechsel seines Benehmens bezeichnete, antwortete er endlich: »Ich bin ein Mensch, welcher sich bemüht, den Bedürfnissen des Lebens hülfreich entgegenzukommen, muß viel dabei aufs Spiel setzen, und mein Geschäft bringt es daher mit sich, Kundschaft bei denen zu suchen, die im Rufe stehen, freisinnig zu denken. Ich hoffe, Sie werden meine Freiheit aus Rücksicht auf den guten Beweggrund entschuldigen, und der Dame mit ihrer längeren Erfahrung beistehen, ein richtiges Urtheil über den Werth meiner Waaren zu fällen, und über die Billigkeit der Preise.«

Den Alderman setzte diese Sprache und das unterwürfige Wesen des Smugglers nicht weniger in Erstaunen, als den Capitän selbst. Statt, wie er erwartete, seine ganze Gewandtheit in Anspruch genommen zu finden, um des Seestreichers gewöhnliche rücksichtslose Vertraulichkeit zurückzuhalten, damit sein Verhältniß zum Meerdurchstreicher so sehr als möglich in Zweifel verhüllt bliebe, sah er zu seiner Verwunderung sich nicht bloß unterstützt, sondern durch den plötzlichen ungewöhnlichen Respekt, mit welchem der Fremde ihn behandelte, aller Mühe überhoben. Durch diese unerwartete Unterwürfigkeit kühn gemacht, vielleicht auch in seiner eigenen Achtung dadurch ein wenig gehoben, da der gute Mann, wie schlau er auch war, gleich anderen Leuten, die Ursache in seinem eigenen Werthe fand, nahm er nun eine barschere Stimme und die Miene eines Gönners an, was er wohl gegen Jemand, der ihm so oft Beweise gegeben, wie wenig ihm an Gönnerschaft gelegen war, unter anderen Umständen nicht gewagt hätte.

»Das nenn' ich zwar kaufmännische Betriebsamkeit, aber klug ist es immer nicht gehandelt, zumal von Einem, welcher den Werth des Credits kennen sollte,« sagte er, machte jedoch zu gleicher Zeit eine herablassende Geberde, welche Nachsicht mit dem verzeihlichen Fehler zu erkennen geben sollte. »Wir müssen es mit dem Irrthum nicht so streng nehmen, Capitän Ludlow, da, wie der junge Mann mit Recht zu seiner Vertheidigung anführt, Erwerb durch redlichen Handel eine lobenswerthe und heilsame Beschäftigung ist. – Jemand, welcher nicht aussieht, als wenn ihm die Gesetze unbekannt wären, sollte wissen, daß unsre tugendhafte Königin und ihre weisen Räthe entschieden haben, daß Mutter England fast Alles erzeugen könne, was ein Colonist verzehren kann, ja; und auch Alles verzehren, was ein Colonist erzeugen kann.«

»Ich schütze keine Unwissenheit der Gesetze vor, Sir, allein bei meinem anspruchslosen Geschäft leitet mich der ganz natürliche Trieb: die Sorge für meinen Unterhalt. Das Verhältniß zwischen uns Contrebandirern und den Behörden ist ein bloßes Hazardspiel: kommen wir mit heiler Haut durch die Spießruthen, so sind wir die Gewinnenden; verlieren wir, so finden die Diener der Krone ihre Rechnung dabei. Der Einsatz von beiden Seiten ist gleich, um so weniger also sollte man das Spiel als ein unehrliches verschreien. Nähmen die Beherrscher der Welt nur die unnöthigen Fesseln hinweg, womit sie den Handel belasten, so würde unser Gewerbe von selbst verschwinden, und mit dem Namen Freihändler würde man alsdann die reichsten und geachtetsten Häuser bezeichnen.«

Der Rathsherr pfiff gedehnt und vor sich hin, winkte den Anwesenden, Platz zu nehmen, und setzte seine eigne gedrängte Person in einen Armsessel, kreuzte die Beine mit einer selbstgefälligen Miene und nahm das Gespräch dann wieder auf.

»Das sind ganz allerliebste Ansichten, Herr M – hem – nun, was führen Sie denn für einen werthen Namen, mein geistreicher Ausleger der Handelsgesetze?«

»Man pflegt mich Seestreicher zu nennen, wenn man schonend den härteren Ausdruck umgehen will,« erwiederte Jener, und senkte demüthig den Kopf niederwärts.

»Allerliebste Ansichten, Herr Seestreicher! sie passen sich vortrefflich für einen Herrn, welcher von praktischen Auslegungen der

Finanzgesetze lebt. Dies ist eine weise Welt, Herr Capitän, sie hat viele Leute aufzuweisen, deren Köpfe wie Waarenballen mit einem vollständigen Ideen-Sortiment ausgefüllt sind. Potz Fibeln und ABC-Bücher! da schicken mir eben Van Bummel, Schoenbroek und Van der Donck eine ganz nett geheftete Brochüre, in ächt Leydener-Holländisch geschrieben, worin bewiesen werden soll, daß der Handel nichts anderes sey, als ein Austausch von gleichgeltenden Dingen, wie's der Verfasser nennt, und daß die Nationen nichts weiter zu thun haben, als ihre Häfen Jedermann zu öffnen, um das tausendjährige Reich des Handels herbeizuführen.«

»Viele scharfsichtige Männer sind derselben Meinung,« bemerkte Ludlow, fest entschlossen, sich bei Allem, was vorfiel, nur als ruhiger Beobachter zu verhalten.

»Was erfindet ein witziger Kopf nicht, um Papier zu beschmieren! Der Handel, meine Herren, ist ein Rennpferd, und die Kaufleute find die Jockey's, die es reiten. Der am schwersten Beladene verliert vielleicht, dafür aber hat die Natur auch nicht allen Menschen dieselben Dimensionen gegeben, und Kampfrichter sind daher eben so unentbehrlich für den Markt als für die Rennbahn. Besteigen Sie Ihren Wallach, – wenn Sie so glücklich sind, einen zu haben, den die herzlosen Schwarzen nicht so abgeritten haben, daß er in ein Wiesel zusammengeschmolzen ist – und reiten Sie an einem schönen Oktober-Tag nach der Haarlemer Ebne, so werden Sie sehen, auf welche Weise der Geschwindigkeits-Wetteifer von Statten geht. Die Spitzbuben von Reitern versetzen dem Pferde bald eins in die Rippen mit den Sporen, bald eins über die Ohren mit der Peitsche, und obgleich bei ihrem ersten Ansatz Alles ehrlich zugeht, was man vom Handel nicht immer sagen kann, so trägt doch nur Einer den Preis davon. Erreichen zwei Pferde das Ziel in einem und demselben Augenblick, so muß die Bahn noch einmal durchlaufen werden, bis der beste Renner der Sieger bleibt.«

»Wie kommt es denn, daß Männer von großem Scharfsinn so oft die Meinung aussprechen, der Handel blühe am meisten, wenn er am wenigsten mit Abgaben beschwert sey?«

»Wie kommt es, daß der eine Mensch geboren wird, Gesetze zu geben, und der andere sie zu verletzen.? Läuft das Pferd nicht schneller, wenn es alle vier Füße frei hat, als wenn sie ihm gebunden find? Im Handel hingegen ist es ganz was Anderes, mein Herr Seestreicher und mein Herr Capitän Cornelius Ludlow; da ist Jedermann sein eigner Jockey und, abgesehen von dem Beistand der Zollgesetze, nicht besser und nicht schlechter, als wie die Natur ihn zufällig gemacht hat. Fett oder mager, mit starken Knochen oder dünnen, muß er das Ziel zu erreichen suchen, so gut er kann. Darum machen Eure schwer in's Gewicht fallende Sandsäcke und Gürtel nöthig, um alles auszugleichen. Daß die Stute unter ihrer Last vielleicht erliegt, beweist noch immer nicht, daß sie mehr Wahrscheinlichkeit des Sieges hat, wenn man die Wucht der Reiter unausgeglichen läßt.«

»Um aber einmal aufzuhören,« setzte Ludlow hinzu, »figürlich zu sprechen, wenn der Handel nur in einem Austausch von gleichgeltenden Dingen besteht .....«

»Potz Bettelei und Zahlungseinstellung!« unterbrach ihn der Alderman, der in seinen Urtheilen weit mehr absprechend als höflich war. »Diese Sprache führen immer die Leute, welche alle mögliche Arten von Büchern gelesen haben, nur kein Hauptbuch. Hier habe ich Briefe von Jung und Schwatz in London, in denen der Netto-Gewinn einer kleinen Spekulation angegeben ist; die Güter waren auf der Brigg Damhirsch eingeschifft, die am 16. April ultimo wieder im Fluß eingelaufen ist. Die Geschichte der ganzen Verhandlung läßt sich in ein Kindermüffchen stecken. – Sie sind ein junger Mann, der zu schweigen versteht, Herr Capitän, und was Sie, Meister Seestreicher, betrifft, so schlägt der Handel ganz und gar nicht in Ihr Fach; – also, wie gesagt, hier sind die Posten, die erst vor vierzehn Tagen als Nota ausgeschrieben worden sind.«

Während der Alte so sprach, setzte er die Brille auf die Nase, zog das Papier aus der Tasche, rückte näher an's Licht; dann las er:

»Bezahlte Tratte von Sand, Ofen und Glas, für kleine Glaskugeln	3 Pfd.	2 Sch.	6 P.
Emballage und Kistchen	– "	1 "	10½ "
Einschiffungs-Spesen und Fracht	– "	11 "	4 "

Assekuranz, im Durchschnitt	–	"	1	"	5 "
Fracht, Spesen und Gebühren des Mo- hawkser Commissionärs.	10	"	–	"	– "
dito dito dito der Verladung und des Verkaufs von Pelzen in England	7	"	2	"	– "
Summe der Kosten und Spesen, alles in englischem Gelde.	20	"	19	"	1½ "
Die Nota, Verkauf der Pelze an Frost & Reich, ergibt dagegen netto	196	"	11	"	3 "
Saldo als Vortrag	175	"	12	"	1½ "

Ein schöner Austausch von gleich geltenden Dingen, nicht wahr, Herr Cornelius? Muß für die Herren Jung und Schwatz, in deren Büchern ich mit dem Debet von 20 Pfund 19 Schilling und 1½ Pence aufgeführt bin, nicht wenig zufriedenstellend seyn. Wie viel die Kaiserin von Deutschland der Firma Frost und Reich für die Rauchwaaren bezahlt habe, geht freilich aus der Nota nicht hervor.«

»Eben so wenig ist daraus zu ersehen, ob die Mohawks für die Glaskugeln nicht mehr bezahlt haben, als was sie ursprünglich gegolten, noch ob sie für ihre Pelze mehr bekamen, als sie an dem Ort, wo die Thiere erlegt wurden, werth waren.«

Der Pelzhändler pfiff wieder, steckte seine Rechnung dabei in die Tasche und antwortete:

»Fast sollte man glauben, du hättest den Leydener Completen Kaufmann studirt, Sohn meines alten Freundes! Wenn der Wilde sich so wenig aus seinen Häuten und so viel aus meinen Glaskugeln macht, so wäre ich ein Narr, ihm aus dem Irrthum zu helfen; sonst sehen wir ihn noch eines Tages, wenn anders die Handelsbehörde es erlaubt, sein Kanot aus Baumrinde gegen ein gutes Schiff vertauschen, um sich seine Zierrathen selbst zu holen. Potz Seereisen und Spekulation! wer bürgt dafür, daß der Schurke dann für gut finden wird, nicht weiter zu gehen als London! in welchem Falle dem Mutterlande der Profit, den es aus dem Absatz nach Wien zieht, vor der Nase vorbeigeht, und der Mohawk sich für den Unterschied des Preises an beiden Märkten Pferd' und Wagen anschafft. Sie sehen also, daß ein Rennen nur dann ehrlich genannt werden kann, wenn die Pferde im gleichen Moment ablaufen und gleich schwer tragen; und bei dem allem gewinnt doch nur Einer. Eure Metaphysik ist nichts weiter als ein philosophisches Goldblättchen, was ein gewandter Raisonneur zu einer Fläche breitschlägt, die den größten amerikanischen See bedecken kann. Wer ein Pinsel ist, der glaubt nun gleich, die ganze Erde lasse sich in das köstliche Metall umwandeln, aber der schlichte praktische Mann behält den Werth des Metalls in guter gangbarer Münze in seiner Tasche.«

»Und doch hört man Sie klagen, daß das Parlament mit zu vielen Gesetzen den Handel nur hemme, und doch sprechen Sie von den zu Hause getroffenen Maaßregeln in einem Tone, der, entschuldigen Sie, einem Holländer mehr geziemen würde, als einem königlichen Unterthan.«

»Habe ich Ihnen nicht gesagt, daß das Pferd ohne Reiter schneller läuft, als mit dem Packsattel auf dem Rücken! Wenn Sie gewinnen wollen, müssen Sie ihrem eigenen Jockey so wenig, und dem Ihres Gegners so viel Gewicht geben, als nur immer möglich ist. Ich beschwere mich über die Burgflecken-Männer, weil sie Gesetze für uns machen, und keine für sich selbst. So sage ich oft zu meinem würdigen Freund Alderman Schluck, daß Essen ein gutes Ding sey um zu leben, wer aber fresse, der solle sein Testament bereit halten.«

»Aus alle dem ziehe ich den Schluß, daß die Ansichten Ihres Leydener Correspondenten nicht die des Herrn Van Beverout sind.«

Der Alderman legte den Finger an die Nase und sah seine Gesellschafter einen Augenblick schweigend an.

»Diese Leydener,« fuhr er dann fort, »sind eine verschlagene Race. Hätten die Vereinigten Provinzen nur Grund, auf dem sie stehen könnten, so würden sie, wie der Weltweise, der mit seinem Hebel groß that, die Erde aus den Fugen rücken. Die verschmitzten Schelme denken, daß die Amsterdamer von Natur einen leichten Sitz haben, und wollen daher alle Anderen überreden ohne Sattel zu reiten. Ich werde die Brochüre landeinwärts zu den Indianern schicken, und etwas daran wenden, daß sie von einem Gelehrten in die Sprache der Mohawks übersetzt werde, damit der berühmte Häuptling Schendoh, nachdem die Missionarien ihn erst werden lesen gelehrt haben, richtige Grundsätze über gleichen Austauschwerth einsauge! Am Ende komme ich mit dem Geschenk den wackeren Geistlichen zu Hülfe, und bringe dadurch ihre gute Aussaat früher zur Reife.«

Der Alderman warf rechts und links Seitenblicke auf seine Zuhörer, faltete dann behaglich die Hände auf der Brust und saß schweigend da, wie Einer, der seine Beredsamkeit auf die Gemüther wirken läßt.

»Diese Ansichten find nicht sehr günstig für das Gewerbe des ... des Herrn, der uns jetzt mit seiner Gesellschaft beehrt,« sagte Ludlow, indem er den eleganten Smuggler mit einem Auge ansah, welches zeigte, daß er nicht wußte, wie er den Fremden, dessen äußere Erscheinung so wenig mit seiner Beschäftigung im Einklange stand, eigentlich benennen sollte. »Wenn dem Handel Beschränkungen wesentlich nöthig sind, wahrlich, so bleibt dem gesetzverschmähenden Händler keine Entschuldigung übrig.«

»Ich bewundere Ihre Klugheit in der Praxis eben so sehr als die Richtigkeit Ihrer Meinungen in der Theorie, mein lieber Capitan,« erwiederte der Alderman. »Begegneten Sie der Brigantine dieses Menschen auf hoher See, so würde Ihre Pflicht es erheischen, sie zur Prise zu machen; jetzt, wo wir, so zu sagen, in häuslicher Zurückgezogenheit beisammensitzen, begnügen Sie sich damit, ihrem Geiste durch Kernsprüche Luft zu machen. Auch ich halte es für meine Pflicht, einige Worte über diesen Punkt zu sprechen, und ergreife die so günstige Gelegenheit unserer friedlichen Zusammenkunft, um einige Gedanken zu äußern, die mir die gegenwärtigen Umstände ganz natürlich eingeben.«

Myndert wendete sich nun gegen den Contrebande-Händler, und setzte seine Rede fort, so ziemlich mit dem Tone und der Haltung einer Magistratsperson, die einem Störer der öffentlichen Ruhe eine Strafpredigt hält.

»Sie erscheinen hier, Meister Seestreicher,« sagte er, »unter falscher Flagge – um mich eines Ihrem Gewerbe entlehnten Bildes zu bedienen. Ihrem Aeußeren nach sollte man sie für einen nützlichen Unterthan halten; nichtsdestoweniger aber stehen Sie im Verdacht, sich gewissen Praktiken hinzugehen, die nicht zu billigen sind. Ich will eben nicht sagen, daß sie unehrlich sind, nicht einmal, daß sie einem Mann von Credit nicht anstehen, denn hierüber sind die Meinungen der Menschen verschieden, aber mindestens tragen sie nichts dazu bei, die Kriege Ihrer Majestät zu einem glorreichen Ende zu führen, und ihren europäischen Ländern das Handelsmonopol zu sichern. Da nun aber die Königin nichts sehnlicher wünscht, als uns Colonisten durch besagtes Monopol die Mühe zu ersparen, bei Besorgung unserer eigenen Angelegenheiten uns außer ihren eigenen Zollhäusern noch anderswo umzusehen, so stehen Sie diesem sehnlichen Wunsche Ihrer Majestät geradezu im Wege. Dies ist, mild gesprochen, eine Unbescheidenheit, und es thut mir Leid, hinzufügen zu müssen, daß gewisse begleitende Umstände die Handlung noch culpöser machen.«

Der Alderman hielt einen Augenblick inne, um zu bemerken welche Wirkung seine Ermahnungsrede hervorbrächte, und am Blicke des Freihändlers abzumessen, wie weit er seine List noch treiben dürfe; als er aber zu seinem eigenen Erstaunen fand, daß dieser mit niedergeschlagenem Auge, gleich einem Menschen, der sich einen Verweis zu Herzen nimmt, dastand, so faßte er Muth fortzufahren:

»Meine Nichte, die ausschließlich diesen Theil meines Hauses bewohnt, ist zwar ihres Geschlechts und ihrer Minderjährigkeit halber nicht verantwortlich für ein Vergehen dieser Art. Aber warum bringen Sie gerade hierher verschiedentliche Waaren, deren Gebrauch nach dem hohen Belieben Ihrer Majestät den königlichen Unterthanen in den Colonien unbekannt bleiben soll? Wissen Sie nicht, daß diese Waaren von einer Fabrikation sind, welche von den geschickten Künstlern des mütterlichen Eilandes nicht nachgeahmt, nicht verstanden werden kann, und daß sie deswegen nicht zu dulden sind? Die Weiber, Meister Seestreicher, sind Geschöpfe, welche der Versuchung leicht unterliegen, und ihre Widerstandskräfte sind fast nie schwächer als bei den Lockungen von Gegenständen, die sich zum Herausputzen ihrer Personen eignen. Bei meiner Nichte, der Tochter des normannischen Etienne de Barbérie, kommt vielleicht noch eine angeerbte Schwäche hinzu, sintemal die Damen in Frankreich solchem Tand ergebener sind, als die in anderen Ländern. Uebrigens habe ich keinesweges vor, eine unbillige Strenge hierin zu üben: hat der alte Etienne seiner Tochter die Landes-Erbsünde der Putzsucht mitgetheilt, so hat er ihr nicht minder die Mittel hinterlassen, dafür zu zahlen. Wenn also meine Nichte Ihnen was schuldig geworden ist, so reichen Sie nur Ihre Rechnung ein. Dies bringt mich aber zum letzten und hauptsächlichsten Vergehen, das ich Ihnen zur Last lege.«

Myndert durchforschte hier abermals sorgfältig die Züge des Angeredeten, und fuhr dann dreist fort:

»Capital ist unstreitig die Grundlage, auf welcher ein Kaufmann das Gebäude seines Rufes aufführt; der Credit aber ist die Verzierung an der Vorderseite desselben. Jenes bildet den Eckstein, dieser die Pilaster und das Schnitzwerk, wodurch das Ganze ein gefälliges Aussehen gewinnt. Es trifft sich wohl auch bisweilen, daß hohes Alter die Grundlage untergräbt; alsdann sind es die Säulen, auf denen das Gebäude oder die Decke ruht, die dem Bewohner Schutz gewähren. Inzwischen ist es freilich sowohl für Käufer als Verkäufer eine mißliche Sache um einen Credit, der keine substantielle Basis hat. Dessenungeachtet aber bleibt es wahr, daß der Credit dem Reichen Sicherheit, dem Kaufmann von mäßigen Mitteln Thätigkeit und Ansehn, und selbst dem Armen ermuthigende Hoffnung gibt. Da nun der Credit ein so schätzbares Gut ist, mein lieber Herr Seestreicher, so sollte Niemand ihn ohne hinlänglichen Grund antasten, denn seine zarte Natur leidet keine rauhe Behandlung. Auf meinen Reisen in Holland, welches Reich ich mittelst der Trekschuits[28] in allen Richtungen durchkreuzte, lernte ich als wiß-

---

[28] Die Boote auf den trägen Gewässern der holländischen Canäle werden von Pferden gezogen, daher der Name Trekschuits oder Zugboote. D. U.

und lernbegieriger Jüngling schon, wie wichtig es sey, bei keiner Gelegenheit etwas zu thun, was dem Credit nachtheilig werden könnte, und da ein Ereigniß, welches sich damals zutrug, ein passendes Seitenstück liefert zu dem, was ich zu sagen habe, so will ich es beispielsweise erzählen. Die dasselbe begleitenden Umstände, mein lieber Capitän, zeigen die furchtbare Ungewißheit aller Dinge in diesem vergänglichen Leben, und warnen die Kräftigsten und Jugendlichsten, daß der stärkste Arm in seinem Stolze niedergemäht werden kann, gleich dem schwächsten Grashalm auf dem Felde. Das Banquier-Haus Van Gelt und Van Stopper in Amsterdam hatte ausgedehnte Geschäfte mit Papieren gemacht, die der Kaiser zur Fortsetzung des Krieges hatte ausgeben lassen. Es traf sich gerade zu jener Zeit, daß die Glücksgöttin die Türken, welche damals die Stadt Belgrad bedrängten, mit einigen Aussichten auf Erfolg begünstigte. Nun, meine Herren, hatte ein Halsstarriges und schlechtberatenes Wäscherweib eine hohe Terrasse im Mittelpunkt der Festung zum Trockenplatz für ihre Wäsche gewählt. Sie war bei Tagesanbruch eben mit Aufhängen ihrer Leinwand und Musseline beschäftigt, als die Muselmänner durch einen heftigen Angriff die Garnison aus ihrem Schlafe weckten. Einige Soldaten, deren Stellung so beschaffen war, daß sie retiriren konnten, erblickten auf der hohen Brustwehr die Bündel rother, grüner und gelber Zeuge, hielten sie für die Turbane so vieler Türken, und verbreiteten nun nahe und fern das Gerücht, daß ein zahlloser Haufe Ungläubiger, von einer großen Menge Sherifs mit grünen Turbanen[29] angeführt, in das Herz der Festung eingedrungen sey, und sie zum Rückzuge gezwungen habe. Dies Gerücht hatte schon die Gestalt eines ausführlichen Schlachtberichts angenommen, als es Amsterdam erreichte, wo es natürlich auf die kaiserlichen Stocks sehr niederdrückend wirkte. Die Folge war, daß man an der Börse viel von dem Verlust sprach, welchen die Herren Van Gelt und Van Stopper wahrscheinlich erleiden würden. Gerade als das Hin- und Herrathen über diesen Gegenstand im vollen Gange war, riß sich der Affe eines Savoyarden von seinem Stricke los, und flüchtete sich in einen Obstladen, wenig Thüren von dem Hause der Banquiers.

---

[29] Nur die Sherifs oder Verwandte des Propheten, welche den eigentlichen türkischen Adel bilden, haben das Recht, sich mit der Farbe ihres großen Ahnherrn, grün, zu bekleiden. D. U.

Gleich sammelten sich eine Menge Judenjungen um den Laden, um sich an den kuriosen Sprüngen des Thiers zu ergötzen. Als nun bedächtige Leute dies sahen, so hielten sie es für eine Demonstration der Kinder Israels gegen die Firma, und fingen an, für ihr Eigenthum besorgt zu werden. Die Tratten vermehrten sich, und die guten Banquiers, um ihre Solidität zu beweisen, verschmähten es, ihr Comptoir zur gewöhnlichen Stunde zu schließen. Die ganze Nacht hindurch ward ausgezahlt, und ehe die Sonne am nächsten Tag im Meridian stand, hatte sich Van Gelt in seinem Sommerhause am Utrechter Canal den Hals abgeschnitten, und Van Stopper saß mit seiner Pfeife zwischen ausgeleerten Geldkasten. Um 2 Uhr brachte die Post die Nachricht, daß der Feind zurückgeworfen und das Wäscherweib aufgeknüpft worden sey. – Warum die Frau baumeln mußte, habe ich mir übrigens nie recht erklären können, da sie doch ganz gewiß der unglücklichen Firma keinen Stüber schuldig war. Solche Ereignisse gehören zu den Warnungen des Lebens, meine Herren. Ich bin überzeugt, daß ich jetzt Leute anrede, welche die Nutzanwendung selbst machen können, daher schließe ich mit dem bloßen Rath an Alle, die mich hören, niemals ohne Ueberlegung von Handelssachen zu sprechen.«

Als Myndert seinen Sermon zu Ende gebracht hatte, schaute er abermals rings um sich her, um zu sehen, was für Wirkung seine Worte hervorgebracht, besonders aber um sich zu versichern, ob der Wechsel, den er auf die Nachsicht des Freihändlers ausgestellt, nicht noch immer mit Protest zurückgeschickt werden könnte. Er gab sich vergebliche Mühe, eine Ursache zu finden, warum der Fremde, der zwar nie roh war, aber doch selten viel auf seine Meinungen achtete, und in Geldangelegenheiten stets ein kavaliermäßiges Benehmen gegen ihn annahm, ihm gerade jetzt solche auffallende Ehrerbietung schenkte. Während der ganzen vorhergehenden Anrede hatte der junge Seemann von der Brigantine dieselbe Haltung bescheidener Aufmerksamkeit beibehalten, und wagte er es ja einmal, die Augen aufzuschlagen, so geschah es nur, indem er Alida mit Aengstlichkeit anblickte. Aber auch diese hatte ihrem beredsamen Onkel gedankenvoller als gewöhnlich zugehört, und die Blicke, welche der Contrebande-Händler von Zeit zu Zeit auf sie warf, erwiederte sie mit warmer Theilnahme; kurz, dem oberflächlichsten Beobachter ihres gegenseitigen Betragens konnte es nicht

entgehen, daß Umstände ein Einverständniß zwischen ihnen hergestellt hatten, welches, wo nicht von der zärtlichsten, doch ganz unzweideutig von der vertraulichsten Beschaffenheit war. Der Bürger
war freilich zu sehr mit seiner Selbstgefälligkeit über die gehaltvolle
Rede, deren er sich eben entbunden hatte, beschäftigt, um dies Alles
zu bemerken; um so schärfer aber waren Ludlow's Blicke; nach
einer kleinen Pause sagte dieser:

»Da mein Geist nunmehr mit einem solchen Vorrath von Maximen über den Handel versehen ist, und ich also über den Sinn der
Instruktionen, die ich von den Lords der Admiralität erhalte, nie im
Zweifel zu seyn brauche, so erlauben Sie mir, die Aufmerksamkeit
auf minder transcendentale Dinge zu lenken. Es bietet sich gegenwärtig die beste Gelegenheit dar, uns über das Schicksal des
Schiffsgenossen zu erkundigen, den wir bei unserer letzten Seefahrt
verloren haben; wir müssen dies nicht verabsäumen.«

»Sehr wahr, Herr Cornelius, der Patroon von Kinderhook ist kein
Anker verbotenen Getränkes, nach welchem, wenn es in die See
fällt, kein Mensch eine Frage thut. Ueberlassen Sie diese Sache nur
meiner Behandlung, und halten Sie sich versichert, die Pächter des
dritten Gutes in der Colonie sollen nicht lange vergeblich auf Nachrichten von ihrem Gutsherrn warten. Wenn Sie sich mit Meister
Seestreicher eine Zeit lang in den andern Theil der Villa zu verfügen
belieben, so will ich über jegliche, zum richtigen Verständnisse des
Falles nöthige Thatsache gehörige Erkundigungen einziehen.«

Der Commandeur des königlichen Kreuzers und der jugendliche
Befehlshaber der Brigg schienen Beide keinen sonderlichen Gefallen
an dieser Aufforderung zu finden; denn eine Zusammenkunft unter
vier Augen mußte den Einen wie den Andern etwas verlegen machen. Indessen war doch das Zaudern des Fremden am deutlichsten
zu erkennen, da Ludlow vorher den ruhigen Entschluß gefaßt hatte,
ein partheiloses Verhalten zu beobachten, bis ein gelegenerer Augenblick sich zeigen würde, seiner Pflicht als königlicher Beamter
nachzukommen. Er wußte, oder glaubte es fest, daß die Wassernixe
wieder in der Runden Bucht im Schatten des umgebenden Holzes
verborgen liege, und da er das erste Mal zu seinem Nachtheil von
den Smugglern war überlistet worden, so nahm er sich vor, jetzt mit
mehr Umsicht zu Werke zu gehen, und zeitig genug nach seinem

Schiffe zurückzukehren, um einen entscheidenden und, wie er hoffte, erfolgreichen Streich gegen die Brigg ausführen zu können. Diese Absicht bewog ihn, der Aufforderung des Aldermans Folge zu leisten; auch trugen die Sitten und die Sprache des Contrebande-Händlers zu diesem Entschlüsse das Ihrige bei, da sie nicht die eines Freibeuters, sondern eines Gebildeten waren, und so einnehmend, daß sie selbst auf den Nebenbuhler ihren gewinnenden Einfluß nicht verfehlten. Demgemäß machte Letzterer eine ziemlich höfliche Verbeugung und erklärte sich bereit, sich mit dem Fremden wegzubegeben.

»Wir sind auf neutralem Grund und Boden beisammen, Meister Seestreicher,« sagte Ludlow zu seinem eleganten Gesellschafter, als sie gemeinschaftlich den Salon des Feenhofs verließen. »Wie verschieden auch die Zwecke sind, die wir verfolgen, so verhindert dies doch nicht, daß wir uns freundschaftlich über das unterhalten, was vorgegangen ist. Der Meerdurchstreicher genießt in seinem Fache einen Ruf, der ihn fast einem in besserem Dienste sich auszeichnenden Offizier an die Seite stellt. Ich werde seiner seemännischen Geschicklichkeit und seinem Rufe nie mein Zeugniß versagen, wie sehr ich auch bedauern muß, daß so schöne Eigenschaften keine glücklichere Richtung genommen haben.«

»Das heißt mit geziemendem Vorbehalt für die Rechte der Krone und gehörigem Respekt gegen die Lords des Schatzes gesprochen!« war des Seestreichers beißende Antwort, dessen früherer, und wie man wohl behaupten kann, natürlicher Freimuth in demselben Maaße zurückzukehren schien, als er sich von der Gegenwart des Stadtraths entfernte. »Wir folgen der Bahn, Capitän Ludlow, in die der Zufall unser Loos geworfen hat. Sie dienen einer Königin, die Sie nie gesehen haben, und einem Volk, welches Sie gebraucht, so lange es Ihrer bedarf, und Sie vernachläßigen wird, wenn seine Noth vorüber ist; ich, ich diene mir allein. Die Vernunft entscheide, wer von Beiden am klügsten handelt.«

»Ich bewundere diese Offenherzigkeit, Sir, und lebe der Hoffnung, daß wir uns besser mit einander verständigen werden, nun Sie die Trugkünste mit Ihrer meergrünen Dame bei Seite lassen. Die Posse ist übrigens gut gespielt worden, wenn Sie auch außer Oloff Van Staats und den aufgeklärten Geistern, die Sie mit sich auf dem

Ocean herumführen, wenig Proselyten für ihre schwarze Kunst gewonnen haben.«

Der Freihändler erlaubte sich ein ironisches Lächeln und sagte:

»Auch wir haben unsere Gebieterin; nur verlangt sie keine Abgaben. Alles Gewonnene dient zur Bereicherung ihrer Unterthanen, und Alles, was sie weiß, theilt sie freudig zu deren Wohlfahrt mit. Wenn wir ihr gehorchen, so geschieht es, weil wir durch Erfahrung wissen, daß sie gerecht und weise ist. Ich hoffe, Königin Anna behandelt diejenigen nicht minder gütig, die Leib und Leben für ihre Sache auf's Spiel setzen.«

»Verschlägt es vielleicht der Politik ihrer Herrin nichts, zu entdecken, was aus dem Patroon geworden ist? Ist er auch, oder vielmehr *war* er auch mein Nebenbuhler in Beziehung auf einen theuren Gegenstand, so kann ich doch unmöglich einen Gast so mir nichts dir nichts mein Schiff verlassen sehen, ohne an seinem Schicksal Theil zu nehmen.«

»Sie unterscheiden ganz richtig,« erwiederte der Seestreicher mit einem noch vielsagenderen Lächeln;»wir *waren* Nebenbuhler, ist in der That der passendere Ausdruck. Was Herrn Van Staats anbelangt, so ist er ein tapferer Mann, wie wenig er auch von der Schifffahrtskunde verstehen mag. Wer so viel Muth an den Tag gelegt hat, kann beim Meerdurchstreicher auf Schutz gegen persönliche Beleidigung mit Zuverlässigkeit rechnen.«

»Ich werfe mich nicht zum Hüter des Herrn Van Staats auf, allein als Befehlshaber des Schiffes, aus welchem mag ihn..... wie soll ich die Art seiner Entführung benennen? denn ich möchte nicht gern gerade jetzt einen vielleicht nicht angenehmen Ausdruck gebrauchen.«

»Sprechen Sie nur frei heraus, Sir, und fürchten Sie nicht zu beleidigen. Sind wir Leute von der Brigantine doch an so manche Beinamen gewöhnt, die minder geübten Ohren seltsam vorkommen würden. Wir brauchen es nicht erst jetzt zu erfahren, daß das Spitzbubenhandwerk, um in Ehren gehalten zu werden, zuvor von der Regierung bevollmächtigt seyn muß. Sie beliebten, Herr Capitän, von den Trugkünsten der Wassernixe zu sprechen; diejenigen, welche man in der Welt stündlich mit Ihnen spielt, scheinen Sie nicht zu rühren, und doch ist der einzige Unterschied der, daß sie nicht so angenehm und nicht halb so unschuldig sind.«

»Es ist eine alte Ausflucht, die Verbrechen der Einzelnen mit den Fehlern der Gesellschaft entschuldigen zu wollen.«

»Die Entschuldigung ist freilich mehr gerecht als neu. Abgedroschenheit und Wahrheit scheinen Schwestern zu seyn. Wir Leute aus der Brigantine müssen uns inzwischen schon mit dieser Apologie zu behelfen suchen, da wir es in der Aufklärung noch nicht dahin gebracht haben, die ganze Vortrefflichkeit der neuen Sittenlehre zu begreifen.«

»Wo ich nicht irre, so ist das Gebot, welches uns befiehlt, dem Kaiser zu geben was des Kaisers ist, nichts weniger als neu.«

»Ein Gebot, mein Herr, dem unsere neueren Cäsaren die allerausgedehnteste Auslegung gegeben haben. Ich bin ein schlechter Casuist, Sir, aber ich glaube, daß der loyale Commandeur der Coquette selbst sich ungern dazu verstehen würde, zur Vertheidigung dieser Sache alle Trugschlüsse geltend zu machen, die sich etwa dafür aufbringen ließen. Fangen wir, zum Beispiel, mit den Potentaten an, so bietet sich zunächst Seine Allerchristliche Majestät dar, welche entschlossen sind, sich zu Allerhöchsteigenem Gebrauch so viel von Ihres Nachbars Besitzthümern zuzueignen, als dem Ehrgeiz unter dem Namen Ruhm nur immer gelüsten können. Seine Katholische Majestät bedecken mit dem Mantel Allerhöchst ihrer Katholicität eine größere Menge von ausschweifenden Handlungen auf diesem westlichen Festlande hier, als selbst der Mantel christlicher Liebe zu verhüllen vermöchte; und unsre eigne Allergnädigste Souverainin, deren Tugenden in Prosa und in Versen gepriesen werden, läßt Ströme Blutes vergießen, um das kleine Eiland, das sie beherrscht, gleich dem Frosche in der Fabel, bis zu einer Ausdehnung anzuschwellen, welche die Natur ihm nun einmal versagt hat, und welche ihm einst den unglücklichen Tod bereiten wird, den der ehrgeizige Sumpfbewohner starb. Den Beutelschneider erwartet der Galgen, aber die unter königlichen Flaggen rauben, werden zu Rittern geschlagen. Der Mann, welcher durch gewinnbringende Industrie ein Vermögen sammelt, schämt sich seines Ursprungs; wenn aber Jemand Kirchen geplündert, Dörfer unter Contribution gesetzt, Hälse zu Tausenden abgeschnitten hat, um die Beute einer Gallion oder einer Militär-Kasse zu vertheilen, so sagt man, er hat sein Gold auf der Heerstraße des Ruhms erworben. Europa hat einen überwiegenden Grad der Civilisation erreicht, dies läßt sich nicht läugnen, allein ich wiederhole es, trotz der Abgebrauchtheit der Bemerkung, die Gesellschaft ist nicht eher berechtigt, die Handlungen von Individuen mit so herbem Tadel zu belegen, als bis sie selbst als Gesammtkörper mit besserem Beispiel vorleuchtet.«

»Wir werden über diese Gegenstände nie einerlei Urtheil fällen,« sagte Ludlow mit strenger Miene, wohl wissend, daß er die Welt auf seiner Seite habe. »Ein andermal, wenn wir mehr Muße haben, sprechen wir vielleicht ausführlicher davon, Sir. Werde ich jetzt mehr über Herrn Van Staats von Ihnen erfahren; oder wollen Sie, daß die Frage, was aus ihm geworden sey, von den Gerichten untersucht werde?«

»Der Patroon von Kinderhook ist ein kühner Enterer!« versetzte lachend der Freihändler. »Er hat die Residenz der meergrünen Dame mit einem coup de main genommen, und ruht auf seinen Lorbeeren. Wir Contrebandirer führen in unsrer Zurückgezogenheit ein lustigeres Leben, als man sich gewöhnlich vorstellt, und unsre Tischkameraden sind nie eilig, uns wieder zu verlassen.«

»Es kann leicht nothwendig werden, die Geheimnisse Eures lustigen Lebens einer nähern Prüfung zu unterwerfen – bis dahin sag' ich Ihnen Lebewohl.«

»Halt!« rief Jener munter, als Ludlow eben die Thür in die Hand nehmen wollte. »Kürzen wir, ich bitte Dich, die Zeit der Ungewißheit ab. Unsre Gebieterin gleicht dem Insekte, das die Farbe des Blatts annimmt, auf dem es wohnt. Sie haben sie in ihrem meergrünen Gewande kennen gelernt; dieses pflegt sie stets zu tragen, wenn sie die seichten Gewässer der amerikanischen Küste befährt; doch in den tieferen Meeren wetteifert ihr Mantel mit dem Blau des Oceans. Ich benachrichtige Sie hiermit, daß sich Symptome dieser Art gezeigt haben, und diese bezeichnen unwandelbar eine beabsichtigte Fahrt weit, weit vom Lande hinweg!«

»Lassen Sie sich was sagen, mein Herr Seestreicher! Dieses zum Bestenhaben mag ganz gut seyn, so lange Sie im Stande sind, es durchzusetzen. Allein bedenken Sie wohl, daß wenn der unbefugte Kaufmann, sobald er entdeckt und ergriffen wird, durch bloße Confiscirung seiner Waaren büßt, die Gesetze den – Seelenverkäufer mit körperlicher Züchtigung, bisweilen mit dem – Tode bestrafen. Und vergessen Sie nicht, daß die Gränzlinie, welche das Schwärzen vom Seeraub trennt, leicht überschritten, eine Rückkehr aber unmöglich ist.«

»Für diesen großmüthigen Rath danke ich Dir in meiner Gebieterin Namen,« erwiederte der ausgelassene Seemann, sich mit einem Ernst verbeugend, welcher seinen Spott mehr schärfte als verbarg. »Ihre Coquette reicht weit mit ihren langen Armen, und ist behende genug auf dem Wasser, Kapitän Lublow; mag sie indessen so launisch, so eigensinnig, so tückisch, ja und auch so mächtig seyn, als sie will, so wird sie das Weib in der Brigantine allen ihren Künsten gewachsen finden, allen ihren Drohungen aber weit überlegen!«

Mit dieser prophetischen Warnung von Seiten des königlichen Offiziers, und kaltblütigen Antwort von Seiten des Contrebande-Händlers trennten sich Beide. Der Letztere nahm ein Buch zur Hand und warf sich mit täuschender Gleichgültigkeit in einen Stuhl, während der Erstere mit unverholener Eilfertigkeit das Haus verließ.

Mittlerweile dauerte die Unterredung zwischen dem Alderman und seiner Nichte noch immer fort. Es verstrich eine Minute nach der andern, ohne daß eine Einladung, nach dem Pavillon zu kommen, an den eleganten jugendlichen Seemann ergangen wäre. Eine geraume Zeit saß er einsam da und las, bis er seiner Aufmerksamkeit nicht mehr Herr blieb; offenbar erwartete er ein Zeichen, daß seine Gegenwart im Feenhof verlangt werde. Während dieser unruhigen Augenblicke zeugte das Aussehen des Freihändlers weniger von Ungeduld als von Trauer, und wie er endlich den Tritt eines sich Nähernden hörte, konnte er die mächtige Gemüthsaufregung nicht mehr verbergen. Die Dienerin Alida's trat ein, überreichte ihm ein Stückchen Papier, und zog sich wieder zurück. Gierig las er folgende, mit Bleistift hastig hingeworfene Zeilen:

»Ich bin allen seinen Fragen ausgewichen, und er ist mehr als halb für den Glauben an Zauberei gewonnen. Der Augenblick, die Wahrheit zu bekennen, ist noch nicht gekommen; er ist noch nicht in der rechten Stimmung, sie zu hören, da ihn die Ungewißheit, welche Folgen das Erscheinen der Brigg an der Küste und so nahe an seinem eignen Landhause nach sich ziehen könne, in nicht geringe Unruhe versetzt, Seyen Sie aber versichert, er soll und wird Ansprüche anerkennen, die ich geltend zu machen weiß, und die er, sollte es mir dennoch nicht gelingen, nicht zurückzuweisen wagen wird, wenn der gefürchtete Meerdurchstreicher sie ihm vorhält. Kommen Sie zu mir, sobald Sie seinen Fuß im Corridor hören.«

Der letzteren Aufforderung ward bald nachgekommen. Der Alderman trat zur einen Thüre herein, während der flinke Flüchtling zur andern hinausschlüpfte, und statt seiner Gäste fand der bedächtig um sich schauende Bürger leere Wände. Dieser Umstand muß jedoch nach der Gleichgültigkeit, mit welcher er Notiz davon nahm, unsern Alten wenig befremdet und ihm gar nicht leid gethan haben.

»Potz Ausflüchte und Weiberschliche!« waren Mynbert's mehr gedachte als wirklich ausgesprochene Worte. »Die Schelmin macht wie ein Fuchs auf seiner Fährte kehrt. Ein auf seinen Ruf haltender Kaufmann ist leichter einer falschen Faktura zu überführen, als diese neunzehnjährige Hexe einer unklugen Handlung! In ihrem Auge ist so viel vom alten Etienne und seinem normännischen Feuer, daß man es nicht gern zum Aeußersten kommen läßt. Van Staats, dachte ich, werde seine Gelegenheit benützt haben, aber, sieh da! wie ich seinen Namen nenne, macht das Mädchen ein Gesicht wie eine Nonne. Das muß man gestehen, ein Cupido ist der Patroon nicht, sonst müßte eine Woche zur See Zeit genug für ihn gewesen seyn, selbst das Herz einer Seejungfer zu gewinnen. – Ja ja! – und was sind das nicht wieder für neue Beunruhigungen, die mir die Rückkehr des Meerdurchstreichers macht! und mit dem überspannten Begriffe von Dienstpflicht, die der junge Ludlow sich bildet, ist vollends nichts anzufangen. Ei was! wir müssen ja doch einmal alle sterben; früher oder später muß zu handeln aufgehört werden; am besten, man macht sich daran, die Bücher des Lebens zu schließen. Ich muß ernstlich daran denken, die Schluß-Bilanz zu ziehen; wäre nur die Totalsumme ein bischen günstiger, gern thäte ich's morgen schon!«

Fünfundzwanzigstes Kapitel.

>>Du, Julia, bist Schuld an meinem Wechsel,
Daß ich das Studium ließ, die Zeit verlor,
Der Freunde Rath und alle Welt verschmähend.<<

Die zwei Herren aus Verona.

Nur wankenden Entschlusses verließ Ludlow »Lust in Ruhe« .
Während der ganzen vorhergehenden Zusammenkunft hatte er
ängstlich Augen und Zunge der schönen Barbérie bewacht, und
nicht verfehlt, aus einer Miene, die nur zu klar ihre lebendige Theilnahme an dem Freihändler bekundete, seine Schlüsse zu ziehen.
Einen Augenblick in der That verleitete ihn die Ruhe und Unbefangenheit, mit welcher sie ihren Onkel und ihn umfing, zu der Annahme, daß sie die Wassernixe gar nicht besucht habe; doch diese
schmeichelhafte Hoffnung verschwand, sobald das muntere sorglo-
se Wesen, welches die Bewegungen jenes außerordentlichen Fahrzeugs regierte, unter ihnen erschien. Jetzt glaubte er, daß ihre Wahl
bereits auf immer getroffen sey. Ihn schmerzte es zwar, daß ein so
geistreiches Mädchen so bethört werden konnte, Stand und Charakter hintanzusetzen; aber sein der Wahrheit zugängliches Gemüth
ließ ihn nichtsdestoweniger einsehen, daß das Individuum, welches
in so kurzer Zeit diese Herrschaft über Alida's Gefühle errungen
hatte, in vielen Hinsichten allerdings so beschaffen war, daß es der
Einbildung keines jugendlichen, in Abgeschiedenheit von der großen Welt erzogenen Frauenzimmers gleichgültig bleiben konnte.

Das Innere des jungen Commandeurs lag im Kampfe zwischen
den Eingebungen der Pflicht und denen des Gefühls. Der List eingedenk, durch welche er bei einer früheren Gelegenheit in die Gewalt der Smuggler gerathen war, hatte er bei seiner jetzigen Anwesenheit in der Villa seine Vorsichtsmaaßregeln so gut getroffen, daß
er sich fest überzeugt hielt, die Person seines gesetzlosen Nebenbuhlers befinde sich in seiner Gewalt. Sollte er nun von diesem
Vortheil Gebrauch machen, oder sich entfernen und Jenen im Besitze seiner Geliebten und seiner Freiheit zurücklassen? – dieß war der
Zweifel, der jetzt seine Gedanken beschäftigte. Gerade und einfach
in seinen Sitten, besaß Ludlow dennoch jene ganze stolze Gesin-

nung, die den Mann von Erziehung bezeichnet. Er konnte sich recht gut in Alida's Lage versetzen, und der Gedanke, daß man ihm den Vorwurf machen könnte, er habe sich bei seinen Handlungen von der Rachsucht leiten lassen, empörte sein Ehrgefühl. Diesen Beweggründen zur Nachsicht wurde der Sieg vollends gesichert durch den inneren Unwillen, den ihm, als einem höheren Offizier, die Betrachtung einflößte, daß seine gegenwärtige Amtspflicht ihn gewissermaßen herabwürdige, da sie eigentlich in den Wirkungskreis einer anderen Beamtenklasse fiel. Er sah sich als den Verfechter der Rechte und des Ruhmes seiner Monarchin, nicht als das feile Werkzeug ihrer Zolleinnehmer an. Nicht würde er Anstand genommen haben, auf jede zu verantwortende Gefahr hin das Fahrzeug des Schwätzers, oder die Mannschaft desselben, oder auch irgend einen Einzelnen von ihnen zur See, auf ihrem eigenen Elemente, zu Gefangenen zu machen; der Schein hingegen, einem unbegleiteten Individuum auf dem trockenen Lande nachzuspüren, widerte ihn an. Zu diesem Widerwillen kam noch fein gegebenes Wort, daß er den Boden, auf welchem er den proscribirten Contrebande-Händler getroffen habe, als neutral betrachten wolle. Anderntheils aber hatte er als königlicher Offizier seine gemessenen Ordres, und durfte vor dem, was seine Pflicht ihm vorschrieb, die Augen nicht verschließen. Jedermann wußte, daß die Brigantine den Einkünften der Krone empfindlichen Schaden verursachte, ganz besonders auf der andern Hemisphäre, und der Befehl des dort stationirten Admirals, sie gefangen zu nehmen, war demgemäß äußerst nachdrücklich. Jetzt also bot sich ihm eine Gelegenheit dar, das Fahrzeug seines leitenden Geistes zu berauben, dem allein das Schiff, ungeachtet der Vorzüglichkeit seines Baues, es verdankte, unversehrt durch die Daggen von hundert Kreuzern gelaufen zu seyn. Von diesen widerstreitenden Gefühlen und Betrachtungen bewegt, entfernte sich der junge Seemann von der Thüre der Villa, auf den kleinen Rasenplatz zugehend, um ungestörter nachdenken, oder vielmehr um weniger beklommen athmen zu können. Die Nacht war bis zur ersten Seemannswache vorgerückt. Der Bergschatten legte sich noch über das Gelände der Villa, über den Fluß und die Küste, sie in eine Finsterniß hüllend, welche der auf der entfernteren Meeresfläche ruhenden Dunkelheit einen matten Schimmer verlieh. Die näheren Gegenstände verschwammen in's Unbestimmte, und es bedurfte eines angestrengten und wiederholten Blickes, sie zu unterscheiden;

die Umrisse des fernen Vordergrundes der Scene hingegen blieben, undeutlich zwar und verschwebend, erkennbar. Die Vorhänge des Feenhofs waren vorgezogen, so daß, ungeachtet drinnen noch Lichter brannten, das Auge nicht einzudringen vermochte. Ludlow schaute sich noch einmal um, und setzte dann zaudernd seinen Weg nach dem Ufer fort.

Die Vorkehrung Alida's, das Innere ihres Gemaches neugierigen Augen draußen zu entziehen, war nicht ganz gelungen: die Falten der Draperie ließen einen Winkel offen. An das Thor angelangt, das zum Landungsplatze führte, drehte Ludlow sich um, noch einen scheidenden Blick auf die Villa zu werfen, und, begünstigt durch seinen Standpunkt, haschte er durch die unverwahrte Oeffnung einen Schimmer Derjenigen, die noch immer Hauptgegenstand seiner Gedanken war.

Die schöne Barbérie saß wieder an dem kleinen Tische, an dem sie vorher vor den Eintretenden war angetroffen worden. Mit dem Ellenbogen auf dem kostbaren Holze gestützt, lehnte auf die schöne Hand ihre Stirn, weit gedankenvoller, als dem Ausdruck derselben natürlich war, fast traurig. Dem Commandeur der Coquette strömte das Blut nach dem Herzen, denn es kam ihm vor, als sehe er das holde sinnende Antlitz einer Reuevollen. Wahrscheinlich gab seiner verscheidenden Hoffnung diese Idee neues Leben, denn Ludlow glaubte, es sey vielleicht immer noch nicht zu spät, die so innig Geliebte von dem Abgrunde zurückzureißen, an dessen Rande sie taumelte. Vergessen war der dem Anschein nach unwiderruflich gethane Schritt; hin, nach dem Feenhof hin, wollte der edelmüthige junge Seemann, und die Bewohnerin anflehen, gerecht gegen sich selbst zu seyn; da sank die Hand von der glänzenden Stirn, da hob Alida das Antlitz mit einem Blicke, welcher anzeigte, daß sie nicht mehr einsam sey. Der Capitän trat wieder zurück, um den Ausgang abzuwarten.

Alida's erhobenes Auge blickte voll Güte und unbefangener Offenherzigkeit, wie ein unverdorbenes Frauenzimmer stets diejenigen zu begrüßen pflegt, denen sie ihr Vertrauen schenkt. Sie lächelte, aber es war mehr das Lächeln der Trauer als der Freude; sie sprach, doch die Entfernung verhinderte, daß ihre Worte vernehmbar waren. Jetzt ging der Seestreicher bei dem durch den unvollkommen vorgezogenen Vorhang sichtbaren Orte vorüber, und ergriff ihre Hand. Alida machte keine Bewegung, sie ihm nicht zu lassen, sondern schaute ihm vielmehr mit noch unzweideutigerer Theilnahme in's Angesicht und schien mit ungetheilter Aufmerksamkeit seiner Stimme zu lauschen. Heftig ward das Thor aufgerissen, und Ludlow stand nicht eher still, als bis er sich am Rand des Flusses sah.

Die Pinasse der Coquette lag an der Stelle, wo der Commandeur derselben seinen Leuten befohlen hatte, sich verborgen zu halten, und er war im Begriff, hineinzusteigen, als das Geräusch des abermals im Winde zufliegenden kleinen Thores ihn veranlaßte, sich umzusehen. Gegen die hellfarbigen Mauern der Villa abstechend, ward eine menschliche Gestalt sichtbar, die sich dem Wasser näherte. Die Matrosen erhielten Befehl, sich niederzubücken, und in dem Schatten einer Hecke versteckt, wartete der Capitän das Herannahen des Kommenden ab.

Dieser ging vorbei, und Ludlow erkannte die behende Gestalt des Freihändlers, der auf das Ufer zutrat, und dort mehrere Minuten lang vorsichtig umherschaute. Ein leiser, aber deutlicher Ton, auf einer gemeinen Schiffspfeife, stieg in die Luft, und bald entsprach der Aufforderung das Erscheinen eines kleinen Nachens, der, aus dem Grase des jenseitigen Flußufers hervorgleitend, sich dem Flecke näherte, wo der Seestreicher auf dessen Anstoßen wartete. Leicht sprang er in das kleine Gefäß, das ohne Säumen mit ihm wieder abstieß. Wie der Nachen bei Ludlow's Standpunkt vorüberfuhr, bemerkte dieser, daß nur ein einziger Mann ihn ruderte, und da sein eignes Boot mit sechs rüstigen Rojern bemannt war, so war er gewiß, daß die Person des so sehr Beneideten endlich auf eine ehrenvolle Weise in seine Gewalt gegeben war. Wir versuchen es nicht, das Gefühl zu schildern, welches jetzt in der Seele des jungen Offiziers das vorherrschende war; zu unserm Zweck reicht die Erwähnung hin, daß er sich bald in seinem Boot und in voller Verfolgung befand.

Da der Cours, den die Pinasse nehmen mußte, mehr eine Quer- als eine gerade Linie beschrieb, so brachten ein paar kräftige Ruderschläge sie dem Nachen so nahe, daß Ludlow dessen Dolbort mit der Hand erfassen und seine Bewegung einhalten konnte.

»Obgleich so leichtfüßig ausgerüstet, scheinen Sie doch vom Glücke weniger in Booten als im geräumigern Fahrzeug begünstigt zu seyn, Herr Seestreicher,« sagte Ludlow, nachdem er mit kräftigem Arm seine Prise so nahe zu sich herangezogen hatte, daß er sich innerhalb weniger Fuß von seinen Gefangenen sah. »Wir treffen uns jetzt auf unserm eigenen Element, wo keine Neutralität zwischen einem Contrebandirer und einem Diener der Krone stattfinden kann.«

Das Zusammenschrecken, der halb erstickte Ausruf und die minutenlange Pause des Gefangenen waren so viele Beweise, daß er sich eines solchen Ereignisses nicht versehen hatte.

»Ich lasse Ihrer überlegenen List Gerechtigkeit widerfahren,« sprach er endlich mit leiser, halbzitternder Stimme. »Ich bin Ihr Gefangener, Capitän Ludlow, und wünsche jetzt zu wissen, wie Sie über meine Person zu verfügen beabsichtigen.«

»Dies ist bald beantwortet. Sie werden wohl schon diese Nacht auf die üppige Kajüte Ihrer Wassernixe verzichten, und mit den einfachen Gemächern der Coquette vorlieb nehmen müssen. Was die Provinzial-Behörden morgen entscheiden mögen, geht über die Weissagergabe eines armen Flotten-Commandeurs.«

»Der Lord Cornbury lebt zurückgezogen in ...«

»Einem Kerker,« fügte Ludlow hinzu, als er bemerkte, daß Jener nicht so sehr fragend sich an ihn richtete, als er vor sich hin sprach, wie Jemand, der überlegt. »Der Verwandte unsrer allergnädigsten Königin philosophirt innerhalb der Mauern eines Gefängnisses über die Glückswechsel des Lebens. Sein Nachfolger, Brigadier Hunter, hat den Ruf, gegen die moralischen Schwächen der menschlichen Natur minder nachsichtig zu seyn.«

»Wir haben vor hohen Würden keinen sonderlichen Respekt!« rief der Andere, munter in Ton und Haltung wie zuvor. »Sie üben nun Wiedervergeltung aus für einige persönliche Freiheiten, welche man sich, es läßt sich nicht läugnen, vor noch nicht vierzehn Tagen mit dieser Barke und ihrer Mannschaft genommen hat. Jedoch müßte ich mich sehr in Ihrem Charakter irren, wenn nutzlose Strenge ein Zug darin wäre: darf ich mit der Brigantine verkehren?«

»So viel Sie wollen – wenn sie erst unter der Aufsicht eines königlichen Offiziers steht.«

»O, Sir, Sie thun den Eigenschaften meiner Gebieterin Unrecht, wenn Sie glauben, sie sey der Ihrigen ähnlich! Die Wassernixe wird auf freiem Fuße gehen, so lange Sie nicht eine ganz andere Person zum Gefangenen gemacht haben: darf ich mit der Küste verkehren?«

»Dagegen habe ich nichts einzuwenden, wenn Sie die Mittel angeben wollen.«

»Ich habe hier einen Mann bei mir, der sich als treuer Bote bewähren wird.«

»Nur zu treu der Täuschung, die all' Ihre Anhänger leitet. Ihr Matrose muß Sie nach der Coquette begleiten, Herr Seestreicher, indessen« – Ludlow's Stimme ward hier traurig – »sollte am Lande sich Jemand befinden, der so lebendig an Ihrem Schicksal Theil nimmt, daß ihm Ungewißheit schmerzlicher ist als Wahrheit, so soll einer meiner eignen Leute, die sämmtlich Vertrauen verdienen, Ihre Botschaft ausrichten.«

»Mag es so seyn,« erwiederte der Freihändler, zufrieden mit der Ueberzeugung, daß er billigerweise nicht mehr verlangen könne. »Bring' der Dame in jenem Hause diesen Ring,« fuhr er fort, als Ludlow ihm den zum Boten Gewählten vorstellte, »und sag' ihr, daß der Uebersender im Begriffe steht, den Kreuzer der Königin Anna zu besuchen, in Gesellschaft des Kommandeurs desselben. Sollte man Dich nach dem Beweggrund fragen, so kannst Du erzählen, auf welche Weise ich in Gefangenschaft gerathen bin.«

»Und hör', Kerl,« setzte der Kapitän hinzu, »wenn Du diesen Dienst ausgerichtet hast, so hab' ein Auge auf Die, welche sich etwa an dem Ufer herumtreiben, und sieh zu, daß kein Boot den Fluß verläßt, um die Smuggler von ihrem Verlust zu benachrichtigen.«

Der Matrose, bewaffnet nach Art der Seeleute, wenn sie Bootsdienste thun, empfing diese Befehle mit der gewohnten Subordination, und sprang, nachdem die Pinasse sich dem Ufer hinlänglich genähert hatte, an's Land.

»Und nun, Herr Seestreicher, da ich so weit Ihren Wünschen entsprochen habe, darf ich erwarten, daß Sie auch gegen die meinigen nicht taub seyn werden. Hier ist ein Platz in der Pinasse, der Ihnen zu Diensten steht, und den ich allerdings gern von Ihnen eingenommen wüßte.«

Bei diesen Worten streckte der Capitän den Arm aus, theils aus natürlicher Höflichkeit, theils aber auch mit dem Bewußtseyn, daß er mit einem so weit im Range unter ihm Stehenden nicht viel Umstände zu machen brauche, daher es nicht recht klar wurde, ob die Geberde bezweckte, dem Andern das Herübersteigen zu erleichtern, oder ihn im Nothfall dazu zu zwingen. Doch der Freihändler schien diese Vertraulichkeit verschmähend zurückzuweisen, denn er wich der Berührung unwillig aus, und sprang, ohne dem mit so zweideutiger Miene dargebotenen Arm nahe zu kommen, leichtfüßig und ohne alle Hülfe aus dem Nachen in die Pinasse. Kaum war dies geschehen, so verließ Ludlow seinen Sitz und nahm den eben von dem Seestreicher geräumten ein. Hierauf beorderte er einen seiner Leute, mit dem Matrosen der Brigantine die Plätze zu wechseln, und redete, nachdem diese Vorkehrungen getroffen waren, seinen Gefangenen also an:

»Ich empfehle Sie der Aufsicht meines Quartiermeisters und dieser braven Bursche, Herr Seestreicher. Wir steuern verschiedene Wege. Nehmen Sie unterdessen von meiner Kajüte Besitz, ich stelle sie Ihnen ganz zur Verfügung. Die mittlere Wache wird noch nicht aufgerufen seyn, so bin ich wieder zurück; leicht könnte sonst die königliche Farbe heruntergenommen werden, und Ihre meergrüne Flagge dem Volke die Köpfe verrücken, und es von seiner Unterthanentreue abwendig machen.«

Ludlow gab nun mit flüsternder Stimme dem Quartiermeister seine Ordres, und trennte sich dann. Die Pinasse setzte ihren Weg nach der Flußmündung fort, mit jenem weitausreichenden, stattlichen Ausholen der Ruder, woran die Boote von Kriegsschiffen, wenn sie fahren, so leicht kenntlich sind. Der Nachen folgte geräuschlos gleitend hinterher, durch seine Farbe und Kleinheit kaum von den Wogen zu unterscheiden.

Als die beiden Boote in die Bai hinauskamen, hielt die Pinasse ihren Cours nach dem fernen Schiffe hin, der Nachen aber wendete sich rechts ab, gerade nach dem Hintergrund der Runden Bucht zusteuernd. Der Contrebande-Händler hatte die Vorsicht gebraucht, die Roje-Klampen des kleinen Fahrzeugs vermuffen zu lassen, und als Ludlow nun der Wassernixe nahe genug war, um die zarten Linien der hohen leichten Spieren sich über die Wipfel der am Ufer stehenden Zwergbäume erheben zu sehen, hatte er Ursache, sich unentdeckt zu glauben. Einmal gewiß, daß die Brigantine sich wirklich in der Bucht befand, und über ihre Stellung im Klaren, sah er sich im Stande, seine Annäherung mit aller Vorsicht, die der Fall nur heischte, in's Werk zu setzen.

Zehn bis fünfzehn Minuten gingen damit hin, den Nachen unter das Bugspriet des schönen Schiffes zu manövriren, ohne von denjenigen, die ohne Zweifel auf dem Verdeck wachten, entdeckt zu werden. Vollständiger Erfolg schien das Abenteuer krönen zu wollen, denn Ludlow hielt bald am Kabel, und nicht der geringste Ton ward auf der Brigantine laut. Der Capitän bedauerte jetzt, daß er nicht mit der Pinasse hierhergekommen; die Stille im Schiffe war so tief, die Mannschaft schien so wenig Argwohn zu hegen, daß er gar nicht zweifelte, er hätte es durch eine Ueberrumpelung gefangen nehmen können. Verdrießlich wegen des Versehens, und gespannt durch die Aussicht auf ein glückliches Ergebniß, legte er sich auf's Nachsinnen. Einem Seemann in seiner Lage bot sich natürlich manches Ausführbare dar.

Der Wind war südlich, nicht stark, aber mit der schweren Feuchtigkeit der Nachtluft beladen. Da die Lage der Brigantine sie gegen die Einwirkung der Wasserströmung schützte, so gehorchte sie um so leichter den Bewegungen des andern Elementes, und während die Seiten sich nach auswärts kehrten, war der Spiegel gerade auf den innersten Theil des Bassins gelichtet. Die Entfernung vom Lande betrug keine fünfzig Faden, auch entging es Ludlow nicht, daß das Fahrzeug bloß vor seinem Kat-Anker lag, und daß die übrigen – und ihrer hatte die Brigg nicht wenige, – sämmtlich aufgezogen waren. Dieser Thatbestand flößte unserm Abenteurer die Hoffnung ein, daß er die Pferdelien, die einzige, welche die Brigantine festhielt, würde entzweischneiden können. Gelang ihm dieses, so hatte er allen Grund zu glauben, daß das Schiff auf den Strand laufen würde, ehe der Lärmruf die Leute zusammenbringen, ein Segel beigesetzt oder ein Anker hinabgelassen werden konnte. Zwar hatten weder er noch sein Begleiter, außer dem großen Matrosenmesser des Letzteren, irgend ein passendes Werkzeug zu diesem Zwecke bei der Hand; doch die Gelegenheit war zu lockend, um nicht einen Versuch zu machen. Vielversprechend war der Plan immer. Konnte das Stranden dem Schiffe in seiner jetzigen Lage auch keinen bedeutenden Schaden zufügen, so würde doch der unausweichliche Zeitverlust, es wieder flott zu machen, den Booten der Coquette, vielleicht dieser selbst, es möglich gemacht haben, zeitig genug heranzukommen, um sich der Prise zu bemächtigen. Ludlow forderte daher vom Bootsmann das Messer, und machte damit den ersten Einschnitt in das harte feste Troß. Kaum hatte der Stahl das dichte Geflechte berührt, so schoß dem, welcher denselben führte, ein blendender Lichtstrahl in's Gesicht. Nachdem er sich von dem ersten Schreck erholt hatte, rieb sich unser Abenteurer die Augen und blickte hinauf mit jenem Bewußtseyn des Unrechts, welches uns erschüttert, sobald wir auf einer heimlichen That ertappt werden, mag der Beweggrund noch so tadelfrei seyn. Dies ist eine Huldigung, welche die Natur unter keinen Umständen dem offenen geraden Verfahren zu bringen verfehlt.

Selbst gegen die Gefahr, in welcher, wie er in dem Moment der Unterbrechung recht wohl einsah, sein Leben schwebte, machte das, was er sah, ihn auf einen Augenblick unempfindlich. Die bronzenen, unirdischen Züge des Bildes erglänzten; die Augen desselben waren fest auf ihn gerichtet, als bewache es seine geringsten Bewegungen, und dabei schien das boshafte, sprechende Lächeln seinen fruchtlosen Versuch zu bespötteln. Er hatte es nicht nöthig, den Matrosen den Riem handhaben zu heißen. Dieser hatte kaum den Ausdruck jenes geheimnißvollen Gesichtes erblickt, so wirbelte der Nachen von dem Fleck hinweg, wie eine aufgeschreckt davonfliegende Seemöve. Noch immer, ungeachtet ein Schuß jeden Augenblick zu befürchten war, vermochte die dringende Gefahr nicht, Ludlow's Aufmerksamkeit zu theilen, so vertieft war er im Anschauen des Bildes. Das auf einen Punkt gerichtete starke Licht, wodurch das Antlitz erleuchtet war, flackerte jetzt ein wenig und fiel auf das Gewand. Der Capitän fand nun, daß der Seestreicher die Wahrheit gesprochen hatte: der meergrüne Mantel war mittelst einer mechanischen Vorrichtung, welche zu untersuchen er nicht Muße hatte, gegen eine kürzere Robe vertauscht, azurblau wie die tieferen Seen. Gleich darauf verschwand das Licht, gleichsam als genügte es, die beabsichtigte Abreise der Zauberin auf diese Weise angezeigt zu haben.

»Die Mummerei wird gut genug gespielt,« brummte Ludlow, als der Nachen sie in eine Sicherheit gewährende Entfernung gebracht hatte. »Man gibt uns ein Signal, daß der Seewanderer vorhabe, die Küste bald zu verlassen; seine abergläubige getäuschte Mannschaft erkennt dies, wenn das Bild ein anderes Gewand um hat. Wohlan, es sey meine Sache, seiner Herrin, wie er sie nennt, einen Strich durch die Rechnung zu machen, wiewohl man gestehen muß, daß sie auf ihrem Posten nicht einschläft.«

Während der nächsten zehn Minuten hatte unser zurückgeschlagener Abenteurer nicht weniger Zeit als Ursache, einzusehen, wie bei einem Plane mit unzureichenden Mitteln der Erfolg wesentlich nothwendig ist. Wäre das Troß entzweigeschnitten worden und die Brigantine auf den Strand gerathen, so würde man wahrscheinlich diese Expedition des Capitäns zu den glücklichen Gedanken gezählt haben, welche in allen Abtheilungen des geselligen Lebens als die ausschließliche Auszeichnung der von der Natur Hochbegabten gelten. Unter den wirklichen Umständen hingegen quälte sich der, welchem die ganze Ehre einer so glücklichen Idee zu Theil geworden wäre, mit der Besorgniß, daß sein mißrathener Plan bekannt werden könnte.

Sein Gefährte war kein Anderer als Robert Garn, der Vormarsgast, welcher, wie unsere Leser sich noch erinnern, bei einer frühern Gelegenheit erklärte, während er einst mit dem Segelbeschlagen beschäftigt gewesen wäre, die Dame der Brigg bei sich vorbeifliegen gesehen zu haben.«

»Dies war einmal ein falscher Gang, Herr Garn,« bemerkte der Capitän, als der Nachen die Runde Bucht hinter sich und schon eine geraume Strecke der Bai zurückgelegt hatte; »um unsere Fahrt in Ehren zu halten, so wollen wir die Sache nicht in's Logbuch eintragen. Du verstehst mich, hoffentlich reicht ein Wort hin für so einen Gelehrten.«

»Ich hoffe, Ew. Gestrengen, ich kenne meine Pflicht, welche darin besteht: der Ordre pariren, sollte sie auch die Schiffseigner ruiniren,« erwiederte der Topgast. »Eine Pferdelien mit einem Messer entzweischneiden, geht unter den besten Umständen nur langsam von Statten. Aber wenn ich auch wenig Recht habe, in Gegenwart eines so tiefgelehrten Herrn zu sprechen, so ist es doch meine Privatmeinung, daß der Stahl überhaupt noch nicht geschliffen ist, der irgend ein Tau am Bord jenes Seewanderers ohne Wissen und Willen der schwarzen Frau unter seinem Bugspriet abzuschneiden im Stande wäre.«

»Und was halten Deine Kameraden von dieser seltsamen Brigantine, die wir nun schon so lange vergeblich jagen?«

»Daß wir sie jagen werden, bis unser letzter Zwieback verzehrt, bis das Wasserfaß ausgetrocknet ist, und immer mit dem nämlichen Erfolg. Es kommt mir nicht zu, Ew. Gestrengen zu belehren, aber es ist nicht ein Einziger am Bord der Coquette welcher sich jemals einen Heller Prisengeld von der Wegnahme der Brigg verspräche. Die Menschen haben verschiedene Meinungen von dem Meerdurchstreicher; allein darin stimmen Alle überein, daß wenn ihn nicht ein gewisses ungewöhnliches Loos unterstützt, was ungefähr dasselbe sagen will als Unterstützung von Dem, welcher selten bei irgend einer ehrlichen That hülfreiche Hand reicht, ich sage, wenn's nicht so was ist, so fährt dieses Seemannes Gleichen auf dem ganzen Ocean nicht!«

»Es thut mir leid, daß meine Leute Ursache zu haben glauben, von unserer eigenen Geschicklichkeit eine so geringe Meinung zu hegen. Unser Schiff hat noch keine rechte Gelegenheit gehabt. Bei einer freien See und einem ordentlichen Wind nimmt es die Coquette mit so viel schwarzen Weibsgestalten auf, als die Brigg nur immer bergen kann. Was übrigens Euren Meerdurchstreicher anbetrifft, so ist er, Mensch oder Teufel, unser Gefangener.«

»Und glauben Ew. Gestrengen, daß das nettgebaute, leichtsegelnde Herrchen, welches wir in diesem Rachen fanden, wirklich dieser berühmte Seewanderer sey?« fragte Garn, und ließ, vom Gegenstande des Gesprächs erfüllt, den Riemen einen Augenblick ruhen. »Einige am Bord wollen wissen, der in Rede Stehende sey größer als der lange Hafenwächter zu Plymouth, mit einem Paar Schultern ...«

»Ich weiß mit Gewißheit, daß sie sich irren. Wenn wir aber, Meister Garn, mehr Aufklärung als unsere übrigen Schiffsgenossen besitzen, so wollen wir sie hübsch für uns behalten und nicht von Anderen sie uns stehlen lassen. – Halt! hier ist ein Kronenstück mit dem Gesicht des Königs Louis; er ist unser bitterster Feind, und es sey Dir also freigestellt, ihn mit einem Male zu verschlucken oder nach und nach, ganz wie es Deiner Laune zusagt. Aber vergiß nicht, unsere Fahrt im Nachen bleibt unter geheimer Ordre; je weniger also von der Ankerwache der Brigantine gesprochen wird, desto besser.« Des ehrlichen Robert eigenthümliche Meinung über das Wunderbare verhinderte nicht, daß er das Silberstück mit großer Begierde empfing; er berührte seinen Hut und gab die höchsten Versicherungen von seiner unverbrüchlichen Verschwiegenheit. Wirklich bemühten sich die Kameraden des Vormarsgastes am Abend nach seiner Rückkehr vergebens, ihm eine ausführliche Beschreibung seines mit dem Capitän gemachten Ausflugs zu entlocken. Allein indem er ihren geraden Fragen durch Umschweife auszuweichen suchte, ließ er gewisse dunkle, zweideutige Anspielungen fallen, und verstärkte so jene abergläubigen Eindrücke, die Ludlow zu schwächen wünschte, um das Doppelte.

Bald nach obigem kurzen Gespräch erreichte der Nachen die Seite der Coquette. Der Befehlshaber fand den Gefangenen in seiner Cajüte, ernst in seinem Benehmen, fast traurig, jedoch vollkommen gefaßt. Die Ankunft desselben hatte sowohl bei den Offizieren als dem Volk viel Aufsehen erregt, obgleich die Einen wie die Anderen sich eben so sehr wie Meister Garn zu glauben weigerten, daß der hübsche, geputzte Jüngling, zu dessen Empfang sie aufgefordert wurden, der notorische Freihändler sey.

Oberflächliche Beobachter der äußeren Erscheinungen menschlicher Eigenschaften sehen sich nothwendig in ihren Voraussetzungen häufig getäuscht. Zwar läuft es der Vernunft nicht zuwider, anzunehmen, daß Menschen, welche oft an rohen, heftigen Auftritten Theil nehmen, dadurch ein wildes, zurückstoßendes Aeußere gewinnen; doch so wie stille Wasser gewöhnlich die tiefsten find, so ruht die Kraft, außerordentliche Ereignisse herbeizuführen, nicht selten verhüllt unter einer milden, bisweilen sogar gleichgültigen Außenseite. Die Erfahrung hat viele Beispiele aufzuweisen, daß die verzweifeltsten, halsstarrigsten Menschen solche waren, deren Miene und Sitten das sanfteste fügsamste Gemüth erwarten ließen, während Mancher, dem Anschein nach ein Löwe, sich in der Wirklichkeit nicht viel besser als ein Lamm gezeigt hat. Ludlow drängten sich Beweise genug entgegen, daß fast Alle am Bord die Ungläubigkeit Garn's theilten, und da er die zarte Rücksicht auf Alida, und auf Alles, was sie anging, nicht besiegen konnte, anderntheils auch keine Notwendigkeit vorhanden war, die Wahrheit gleich bekannt zu machen, so schwieg er dazu und begünstigte dadurch die herrschende Ansicht. Nachdem er zuerst die für den Augenblick dringendsten Befehle ertheilt hatte, begab er sich in die Kajüte, um sich mit seinem Gefangenen allein zu unterhalten.

»Das leere Staatsgemach dort steht zu Ihren Diensten, Herr Seestreicher,« bemerkte er, auf das, dem von ihm selbst bewohnten Zimmer gegenüberliegende zeigend. »Wir bleiben wahrscheinlich mehrere Tage lang Schiffsgenossen, Sie müßten denn die Zeit dadurch abkürzen, daß Sie auf eine Capitulation in Beziehung auf die Wassernixe eingingen, in welchem Falle ...«

»Sie wollen einen Vorschlag machen?«

Ludlow zauderte, warf einen Blick hinter sich, um sicher zu seyn, daß sie allein wären, und rückte dann näher an seinen Gefangenen.

»Sir, ich will mit Ihnen aufrichtig zu Werke gehen, wie ein Seemann es verdient. Die schöne Barbérie ist mir theurer, als mir je ein Weib gewesen... theurer, fürchte ich, als mir je ein Weib seyn wird. Darf ich Ihnen erst sagen, daß sich gewisse Dinge zugetragen.... Lieben Sie das Mädchen?«

»Ja.«

»Und Sie? Fürchten Sie nicht, das Geheimnis mir anzuvertrauen, ich werde es nicht mißbrauchen: erwiedert sie Ihre Neigung?«

Der Seemann von der Brigantine trat würdevoll einen Schritt zurück, nahm jedoch, gleichsam als fürchtete er, sich selbst zu vergessen, seine vorherige Unbefangenheit augenblicklich wieder an und sagte mit Wärme:

»Dies Spielen mit den Schwachheiten des Weibes ist die angeborne Sünde der Männer! Niemand als sie selbst müsse das Geheimniß ihrer Neigung verkünden. Mir wenigstens, Capitän Ludlow, soll es nie Jemand nachsagen können, daß der abhängige Zustand des Weibes, ihre beständige und vertrauensvolle Liebe, ihre Treue in allen Leiden der Welt, ihre Herzenseinfalt mir nicht stets gebührende Ehrfurcht eingeflößt hätten.«

»Diese Gesinnungen machen Ihnen Ehre, und nicht bloß um Anderer, sondern auch um ihrer selbst willen wünschte ich, daß weniger Widersprechendes in Ihrem Charakter läge. Man kann nicht umhin, zu bedauern, daß....«

»Sie sprachen von der Brigantine und wollten einen Vorschlag machen.«

»Ich wollte sagen, daß wenn das Schiff freiwillig ausgeliefert würde, sich vielleicht Mittel finden würden, den Streich für diejenigen weniger herbe zu machen, die im entgegengesetzten Fall die Wegnahme des Schiffes am schmerzlichsten verletzen dürfte.«

Die seelenvollen Züge des Contrebande-Händlers hatten anfangs etwas von ihrem Glanz verloren, minder reich ward die Farbe der Wange, minder unbesorgt der Blick, als in früheren Besprechungen mit dem Capitän. Doch als dieser jetzt vom Schicksal der Brigantine zu sprechen anfing, flog ein Lächeln der Sicherheit über das Gesicht des Fremden, und mit Festigkeit antwortete er:

»Der Kiel des Schiffes, das die Wassernixe fangen soll, ist noch nicht gelegt, die Leinwand, mit der sie erjagt werden soll, noch nicht gewoben! Unsre Gebieterin ist nicht unachtsam, daß sie schliefe, wenn ihre Aufsicht am meisten vonnöthen ist.«

»Dies Possenspiel eines übernatürlichen Beistands mag von Nutzen seyn, die Gemüther der unwissenden Menschen, deren Schicksal an das Ihrige gebunden ist, in Unterwerfung zu halten; doch an mir geht seine Kraft verloren. Wissen Sie, ich habe die Stellung der Brigg ausgemittelt: noch mehr, ich bin bis unter ihrem Bugspriet gewesen, und ihrem Schaft so nahe, daß ich das Tau, womit ihr Anker festgebunden, genau untersuchen konnte. Die Maßregeln, diese Kenntnis zu benützen, und uns der Prise zu versichern, werden bereits getroffen.«

Der Freihändler hörte zu ohne Zeichen des Schreckens, obgleich mit athemloser Aufmerksamkeit.

»Sie fanden wohl meine Leute wachsam,« war seine hingeworfene Bemerkung; denn fragend war der Ton nicht.

»So wachsam, daß ich, wie gesagt, mit dem Nachen bis unter die Bugsprietspier hinanrojete, ohne angerufen zu werden! Hätte ich Werkzeuge bei mir gehabt, so reichten wenig Augenblicke hin, die Pferdelien, an der die Brigg liegt, entzweizuschneiden und Ihr schönes Fahrzeug an die Küste zu treiben.«

Des Seestreichers Auge blitzte wie das eines Adlers. Es schien zu gleicher Zeit zu fragen und zu strafen. Ludlow konnte den durchdringenden Blick nicht aushalten und ward roth bis an die Stirn; ob gewisse Erinnerungen Theil daran hatten, kann unerwähnt bleiben.

»Man hat an das rechte Mittel gedacht! – gewiß, gewiß, man hat es in's Werk gesetzt!« rief der Andere, in der Befangenheit des Capitäns Bestätigung seiner Vermuthung findend. »Es gelang Ihnen nicht – konnte Ihnen nicht gelingen!«

»Was mir gelungen ist, wird der Erfolg lehren.«

»Nein, die Herrin der Brigantine vergaß nicht das, was ihrer Sorgfalt anempfohlen ist. Sie haben ihr glänzendes Auge, ihr finster drohendes Antlitz gesehen! Jene geheimnißvollen Züge waren von Licht umglänzt – – Rede ich die Wahrheit nicht, Ludlow? Dein Mund schweigt, doch diese ehrliche Stirn gesteht Alles!«

Der schmucke Contrebande-Händler wendete sich weg und brach, so aufgeräumt wie je, in helles Gelächter aus, dann fuhr er fort:

»Wußte ich doch, daß es so seyn würde! Was hat die Abwesenheit eines einzigen unbedeutenden Handlangers ihres Gefolges auf sich! Glauben Sie mir, Sie werden sie so spröde wie immer, und schlecht gestimmt finden, sich mit einem Kreuzer zu unterhalten, dessen Kanonenmündungen eine so rauhe Sprache führen. Ha – wir sind nicht allein!«

Ein Offizier trat ein und berichtete, daß ein Boot im Anzuge sey. Diese Nachricht befremdete sichtlich Ludlow sowohl als seinen Gefangenen, und es gehörte kein besonders hoher Grad von Einbildungskraft dazu, zu errathen, daß Beide glaubten, es käme eine Botschaft von der Wassernixe an. Der Erstere eilte auf's Verdeck, während der Letztere, trotz seiner so sehr geübten Geistesgegenwart, die ruhige Fassung verlor. Er ging in das Staatsgemach, wo er höchst wahrscheinlich an das Fenster der Seitengalerie trat, um den so unerwarteten Besuch zu recognosciren.

Nachdem jedoch auf den gewöhnlichen Anruf die Antwort erfolgt war, verschwand Ludlow's Vermuthung, daß das Boot Vorschläge von der Brigantine bringe. Die Antwort war nämlich, wie ein Seemann sie nennen würde, eine plumpe, das heißt, es fehlte ihr jene attische Reinheit, deren sich Leute vom Fach selten, die Veranlassung sey, welche sie wolle, zu bedienen verfehlen, und vermittelst welcher sie mit einer fast instinktmäßigen Schnelligkeit zu sagen im Stande sind, ob Jemand zu ihnen gehöre, oder ihnen blos in's Handwerk pfusche. Als auf das kurze, rasche »Bootahoi!« der Schildwache auf der Laufplanke mit ziemlich erschrockener Stimme aus dem Boot erwiedert wurde: »Was gibts?« machte die Mannschaft der Coquette eine spöttisch-mitleidige Miene, ungefähr wie ein Anfänger in irgend einer Wissenschaft, der zwei Schritte vorwärts gethan hat, die Schnitzer des Mitschülers bespöttelt, der erst Einen Schritt gethan.

Tiefe Stille herrschte, als die Gesellschaft, aus zwei Männern und eben so vielen Frauenzimmern bestehend, die Seite des Schiffes erstieg, die Leute, welche die Ruder geführt hatten, im Boote zurücklassend. Mehr als ein Licht ward so gehalten, daß die Fremden nothwendig erkannt werden mußten, wenn sie nicht sämmtlich dicht verhüllt gewesen wären, – sie erreichten mithin die Kajüte unerkannt.

»Mein lieber Herr Cornelius Ludlow, am Ende thäte man besser, ohne Weiteres die Livrée der Königin anzulegen, da man nun doch einmal dazu verurtheilt ist, zwischen der Coquette und dem Lande hin- und herzusteuern, ungewiß wie ein protestirter Wechsel, der zur Zahlung von einem Indossanten zum andern geschickt wird,« hob Alderman Van Beverout an, indem er in der großen Kajüte die vermummenden Gewänder mit der größten Kaltblütigkeit eines nach dem andern ablegte, während seine Nichte, ohne eine Einladung abzuwarten, in einen Stuhl sank, und ihre beiden dienstbaren Begleiter unterwürfig schweigend sich rechts und links stellten. »Hier ist Alida, die darauf bestand, einen so unzeitigen Besuch zu machen, und, was noch schlimmer ist, mich in ihrem Gefolge mitzuschleppen, obgleich ich längst über die Zeit hinweg bin, wo man sich von einem Frauenzimmer bei der Nase herumführen läßt, bloß weil sie zufällig ein schönes Lärchen hat. Die Stunde ist auch unpaßlich, und was den Beweggrund anbelangt – ei nun, wenn Meister Seestreicher sich ein klein wenig aus seinem Cours verlaufen hat, so entsteht wohl auch kein sonderliches Unglück daraus, so lange die Sache in den Händen eines so klugen und liebenswürdigen Offiziers ruht.«

Der Alderman verstummte plötzlich, denn die Thüre des Staatszimmers öffnete sich, und das eben von ihm genannte Individuum trat herein.

Als Ludlow wußte, wer seine Gäste waren, brauchte er keine weitere Erklärung über die Ursache, die sie zu ihm geführt hatte. Sich gegen den Rathsherrn wendend, sagte er mit einer Bitterkeit, die er nicht unterdrücken konnte:

»Mein Bleiben dürfte zudringlich seyn. Bedienen Sie sich der Kajüte so ungenirt, als wären Sie zu Hause, und seyen Sie versichert, daß sie zu keinem andern Gebrauch benützt werden soll, so lange Sie dieselbe mit Ihrer Gegenwart beehren. Meine Pflicht ruft mich auf's Verdeck.«

Ernst verbeugte er sich und eilte fort. Indem er bei Alida vorüberging, fing er einen Schimmer ihres dunkeln, sprechenden Auges auf, und glaubte in dem Ausdrucke des Blickes Dankbarkeit zu lesen.

Sechsundzwanzigstes Kapitel.

>»Wär' es *gethan*, wenn es geschehen ist, so war
Es gut, man thät' es schnell.«

Macbeth.

Die Worte des unsterblichen Dichters, die wir, einer alten Sitte
der englischen Literatur gemäß, den in diesem Kapitel vorzutra-
genden Ereignissen vorausschicken, stehen in vollkommenem Einklang mit jener auf Schiffen vorherrschenden, zu den stehenden
Ordres gehörenden Maxime, welche vorschreibt, daß in jeder noch
so geringen Verrichtung ungesäumte Thätigkeit nothwendig sey.[30]
Ein stark bemanntes Schiff entwickelt gern, gleich einem starken
Menschen, seine physischen Kräfte, in welchen vorzüglich das Geheimniß seiner Wirksamkeit besteht. Auch ist es natürlich, daß dies
und kein anderes in diesem Fache das leitende Princip ist, da hier
der unaufhörliche Kampf gegen die wilden unbeständigen Winde,
die Regierung einer äußerst schwierigen Maschine auf einem höchst
beweglichen Elemente durch menschliche Kraftäußerung, die zu
lösenden Aufgaben sind. Wo Aufschub so leicht gleichbedeutend
wird mit Tod, da vergißt man bald, daß es so ein Wort in der Sprache gebe, und die erste Wahrheit, von welcher sich alle jungen Leute, die auf der See ihr Glück machen wollen, müssen durchdringen
lassen, ist die, daß während nichts mit Uebereilung unternommen
werden darf, alles mit dem höchsten Grad von Thätigkeit, der sich
mit Präcision vereinigen läßt, ausgeführt werden müsse.

Dem Commandeur der Coquette war die Wahrheit dieser Regel
frühzeitig eingeprägt worden, und er hatte es nicht versäumt, sie
bei seiner Mannszucht in Anwendung zu bringen. Daher kam es,
daß bei seiner Ankunft auf dem Verdeck, nachdem er dem Besuche
die Kajüte überlassen hatte, er die gleich nach seiner Rückkehr an-

---

[30] Die Nothwendigkeit der Eile ist in der angeführten Stelle nur das, was auf der
Oberfläche liegt; die Nothwendigkeit des vorherigen Ueberlegens ist der
Hauptgedanke; denn der Dichter will eigentlich sagen, daß es nicht immer damit
gethan ist, wenn die Sache geschehen ist. Uebrigens hat der Herr Verfasser auch
diesen Hauptgedanken seiner Ueberschrift nicht unberührt gelassen, wie der
Leser sehen wird, wenn er den Paragraph zu Ende liest. D. U.

geordneten Vorkehrungen schon ihrer Vollendung nahe fand. Da diese Manövers mit dem, was sich später ereignete, in genauem Zusammenhange stehen, so wollen wir etwas länger bei ihrer Schilderung verweilen.

Ludlow hatte dem auf dem Verdeck befehligenden Offizier die Ordres kaum ertheilt, so erschallte die Bootsmannspfeife, sämmtliche Leute zum Dienst aufrufend. Sobald die Mannschaft versammelt war, wurden die größeren Boote in der Mitte des Schiffes an Gienen angehakt und sämmtlich in's Wasser hinabgewunden. Das Hinablassen der kleineren, an den Seiten angehängten, verursachte natürlich weniger Mühe und Zeitverlust. Gleich nachdem alle Boote, mit Ausnahme des im Spiegel befindlichen, draußen waren, erschallte die Ordre: »Schwenkt die Bramsegelraaen!« Gleichzeitig mit der Ausführung dieses Befehls gingen die anderen Vorkehrungen vor sich, und ehe eine Minute verging, besaßen die oberen Stangen ihre leichten Segel wieder, und nun erging rasch hinter einander das bekannte Commando der jüngeren Offiziere: »Ueberall! Anker gelichtet, ahoi! – Gangspill-Windbäume bemannt! – Ankertau an die Kabelaaring geseist! – eingewunden!«

Das Geschäft des Ankerlichtens am Bord eines Kreuzers und am Bord eines Kauffahrteischiffes ist sowohl in Beziehung auf die Arbeit als die Schnelligkeit sehr von einander verschieden. In dem letzteren setzen ein Dutzend Leute ihre Kräfte an ein langsam und schwer zu bewegendes Bratspill, während ein brummender Koch das dicke ungeschlachte Kabel, so wie es an Bord kommt, mühsam aufschießt, und dabei von dem Muthwillen des kleinen Schelms von Kajütenjungen, der ihm beigesellt ist, mehr gehindert als unterstützt wird. Das senkrecht und unausgesetzt gehende Gangspill eines Kreuzers hingegen kennt keine Verhinderungen. Der nie ruhende Flaschenzug ist stets hülfreich, und gewandte Subalternen stehen im Kabelgat, um das massive Tau aufzuschießen, damit es die Verdecke nicht belemmere.

Als Ludlow unter seine Leute trat, fand er sie auf die oben beschriebene Weise beschäftigt. Bevor er einmal die Schanze rasch durchlaufen war, trat ihm der geschäftige, alles beaufsichtigende erste Lieutenant mit den Worten entgegen:

»Das Anker ist hereingewunden, Sir.«

»Setzen Sie die Bramsegel bei.«

Augenblicklich ward die Leinwand losgelassen, an die Raaen gespannt und mit den Bramfallen aufgehießt.

»Nach welcher Seite soll das Schiff abfallen, Sir,« fragte der aufmerksame Luff.

»Seewärts.«

Demgemäß wurden die Vorderraaen in die gehörige Richtung backwärts gebraßt, worauf der Capitän Bericht erhielt, daß das Schiff zum Laufen bereit sey.

»Heben Sie das Anker vollends an Bord, und wenn es gestaut ist und die Verdecke klar, berichten Sie.«

Die kurzgefaßten, wechselseitigen Mittheilungen zwischen Ludlow und dem Zweiten im Commando genügten allen augenblicklichen Erfordernissen. Der Eine war gewohnt, seine Befehle ohne weitere Erörterung zu ertheilen; der Andere, denselben unverzüglich zu gehorchen, und nahm sich nur selten die Freiheit, eine Begründung der Ordre zu verlangen.

»Wir haben Fahrt, Sir, Anker ist gestaut, und Alles klar,« sagte Luff, nach Verlauf von wenigen Minuten.

Jetzt schien Ludlow sich aus seiner tiefen Träumerei aufzurütteln. Bisher hatte er mehr mechanisch gesprochen, denn als ein Mensch, welcher sich des Gesagten bewußt ist, oder dessen Gedanken mit seinen Worten im Zusammenhange stehen. Von nun an hingegen mußte er selbst unter seine Offiziere treten und Befehle austheilen, die minder geläufig waren, und daher Gedanken und Ueberlegung verlangten. In jedes der Boote wurde die ihm angewiesene Mannschaft hinabberufen und derselben Waffen ausgetheilt. Von der Schiffsbemannung ward auf diese Weise beinahe, wo nicht völlig, die Hälfte an die Boote abgegeben, und wie nun der Bericht von allen einging, daß sie fertig wären, ernannte der Capitän für jedes Boot einen Befehligenden, und setzte Jeglichem mit Bestimmtheit den besondern Dienst auseinander, den er zu verrichten habe.

Ein Offiziersmaat erhielt den Befehl über die Capitäns-Schlupe, deren Mannschaft durch noch ein halb Dutzend Marinesoldaten verstärkt wurde. Seine Ordres lauteten, unmittelbar auf die Runde

Bucht zuzurojen, mit verbundenen Riemen hineinzufahren, und dort ein gewisses Signal des ersten Lieutenants abzuwarten; sollte er jedoch finden, daß die Brigantine Miene mache, zu entkommen, so hatte er strengen Befehl, sie ohne Weiteres und auf jede Gefahr hin zu entern und zu erobern. Mit diesem Auftrag verließ der muthvolle junge Mann das Schiff ungesäumt und steuerte nach Süd, indem er die so oft erwähnte Landzunge auswärts liegen ließ.

Hieraus ward Luff aufgefordert, das Commando der Barkasse zu übernehmen. Mit diesem schweren, starkbemannten Boot sollte er nach dem bekannten kleinen Kanal fahren, dort der Schlupe das Signal geben, und dieser zu Hülfe eilen, nachdem er sich zuvor versichert, daß die Wassernixe nicht zum zweiten Mal die enge Durchfahrt zum Entwischen benützen könne.

Die beiden Cutter vertraute Ludlow dem zweiten Lieutenant an, mit Befehl, seine Richtung zu nehmen nach der weiten Durchfahrt zwischen der Spitze des Vorgebirges, oder dem »Hook« und jener langen Insel, die sich vom Hafen von Neu-York aus mehr als vierzig Stunden nach Osten erstreckt, die ganze Küste Connecticut's gegen die Stürme des Oceans deckend. Obgleich Schiffe von tieferer Wassertracht dicht bei'm Cap vorbeifahren mußten, wenn sie die offene See gewinnen wollten, so konnte doch – und das wußte Ludlow recht gut – eine leichte Brigg, wie die Wassernixe, auch weiter nach Norden eine hinlängliche Tiefe zu ihrem Zwecke finden. Daher erhielten die beiden Cutter den Befehl, so viel Raum vom Canal als möglich zu überflügeln und den Smuggler bei sich darbietender Gelegenheit abzuschneiden. Die Jolle endlich sollte die Basis zwischen beiden Durchfahrten einnehmen, die Signale wiederholen und fleißig recognosciren.

Die verschiedenen, mit diesen Diensten beauftragten Offiziere empfingen noch ihre Instruktionen. Da fing die Coquette unter Spannsegel's Leitung schon an, nach dem Cap hinzuhalten, und als sie auf der Höhe der Spitze Hook ankamen, stießen beide Cutter und die Jolle ab, zu den Riemen ihre Zuflucht nehmend, und außerhalb der Baien angelangt, that die Barkasse dasselbe. Jedes Boot verfolgte den ihm vorgeschriebenen Lauf. Wenn dem Leser die in diesen Blättern bereits beschriebene Lage unserer gegenwärtigen See-Schaubühne noch erinnerlich ist, so wird er die Basis erkennen, auf welcher Ludlow seine Sieges-Hoffnung gründete. Indem er die Barkasse sich in dem kleinen Kanal aufstellen ließ, glaubte er die Brigantine von allen Seiten zu umschließen, denn durch den einen oder den andern der gewöhnlichen Kanäle zu entkommen, war eine Unmöglichkeit, so lange die Coquette zur See auswärts hielt. Der Dienst, welchen er von den drei nach Norden abgeschickten Booten erwartete, bestand darin, daß sie die Bewegungen des Smugglers entdeckten und im Fall es angehen sollte, denselben durch Ueberrumpelung kaperten.

Nachdem die Barkasse sich entfernt hatte, kam die Coquette langsam bei dem Wind, und, das Vormarssegel an den Mast geschlagen, lag sie still, um ihren Booten die zur Erreichung ihrer verschiedenen Stationen nöthige Zeit zu lassen. Diese Absendungen hatten, wie gesagt, die Stärke der Bemannung um die Hälfte vermindert, und da die beiden Lieutenants anderweitig angestellt waren, so verblieb am Bord kein Offizier von einem Range zwischen dem des Capitäns und dem des Segelmeisters. Als das Schiff schon eine Weile zum Stehen gekommen war und die Leute Erlaubniß erhalten hatten, sich zu rühren, das heißt, über ihre Personen nach eigenem Gutdünken zu verfügen, damit sie sich durch ein sogenanntes Katzenschläfchen für den Verlust ihrer regelmäßigen Ruhe einigermaßen schadlos hielten, trat Spannsegel auf seinen Vorgesetzten zu, der über die Hängmattentücher hinweg nach der Runden Bucht schaute, und redete denselben also an:

»Eine finstre Nacht, glattes Wasser und frische Hände machen den Dienst in Booten angenehm, Sir. Die Herren sind in bester Stimmung und voller Jünglings-Hoffnungen; allein, wer jene Brigg entert, der wird, meiner geringen Meinung nach, mehr zu thun haben, als bloß an der Seite derselben hinaufzuklettern. Ich befand mich im vordersten Boot, das im letzten Kriege einen Spanier in der Mona enterte; mit leichten Füßen sprangen wir hinauf, doch Einige von uns wurden mit gespaltenen Köpfen weggebracht. – Die Vorbramstenge nimmt sich doch jetzt besser aus, Herr Capitän, nachdem wir die Takelage angezogen haben, nicht wahr?«

»Sie steht gut,« erwiederte sein nur halb zuhörender Commandeur. »Sie können sie doch noch mehr spannen, wenn Sie's für gut halten.«

»Wie Ihnen gefällig ist, Sir; mir ganz gleich. Ich mache mir nichts draus, wenn die Stenge ganz nach einer Seite steht wie der Hut eines Dorfstutzers, aber wenn eine Sache so ist wie sie seyn soll, dünkt es mich vernünftig, sie so zu lassen. Herr Luff war der Meinung, daß die Obersegeltücher besser sitzen müßten, wenn wir die Mitte der großen Raa änderten; doch es ließ sich mit der Stenge droben wenig anfangen, und wenn die Tücher, so wie sie jetzt sitzen, sich schneller abnützen, als geschehen wäre, hätten wir Herrn Luff's Rath befolgt, so bin ich erbötig, Ihrer Majestät den Unterschied aus meiner eigenen Tasche zu bezahlen, obgleich sie oft so leer ist wie eine Dorfkirche, in welcher ein jagdlustiger Geistlicher predigt. Ich war einmal dabei, als ein ächter Waldbruder die Liturgie ablas. Der Zufall wollte es, daß ein gottloser Gutsbesitzer das Kielwasser eines Fuchses verfolgte und mit seinen Hunden in Rufnähe der Kirchenfenster kam. Auf meinen Plärrhans hatte das Jagdgeschrei ungefähr dieselbe Wirkung, die ein Windstoß auf dieß Schiff haben würde, er drehte nämlich beim Winde auf; er fuhr zwar fort, Gott weiß was hervorzubrummen, allein seine Augen waren auf's Feld gerichtet, so lange die Koppel im Gesichtskreise blieb. Das war nun aber noch nicht das Schlimmste: als er wieder ordentlich zu seiner Arbeit zurückkam, versetzte er uns in die Mitte der Trauungsceremonie,[31] denn während er anderswohin gesehen, hatte der Wind mehrere Blätter des Buches umgeweht. Ich selbst bin kein großer Jurist, aber Einige behaupteten, es sey eine wahre göttliche Schickung, daß die halbe Jugend des Dorfes nicht ihren Großpapas und Großmamas angetraut wurde.«

»Ich hoffe, die Heirath hat der Familie viel Freude gemacht,« sagte Ludlow, ließ den einen Arm sinken und stützte den Kopf mit dem andern.

»I nun, das getraue ich mir eben nicht zu sagen, sintemal der Küster das Versehen des Priesters verbesserte, ehe das Unglück unwiderruflich geschehen war. – Ich muß Ihnen doch noch den kleinen

---

[31] In des englischen Liturgie, dem sogenannten Common Prayer Book, folgt gleich hinter den Psalmen der Confirmations-Catechismus, und auf diesen der Gottesdienst, welcher bei Trauungen abgehalten wird; diesen Theil der Liturgie nun hatte der Wind aufgeworfen, und der zerstreute St. Hubert's Priester abgelesen. D. U.

Streit erzählen, Herr Capitän, der zwischen dem ersten Lieutenant und mir über die Einrichtung des Schiffes obwaltet. Er behauptet nämlich, wir hätten das, was er den Schwerpunkt nennt, zu sehr nach vorne, und ist der Meinung, daß wenn unser Segelwerk besser rückwärts vertheilt gewesen wäre, der Smuggler uns nun und nimmermehr die Ferse gezeigt hätte, als wir ihn jagten; ich meinestheils aber fordere Jeden auf, ein Fahrzeug auf seine Wasserlinie zu legen, und ...«

»Unser Licht gewiesen!« unterbrach ihn Lublow. »Dort erscheint das Signal der Barkasse!«

Spannsegel stellte sein Geschwätz ein, trat auf eine Kanone, schaute ebenfalls in der Richtung der Runden Bucht, und sah nun auch, wie eine Laterne, oder irgend ein anderer erleuchteter Gegenstand, dreimal langsam emporstieg und sich eben so oft dem Blicke wieder entzog. Das Signal kam von der Nähe des Landes, und die Gegend, in welcher es sich zeigte, ließ über den Zweck desselben keinen Augenblick im Zweifel.

»So weit ist alles in Ordnung,« rief der Capitän, verließ seinen Ort und wendete sich zum erstenmale mit wirklicher Theilnahme an dem Gespräch gegen seinen Untergebenen. »Wir wissen nun, daß sie den kleinen Kanal erreicht haben, und daß der Ausgang klar ist. Jetzt, denke ich, sind wir unserer Prise gewiß, Herr Spannsegel. Durchschweifen sie mit dem Fernrohr den Horizont genau, und dann wollen wir los auf diese prahlerische Brigantine.«

Beide griffen nun zu den Ferngläsern und widmeten diesem Theil des Dienstes mehrere Minuten. Nach einer sorgfältigen Untersuchung des Meeresrandes, von der Küste Neu-Jersey's bis zu der der Langen Insel, glaubten sie mit Grund annehmen zu können, daß außerhalb des Vorgebirges kein Gefäß von irgend einer bedeutenden Größe liege. Der Himmel war gegen Osten wolkenfreier als nahe beim Lande. Von diesem Umstand sich fest zu überzeugen, fiel ihnen nicht schwer, und doch war derselbe von großer Wichtigkeit, da er sie darüber beruhigte, daß der Smuggler nicht während der Zeit, die sie zu ihren eigenen Vorkehrungen gebraucht, die geheime Durchfahrt zum Entkommen gewählt hatte.

»Auch dies ist gut,« fuhr Ludlow fort. »Nunmehr kann er uns nicht entwischen. – Das Dreieck gezeigt!«

Drei in der eben genannten Gestalt aufgesteckte Lichter wurden alsbald zur Mick der Gaffel hinaufgehießt, was eine Ordre für die Boote war, in die Runde Bucht einzulaufen. Das Signal ward schnell von der Barkasse aus beantwortet, und gleich darauf sah man eine kleine Rakete über das Strauchwerk und die Bäume, die das Ufer umsäumten, in die Höhe steigen. Alle am Bord der Coquette lauschten gespannt, ob sie nicht einen Ton erhaschten, welcher den Tumult des Angriffs bezeichnete. Einmal kam es Ludlow und Spannsegel vor, als trüge ihnen die dicke Nachtluft das Hurrah-Geschrei der Matrosen entgegen, und ein anderes Mal hörten sie – ob in der Einbildung oder wirklich, bleibt ungewiß – den drohenden Ruf, der den Vogelfreien befahl, sich zu ergeben. Es vergingen viele Minuten in der angestrengtesten Spannung. Die ganze Galerie an der dem Lande zugekehrten Schiffsseite war mit neugierigen Gesichtern eingefaßt, wiewohl Alle sich in achtungsvoller Entfernung von dem schmalen, leichten Deck hielten, welches über den Schiffskammern lag, da der Capitän, in der Absicht, einen größern Ueberblick des Horizonts zu beherrschen, diese Stelle einnahm.

»Es ist Zeit, sie entweder schießen zu hören, oder das Sieges-Signal zu sehen!« sprach der junge Mann vor sich hin, aber ohne sich bewußt zu werden, daß er laut gesprochen, so ganz war sein Geist von dem, was vorging, eingenommen. »Haben Sie vergessen, für ein Signal des Mißlingens zu sorgen?« fragte Jemand dicht bei ihm.

»Ha, Meister Seestreicher! Gern hätte ich Sie mit diesem Schauspiele verschont.«

»Ich habe Schauspielen dieser Art zu oft beigewohnt, um was Ungewöhnliches darin zu finden. Bei einem auf dem Ocean zugebrachten Leben konnte mir unmöglich die Wirkung unbekannt bleiben, welche ein Blick auf die See bei Nacht, mit einer finstern Küste und einem Berg zum Hintergrund, hervorbringt.«

»Sie setzen Vertrauen in Den, der an Ihrer Stelle die Brigg befehligt! Entkommt er diesmal meinen Booten, so bekehre ich mich selbst zum Glauben an Ihre meergrüne Dame.«

»Sieh! dort ist ein Zeichen ihres guten Glückes,« erwiederte der Andere, indem er auf drei an der Mündung des kleinen Kanals sich zeigende Laternen hinwies, über welchen eine Menge Leuchtkugeln schnell hintereinander abbrannten.

»Das Zeichen des Mißlingens! Laßt das Schiff abfallen! die Raaen flink in's Vierkant gebraßt! holt die Taue ein, Leute, eingeholt! Wir wollen auf die Einfahrt der Bai hinhalten, Herr Spannsegel. Den Spitzbuben hat wieder einmal ihr Glücksstern beigestanden.«

Ludlow verlor weder den gebietenden Ton des Befehlshabers, noch die Geistesgegenwart des vollendeten Seemanns; nichtsdestoweniger ließ sich in seiner Stimme der bittere Verdruß nicht verkennen. Regungslos stand der Fremde neben ihm, tiefe Stille behauptend; ihm entfuhr nicht der leiseste Siegesruf, er öffnete die Lippen nicht, weder um Freude auszudrücken noch Befremden. Es schien, als wenn die Zuversicht zu seinem Schiffe ihn gleich sehr über Triumph und über Besorgniß hinweggehoben hätte.

»Sie betrachten diesen Streich ihrer Brigantine wie eine Sache, die sich von selbst versteht, Herr Seestreicher,« bemerkte Ludlow, als sein Schiff abermals nach der Spitze des Vorgebirges in Gang gesetzt war. »Das Glück hat Sie noch nicht verlassen; indessen, da ich Land auf drei Seiten habe, und dieses Schiff mit seinen Booten auf der vierten, so verzweifle ich noch immer nicht, mit Ihrer bronzenen Göttin fertig zu werden.«

»Unsre Gebieterin schläft nie,« versetzte der Contrebande-Händler, und holte tief Athem, wie Jemand, der eine lebhafte Gemüthsbewegung lange zurückgehalten hat.

»Sie können sich noch jetzt die Bedingungen selber stellen. Ich will Ihnen nicht verhehlen, die königlichen Zollkommissäre legen einen so hohen Werth auf den Besitz der Wassernixe, daß ich eine Verantwortlichkeit zu übernehmen wage, vor der ich in jedem anderen Falle vielleicht zurückschrecken würde. Uebergeben Sie das Schiff, und ich verpfände Ihnen das Ehrenwort eines Offiziers, daß die Mannschaft ohne weitere Untersuchung soll landen dürfen. Lassen Sie es uns, wenn Sie wollen, mit leerem Verdeck und ausgeräumten Vorrathskammern, behalten Sie Alles, nur lassen Sie uns das schnellsegelnde Schiffchen.«

»Die Herrin der Brigantine denkt anders. Sie ist mit ihrem Mantel der tiefen Gewässer bekleidet, und wird, glauben Sie mir, trotz all'

Eurer Schlingen, ihre Anhänger aus dem Gebiet des Zollstempelbleies, weit aus dem Bereich der Handlothgewässer hinwegführen, ja, trotz der ganzen Flotte der Königin Anna!«

»Ich wünsche, gewisse Leute mögen diese Hartnäckigkeit nicht bereuen! Doch es ist jetzt nicht Zeit zu Wortwechseln; der Schiffsdienst fordert meine Gegenwart.«

Der Seestreicher verstand den Wink und zog sich, wiewohl ungern, in die Kajüte zurück. Wie er das Deck der Hütte verließ, stieg der Mond aus der Wasserlinie am östlichen Bord empor, und übergoß den ganzen Horizont mit seinem Lichte. Dies gewährte der Mannschaft einen hinreichend deutlichen Ueberblick des Seeraums von dem sandigen Strande des Hook an bis viele, viele Stunden in's Meer hinaus. Man überzeugte sich nun, daß sich die Brigantine allerdings noch in der Bai befinden müsse, und gestärkt durch diese Gewißheit, bemühte sich Ludlow, in der Ausübung einer mit der Aussicht auf endlichen Erfolg stets interessanter werdenden Pflicht, alle persönlichen Gefühle zu vergessen.

Es dauerte nicht lange, so hatte die Coquette den zum Auslaufen aus der Bucht dienenden Kanal gewonnen. Hier ließ Ludlow das Schiff wieder bei dem Wind bringen, und schickte Leute auf die Raaen und sämmtliche übrigen hohen Spieren, um bei dem matten ungewissen Mondstrahl so viel von dem Binnengewässer zu überschauen, als das Auge erreichen konnte; er selbst, vom Segelmeister unterstützt, gab sich an dasselbe Geschäft auf dem Verdeck. Den hinaufgeschickten gemeinen Matrosen wurden zwei oder drei Kadetten beigesellt.

»Es ist nichts drinnen sichtbar,« sagte der Capitän, nachdem er lange und mühsam mit dem Glase herumgesucht. »In der einen Richtung hier kann man wegen der Berge Jersey's nichts sehen, und dort am nördlichen Bord würden selbst die Spieren einer Fregatte mit den Bäumen der Insel Staten verwechselt werden können. – Heda, Bagien-Raa!«

Die Diskant-Stimme eines Kadetten erwiederte auf den Ruf.

»Was entdecken Sie, Sir, innerhalb des Hook?«

»Nichts zu sehen. Unsere Schlupe rudert am Lande entlang, und die Barkasse scheint vor dem schmalen Kanal zu liegen; richtig! hier ist auch die Jolle außerhalb der Romer,[32] sie steht still unter ihren Riemen; aber nichts zeigt sich in der ganzen Länge des Coney, was wie der Cutter aussähe.«

»Bestreichen Sie mit dem Glase die Gegend noch einmal, nur etwas westlicher; untersuchen Sie die Mündung des Rariton – finden Sie nichts nach der Seite hin?«

»Ha! hier ist ein Punkt auf unserm Lee!«

»Wofür nehmen Sie ihn?«

»Wenn mich das Auge nicht sehr trügt, Sir, so hält ein leichtes Boot auf unser Schiff hin, ungefähr drei Kabellängen entfernt.«

Ludlow legte nun sein eignes Glas an, und bestrich das Wasser in der angegebenen Richtung. Nach einigen vergeblichen Versuchen entdeckte auch er den Gegenstand, und da das Mondlicht jetzt kräftiger strahlte, so hielt es nicht schwer, ihn genauer zu unterscheiden. Es war offenbar ein Boot, und da es sich dem Kreuzer näherte, so ließ sich schließen, daß es demselben eine Mittheilung zu machen habe.

Der Seemann besitzt auf seinem Wasserelement eine besondere Gesichtsschärfe, und in allen in sein Fach einschlagenden Dingen eine erstaunenswerthe Schnelligkeit des Urtheils. Ludlow erkannte auf der Stelle an der Construktion des Bootes, daß es keines von den seinigen war, daß es sich in einem Theile der Bai hielt, der für die Coquette nicht tief genug war, wodurch diese dem Boot also nicht schädlich werden konnte, und daß überhaupt bei offenbarem Streben, so nahe heranzukommen, als nur möglich, die Bewegung von der umsichtigsten Klugheit geleitet wurde. Er nahm eine Trompete zur Hand und praiete das Boot auf die bekannte, übliche Weise.

Da die Antwort gegen den Luftzug zu kämpfen hatte, so klang sie schwach, obgleich zu erkennen war, daß sie von einer äußerst kräftigen, umfangreichen Stimme herrührte, die das Instrument zu benützen vollkommen verstand.

»Ja, ja« und »ein Parlamentair von der Brigantine,« waren die einzigen deutlich vernehmbaren Worte.

---

[32] Wohlbekannte Klippen zwischen Coney-Eiland und der Spitze von Sandy-Hook. D. U.

Eine oder zwei Minuten ging der junge Mann schweigend das Deck auf und ab; dann befahl er plötzlich, das einzige, jetzt noch am Bord des Kreuzers befindliche Boot hinauszuhießen und zu bemannen. »Werft eine Parlamentairsflagge in's Hintertheil,« sagte er, als diese Befehle vollzogen waren, »und daß Waffen nicht fehlen! Wir wollen Wort halten, so lange man uns Wort hält, allein auf jeden Fall verlangt diese Unterredung Vorsicht.«

Spannsegel erhielt den Auftrag, das Schiff stillstehend zu halten; sein Vorgesetzter ertheilte ihm außerdem noch gewisse wichtige Instruktionen, im Fall Verrath im Spiel seyn sollte, und begab sich dann selbst in das Boot. Wenige Minuten reichten hin, letzteres und den Fremden einander so nahe zu bringen, daß man sich leicht und verständlich mittheilen konnte. Die königlichen Matrosen mußten aufhören zu rudern, während ihr Commandeur das Fernglas an's Auge setzte, sich einen zuverlässigeren Ueberblick von dem ihn Erwartenden zu verschaffen. Das fremde Boot tanzte, gleich einer Muschel auf den Wogen, so elastisch, daß es das Element, von dem es getragen wurde, kaum zu berühren schien. Vier athletische Seeleute lehnten sich über ihren Rudern, deren Blätter so lagen, daß sie das Boot im Nu vorwärts bewegen konnten. Eine Gestalt stand im Spiegel, deren Stellung und Miene keinen Augenblick zweifeln ließ, wer es wäre. An der bewunderungswürdigen Festigkeit der Haltung, an den verschlungenen Armen, den schönen, männlichen Verhältnissen und dem Anzuge erkannte Ludlow den Seemann vom indischen Shawl. Ein Wink mit der Hand veranlaßte denselben, sich näher heranzuwagen.

»Was verlangt man vom königlichen Kreuzer?« fragte der Capitän des genannten Schiffes, als beide Boote einander so nahe waren, als rathsam schien.

»Vertrauen,« war die gelassene Antwort. »Kommen Sie näher, Capitän Ludlow; ich bin mit unbewaffneten Händen hier; es ist nicht nöthig, unsere Conferenz mit Trompeten zu halten.«

Aus Scham, daß ein Boot, das zu einem Kriegsschiffe gehöre, Zaudern verrathen möchte, wurden die Leute der Jolle beordert, bis an die Riemen des Fremden hinanzurudern. »Wohlan, Sir, Ihr Wunsch ist erfüllt, ich habe mein Schiff verlassen, und komme im kleinsten meiner Boote zur Unterredung.«

»Sie brauchen mir nicht erst zu sagen, auf welche Weise die Anderen beschäftigt sind,« erwiederte Ruderpinne, dessen unerschütterliche Gesichtsmuskeln ein kaum bemerkbares Lächeln überflog. »Sie setzen uns hart zu, Sir, und gönnen der Brigantine nur wenig Ruhe. Inzwischen ziehen Sie abermals den Kürzeren!«

»In dem glücklichen Streich, den wir diese Nacht ausgeführt haben, besitzen wir einen Vorboten günstigeren Geschickes.«

»Man versteht Sie, Sir; der Seestreicher ist den Dienern der Königin in die Hände gefallen. – Nehmen Sie sich jedoch in Acht! wenn diesem Jüngling in Wort oder That ein Leid widerfährt, so leben Welche, die die Unbill zu rächen wissen!«

»Dies sind stolze Redensarten im Munde eines Vogelfreien; da inzwischen der Beweggrund ein edler ist, mögen sie hingehen. An dem Meerdurchstreicher hat Ihre Brigg den bewegenden Geist verloren; Sie thun daher vielleicht wohl daran, Herr Ruderpinne, den Eingebungen der Mäßigung Gehör zu geben. Wenn Sie geneigt sind, zu unterhandeln, so sehen Sie Jemand vor sich, der geneigt ist, billig zu seyn.«

»So kommen wir mit entsprechenden Stimmungen zusammen, denn ich bin bereit, Bedingungen der Auslösung anzubieten, welche die Königin Anna, wenn ihr ihre Einkünfte lieb sind, nicht zu verachten braucht. Doch aus Ehrerbietung gegen Ihre Majestät will ich erst hören, was ihr hohes Belieben ist.«

»Wohlan denn! zunächst wende ich mich an Sie, als an einen Seemann, welcher die Grenzen der Leistungen eines Schiffes kennt; als solcher überlegen Sie selbst die Lage beider Parteien. Die Wassernixe ist für den Augenblick durch die Schatten der Berge verborgen, vielleicht auch durch die Entfernung und Schwäche des jetzigen Lichtes begünstigt; daß sie aber noch in den Gewässern der Bai liegt, weiß ich ganz gewiß. Eine Macht, gegen die ihr Widerstand nicht ausreicht, ist am kleinen Kanal aufgestellt; den Kreuzer sehen Sie bereit liegen, ihr den Weg beim Hook vorbei abzuschneiden. Meine Boote sind so vertheilt, daß ich auf der Stelle benachrichtigt bin, sollte sie durch den nördlichen Kanal zu entkommen suchen; kurz, ihrer Durchfahrt sind sämmtliche Ausgänge versperrt. Sobald es Morgen wird, finden wir aus, wo Sie stehen, und werden unsere Maaßregeln darnach nehmen.«

»Keine Seekarte kann Klippen und Untiefen deutlicher angeben! – – und wie wäre diesen Gefahren auszuweichen?«

»Uebergeben Sie die Brigg und ziehen Sie in Frieden. Sind Sie auch außerhalb des Gesetzes erklärt, so wollen wir uns dennoch mit dem Besitz des merkwürdigen Schiffes begnügen, in welchem Sie Ihr Unheil stiften, in der Hoffnung, daß, der Mittel zum Fehlen beraubt, Sie zu einem bessern Lebenswandel zurückkehren werden.«

»Wozu das Gebet der Kirche ohne Zweifel mitwirken soll! Nun hören Sie auch mein Anerbieten, Capitän Ludlow. Sie haben die Person eines von Allen, die der Dame vom meergrünen Mantel folgten, hochgeliebten Menschen in Ihrer Gewalt; und wir, wir haben eine Brigg, die der Obergewalt der Königin Anna in den Gewässern dieser Hemisphäre vielen Abbruch thut: liefern Sie den Gefangenen aus, und wir versprechen, diese Küste zu verlassen, um nie wiederzukehren.«

»Das wäre ein schöner Traktat, er würde einem Tollhäusler Ehre machen! Mein Recht auf den Hauptanstifter des Uebels aufgeben, und dagegen zum Unterpfand das unverbürgte Wort eines Subalternen annehmen. Das viele Glück, Herr Ruderpinne, hat Ihren Verstand getrübt. Was ich anbiete, biete ich deswegen an, weil ich einen unglücklichen und merkwürdigen Menschen, wie der, welcher mein Gefangener ist, nicht auf's Aeußerste treiben möchte, und – kann seyn, daß ich noch andere Gründe habe; aber mißverstehen Sie meine Milde nicht: sollte es nöthig seyn, um uns Ihres Fahrzeuges zu bemächtigen, Gewalt anzuwenden, so dürften die Gesetze weniger Nachsicht gegen Ihre Uebertretungen haben. Handlungen, welches unser schonendes System jetzt als verzeihlich betrachtet, könnten leicht zu Verbrechen werden!«

»Es wäre unbillig, wollte ich Ihnen Ihr Mißtrauen verargen,« antwortete der Smuggler, indem er sichtlich das Gefühl verwundeten Stolzes niederkämpfte. »Das Wort eines Freihändlers muß nothwendig im Ohre eines königlichen Offiziers nur geringe Geltung haben. Wir sind in verschiedenen Schulen erzogen, und sehen daher dieselben Gegenstände unter verschiedenen Farben. Ich habe Ihren Vorschlag nun gehört, und weise ihn, für Ihren guten Willen dankend, schlechterdings und ohne die geringste Hoffnung zu lassen, von mir ab. Wohl urtheilen Sie richtig, unsere Brigantine ein merkwürdiges Schiff zu nennen! ihres Gleichen an Schönheit, wie an Schnelligkeit, schwimmt nicht auf den Meeren. Beim Himmel, ich könnte eher das Lächeln des holdesten Weibes auf Erden verschmähen, als dem leisesten verrätherischen Gedanken gegen diesen Juwel nautischer Vortrefflichkeit Raum schenken! Sie haben das Schiff schon viele Male gesehen, Capitän Ludlow, bei Stürmen und Windstille, mit seinen Fittigen ausgebreitet und mit gesenkten Flügeln, bei Tag und bei Nacht, in der Nähe und in der Ferne, leicht dahinfliegend und kämpfend: sagen Sie selbst mit seemännischer Offenherzigkeit, ist es nicht ein Kleinod, das einem Matrosenherzen theuer seyn muß?«

»Ich läugne weder des Fahrzeugs Verdienste noch seine Schönheit; nur Schade, daß es keinen bessern Ruf genießt.«

»Ich wußte es, daß Sie ihm Ihr Lob nicht würden versagen können; doch ich werde kindisch, wenn von der Brigg die Rede ist. Nun denn, Sir, ein Jeder hat seine Meinung gesagt, also zum Schluß: ich trenne mich eher von meinem Augapfel, ehe ich meine Einwilligung hergebe, die kleinste Stenge dieses lieblichen Gebäudes zu verlassen. Wollen Sie andere Auslösung für den Jüngling? Was meinen Sie zu einem Unterpfand in Gold, welches verfallen seyn soll, wenn wir unseres Versprechens nicht eingedenk bleiben.«

»Sie verlangen Unmöglichkeiten. Wenn ich mich überhaupt zum Unterhandeln verstanden, und somit den Pfad der Autorität verlassen habe, so geschah es, wie gesagt, deßhalb, weil ein gewisses Etwas im Wesen des Meerdurchstreichers ihn über den gemeinen Haufen der ungesetzmäßigen Händler hinweghebt. Die Brigantine, oder nichts.«

»Lieber mein Leben als die Brigantine! Sir, Sie vergessen, daß unser Schicksal unter einer Schutzherrin steht, welche die Anstrengungen Ihrer ganzen Flotte verlacht. Sie meinen, wir seyen eingeschlossen und mit Wiederanbruch des Lichtes bleibe nur noch die leichte Arbeit, ihren eisenbeschlagenen Kreuzer dwars ab vor uns zu stellen und uns zu zwingen, uns auf Gnade oder Ungnade zu ergeben. Hier, diese ehrlichen Seeleute könnten Ihnen sagen, wie hoffnungslos Ihr Vorhaben ist. Durch alle Eure Flotten hat die Wassernixe bereits die Daggen gelaufen, und noch hat kein Schuß ihre Schönheit entstellt.«

»Nun, es ist doch nicht so unbekannt, daß ein Bote, aus meinem Schiffe geschickt, ihr einige Glieder mitnahm!«

»Der Stenge fehlte die Bestätigung unserer Gebieterin,« fiel Jener ihm in's Wort, mit einem verstohlenen Blick auf die leichtgläubige, aufmerksam zuhörende Mannschaft des Bootes. »Aus Unbesonnenheit griffen wir sie einst aus der See auf und modelten sie zu unseren Zwecken, ohne uns erst aus dem Buche belehren zu lassen. Nichts, was nach geziemendem Rathserholen unser Deck berührt, ist versehrbar. Ihre Miene verräth Unglauben, und ich wundre mich nicht darüber; Sie wissen es nicht besser. Doch wenn Sie die Dame der Brigantine nicht hören wollen, so schenken Sie Ihr Ohr wenigstens Ihren eigenen Gesetzen. Welches Verbrechens können Sie den Seestreicher beschuldigen, daß Sie ihn als Ihren Gefangenen zurückhalten?« »Sein gefürchteter Name: der Streicher durch die Meere, wäre Befugniß genug, ihn selbst einem Heiligthume zu entreißen,« erwiederte Ludlow lächelnd. »Sollte auch kein unmittelbares Verbrechen erweislich seyn, so kann seine Festnehmung keine Strafe nach sich ziehen, da er nicht unter dem Schutz der Gesetze steht.«

»Das ist die Gerechtigkeit, um die Ihr Euch so viel wisset! Mit Autorität bekleidete Spitzbuben vereinigen sich, einen abwesenden Menschen, der sich also nicht vertheidigen kann, zu verurtheilen. Doch wenn Sie glauben, mit Straflosigkeit Gewalt üben zu dürfen, so wissen Sie, daß es Menschen gibt, die an dem Wohle jenes Jünglings auf's innigste betheiligt sind.«

»Thörichtes Ausstoßen von Drohungen!« sagte der Capitän lebhaft. »Wenn Sie mein Anerbieten annehmen wollen, so sprechen Sie; verwerfen Sie es, so verantworten Sie die Folgen.«

»Ich will die Folgen verantworten. Können wir uns aber auch nicht als Sieger und nachgebende Partei verständigen, so bleibt es uns doch unbenommen, als Freunde zu scheiden. Geben Sie mir die Hand, Capitän Ludlow, ein Gruß, der sich für zwei tapfere Männer geziemt, wenn sie auch wüßten, daß sie einander in der nächsten Minute nach dem Herzen zielen werden.«

Ludlow zögerte. Aber der Vorschlag geschah mit einer so männlichen und offenen Miene, und die Haltung des Freihändlers, während er sich über den Dolbort seines Bootes herüberlehnte, war so erhaben über sein Geschäft, daß der Capitän, ungern mürrisch erscheinend oder minder höflich als der Andere, sich gezwungen sah, einzuwilligen und seine Hand in die ihm dargebotene legte. Der Smuggler benützte diese Vereinigung der Hände, die Boote näher aneinander zu ziehen, und zum Erstaunen Aller, die die Handlung mit ansahen, schwang er sich kühn in die Jolle und saß nach einem Augenblick dem königlichen Offizier dicht gegenüber.

»Dies sind nicht Dinge für jedes Ohr,« sagte der entschlossene, selbstvertrauende Seemann mit gedämpfter Stimme, nachdem er auf die beschriebene plötzliche Weise die örtliche Stellung der Verhandelnden geändert hatte. »Gehen Sie offenherzig mit mir um, Capitän Ludlow: ist Ihr Gefangener seinen trüben Gedanken überlassen, oder genießt er den Trost, zu wissen, daß Andere sich für sein Geschick interessiren?«

»Es fehlt ihm nicht an Mitfühlenden, Herr Ruderpinne; er besitzt das Mitleid des schönsten Weibes in Amerika.«

»Ha! die schöne Barbérie gesteht, daß sie ihn achte! errathe ich es?«

»Unglücklicherweise sind Sie der Wahrheit nur zu nahe. Das bethörte Mädchen scheint nur in seiner Gegenwart zu leben. Sie hat die Rücksicht auf die Meinung Anderer so sehr hintenangesetzt, daß sie ihm in mein Schiff gefolgt ist.«

Ruderpinne horchte mit der höchsten Spannung. Von jetzt an verschwand alle Aengstlichkeit aus seinen Zügen.

»Wer so begünstigt ist, mag immerhin auf einen Augenblick selbst die Brigantine vergessen!« rief er mit der ganzen, ihm natürlichen Sorglosigkeit. »Und der Alderman?«

»Besitzt mehr Besonnenheit als seine Nichte, da er sie nicht allein gehen ließ.«

»Genug, Capitän Ludlow; mag folgen was will, wir scheiden als Freunde. Fürchten Sie nicht, Sir, die Hand eines Proscribirten noch einmal zu berühren; sie ist ehrlich, freilich auf eigene Weise, aber mancher Pair und Fürst hat seine Hand nicht so rein gehalten. Gehen Sie liebreich mit jenem muntern, raschen, jungen Seemann um, ihm fehlt die Ueberlegung eines bejahrteren Hauptes, aber das Herz ist die Güte selbst. Auf Gefahr meines Lebens würde ich das seinige schützen, allein die Brigantine muß gerettet werden, auf jede Gefahr hin. Adieu.«

Starke Rührung war in der Stimme des Seemanns vom Shawl, trotz seiner männlichen Sprache, vernehmbar. Ludlow's Hand herzlich drückend, kehrte er leicht und ohne zu wanken, wie Einer, der auf der See zu Hause ist, in seine eigene Barke zurück. »Adieu!« rief er nochmals, und winkte seinen Leuten, in der Richtung des seichten Wassers, wohin das Schiff ihm offenbar nicht folgen konnte, zu rojen. »Kann seyn, daß wir uns wiedersehen; bis dahin Adieu.«

»Wir werden uns gewiß wiedersehen, und zwar sobald es Tag geworden.«

»Glauben Sie das nicht, tapferer Herr. Unsre Gebieterin steckt sich die Spieren unter'n Gürtel, und fährt ungesehen bei einer Flotte vorbei. – Des Seemanns Segen begleite Sie; günstiger voller Wind, sichere Landung und ein freundlicher Heerd! Behandeln Sie den Knaben gütig, und mit Ausnahme Ihres bösen Vorhabens gegen mein Schiff, möge der Sieg Ihre Flagge stets umschweben.«

Die Matrosen beider Boote senkten gleichzeitig ihre Riemen in's Wasser, und bald lag zwischen beiden Parteien ein so weiter Raum, daß sie einander nicht mehr hören konnten.

Siebenundzwanzigstes Kapitel.

>»Wenn ich das erzählte,
>Wer würde es mir glauben!«
>
> *Maaß für Maaß.*

Die im vorhergehenden Kapitel beschriebene Zusammenkunft hatte in den früheren Stunden der Nacht stattgefunden. Es wird nunmehr unsre Pflicht, den Leser in eine andere zu versetzen, die sich mehrere Stunden später ereignete, nachdem der Tag bereits aufgegangen war über die gewerbfleißigen Bürgersleute Manhattans.

Nicht weit von einem der hölzernen, den Seearm, an welchem die Stadt so glücklich gelegen ist, einfassenden Kaien stand ein Haus, das alle Anzeichen an sich trug, daß der Eigenthümer einen für jene Zeit und jenes Land blühenden Detail-Handel trieb. Ungeachtet der noch so frühen Morgenstunde, standen die Fenster dieses Hauses schon offen, und ein Individuum mit geschäftigaussehender Physiognomie streckte den Kopf so wiederholentlich heraus, daß man nicht umhin konnte, zu vermuthen, es erwarte die Erscheinung eines Zweiten in der Angelegenheit, welche muthmaßlich die Ursache des ungewöhnlich frühen Aufstehens war. Ein entsetzlicher Schlag an der Thüre befreite endlich den Geschäftigen von seiner Unruhe; hastig eilte er zu öffnen, und als der Besuch eintrat, verbeugte er sich bis auf die Erde, und betheuerte mit pomphaften Worten seine tiefste Ergebenheit.

»Dies ist eine Ehre, Mylord, die Leuten meines bescheidenen Standes nicht oft zu Theil wird,« sagte der Hausbesitzer in der schnippischen Aussprache eines gemeinen Städters; »allein ich glaubte, es würde Ew. Herrlichkeit angenehmer seyn, den – hem – hier zu empfangen, als an dem Ort, wo Ew. Herrlichkeit just eben zu wohnen geruhen. Wollen Ew. Herrlichkeit geruhen, Platz zu nehmen, nachdem Ew. Herrlichkeit den Spaziergang hierher gemacht haben?«

»Ich danke Euch, Carnaby,« erwiederte der Andere, den angebotenen Sitz mit der Miene eines nachlässig vornehmen Wesens einnehmend. »Ihr urtheilt mit Eurer gewöhnlichen Weisheit hinsichtlich des Orts. Inzwischen zweifle ich, ob es überhaupt klug ist, ihn zu sprechen; ist der Mensch da?«

»Versteht sich, Mylord; er würde sich schwerlich die Freiheit nehmen, Ew. Herrlichkeit warten zu lassen, und viel weniger noch würde ich ihm behülflich seyn, wenn er die Achtung so gröblich vergessen könnte. Er wird sich höchst beglückt fühlen, Ihnen aufzuwarten, Mylord, zu jeder Zeit, wann es Ew. Herrlichkeit beliebt.«

»Er mag warten; es ist nicht nöthig, zu eilen. Wahrscheinlich hat er etwas von dem, weswegen man meine Muße so außerordentlicherweise unterbrochen, Euch mitgetheilt, Carnaby; Ihr mögt es mittlerweile immerhin eröffnen.«

»Der Kerl, es thut mir leid, Mylord, sagen zu müssen, ist eigensinnig wie ein Maulthier. Ich fühlte wohl, daß es unschicklich sey, ihn persönlich bei Ew. Herrlichkeit einzuführen, aber er bestand darauf, daß das, was er Ew. Herrlichkeit zu sagen habe, für Ew. Herrlichkeit äußerst wichtig sey; da ich nun nicht wissen konnte, Mylord, was Ihnen recht seyn würde oder nicht, so nahm ich mir die unterthänigste Freiheit, das Billet zu schreiben.«

»Ein ganz schicklich abgefaßtes Billet, das muß man sagen, Herr Carnaby, ein besser stylisirtes Schreiben habe ich seit meiner Anwesenheit in der Colonie nicht erhalten.«

»Wahrlich, die Billigung Ew. Herrlichkeit könnte Einen mit Recht stolz machen. Es ist der Ehrgeiz meines ganzen Lebens, die Pflichten meines Standes zu erfüllen, alle Vornehmeren, Mylord, mit gehöriger Achtung, und alle Geringeren wie sich's gehört zu behandeln. Wenn ich mir einen Gedanken in solcher Sache erlauben darf, Mylord, so ist es der, daß diese Colonisten sich nicht sonderlich weder in ihrem Briefwechsel, noch in irgend einer andern Sache auf die Schicklichkeit verstehen.«

Der Adeliche machte ein Achselzucken und gab seinen Blicken einen Ausdruck, welcher den Krämer aufmunterte, fortzufahren.

»Das sind bloß so meine eignen Ansichten, Mylord,« schwatzte er albern lächelnd weiter, »indessen,« fügte er mit einer nachsichtsvollen Gönnermiene hinzu: »wie sollen sie es besser verstehen! England ist denn doch nur eine Insel, die ganze Welt kann nun einmal nicht auf demselben Fleck Erde geboren und erzogen werden.«

»Das wäre unbequem, Carnaby, wenn es auch keine sonstige unangenehme Folgen hätte.«

»Fast Wort für Wort, nur unendlich besser ausgedrückt, meine eigenen Gedanken, wie ich sie erst gestern meiner Frau vorgetragen habe. Es wäre unbequem, sagte ich, Frau, den andern Miether aufzunehmen, denn Alle können nicht in demselben Hause wohnen; dies ist gleichsam derselbe Gesichtspunkt, den Ew. Herrlichkeit in der eben ausgesprochenen Gesinnung zu nehmen geruhen. Ich sollte zu Gunsten der armen Frau nicht zu erwähnen vergessen, daß sie, wie wir jenes Gespräch mit einander führten, ihr höchliches Bedauern darüber äußerte, Ew. Herrlichkeit bei Ihrer bevorstehenden Rückkehr nach England uns verlassen zu sehen.«

»Eigentlich ist dies eher ein Grund zur Freude, als zum Bedauern. Diese Verhaftung oder Beschränkung eines so nahen Verwandten der Krone ist eine Angelegenheit, die nothwendig unangenehme Folgen nach sich ziehen muß, abgesehen davon, daß sie ein trauriger Verstoß gegen alle Schicklichkeit ist.«

»Es ist entsetzlich, Mylord! Die Opposition im Parlament ist Schuld daran, daß es nicht von Gesetzwegen dergleichen wie Sakrilegium bestraft; schämen sollte sich die Opposition, die ohnehin so manche andere heilsame, das Beste des Unterthans bezweckende Maaßregeln vereitelt.«

»Fürwahr ich weiß noch nicht, ob ich nicht dahin gebracht werde, selber zu ihr überzugehen, wie schlecht sie auch ist, Carnaby; denn diese Vernachläßigung der Minister, um der Sache keinen schlimmern Namen zu geben, könnte Einen zu noch gehässigeren Schritten anstacheln.«

»Wahrhaftig, Niemand könnte es Ew. Herrlichkeit verdenken, wenn Ew. Herrlichkeit zu irgend Jemand oder Etwas überzugehen geruhten, ausgenommen zu den Franzosen. Das habe ich oft zu meiner Frau gesagt, in unsern häufigen Gesprächen über die unangenehme Lage, in die sich Ew. Herrlichkeit versetzt sehen.«

»Ich hätte nicht geglaubt, daß eine so kuriose Affaire so viel Aufmerksamkeit auf sich ziehen würde,« bemerkte der Lord, sichtlich gekränkt durch des Krämers Anspielung.

»Sie zieht sie auf sich, aber nur auf die schicklichste und ehrerbietigste Art, Mylord. Weder meine Frau noch ich erlauben uns eine Bemerkung über diese Sache, außer in der schicklichsten Sprache, wie es ächten englischen Leuten geziemt.«

»Diese Bescheidenheit könnte einen größeren Irrthum verzeihlich machen. Das Wort: schicklich, ist ein kluger Ausdruck, und bezeichnet alles, was man nur immer will. Ich hätte Euch nicht für einen so gebildeten und gescheiten Mann gehalten, Herr Carnaby; daß Ihr in Geschäftssachen gewandt wäret, wußte ich immer, aber so leichte Fassungsgaben, so gereifte Grundsätze hätte ich, geradezu gestanden, in Euch nicht vorausgesetzt. Könnt Ihr nicht ungefähr vermuthen, was dieser Mensch mir zu sagen haben mag?«

»Nicht im Mindesten, Mylord. Ich stellte ihm dringend die Unschicklichkeit einer persönlichen Aufwartung vor; er ließ etwas fallen von einem Geschäft oder so was, denn außer daß er meinte, es gehe Ew. Herrlichkeit nahe an, habe ich nichts verstanden, und wir hätten uns fast ohne weitere Erklärung wieder getrennt.«

»Ich will den Kerl nicht sehen.«

»Just wie es Ew. Herrlichkeit gefällt. Gewiß, nachdem so manches kleine Geschäft durch meine Hände gegangen ist, hätte mir auch dieses mit Sicherheit anvertraut werden können, auch sagte ich's; da er mich aber durchaus nicht zum Unterhändler haben wollte, und darauf bestand, daß es sehr zu Ew. Herrlichkeit Nutzen gereichen würde, – I nun, so dachte ich, Mylord, daß vielleicht – eben jetzt...«

»Führ' ihn herein.«

Carnaby verbeugte sich tief und unterwürfig, und nachdem er sich noch mit dem Zurechtstellen der Stühle und dem Heranrücken des Tisches an den Ort, wo der Lord saß, zu schaffen gemacht hatte, verließ er das Zimmer.

»Wo ist der Mensch, den ich Dich hieß im Laden zu halten?« fragte der Krämer draußen mit rauher, gebieterischer Stimme einen schweigsamen, demüthig aussehenden Jüngling, welcher die Handlung bei ihm lernen sollte. »Ich stehe dafür, Du hast ihn in der Küche gelassen und Dich auf der Straße herumgetrieben! Einen achtloseren, unaufmerksameren Jungen als Du gibt's in ganz Amerika nicht, und kein Tag vergeht, wo ich es nicht bereue, Dich in die Lehre genommen zu haben. Du sollst schon dafür büßen, Du ...«

Die Erscheinung der Person, die er suchte, riß den Faden der Verwünschungen entzwei, den der kriechende Materialhändler und häusliche Tyrann sonst noch lange ausgesponnen haben würde. Er führte den Fremden unmittelbar zum Lord in's Zimmer und ließ beide allein.

Obgleich der entartete Abkömmling des großen Clarendon keinen Anstand genommen hatte, den unregelmäßigen, gesetzwidrigen Handel, der damals in den. amerikanischen Gewässern so überhand genommen hatte, mit der Macht, die sein Amt ihm gab, zu verhüllen, so hatte er doch die, freilich kümmerliche, Rücksicht auf die Meinung des Publikums nicht aus den Augen verloren, mit den Freihändlern nicht persönlich zu verkehren. Unter dem Schirm seines amtlichen und persönlichen Ranges wußte er sein Gewissen damit zu beschwichtigen, daß er heimlich glaubte, die Habgier sey minder feil, wenn ihre Zugänge verborgen bleiben, und er übe eine wichtige und in seiner Stellung gebieterische Pflicht, wenn er den Werkzeugen seiner Habgier den unmittelbaren Zutritt zu sich verweigere. Zur Ausübung der Tugend selbst unfähig, wähnte er genug gethan zu haben, wenn er ihren schönen Schein beibehielt. Selbst diese geringe Huldigung des äußern Anstandes war seinen persönlichen Sitten fremd. Wenn indessen sein Privatcharakter zu verworfen war, um ihm Empfänglichkeit für Scham zu lassen, so nöthigte ihm doch der Rangstolz diese Einschränkung ab. Carnaby war so ziemlich der verworfenste und niedrigste unter den Menschen, mit denen er sich je herabließ, persönlich umzugehen, und selbst bei Diesem würde er vielleicht keine Ausnahme gemacht haben, hätten seine Bedürfnisse ihn nicht gezwungen, sich so tief zu erniedrigen, daß er Geldunterstützungen von einem Wesen annehmen mußte, das er gleich sehr haßte und verachtete.

Als daher die Thüre geöffnet wurde, stand der Lord Cornbury auf, und entschlossen, die Unterredung so schnell als möglich zu beendigen, kehrte er sich mit einer entfernenden, vornehmen Miene gegen den Eintretenden, die, wie er nicht zweifelte, seinen Zweck befördern würde. Allein ein ganz anderer Mann, als der schmeichelnde, dienstfertige Materialist stand ihm jetzt gegenüber – es war der Seemann vom indischen Shawl. Auge traf Auge; sein Gebieterblick ward mit einem eben so festen, wo nicht eben so messenden, erwiedert. An der Gelassenheit der herrlichen, männlichen Gestalt vor ihm konnte er leicht sehen, daß ihr Eigner Ansprüche auf Aristokratie machte; aber es war die Aristokratie der Natur. Der Edelmann war so befremdet, daß er seine Rolle gänzlich vergaß, und es lag eben so viel Bewunderung als Befehlshaberisches in seiner Stimme, als er endlich sagte:

»Dies also ist der Meerdurchstreicher!«

»So nennen mich die Menschen; wenn ein auf dem Meere zugebrachtes Leben mir Anspruch auf den Namen gibt, so habe ich ihn redlich erworben.«

»Ihr Charakter – – oder wie ich sagen kann, einige Theile Ihrer Geschichte, sind mir nicht unbekannt. Der gute Carnaby, ein würdiger, fleißiger Mann, der eine noch unerzogene Familie zu ernähren hat, bat mich, Sie zu empfangen, was den Schritt, den ich thue, einigermaßen entschuldigt. Männer von einem gewissen Rang, mein Herr, sind ihrem Range so viel schuldig, daß ich mich auf Ihre Verschwiegenheit verlassen muß.«

»Ich habe schon in der Gegenwart höherer Personen gestanden, Mylord, und mich durch die Ehre so wenig verändert gefunden, daß ich keine Neigung verspüre, mich der jetzigen zu rühmen. Männer von fürstlichem Rang haben aus meiner Bekanntschaft Nutzen gezogen.« »Ich läugne Ihre Nützlichkeit nicht, Sir; ich wollte nur sagen, daß kluges Verfahren hier dringend nöthig sey. Wo ich nicht irre, so besteht zwischen uns eine Art von stillschweigendem Vertrag, – wenigstens erklärt Carnaby die Verhandlung so, denn ich selbst lasse mich selten auf diese Partikularitäten ein – welchem zufolge Sie vielleicht einiges Recht zu haben vermeinen können, mich in dem Verzeichniß Ihrer Kunden mit aufzuführen. Männer von hohen Chargen müssen für die Gesetze Achtung zeigen; und doch ist es nicht immer bequem, noch selbst nützlich, daß sie sich jede Freiheit versagen, welche die Politik dem gemeinen Haufen verbietet. Wer so viel vom Leben gesehen hat, wie Sie, der bedarf hierüber keine nähere Auseinandersetzung, und ich zweifle nicht, daß unsre gegenwärtige Unterredung sich zufriedenstellend enden werde.«

Der Meerdurchstreicher hielt es kaum für nöthig, die Verachtung zu verbergen, welche, während der Andere sich bemühte, seine Habgier zu bemänteln, auf seiner sich verziehenden Lippe saß, und nickte, als dieser nun fertig war, nachlässig beistimmend mit dem Kopfe. Der Ex-Gouverneur merkte jetzt, daß ihm sein Versuch nichts half; er warf daher die Larve ab und ließ seinen Neigungen und seinem Geschmacke ungebundeneren Lauf, was ihm besser gelang.

»Carnaby hat sich als treuer Unterhändler bewährt,« fuhr er fort, »und nach seinen Berichten zu urtheilen, haben wir unser Vertrauen keinem Unwürdigen geschenkt. Ist es wahr, was der Ruf verkündet, so gibt es keinen gewandteren Beschiffer der engen Kanäle als Du bist, lieber Meerdurchstreicher. Auch läßt sich annehmen, daß Ihre Correspondenten an dieser Küste eben so gewinnbringend, als sie ohne Zweifel zahlreich sind.«

»Wer wohlfeil losschlägt, dem kann es an Abnehmern nicht fehlen. Sie haben keine Ursache, denke ich, sich über meine Preise zu beklagen, Mylord.«

»So spitz wie sein Compaß! Wohlan, Sir, Sie wissen doch, ich bin nicht mehr Gebieter hier: darf ich fragen, was Sie zu mir führt?«

»Ich bin gekommen, um mir Ihr Interesse für Jemand, welcher von den königlichen Offizieren erhascht worden ist, zu verschaffen.«

»Hem – dies will so viel sagen, daß der Kreuzer in der Bai irgend einen unbedachtsamen Smuggler erwischt hat. Niemand von uns ist unsterblich, und für Leute von Ihrer Handelssekte ist Verhaftung gesetzlicher Tod. Das Wort Interesse hat übrigens viele Bedeutungen. Der eine macht ein Darlehen, und hat sein Interesse dabei; der Andere borgt, und hat auch eins; der Gläubiger ist eben so interessirt, Geld zu empfangen, als der Schuldner ist, ihm keines zu geben. Ferner gibt es ein Interesse bei Hofe und ein Interesse am Hofe – kurz, Sie müssen sich deutlicher erklären, wenn ich wissen soll, warum Sie mich aufsuchen.«

»Es ist mir nicht unbekannt, daß es der Königin gefallen hat, einen andern Gouverneur für diese Colonie zu ernennen, auch nicht, daß Ihre Gläubiger, Mylord, es für klug gehalten haben, sich als Pfand für ihre Gelder Ihrer Person zu bemächtigen; dessenungeachtet kann ich nicht umhin, zu glauben, daß Jemand, welcher dem Geblüte der Königin so nahe steht, und früher oder später im Mutterlande zu Rang und Vermögen gelangen muß, um eine so geringe Gunst als die ist, welche ich suche, nicht vergeblich bitten wird. Dies hat mich vorzugsweise bewogen, mit Ihnen zu verhandeln.«

»Eine so klare Auseinandersetzung, wie sie der allerschlaueste Casuist nur immer wünschen kann! Ich bewundere Ihre Bündigkeit, Herr Meerdurchstreicher, und räume ein, daß sie das *non plus ultra* aller Etiquette sind. Wenn Sie erst Ihr Schäfchen im Trocknen haben, so empfehle ich Ihnen den Hofzirkel als den passendsten Ort für Ihre Zurückgezogenheit. Gouverneurs, Gläubiger, Königin und Gefangenschaft, Alles so gedrängt in demselben Satz an einander gereiht, als wäre es das auf einen Daumnagel geschriebene Glaubensbekenntniß! Gut, Sir, nehmen wir vorläufig an, ich besäße den Einfluß, den Sie brauchen: wer und was ist der Verbrecher?«

»Er heißt Seestreicher, ein nützlicher, angenehmer Jüngling, der zwischen mir und meinen Kunden viel verkehrt; stets sorglos und guter Dinge, ist er Allen in meiner Brigantine theuer, weil er eine erprobte Treue und erfindsamen Witz besitzt. Gern würden wir den Ertrag der ganzen Reise für seine Freiheit dahingehen. Mir ist er ein unentbehrlicher Unterhändler, wegen der Fertigkeit, mit welcher er reiche Gewebe und andere Luxusartikel, welche meine Waarenkammer füllen, zu beurtheilen versteht, denn ich selbst passe mehr dazu, das Fahrzeug in seinen Hafen zu führen und zwischen Untiefen und unter Stürmen für dessen Sicherheit zu sorgen, als mit diesen Spielereien weiblicher Eitelkeit umzugehen.«

»Ein so verschlagener Zwischengänger hätte aber auch keinen Fluthwächter für einen Kunden halten sollen. Wie ging's denn zu mit der Sache?«

»In einem unglücklichen Augenblick stieß er auf die Barke der Coquette, und da wir erst kurz vorher durch den Kreuzer von der Küste verjagt worden waren, so mußten wir seine Arretirung schon geschehen lassen.«

»Der Knoten ist verwickelt genug. Wenn dieser Ludlow erst seinen Entschluß gefaßt hat, so gehört mehr als eine Kleinigkeit dazu, ihn davon wieder abzubringen. In der ganzen Flotte kenne ich Niemand, der strenger an dem Buchstaben seiner Ordre klebte; ein Mann, Sir, welcher glaubt, Worte hätten nicht mehr als Einen Sinn, und der sich so wenig als nur denkbar auf den Unterschied zwischen der Theorie und der Praxis versteht.«

»Er ist ein Seemann, Mylord, und liest seine Instruktionen mit der einem Seemann eigenen Einfalt. Ich denke darum, weil er sich nicht von seiner Pflicht weglocken läßt, nicht schlechter von ihm. Wir mögen nun was wir wollen für das Rechte halten, wenn wir erst einen Dienst gewählt haben, so geziemt es Jedem, selbigen treu zu verrichten.«

Auf der Wange des grundsatzlosen Cornbury zeigte sich ein kleiner rother Punkt und verschwand wieder. Er schämte sich seiner Schwäche, affektirte ein Gelächter und fuhr fort:

»Ihre Nachsicht und christliche Liebe würde einen Kirchenmann zieren, Herr Meerdurchstreicher! Nichts kann übrigens wahrer seyn, da wir doch einmal in einem Zeitalter moralischer Wahrheiten leben, wie die protestantische Thronfolge einen Beweis davon liefert. Man erwartet jetzt von Menschen, daß sie handeln, nicht viele Worte machen. Ist denn der Bursch von solcher Nützlichkeit, daß man ihn seinem Schicksal nicht überlassen kann?«

»Wie theuer mir auch meine Brigantine ist – und Wenige hangen mit stärkerer Liebe am Weibe – so will ich doch lieber das schöne Fahrzeug zu einem königlichen Zollkutter herabgewürdigt sehen, als einem solchen Gedanken Raum geben. Indessen befürchte ich eben keine lange und schwere Haft für den Jüngling, da Leute, die nicht ganz ohne Macht sind, sich seiner bereits mit inniger Freundschaft annehmen.«

»So haben Sie den Brigadier besiegt!« rief der Andere aus, mit einem Hervorbrechen triumphirender Schadenfreude, welche das Bischen Zurückhaltung in seinen Aeußerungen vollends vernichtete; »so hat denn dieser makellose, reformirende Stellvertreter meiner königlichen Base endlich die goldene Angel angebissen, und beweist sich am Ende doch als einen ächten Colonial-Gouverneur!«

»Nein, Mylord Viscount. Was wir von Ihrem Amtsnachfolger zu hoffen, oder was wir von ihm zu fürchten haben, ist mir noch Geheimniß.«

»Setzen Sie ihm mit Versprechungen zu, Herr Meerdurchstreicher, halten Sie seiner Einbildungskraft goldene Hoffnungen vor, lassen Sie das Gold selbst vor seinen Augen glänzen, und es wird Ihnen gelingen. Ich verpfände die mir zufallenden Grafentitel und Güter, er unterliegt! Sir, diese Anstellungen fern vom Mutterlande gleichen so vielen halb ermächtigten Münzen, in denen Geld geprägt wird, – die einzige falsche Münze ist der nachäffende Repräsentant der Majestät. Bearbeiten Sie ihn mit goldenen Hoffnungen: ist er sterblich, so gibt er nach!«

»Und dennoch, Mylord, sind mir schon Leute vorgekommen, welche Armuth und eigne Ueberzeugung dem Golde, mit der Befolgung einer fremden Ueberzeugung verbunden, vorgezogen.«

»So waren die Pinsel ein bloßes Naturspiel!« schrie der lüderliche Cornbury, alle Zurückhaltung verlierend, in der ganzen Zügellosigkeit seines bekannten, zur Natur gewordenen Charakters. »Sie hätten sie in einen Käfig einsperren sollen, Sir, und sie den Neugierigen als seltene Tröpfe für Geld sehen lassen. Mißverstehen Sie mich nicht, Sir, wenn ich ein wenig vertraulich spreche: ich hoffe, ich kenne so gut wie Andere den Unterschied zwischen einem Manne von Geburt und einem Gleichmacher; aber glauben Sie mir, dieser Herr Hunter ist ein Sterblicher und gibt nach, wenn nur die rechten Mittel angewendet werden: und was erwarten Sie noch von mir?«

»Daß Sie denjenigen Einfluß wollen geltend machen, dem der Erfolg gewiß ist, da es zwischen Personen von Stande einen gewissen Höflichkeits-Vertrag gibt, der sie, im Geiste ihrer Kaste, oft vergessen läßt, daß ein Gesuch von einem Nebenbuhler komme. Der Vetter der Königin Anna kann noch immer für einen Menschen, dessen schwerstes Verbrechen das Schwärzen ist, die Freiheit bewirken, wenn er auch nicht im Stande war, sich selbst den Sitz der Regierung zu erhalten.«

»Nun ja, so weit reicht vielleicht mein geringer Einfluß noch, vorausgesetzt, daß der Bursch in keiner Proscriptionsakte ausdrücklich namhaft gemacht ist. Recht gern, mein Herr, würde ich meine

Wirksamkeit auf dieser Halbkugel mit einer Handlung der Gnade beschließen, wenn ... in der That ... ich die Mittel ...«

»Die sollen nicht fehlen. Ich weiß es, das Gesetz ist wie jeder andere Artikel, der hoch im Preise steht. Einige sind der Meinung, die Gerechtigkeit habe deßwegen eine Waage in der Hand um ihre Sporteln damit abzuwägen. Wird auch der Gewinnst dieses meines wagehalsigen, schlaflosen Handels bei Weitem überschätzt, so würde ich doch mit Freuden ihre Schalen mit zweihundert hellen Goldstücken belasten, hätte ich jenen Jüngling wieder in der Kajüte der Brigantine in Sicherheit.«

Bei diesen Worten zog der Meerdurchstreicher mit der Ruhe eines Menschen, der kein Freund von leeren Redensarten ist, einen schweren Beutel Goldstücke unter dem Rock hervor und legte denselben, ohne einen zweiten Blick darauf zu thun, auf den Tisch. Nachdem dieses Opfer dargebracht war, wendete er sich nicht so sehr absichtlich als durch eine ungezwungene Körperbewegung anderswohin, und als er seine vorige, dem Lord zugekehrte Stellung wieder annahm, war der Beutel verschwunden.

»Ihre Liebe zu dem Knaben, mein Herr, ist wirklich rührend,« erwiederte der bestechliche Cornbury; »es wäre Jammerschade, wenn solche Freundschaft vergeblich bliebe. Wird man Beweise vorbringen können, die seine Verurtheilung unausweichlich machen?«

»Schwerlich. Er hat nur mit der höheren Classe meiner Kunden verkehrt, und auch unter diesen mit nur Wenigen. Was ich jetzt thue, geschieht mehr, weil ich den Jüngling zärtlich liebe, als weil ich sonderliche Zweifel über den Ausgang der Sache hegte. Ich darf Sie also unter seine Gönner zählen, Mylord, falls die Sache ruchbar wird?«

»Ihre Offenherzigkeit verdient es; doch wird Herr Ludlow sich mit dem Besitz eines Untergeordneten begnügen, wenn die Hauptperson so nahe ist, und werden wir es nicht mit der Confiscation der Brigantine zu thun bekommen?« »Die Sorge für alles Andere übernehme ich. Uebrigens kamen wir erst vergangene Nacht mit genauer Noth davon. Wir lagen vor einem kleinen Wurfanker und erwarteten Den, welcher in die Gefangenschaft gerathen ist; der Commandeur der Coquette selbst benützte den Vortheil, welchen der Besitz unseres Nachens ihm gab, und machte sich bis an den Zug unserer Pferdelien heran, ja er war schon im Begriff sie zu durchschneiden, als wir sein gefährliches Vorhaben gewahr wurden. Es wäre eine Schmach für die Wassernixe gewesen, wie ein treibender Holzklotz an's Ufer geworfen zu werden, und sich in ihrer stolzen Laufbahn durch eine Beschlagnahme gehemmt zu sehen, die viel Ähnlichkeit mit der von gestrandetem herrenlosem Gut gehabt hätte.«

»Und Sie entgingen der Unannehmlichkeit?«

»Meine Augen sind selten geschlossen, wenn Gefahr in der Nähe lauert. Ich sah den Nachen zeitig genug, und beobachtete ihn, weil ich wußte, daß Jemand, der mein Vertrauen besaß, bald kommen müsse. Als die Bewegung verdächtig ward, hatten wir unsere Mittel, diesen Herrn Ludlow von seiner Unternehmung abzuschrecken, ohne zur Gewalt zu greifen.«

»Ich hätte nicht geglaubt, daß er sich so leicht von einem solchen Geschäft verscheuchen lassen würde.«

»Sie lassen ihm nur Gerechtigkeit widerfahren, oder ich kann wohl sagen, wir. Indessen als seine Boote uns nachher an unserm Ankerplatz aufsuchten, war der Vogel davongeflogen.«

»Sie sorgten, daß die Brigantine bald die hohe See gewann,« bemerkte Cornbury, der sich in dem Glauben gefiel, daß das Fahrzeug bereits die Küste verlassen habe.

»Ich hatte Anderweitiges zu thun. Mein Unterhändler durfte nicht aufgegeben werden, auch war noch Manches in der Stadt abzumachen. Wir nahmen unsern Cours die Bai weiter hinauf.«

»Ha, Herr Meerdurchstreicher, das ist ein kühner Schritt gewesen, der Ihrer Klugheit eben nicht viel Ehre macht.« »Mylord, wer muthig wagt, gewinnt,« versetzte der Andere gelassen und nicht ganz ohne Ironie. »Während der königliche Offizier alle Ausgänge verschloß, schwamm mein nettes Fahrzeug ruhig die Berge von Staten entlang. Ehe noch die Morgenwache aufzog, kam es bei diesen Kajen hier vorüber, und jetzt liegt es, auf seinen Capitän wartend, in dem weiten Bassin jenseits der Biegung der Landspitze dort.«

»Dies ist eine verwerfliche Tollkühnheit! Versagt Ihnen der Wind, ändert sich die Fluth, tritt irgend einer von den tausend zur See so gewöhnlichen Zufällen ein, so sind Sie dem Gesetze anheim gefallen und bringen Alle, die sich für Sie interessiren, in die unbeschreiblichste Verlegenheit.«

»Für Ihre Besorgnisse, in sofern sie sich auf meine eigene Sicherheit beziehen, danke ich Ihnen sehr, Mylord; glauben Sie mir indessen, viele ausgestandene Gefahren haben mich Alles gelehrt, was in meiner Lage zu wissen nöthig ist. Wir werden durch das Höllenthor zu fahren und die offene See mittelst des Sundes von Connecticut zu gewinnen suchen.«

»In der That, Herr Meerdurchstreicher, es gehören starke Nerven dazu, Ihr Vertrauter zu seyn! Im Festhalten an eingegangenen Verbindlichkeiten besteht die Schönheit der gesellschaftlichen Ordnung; ohne dasselbe sind keine Interessen sicher, ist kein Charakter geschützt. Nun gibt es aber auch Verbindlichkeiten, die man schweigend eingeht, und wenn Leute in gewissen Verhältnissen ihr Vertrauen Denjenigen schenken, die Ursache haben, vorsichtig zu Werke zu gehen, so ist es Pflicht der Ersteren, die Bestimmungen des Vertrags bis auf die geringsten Einzelnheiten zu respectiren. Sir, ich wasche meine Hände rein von dieser Sache, wenn Sie meinen, die Beweise gegen uns so häufen zu können; denn das thun Sie, indem Sie Ihre Wassernixe der Gefahr aussetzen, vor die Admiralität gestellt zu werden.«

»Es thut mir leid, daß dies Ihr Entschluß ist,« erwiederte der Meerdurchstreicher. »Was geschehen ist, läßt sich nicht mehr ändern, obgleich ich noch immer hoffe, daß ein Ausweg möglich ist. Meine Brigg liegt keine ganze Stunde von hier, und es wäre verrätherisch, es zu läugnen. Da Sie, Mylord, der Meinung sind, daß der Contract nicht gültig sey, so ist auch das Siegel überflüssig. Die Goldstücke können mir vielleicht nützlich seyn, den Jüngling gegen Leid zu schützen.«

»Sie deuten aber auch Alles so buchstäblich, wie ein Schüler, der seinen Virgil übersetzt. Die Diplomatie hat ihren Dialekt, so gut wie die Sprache, und wer so vernünftig zu verhandeln versteht, sollte ihre Redensarten kennen. Alle Welt, Sir! eine Hypothese ist noch kein Schluß, eben so wenig als Versprechen und Halten eins und dasselbe. Was in der Form von Voraussetzung gesagt worden, müssen Sie bloß als Redeschmuck nehmen; dagegen hat Ihr Gold den substantielleren Charakter eines wirklichen Beweises. Wir sind Handels einig.«

Der in diese Selbstverblendungen wenig eingeweihte Seemann sah den adelichen Casuisten einen Augenblick an, zweifelhaft, ob er mit dieser Abschließung zufrieden seyn solle oder nicht; allein, ehe er noch mit sich darüber auf's Klare kommen konnte, klirrten die Fenster des Zimmers heftig, und dann erschallte der Knall eines gelösten Geschützes.

»Die Morgensalve!« rief Cornbury, bei der Explosion mit dem Bewußtseyn eines Uebelthäters zusammenschreckend. »Doch nein! es ist schon eine Stunde nach Sonnenaufgang.«

Des Andern Nerven wurden nicht erschüttert, wiewohl an seiner gedankenvollen Stellung und dem augenblicklichen Hinstarren seines Auges zu merken war, daß er Gefahr in der Nähe ahnete. Er trat an's Fenster, schaute nach dem Wasser, und zog sich im Nu wieder zurück, wie Jemand, der keines weiteren Beweises bedurfte.

»Wir sind also Handels einig,« sagte er, indem er rasch auf den Viscount zutrat, dessen Hand faßte und sie, trotz des Andern deutlichem Sträuben gegen eine solche Vertraulichkeit tüchtig schüttelte. »Wir sind Handels einig! Verfahren Sie aufrichtig in Beziehung auf den Knaben, und die Handlung soll Ihnen nicht vergessen werden; verfahren Sie aber wie ein Verräther, so seyen Sie der Rache gewärtig.«

Noch einen Augenblick hielt der Meerdurchstreicher die Hand des entnervten Cornbury gefangen in der seinigen, dann zog er die Mütze, mehr aus Selbstachtung als aus Höflichkeit gegen seinen Gesellschafter, drehte sich auf der Ferse um, und verließ das Haus festen, aber schnellen Schrittes.

Carnaby, der sogleich eintrat, fand seinen Gast in einer Gemüthsstimmung, die aus Rache, Erstaunen und Schrecken zusammengesetzt war. Indessen besiegte der ihm zur Natur gewordene Leichtsinn bald jedes andere Gefühl, und da der Ex-Gouverneur sich von der Gegenwart eines Menschen befreit sah, der ihn mit so wenig Umständen behandelt hatte, so schüttelte er den Kopf wie Einer, welcher gewohnt ist, sich die Uebel, die er nicht verhindern kann, träger Weise gefallen zu lassen, und nahm die Ungezwungenheit und die wegwerfende vornehme Miene an, mit welcher er den kriechenden Detaillisten zu empfangen pflegte.

»Dies kann eine Koralle seyn, eine Perle, oder was weiß ich was für ein anderer Edelstein des Oceans, Herr Carnaby,« sagte er, und war sich kaum bewußt, daß er sich die Hand rieb, um sie gleichsam von der Entweihung, die sie durch den Druck, nach seiner aristokratischen Meinung, erhalten hatte, zu reinigen; »aber sey's was es wolle, so führt es noch seine Salzwasser-Kruste. Ich muß wirklich wünschen, daß man mich nie wieder durch ein solches Ungeheuer blockiren lasse, oder, wie ich sagen sollte, von seiner Harpune bewerfen; denn diese Zudringlichkeit des Bootsmanns schmerzt mich mehr, als jene Erfindung seiner Brüder von der Tiefe den Leviathan, ihren Verwandten, schmerzen kann. Wie viel Uhr ist es?« »Noch nicht sechs, Mylord, und Ew. Herrlichkeit haben noch reichliche Muße, um zeitig genug nach Ew. Herrlichkeit Wohnung zurückzukehren. Meine Frau ist so kühn gewesen, sich zu schmeicheln, daß Ew. Herrlichkeit sich so weit herablassen werden, uns zu beehren, eine Tasse Bohea in unseren bescheidenen vier Pfählen zu genießen.«

»Was bedeutete der Kanonenschuß, Herr Carnaby! Der Smuggler bekam einen solchen Schreck, als wenn es das Zeichen vom Hinrichtungs-Deck gewesen wäre, oder als wenn Kidd's Geist gestöhnt hätte.«

»Ich erlaube mir keine Vermuthung, Mylord. Die Offiziere Ihrer Majestät haben sich wahrscheinlich im Fort einen Spaß gemacht, und in solchen Fällen darf man immer sicher seyn, daß alles schicklich und ächt englisch zugeht, Mylord.«

»Beim heiligen Georg, Sir, englisch oder holländisch, der Schuß war von der Art, daß er diese Seemöve, diese Johannisgans, diese wilde Ente von ihrem Ort verscheuchte.«

»Bei meiner Ergebenheit gegen Ew. Herrlichkeit, Ew. Herrlichkeit besitzen den schärfsten Witz von allen Herren im ganzen Königreich. In der That, alle Adelichen und Vornehmen sind so witzig, daß es eine wahre Ehre und Erbauung ist, sie zu hören. Wenn es

Ew. Herrlichkeit gnädiger Wille ist, so sehe ich einmal hinaus, Mylord, ob sich was zeige.«

»Thun Sie das, Herr Carnaby. Ich gestehe, ein wenig neugierig bin ich doch, zu erfahren, was meinen See-Löwen so erschreckt haben mag. Ha! sehe ich recht? die Masten eines Schiffes, die sich längs den Dächern der Waarenmagazine dort bewegen!«

»Das muß man sagen, Ew. Herrlichkeit besitzen das schärfste Auge und die glücklichste Weise, eine Sache auszuspähen, von allen Edelleuten in England! Hätte ich doch eine Viertelstunde hinausgestarrt, ehe ich nur auf den Gedanken gerathen wäre, über die Dächer der Magazine zu schauen, und Ew. Herrlichkeit nahmen im ersten Augenblicke diese Richtung.« »Ist's ein Schooner oder eine Brigg, Herr Carnaby? Ihre Stellung ist günstiger, denn ich möchte nicht gern gesehen seyn; so sprich doch, Pinsel, ist's ein Schooner oder eine Brigg?«

»Mylord, ... es ist eine Brigg ... oder ein Schooner ... ich muß wirklich Ew. Herrlichkeit fragen, ich verstehe so wenig von diesen Dingen.«

»Nicht doch, mein allzugefälliges Männchen, sey so gut, und hab' einmal eine eigene Meinung. Es steigt Rauch hinter den Masten auf –«

Eine zweite Erschütterung der Fenster und ein zweiter Schuß entfernte jetzt alle Zweifel in Beziehung auf das Feuern. Noch ein Moment, so erschien durch die lichte Stelle, welche ein Schiffswerft am Wasser ließ, die Seite eines Kriegsschiffes, und jetzt kam Kanone nach Kanone in's Gesicht, bis die ganze klaffende zürnende Batterie der Coquette vor Augen lag.

Der Viscount verlangte nun keine weitere Erklärung der Ursache, warum der Meerdurchstreicher so hastig davongeeilt war. Er suchte einen Augenblick in der Tasche herum, zog dann die Hand, mit hellen Goldstücken gefüllt, wieder hervor, legte sie auf den Tisch, vergaß jedoch, sie zu öffnen, um den Inhalt zurückzulassen, sagte dem Krämer Lebewohl, und ging fort, so fest entschlossen, als nur immer Jemand seyn kann, der eine schlechte, schmutzige Handlung begangen hat, sich nie wieder eine vertrauliche Berührung mit so einem jämmerlichen Kriecher zu erlauben.

Achtundzwanzigstes Kapitel.

»Was fragen diese Brausewinde
nach dem Namen König?«

Der Sturm.

Die Manhattanesen werden ohne Schwierigkeit die Stellung beider Fahrzeuge begreifen; doch denjenigen unserer Mitbürger, welche entferntere Theile der Union bewohnen, dürfte die nähere Beschreibung der Oertlichkeit willkommen seyn.

Obgleich die ungeheure Bucht, welche den Hudson und so viele minder bedeutende Ströme aufnimmt, im Ganzen durch einen Einschnitt in das Festland gebildet wird, so ist doch derjenige Theil davon, welcher den Hafen Neu-Yorks ausmacht, durch die günstige Lage der Inseln vom Meere getrennt. Von diesen Inseln geben zwei dem Bassin und selbst einer langen Strecke der Küste den vorherrschenden Charakter, die kleineren dienen meist als nützliche und schöne Theile des Hafens und der Landschaft. Zwischen der Bai von Rariton und der von Neu-York bestehen zwei Verbindungswege; der eine ist der zwischen der Insel Staten und der Insel Nassau und heißt die Enge (*the Narrows*), er ist der gewöhnliche Schiffscanal des Hafens; der andere zwischen Staten und dem Festlande wird der Brennofen (*the Kilns*) genannt. Die Fahrt durch diesen letzteren wählen die Schiffe, welche nach den anstoßenden Gewässern von Neu-Jersey wollen, so daß durch denselben der Zutritt zu so manchen Flüssen dieser Provinz eröffnet ist. So wie die Insel Staten viel zur Sicherheit und Bequemlichkeit des Hafens beiträgt, so wirkt die Lage der Insel Nassau wohlthätig auf eine große Küstenlinie. Nachdem sie die eine Hälfte des Hafens gegen die Stürme der offenen See gedeckt hat, kommt sie so dicht an das Festland heran, daß die Fahrt zwischen beiden hindurch nicht mehr als zwei Kabellängen beträgt; hierauf läuft sie bis zu einer Entfernung von hundert englischen Meilen ostwärts aus, und bildet so einen breiten schönen Sund. Wenn die Schiffe erst bei der vierzig Stunden von der Stadt gelegenen Inselgruppe vorüber sind, so können sie ohne Schwierigkeit das freie Meer gewinnen.

Ein Seemann begreift leicht, daß die Fluth, die in diese großen Buchten einfließt, aus verschiedenen Richtungen herkommt. Der Stromzug, welcher bei Sandy Hook (wo so viel von der Handlung unserer Erzählung vorgeht) eintritt, geht westlich in die Flüsse Jersey's, nördlich in den Hudson und östlich längs dem Seearm zwischen der Insel Nassau und dem festen Lande. Ein anderer, welcher von Montauk oder der östlichsten Spitze von Nassau einherbrauset, hebt das Bassin des Sundes, fließt in die Ströme Connecticut's und stößt auf die westliche Fluth innerhalb zwanzig Meilen von der Stadt, an einem Ort, Namens Throgmorton.

Da der Umfang der Buchten so groß ist, so sieht man leicht ein, wie der Andrang solcher breiten Wassermassen den Stromzügen in sämmtlichen engen Durchfahrten eine übermäßige Schnelligkeit mittheilen muß, indem gleichmäßige Vertheilung des Elementes ein Naturgesetz ist, und da, wo Mangel an Raum eintritt, das Gleichgewicht sich durch gesteigerte Schnelligkeit wieder herstellt. Die Fluth ist folglich längs der ganzen Strecke zwischen dem Hafen und Throgmorton heftig, an den engsten Theilen des Canals aber schießt das Wasser – dies ist fast keine poetische Hyperbel – wie ein Pfeil von seinem Bogen. Wegen der plötzlichen Biegung im Stromlauf, die zwei nicht weit von einander getrennte rechte Winkel bildet, wegen der gefährlichen Lage vieler hervorstehender und noch mehr verborgener Klippen, endlich wegen der durch Stromzüge, Gegenzüge und Strudel entstehenden Verwirrung hat dieser kritische Wasserpaß den Namen des »Höllenthors«[33] erhalten. Sein unglückverkündender Name mag wohl oft Schuld seyn, daß so mancher zarte Busen bange schlägt, und einen Schrecken empfindet, den die Wirklichkeit nicht rechtfertigt; inzwischen läßt sich nicht läugnen, daß er die beständige Veranlassung von Geldverlust und auch sehr oft lebensgefährlich ist. Hier war es, wo während des Revolutionskrieges eine englische Fregatte verloren ging, indem sie auf eine verborgene Klippe, den sogenannten »Topf«, so heftig stieß, daß sie sich plötzlich füllte und unterging, wobei selbst Einige am Bord ihr Grab in den Wellen gefunden haben sollen.

---

[33] Eine knabenhafte und an das Gemeine streifende Ziererei hat diese Durchfahrt zuweilen Hurl Gate (Wirbelthor) zu nennen beliebt: ein Name, der, ohne irgend eine Autorität für sich zu haben, weder von einem geläuterten Geschmack, noch vom gesunden Menschenverstande gutgeheißen werden kann.

Aehnlich ist die Wirkung einer Fahrt zwischen den Inseln hindurch, um an dem östlichen Punkt des Sundes das freie Meer zu erreichen; doch ist die Gefahr hier bedeutend durch den Umstand verringert, daß der Sund den Stromzügen eine weit ausgedehntere Fläche darbietet, als die Bai von Rariton oder auch der Hafen von Neu-York, und der Druck mithin in demselben Verhältnisse minder heftig ist, als der Ausfluß eine größere Breite hat. Nach diesen vorläufigen Erklärungen nehmen wir den Faden unserer Erzählung wieder auf.

Als der Mensch, dem in unseren Blättern so lange der *nom de guerre*: Ruderpinne, beigelegt worden, sich auf freier Straße sah, konnte er besser als vorher den ganzen Umfang der dringenden Gefahr abmessen, die ihm drohte. Ein einziger Blick auf die symmetrischen Spieren und weitreichenden Raaen des Schiffes belehrte ihn, daß er die Coquette vor sich sehe. Die kleine Flagge an ihrer Vorbramstenge erklärte zur Genüge die Bedeutung der Salve: beides, verbunden mit der vom Schiffe genommenen Richtung, verkündete in einer von keinem Seemanne zu verkennenden Sprache, daß man einen Höllenthor-Lootsen verlangte. Als der Meerdurchstreicher das Ende der abgelegenen Kaje erreichte, wo ein leichtes, schnellsegelndes Boot auf seine Rückkunft wartete, erdröhnte die Luft vom zweiten Kanonenschusse, ein Beweis, wie ungeduldig seine Verfolger waren, den so nöthigen Führer zu erhalten.

Heutzutage beschäftigt die Küstenschifffahrt dieser Republik einen Tonnengehalt, der dem des ganzen Handels jeder andern Nation in der Christenheit, mit der einzigen Ausnahme Englands, gleichkommt; allein zu Anfang des achtzehnten Jahrhunderts war er noch sehr gering. Ein einziges Kriegsschiff an den Kaien, nebst zwei oder drei Briggs und Schooner vor Anker in den Flüssen, machten die ganze Parade der damals im Hafen befindlichen Seeschiffe aus. Zu diesen sind noch etliche zwanzig Küstenfahrzeuge und Flußgefässe hinzuzufügen, von denen die meisten zu jenen ungestalten, trägen Massen gehörten, welche damals in monatlangen Fahrten die Verbindung zwischen den zwei vorzüglichsten Städten der Colonie unterhielten. Es läßt sich daher leicht denken, daß der Aufforderung der Coquette, zumal in einer so frühen Stunde, nicht auf der Stelle genügt werden konnte.

Das Schiff lief nun völlig in den Meeresarm ein, der die Insel Manhattan von der Insel Nassau trennt, und wenn gleich er zu jener Zeit noch nicht so sehr wie jetzt durch künstliche Mittel verengt war, so hatte doch der Stromzug, vom Winde unterstützt, solche Gewalt, daß er das Schiff rasch mit sich fortriß. Eine dritte Salve erschütterte die Häuser der Stadt und brachte manchen würdigen Bürger an's Fenster, aber noch immer war kein vom Lande abstoßendes Boot zu sehen, noch immer kein sonstiger Anschein, daß dem Signal bald würde entsprochen werden. Der königliche Kreuzer hielt inzwischen ausdauernd hin, vollgespannt mit so vielen Segeln, als die Richtung des etwas nach vorne wehenden Windes nur immer gestatten wollte.

»Es gilt unsre eigne Sicherheit und die der Brigantine, meine Leute,« sagte der Meerdurchstreicher, indem er in's Boot sprang und die Ruderpinne faßte. »Schnell und stark gerojet! Keine Zeit ist's jetzt, die Hände in den Schooß zu legen, oder dann und wann einen Ruck zu geben, wie ein Kriegsschiff! Vorwärts, Bursche, vorwärts! kräftig und gleichzeitig!«

Leuten, die ein so gefährliches Handwerk trieben, konnten Töne dieser Art nicht neu seyn. In einem und demselben Moment schlugen ihre Riemen in die Wasserfläche, und schnell wie der Gedanke befand sich die leichte Barke im Stromzug, wo er am stärksten schoß.

Bald war man bei der kurzen Reihe von Kajen vorbei, und nach einigen Minuten glitt das Boot mit der Fluth dahin, zwischen den Anhöhen der Langen Insel und der vorspringenden Spitze, welche an jenem Theile Manhattan's einen Winkel bildet. Hier fühlte sich unser Abenteurer veranlaßt, mehr in die Mitte der Durchfahrt zu gieren, theils um den Strudeln unweit der Landspitze aus dem Wege zu gehen, theils um die ganze Stärke des Wasserzugs zu benützen. Bei Coerlers angekommen, fing er an, den breiteren, oberhalb des genannten Ortes sich ausdehnenden Wasserarm angelegentlich zu durchsuchen, um seine Brigantine zu erspähen. Wieder eine Kanone, und einen Moment nach dem Knall pfiff der Schuß in der Nähe; dann folgte der Anprall an das Wasser, und eine glänzende Staubwolke stieg plötzlich auf. Die Kugel streifte einige hundert

Fuß vor ihnen die Wasserlinie, beschrieb noch ein paar immer kürzer werdende Bogen und folgte dann dem Gesetze der Schwere.

»Dieser Herr Ludlow möchte gern zwei Vögel mit einem Stein erwerfen,« bemerkte kaltblütig der Meerdurchstreicher, ohne den Kopf nach der Seite zu bewegen, um die Stellung des Schiffes auszumitteln. »Er weckt mit seinem Lärm die Stadtbewohner aus ihrem Morgenschlaf, und uns bedroht er mit seinen Kugeln. Ihr seht, Freunde, wir sind entdeckt, und können uns, zunächst dem Beistande der Dame vom seegrünen Mantel, nur auf unsre Mannsstärke verlassen. Schneller die Rieme geschlagen und tüchtig! Sie haben gerade den königlichen Kreuzer vor sich, Herr Coil; zeigen sich Boote an seiner Seite, oder sind die Penterbalken leer?«

Der angeredete Seemann führte den Hauptriem, und saß daher rückwärts, so daß er die Coquette im Gesicht hatte. Ohne im mindesten seine Anstrengung schlaffer werden zu lassen, wendete er den Späher-Blick auf's Schiff, und antwortete mit einer Festigkeit, welche bewies, daß gefahrvolle Lagen ihm nichts Ungewohntes waren:

»Seine Bootstaue hangen so lose, wie die Locken einer Meerjungfer, Ew. Gestrengen, und in seinen Tops erscheint wenig Mannschaft; indessen sind noch immer genug Spitzbuben am Bord, um uns einen zweiten Schuß nachzuschicken.«

»Die Diener Ihrer Majestät sind früh wach diesen Morgen. Noch einen Schlag oder zwei, ihr standhaften Herzen, so doubliren wir das Land und lassen sie hinter uns!«

Ein zweiter Schuß fiel dicht bei den Ruderblättern in's Wasser, dann aber wirbelte das Boot, seinem Steuer gehorchend, um die Spitze herum, und die Coquette war nicht mehr zu sehen. So wie das Land durch seine eigenthümliche Gestaltung den Kreuzer dem Blicke entzog, ward auf der entgegengesetzten Seite von Coerlers die Brigantine sichtbar. Trotz der Ruhe, welche auf den Zügen des Meerdurchstreichers herrschte, würde doch demjenigen, der seine Physiognomie gründlich verstand, der Ausdruck der Sorge nicht entgangen seyn, welcher dieselbe trübte, als er zuerst die Wassernixe ansichtig wurde. Indessen gab er seiner Unruhe, wenn er überhaupt welche fühlte, keinen Laut, um die Thätigkeit seiner Leute, von der jetzt Alles abhing, nicht zu lähmen. Als die harrende Mannschaft der Brigantine ihr Boot erblickte, änderte sie ihren Cours, und beide Fahrzeuge waren bald vereinigt.

»Wozu flattert das Signal dort noch immer?« fragte der Befehlshaber der Brigg, als er kaum noch den Fuß auf's Deck gesetzt hatte, und wies bei'm Sprechen auf den kurzen Flieger, der an der Spitze der vordersten Stenge flaggte.

»Wir haben es oben gelassen, damit der Lootse sich sputen möge«, war die Antwort.

»Hat der verrätherische Schurke nicht Wort gehalten?« rief der Meerdurchstreicher, vor Befremden einen Schritt zurücktretend. »Er hat mein Gold genommen und mir fünfzig seiner elenden Versprechungen dafür gegeben – ha! dort in dem Nachen kommt der Träge. Wendet die Brigg vor dem Winde! ihm entgegen! Augenblicke sind jetzt kostbar wie Wassertropfen in der Wüste.«

Luvwärts ging das Ruder, und die lebendige Brigantine hatte sich schon über die Hälfte nach der Seite gewendet, als wieder ein Schuß fiel, und Aller Augen sich nach der Landspitze wendeten. Der Rauch stieg über die Biegung der Insel empor, und gleich darauf wurden erst Vordersegel, dann Rumpf und Spierenwerk der Coquette sichtbar. In diesem Augenblick rief Einer, der vorne im Schiffe stand, daß der Lootse Kehrt mache und aus Kräften wieder nach dem Ufer zurückroje. Zahlreich und bitter waren die Verwünschungen, welche gegen den Delinquenten ausgestoßen wurden, doch ein Entschluß mußte auf der Stelle gefaßt werden. Beide Schiffe waren keine halbe Meile mehr auseinander, und jetzt war der Augenblick da, wo die Wassernixe alle ihre Tugenden entwickeln sollte. Das Steuer ward nun wieder in die frühere Richtung gebracht, und der schöne Bau, gleichsam als hätte er ein Bewußtsein von der Gefahr, die seine Freiheit bedrohte, lenkte mit einem Zuge wieder in seinen Cours ein, neigte sich mit einem schweren Geflatter der Leinwand in den Wind und glitt alsdann mit seiner gewohnten Elasticität vorwärts. Doch auch der königliche Kreuzer hatte unter Hunderten von Schiffen seines Gleichen nicht. Zwanzig Minuten lang würde es dem schärfsten Auge nicht möglich gewesen seyn, anzugeben, wer der verlierende, wer der gewinnende Theil sey, so gleichmäßig hielt das verfolgende wie das verfolgte Schiff den Lauf. Da indessen die Brigantine zuerst den engen, durch den

Schwarzbrunnen (*Blackwells*) gebildeten Durchgang erreichen mußte, so gewann sie auch zuerst die stärkere Stromschnelle, und stand
daher allerdings im Vortheil. Wie gering dieser und der dadurch
bewirkte Wechsel nun auch war, so schien derselbe dennoch dem
wachsamen Führer der Coquette nicht zu entgehen, denn die Kanone, die eine Weile geschwiegen hatte, sandte wieder ihre Flamme
und Rauchsäule. Vier Entladungen in weniger als so vielen Minuten
drohten den Freihändlern ernstlichen Schaden. Schuß nach Schuß
flogen durch ihre Spieren, und machten viele Risse in ihren Segeltüchern; noch ein paar solcher Angriffe mußten sie der Mittel der
Vorwärtsbewegung nothwendig berauben. Diese Krisis recht gut
vorhersehend, bedurfte der ausgelernte, nie rathlose Seemann, welcher sie leitete, nur einen Moment, um zu wissen, was er zu thun
habe.

Die Brigg hatte jetzt fast die Spitze von Blackwells erreicht. Es
war Springzeit und gerade halbe Fluth. Die Reihe blinder Klippen,
welche, von der westlichen Spitze der Insel auslaufend, sich weit in
dem unterhalb fließenden Arm hineinstreckte, war fast bedeckt;
indessen war noch genug davon zu sehen, um ein Urtheil über die
Hindernisse, welche sie der Fahrt von dem einen Ufer nach dem
andern entgegensetzte, zuzulassen. Dicht an der Insel selbst hob
eine Klippe ihr schwarzes Haupt hoch über die Wasserfläche empor. Zwischen dieser dunklen Steinmasse und dem Lande bot sich
eine etwa zwanzig Faden breite Oeffnung dar. An den glatten, un-
gebrochenen Wellen, die sich durch diese Oeffnung wälzten, merkte
der Führer der Brigg, daß dort der Meeresboden der Oberfläche des
Wassers weniger nahe seyn müsse, als an irgend einer anderen
Stelle längs des ganzen Klippenzugs. Noch einmal commandirte er:
»luv das Steuer!« und ruhig vertraute er nun dem Ausgange.

Nicht eine Seele am Bord der Brigantine achtete des Schusses,
welcher jetzt, als das kleine Schiff nach der engen Durchfahrt ein-
lenkte, vom königlichen Kreuzer kam, zwischen den Masten pfiff
und den Windfang beschädigte. Ein einziger Stoß gegen die Klippe
wäre ihr Untergang gewesen, und die geringere Gefahr ward daher
von der größern gänzlich verschlungen. Wie nun aber die Durchfahrt glücklich bewerkstelligt und der wahre Strom im andern Kanal gewonnen war, da verkündete das gleichzeitige Hervorbrechen
eines Freudenrufs, wie viel sie befürchtet hatten, wie groß ihre Ret-

tung war. In der nächsten Minute schützte sie die Spitze von Blackwells gegen die Kugeln ihres Verfolgers.

Der Coquette gestattete die Länge des Klippenzuges keine Cours-Aenderung, und ihre größere Wassertracht hinderte die Durchfahrt durch die Oeffnung zwischen dem schwarzen Felsen und der Insel. Dagegen setzte die Abweichung des Andern aus dem geraden Lauf die Coquette, welche stetig hinhaltend die Strudel glücklich besiegte, in den Stand, in gleicher Linie mit der Brigantine aufzukommen. Wiewohl durch das lange schmale Eiland getrennt, förderte doch der schnelle Stromzug durch beide Pässe den Lauf des einen wie des andern Fahrzeuges. Plötzlich durchzuckte den Meerdurchstreicher ein Gedanke, und fast eben so rasch gab er sich daran, dessen Verwirklichung zu versuchen. Er ließ das Steuer wieder luvab werfen, und das Bild der meergrünen Dame kämpfte nun gegen den Wasserstrom an. Wäre dieser Versuch gelungen, so würde der Triumph ihrer Anhänger vollständig gewesen seyn, da die Brigg alsdann einige der Strudel des unteren Armes und auf dem erst kürzlich befahrenen Weg die offene See erreichen konnte, während ihr minder beweglicher Verfolger gegen die Macht der Fluth zu kämpfen gehabt hätte. Allein eine einzige Minute genügte, den kühnen Seemann zu überzeugen, daß sein Entschluß zu spät kam. Der Wind war zu schwach, um ihm durch den Wasserschlund zu helfen, und vom Lande umgeben, mit einer jeden Augenblick stärker werdenden Fluth, leuchtete ihm ein, daß Verzug und Verderben hier eines und dasselbe seyn würde. Abermals folgte das leichte Fahrzeug seinem Steuer, und alle Segel, so vortheilhaft als möglich beigesetzt, schoß es die Durchfahrt entlang.

Mittlerweile war auch die Coquette nicht müßig gewesen. Durch Winde und Stromzug vorwärts getragen, hatte sie sogar ihrem Gegner einen Vorsprung abgewonnen, und da ihre höheren leichten Segel am kräftigsten bei dem Lande vorbeizogen, so ward es höchst wahrscheinlich, daß sie die östliche Spitze von Blackwells zuerst erreichen würde. Ludlow gewahrte seinen Vortheil, und traf seine Anordnungen demgemäß.

Es bedarf keiner weitläufigen Erklärung, um dem Leser die Umstände, welche den königlichen Kreuzer nach der Stadt führten, verständlich zu machen. Mit der Annäherung des Morgens war er tiefer in die Bai eingelaufen, und so wie es heller wurde, überzeugte man sich, daß kein Fahrzeug unter den Hügeln, noch in irgend einer der abgelegeneren Stellen der Bucht sich verborgen halte. Den letzten Zweifel jedoch beseitigte der Bericht eines Fischers. Dieser sagte aus, daß er ein Schiff in der mittleren Wache durch die Narrows habe fahren sehen. Die Beschreibung entsprach der Wassernixe. Er fügte noch hinzu, daß bald darauf ein schnellsegelndes Boot dieselbe Richtung genommen habe. Dieser Aufschluß genügte. Ludlow gab seinen Booten ein Signal, die Durchfahrten der Kilns und der Narrows zu schließen, und steuerte dann, wie wir gesehen haben, gerade in den Hafen.

Als Ludlow sich in der eben geschilderten Lage befand, lenkte er seine ganze Aufmerksamkeit darauf, den doppelten Zweck zu erreichen: die Erhaltung seines eigenen Fahrzeuges und die Festnahme des Freihändlers. Obgleich es noch immer nicht unmöglich war, das Spierenwerk der Brigg zu beschädigen, wenn er quer über das Land wegschießen ließ, so vereinigten sich doch verschiedene Gründe gegen den Versuch, die bis zur Hälfte verringerte Stärke seiner eigenen Mannschaft, die Gefahr den hier und da längs der niederen Anhöhen zerstreut liegenden Pächterhäuser Schaden zuzufügen, endlich die Nothwendigkeit, Vorkehrungen zur Besiegung des vor ihm liegenden kritischen Passes zu treffen. Kaum war das Schiff völlig in den Paß zwischen Blackwells und Nassau eingelaufen, so ertheilte er den Befehl, die Kanonen wieder anzubinden und die Anker klar zu halten.

»Die Anker zum Vieren fertig gehalten, Sir,« fügte er hastig seinen Ordres an Spannsegel hinzu. »Wir sind nicht in der Lage mit Ankerstock- und -Hand spielen zu können; – daß nur ja Alles in Bereitschaft sey, um beim ersten Wort fahren zu lassen; – die Enterhacken zurecht gelegt, wir wollen sie an Bord des Smugglers werfen, sobald wir ihm nahen, damit wir ihn lebendig fangen. Haben wir ihn einmal fest an seinen Ketten, so sind wir immer noch stark genug, ihn unter den Speigaten heranzuholen, und ihn mittelst der Pumpen zu fangen. – Ist das Signal wegen eines Lootsen noch aufgesteckt?«

»Wir lassen es flaggen, Sir, es muß aber ein schnelles Boot seyn, das uns in solcher Fluthschnelle einholt. Dort an dem Knie des Landes hebt das »Thor« an, Capitän Ludlow!«

»So laßt es aufgesteckt; die trägen Schufte treiben sich bisweilen in der Bucht diesseits der Klippen herum, vielleicht führt uns der Zufall einen von ihnen im Vorbeifahren zu. – Sehen Sie nach den Ankern, Sir, das Schiff treibt durch diesen Kanal wie ein Rennpferd unter der Peitsche!«

Das Volk ward in aller Eile zu diesem Dienst durch die Pfeife zusammengebracht, während der jugendliche Befehlshaber seine Stellung auf dem Hüttendeck einnahm, bald ängstlich die Richtung der Fluth und die Lage der Strudel untersuchend, bald nach der Brigantine hinüberblickend, deren obere Spieren und weiße Segeltücher aus einer Entfernung von zweihundert Faden durch die Bäume der Insel hindurchschimmerten. Doch in solchem schnellen Stromzuge mußten Meilen kurz wie Ruthen, und Minuten wie Augenblicke vorüberfliegen. Spannsegel hatte eben rapportirt, daß die Anker klar wären, als das Schiff in parallele Linie mit der Bucht kam, wo die Fahrzeuge oft vor Anker zu gehen pflegten, um den günstigsten Zeitpunkt zur Beschiffung des Höllenthors abzuwarten. Ludlow überzeugte ein einziger Blick, daß kein Lootsenschiff drinnen lag. Einen Moment gab er den Mahnungen der schweren Verantwortlichkeit Gehör, einer Verantwortlichkeit, vor welcher ein Seemann mehr als vor jeder andern zurückschreckt, nämlich der, das Amt eines Lootsen selber zu übernehmen; er wollte in den schützenden Ankergrund einlenken, doch ein Blick auf die Spieren der Brigantine brachte ihn wieder zum Wanken.

»Wir sind dem »Thore« nahe, Sir!« schrie Spannsegel mit warnungsvoller Stimme.

»Hält doch dort der kühne Seemann hin!«

»Der Schelm segelt ohne Auftrag von der Königin, Herr Capitän. Es heißt, dieser Paß habe seinen Namen nicht ohne Grund!«

»Ich bin schon durchgekommen und kenne ihn recht gut – der Kerl scheint nicht vor Anker gehen zu wollen!«

»Wenn das Weibsbild, welches ihm seinen Cours vorzeichnet, ihn sicher durchbringt, so verdient sie ihren Titel. Herr Capitän! wir fahren die Bucht vorbei.«

»Wir sind schon vorbei,« erwiederte Ludlow, schwer aufathmend. »Kein Geräusch auf dem Schiff, nicht das leiseste Geflüster! Mit Lootsen oder ohne, jetzt sinken wir oder schwimmen!«

Spannsegel hatte es gewagt, Vorstellungen zu machen, so lange die Möglichkeit, die Gefahr zu vermeiden, noch vorhanden war; nunmehr aber sah er sowohl als sein Vorgesetzter, daß Alles von ihrer Besonnenheit und Sorgfalt abhing. Geschäftig ging er unter der Mannschaft herum, überzeugte sich, ob auch jede Brasse und Bulien gehörig bemannt sey, ermahnte die wenigen jungen Offiziere zur Wachsamkeit, und wartete dann die Befehle seines Obern ab, mit der einem Seemann in kritischen Momenten so nöthigen Ruhe. Ludlow selbst fühlte die ganze Schwere der Verantwortlichkeit, die er auf sich genommen, nichts desto weniger gelang es auch ihm, ein gelassenes Aeußere zu behalten. Das Schiff befand sich unwiderruflich im Höllenthor, und keine menschliche Gewalt vermochte es davon zurückzureißen. In solchen Augenblicken der bangsten Erwartung sucht wohl der menschliche Geist sich an dem Gutachten Anderer zu kräftigen. Ungeachtet der immer wachsenden Schnelle und des bedenklichen Zustandes seines eigenen Fahrzeuges, schaute Ludlow nach seinem Gegner hin, um sich zu belehren, was dessen Entschluß sey. Blackwells lag bereits hinter ihnen, und da beide Stromzüge nun wieder vereint waren, so hatte die Brigantine bei dem Winde aufgestochen, gerade auf den gefahrvollen Paß los, und folgte jetzt genau, zweihundert Schritt entfernt, dem Kielwasser der Coquette. Dort, auf dem Vordertheil, unmittelbar über dem Bilde seiner angeblichen Gebieterin stand der kühne, männliche Seefahrer, der die Brigg regierte, mit in einandergeschlagenen Armen und festgehefteten Augen die schäumenden Klippen, die wirbelnden Strudel und die sich durchkreuzenden Stromzüge prüfend. Die zwei Offiziere wechselten einen Blick und der Freihändler zog seine Mütze; Ludlow's Höflichkeit erlaubte es ihm nicht, den Gruß unerwiedert zu lassen; dann nahm die Sorge für sein Schiff wieder alle seine Sinne in Anspruch. Vor ihnen lag eine blinde Klippe, über welcher sich die unaufhörlichen Wogen schäumend zerarbeiteten und brüllend zerbarsten. Einen Moment lang schien's, als berühre das Schiff seinen Untergang, im Nu aber war es glücklich vorbei.

»Luvwärts die Brassen angeholt!« sagte Ludlow mit jenen rückgehaltenen Tönen, die eine erzwungene Ruhe bezeichnen.

Unmittelbar darauf rief auch der Meerdurchstreicher: »Luv!« so daß man sehen konnte, er nehme die Bewegungen des Kreuzers zu seiner Richtschnur. Dichter an den Wind kam das Schiff, doch nicht in gerader Linie mit dem Strome durfte es steuern, da dieser sich plötzlich bog. Der durch das entgegengesetzte Treiben von Wind und Fluth bedeutend verlängerte Wasserweg des Schiffes ließ dasselbe, obgleich mit ungeheurer Heftigkeit luvwärts gedrückt, quer über den Stromzug schießen, während eine Klippe, über welche das Wasser wüthend stürzte, unmittelbar die Lauflinie durchschnitt. Zu dringend schien die Gefahr zur Beobachtung nautischer Etikette, daher schrie Spannsegel, ohne auf des Capitäns Commandowort zu warten, das Schiff müsse back geworfen werden, sonst wäre es verloren.

»Halt dicht beim Winde!« ertönte Ludlow's Gebieterstimme. »Alles hinauf! – Halsen und Schoten aufgestochen! – Das große Marssegel herumgeholt!«

Das Schiff schien seiner Gefahr so bewußt zu seyn, wie die vernunftbegabten Wesen auf seinem Verdeck. Seine Backen zitterten von der schäumenden Klippe zurück, und wie die Segel erst den Wind auf ihren Kehrseiten auffingen, so halfen sie das Gallion in die entgegengesetzte Richtung bringen. Es war kaum eine Minute vergangen, so war das Schiff back gelegt, und in der nächsten der Gang geschehen und die Segel wieder gefüllt. Kurz, aber alle Kräfte ansprechend, war die Anstrengung; kaum hatte jedoch Spannsegel wieder einen Augenblick Zeit, vorwärts zu schauen, so rief er abermals:

»Hier ist wieder ein Schreihals dicht vor der Schiffsseite; luv, Sir, luv, sonst sind wir d'ran!«

»Laß ganz fallen vor dem Wind!« lautete nun das Commando Ludlow's in tiefen Tönen. »Laßt die Schoten los! – Werft alles back, vorn und hinten! – Weg mit den Raaen, wacker, Ihr Bursche!«

Wahrlich, keine dieser Anstalten war überflüssig. Den Gefahren der ersten Klippe so glücklich entgangen, hatte das Schiff nunmehr einen treibenden, brüllenden Wasserkessel, welcher, da das Element förmlich darin zu sieden scheint, »der Topf« heißt, so gerade vor sich, daß fast nicht abzusehen war, wie man sich ihm werde entziehen können. Doch die Gewalt der Segeltücher bewährte sich in dieser angstvollen Lage. Die Bewegung vorwärts ward gebrochen, und da der Stromzug das Schiff noch immer nach der Luvseite trieb, so berührte seine Seite die sich wälzenden Wogen erst da, wo die blinden Klippen, die eigentlich den Kessel bilden, aufhörten. Das nachgebende Fahrzeug hob und senkte sich in dem bewegten Elemente, gleichsam als wollte es den Mahlstrom durch Huldigung besänftigen. Der tiefgehende Kiel blieb unverletzt.

»Schießt das Schiff noch zwei Längen seiner selbst nach vorne, so berührt es den Strudel!« schrie der unablässig aufmerksame Segelmeister.

Einen einzigen Augenblick schaute Ludlow unschlüssig um sich her. Von allen Seiten drehte sich das brüllende Gewässer im Kreise, und im Verhältniß, wie das Schiff sich dem Vorsprung näherte, welcher den zweiten Winkel dieses furchtbaren Passes bildet, verloren auch die Segel ihre Kraft. An den Gegenständen auf dem Lande merkte er, daß er dem Ufer zugetrieben werde, und nun blieb ihm nur des Seemanns letzte Zuflucht übrig.

»Laßt beide Anker fahren!« war die Schluß-Ordre.

Dem Sinken der Eisenmassen in das Wasser folgte das betäubende Geknarre der ablaufenden Kabel. Der erste Versuch, den Lauf des Schiffes zu hemmen, schien den ganzen Bau mit Zerstörung zu bedrohen, denn er erbebte von den höchsten Stengentopps bis zum Kiel. Aber die Riesentaue gaben wieder einen Ruck, daß die Cylinder, von denen sie abliefen, heftig rauchten. Dem Fahrzeug theilte die plötzliche Hemmung eine Wirbelbewegung mit, und es gierte fürchterlich nach dem Ufer zu. Als man sich mit dem Steuer dieser Bewegung widersetzte, und die sämmtliche Mannschaft sich anstrengte, kräftigen Einhalt zu thun, drohte es allen Zwang zu durchbrechen, so daß wirklich Jedermann am Bord erwartete, das Kabel kappen zu hören; allein in diesem Augenblick füllten sich die Obersegel, und da man jetzt so zu liegen kam, daß der Wind über das Hackebord ging, so brach er größtentheils die Kraft des Strom-zuges durch seine Gegenkraft. Das Schiff gehorchte nun seinem Steuer und kam zum Stehen, während das Wasser seinen Schaft umschäumte, so wüthend, daß es das Aussehen hatte, als triebe das Schiff vor starkem Winde durch die Wogen dahin.

Die Zeit, von dem Moment an, wo die Coquette in's »Höllenthor« einfuhr, bis zu dem, wo sie unterhalb des »Topfes« vor Anker ging, schien, ungeachtet die Entfernung nicht viel weniger als eine Meile betrug, nur eine Minute gewesen zu seyn. Ueberzeugt, daß sein Schiff nunmehr zum Stehen gebracht sey, wendeten sich Ludlow's Gedanken mit Blitzesschnelle wieder nach dem eigentlichen Zweck der Fahrt.

»Die Enterhaken klar gehalten!« rief er eifrig. »Herbei zum Aus-holen und Heranziehen! – ausgeholt!«

Damit jedoch der Leser die Bedeutung dieser plötzlichen Ordre besser kennen lerne, kehre er, wir bitten ihn, mit uns zum Eingang des gefährlichen Passes zurück, und begleite auch die Wassernixe in ihrem gewagten Unternehmen, ohne Lootse hindurchzukommen.

Wir verließen sie, wie sich der geneigte Leser erinnert, bald nach ihrem fehlgeschlagenen Versuche, gegen den Strom an der westli-chen Spitze von Blackwells anzukämpfen. Jener Versuch bewirkte weiter nichts, als daß er dem verfolgenden Theil den Vorsprung sicherte und den Commandeur der Brigg überzeugte, daß ihm nichts anders übrig bleibe, als dem Lauf des Kreuzers zu folgen; denn, wollte er auch vor Anker gehen, so würden die Boote ihn umschlossen und gefangen genommen haben. Als daher beide Fahrzeuge auf der Höhe der östlichen Spitze der Insel erschienen, lief die Coquette voraus, ein Umstand, welchen der erfahrene Frei-händler keinesweges bedauerte, vielmehr wußte er sich denselben dadurch zu Nutze zu machen, daß er durch Nachahmung der Be-wegungen seines Gegners sich eine günstige Einfahrt in die unzu-verlässigen Stromzüge sicherte. Ihm war das Höllenthor nur durch seinen furchtbaren Ruf unter den Schifffahrern bekannt, und ohne den lehrreichen Vorgang des vorangeeilten Kreuzers hätte er sich daher blos auf seine allgemeine Kenntniß von der Gewalt des Ele-ments verlassen müssen.

Nachdem die Coquette den andern Gang genommen hatte, begnügte sich der ruhig beobachtende Abenteurer damit, seine Vordersegel flach gegen den Mast zu schlagen. Von jetzt an schwamm die Brigg im Strome hin und her, ohne in ihrem Laufe einen Schritt vor- noch rückwärts zu thun, und hielt sich so in sicherer Entfernung von dem Schiffe, welches ihr auf diese Weise gewissermaßen als Lootse oder als Warnungszeichen dienen mußte. Mit der pünktlichsten Sorgfalt wurde auf die Segel Acht gegeben, und haarscharf hielt man auf die gleichmäßige Schwebung des zarten Baues, daß die Mannschaft es jeden Augenblick in ihrer Gewalt hatte, durch eine Wendung nach dem Stromlauf das Schwajen zu vermindern. Man folgte hierauf der Coquette, bis sie vor Anker lag, und der Ruf am Bord derselben, mit den Enterhaken auszuholen, geschah, weil die Brigantine dem Anschein nach gerade auf die breite Seite ihres Gegners loszusteuern schien.

Als der letzten Ordre Ludlow's nachgekommen wurde, stand der Freihändler auf dem niedern Hüttendeck seines kleinen Fahrzeugs, keine fünfzig Schritte vom Capitän entfernt. Seinen festen Mund umspielte ein Lächeln der Gleichgültigkeit, als er schweigend seiner Mannschaft ein Zeichen mit der Hand gab. Sie gehorchten, indem sie die Raaen herumbraßten und sämmtliche Segel sich füllen ließen. Mit Pfeilschnelle schoß die Brigantine vorwärts, und die nutzlosen Enterhaken der Feinde schlugen plätschernd auf die Wasserfläche.

»Vielen Dank für den Lootsendienst, Capitän Ludlow!« rief der kühne und im Erfolg glückliche Seemann vom Shawl, während sein Schiff, gleich stark von Wind und Strom gezogen, sich schnell vom Kreuzer entfernte. »Sie werden mich auf der Höhe von Montauk finden, da Geschäfte uns noch an der Küste halten. Unsre Herrin hat indessen ihren blauen Mantel angethan, und es werden nicht viele Sonnen untergehen, so sehen wir uns nach tieferen Gewässern um. Laß das Schiff Ihrer Majestät Dir bestens empfohlen seyn, denn sie besitzt wirklich keins, das schöner wäre oder schneller segelte!«

Das Innere Ludlow's ward von den mannigfaltigsten Gedanken bestürmt. Da die Brigantine unter seiner Batterie lag, so war der erste Impuls, die Kanonen zu gebrauchen; allein im nächsten Augenblick überzeugte er sich, daß, ehe die Geschütze klar gebracht werden könnten, die Entfernung sie unnütz machen würde. Schon war er im Begriff, den Mund zu öffnen mit der Ordre das Kabel zu kappen, da fiel ihm die Schnelligkeit der Brigg ein, und er schwieg. Ein plötzliches Aufspringen der Kühlte bestimmte ihn endlich: da er fand, daß das Schiff seinen Standpunkt zu behaupten im Stande war, so befahl er den Leuten, das Ganze der ungeheuern Ankertaue durch die Klüsgaten hinauszulassen, und der Fesseln los, ließ er die Anker im Boden, bis sich eine Gelegenheit darbieten würde, sie wieder herauszuholen.

Die Loslassung des Kabels durch die Klüsen hatte mehrere Minuten gekostet; als daher die Coquette wieder, mit allen Segeln beigesetzt, die Verfolgung von Neuem begann, steuerte die Wassernixe bereits außerhalb Schußweite. Indessen hielten beide Schiffe hin auf ihrem Lauf, so nahe als möglich in der Mitte des Stromes, ihre Sicherheit dem guten Glück vertrauend, da an beider Bord Keiner war, der den Canal genauer kannte.

Beim Vorüberfahren vor den zwei kleinen Inseln, die nicht weit von dem Höllenthore liegen, ward man ein Boot gewahr, welches sich auf den königlichen Kreuzer zu bewegte. Es stand ein Mann darin, der auf das noch immer von der Stenge wehende Signal hinzeigte und seine Dienste anbot.

»Sag' mir,« fragte Ludlow angelegentlich, »hat die Brigantine, die Du dort siehst, einen Lootsen aufgenommen?«

»Nach ihren Bewegungen sollte ich es nicht glauben. Sie kam dicht bei der versunkenen Klippe vor der Mündung der Flushing-Bai vorüber, und brauchte das Loth dabei, denn ich habe selbst den Lothmannsgesang[34] gehört. Ich bot dem Schiffführer meine Dienste an, aber der Kerl segelt nicht, er fliegt, und was Signale anbetrifft, so scheint er auf keine anderen als seine eigenen zu achten.«

»Bring' uns hinan zu ihm, und fünfzig Guineen sind Deine Belohnung!«

Der gemächliche Lootse, welcher eigentlich eben erst aus einem erquickenden Schlaf erwacht war, riß die Augen weit auf; das vor-

---

[34] So wie fast alle Commandos der untergeordneteren Offiziere und die verschiedenen Rufe der Matrosen selbst, so pflegt besonders der Mann, welcher das Loth wirft, die Tiefe des Bodens in einer Art von Singsang anzugeben. D. U.

gehaltene Versprechen schien seine Lebensgeister zu erneuern. Nachdem er eine Menge Fragen gethan und Bescheid darauf erhalten hatte, fing er an, bedächtiglich alle Zufälle und Möglichkeiten, die noch vorhanden wären, ein Schiff mit einer der Oertlichkeit unkundigen Mannschaft aufzubringen, an den Fingern abzuzählen.

»Angenommen,« sagte er, »daß er sich in der Mitte des Canals hält, und dadurch mit heiler Haut beim Weißen Stein und Frösche[35] vorbeikommt, so muß er doch ein wahrer Hexenmeister seyn, wenn er weiß, daß die »Treppenstufe« ihm gerade in dem Wege liegt, und daß ein Schiff nordwärts absteuern muß, wenn es nicht auf Klippen kommen will, die es gewiß so fest halten, als wenn es darauf angemauert wäre. Sodann hat er es noch mit den »Scharfrichtern« zu thun, die so nett gelegen sind, als nur immer nöthig ist, um unser Gewerbe im Gange zu halten. Den »Mittelgrund« weiter östlich will ich gar nicht erst in Anschlag bringen, und rechne auch wenig darauf, da ich ihn oft selbst vergebens aufzufinden suchte. Muth, edler Capitän! wenn der Kerl derjenige ist, den Sie genannt haben, so werden wir ihn näher besehen können, ehe die Sonne untergeht, denn gewiß, wer ohne Lootsen wohlbehalten durch's »Thor« gekommen ist, der hat so viel Glück gehabt, als einem Menschen an Einem Tage billig zu Theil werden kann.«

Das Gutachten des guten Lootsen bewährte sich nicht. Trotz aller ringsum im Verborgenen lauernden Gefahren, setzte die Wassernixe ihren Lauf fort, und zwar immer schneller, so wie der Wind mit der Sonne mächtiger blies, und so frei von allem Schaden, daß die, welche das Geheimniß ihrer furchtbaren Lage kannten, von Erstaunen erfüllt wurden. Und in der That setzte sich den Anhängern der meergrünen Dame, auf der Höhe von Throgmorton angekommen, eine Gefahr entgegen, der sie bei all' ihrer Geschicklichkeit unterlegen hätten, wenn der Zufall ihnen nicht zu Hülfe gekommen wäre. An diesem Punkte nämlich erweitert sich der verengte Seearm in das Bassin des Sundes. Unmittelbar davor lockt den Seefahrer eine breite Durchfahrt, während, den schmeichelnden Aussichten des Lebens gleich, zahllose Hindernisse versteckt im Hinterhalte liegen, die dem Unachtsamen und Unwissenden ein frühes Ziel bereiten.

---

[35] White Stone and Frogs, der vulgäre Name des sogleich näher zu bezeichnenden Punktes Throgmorton

Dem Meerdurchstreicher war die Mannigfaltigkeit der Labyrinthe und Gefahren, welche Untiefen und Klippen dem Seemanne entgegensetzen, durch lange und wohlbenutzte Erfahrung bekannt. Er hatte den größten Theil seines Lebens damit zugebracht, sich durch jene hindurchzuwinden, diesen auszuweichen. So scharf und durchdringend war sein Auge in der Auffindung gefahrverkündender Merkmale geworden, daß kein noch so schwaches Kräuseln der Oberfläche, keine noch so leise Nüancirung der Meeresfärbung seiner Beobachtung entging. Auf der Vorbramsegelraa seiner Brigantine sitzend, hatte er, gleich nachdem sie das Thor glücklich hinter sich hatten, den Paß recognoscirt und seinen Leuten unten das nöthige Commando ertheilt, mit einer Technik und Entschiedenheit, wie der regelmäßig zur Seefahrerkunde gebildete Führer. der Coquette sie nicht übertraf. Als nun aber sein Blick, bald nachdem das Fahrzeug die Spitze von Throgmorton doublirt hatte, die weite Ausdehnung des vor ihm liegenden Sundes umfaßte, so hielt er dafür, von nun an sey eine so besondere Sorgfalt wie bisher überflüssig. Ein schwerfällig gebautes, langsam segelndes Küstengefäß nahm, keine volle Seestunde vor der Brigg einher, die Richtung nach Osten, und noch weiter in der Ferne erschien eine der leichten Schlupen jener Gewässer, die sich westwärts näherte. Ungeachtet der Wind beiden gleich günstig war, so hatten sie dennoch die gerade Linie verlassen und steuerten nach einem gemeinschaftlichen Mittelpunkt zu, welcher sich bei einer über eine Meile nördlich vom unmittelbaren Cours liegenden Insel befand. Eine so klare Andeutung, daß der Lauf hier eine veränderte Richtung nehme, konnte ein Seemann wie unser Abenteurer natürlich nicht übersehen. Die Wassernixe ward jetzt vom Winde abgehalten und ihr leichteres Segelwerk niedriger gesetzt, um den königlichen Kreuzer, dessen obere Leinwand deutlich über das Land hervorragte, näher kommen zu lassen. Sie kam, und bald gewahrte man, wie auch sie einen abweichenden Pfad einschlug, so daß kein Zweifel mehr übrig blieb, welcher Lauf gewählt werden müsse. Rasch wurde nun die Brigg mit allen ihren Tüchern, selbst bis auf die Leesegel, beladen. Sie war noch weit ab von der Insel, so liefen beide Küstenfahrer an einander vorbei und wechselten dann wieder ihren Cours, auf die Weise, daß Jeder denjenigen wählte, welchen vor ihrer Vereinigung der Andere genommen hatte. Diese Manövers lieferten den Verfolgten einen so deutlichen Beweis, als ihn ein Seemann nur wünschen kann, daß sie sich in ihren Berechnungen nicht geirrt hätten. Als sie daher die Insel erreichten, luvten sie in das Kielwasser des Schooners ein, und fast an der Grenze der Durchfahrt sprachen sie den Küstenfahrer, der ihnen versicherte, daß von nun an ein sicherer Weg vor ihnen läge. Solcher Art war die berühmte Fahrt des Meerdurchstreichers durch die vielfältigen und verborgenen Gefahren des östlichen Canals. Für diejenigen, welche die Geduld hatten, ihm Schritt für Schritt durch alle Labyrinthe und Schrecken desselben zu folgen, mag das Ereigniß das Außerordentliche verloren haben: allein, verbunden mit dem Ruf, in welchem jener kühne Seefahrer bereits vorher gestanden hatte, und sich in einem Zeitalter zutragend, wo die Menschen geneigter waren, an das Wunderbare zu glauben, als in dem unsrigen, mußte es nothwendig dazu beitragen, seinen Ruf zu erhöhen, und auch einer ohnehin schon um sich greifenden Meinung Bestätigung geben, daß die Contrebande-Händler unter dem besonderen Schutze einer Macht ständen, welche weit mehr zu sagen habe, als die Königin Anna sammt allen ihren Dienern.

Neunundzwanzigstes Kapitel

»Zu Philippi
Sollst Du mich sehn.«

Julius Cäsar.

Der Commandeur des königlich großbritannischen Schiffes Coquette schlief jene Nacht auf dem Verdeck. Noch vor Sonnenuntergang war die leichte schnellsegelnde Brigantine, der allmähligen Biegung der Küste folgend, östlich aus dem Gesicht gekommen, und gar nicht mehr daran zu denken, sie durch Nacheilen wieder einzuholen. Nichtsdestoweniger drängte ein Segel das andere, und lange vor der Zeit, wo Ludlow sich in den Kleidern zwischen die Laufstags der Schanze hinwarf, hatte sein Fahrzeug schon den breitesten Theil des Sundes gewonnen, und näherte sich den Inseln, welche die sogenannte »Laufbahn« bilden.

Jenen ganzen langen und bangen Tag hatte der junge Seemann sich fern von den Bewohnern der Kajüte gehalten. Die Schiffsdienerschaft war ab- und zugegangen, und die Thür öffnete sich selten, wo er nicht fast krampfhaft das Auge nach derselben wendete; allein Niemand von denen drinnen kam auf's Deck, weder der Alderman noch seine Nichte, noch der Gefangene, ja nicht einmal François oder die Negerin; befand sich also Jemand unter ihnen, dem der Ausgang der Jagd nicht gleichgültig war, so wurde diese Theilnahme standhaft genug durch ein fast geheimnißvolles Schweigen verborgen. Entschlossen, sich an Gleichgültigkeit nicht überbieten zu lassen, und von Gefühlen angestachelt, welche sein ganzer Stolz nicht zu besiegen vermochte, nahm unser junger Seemann Besitz von der ewähnten Stelle, ohne auch nur den Versuch einer Wiederanknüpfung des Umgangs gemacht zu haben.

Als die erste Nachtwache eintrat, wurden einige der Segel geborgen, und von da an bis Tagesanbruch schien der Capitän wieder in tiefen Schlaf versunken zu seyn. Mit dem Erscheinen der Sonne jedoch sprang er auf und befahl, die Segel von Neuem auszuspannen, und Alles aufzubieten, um den Lauf des Fahrzeugs zu beschleunigen.

Es war noch früh am Tage, als die Coquette die »Laufbahn« erreichte; sie benutzte die Ebbezeit, durch den Paß hindurchzufahren, und um Mittag stand sie auf der Höhe von Montauk. Kaum war das Schiff beim Cap vorübergezogen und an einen Punkt gelangt, wo die Luft und die Wogen des atlantischen Meeres sich schon fühlbar machten, so wurden Topmasten hinaufgeschickt, und zwanzig Augen beschäftigten sich neugierig mit der Untersuchung des freien Meeres. Ludlow hatte nämlich das Versprechen nicht vergessen, welches der Freihändler ihm gegeben, daß sie sich an diesem Orte wiedersehen würden, und obgleich der Capitän sich leicht die Beweggründe denken konnte, welche sein Gegner zur Vermeidung einer Zusammenkunft haben mochte, so hegte er dennoch die geheime Erwartung, daß das Versprechen nicht unerfüllt bleiben würde – so stark war der Eindruck, welchen die gerade Handlungsweise und der männliche Charakter des Meerdurchstreichers zurückgelassen. »Ich sehe nichts in der freien See!« sagte Ludlow im Ton getäuschter Erwartung, und nahm das Fernglas vom Auge; »und doch scheint der Herumstreicher der Mann nicht, der sich aus Furcht versteckte.«

»Furcht, das heißt, Furcht vor einem Franzosen und ein wohlanständiger Respekt für die Kreuzerschiffe Ihrer Majestät sind sehr verschiedene Dinge,« erwiederte der Segelmeister. »So oft ich in meinem Leben eine Banderolle oder eine Flasche Cognac mit an's Land nahm, hab' ich mich des Gedankens nicht erwehren können, daß Jeder, dem ich auf der Straße begegnete, die Farben der einen sehen oder die Blume des anderen riechen könnte; deßwegen aber fiel es mir nie ein, daß diese Scheu etwas mehr wäre, als eine Art von Verdacht im eigenen Gemüthe, daß Andere es wissen, wenn man auf verbotener Fahrt begriffen ist. Wahrscheinlich würde ein Pfarrer, der in einer warmen Pfründe für's ganze Leben bequem vor Anker liegt, diese Empfindung *Gewissen* nennen; aber ich meinestheils, obzwar kein großer Logiker in dergleichen Dingen, ich habe stets geglaubt, es sey weiter nichts als die natürliche Besorgniß, daß Einem die Sachen weggenommen werden möchten. Wenn dieser Meerdurchstreicher hervorkommt und sich im rauhen Wasser einer abermaligen Jagd aussetzt, so ist er weit entfernt, der zu seyn, für den ich ihn hielt, nämlich Einer, welcher den Unterschied zwischen einem großen Schiff und einem kleinen gut anzugeben weiß. Uebrigens gestehe ich, Sir, daß ich mir mehr Hoffnung auf seine Gefangennahme machen würde, wäre das Weibsbild unter seinem Bugspriet ordentlich verbrannt.«

»Ich sehe nichts in der fernen See!«

»Sie ist leer, und nichts zu verspüren als der Wind hier Süd-halb-Süd. Dies Stück Wasser, das wir zwischen der Insel dort und dem festen Lande befahren haben, ist von lauter Bais eingefaßt, und während wir uns hier auf der hohen See nach ihm umschauen, treibt der schlaue Hallunke vielleicht seinen Handel in irgend einem der fünfzig guten Bassins, die zwischen dem Cap und dem Orte liegen, wo wir ihn aus dem Gesicht verloren. Auch können wir nicht wissen, ob er nicht in der Nacht wieder westwärts gegangen ist, und sich eben jetzt in's Fäustchen lacht, daß er einen Kreuzer so bei der Nase herumgeführt hat.«

»Es ist nur zu viel Wahrheit in dem, was Sie mir da sagen, Spannsegel, denn wenn der Freihändler jetzt Luft hat, uns aus dem Wege zu gehen, so fehlt es ihm allerdings nicht an Mitteln.«

»Segel, ho!« rief der Ausguck von der großen Bramraa.

»Nach welcher Seite?«

»Völlig auf unserm Luv, Sir; hier, in gleicher Linie mit der hellen Wolke, die eben aus dem Wasser steigt.«

»Kannst Du sehen, was für Schiff es ist?«

»Bei'm heiligen Georg, der Bursch' hat recht gesehen!« unterbrach der Segelmeister. »Die Wolke hatte dazwischen gestanden, aber dort ist es, das ist klar genug; ein völlig zugetakeltes Schiff, unter leichten Tüchern, das Gallion nach Westen!«

Ludlow schaute lang, aufmerksam und ernst durch das Fernrohr.

»Wir haben schwerlich Hände genug am Bord, um uns mit einem Fremden einzulassen,« sagte er, das Instrument Spannsegeln hinreichend. »Sie sehen, er hat nur die Obersegel beigesetzt, eine Quantität, womit sich bei so einem Winde kein Kauffahrer begnügen würde.«

Der Segelmeister schwieg ; desto länger dauerte sein Hinschauen, desto prüfender war seine Recognoscirung. Nach Beendigung derselben überflog er vorsichtigen Blickes die verminderte Mannschaft, welche ihrerseits neugierig nach dem Fahrzeuge hinsah, das nunmehr durch veränderte Stellung der Wolke hinlänglich deutlich wurde.

»Ich bin ein Wallfisch,« rief er in einem gedämpften Ton, »wenn das kein Franzose ist. Man kann's an seinen kurzen Raaen und der Tiefe seiner Segel sehen. Allerdings ist's ein Kreuzer, denn Niemand, der mit seiner Fracht auf Gewinnst ausgeht, würde sich unter geborgenen Tüchern dorthin legen, während er nur noch eine Tagereise von seinem Hafen entfernt ist.«

»Sie sprechen ganz meine eigene Meinung aus; wollte Gott, unsere Leute wären alle da! Gegen ein Schiff, dessen Kriegsmacht der unsrigen gleich ist, mit unsrer verringerten Anzahl losziehen, ist sehr bedenklich. Wie viel Mann zählen wir?«

»Keine siebenzig; ein kärgliches Contingent für vierundzwanzig Kanonen und die Handhabung von Raaen wie die unsrigen.«

»Und dennoch darf der Hafen nicht insultirt werden! Man weiß, daß wir an der Küste kreuzen ....«

»Man sieht uns;« fiel der Segelmeister in's Wort. »Der Kerl hat gehalset und setzt bereits seine Bramsegel bei.«

Es blieb jetzt keine Wahl mehr zwischen offenbarer Flucht und Vorkehrung zur Schlacht. Die erstere wäre leicht zu bewerkstelligen gewesen, da eine Stunde hingereicht hätte, das Schiff innerhalb des Caps zurückzubringen; allein dies würde sehr wenig im Einklange gestanden haben mit dem Geiste der Flotte, von der die Coquette einen Theil ausmachte. Es wurde daher die Ordre ertheilt: »Ueberall! das Schiff zum Treffen klar gemacht!« Diese Aufforderung erfüllte die sorglosen Gemüther der Matrosen mit Triumph; denn Erfolg und Kühnheit gehen Hand in Hand, und lange Bekanntschaft mit ersterem hatte schon in jener frühen Zeit die Seeleute Großbritanniens und der britischen Colonien eine Zuversichtlichkeit gegeben, die oft an Verwegenheit gränzte. Der Befehl, sich zur Schlacht bereit zu halten, wurde von der schwachen Mannschaft der Coquette nicht anders aufgenommen, als bei früheren Gelegenheiten, wo sich Mannschaft genug auf dem Verdeck befand, der Bewaffnung des Schiffes volle Wirksamkeit zu sichern. Es darf indeß nicht verschwiegen werden, daß einige der älteren und erfahrneren Matrosen, deren Zuversicht die Zeit minder unbedingt gemacht hatte, die Köpfe schüttelten, als bezweifelten sie die Klugheit des beabsichtigten Kampfes. Welches auch immer die geheimen Bedenklichkeiten Ludlows gewesen seyn mögen, nachdem die Beschaffenheit und Kriegsmacht des Feindes klar ausgemittelt war, so verrieth er von dem Augenblicke an, wo sein Entschluß einmal gefaßt war, auch nicht das geringste Zeichen der Ungewißheit. Die nöthigen Befehle wurden mit Ruhe ertheilt, und mit derjenigen Klarheit und Schnelligkeit, in welchen vielleicht das schätzbarste Verdienst eines See-Capitäns besteht. Die Raamitten wurden mit Ketten befestigt, die anderen Stengen aufs Verdeck hinabgelassen, die höheren Segel beschlagen, kurz, es wurden alle damals übliche Vorkehrungen getroffen; und das mit eben so vieler Gewandtheit als Schnelle. Die Trommel wirbelte, das Volk sammelte sich auf seine Posten, was den jungen Befehlshaber besser in den Stand setzte, den wirklich aktiven Stand seines Schiffe« zu berechnen. Er rief den Segelmeister, bestieg mit demselben die Kampanje, damit ihre Unterredung nicht belauscht werden möchte, und sie zugleich die Manövers des Feindes besser beobachten könnten.

Der Fremde hatte, wie Spannsegel bereits richtig bemerkt, sich plötzlich auf dem Hintertheil umgedreht und sein Gallion nordwärts gelegt. Diese Veränderung im Laufe brachte ihn vor den Wind, und da er gleich darauf alles, was nur ziehen konnte, aufspannte, so näherte er sich mit starken Schritten. Während die Vorbereitungen am Bord der Coquette vor sich gingen, war sein Rumpf gleichsam aus den Fluthen hervorgestiegen, und die beiden auf der Kampanje stehenden Offiziere hatten nicht lange recognoscirt, so wurde der weiße, mit den dunkeln Pfortgaten besprenkelte Streif, der ein Kriegsschiff bezeichnet, selbst dem unbewaffneten Auge sichtbar. Da der Kreuzer der Königin Anna seinerseits auf das fremde Schiff zusteuerte, so brachte sie die nächste halbe Stunde einander nahe genug, um sich gegenseitig von der Beschaffenheit und Stärke des Gegners vollständig zu überzeugen. Hierauf kam der Fremde bei dem Wind und machte Anstalt zum Treffen. »Der Kerl zeigt ein muthiges Herz und eine warme Batterie,« bemerkte der Meister, als die lange Seite des Feindes durch die erwähnte Aenderung seiner Stellung zu Gesichte kam. »Ich zähle sechsundzwanzig Zähne! inzwischen müssen ihm die Augenzähne denn doch fehlen, sonst würde er nie die Thorheit begehen, die Coquette der Königin Anna auf diese unverschämte Manier herauszufordern. Ein hübsch gedrechseltes Boot, Herr Capitän, das muß man sagen, auch gebricht ihm nicht ein behender Fuß. Aber sehen Sie nur einmal seine Obersegel an! gerade wie sein Charakter, Sir, lauter Körper mit wenig oder gar keinem Kopf. Ich will gar nicht in Abrede stellen, daß der Rumpf so ziemlich ist, denn der besteht bloß aus Zimmermannsarbeit; aber wenn es sich um das Auftakeln, Beisetzen oder den Schnitt eines Segels handelt, wie sollte da ein Havrer oder Brester wissen, was hübsch ist! Sagt, was Ihr wollt, nichts gleicht einem guten, gesunden, ehrlichen englischen Obersegel, weder zu breit an Körper, noch zu schmal an Kopf, mit einem Leik, das genau die rechte Form hat, mit Raabanden, Nockbendseln und Bulienen, die aussehen, als wenn sie an ihrer Stelle gewachsen wären, und Leinwand, welche weder Natur noch Kunst besser hervorbringen konnte. Da machen zum Beispiel diese Amerikaner Neuerungen im Schiffbauen und Sparrenwerk der Fahrzeuge, als wenn dabei was zu gewinnen wäre, daß sie die Sitten und Meinungen ihrer Vorfahren aufgeben. Jedermann kann sehen, daß alles an ihnen, was etwas taugt, englisch ist, dagegen alles Neumodische, was ihre Eitelkeit erfunden hat, nichts ist als Unsinn.«

»Sie kommen aber bei dem allen denn doch vorwärts, Herr Spannsegel,« erwiederte der Capitän, der, obgleich ein ziemlich loyaler Unterthan, seinen Geburtsort nicht vergessen konnte; »und gar manches Mal ist es diesem Schiffe, einem der schönsten Modelle von Plymouth, sauer genug geworden, die Küstenfahrzeuge dieser Gewässer einzuholen. Hat uns ja doch die Brigantine ausgelacht, selbst bei unserem besten Gang und dem erwünschtesten Winde.«

»Wo die Brigantine gebaut ist, das kann Niemand wissen, kann seyn hier, kann seyn anderswo; denn ich betrachte sie als eine eigene, noch nicht bekannte Gattung, wie der alte Admiral Top die Gallioten der nördlichen Meere zu nennen pflegte: was aber diese neuen amerikanischen Moden anbelangt, so frage ich Sie, Herr Capitan, wozu sind sie nütze? Erstlich sind sie weder englisch, noch französisch, was ziemlich so viel sagen will, daß sie überhaupt ausländisch sind; zweitens stören sie das Ebenmaaß und die unter Schiffbauern und Segelmachern herkömmlichen Gebräuche, und wenn sie auch jetzt passabel vorwärts kommen, so nehmen Sie, ich gebe Ihnen mein Wort darauf, doch früher oder später ein schlimmes Ende. Es ist unvernünftig, anzunehmen, daß ein neues Volk in der Zusammenstellung eines Schiffes was erfinden könnte, was der Weisheit aller seefahrenden Nationen entgangen wäre – Sieh da! der Franzose geiet seine Bramsegel auf, und hat vor, sie in der Gei hangen zu lassen; was ziemlich dasselbe ist, als sie ohne weiteres preisgeben – aus diesen Gründen also bin ich, wie gesagt, der Meinung, daß diese neuen Moden kein gutes Ende nehmen.«

»Ihre Gründe, Herr Spannsegel, sind ganz schlagend,« erwiederte der mit seinen Gedanken ganz abwesende Capitän. »Ich stimme völlig mit Ihnen überein, daß der Stärkste am zweckmäßigsten handeln würde, wenn er seine Raaen abnähme.«

»Es sieht so männlich und passend aus, Sir, wenn ein Schiff sich vor dem Gefechte entblößt, wie ein Boxer, der seine Jacke ablegt, um seinem Gegner wacker zuzusetzen! Der Kerl füllt doch wieder und scheint manövriren zu wollen, ehe er sich ordentlich an's Werk macht.«

Ludlow's Auge blieb, während der ganzen Unterredung, fest auf das fremde Schiff gerichtet. Er sah, daß der Moment ernsten Kampfes nicht mehr fern sey, und nachdem er Spannsegel den Befehl gegeben, das Schiff in der genommenen Richtung zu halten, stieg er zur Schanze hinab. Die Hand schon auf's Schloß der Kajütenthür gelegt, zögerte der junge Commandeur einen Augenblick, besiegte jedoch seinen Widerwillen schnell, und trat hinein.

Die Coquette war nach einer Façon gebaut, welche, vor hundert Jahren gang' und gebe, heutiges Tages bei Schiffen dieser Größe wieder stark in Anwendung kommt; denn der unbeständige Kreisgang der Mode macht sich in der Schiffs-Architektur nicht weniger geltend, als in minder wichtigen Dingen. Die Gemächer des Commandeurs befanden sich auf gleichem Deck mit den Batterien, und waren oft so eingerichtet, daß sie zwei, ja auch vier von den Geschützstücken enthielten. Als Ludlow daher in seine Kajüte eintrat, fand er eine Kanone, an der dem Feinde zugekehrten Seite, von der dazu gehörigen Mannschaft umstellt, und sämmtliche einem Gefechte vorangehende Vorkehrungen getroffen. Die Staatszimmer im Rücken jedoch, sowohl als das kleine dazwischen liegende Gemach, waren geschlossen. Beim Umsichschauen bemerkte er auch die mit ihren Aexten bereit stehenden Zimmerleute, denen er schweigend einen Wink gab, die Schotten wegzuschlagen, damit der zum Kampf bestimmte Raum durch diese Abtheilungen nicht zerstückelt bliebe. Während dieses Geschäft vor sich ging, trat er in die Hinter-Kajüte.

Er fand den Alderman und dessen Gefährten beisammen und offenbar in Erwartung des Besuches, den sie jetzt empfingen. Kalt bei Ersterem vorübergehend, näherte sich Ludlow seiner Nichte, faßte sie bei der Hand und führte sie nach der Schanze, indem er zugleich der Dienerin ein Zeichen gab, zu folgen. Von dort stieg der Capitän mit den seiner Sorgfalt Anempfohlenen in die Tiefen des Schiffes hinab, und geleitete sie dann zu einem Theil des niedrigsten, unterhalb der Wasserlinie liegenden Deckes, der von der Gefahr so weit entfernt war, als nur immer anging, wenn er ein so zartes weibliches Wesen nicht schlechten Seegerüchen oder dem Anblick schmerzlicher Auftritte aussetzen wollte. »Dieser Ort bietet so viel Sicherheit dar, als ein Kriegsschiff in einem solchen Moment zu gewähren vermag,« sagte er, als sie schweigend auf einer Pack-Kiste Platz genommen. »Verlassen Sie unter keiner Bedingung diesen Fleck, bis ich.... oder ein Anderer Ihnen sagt, daß Sie es ohne Gefahr thun können.«

Alida hatte sich, ohne eine einzige Frage zu thun, hierher führen lassen. Selbst bei den kleinen Einrichtungen, es ihr bequemlich zu machen, ohne welche der junge Seemann, selbst in diesen so wichtigen Augenblicken, sich nicht entschließen konnte, sie zu verlassen, behauptete sie dasselbe Schweigen, obgleich ihre Wange sich bald roth, bald blaß färbte. Als aber nun alles fertig war, und ihr Begleiter im Begriffe sich zurückzuziehen, entfloh ihren Lippen in einem eiligen und unwillkührlichen Ausrufe, sein Name.

»Kann ich noch sonst etwas zur Beschwichtigung Ihrer Besorgnisse beitragen?« fragte der junge Mann, vermied es aber sorgfältig, ihr beim Sprechen in's Auge zu schauen. »Ich kenne Ihre Seelenstärke, und weiß, daß Sie eine Entschlossenheit besitzen, wie man sie bei Ihrem Geschlechte selten antrifft, sonst würde ich es nicht gewagt haben, Ihnen von der Gefahr zu sprechen, welcher man sich, selbst an diesem Orte, ohne Fassung und Besonnenheit den Eingebungen der Furcht entgegenzuwirken, aussetzen würde.«

»Ich danke Ihnen für Ihre hohe Idee von meiner Unerschrockenheit, allein ich bin nichts destoweniger nur ein Frauenzimmer, Ludlow.«

»Ich habe Sie für keine Amazone gehalten,« erwiederte der junge Mann lächelnd, als er merkte, daß sie sich Gewalt anthat, nicht mehr zu sagen. »Alles, was ich von Ihnen erwarte, ist, daß Sie die weibliche Furcht durch Vernunft besiegen. Ich verhehle Ihnen nicht, daß die Zahl, ja, und auch die Wahrscheinlichkeit gegen uns ist, doch der Feind soll mein Schiff bezahlen müssen, ehe er es bekommt! Und das Bewußtseyn, Alida, daß Deine Freiheit und Dein Glück in gewissem Grade von unseren Anstrengungen abhänge, wird gewiß nichts weniger als lähmend auf meinen Widerstand einwirken. – Wollten Sie noch etwas sagen?«

Die schöne Barbérie erkämpfte sich, ehe sie den Mund wieder öffnete, äußere Fassung.

»Es hat ein seltsames Mißverstand«iß zwischen uns geherrscht, doch der gegenwärtige Augenblick eignet sich schlecht zur Aufhellung desselben. Ludlow, ich wünschte nicht, daß Sie mich *jetzt* mit diesem kalten, vorwurfsvollen Auge verließen!«

Sie schwieg. Als der junge Mann es wagte, den Blick in die Höhe zu heben, stand das schöne Mädchen vor ihm, ihm die Hand wie zum Unterpfand ihrer Freundschaft darreichend, während die tiefe Röthe ihrer Wange und ihr halb abgewendetes, aber versöhntes Auge – diese unwiderstehliche Beredsamkeit des Weibes den Seehelden besiegte. Er faßte ihre Hand und antwortete hastig:

»Es gab eine Zeit, wo diese Handlung mich beglückt hätte ...«

Hier verstummte er wieder, denn unbewußt blieb sein Auge an die Ringe der Finger, die er faßte, festgekettet. Alida verstand den Blick, zog einen der Brillanten ab und bot ihm denselben mit einem Lächeln dar, welches fast noch mehr hinriß, als ihre Schönheit.

»Ich kann wohl einen dieser Ringe vermissen,« sagte sie. »Nimm ihn hin, Ludlow, als ein Pfand, daß ich Dir keine Erklärung, die Du mit Recht fordern kannst, vorenthalten werde, und wenn Du Deine gegenwärtige Pflicht erfüllt hast, so löse ich mein gegebenes Pfand.«

Der Jüngling zwang sich mechanisch den Ring auf den kleinsten Finger mit einem verwirrten Blicke, welcher zu forschen schien, ob nicht einer von denjenigen, die sie behielt, das Zeichen verschenkter Treue sey. Wahrscheinlich würde er die Unterredung hier nicht abgebrochen haben, wenn nicht eben jetzt ein Kanonenschuß vom feindlichen Schiffe gefallen wäre. Dieser rief ihn zu den ernsten Pflichten der Stunde zurück. Schon mehr als halb geneigt, das Günstigste für seine Wünsche zu glauben, hob er die schöne Hand, die das Geschenk verliehen, an die Lippen und stürzte fort auf's Verdeck.

»Der Monsieur fängt an, sein Plappermaul aufzuthun,« sagte Spannsegel, welcher es keineswegs billigte, daß sein Commandeur unter solchen Umständen und wegen solcher Ursache das Verdeck verlassen hatte. »Sein Schuß reichte zwar nicht, aber es ist doch schon zu viel, einem Franzosen die Ehre des ersten Wortes einzuräumen.«

»Er hat bloß den Luv-Schuß gethan, das Zeichen der Herausforderung gegeben. Laß ihn herankommen, er wird uns nicht in der Stimmung finden, seine Gesellschaft bald aufzugeben!«

»Nein, nein, was das anbelangt, so sind wir zum Dableiben hinlänglich eingerichtet,« erwiederte der Segelmeister, indem er sich kichernd die Hände rieb, und zu den beinahe entblößten Spieren und dem leichten Windfang hinaufschaute, denn er hatte das Meiste unterdessen aus eigener Machtvollkommenheit einziehen lassen. »Wenn unser Spiel mit dem Laufen geführt werden soll, so haben wir gleich beim Anfang einen falschen Zug gethan. Diese paar Obersegel, nebst Brodwinner und Klüver, sind mehr Aushängeschilder für's Stehen als für's Rennen. Na, mag die Affaire enden wie sie will, weniger als Segelmeister kann ich nicht werden, und meinen Theil an der Ehre wird mir der erste Herzog in England nicht wegnehmen können.«

Sich also selber wegen seines Mangels an Aussicht auf Beförderung tröstend, schritt der alte Schwalker nach vorne, und beschäftigte sich mit strenger Prüfung aller Gegenstände. Der junge Commandeur schaute noch einmal um sich her, und begab sich dann wieder auf's Hüttendeck, wohin er seinen Gefangenen und den Rathsherrn ihm folgen hieß. »Ich maße mir nicht an, Sie zu fragen, von welcher Art das Band sey, welches Sie mit gewissen Personen hier am Bord verbindet,« hob Ludlow an, indem er sich an den Seestreicher wendete, dabei aber den Blick auf dem so eben von Alida erhaltenen Geschenke weilen ließ: »daß es indessen ein inniges seyn müsse, davon zeugt die Theilnahme, die sie für Ihr Schicksal an den Tag gelegt. Wer aber solche Achtung genießt, der wird wohl auch nicht ohne Selbstachtung seyn. Lassen wir es jetzt unerwähnt, ob und wiefern Sie die Gesetze zu Ihrem Spiel gemacht haben: die öffentliche Meinung wenigstens ist gegen Sie, und diese zum Theil wieder für sich zu gewinnen, dazu bietet sich Ihnen jetzt die Gelegenheit dar. Sie sind ein Seemann, und ich brauche Ihnen daher nicht erst zu sagen, daß mein Schiff in diesem Augenblicke nicht so stark bemannt ist, als zu wünschen wäre, und daß die Dienste jedes Engländers jetzt willkommen sind. Uebernehmen Sie das Commando dieser sechs Kanonen, und mein Ehrenwort zum Pfand, Ihre Treue gegen die Flagge soll nicht unbelohnt bleiben.«

»Sie haben einen sehr irrigen Begriff von meinem Beruf, edler Capitän,« erwiederte der Contrebande-Händler, leise lachend. »Gehöre ich auch zur See, so bin ich doch mehr an die windstillen Breiten gewöhnt, als an diese Kriegesstürme. Sie waren auf der Brigantine unserer Gebieterin, und müssen also gesehen haben, daß ihr Tempel mehr dem des Janus gleicht, als dem des Mars. Das Verdeck der Wassernixe hat nichts von dieser düstern Kanoneneinfassung.«

Ludlow horchte hoch auf. Erstaunen, Ungläubigkeit und Verachtung drückte sich abwechselnd in seinem zürnenden Gesichte aus.

»Diese Sprache ziemt sich schlecht für einen Mann von Ihrem Fache,« sagte er, und gab sich kaum die Mühe, die Verachtung, die er fühlte, zu verbergen. »Erkennen Sie an, daß Sie dieser Flagge Unterthanentreue schuldig sind. – Sind Sie ein Engländer?« »Ich bin das, was es dem Himmel gefallen hat, mich seyn zu lassen, passe besser für den Zephyr, als für den Sturm, besser für den leichten Scherz, als das Kriegsgeschrei, besser für die heitere Stunde als den grollenden Zorn.«

»Ist dies der Mann, dessen kühner Name zum Sprichwort geworden ist! der unerschrockene, rücksichtslose, geschickte Streicher durch die Meere!«

»Der Norden ist nicht weiter entfernt vom Süden, als ich von ihm in Beziehung auf die Eigenschaften, die Sie suchen. Ich war nicht schuldig. Ihnen den Irrthum über den Werth Ihres Gefangenen zu benehmen, so lange sich Der noch an der Küste befand, der unserer Herrin so unentbehrlich ist. Nicht der bin ich, den Sie nannten, tapferer Capitän, sondern nur einer seiner Diener, dem er das Geschäft anvertraut, seinen Waaren bei den Damen Absatz zu verschaffen, weil ich mit den weiblichen Launen ein wenig vertraut bin. Kann ich aber nichts nützen, wenn es gilt Schaden zuzufügen, so darf ich mich doch ohne Anmaßung für einen vortrefflichen Tröster ausgeben. Erlauben Sie, daß ich während des bevorstehenden Tumultes die Furcht der schönen Barbérie beschwichtige; Sie sollen gestehen, daß man nicht leicht Jemand findet, der dieses Amt der Milde besser zu verwalten verstehe.«

»Tröste wen, wo und was Du willst, erbärmliches Bild eines Mannes! – doch halt! in diesem lauernden Lächeln und verrätherischen Auge liegt nicht so sehr Schrecken als List!«

»Glauben Sie Beiden nicht, großmüthiger Capitän. Auf das Wort eines Menschen, der aufrichtig seyn kann, wenn es Noth thut: mein herrschendes Gefühl ist heilsame Furcht, was auch immer die ungehorsamen Gesichtszüge plaudern mögen. Ich könnte wirklich weinen, wenn ich gerade jetzt für tapfer gehalten würde!«

Immer mehr erstaunte der Capitän, und ließ die Hand, womit er den Seestreicher beim Arm gefaßt hatte, um denselben zurückzuhalten, allmählig herabgleiten, bis sie die Hand des Anderen berührte. Diese war so weich, daß ihm im Augenblicke der Berührung ein bis jetzt nicht im entferntesten geahnter Gedanke durch die Seele fuhr. Jetzt trat er einen oder zwei Schritte zurück, und maß die leichte, behende Gestalt des Fremden, vom Scheitel bis zur Zehe. Seine Stirn entwölkte sich, und an die Stelle des zürnenden Unwillens trat zum ersten Male reine, ungemischte Verwunderung. Jetzt erst fiel es ihm auf, daß der Ton der Stimme sanfter, melodischer sey, als Männer ihn zu haben pflegen.

»Nein, nein. Du bist nicht der Meerdurchstreicher!« rief er nach kurzer, prüfender Pause.

»Keine Wahrheit ist zuverlässiger. Auf mich kann nur wenig in diesem rauhen Treffen gerechnet werden. Wäre jener tapfere Seemann hier, – hier röthete sich die Wange tiefer – sein Arm und sein Rath käme einem Heere gleich. Sah ich ihn doch unter schwierigeren Umständen handeln, als die Elemente mit anderen Gefahren sich verschworen zu haben schienen. Sein heldenmüthiges Betragen flößte dem zaghaftesten Herzen auf der Brigantine Muth ein. Erlauben Sie mir jetzt, der bangen Aliva Trost zuzusprechen?«

»Ich würde ihren Dank schlecht verdienen, schlüge ich Dir diese Bitte ab,« erwiederte Lublow. »Geh, schmucker, tapferer Meister Seestreicher! Dein Dienst hier auf dem Verdeck ist nutzlos, wenn der Feind Deine Gegenwart hier so wenig fürchtet, als ich sie bei der schönen Barbérie befürchte.«

Der Seestreicher ward bis über die Schläfe roth, legte demüthig die Hände auf der Brust übereinander, beurlaubte sich mit einem Knix, dessen kritische Beschaffenheit dem aufmerksamen Capitän ein Lächeln abzwang, glitt sodann bei ihm vorüber und verschwand durch die Luken.

Ludlow verfolgte die hetzende, anmuthsvolle Gestalt mit dem Auge, so lange sie im Gesichte blieb, und als sie verschwand, richtete er auf den Rathsherrn einen fragenden Blick, um zu erfahren, ob dieser mit dem wahren Charakter des Individuums bekannt sey, das für ihn die Ursache so vieler Unruhe gewesen war.

»Habe ich wohl daran gethan, Sir, daß ich einem Unterthan der Königin bei unserer gefahrvollen Lage erlaubte, sich zurückzuziehen?« fragte er, denn sein schweigendes Prüfen war an Mynderts Phlegma oder Selbstbeherrschung gescheitert.

»Man konnte den Knaben füglich eine Contrebande im Kriege nennen,« antwortete, ohne eine Muskel zu verziehen, der Alderman; »einen Artikel, der sich besser bei einem ruhigen Markte verkaufen läßt, als bei einem stürmischen; kurz, Capitän Cornelius, dieser Meerdurchstreicher ist im Gefechte nicht Dein Mann.«

»Und wird sein heldenmüthiges Beispiel Nachahmer finden, oder darf ich auf den Beistand de« Herrn Alderman Van Beverout zählen? Den Ruf eines loyalen Bürgers genießt er.«

»Was Loyalität betrifft,« erwiederte der Befragte, »in sofern sie darin besteht, die Königin bei städtischen Festlichkeiten hochleben zu lassen, so besitzt Keiner mehr davon als ich. Ein Wunsch ist keine theure Bezahlung für den Schutz, den uns ihre Flotten und Armeen gewähren, und von ganzem Herzen wünsche ich ihr und Ihnen Erfolg gegen den Feind. Hingegen war ich nie ein Bewunderer von der Art und Weise, wie man die Generalstaaten um den Besitz ihres Gebietes auf diesen Continent gebracht hat, und daher, mein lieber Herr Ludlow, zolle ich den Stuarts just soviel, als ich ihnen schuldig bin, und keinen Deut mehr.«

»Was wohl gleichbedeutend damit ist, daß Sie es dem schönen Smuggler nachmachen und Ihren Trost da spenden wollen, wo man ihn weder bedarf noch verlangt.«

»Nicht so rasch, junger Herr. Wir Kaufleute lieben es, in unseren Büchern erst die Hauptsummen auszuwerfen, ehe wir die Schlußbilanz ziehen. Was auch meine Meinung von der regierenden Familie seyn mag (die ich Ihnen übrigens nur im Vertrauen mitgetheilt habe, und nicht als eine auszugebende Münze), so steht sie doch immer noch besser bei mir angeschrieben als der Grand Monarque.

Louis liegt im Streit mit den Vereinigten Provinzen, eben so gut als mit unserer allergnädigsten Königin; ich sehe also nicht, was es schaden kann, einen seiner Kreuzer ein wenig zu züchtigen, zumal da sie allerdings den Handel hemmen und die Bezahlung der Waaren beschwerlich und ungewiß machen. Auch wird's nicht das erstemal in meinem Leben seyn, daß ich Geschütz lösen höre, da ich in jüngeren Tagen Anführer eines Haufens der Städtischen Garde war, und ihn manchen Marsch und Contre-Marsch um die Kegelbahn machen ließ. Zur Ehre des zweiten Bezirks der guten Stadt Manhattans erkläre ich mich jetzt bereit zu zeigen, daß ich die Kriegskunst nicht gänzlich vergessen habe.«

»Geantwortet wie ein Mann! fällt die Ausführung eben so aus, so will ich mich um Ihre Beweggründe nicht weiter bekümmern, mögen sie seyn, welche sie wollen. Der Offizier ist's, der dem Schiffe den Sieg sichert, denn, leuchtet er mit gutem Beispiel vor und versteht er seine Schuldigkeit, so kann man sich auf die Gemeinen verlassen. Wählen Sie unter diesen Kanonen sich einen Posten, und dann dort den Schranzen Ludwigs den Bissen versalzen! gleichviel, ob wir es als Engländer oder als die bloßen Verbündeten der Sieben Provinzen thun.«

Myndert stieg zur Schanze hinab. Hier zog er den Rock aus, legte ihn bedächtig auf's Gangspill, nahm die Perücke ab und band sich an ihrer Stelle das Taschentuch um den Kopf, befestigte die Schnalle, welche die Dienste eines Hosenträgers that, und warf dann einen solchen Blick längs der Geschütze, welcher die Beistehenden versicherte, daß er sich wenigstens vor dem Rückprallen derselben nicht fürchtete.

Der Rathsherr Van Beverout war ein viel zu wichtiger Mann, als daß er nicht von den meisten derjenigen, die oft nach der ansehnlichen Stadt kamen, wo er Magistratsperson war, hätte gekannt seyn sollen. Daher brachte seine Anwesenheit unter den Leuten, von denen viele aus der Colonie gebürtig waren, eine wohlthätige Wirkung hervor. Einige fühlten sich durch sein beherztes Benehmen aufgemuntert, Andere mochten sich vielleicht, als sie einen so reichen Mann, dem sein Leben so lieb seyn mußte, sich muthig unter die Kämpfenden stellen sahen, einen minder beunruhigenden Begriff von der Gefahr machen. Dem sey wie ihm wolle, genug, der Bürger wurde mit einem Hurrah empfangen, was ihn zu einer bündigen pikanten Rede aufmunterte, worin er seine Waffengefährten aufforderte, ihre Schuldigkeit so zu thun, daß sie den Franzosen die weise Lehre, künftig die Küste unbehelligt zu lassen, handgreiflich darthäten. Dagegen enthielt er sich aller der herkömmlichen Gemeinplätze und Anspielungen auf König und Vaterland, und zwar wohlweislich, weil er fühlte, daß er der Sache nicht ihr Recht anthun würde.

»Ein Jeglicher halte sich denjenigen Grund zum Muthe vor, der seinen Sitten und Meinungen am besten entspricht,« schloß dieser neuere Nachahmer der Hannibals und der Scipione des Alterthums; »denn das ist der zuverlässigste und kürzeste Weg, sich in Harnisch zu bringen. So wie es mir nicht an einem hinlänglichen Beweggrund fehlt, so wird ein jeder unter Euch wahrscheinlich eins oder das andere auffinden können, was ihn bestimme, mit Herz und Hand in die Schlacht zu gehen. Potz Protest und Kredit! was würde aus den Geschäften des besten Hauses in der Colonie werden, wenn der Chef desselben als Gefangener nach Brest oder l'Orient wanderte! Die ganze Stadt konnte so was in Unordnung bringen. Ich will euren Patriotismus nicht durch Zweifel beleidigen, und nehme daher ohne Weiteres an, daß Ihr wie ich entschlossen seyd, aufs Aeußerste Widerstand zu leisten, denn die Angelegenheit geht Jeden an, wie überhaupt alle Handelsfragen, weil sie auf das Glück und Wohlseyn der Gesellschaft Einfluß haben.«

Nachdem der Bürger seine Anrede mit einer so passenden, das Gemeinwohl berücksichtigenden Anspielung geschlossen hatte, räusperte er sich furchtbar und nahm dann wieder sein gewöhnliches gravitätisches Schweigen an, seines eigenen Beifalls vollkommen gewiß. Trägt der Inhalt der Beverout'schen Kriegs-Beredsamkeit zu sehr das Gepräge ungetheilter Aufmerksamkeit auf seine eigenen Angelegenheiten, so vergesse der Leser nicht, daß gerade diese alles auf sich beziehende Individualität die Quelle ist, der die größten und glücklichsten Unternehmungen in der Handelswelt entfließen. Was die Seeleute, die Mynderts Zuhörer waren, betrifft, so erfüllte sie dessen Rede mit Bewunderung, eben weil sie kein Wort davon verstanden hatten. Soll ein Aufruf sich des Beifalls Aller erfreuen, so muß er entweder so durchsichtig klar seyn, daß jeder seine eigenen Gedanken darin glücklich wiedergegeben findet, oder so unverständlich, daß jeder es wenigstens glaubt.

»Ihr seht Euren Feind, und kennt Eure Arbeit!« sprach Ludlow, indem er unter seinen Leuten umherging, mit klarer, tiefer, männlicher Stimme und festem gehaltenen Ton, der in gefahrvollen Augenblicken so ergreifend wirkt. »Ich will nicht behaupten, daß wir so zahlreich sind als zu wünschen wäre, aber je größer die Nothwendigkeit ist, tüchtig Hand anzulegen, je bereitwilliger ist jeder ächte Seemann, es zu thun. Die Flagge dort oben ist nicht angenagelt. Bin ich todt, so mögt Ihr sie niederreißen, wenn Ihr Lust dazu habt; so lang ich aber lebe, Bursche, soll sie an ihrem Ort bleiben! Und nun ein Hurrah, um Eure Stimmung zu zeigen, alles übrige Geräusch komme dann aus den Kanonenschlünden.«

Die Mannschaft gehorchte: es war ein kräftiges muthvolles Kriegsgeschrei. Einem jungen Seekadett machte das Getümmel,

selbst unter solchen Umständen, so viel Freude, daß er laut auf-
jauchzte; Spannsegel aber belehrte ihn, daß er selten eine hübschere
nautische Rede gehört habe, als die, welche der Capitän so eben
gehalten; es sey eine unvergleichliche Vereinigung des Schlichten
mit dem Herrischen.

Dreißigstes Kapitel.

»Herr,
Zwar übersteigt der Auftrag meine Kräfte:
Doch Euretwillen wollen wir versuchen.
Ihn zu vollziehen, es koste was es will.

Ende gut, Alles gut.

Das Fahrzeug, welches so zur Unzeit für den schlecht bemannten britischen Kreuzer seine Erscheinung machte, war ohne bestimmteren Zweck aus den Gewässern der kleinen Antillen ausgelaufen, und Abenteuer, wie dasjenige, welches sich ihm eben jetzt darbot, mochten wohl gerade das seyn, was es suchte. Es hieß *la belle Fontange*, und der Commandeur desselben, ein Jüngling von zwei und zwanzig Jahren, war bereits wohlbekannt, sowohl in den Salons der Marais, als hinter den Mauern der Rue basse des Remparts:[36] in den ersteren als einer der liebenswürdigsten Elegants, an letzterem Ort als einer der ausdauerndsten und gewandtesten Abenteurer. Rang und Einfluß zu Versailles hatten dem jungen Chevalier Dumont de la Rocheforte eine Commandostelle verschafft, auf die er weder durch Erfahrung, noch durch geleistete Dienste hätte Anspruch machen können. Seine Mutter, eine nahe Verwandte einer der Schönheiten am Hofe, war von ihrem Schooßhündlein gebissen worden, weßhalb die Aerzte ihr als Vorbeugungsmittel die Seebäder empfahlen. Von dort aus nun sandte sie täglich lange nautische Beschreibungen an diejenigen ihrer Freundinnen, deren Kenntnisse vom Wasser sich auf den beständigen Anblick einiger Karpfenteiche und dann und wann eines Stückes vom trüben Seine-Fluß beschränkten. Als Episode nun zu jenen Seeschilderungen that sie das Gelübde, ihr jüngstes Kind dem Neptun zu weihen! Zur gehörigen Zeit, das heißt, während der poetische Aufschwung am stärksten war, ward der junge Chevalier regelmäßig auf die Liste gebracht, und erhielt, aller regelmäßigen und überlegten Beförderung zuwider, das Commando über die genann-

---

[36] Wer irgend mit der Geschichte von Paris vertraut ist, versteht diese Anspielung. Zu der Zeit, in der unsre Erzählung spielt, fanden alle Zweikämpfe unter diesen »Wällen.« (remparts) statt

te Corvette, mit welcher er nach Westindien geschickt wurde, um sich und dem Vaterlande Ruhm zu erwerben.

Der Chevalier Dumont de la Rocheforte war tapfer, doch sein Muth war nicht die ruhige, stille Geistesgegenwart des Seemanns, sondern, gleich ihm, lebendig, unbesonnen, aufbrausend und mehr das Erzeugniß des körperlichen Wohlbehagens. Dagegen besaß er allen Stolz eines vornehmen Herrn, und unglücklicherweise für die Pflichten, die er jetzt zum ersten Male ausüben sollte, bestand eine der Eingebungen dieses Stolzes in der Verachtung jener mechanischen Kenntnisse, welche dem Befehlshaber der La belle Fontange im jetzigen Augenblicke so unendlich nöthig waren. Er konnte tanzen zum Entzücken, und that die Honneurs an der Capitänstafel mit tadelloser Eleganz. Auch muß nicht verschwiegen werden, daß er einst einem wackern Matrosen, der über Bord gefallen war, ohne Weiteres nachsprang, um ihn zu retten; weil er aber selber keinen einzigen Strich schwimmen konnte, so verursachte er dadurch den Tod des Unglücklichen, indem nun die Anstrengungen der Leute, welche diesem hätten zu Theil werden können, dessen Vorgesetztem zugewendet wurden. Ferner schrieb er gar nicht schlechte Sonnette, und hatte auch von der neuen Philosophie, deren Licht damals über die Welt aufzugehen begann, einige abgerissene Ideen erhascht; aber das Tauwerk seines Schiffes und die Linien eines mathematischen Problems waren Labyrinthe, in die er sich nie gewagt.

Schlecht wäre es um die Sicherheit der Mannschaft der Belle Fontange bestellt gewesen, wenn nicht einer der Subaltern-Offiziere am Bord, aus *Boulogne-sur-mer* gebürtig, so viele Kenntnisse besessen hätte als nöthig sind, um ein Schiff in seinem Cours zu halten, und zu verhüten, daß es seine stolzen Hochflieger zu ungelegenen Zeitpunkten entfalte. Das Schiff selbst war nach den Regeln der Wissenschaft und geschmackvoll gebaut, hatte leichte, durchsichtige Takelage und genoß den nicht unverdienten Ruf eines Schnellseglers. Dagegen theilte es mit seinem Befehlshaber den Fehler, nicht solid genug zu seyn, um den Wechseln und Gefahren des stürmischen Elementes, auf welchem es sich bewegen und handeln sollte, für die Dauer widerstehen zu können.

Die Schiffe standen jetzt keine Meile[37] mehr von einander entfernt. Die Luft wehte anhaltend und so stark, als zu den gewöhnlichen Evolutionen einer Seeschlacht nöthig ist; dabei gestattete die
ruhige Wasserfläche eine zuverlässige und genaue Handhabung der
Fahrzeuge. Die Fontange war in ihrem Laufe mit dem Gallion nach
Osten gekehrt, und da sie den Vortheil des Windes auf ihrer Seite
hatte, so beugte sich ihr hohes Spierenwerk sanft nach ihrem Gegner hin. Die Coquette hatte die Halsen nach Backbord zu und neigte
sich daher nothwendig vom Feinde weg. Beide Fahrzeuge waren bis
auf Bramsegel, Brodwinner und Klüver entblößt, nur daß die höheren Segel des Franzosen lose im Winde flatterten, wie die anmuthigen Falten einer geschmackvollen Draperie. Weder auf dem einen,
noch auf dem anderen Verdeck war ein menschliches Wesen zu
unterscheiden, wohl aber umdunkelten Gruppen die Tops der Masten und Stengen – ein Zeichen, daß die Topgasten bereit standen,
selbst mitten in der Verwirrung und den Gefahren des bevorstehenden Kampfes ihr Amt zu verrichten. Ein paar Mal hielt die
Fontange mit ihrem Gallion mehr nach dem Feinde zu, schwenkte
dann aber wieder in den Wind und fuhr mit stattlicher Bewegung
vorwärts. Der Augenblick war nicht mehr fern, wo beide Schiffe
sich kreuzen mußten, in solcher Nähe, die ein Flintenschuß leicht
durchmessen konnte. Ludlow, welchem die geringste Veränderung
der Stellung, das leiseste Steigen und Fallen des Windes nicht
entging, begab sich auf das Hüttendeck, und durchstrich noch einmal den Horizont mit seinem Fernrohr, ehe der Rauch das Schiff in
Finsterniß einhüllen würde. Er war nicht wenig befremdet, eine
Pyramide von Segeltüchern zu entdecken, die auf der Luvseite aus
dem Wasser emporstieg. Das Segel ließ sich mit unbewaffnetem
Auge erkennen, und nur die so dringenden Geschäfte hatten verhindert, daß es nicht früher war entdeckt worden. Er rief seinen
Subalternen zu sich, und fragte ihn, was er von der Beschaffenheit
dieses neuen Fremden denke; allein Spannsegel gestand, daß er,
trotz seiner durch lange Erfahrung geschärften Beobachtungsgabe,
nicht mehr ausmitteln könne, als daß es ein mit ausgebreiteten Segeln vor dem Winde laufendes Fahrzeug sey. Nach einem zweiten,
längeren Blick wagte der bewährte Seemann schon hinzuzufügen,

---

[37] Es ist natürlich nur von englischen Meilen die Rede, wovon ungefähr vier auf
eine deutsche gehen. D. U.

daß der Fremde das Vierkant und das Ebenmaaß eines Kreuzers zeige, seine Größe aber getraute er sich noch nicht anzugeben.

»Es kann ein leichtes Schiff seyn unter seinen Bram- und Leesegeln; kann aber auch seyn, daß wir nur die obersten Tücher eines größeren Fahrzeugs vor uns haben, Herr Capitän; – ha! der Franzose hat ihn schon ausgemittelt, die Corvette hat Signale ausgesetzt!«

»Recognosciren wir. Antwortet der Fremde auf die Signale, so bleibt nichts übrig als schleunige Flucht.«

Noch einmal wurden die oberen Spieren des fernen Schiffes scharf und ängstlich beobachtet; inzwischen war die Richtung des Windes ungünstig, und es blieb also ungewiß, ob ein Einverständniß mit der Corvette stattfinde. Auch die Fontange schien über den Charakter des Fremden nicht ganz sicher unterrichtet, und einen Augenblick lang zeigte sie nicht undeutlich die Absicht, ihren Cours zu ändern; doch die Zeit zur Unschlüssigkeit war vorbei, schon fuhren die Schiffe unter dem anhaltenden Druck des Windes parallel an einander.

»Haltet Euch fertig, Leute!« sagte Ludlow, mit leiser, aber fester Stimme, und winkte, ohne selbst seinen erhöhten Posten auf der Kampanje zu verlassen, dem Subalternen, zum Hauptdeck zurückzukehren. »So wie er blitzt, gebt Feuer!« Die gespannteste Erwartung folgte. Die zwei netten Fahrzeuge segelten stetig auf einander los, und kamen innerhalb Rufnähe neben einander. So tief war die Stille in der Coquette, daß Alle am Bord das Rauschen des Wassers längs des schneidenden Kiels deutlich hören konnten, ein Ton, nicht unähnlich dem dumpfen Schnaufen eines riesigen Thieres, wenn es zu irgend einer außerordentlichen Anstrengung alle seine Kräfte sammelt. Nicht so still war es auf der Fontange, in ihrem Tauwerke hörte man verschiedene Stimmen laut durcheinander schreien. Als die Schiffe völlig parallel einander gegenüber lagen, ertönte die Stimme des jungen Dumont durch den Rufer, den Leuten befehlend Feuer zu geben. Ludlow lächelte mit seemännischem Hohn. Er hob seinen Rufer in die Höhe, gab seiner aufmerksamen und bereitstehenden Mannschaft einen ruhigen Wink, und aus der dunkeln Seite des Schiffes brach die volle Lage hervor, gleichsam wie aus einer Willensthätigkeit des Schiffes selbst. Die volle Lage des Andern ward beinahe gleichzeitig empfangen und beide Fahrzeuge fuhren schnell einander vorbei, außerhalb Schußweite.

Der Wind hatte auf die Coquette den Rauch ihrer eigenen Batterie zurückgetrieben; eine Minute durchzog er die Decks, verfing sich in die Falten der Segel, dann aber flog er mit dem Winde, welchen der Gegenstoß der Explosion verursachte, leewärts. Durch den Lärm des Geschützes hindurch hatte man das Pfeifen der Kugeln durch den Windfang und das Krachen des Holzes vernehmen können. Nachdem Ludlow daher auf den dahin fahrenden Feind noch einen Blick geworfen hatte, lehnte er sich rückwärts auf die Gallerte, und versuchte mit der ängstlichen Genauigkeit eines Seemanns den Zustand seines Schiffes in der Höhe auszumitteln.

»Was ist weggeschossen, Sir?« fragte er Spannsegel, dessen ernstes Gesicht der hinwegziehende Rauch jetzt enthüllte. »Welches Segel schlägt so schwer an?«

»Wenig Schaden geschehen, Sir, wenig Schaden. Faßt das Takel an der Fockraanocke! flink, Ihr Schlingel! Ihr bewegt Euch ja wie Schnecken in einer Menuett! – Der Kerl hat uns das Lee-Vormarssegel abgeschossen, Sir; doch wir wollen unsere Flügel gleich wieder ausbreiten. – Bindet's fest, Bursche, als wenn's verbolzt wäre – so. Zieh Deine Bulien steif an, da vorne! Hasch' sie, Du kannst schon, fasse sie, es kann, es muß gehen, – so.«

Der Rauch war nun völlig verzogen, und Ludlow konnte nun über das Ganze seines Schiffes einen Ueberblick thun. Drei bis vier Topgasten hatten sich schon der unthätig gemachten, los im Winde flatternden Leinwand bemächtigt und saßen auf der Nocke der Fockraa, um sie wieder daran zu befestigen. Ein oder zwei Löcher in den übrigen Segeltüchern und hier und da ein entzweigeschossenes Tau von geringer Wichtigkeit, war der ganze Schaden, den er oben entdecken konnte.

Auf dem Verdeck selbst bot sich ihm ein anderes Schauspiel dar. Die schwache Mannschaft war thätig mit dem Laden der Kanonen beschäftigt, und Ansetzer und Auswischer wurden mit einem Eifer gehandhabt, welcher dem aufregenden Augenblick völlig entsprach. Der Alderman konnte nie seinem Hauptbuch ungetheiltere Aufmerksamkeit geschenkt haben, als er jetzt seiner Pflicht eines Kanoniers widmete, und die jungen Leute, welchen der Befehl der

Batterien anvertraut werden mußte, unterstützten ihn wacker durch ihre Autorität und Erfahrung. Spannsegel stand am Gangspill, im Ertheilen der eben erwähnten Befehle begriffen. Sein Blick war aufwärts gerichtet und das was er sah, nahm ihn so gänzlich in Anspruch, daß er nichts von Allem gewahr ward, was näher um seine Person vorging. Mit Schmerzen bemerkte Ludlow, daß das Verdeck nicht weit von ihm von Blut gefärbt war, und ein Matrose lag todt vor ihm ausgestreckt. Die zersplitterte Planke und zerrissenen Wegeringen deuteten den Punkt an, wo das todtbringende Geschoß angeschlagen hatte. Mit verbissenen Lippen, wie ein Entschlossener, lehnte sich der Commandeur der Coquette noch weiter nach vorne und schaute nach dem Steuerrad; dort befand sich der Quartiermeister; die Speichen in der Hand, stand er aufrecht regungslos da und behielt das Auge auf die stehende Seite des Vordersegels gerichtet, so unausgesetzt, wie die Magnetnadel nach Norden weiset.

Dies waren die Beobachtungen einer einzigen Minute; er machte sich mit den verschiedenen eben erwähnten Umständen durch eben so viele rasche Blicke bekannt, ohne unterdessen die Kenntniß von der genauen Lage der Fontange zu verlieren. Diese war schon im Begriff zu wenden, es wurde daher nöthig, der Evolution durch eine entsprechende schnell zu begegnen.

Der Befehl war kaum gegeben, so fiel die Coquette, gleichsam als hätte sie ein Bewußtseyn von der Gefahr, in der sie schwebte, daß die Kugeln des Feindes sie der Länge nach durchfliegen könnten, wirbelnd vom Winde ab, und sah sich, als der Gegner fertig war, seine volle Lage zu geben, im Stande, sie zu empfangen und zu erwiedern. Abermals näherten sich nun die Fahrzeuge, abermals wechselten sie, sobald ihre Seiten parallel lagen, ihre Feuerströme mit einander.

Ludlow's Blick, durch den Rauch hindurchdringend, gewahrte jetzt, wie die gewichtige Raa der Fontange furchtbar gegen den Wind zu schwanken begann und das große Marssegel herabkam, gegen seine Stenge wild anschlagend. Indem er sich festhielt an einem Tauende, das vom Laufstag durch eine Kugel so eben getrennt wurde, schwang er sich von dem Hüttendeck und kam mit einem Satz auf der Schanze neben dem Segelmeister zu stehen.

»Lassen Sie allen Brassen einen Ruck geben!« sagte er in eiligem Tone, obgleich weder laut noch undeutlich; »die Bulienen straffer angezogen – luv, Sir, Luv; klemmen Sie das Schiff dicht an den Wind!«

Das entsprechende, mit fester Stimme gegebene Commando des Quartiermeisters und die Art, wie die Coquette, selbst noch während sie ihre Flammenströme hervorsandte, sich nach dem Winde hinneigte, bekundete, wie vollständig jeder Untergeordnete seinen Posten ausfüllte. In der nächsten Minute vereinigten sich die ungeheuren Rauchwirbel, welche beide Schiffe einhüllten, und bildeten nur Eine weiße, heftig bewegte Wolke, die sich durch die auf einander folgenden Explosionen stets auf's Neue ergänzte, sich über die Meeresfläche wälzte, und wie sie höher hinanstieg, von der Luft leewärts dahin getragen wurde.

Rasch durchlief unser junger Commandeur die Batterien, redete seine Leute ermunternd an und nahm dann seinen Posten auf der Kampanje wieder ein. Das Stillstehen der Fontange und Ludlow's Bemühung, die Windseite zu gewinnen, setzten bereits den Kreuzer der Königin Anna in Vortheil. Es war dem Auge eines Seemannes, dessen Fertigkeit in seinem Fache fast zum Instinkt geworden war, nicht entgangen, daß am Bord seines Gegners Unschlüssigkeit herrschte, und diese machte er sich zu Nutze.

Chevalier Dumont vertrieb sich nämlich die Zeit damit, die Annalen der französischen Flotte zu durchlaufen, wo er fand, wie es mehreren Schiffscommandeurs zum Lobe angerechnet ward, daß sie, während sie parallel mit dem Feinde lagen, ihre Obersegel aufsteckten. Unbekannt mit dem Unterschiede zwischen einem Schiffe, wenn es in der Linie kämpft und wenn es einzeln im Gefecht begriffen ist, beschloß er zu zeigen, daß er seinen Vorgängern an Muth nicht nachstehe. In derselben Zeit, wo Ludlow allein auf seinem Hüttendeck stand, wachsamen Auges die Bewegung seines eigenen Schiffes und die Stellung seines Feindes betrachtete, und das, was er gethan wünschte, dem weiter unten stehenden aufmerksamen Spannsegel bloß durch Blicke oder Geberden zu erkennen gab, fand auf der Schanze des Gegners zwischen dem Seemann aus Boulogne-sur-mer und dem eleganten Liebling der Salons ein heftiger Wortwechsel statt. Sie stritten sich über die Zweckmäßigkeit dessen, was der Letztere angeordnet hatte, um eine Eigenschaft zu beweisen, deren Daseyn Niemand bezweifelte. Für den britischen Kreuzer war die Zeit, die Jene durch diese Meinungsverschiedenheit verloren, von der höchsten Wichtigkeit. Man hielt wacker hin, so daß man bald aus dem Strich des feindlichen Feuers herauskam, und als es endlich dem Boulogner gelang, den Chevalier seines Irrthums zu überführen, befand man sich bereits auf dem andern Gang und luvte quer durch das Kielwasser der Fontange. Jetzt füllte sich wohl langsam das Obersegel, allein ehe die Corvette wieder in Gang gebracht werden konnte, überschatteten schon die Segel ihres Feindes ihr Verdeck. Die Coquette würde nun, aller Wahrscheinlichkeit nach, die Windseite gewonnen haben, wenn nicht in diesem kritischen Augenblick eine Kugel eins der Obersegel fast entzwei gerissen hätte. Hierdurch fiel das Schiff ab, die beiderseitigen Raaen geriethen in einander, und die zwei Fahrzeuge blieben an einander hängen.

Die Coquette stand indessen, in Beziehung auf Position, im Vortheil, und Ludlow, welcher mit einem Blick die wichtige Thatsache bemerkte, versicherte sich ihrer Dauer durch das Auswerfen seiner Enterhaken. Als beide Schiffe auf diese Weise fest an einander gekettet waren, fühlte sich der junge Dumont von der größten Verlegenheit befreit, denn er brannte vor Verlangen, handgemein zu werden, und da ihn nunmehr der Umstand rechtfertigte, daß sich mit den Kanonen nicht mehr zielen ließ und ein mörderischer Traubenhagel sein Verdeck bestrich, so gab er ohne Weiteres den Befehl, zu entern.

Auf der andern Seite würde sich Ludlow mit seiner schwachen Mannschaft schwerlich zu einer so gewagten Evolution, die ihn mit dem Feinde in unmittelbare Berührung bringen mußte, entschlossen haben, hätte er nicht die Mittel, wie den Folgen zu begegnen sey, vorher berechnet gehabt. Die Schiffe berührten sich nur an einem einzigen Punkt; diesen nun ließ er durch eine Reihe Musketiere decken. Kaum machte daher der ungestüme, junge Franzose, von einer Rotte Marinen gefolgt, seine Erscheinung auf dem Hackebord, so streckte sie ein dichtes, tödtliches Feuer bis auf Einen Mann darnieder. Dieser Eine war der junge Dumont selbst; einen einzigen Augenblick stierte er wild um sich her, doch angetrieben durch sein stürmisches Innere, drang er tollkühn allein bis auf's Deck des Feindes vor, wo eine Kugel auch ihn zu Boden schmetterte.

Ludlow beobachtete jedes Manöver mit einer Ruhe, welche weder das Gefühl seiner persönlichen Verantwortlichkeit, noch das Getümmel und die sich drängenden Ereignisse des furchtbaren Auftrittes zu erschüttern vermochten.

»Jetzt ist der Zeitpunkt da, um handgemein zu werden!« rief er, und winkte Spannsegel, die Leiter zu räumen, damit er vorbei könne.

Allein er fühlte sich beim Arm ergriffen; es war der ernste Alte, welcher nach der Windseite hinwies.

»Dort! der Schnitt jener Segel, das erhabene Steigen jener Spieren läßt kein Mißdeuten zu! der Fremde ist ein zweiter Franzmann!«

Ludlow schaute hin und überzeugte sich, daß sein Subaltern Recht hatte: ein zweiter Blick genügte, um ihm zu zeigen, was jetzt zu thun wäre.

»Macht den vordersten Enterhaken los! – kappt ihn – fort damit, klar!« ertönte es durch den Rufer mit einer Stimme, welche gebieterisch und hell das Schlachtgetümmel überbot.

Sobald der vorderste Enterhaken losgemacht war, drückte das feindliche Schiff, dessen Segel alle zogen, auf den Spiegel der Coquette, und setzte diese dadurch bald in den Stand, ihre Vorderraaen straff back zu brassen, also in einer der bisherigen entgegengesetzten Richtung. Nun erhielt die Fontange noch die ganze volle Lage ihres Gegners in den Spiegel, der letzte Enterhaken ward gekappt, und so trennten sich beide Schiffe wieder. Der ruhige Geist, welcher den Evolutionen und Anstrengungen der Coquette vorstand, leitete auch jetzt ihre Bewegungen. Die Segel wurden gesetzt, das Schiff unter Gewalt gebracht, und kaum fünf Minuten, nachdem die Trennung vom Feinde bewerkstelligt war, befand sich der Dienst im Schiffe wieder in seinem gewöhnlichen, regen, aber geräuschlosen Gange.

Behende Topgasten standen auf den Raaen, und breite Flächen frischer Leinwand wogten im Winde, während die neuen Segel gespannt und aufgesetzt wurden. Man splißte Taue, ersetzte sie zum Theil durch neue, untersuchte die Spieren, kurz, man ließ es nicht an jener strengen Wachsamkeit und bis in's Einzelne gehenden Sorgfalt fehlen, welche zur Wirksamkeit eines Schiffes so wesentlich ist. Jede Spier ward befestigt, die Pumpen sondirt, und das Schiff setzte seine Fahrt so stetig fort, als wenn es nie einen Schuß gegeben, noch empfangen hatte.

Nicht so die Fontange. Sie zeigte alles Zaudern, alle Verwirrung eines unthätig gemachten Schiffes. Ihre zerrissenen Segeltücher wehten in Unordnung hin und her, viele wichtige Taljen schlugen unbeachtet an die Stengen, und das Fahrzeug war hilflos wie ein Wrack vor dem Winde. Mehrere Minuten lang schien es, als befände sich kein anordnender Geist am Bord desselben, endlich, nachdem schon so viel Raum verloren war. daß der Feind den völligen Vortheil des Windes besaß, machte das Schiff einen Versuch, heranzukommen, doch der höchste und wichtigste Mast fing an zu schwanken und fiel endlich mit seinem ganzen Windfang über Bord.

Ungeachtet der Abwesenheit eines so großen Theils seiner Leute würde Ludlows Sieg dennoch jetzt gewiß gewesen seyn, hätte die Ankunft des Fremden ihn nicht gezwungen, seinen Vortheil fahren zu lassen. Allein die Folgen für sein eigenes Fahrzeug ließen sich zu klar voraussehen, um mehr zu gestatten, als ein natürliches, männliches Bedauern, daß man eine so günstige Gelegenheit unbenutzt lassen müsse. Die Beschaffenheit des Fremden war nicht länger zu verkennen. Jeder Seemann auf der Coquette erkannte das Land der langen engköpfigen Segel, der spitzzulaufenden Masten und kurzen Raaen der Fregatte, deren Rumpf jetzt deutlich sichtbar ward, ungefähr wie Andere ein Individuum an seinen Gesichtszügen oder seinem Anzug erkennen. Hätten übrigens über den Gegenstand noch irgend Zweifel obgewaltet, so würden sie alle vor der Gewißheit gewichen seyn, als man nun bemerkte, daß der Fremde mit der zerschossenen Corvette Signale austauschte.

Es war jetzt hohe Zeit, daß Ludlow über seinen zu nehmenden Lauf einen Entschluß faßte. Der Wind nach Süd hielt noch immer an, begann jedoch schwächer zu werden, und gewann allen Anschein, noch vor dem Eintritt der Nacht gänzlich aufzuhören. Land lag wenige Stunden nördlich, und der ganze Horizont nach dem freien Meer war, mit Ausnahme der beiden französischen Kreuzer, frei. Ludlow stieg zur Schanze hinab, und näherte sich dem Segelmeister, der auf einem Stuhle saß und sich vom Schiffswundarzt eine starke Wunde am Bein verbinden ließ. Er schüttelte dem barschen Veteran herzlich die Hand, und drückte ihm seinen Dank für seine, in einem so schwierigen Augenblick geleistete Unterstützung aus.

»Gott erhalte Sie, Capitän Lublow, Gott erhalte Sie!« erwiederte der alte Seemann, indem er zweideutig mit der Hand über die sonnenverbrannte Stirn fuhr. »Die Schlacht ist allerdings der rechte Probierstein für Schiff und Freunde, und, der Himmel sey Dank! Die Königin hat an diesem Tag Beide bewährt gefunden. Keiner war mangelhaft in seiner Pflicht, so ferne meine Augen sehen konnten, und das will nicht wenig sagen, bei einer halben Mannschaft und einem vollständigen Feind. Was das Schiff anbetrifft, so hat es sich zu keiner Zeit besser aufgeführt. Mir ahnete nichts Gutes, als ich das neue große Marssegel entzweigehen sah, wie ein Stück zerrissenen Mousselins zwischen den Fingern einer Nätherin, und das dieß der Fall war, können Alle hier bezeugen. – Lauf doch einmal nach vorne, Hopper, und sag' den Leuten in der Takelage, das Bordwandtau dort besser anzuziehen, und überhaupt alle Wanten gleichmäßig straff zu machen. – Ein munterer Junge, Herr Capitän, es fehlt ihm nur noch ein Bischen mehr Ueberlegung und etwas mehr Erfahrung, nebst einer kleinen Zugabe von Bescheidenheit, verbunden mit der Seefahrerkunde, die er natürlich mit der Zeit schon erlangen wird, um einen ganz tolerabeln Offizier aus ihm zu machen.«

»Der Bursch verspricht viel; doch ich bin eigentlich gekommen, alter Freund, um mir Deinen Rath zu holen über das, was wir zu thun haben. Es ist außer allem Zweifel, daß der Kerl, welcher auf uns segelt, ein Franzose ist, und zwar eine Fregatte.«

»Eher ließe sich die Natur eines Fischreihers bezweifeln, der die kleine Brut aufgabelt, und die großen Fische zufrieden läßt. Wir könnten ihm unsere Segel zeigen und versuchen, die offene See zu gewinnen; doch ich fürchte, dieser Vordermast, mit drei solchen Löchern drin, ist zu schwach, alle die Tücher zu tragen, die wir in diesem Fall nöthig hätten.«

»Was halten Sie vom Winde?« sagte Ludlow, indem er, obgleich innerlich im Reinen, was zu thun sey, sich unschlüssig stellte, um den Gefühlen seines verwundeten Gefährten zu schmeicheln. »Sollte er anhalten, so könnten wir Montauk doubliren, und so weit zurückkehren, daß unsre üppige Mannschaft wieder zu uns stoßen könnte; stirbt er hin, so fragt es sich, ob keine Gefahr vorhanden ist, daß sich die Fregatte innerhalb der Schußweite von uns bugsiren lasse? Wir haben keine Boote, um ihr aus dem Wege zu gehen.«

»Der Meeresboden an dieser Küste läuft so regelmäßig auf, wie das Dach eines Außengebäudes,« sagte Spannsegel, nachdem er einen Augenblick nachgesonnen, »und es ist mein Rath, wenn Sie ihn verlangen, Herr Capitän, daß wir uns, so lange der Wind dauert, dem seichten Wasser so sehr nahen, als nur immer angeht. Ich glaube, wir werden dann von einem zu nahen Besuch des Dickleibigen dort nichts zu fürchten haben. Was die Corvette anbetrifft, so hat sie meiner Meinung nach keinen Appetit mehr: wir haben ihr das Mittagsessen schon gereicht.«

Ludlow gab seinem Untergeordneten seinen Beifall zu erkennen, da sein Rath mit dem, was er zu thun schon entschlossen war, genau übereinstimmte; nachdem er ihm daher nochmals über seine Besonnenheit und Geschicklichkeit einiges Schmeichelhafte gesagt hatte, ertheilte er die nöthigen Befehle. Das Steuer der Coquette wurde jetzt dicht an die Luvseite gelegt, die Raaen in's Viereck gebraßt und das Schiff vor den Wind gebracht. Nachdem sie in dieser Richtung einige Stunden gesegelt hatten, nahm der Wind allmählich ab, und das Loth belehrte die Führer des Schiffes, daß der Kiel dem Meeresboden ganz so nahe wäre, als der Stand der Ebbe und das schwere Steigen und Fallen der Wogen rathsam machten. Bald darauf schwieg der Wind gänzlich, und unser junger Commandeur befahl, einen Anker auszuwerfen.

In dieser letzteren Beziehung wurde seinem Beispiel von den zwei feindlichen Kreuzern nachgeahmt. Diese hatten sich nämlich nach kurzer Zeit vereinigt, und man konnte, so lange es noch hell war, Boote zwischen beiden hin- und herfahren sehen. Als die Sonne hinter dem westlichen Rande des Meeres niedersank, verschwammen nach und nach die dunklen Umrisse beider Schiffe, bis die Nacht See und Land mit ihrem schwarzen Mantel verhüllte.

Einunddreißigstes Kapitel.

»Nun zur Sache!«

Othello.

Drei Stunden später war jedes noch so leise Geräusch am Bord des königlichen Kreuzers verstummt. Die Arbeit, erlittene Haverien auszubessern, hatte aufgehört, die meisten der Lebenden lagen ausruhend zwischen den Todten; eine gemeinsame Stille herrschte über Beiden. Nicht vernachlässigt wurde jedoch die dem Zustande der ermüdeten Matrosen so nöthige Wachsamkeit, und wenn gleich die Meisten schliefen, so waren Einige doch noch wach und strengten sich an, munter zu bleiben. Hier schritt eine schläfrige Schildwache auf dem Deck auf und ab, dort summte ein junger Offizier ein Matrosenlied vor sich hin, um auf seinem Posten nicht einzuschlafen. Tief hingegen war der Schlaf der übrigen Mannschaft, die, mit den Pistolen noch im Gürtel und den breiten Säbeln noch an der Seite, zwischen den Kanonen zerstreut umherlag. Eine Gestalt lag auf der Schanze ausgestreckt, unter dem Haupte einen Kugelkasten als Kissen. Das hörbare Athmen dieser Person bezeichnete den unruhigen Schlaf eines gewaltigen Körpers, in welchem die Müdigkeit mit dem Schmerz kämpfte. Es war der verwundete fiebernde Segelmeister, der in der erwähnten Körperlage eine Stunde der ihm so nöthigen Ruhe genießen wollte. Auf einer leeren Munitionskiste, nicht weit davon, lag noch eine, aber regungslose menschliche Gestalt, die Glieder in friedsame Haltung gelegt, das Antlitz den stillen flimmernden Sternen zugekehrt. Es war die Leiche des jungen Dumont, die man in der Absicht aufhob, sie nach der Ankunft des Schiffes im Hafen, in geweihete Erde zu bestatten. Ludlow hatte, wie es dem Zartgefühl eines großherzigen ritterlichen Feindes geziemt, mit eigener Hand über die sterblichen Ueberreste des unerfahrenen, aber tapfern jungen Franzosen, die schneeweiße Flagge seines Vaterlandes ausgebreitet.

Auf dem erhöheten Deck im Spiegel war eine kleine Gruppe Menschen zu bemerken, welche noch für die gewöhnlichen Eindrücke des Lebens empfänglich waren. Ludlow hatte nämlich, nachdem die Pflichten des Tages vollbracht waren, Alida und ihre Gefährten dorthin gebracht, damit sie eine reinere Luft, als die im Innern des Schiffes, schöpfen möchten. Neben ihrer jungen Herrin saß die kleine Negerin und nickte; der müde Alderman saß an dem Besahnmast angelehnt und gab hörbare Beweise, daß er der süßen Ruhe pflege; Ludlow hingegen stand aufrecht in der Mitte der Gruppe und schenkte dem Gespräche der Anderen seine Aufmerksamkeit, indem er jedoch von Zeit zu Zeit einen ernsten Blick auf die glatte Wasserfläche rund umher warf. Alida und der Seestreicher hatten neben einander auf Stühlen Platz genommen. Die Unterhaltung geschah in leisem Tone, die Stimme der schönen Barbérie war bebend und niedergeschlagen; ihren sonst so kräftigen und feurigen Geist hatten die Ereignisse des Tages sehr erschüttert.

»Ihr Fach hat eine Mischung des Schrecklichen mit dem Schönen, des Erhabenen mit dem Anziehenden,« sagte Alida als Erwiederung auf eine Bemerkung, welche der junge Seemann gemacht hatte. »Diese stille See, der hohle Ton der Brandung an der Küste und dieses sanfte Gewölbe über uns, sind Gegenstände, bei welchen auch ich mit Bewunderung verweilen könnte, wenn das wilde Schlachtgetümmel mir nicht verletzend noch immer in den Ohren gellte. Sagten Sie nicht, der Commandeur des französischen Schiffes sey noch ein Jüngling gewesen?«

»Ein bloßer Knabe, seinem Aeußern nach, der ohne den Vortheil der Geburt und hoher Verbindungen gewiß einen solchen Rang nicht bekleidet hätte. Daß es der Capitän selbst ist, davon sind wir überzeugt, nicht bloß durch seine Uniform, sondern auch durch seine verzweifelte persönliche Anstrengung, das falsche Manöver, welches er sich beim Anbeginn des Kampfes hatte zu Schulden kommen lassen, wieder gut zu machen.«

»Vielleicht hat er eine Mutter, Ludlow! – eine Schwester – ein Weib oder eine ....«

Alida hielt mit jungfräulicher Bescheidenheit inne, sie konnte es nicht über sich gewinnen, das Band zu nennen, das ihren Gedanken am meisten vorschwebte.

»Das alles hat er vielleicht! Solche Gefahren läuft nun einmal der Seemann, und ...«

»Und diejenigen, denen ihre Sicherheit theuer ist!« setzte mit leiser, aber ausdrucksvoller Stimme der Seestreicher hinzu.

ES folgte eine tiefe, beredte Stille. Alsdann hörte man Myndert undeutlich im Schlafe sprechen: »zwanzig Stück Biber und drei Stück Marder, wie die Factura zeigt.« Kaum war das Lächeln, welches Ludlow, trotz seiner ernsten Gedanken, nicht unterdrücken konnte, wieder verschwunden, so vernahm er die rauhen Töne Spannsegel's, der ebenfalls aus dem Schlafe sprach: »Munter dort, mit Euern Stoppern! der Franzmann geht schon wieder auf uns los!«

»Das ist prophetisch!« sprach Jemand laut hinter der aufhorchenden Gruppe. Ludlow drehte sich um, rasch wie die wehende Flagge sich um ihren Stock dreht, und erkannte mitten in der Dunkelheit, an der unbeweglichen männlichen Gestalt auf dem Hüttendeck dicht neben sich, die Person des – Meerdurchstreichers.

»Die Leute zusammengerufen! ...«

»Mit nichten!« unterbrach Ruderpinne die eilige Ordre, welche unwillkührlich Ludlow's Lippen entschlüpfte. »Auf Deinem Schiff muß es still aussehen, wie auf einem Wrack, in Wahrheit aber Vorkehrung und Wachsamkeit überall herrschen, selbst bis in den Vorrathskammern. Sie haben wohl daran gethan, Capitän Ludlow, munter zu bleiben, einige Ihrer Ausgucker indessen haben gerade nicht das schärfste Auge.« »Woher kommen Sie, verwegener Mann; welches tollkühne Vorhaben führt sie zum zweiten Mal auf mein Verdeck?«

»Ich komme aus meiner Wohnung auf der See. Mein Geschäft hier ist, zu warnen.«

»Auf der See!« hallte Ludlow's Stimme zurück, den leeren Gesichtskreis, so weit es die Finsterniß erlaubte, durchschweifend. »Es ist dies wahrlich keine Zeit zum Scherzen, und Sie sollten mit Ihren Witzen diejenigen verschonen, welche ernste Pflichten zu erfüllen haben.«

»Die Stunde beruft Sie in der That zu ernsten Pflichten – zu ernsteren als Sie ahnen. Doch ehe ich mich auf Erklärungen einlasse, muß eine Uebereinkunft zwischen uns stattfinden. Sie haben hier am Bord einen Diener der meergrünen Dame; ich fordere seine Freilassung für mein Geheimniß.«

»Der Wahn, in welchem ich schwebte, ist zerflossen,« erwiederte Ludlow, einen Augenblick auf die in sich geschmiegte Gestalt d»s Seestreichers hinschauend. »Meine Eroberung ist ohne Werth, Sie müßten sich denn selbst für ihn zum Gefangenen stellen wollen.«

»Mein Kommen hat einen andern Zweck. Hier ist Jemand, welcher weiß, daß ich nicht zu scherzen pflege, wenn ernste Angelegenheiten dringen. Lassen Sie die Anwesenden sich zurückziehen, damit ich offen mit Ihnen sprechen könne.«

Ludlow zauderte, denn er war noch nicht von seinem Erstaunen, den gefürchteten Freihändler so unerwartet auf seinem Deck zu finden, zurückgekommen. Doch Alida und ihr Gefährte schienen mehr Vertrauen in den Fremden zu setzen: sie erhoben sich von ihren Sitzen, weckten die Negerin, stiegen die Leiter hinab und begaben sich in die Kajüte. Als Ludlow sich mit Ruderpinne allein befand, verlangte er von diesem Aufschluß.

»Der soll Ihnen nicht vorenthalten werden,« erwiederte der Andere; »denn die Zeit drängt, und was geschehen muß, muß mit seemännischer Sorgfalt und Ruhe geschehen. Sie haben mit einem der Herumstreicher Ludwig's einen harten Strauß gehabt, Capitän Ludlow, und allerdings darf Königin Anna stolz auf die Art seyn, wie ihr Schiff regiert wurde. Haben Sie bedeutenden Verlust erlitten, und sind Sie noch stark genug, einen Vertheidigungskampf zu bestehen, der Ihres Betragens an diesem Morgen würdig wäre?«

»Sie verlangen von mir Antwort auf Dinge, die ich Ihnen nicht anvertrauen kann: Sie können Verrath im Sinne haben; wer bürgt mir dafür, daß ich nicht einen Spion vor mir sehe?«

»Herr Capitän! – doch die Umstände rechtfertigen Ihren Argwohn.«

»Sie wissen, ich habe Ihr Schiff und Ihr Leben bedroht – das Gesetz proscribirt Sie!«

»Dies ist nur zu wahr,« erwiederte der Meerdurchstreicher, und unterdrückte gewaltsam seinen empörten Stolz. »Ich bin ein

Smuggler, ein Proscribirter, aber ich bin ein Mensch! Sehen Sie jenen dunkeln Gegenstand, welcher die See gegen Norden begrenzt?«

»Er ist nicht zu verkennen, es ist Land.«

»Land, und das Land meiner Geburt! die frühesten, vielleicht die glückseligsten meiner Tage habe ich auf jenem langen, schmalen Eiland zugebracht.«

»Hätte ich's früher gekannt, so würden seine Bai's und Einschnitte genauer durchsucht worden seyn.«

»Die Durchsuchung würde sich belohnt haben. Eine Kanone auf diesem Deck kann den Punkt, wo meine Brigantine jetzt heimlich vor Anker liegt, leicht bestreichen.«

»Wenn Sie sie nicht seit Sonnenuntergang dorthin gesteuert haben, so ist das unmöglich. Als die Nacht herankam, war nichts rund umher zu sehen, als die Fregatte und die Corvette des Feindes.«

»Wir haben uns nicht einen Faden von unsrer Stelle bewegt, und dennoch, auf das Wort eines unerschrockenen Mannes, liegt am besagten Ort das Fahrzeug der meergrünen Dame. Sie sehen doch dort die Senkung des Strandes, gerade am nächsten Punkt des Landes? An jener Stelle nun ist die Insel vom Wasser fast ganz durchschnitten, und im innersten Punkt der von Norden einfließenden Bai, keine Meile von Ihrer Coquette, liegt die Wassernixe in Sicherheit. Auf jenem östlichen Hügel, Herr Capitän, bin ich heute Zuschauer Ihres Muthes gewesen, und obgleich meine Person verurtheilt ist, so fühlte ich doch, daß der Bann der Gesetze das Herz nicht treffen kann. Hier lebt eine Treue, welche selbst die Verfolgung der Zollbeamten nicht zu ersticken vermag.«

»Sie sind glücklich in der Wahl ihrer Ausdrücke, Sir. Ich will es nicht läugnen, daß ich glaube, selbst ein Seemann von Ihrer Geschicklichkeit müsse zugeben, daß mein Schiff gehörig regiert wurde.«

»Kein Lootse konnte zuverlässiger oder lebendiger seyn. Ich kannte ihre geringen Streitkräfte, denn die Abwesenheit Ihrer sämmtlichen Boote war mir kein Geheimniß, und ich gestehe, ich hätte gern einen Theil des Gewinnstes meiner Reise darum gegeben, heute mit einem Dutzend meiner bravsten Kerle auf Ihrem Verdeck gewesen zu seyn!«

»Ein Mann, der solcher Loyalität für die Flagge empfänglich ist, sollte überhaupt einem ehrenvolleren Berufe folgen.«

»Ein Land, welches solche Loyalität einzuflößen vermag, sollte sich nicht muthwillig durch Monopole und Ungerechtigkeiten um die Anhänglichkeit seiner Söhne bringen. Doch diese Erörterungen passen wenig zum gegenwärtigen Augenblick. Betrachten Sie mich in dieser Meerenge als Ihren Landsmann in mehr als einer Beziehung, und alles Vergangene als etwas derbe Freiheiten, die sich Freunde gegen Sie herausgenommen haben. – Capitän Ludlow, in jener dunklen, leerscheinenden Stelle der See brütet Gefahr!«

»Was für Beweise können Sie dafür anführen?«

»Eigne Anschauung. Ich habe mich unter ihren Feinden befunden, und ihre todbringenden Anstalten gesehen. Ich weiß, daß ich einen tapfern Mann zur Vorsicht ermahne, und werde Ihnen daher nichts von der Größe Ihrer Gefahr verhehlen. Sie bedürfen Ihrer ganzen Entschlossenheit, und jedes Arms, denn man wird gegen Sie mit furchtbarer Anzahl anrücken!«

»Wahr oder falsch, Deine Warnung soll nicht vernachlässigt werden.«

»Halt!« sagte der Meerdurchstreicher und hielt den Davoneilenden fest. »Laß sie fortschlafen. Sie haben noch eine Stunde, und Ruhe wird ihre Kräfte verjüngen. Vertrauen Sie der Erfahrung eines Mannes, der ein halbes Menschenleben auf dem Ocean zugebracht hat, und Zeuge gewesen ist von den stürmischsten Auftritten, vom Kampfe der Elemente bis zu allen Gattungen desjenigen Kampfes, den die Menschen erfunden haben, um sich einander zu zerstören; vertrauen Sie mir! Noch eine Stunde sind Sie sicher, dann aber schütze Gott die Unvorbereiteten, und sey er Denen gnädig, deren Lebensminuten gezählt sind!«

»Deine Sprache und Miene sind die eines Redlichen,« erwiederte Ludlow, gerührt durch die augenfällige Aufrichtigkeit des Freihändlers. »Es komme was wolle, wir werden fertig seyn. Aber immer bleibt mir die Art, wie Sie zur Kenntniß dieser Sache gekommen sind, ein eben so großes Geheimniß, als Ihr jetziges Erscheinen auf meinem Schiffe!«

»Sie sollen Beides erfahren,« antwortete der Meerdurchstreicher, und winkte seinem Gefährten, ihm nach dem Hackebord zu folgen. Hier wies er auf einen kleinen, beinahe unbemerkbaren Nachen, welcher am Fuße einer Leiter des Spiegels tanzte, und fuhr fort: »Wer so oft im Geheimen ans Ufer zu gehen hat, dem darf es nie an Mitteln fehlen. Diese Nußschale über den schmalen Streifen Landes, welcher die Bai vom Ocean trennt, tragen zu lassen, war ein Leichtes, und obgleich dort die Brandung fürchterlich brüllt, so weiß ein handfester geschickter Ruderer schon damit fertig zu werden. Ich habe mich unter dem Bugspriet des Franzosen befunden, und bin, wie Sie sehen, jetzt hier. Wenn Ihre Ausgucker nicht so munter find, als sonst, müssen Sie billig auch nicht vergessen, daß ein niedriger Dolbort, vermuffter Riem und eine dunkle Seite nicht leicht zu entdecken sind, wenn das Auge schläfrig und der Körper abgemattet ist. Jetzt muß ich von hinnen, Sie müßten es denn für gerathen halten, Diejenigen, welche nicht von Nutzen seyn können, vom Bord wegzuschaffen, ehe der Prüfungsaugenblick da ist.«

Ludlow nahm Anstand; wie gern er auch Alida an einem sichern Orte gewußt hätte, so vermochte er es doch nicht über sich, dem Smuggler unbedingt zu trauen.

»Ihre Muschel bietet für mehr Personen als ihren Lenker nicht Sicherheit genug dar. Ziehen Sie hin, und möge Ihnen das Glück hold seyn, wenn Sie aufrichtig waren.«

»Halten Sie sich wacker!« sagte der Meerdurchstreicher, und schüttelte ihm die Hand. Dann betrat er die schwankende Strickleiter, und stieg in seinen Nachen. Ludlow bewachte seine Bewegung mit gespannter, vielleicht mit mißtrauischer Aufmerksamkeit. Nachdem der Freihändler an der Rojeklampe seinen Sitz genommen, war seine Person fast nicht mehr zu sehen, und wie nun das Boot geräuschlos dahinglitt, schwand auch der Vorsatz des jungen Commandeurs, Denjenigen, die es unangekündigt hatten nahen lassen, einen Verweis zu ertheilen. In weniger als einer Minute war der dunkle Punkt nicht mehr von der Meeresfläche zu unterscheiden.

Als der junge Capitän sich nunmehr allein sah, dachte er reichlich über das Vorgefallene nach. Die Weise des Meerdurchstreichers, der Umstand, daß seine Nachricht eine aus freiem Antrieb mitgetheilte, und an sich nur zu wahrscheinliche war, die Mittel endlich, wie er zur Kenntniß derselben gelangte, vereinigten sich, den Capitän von der Aufrichtigkeit des Abenteurers zu überzeugen. Ueberdies ist es nichts Seltenes, daß Seeleute, deren sonstiges Treiben der Flagge Ihrer Nation Nachtheil bringt, bei ähnlichen Gelegenheiten ihre angeborne Liebe zu derselben nicht verläugnen. Ihre Vergehen gleichen den Fehlern der Leidenschaft und der Versuchung, dagegen darf man ihr vorübergehendes Zurückkehren zum Guten als den unaustilgbaren Naturtrieb betrachten.

Ludlow blieb der Ermahnung des Freihändlers, das Volk ausschlafen zu lassen, eingedenk. Zwanzig Mal, innerhalb eben so vieler Minuten, zog der junge Seemann die Uhr, und steckte sie wieder ein, entschlossen, seine Ungeduld zu besiegen. Endlich stieg er hinab auf die Schanze und näherte sich der einzigen Gestalt, welche aufrecht stand. Der wachthabende Offizier war ein Knabe von sechzehn Jahren, der seine Probezeit noch nicht ausgedient hatte, und dem dieser wichtige Posten wohl nicht anvertraut worden wäre, wenn die im Dienste Aelteren nicht vom Schiffe abwesend gewesen wären. Er stand an's Gangspill angelehnt, indem er mit dem Ellbogen sich auf den Köppels stützte und die Wange auf der Hand ruhen ließ; der Körper war bewegungslos. Ludlow sah ihn einen Augenblick an, hob dann eine Schlachtlaterne ihm an's Gesicht, wo er dann fand, daß er schlief. Ohne den Delinquenten in seiner Ruhe zu stören, stellte der Capitän die Laterne wieder an ihren Ort und ging weiter. An der Fallrepstreppe stand ein Marinesoldat, das Gewehr präsentirend. Da Ludlow wenig Zoll von seinen Augen sich vorbeidrängen mußte, so konnte er leicht sehen, daß sie sich unwillkührlich öffneten und wieder schlossen, ohne Bewußtseyn dessen, was sie umgab. Auf der Bram-Back traf er eine kurze, stämmige Gestalt, frei, beide Hände quer in den Brustlatz gesteckt, und den Kopf langsam nach Westen und Süden drehend, als untersuche sie das Meer nach diesen Richtungen hin.

Ludlow stieg leise die Leiter hinauf und fand, baß es der alte Seemann war, welcher das Amt eines Ausguckers der Back bekleidete.

»Es freut mich, endlich einmal in meinem Schiffe ein Paar Augen offen zu finden,« sagte der Capitän. »Von der ganzen Wache bist Du der Einzige, der munter ist.«

»Ich habe Cap Fünfzig doublirt, Ew. Gestrengen, und der Seemann, welcher diese Reise gemacht, braucht selten von der Bootmannspfeife zweimal gerufen zu werden. In jungen Köpfen sitzen junge Augen, und wenn man tüchtig mit den Stücktaljen und Reepen hat umgehen müssen, geht außer Essen nichts über den Schlaf.«

»Und was zieht Deine Aufmerksamkeit so stark nach jener Gegend hin? Es ist doch weiter nichts sichtbar als der Seedunst.«

»In jener Richtung liegt der Franzose, Sir, – Hören Ew. Gestrengen nichts?«

»Nichts,« sagte Ludlow, nachdem er eine halbe Minute lang angestrengt gelauscht hatte, »nichts, außer dem Geräusche der Brandung am Strand.«

»Kann seyn, daß es bloß Einbildung war, aber es war ein Ton, als wenn ein Riemblatt auf eine Duft gefallen wäre; zudem ist es natürlich zu erwarten, daß der Musje Franzmann bei diesem glatten Wasser sich umsehen wird, um zu erfahren, wo wir geblieben sind. – Ich will nicht Robert Klampe heißen, wenn das Blitzen dort nicht ein Licht war!«

Ludlow schwieg, denn allerdings ward ein Licht in der Gegend, wo der Feind vor Anker lag, hin und wieder sichtbar, wie das einer bewegten Laterne. Endlich sah man es langsam niederwärts sich bewegen und verschwinden, als wenn es im Wasser erloschen wäre.

»Die Laterne ging in's Boot, Capitän Ludlow, obgleich der Kerl, welcher sie trug, ein Lümmel seyn muß!« sprach der störrische alte Backgast, schüttelte das Haupt, und fing an, das Deck auf und ab zu schreiten, mit der Haltung eines Menschen, der keine weitere Bestätigung seines Verdachtes bedarf.

Ludlow kehrte gedankenvoll, aber gelassen, nach der Schanze zurück. Ohne einen einzigen Mann zu wecken, ging er mitten durch die schnarchende Equipage hindurch; selbst den noch immer in seiner beschriebenen Stellung schlafenden Cadetten ließ er unberührt, und begab sich auf einige Minuten in seine Kajüte.

Als er wieder auf dem Verdeck zum Vorschein kam, war mehr Entschiedenheit und Vorbereitung in seinem Wesen bemerkbar.

»Es ist Zeit, die Wache aufzurufen, Reef,« flüsterte er dem schläfrigen Cadetten von der Seite zu, und that, als wenn er des Jünglings Achtlosigkeit auf seinen Posten nicht bemerkt hätte. »Das Glas ist um.«

»Schon gut, Sir, schon gut. Munter und dreht das Glas!« sprach der Jüngling zwischen den Zähnen und noch halb im Schlafe. »Eine schöne Nacht, Sir, und sehr flaches Wasser. Ich dachte eben ...«

»Nach Hause und an Deine Mutter. So machen wir's alle, wenn wir jung sind. Schon gut, Sir, schon gut; jetzt aber müssen wir an was Anderes denken. Bring' die Herren alle hier auf der Schanze zusammen.«

Jetzt, nachdem der Cadett, der Ordre gehorchend, abgegangen war, näherte sich der Capitän der Stelle, wo Spannsegel noch immer in unruhigem Schlafe lag. Die leise Berührung eines Fingers genügte, den Segelmeister auf die Beine zu bringen. Der erste Blick des Veteranen war nach dem Segelwerk, der zweite nach den Wolken und erst der letzte auf seinen Befehlshaber gerichtet.

»Ich fürchte, Deine Wunde wird steif, und daß die Nachtluft den Schmerz vermehrt hat,« bemerkte der Letztere in gütigem bedachtsamen Ton.

»Freilich läßt sich dem verwundeten Spier nicht mehr so gut trauen wie einer gesunden Stenge, Herr Capitän; da ich indessen kein Infanterist auf dem Marsche bin, so kann der Dienst im Schiffe seinen Gang gehen, ohne daß ich ein Pferd verlangen müßte.« »Dein muthiger Geist macht mir Freude, alter Freund, zumal da wir wahrscheinlich heiße Arbeit bekommen. Die Franzosen sind in ihren Booten, und wir werden bald im Handgemenge seyn, wenn nicht alle Zeichen trügen.«

»Boote!« wiederholte Spannsegel. »Ich wollte lieber, wir könnten unter unsern ausgebreiteten Tüchern bei einer scharfen Kühlte agiren. Ein behender Fuß und eine leicht bewegliche Segellänge, darin besteht die Force dieses Schiffes, aber wenn wir's mit Booten zu thun kriegen, ist ein Marine fast ein so guter Kerl wie ein Quartiermeister.«

»Wir müssen das Glück nehmen, wie es sich darbietet. Hier ist unser Kriegsrath schon beisammen. Er besteht aus jungen Köpfen, doch ihre Herzen würden grauen Haaren Ehre machen.«

Ludlow begab sich zu der kleinen Gruppe von Offizieren, die am Gangspill versammelt stand. Hier setzte er ihnen die Veranlassung ihrer plötzlichen Zusammenberufung deutlich und bündig auseinander. Nachdem die jungen Männer die Beschaffenheit der neuen Gefahr, welche dem Schiff drohte, begriffen und jeder seine Ordres erhalten hatte, trennten sie sich und begannen thätig, aber mit der sorgfältigsten Stille, die nöthigen Vorkehrungen. Das Geräusch der Fußtritte erweckte ein Dutzend der älteren Matrosen, welche sofort sich bei ihren Offizieren einstellten.

Bei solcher Beschäftigung verfloß eine halbe Stunde fast wie ein Moment. Nach Verlauf derselben konnte Ludlow ruhig seyn, sein Schiff war bereit. Die beiden vordersten Kanonen wurden, nachdem die Kugeln herausgezogen waren, mit doppelten Ladungen Traubenhagels und Schroot versehen. Mehrere Drehbassen, eine in jener Zeit viel benutzte Waffe, wurden bis an die Mündung vollgeladen und in solche Lage gebracht, daß sie das ganze Verdeck bestreichen konnten: endlich wurde der Vormars mit reichlichen Vorräthen von Waffen und Munition versehen, und die Lunten bereitet. Sodann geschah der namentliche Aufruf der sämmtlichen Mannschaft, und nach fünf Minuten waren die nöthigen Befehle ertheilt und Jedermann an seinem Posten. Nunmehr verstummte das dumpfe Gesumme auf dem Schiffe, und tiefe Stille herrschte wieder so allgemein, daß die Brandung der zurückprallenden Wogen fast so deutlich vernommen werden konnte, als wenn man sich am Strand befunden hätte.

Ludlow und der Segelmeister standen auf dem Vorderkasteel. Alle Sinne strengte hier der Erstere an, sich mit dem Zustand der Elemente genau bekannt zu machen und die Zeichen des Augenblicks zu erhaschen. Es wehte kein Wind, nur dann und wann kam ein Hauch warmer Luft vom Lande her, gleichsam das erste Wehen der Nachtkühlte. Der Himmel war umwölkt, obgleich einige Sterne traurig durch die Dunstmassen hindurchblickten.

»Eine stillere Nacht als diese hat über Amerika noch nicht geruht,« sprach der Alte mit gedämpfter Stimme und vorsichtiger

Miene, und schüttelte dabei zweifelnd den Kopf. »Ich gehöre zu denen, Herr Capitän, welche der Meinung sind, daß die halbe Kraft aus dem Schiffe ist, wenn sein Anker draußen hängt.«

»Bei einer geschwächten Mannschaft ist es vielleicht besser, wenn die Leute keine Raaen zu handhaben, noch Bulienen zu spannen haben; wir können unsre Aufmerksamkeit ungetheilt der Vertheidigung widmen.«

»Das ist nicht viel besser, als wenn man zum Falken sagen wollte, er könne mit beschnittenen Flügeln besser kämpfen, weil er sich dann nicht durchs Flügen abzumühen brauche. Die Natur eines Schiffes ist Bewegung, und das Verdienst des Seemanns besteht in wohlberechneter, rascher Handhabung – doch, was helfen Klagen, sie lichten kein Anker, füllen kein Segel! Was ist Ihre Meinung, Capitän Ludlow, von einem zukünftigen Leben und von allen den Dingen, die man gelegentlich zu hören bekommt, wenn man zufällig vor Topp und Takel in eine Kirche geräth?«

»Die Frage ist so grenzenlos wie der Ocean, mein guter Freund, und eine gehörige Antwort würde uns in Abstraktionen verwickeln, tiefer als irgend ein Problem in unsrer Trigonometrie. – War das nicht ein Ruderschlag?«

»'s war Geräusch vom Lande her. Na, ich bin kein sonderlicher Schifffahrer in den krummen Windungen der Religion. Jedes neue Argument ist eine Sandbarre, oder eine Untiefe, die mich zwingt zu wenden und wieder abzufallen, sonst hätte vielleicht ein Bischof aus mir werden können, wenigstens läßt sich nicht beweisen, daß so was unmöglich gewesen wäre. – Eine düstre Nacht, Herr Capitän, so sparsam mit ihren Sternen. Ich habe noch immer gefunden, daß nichts Gutes von einer Expedition kam, welche nicht vom natürlichen Lichte beschienen wurde.«

»Um so schlimmer für Diejenigen, welche Böses gegen uns im Sinne führen. Dies war doch ganz gewiß der Ton eines Riems in der Rojeklampe!«

»Er kam von der Küste, man konnte hören, daß es kein Seeton war,« erwiederte ungestört der Segelmeister mit unverwandt nach dem Himmel gerichtetem Auge. »In der Welt, in welcher wir jetzt leben, Herr Capitän, geht es seltsam genug her, doch die, auf wel-

che wir lossteuern, ist noch unbegreiflicher. Es heißt, über uns segeln Welten, wie Schiffe in heiterer See, und Einige glauben sogar,
wenn wir von diesem Planeten Abschied nehmen, so reisen wir
nach einem andern, wo wir, je nachdem unsre Handlungen hier
beschaffen gewesen, Anstellung erhalten, was ungefähr dasselbe
wäre, als wenn man, mit einem Dienst-Certificat, in ein anderes
Schiff versetzt wird.«

»Ganz dasselbe,« erwiederte der Andere, sich weit über den Pol-
ler weglehnend, um sicherer den geringsten Ton vom Ocean her zu
vernehmen. »Horch! doch nein, ein Meerschwein schnaubte nur.«

»Der Stärke nach war es der Hauch eines Wallfisches. An der
Küste dieser Insel ist kein Mangel an großen Fischen, und die Leute,
die auf den sandigen Dünen hier nach Norden zerstreut wohnen,
sind kühne Harpuniere. Einst segelte ich mit einem Offizier,

welcher jeden Stern am Himmel nennen konnte, und gar oft saß
ich während der mittleren Wachen ganze Stunden bei ihm und
hörte ihm zu, wenn er von ihrer Größe und Beschaffenheit erzählte.
Er war der Meinung, daß alle diese Luftwanderer, seyen's nun Me-
teore, Kometen oder Planeten, von einem einzigen Steuermann
geführt werden.«

»Da er dort war, mußt' er's wohl wissen.«

»Nein, das kann ich eben nicht von ihm sagen, obgleich auf unsrer eignen Erde wenig Leute tiefer in die hohen Breiten vorgedrungen sind als er, sowohl auf der einen wie auf der andern Seite des
Aequators. Da hat Jemand gesprochen, hier in gerader Linie mit
jenem niedrigen Stern!«

»War's kein Wasservogel?«

»Keine Möve – ha! da haben wir den Gegenstand, just innerhalb
des Steuerbord Kluverbaumreeps. Dort kommt der Franzmann in
seinem Stolze angezogen! Wohl dem, welcher die Schlacht überlebt
und sich seiner Thaten rühmen kann!«

Von ihrem hohen Fluge schnell zurückgerufen, kehrten des Segelmeisters Gedanken zur dringenden Gegenwart zurück; er eilte
vom Vorkasteel hinab und musterte die Mannschaft. Ludlow blieb
allein zurück. Ein leises Geflüster durchflog das Schiff, wie das

Gemurmel eines entstehenden Sturms, dann war Alles still wie der Tod.

Das Gallion der Coquette war der See zugekehrt, ihr Spiegel daher nothwendig dem Lande. Die Entfernung von Letzterem betrug keine Meile, und eine heftige Deining, welche die Gewässer auf dem weit in's Meer sich erstreckenden Strand unaufhörlich bewegte, gab dem Rumpfe des Schiffes die Richtung. Der Windfang im Vordertheil versperrte die schwachschimmernde Aussicht, daher Ludlow auf dem Bugspriet über Bord hinausging, um einen freien Gesichtskreis nach dem ihm so wichtigen Theile des Oceans zu bekommen. Hier hatte er noch keine Minute gestanden, so erblickte er zuerst verworren, dann aber deutlich, eine Reihe dunkler, sich langsam dem Schiffe nahender Gegenstände. Von der Stellung seines Feindes nunmehr genau unterrichtet, kehrte er innerhalb des Schiffsbords zurück und stieg zu den Leuten hinab. Im nächsten Augenblick befand er sich wieder auf dem Vorkasteel, das er gemächlich quer durchschritt, allem Anschein nach so unbefangen, wie Jemand, der in der erfrischenden Nachtkühle spazieren geht.

In einer Entfernung von hundert Faden machte die dunkle Reihe von Booten Halt, und fing an, eine andere Linie zu bilden. Gerade jetzt wurden die ersten Stöße des Landwindes fühlbar, und der Spiegel des Schiffes machte eine leise Bewegung seewärts.

»Kommt ihm mit dem Besahnsegel zu Hülfe! Laßt die Obersegel los!« flüsterte der junge Capitän dem unterhalb Stehenden zu. Flugs vernahm man das Flattern des losgemachten Segels. Das Schiff drehte sich noch mehr vom Lande ab, und nun stampfte Ludlow mit dem Fuße auf's Verdeck.

Ein rundes grelles Licht schoß über die Bugsprietspier hinweg, und den längs der Wasserfläche sich dahinwälzenden Rauch überflügelte ein pfeifender Kugelregen. Ein aus Commandorufen und Schmerzensgeschrei gemischter Lärm folgte; achtlos, sein Herannahen länger geheim zu halten, pflügte der Feind jetzt die Meereswogen mit lauten, gehäuften Ruderschlägen; der Ocean blitzte, und drei oder vier Bootstücke erwiederten das empfangene verhängnißvolle Feuer. Noch hatte Ludlow den Mund nicht geöffnet. Stets allein auf seinem erhöhten, ausgesetzten Posten, beobachtete er mit der einem Befehligenden geziemenden Ruhe die Wirkung beider

Feuer. Wild und triumphirend war das Lächeln seines zusammen-
gepreßten Mundes, als die augenblickliche Verwirrung unter den
Böten den Erfolg seines eigenen Angriffes verrieth; als er aber das
Zersplittern einer Planke unter sich, das tiefe Stöhnen gleich darauf
und das Geklapper leichterer, durch das Geschoß längs des Ver-
decks dahingetriebener Gegenstände vernahm, gewann Wuth und
Rache die Oberhand.

»Gebt es ihnen!« schrie er mit heller, ermunternder Stimme, welche die Mannschaft von seiner Gegenwart und seiner Sorgfalt für
sie gleich sehr überzeugte. »Zeigt ihnen, wie Engländer schlafen,
Bursche! Redet sie an, von Topps und Deck!«

Der Ordre ward gehorcht. Das noch übrige Bugstück ward abge-
feuert, und gleich hinterdrein folgte eine Entladung sämmtlicher
Musketen. In demselben Augenblick wimmelte es unter dem Bugspriet des Schiffes von Booten, und nun erhob sich das lärmende
Geschrei der Enterer.

In den nächsten Minuten herrschte verworrenes Getümmel und
die verzweiflungsvollste Thätigkeit. Zweimal füllte sich Vordertheil
und Bugspriet mit düstern Rotten, deren grimmige Gesichter bei'm
Blitzen der Pistolen aus der Finsterniß hervorguckten und wieder
verschwanden, und zweimal säuberten Pike und Bajonett den
Raum. Erfolgreicher war ein dritter Versuch, und schon stürmten
die Angreifenden das Deck des Vorkastells. Nur einen Augenblick
dauerte der Kampf, obgleich Viele stürzten und die enge Wahlstatt
bald vom Blute schlüpfrig war. Der Seemann aus Boulogne-sur-mer
focht an der Spitze seiner Landsleute, und jetzt, wo Alles auf dem
Spiele stand, kämpften, wo der Haufen am gedrängtesten war, Ludlow und Spannsegel wie der gemeinste. Die überlegene Menge
siegte, und ein Glück war's für den Commandeur der Coquette, daß
der plötzliche Fall eines tödlich Verwundeten ihn aus seiner Stelle
drängte und er auf's Verdeck hinabstürzte.

Kaum wieder auf den Beinen, munterte der junge Capitän durch
seine Stimme die Leute auf, und wie ein Echo hallte das kräftige
Hurrah zurück, welches so oft der letzte Lebenshauch des kämpfenden Seemannes ist.

»Sammelt Euch in den Gängen und ihnen entgegen!« war sein
neubeseelender Ruf. »Sammelt Euch in den Gängen, Ihr Herzen von

Eichen!« wiederholte Spannsegel, mit eifriger, aber geschwächter Stimme. Die Leute gehorchten, und Ludlow sah, daß er noch immer eine Macht aufbringen konnte, die des Widerstandes fähig war.

Beide Parteien hielten einen Moment inne. Das Feuer von den Topps belästigte die Enterer, und die Angegriffenen zögerten mit dem Eindringen. Aber wie von einem gemeinsamen Impuls angetrieben, stürzten sie dann beide auf einander, und das Treffen am Fuße des Fockmastes war entsetzlich. Im Rücken der Franzosen ward der Haufe immer dichter, und kaum fiel Einer in ihren Reihen, so wurde sein Platz schon durch einen Andern ausgefüllt. Die Engländer wichen und Ludlow machte sich Bahn durch die Masse hindurch und zog nach der Schanze zurück.

»Zieht Euch zurück, Leute!« schrie er laut und kräftig, daß seine Stimme das Getümmel und die Verwünschungen der Kämpfenden übertönte. »In den Raum! Hinunter zwischen die Kanonen! hinunter, hinter Eure Brustwehren!«

Die Engländer verschwanden wie durch Zaubergewalt. Einige schwangen sich über das Laufstag, Andere flohen hinter die Stücke und Viele eilten durch die Luken. Jetzt versuchte Ludlow sein letztes, verzweiflungsvolles Mittel: vom Konstabel unterstützt, brachte er die Lunten auf die als äußerste Zuflucht in Bereitschaft gehaltenen Drehbassen. Das Verdeck wurde in Rauch eingehüllt, und als dieser sich hob, erschien der vordere Theil des Schiffes so öde, als wenn er nie von einem Menschen betreten worden wäre. Fort waren Alle, bis auf die Gefallenen.

Ein Schrei und lautes Hurrah rief die Vertheidigenden wieder zusammen, und abermals führte Ludlow persönlich seine Mannschaft gegen das Bram-Deck. Nun kamen einige der Angreifenden aus ihren Schlupfwinkeln hervor und das Treffen erneuerte sich. Ueber den Köpfen der Streitenden segelten jetzt blendende Feuerkugeln, die hinter ihnen mitten im Gedränge niederfielen. Ludlow erkannte alsbald die Gefahr, und bemühte sich, mit seinen Leuten vorwärts zu dringen, um die Bugkanonen, von denen eine noch geladen war, wieder zu erreichen. Allein jetzt barst eine Granate auf dem Verdeck hinter seinem Rücken, und die unmittelbar folgende Erschütterung im Schiffsraum war so gewaltig, als wenn der Boden des Fahrzeuges abzuspringen drohte. Die erschrockene und geschwächte Schiffsmannschaft begann zu wanken, und einem neuen Angriff mit Granaten folgte ein ungestümer Andrang des Feindes, dem es gelang, seine Reihen durch fünfzig Mann aus dem Boote mit einem Male zu verstärken. Nunmehr sah sich Ludlow von seinem in Masse weichenden Haufen zum Rückzuge gezwungen.

Die Vertheidigung nahm jetzt den Charakter hoffnungslosen, verzweiflungsvollen Widerstandes an. Immer lärmender ward der Feind, und es gelang ihm, die Tops fast gänzlich zum Schweigen zu bringen, da er vom Bugspriet und der Sprietsegel-Raae ein heftiges Gewehrfeuer hinaufschickte.

Die Ereignisse drängten eines das andere weit rascher als sie sich erzählen lassen. Der Feind war im Besitz des ganzen Vordertheils des Schiffes bis zu den Vorluken. In diese aber hatte sich der junge Hopper mit einem halben Dutzend Mann geworfen, und da ein anderer Cadett mit einigen Leuten gerade über der Oeffnung Posto gefaßt hatte, so thaten diese dem Feinde noch einigen Einhalt. Ludlow warf einen Blick hinter sich und dachte schon daran, sein Leben in der Kajüte selbst so theuer als möglich zu verkaufen. Dieser Blick wurde festgehalten durch die Erscheinung des boshaft lächelnden Gesichts der meergrünen Dame, die über das Hackebord emporstieg. Ein Dutzend dunkler Gestalten sprang jetzt auf's Hüttendeck, und dann erschallte eine bis in's Innerste dringende Stimme:

»Nicht gewichen!« riefen die zu Hülfe Herbeigekommenen, und: »nicht gewichen!« hallte es von der Mannschaft wieder. Das geheimnißvolle Bild glitt auf dem Deck entlang, und Ludlow erkannte die athletische Gestalt, die sich neben demselben Bahn durch den Haufen brach.

Ohne Geräusch, nur daß das Stöhnen der Verwundeten und das Geröchel der Sterbenden die entsetzliche Stille unterbrach, ging der Angriff vorüber; es war ein Augenblick nur, aber einer, welcher dem verheerenden Durchzug einer Windsbraut glich. Die Mannschaft der Coquette wußte, daß ihr Verstärkung gekommen war, und die Angreifenden wichen vor dem neuen, unerwarteten Feind zurück. Die Wenigen, welche sich unterhalb des Vorkasteels betreffen ließen, wurden ohne Schonung niedergemacht, und die über ihm wie die im Winde treibende Spreu von ihrem Posten weggejagt. Lebendige und Todte sanken zugleich in's Meer und grausenvoll war der Ton der Wogen, wie sie sich über den Gefallenen wieder schlossen. In unglaublich kurzer Zeit befand sich auf dem ganzen Deck der Coquette kein Feind mehr – doch nein, ein einziger unglücklicher Nachzügler schwebte noch auf dem Bugspriet. Eine kräftige behende Gestalt sprang auf der Stenge ihm entgegen: der Streich war nicht sichtbar, wohl aber die Wirkung desselben; das Opfer fiel hülflos in die See. Gedrängte Ruderschläge verkündeten die eilige Flucht der Feinde, und ehe die Engländer noch Muße hatten, sich von der Vollständigkeit ihres Sieges zu überzeugen, hatte die auf dem Meere gelagerte Finsterniß die fliehenden Boote ihren Blicken entzogen. «

Zweiunddreißigstes Kapitel.

»Auf dies Gesicht besinn' ich mich gar wohl;
Doch als ich es zuletzt sah, war es schwarz
Vom Dampf des Krieges, wie Vulkan, besudelt.«

Was ihr wollt.

Zwanzig Minuten waren verflossen, seit die Coquette ihre erste
Kanone gelöst, bis zu dem Augenblick, wo die fliehenden Boote aus
dem Gesicht kamen. Weniger als die Hälfte dieser Zeit kosteten die
Auftritte, welche im Schiffe stattgefunden, und die wir im vorhergehenden Kapitel unsern Lesern mitgetheilt haben. Wie kurz aber
auch die Dauer an sich war, so kam sie den Handelnden noch unendlich kürzer vor; der Schreck war vorüber, der Ton der Ruderschläge verklungen und noch immer standen die Uebriggebliebe-
nen auf ihren Posten, als erwarteten sie einen erneuerten Angriff.
Jetzt erst kehrten ihre Gedanken auf sich selbst zurück, denn während des furchtbaren Dranges eines solchen Kampfes ist das Selbst
das Erste, was vergessen wird. Die Verwundeten fingen an, ihre
Schmerzen zu empfinden und auf die Gefahr ihres Zustandes aufmerksam zu werden, und die wenigen Unverletzten gaben sich nun
an die freundliche Pflege ihrer minder glücklichen Kameraden.
Ludlow, wie es oft den Tapfersten und denen, welche sich dem
Feind am meisten aussetzen, widerfährt, war ohne den geringsten
Ritz davongekommen; allein da nunmehr die Aufregung der
Schlacht verschwand und so viele der Seinigen um ihn her zusam-
mensanken, so fühlte er den Schmerz eines theuer erkauften Sieges.

»Man schicke Herrn Spannsegel zu mir,« sagte er in einem keineswegs siegestrunkenen Tone. »Der Landwind ist da und wir wollen versuchen, ihn zu benutzen und innerhalb des Caps zu kommen, damit wir mit dem Morgenlicht nicht wieder diese Franzosen
auf dem Halse haben.«

Die Ordre! »Herr Spannsegel soll kommen!« und: »der Capitän
hat den Segelmeister zu sich beschieden!« ging in leisen Worten von
Mund zu Munde, blieb aber unerwiedert. Endlich hinterbrachte ein
Matrose dem wartenden Capitän, daß der Wundarzt ihn bitten

479

lasse, sich in's Vorderschiff zu begeben. Ein Schimmer von Lichtern und eine kleine Gruppe um den Fockmast herum, waren Zeichen, die nicht mißdeutet werden konnten. Der ergraute Segelmeister lag in den letzten Zügen, und der Arzt stand eben von einer vergeblichen Untersuchung seiner Wunden wieder auf, als Ludlow sich näherte.

»Ich hoffe, die Wunde ist von keiner bedenklichen Art?« fragte flüsternd der erschrockene Commandeur den Chirurgus, welcher kaltblütig seine Instrumente zusammenlas, um sie an einem versprechenderen Subjekt zu versuchen. »Vernachlässigen Sie nichts, was Ihre Kunst darzubieten vermag.«

»Der Fall ist hoffnungslos, Capitän Ludlow,« erwiederte der nicht zu erschütternde Priester des Aesculap; »doch wenn Sie einen Geschmack für dergleichen Dinge haben, so haben wir einen sehr interessanten Amputations-Casus am Vormarsgast, den ich nach dem Raum habe bringen lassen; in einem ganzen Leben thätiger Prans kommt vielleicht so etwas nicht zweimal vor, und...«

»Gehen Sie, gehen Sie,« unterbrach ihn Ludlow, indem er den gefühllosen Operateur beim Sprechen halb von sich stieß, »so gehen Sie denn dahin, wo Ihre Dienste vonnöthen sind.«

Der Andere sah sich nach seinem Gehülfen um, und gab demselben einen scharfen Verweis, weil er die Klinge eines Entsetzen erregenden Instruments – den Blicken der Umstehenden? nein, dem feuchten Nachtthau aussetzte. Dann ging er.

»Wollte Gott, einige dieser Wunden wären Jüngeren zu Theil geworden, die sie besser aushalten könnten!« sprach der Capitän leise, indem er sich über den sterbenden Offizier hinbeugte. »Kann ich Dir irgend eine Last von der Seele abnehmen, mein alter würdiger Schiffsgenosse?« »Ich hatte meine Ahnungen, seitdem wir uns mit Hexerei abgeben!« erwiederte Spannsegel, dessen Stimme das Röcheln der Kehle beinahe erstickte. »Ich hatte meine Ahnungen, doch schadet nichts. Sorgen Sie für das Schiff – ich habe an die wenigen Leute gedacht – sie werden kappen müssen – sie können nimmermehr das Anker heben – der Wind steht hier nordwärts.«

»Es ist Alles angeordnet. Kümmere Dich nicht mehr um das Fahrzeug, es soll Sorge dafür getragen werden, ich verspreche es

Dir. Sprich von Deinem Weibe, und was Du in England zu bestellen hast.«

»Gott erhalte meine Frau! Sie wird eine Pension erhalten, und Trost annehmen, hoffe ich! – Haltet Euch nur weit genug von den blinden Klippen, wenn Ihr Montauk umfahrt – auch werden Sie natürlich wünschen, die Anker wiederzufinden, wenn die Küste gesäubert ist. – Wenn Sie es bei Ihrem Gewissen verantworten können, erwähnen Sie ehrenvoll des armen alten Benjamin Spannsegel in den Depeschen...«

Jetzt sank die Stimme des Sterbenden zu einem kaum mehr vernehmbaren Gemurmel. Ludlow glaubte aber, er bemühe sich, noch etwas zu sagen, und neigte daher das Ohr an seinen Mund.

»Ich sage... das Hauptborgwandtau und beide Pardunen sind abgeschossen; seht nach den Spieren... denn... denn... es gibt zuweilen... tüchtige... Nachtwindstöße... in Amerika!«

Noch einmal hauchte er schwer, und dann schloß der Tod ihm den Mund. Die Leiche ward nach dem Hüttendeck gebracht, und Ludlow gab sich mit betrübtem Herzen an Dienstpflichten, welche dieser Unglücksfall nur noch dringender machte.

Ungeachtet der bedeutenden Verminderung der ohnedies schon so schwachen Mannschaft waren die Segel der Coquette dennoch bald ausgebreitet, und das Schiff fuhr geräuschlos ab, als trauerte es um die, welche an seiner Ankerstelle geblieben waren. Als es völlig in Bewegung gesetzt war, stieg der Capitän zum Hüttendeck hinauf, um die Umgebung unbehinderter überblicken zu können, und seinen Plan für das, was noch zu thun sey, demgemäß zu entwerfen. Der Freihändler war ihm bereits zuvorgekommen.

»Ich verdanke mein Schiff Deinem Beistande, und da ich es in einem solchen Kampfe nicht lebendig dem Feinde gelassen hätte, auch mein Leben!« sagte der junge Commandeur, auf die unbewegte Gestalt des Smugglers zutretend. »Ohne Dich würde die Königin Anna einen Kreuzer und die Flagge Englands einen Theil ihres wohlerworbenen Ruhmes verloren haben.«

»Möge Deine königliche Gebieterin eben so bereit seyn, als die meinige, sich ihrer Freunde, wenn sie in Noth sind, zu erinnern! In Ernst, es war keine Zeit zu verlieren, und glauben Sie mir, wir sahen das Dringende Ihrer Lage wohl ein. Wenn wir etwas spät ankamen, so geschah es, weil die Wallfischfänger-Boote aus ziemlicher Entfernung erst herbeigeschafft werden mußten, denn meine Brigantine liegt auf der andern Seite des vorspringenden Landes.«

»Wer so wie gerufen kam, und sich so tapfer gehalten hat, der bedarf keiner Entschuldigung.«

»Capitän Ludlow, sind wir ausgesöhnt?«

»Ich kann nicht mehr widerstehen. Einem solchen Dienste müssen alle andere Rücksichten weichen. Wenn Sie beabsichtigen, Ihren ungesetzmäßigen Handel ferner an dieser Küste zu treiben, so muß ich suchen, nach einer andern Station versetzt zu werden.«

»Nicht so. Bleiben Sie, und bringen Sie ferner Ihrer Flagge und Ihrem Vaterlande Ehre. Ich trage mich längst schon mit dem Gedanken, daß dies das letzte Mal seyn solle, daß die Wassernixe je die amerikanischen Gewässer durchpflügte. Ehe ich Sie verlasse, wünschte ich eine Unterredung mit dem Kaufmann zu haben. Ich hoffe, es ist ihm kein Leid widerfahren, er ist eben Keiner von den Schlechtesten, und gerade jetzt könnte man selbst einen Bessern eher entbehren als ihn.«

»Er hat heute die Unerschütterlichkeit seiner holländischen Abkunft bewährt. Während des Enterns betrug er sich mit großer Besonnenheit und war uns von Nutzen.«

»Sehr gut. Lassen Sie den Alderman herbeirufen, denn meine Zeit ist begrenzt und ich habe viel zu ...«

Der Meerdurchstreicher hielt inne, denn in diesem Augenblick überstrahlte ein blendender Schein den Ocean, das Schiff und sämmtliche Bewohner desselben. Die zwei Seemänner starrten schweigend auf einander hin, und schraken Beide wie vor einem unerwarteten furchtbaren Angriff zurück. Doch ein helles, flackerndes Licht, welches aus der Vorderluke des Fahrzeugs hervorbrach, erklärte Alles. Die Stille, welche, nachdem das Geräusch des Segelbeisetzens vorüber war, im Schiffe geherrscht hatte, unterbrach jetzt der entsetzliche Ruf: »Feuer!«

Der Schreckenston, der den Matrosen das Blut in Strömen nach dem Herzen zu jagen geeignet ist, drang aus den Tiefen des Schiffes. Mit Blitzesschnelle folgte auf einander der ferne dumpfe Lärm, das immer näher kommende Tosen, das Hervorstürzen aus den Luken auf's Deck, wo der Angstton: Feuer, Feuer! fortwährte und den Schrecken in's Unbeschreibliche steigerte. Ein Dutzend Stimmen wiederholten nun das Wort: »die Granate!« was die Beschaffenheit der Gefahr und ihre Ursache nur zu deutlich verkündete. Noch einen Augenblick vorher konnte man die schwellende Leinwand, die dunkeln Spieren und die matten Linien des Tauwerks nur durch das Schimmerlicht der Sterne erkennen, und jetzt bildete der ganze Himmel nur den finstern Hintergrund zu den grell beleuchteten Umrissen des Windfangs. Der Anblick war schrecklich schön; schön, denn er zeigte das herrliche Ebenmaaß der Takelage des Fahrzeugs und brachte die Wirkung eines beim Fackelschein gesehenen Bildhauerwerks hervor; schrecklich, weil die hohle leere Finsterniß rund umher die Verlassenheit und Hülflosigkeit der Schiffsbewohner zur Anschauung erhöhte.

Athemlos beredt war die Stille, mit welcher Alle einen Augenblick das großartige Schauspiel in sprachlosem Staunen anschauten, nur das dumpfe Brüllen des alle Zugänge des Schiffes durchwühlenden Feuerstroms dauerte fort. Da erschallte eine klare Herrscherstimme:

»Meine Herren, ein Jeder an seine Stelle; seyd besonnen bei'm Löschen, und geräuschlos!«

Die Ruhe und das Gebietende in den Worten des jungen Commandeurs zähmte die ungestühmen Gefühle der entsetzten Mannschaft. An Gehorsam gewöhnt und zur Ordnung gezogen, erwachte Jeglicher aus seiner Betäubung und gab sich mit Eifer an den ihm zu Theil fallenden Dienst. In diesem Augenblick erschien die kerzengerade Gestalt des Freihändlers an den Scheerstöcken der Hauptluke; hoch in die Luft hob er die Hand und rief mit einer Baßstimme, welche bekundete, daß er im Sturme zu sprechen gewohnt war:

»Wo sind meine Brigantinen? Kommt herbei, meine Seehunde; durchnäßt die leichten Segeltücher und folget mir!«

Auf seinen Ruf sammelte sich eine Gruppe ernster unterwürfiger Matrosen. Er blickte rund um sich her, gleichsam als wolle er sich von ihrer Vollzähligkeit und ihrem Muth überzeugen; sein Lächeln

dabei zeigte hohe Unerschrockenheit und geübte Selbstbeherrschung, verbunden mit einer natürlichen Heiterkeit des Gemüths.

»Ein Deck oder zwei!« fügte er hinzu; »auf eine Planke mehr oder
weniger kommt es bei einer Explosion nicht an! – Folgt mir!«

Der Meerdurchstreicher und seine Leute verschwanden im Innern des Schiffes. Die angestrengteste, entschlossenste Thätigkeit
füllte die jetzt folgende Pause aus. Decken, Segeltücher, alles was
ihnen in den Weg kam und von Nutzen seyn konnte, wurde naß
gemacht und auf die Flammen geworfen. Die Schiffsspritze ward
auf's Feuer gerichtet und das Fahrzeug mit Fluthen überschwemmt.
Aber ach, der beschränkte Raum, die entsetzliche Hitze und der
Rauch machten es unmöglich, bis zu den Theilen des Schiffes vor-
zudringen, wo der Brand wüthete. Der Eifer der Leute verminderte
sich so wie die Aussicht auf Erfolg unwahrscheinlicher wurde, und
nach einer halben Stunde fruchtloser Anstrengung bemerkte Ludlow mit Schmerzen, daß die zur Rettung Hinabgeeilten, dem unaus-
löschlichen Naturtriebe der Selbsterhaltung nachgebend, zurückwi-
chen. Das Wiedererscheinen des Meerdurchstreichers und seines
Trupps auf dem Verdeck tödtete alle Hoffnung, und die Rettungs-
versuche wurden eben so plötzlich eingestellt als sie waren begonnen worden.

»Seyen Sie auf Ihre Verwundeten bedacht;« flüsterte der Freihändler mit einer durch keine Gefahr zu besiegenden Festigkeit
dem Capitän zu. »Wir stehen auf einem brennenden Vulkan!«

»Ich habe dem Konstabel befohlen, die Pulverkammer unter Wasser zu stellen.«

»Er kam zu spät. Der Schiffsraum ist ein glühender Ofen. Ich hörte, wie er zwischen den Reservekammern stürzte, und es ging über
alle menschliche Kräfte, dem Unglücklichen Hülfe zu bringen. Die
Granate muß unter brennbare Materialien gefallen seyn, und wie
schmerzlich es auch ist, sich von einem so theuern Schiffe zu trennen, Ludlow, Du wirst den Verlust tragen wie ein Mann! – Sey auf
Deine Verwundeten bedacht; meine Boote hangen noch am Spiegel.«

Ungern, aber mit Festigkeit ertheilte Ludlow den Befehl, die
Verwundeten in die Boote zu schaffen. Dies war ein äußerst schwie-

riger und bedenklicher Dienst; dem kleinsten Schiffsjungen war der Umfang der Gefahr bekannt, er wußte, daß wenn das Feuer die Pulverkammer erreichte, Alle im Schiffe im Nu verloren waren. Das Verdeck nach vorne fing bereits an, unerträglich heiß zu werden, ja an manchen Stellen erschienen schon Zeichen, daß die Balken nachgaben.

Das Hüttendeck jedoch, durch seine erhöhte Lage vom Feuer entfernter, bot noch einen augenblicklichen Zufluchtsort dar. Dorthin flohen Alle, während die Schwachen und Verwundeten so vorsichtig als die Umstände es gestatteten, in die Wallfischfänger-Boote der Smuggler hinabgelassen wurden.

Ludlow stand bei der einen Leiter und der Freihändler bei der andern, da der bedenkliche Augenblick sie doppelt über die Disciplin wachen hieß. In ihrer Nähe befand sich Alida, der Seestreicher und der Alderman, nebst den Domestiken der Ersteren.

Die Zeit, bis diese menschliche und zarte Pflicht ausgeführt war, dauerte ihm ein Jahrhundert. Endlich kam der willkommene Ruf: »Alle drinnen!« und zwar ward er in einem Tone ausgesprochen, welcher verrieth, wie groß die Selbstbeherrschung war, welche bei dieser Verrichtung geübt werden mußte.

»Jetzt. Alida, dürfen wir auch an Dich denken!« sagte Ludlow und wendete sich nach der Stelle, welche die stumme Erbin einnahm.

»Und Sie?« fragte sie, sich weigernd wegzugehen.

»Die Pflicht heischt, daß ich der Letzte ...«

Hier unterbrach ein heftiger Knall unten und hervorzuckende Flammenzungen seine Worte. Gleich darauf hörte man heftiges Wassergeplätscher, als wenn sich welche hinabgestürzt hätten, und nun folgte der Andrang nach den Booten. Alle Ordnung und Autorität war aufgehoben, Jeder trachtete einzig sich zu retten. Vergeblich forderte Ludlow seine Leute auf, ruhig zu bleiben und auf die noch oben Befindlichen zu warten. Seine Worte verklangen unbeachtet mitten im allgemeinen Aufruhr. Einen Augenblick lang schien es indessen, als würde der Meerdurchstreicher der Verwirrung Meister werden. Er schwang sich auf eine Leiter, glitt zur Seite eines der Boote hinab und während er sich mit kräftigem Arm am

Seile festhielt, leistete er den Anstrengungen sämmtlicher Ruder und Bootshaken Widerstand und drohte Vernichtung Jedem, der es wagen würde, vom Schiff abzustoßen. Wären die beiden Mannschaften nicht vermischt gewesen, so würde der Herrscherton und die entschlossene Miene des Freihändlers die Oberhand behalten haben; allein während Einige sich zum Gehorsam geneigt zeigten, erhoben Andere das Geschrei: »Werft den Hexenmeister in's Meer!«

Schon waren Bootshaken gegen seine Brust gerichtet, und die Schrecken des furchtbaren Auftrittes würden durch den Ausbruch der Meuterei bis zum höchsten Gipfel gestiegen seyn, wenn nicht eben jetzt eine zweite Explosion im Schiffe den Armen der Ruderer die Stärke des Wahnsinns verliehen hätte. Mit einer gemeinschaftlichen verzweiflungsvollen Kraftäußerung besiegten sie jeden Widerstand. An der Leiter schwingend, sah der wüthende Seemann das Boot seinem Griff entgleiten und abstoßen. Er sandte noch unten am Spiegel der Coquette den Verräthern eine derbe Verwünschung nach; im nächsten Augenblick jedoch stand er wieder ruhig und unbefangen inmitten der verlassenen Gruppe.

»Das Losgehen einiger Pistolen hat die Elenden erschreckt,« sagte er heiter; »doch alle Hoffnung ist noch nicht dahin!«

Der Anblick der hülflos auf dem Hüttendeck Zurückgelassenen, und das Bewußtseyn, daß sie selbst sich in größerer Sicherheit befanden, hatte allerdings die Flüchtlinge vermocht, Halt zu machen. Indessen blieb die Selbstsucht das vorherrschende Gefühl; die Meisten bedauerten zwar die entsetzliche Lage der Verlassenen, aber Niemand außer den jungen unbeachteten Seekadetten, deren Alter und Rang den Matrosen keinen Respekt einflößen konnten, schlug vor, umzukehren. Es bedurfte keiner großen Beweisführung, begreiflich zu machen, daß die Gefahr mit jedem Augenblicke zunehme, und da die braven Jünglinge sahen, daß ihnen kein anderes Mittel übrig blieb, so munterten sie die Leute auf, auf's Land zuzurojen, entschlossen, gleich darauf ihrem Commandeur und seinen Freunden zu Hülfe zu eilen. Die Riemen schlugen also wieder in's Wasser, und bald waren die sich entfernenden Boote den Nachblickenden aus den Augen. Während das Feuer von innen wüthete, trug ein anderes Element von außen dazu bei, den Verlassenen jeden Schimmer von Hoffnung abzuschneiden. Der Wind vom Lande her hatte fortwährend geweht, und die Zeit über, welche man mit vergeblichen Anstrengungen verloren hatte, ließ man das Schiff vor dem Winde laufen. Als die Hoffnung verschwand, gab man das Steuer auf, und da alle Untersegel, um sie von den Flammen mehr zu entfernen, hinaufgeholt waren, so hatte das Schiff viele Minuten lang beinahe vor Topp und Takel leewärts getriftet. Die falsch berechnenden Jünglinge, die an diesen Umstand nicht dachten, befanden sich bereits meilenweit von jenem Strand, welchen sie so bald zu erreichen gehofft, und keine fünf Minuten waren seit dem Abstoßen der Boote verflossen, so war alle Aussicht einer Wiedervereinigung dahin. Ludlow hatte früh daran gedacht, das Fahrzeug zu stranden, um die Mannschaft zu retten, allein seine bessere Kenntniß der Lage zeigte ihm bald die gänzliche Fruchtlosigkeit eines solchen Versuches.

Ueber die Fortschritte der Flammen unter ihnen konnten die Seeleute nur nach äußerlichen Symptomen urtheilen. Sobald der Meerdurchstreicher das Hüttendeck wieder gewonnen hatte, warf er den Blick um sich, offenbar den Belauf und die Beschaffenheit der noch zur Verfügung übrig bleibenden physischen Kräfte erforschend. Diese bestanden, außer ihm selbst und dem Capitän, aus dem Alderman, dem treuen François, zweien seiner eigenen Leute und vier untergeordneten Offizieren der Coquette. Die sechs Letzteren hatten, trotz der verzweiflungsvollen Lage, sich kaltblütig geweigert, ihre Vorgesetzten zu verlassen.

»Die Flammen sind schon in den Staatsgemächern!« flüsterte er Ludlow zu.

»Ich glaube nicht, daß sie weiter nach hinten vorgerückt sind, als bis zu den Hängematten der Kadetten – sonst würden wir mehr Pistolen losgehen hören.« »Wahr! dies sind furchtbare Signale, an denen wir den Fortgang des Feuers abmessen können. Unsere Zuflucht ist ein Floß!«

Ludlow's Blick verrieth Zweifel an der Ausführbarkeit, doch verbarg er seine entmuthigende Besorgniß und antwortete freundlich beistimmend. Die Ordre wurde sogleich gegeben, und Alle am Bord machten sich mit Herz und Hand an die Arbeit. Die Gefahr war von einer solchen Art, welche alle gewöhnliche oder halbdurchdachte Hülfsmittel ausschloß, und die Noth nahm die ganze Fertigkeit ihrer Kunst, ja auch jene Eigenschaft des Genies, Erfindungsgabe, in vollen Anspruch. Jeglicher Unterschied des Ranges und des Ansehens war hinweggeräumt, nur den natürlichen Vorzügen, nur dem Geiste und der Erfahrung widerfuhr Achtung. Unter solchen Umständen mußte die Anführung des Ganzen nothwendig dem Meerdurchstreicher zufallen, und obgleich Ludlow mit kennermäßiger Schnelligkeit auf dessen Ideen einging, so war es doch der Geist des Freihändlers, welcher alle folgende Bewegungen in jener Schreckensnacht leitete.

Alida's Wange war bleich wie der Tod, dagegen weilte in dem glänzenden, schwärmerischen Auge des Seestreichers der Ausdruck übernatürlicher Entschlossenheit.

Die Mannschaft hatte, als sie die Hoffnung, die Flammen zu löschen, aufgab, alle Luken geschlossen, um durch Verminderung des Luftzuges die Katastrophe so weit als nur möglich hinauszuschieben. Inzwischen fingen hier und da fackelähnliche Lichter an, sich durch die Fugen der Planken zu zeigen, und das ganze Verdeck vorderhalb des Hauptmastes befand sich bereits in einem kritischen, sinkenden Zustande. Einer oder zwei Balken hatten schon nachgegeben, aber noch erhielten sich die Umrisse der Form. Dessenungeachtet trauten die Seeleute dem verrätherischen Boden nicht, und selbst wenn die Hitze den Versuch gestattet hätte, würden sie vor einem Wagniß zurückgebebt seyn, das sie jeden Augenblick plötzlich dem unter ihnen wogenden Flammenmeer überantworten konnte.

Es hatte zu rauchen aufgehört, und bis zum Flügelspill hinauf leuchtete das helle, gewaltige Licht. Der Sorgfalt und den Anstrengungen der Leute mußte es zugeschrieben werden, daß die Segel und Masten noch unberührt blieben, und da die Leinwand vom Winde angefüllt wurde, so zog sie noch immer den Flammenrumpf durch die Wogen.

Die Gestalten des Meerdurchstreichers und seiner Gehülfen erschienen mitten in dem herrlichen Windfang, auf den schwindlichen Raaen stehend. In jener Beleuchtung gesehen, mit seinem eigenthümlichen Costüm, seinem festen, zuversichtlichen Schritt und seiner entschlossenen Miene, glich der Freihändler einem Seegott der Fabel, der, gesichert durch seinen Vorzug der Unsterblichkeit, gekommen war, an dieser schrecklichen Prüfung des Muthes und der Geschicklichkeit Theil zu nehmen. Von den gemeinen Matrosen unterstützt, war er damit beschäftigt, die Leinwand von den Raaen abzuschneiden. Ein Segel nach dem andern fiel auf's Deck hinab, und in unglaublich kurzer Zeit war der ganze Fockmast bis auf Spieren und Taue entblößt.

Unterdessen war Ludlow, welchem der Alderman und François wacker beistanden, unten nicht müßig. Sie drangen zwischen den Laufstags nach vorne und hieben ein Taljereep nach dem andern mit ihren kleinen Enteräxten ab. Den Mast hielt nun weiter nichts mehr aufrecht, als sein eigner fester Stamm und eine einzige Pardune.

»Kommt herab!« schrie Ludlow. »Alles hat sich back gelegt außer diesem Stag!«

Der Meerdurchstreicher sprang auf das feste Tau, hinter ihm alle Uebrige, glitt hinab und befand sich bald auf dem Verdeck. Kaum waren sie da angelangt, so folgte ein Krachen, und bald darauf eine Explosion, welche den glühenden Bau bis in seinen Mittelpunkt erzittern machte und das Ende von Allem anzukündigen schien. Selbst der Freihändler prallte bei dem grausenhaften Schall zurück, doch als er wieder neben dem Seestreicher und der Erbin stand, nahm seine Stimme Heiterkeit an, und sein unerschütterliches Antlitz hohe, fast fröhliche Entschlossenheit.

»Das Verdeck vorne hat nachgegeben,« sagte er, »unsere Artillerie fängt an, furchtbare Signalschüsse zu lösen! Muthig! die Pulverkammer eines Schiffes liegt tief, und viele gespikerte Schotten schützen uns noch.«

Allein das abermalige Losgehen einer heißwerdenden Kanone verkündigte das rasche Vorschreiten der Flammen. Auf's Neue brach das Feuer aus dem Innern hervor, und die Vorstenge entzündete sich.

»Dies muß ein Ende nehmen!« sagte Alida, und wand die Hände, ihre Angst nicht mehr zu beendigen im Stande. »Suchet Ihr, die Ihr Kraft und Muth habt, Euch wo möglich noch zu retten, und überlaßt uns der Gnade Dessen, der über uns Alle wacht!«

»O geht,« setzte die Seestreicherin (denn ihr Geschlecht läßt sich nicht länger mehr verbergen) hinzu. »Was menschlicher Muth zu thun vermag, ist geschehen; lasset uns sterben!«

Niedergeschlagenheit, aber kein Wanken zeigten die Blicke, welche dem traurigen Verlangen antworteten. Der Meerdurchstreicher erfaßte ein Tau und schwang sich daran hinab aus die Schanze, die er zunächst mit großer Vorsicht betrat; dann schaute er mit aufmunterndem Lächeln hinauf und sagte:

»Wo eine Kanone noch stehen kann, da bricht auch das Gewicht eines Menschen nicht durch!«

»Es ist unsre einzige Zuflucht,« rief Ludlow und folgte, dem Beispiel. »Vorwärts, Leute, so lange die Balken uns noch tragen!«

Bald waren Alle auf der Schanze, wo inzwischen eine entsetzliche Hitze es unmöglich machte, einen Augenblick stille zu stehen. Man holte nun von beiden Seiten eine Kanone ein, machte die Taljen los, und richtete die Mündung auf den nicht mehr gestützten, schwankenden, aber noch immer aufrecht stehenden Fockmast.

»Zielen Sie nach den Klampen!« sagte Ludlow, welcher die eine Kanone richtete, zum Meerdurchstreicher, der dasselbe Geschäft bei der andern versah.

»Halt!« rief dieser. »Laden wir noch mehr Kugeln. Wenn man in Gefahr steht, mit einem Pulvermagazin aufzufliegen, muß man das Zerspringen eines Geschützes nicht scheuen.«

Nachdem sie noch mehr Kugeln in die Stücke gestoßen hatten, berührten die unerschrockenen Seemänner das Pulver auf der Pfanne mit glühenden Feuerbränden. Beide Stücke entluden sich gleichzeitig und sandten eine solche Rauchmasse über das Verdeck hin, daß es schien, als ob sie den Brand ersticken wollten. Das Holz krachte und gleich darauf folgte ein langes Schwirren durch die Luft – der Fockmast mit seiner ganzen Bürde Spierenwerks stürzte in die See. Dieß hemmte auf der Seite die Bewegung des Schiffes, und da die gewichtigen Balken durch die Fockstags noch mit dem Bugspriet zusammenhingen, so kam das Gallion in den Wind, wodurch die noch übrigen Obersegel zuerst anschlugen, dann hin- und herweheten und endlich back zu liegen kamen.

Jetzt, zum ersten Mal, seit dem Ausbruch des Feuers, war das Fahrzeug zum Stehen gebracht. Diesen Umstand benutzend, rannten die gemeinen Matrosen die Bollwerke entlang, bei der Flamme vorbei und erreichten das Bramvorkasteel, welches noch unversehrt war. Der Meerdurchstreicher warf einen Blick um sich her, erfaßte die Seestreicherin um den Leib, als wäre der Pseudo-Seemann ein bloßes Kind und drang mit ihr zwischen den Laufstags vorwärts. Ludlow folgte mit Alida, und die Anderen ahmten ihrem Beispiele nach, so gut es gehen wollte. Alle erreichten wohlbehalten das Vordertheil des Schiffes, obgleich die Flammen Ludlow einmal bis an die Fockrusten hinaus und von da fast in's Wasser trieben. Die untergeordneten Offiziere standen bereits auf den schwimmenden Balken und waren damit beschäftigt sie von einander zu trennen, die überflüssige Wucht des Tauwerks abzuschneiden, die Hölzer in parallele Linien zu bringen und sie so auf's Neue an einander zu binden. Dies Geschäft ward, wie sich leicht denken läßt, nicht mit Lässigkeit betrieben, aber rasch hinter einander entluden sich Schießgewehre in den Offizierskajüten, und jede Entladung beschleunigte die Arbeit, als so viele Signale von der Annäherung der Flammen an den noch schlummernden Vulkan. Schon eine Stunde war's, daß die Boote das Schiff verlassen hatten, und dennoch kam es Allen vor, als wär's erst jetzt geschehen. Während der letzten zehn Minuten war der Brand mit erneuerter Wuth vorwärts gedrungen, und die ungeheuren Flammen, bis dahin in den Tiefen des Fahrzeugs eingezwängt, schlugen nun leuchtend hoch in die Lüfte.

»Die Hitze ist nicht länger zu ertragen,« sagte Ludlow; »wir müssen in unser Floß, um athmen zu können.«

»In's Floß denn!« erwiederte die muntere Stimme des Freihändlers. – »Zieht heran an den Bindseilen, Leute, und stellt Euch so nahe, daß Ihr die kostbare Last auffangen könnet.«

Die Matrosen gehorchten. Alida und ihre Gefährten wurden glücklich nach den zu ihrer Aufnahme vorbereiteten Plätzen hinabgeschafft. Da man vor Ausbruch des Feuers Vorkehrungen getroffen hatte, so viel Segel als möglich beizusetzen, um dem Feinde zu entgehen, so war an dem Fockmast noch dessen ganzes Spierenwerk befestigt, als er seitwärts vom Schiffe in's Wasser fiel. Die geschickten, thätigen Seeleute, von Ludlow und dem Freihändler geleitet und unterstützt, wußten nun diese schwimmenden Hölzer, von denen jetzt ihre Rettung allein abhing, in passende Lagen zu bringen. Nicht wenig kam es ihrem Zweck zu Statten, daß die gekreuzten Raaen im Fallen oben auf zu liegen kamen. Die Segelbäume und sämmtliche leichtere Spieren hatten die Leute an die Spitze herangeschwemmt und hier quer gelegt, so daß dadurch die unteren und die Bramsegel-Raaen mit einander verbunden wurden. Noch einige dünne Stengen, die an der äußeren Seite des Schiffes aufgestaut waren, wurden heruntergenommen und zu demselben Zwecke benutzt, und das Ganze mit der Seeleuten eigenthümlichen Schnelligkeit und Erfindsamkeit haltbar gemacht. Gleich nach dem ersten Feuerlärm ergriffen mehrere von der Mannschaft allerlei zum Schwimmen sich eignende Geräthe, und eilten damit nach vorne, als dem von der Pulverkammer entferntesten Orte, in der unüberlegten Hoffnung, sich durch Schwimmen zu retten. Diese Geräthe waren dort liegen geblieben, da die Leute von ihren Offizieren zur Thätigkeit zurückgebracht worden waren. Eine Tonne und ein Paar leere Kugelkisten befanden sich darunter, und diese leisteten jetzt treffliche Dienste, erstere als Sitz für die Frauenzimmer, letztere als Schemel, um ihre Füße gegen das Wasser zu schützen. Da die Lage der Spieren den Hauptmast gänzlich unter die Oberfläche hinabdrückten, und bei einem so kleinen Gefäße das Mastwerk äußerst einfach und unbeschwert bleiben konnte, so hielt sich derjenige Theil des Flosses, wo die Stelling lag, leicht über Wasser. Zwar betrug die Ladung über eine Tonne Gewichtes, da man aber die Balken, ohnedies von der leichtesten Holzgattung, von Allem befreit hatte, was zur Sicherheit derer, die es trug, nicht nöthig war, so schwammen sie elastisch genug, um eine augenblickliche Zuflucht zu gewähren.

»Kappe das Bindseil!« sagte Ludlow, unwillkührlich zurückschreckend, als jetzt mehrere Explosionen, im Innern des Schiffes, rasch auf einander folgten und mit einem Knall endeten, welcher große brennende Holzstücke in die Höhe schleuderte. »Kappt und stoßt das Floß vom Schiffe ab! Gott weiß, es thut Noth, daß wir weiter davon hinwegkommen!«

»Kappt nicht!« schrie die Seestreicherin halb wahnsinnig; »mein Tapferer, mein Edelmüthiger ist ...« »Sicher,« sprach ruhig der Meerdurchstreicher oben in den Wewelinien der Wand, bis wohin das Feuer noch nicht reichte. »Kappt alles! ich bleibe nur, um das Kreuzsegel fest back zu brassen.«

Er that's, und einen Augenblick sah man die schöne Gestalt oben auf dem Rande des brennenden Schiffes weilen, und mit Bedauern die glühende Masse betrachten.

»Schade um das liebliche Boot!« sagte er für sich, doch hörte man die Worte unten. Dann stürzte er sich hinab und sank in die See. – »Das letzte Signal kam aus der unteren Kajüte,« fuhr der unerschrockene gewandte Seemann fort, indem er ohne Mühe aus dem Meere emporstieg, das Wasser von den Locken abschüttelte, und seinen Platz auf der Stelling einnahm. »Wollte Gott der Wind bliese, denn wir bedürfen einer größeren Entfernung.«

Die Vorsichtsmaßregel des Freihändlers, die Segel in eine gewisse Lage zu bringen, war nicht überflüssig gewesen. Das Floß bewegte sich nicht von der Stelle, da aber die oberen Tücher der Coquette noch back lagen, so begann die flammende Masse, durch keine Hindernisse im Wasser mehr zurückgehalten, sich langsam von den schimmernden Spieren zu trennen, wiewohl die schwankenden, halbverbrannten Masten jeden Augenblick zu fallen drohten.

Nie schienen Momente länger als die jetzt folgenden. Selbst dem Meerdurchstreicher und dem Capitän raubte das ängstliche Beobachten der trägen Bewegung des Schiffes die Sprache. Allmählich entfernte es sich, und nach zehn Minuten bangen Harrens fingen die Seeleute, deren innere Spannung gewachsen war, im Verhältnisse wie ihre äußeren Anstrengungen abnahmen, an, freier zu athmen. Noch immer befanden sie sich dem gefährlichen Bau nahe genug, um Besorgnisse zu rechtfertigen. Doch war ihr Untergang beim Auffliegen des Pulvermagazins nicht mehr so durchaus unvermeidlich. Nach und nach schlängelte sich die Flamme das Deck entlang, die Masten hinan, und wie nun ein Segel nach dem andern sich entzündete und wüthend im Winde flackerte, so schien der ganze Himmel in Brand zu stehen.

Der Spiegel des Fahrzeugs war indessen noch ganz. Gegen den Besahnmast gelehnt, sah man die Leiche des Segelmeisters in sitzender Stellung, und beim blendenden Lichte des Brandes konnte man seine ernsten Züge deutlich erkennen. In dem Anschauen derselben versunken, vergaß Ludlow sein Schiff und rief sich traurig

die Erinnerung zurück an jene Scenen seiner glücklichen Knaben-
jahre und seiner spätern Seemanns-Freuden, an denen sein alter
Schiffsgenosse so reichlich Theil genommen hatte. Selbst der Knall
einer Kanone, deren Feuerstrom ihnen fast ins Gesicht schoß, selbst
das dumpfe Heulen der Kugel, die über das Floß dahinfuhr, vermochten nicht, ihn aus seinem Tiefsinn aufzurütteln.

»Stellt Euch fest gegen die Tonne!« rief leise der Meerdurchstreicher, und winkte den Andern, sich stützend um die Sitze der Frauenzimmer aneinanderzureihen, während er selbst mit der ganzen
Schwere und Kraft seines athletischen Körpers sich gegen die Tonne
stemmte. »Steht fest und haltet Euch bereit!«

Ludlow kam zwar der Aufforderung nach, konnte aber den Blick
nicht vom Schiffe abwenden. Er sah die glänzende Flamme über die
leere Waffenkiste, auf welcher der junge Dumont lag, emporlodern,
und seine Einbildungskraft malte ihm das Schiff als einen Scheiter-
haufen des unglücklichen Jünglings vor, dessen Schicksal er in diesem Augenblick fast beneidenswerth fand. Dann wendete er den
Blick nach dem ernsten Antlitz Spannsegel's. Zuweilen kam es ihm
vor, als spreche die Leiche, und die Täuschung nahm so überhand,
daß er sich mehr als einmal vorwärts bog, um zu lauschen. Er war
noch in diesem Wahn befangen, da hob sich die Leiche und streckte
die Arme in die Höhe. Eine breite Fläche strömenden Feuers durchzog jetzt die Luft, und Meer und Himmel erglühten dunkelroth.
Trotz der Vorsicht des Meerdurchstreichers wurde die Tonne von
ihrem Orte gehoben, und Die, welche sie festhielten, fast in die Wogen geschleudert. Wie aus dem tiefen Schooße des Oceans brüllte
der dumpfe Donner, der zwar das Ohr weniger verletzte als der
heftige Knall der Kanone, der ihm vorangegangen war, aber von
den fernen Landspitzen der Delaware gehört werden konnte.
Spannsegel's Leiche schwebte eine Strecke von fünfzig Faden mitten
in einer Flammenfluth in der Luft, senkte sich in einer kurzen
Krümmung nach dem Floße und fiel ins Wasser, so dicht bei dem
Capitän, daß er sie mit dem Arm hätte erreichen können. Schwer
und geräuschvoll sank unmittelbar darauf auch eine Kanone ins
Wasser, welche die schreckliche Explosion bis hierher durch die
Lüfte getragen hatte; zuletzt fiel eine gewaltige Raae auf denjenigen
Theil des Floßes, wo die vier untergeordneten Offiziere der Co-
quette standen, die wie Staub vor dem Sturm in die See flogen.

Gleichsam im Triumph über die furchtbare Zerstörung des königlichen Kreuzers entlud sich eine zweite, durch die Luft geschleuderte Kanone dicht über den Köpfen der wenigen Geretteten. Nach und nach, im Verhältniß zu ihrer Schwere, fielen die brennenden Spieren, die glühenden Kugeln, die halbverbrannten Segeltücher und alle übrige abgerissene Theile des Schiffes hernieder. Endlich hörte man das Gurgeln des Strudels, und verschlungen war der Ueberrest des Kreuzers, der so lange die Zierde und der Stolz der Amerikanischen Meere gewesen. Die Gluth verschwand, und Finsterniß, wie die, welche auf einen grellen Blitz folgt, verhüllte die Scene.

Dreiunddreißigstes Kapitel.

»Bitte, lesen Sie.«

Cymbeline.

»Es ist vorüber!« sagte der Meerdurchstreicher, erhob sich von
der angestrengten, halb liegenden Haltung, die er angenommen
hatte, um die Tonne festzuhalten, und ging auf dem einzelnen vorspringenden Mast entlang bis zu dem Fleck, von welchem die vier
Matrosen Ludlow's so eben in die See geschleudert worden waren.
»Es ist vorüber! und die, welche zur letzten Rechenschaft gerufen
wurden, fanden ihr Ende mitten in einem Schauspiel, wie es nur
Seeleute sehen, während die Ueberlebenden zu dem, was ihnen
noch übrig bleibt, die ganze Geschicklichkeit und Entschlossenheit
eines Seemanns bedürfen! Capitän, ich verzage nicht, denn sieh, die
Dame der Brigantine lächelt wieder ihre Diener an!«

Ludlow, welcher dem kühnen Freihändler nach dem Orte, wo die
Raae herabgefallen war, folgte, wendete sich und warf einen Blick
nach der Richtung, wohin der Andere mit ausgestrecktem Arme
zeigte. Keine hundert Fuß von sich entfernt sah er die Laterne mit
dem Bild der meergrünen Dame, sich auf den bewegten Wogen
wiegend, und das bekannte ironische Lächeln nach dem Flosse
zugekehrt. Dies Sinnbild ihrer vorgeblichen Gebieterin war nämlich
den Smugglern, als sie den Spiegel der Coquette erstiegen, vorgetragen worden, und der Standartenträger hatte die mit Stahl be-
schlagene Stange, auf welcher die Laterne befestigt war, in eine
Theerpfütze gestoßen, um thätiger an dem Gefecht Theil nehmen zu
können. Mehr als einmal während des Brandes traf Ludlow's Auge
auf dieses Sinnbild, und wie es jetzt still an ihn herankam, wurde
seine Verachtung des den gemeinen Matrosen eigenthümlichen
Aberglaubens fast erschüttert. Er war noch unschlüssig, welche
Antwort er auf die Bemerkung seines Gefährten machen solle, als
dieser sich in die See stürzte und dem erleuchteten Gesichte entge-
genschwamm. Bald hatte er das Floß wieder erreicht, das Emblem
seiner Brigantine hoch emporhaltend. Niemand steht so vollkommen unter der Herrschaft der Vernunft, daß er nicht jener geheimen
Stimme, die uns an den Einfluß eines guten oder bösen Geschickes

zu glauben ermahnt, dann und wann Gehör gäbe. Heiterer klang die Stimme des Freihändlers, zuversichtlicher und elastischer war sein Tritt, als er über die Stellung ging und das gespitzte Ende der Standarte in den am meisten über das Wasser erhabenen Marsrand einstieß.

»Muth!« rief er munter. »So lange dieses Licht brennt, geht mein Stern nicht unter! Muth, Dame vom festen Lande! denn diese hier von den tiefen Gewässern blickt noch gütig auf ihre Anhänger. Wir befinden uns freilich auf einem gebrechlichen Fahrzeug zur See, doch zuweilen gelingt auch einem langsamen Segler eine sichere Fahrt. – Sprich, mein tapferer Herr Seestreicher, Deine Munterkeit und Dein Muth sollten unter einem so versprechenden Omen wieder aufleben.«

Doch die, welche so viele kurzweilige Mummereien belebt, so vielen seiner listigen Anschläge den Sieg verschafft hatte, besaß jetzt nicht die Stärke des Geistes, die sich mit der Elasticität des seinigen hätte messen können. Der Pseudo-Seestreicher blieb niedergeschlagenen Blickes neben Alida sitzen, ohne zu antworten. Einen Augenblick schaute der Meerdurchstreicher mit männlicher Theilnahme die Gruppe an; hierauf klopfte er leise Ludlow auf die Schulter, und Beide gingen mit balancirenden Schritten die Spieren entlang, bis sie fern genug waren, sich miteinander besprechen zu können, ohne ihren Genossen unnöthige Schrecken zu machen.

War auch die dringende Gefahr, mit der die Explosion sie bedroht hatte, nunmehr vorüber, so befanden sie sich dennoch kaum in einer beneidenswertheren Lage als die Umgekommenen. Am Himmel zeigten sich durch die zerrissenen Wolken hindurch einige schimmernde Sterne, so daß jetzt, nachdem der Contrast ihrer vorigen Lage aufgehoben war, gerade Licht genug vorhanden blieb, ihre gegenwärtige in ihrer ganzen Fürchterlichkeit sichtbar werden zu lassen.

Es ist bereits erwähnt worden, daß, als der Fockmast der Coquette über Bord fiel, der größte Theil des Windfangs daran hängen geblieben war. Die Segel und denjenigen Theil der Takelage, welcher dazu diente, den Mast aufrecht zu erhalten, hatte man, wie bereits erzählt, in der Eile losgekappt, und von dem Augenblick, wo der Mast in die See fiel, bis zu dem der Explosion, waren die gemeinen Matrosen theils mit dem Ausschlagen der Stelling beschäftigt, theils mit der Abtrennung aller Taue, die zum Verbinden der Balken nicht taugten, und nur die Wucht der Masse vermehrten. Das ganze Wrack lag auf der Meeresoberfläche, mit den quer gebraßten Raaen so ziemlich in derselben Ordnung, wie sie ursprünglich angesetzt worden. Die großen Bäume hatte man aus dem Schiffe heruntergeworfen, und sie dann so um den obern Theil des Mastes gelegt, daß sie eine Unterlage für die Stelling abgaben. Die kleineren Bäume, nebst der Tonne und den Kugelkisten waren Alles, was die im Mittelpunkt befindliche Gruppe von der Tiefe des Oceans trennte. Das Marsband ragte einige Fuß über das Wasser hervor und bildete eine wichtige Schutzwehr gegen den Wind und das unaufhörliche Spülen der Wellen. So war der Sitz der Frauenzimmer beschaffen, die noch überdies die Warnung erhielten, ihre Füße nicht zu sehr dem unzuverlässigen Schutze der Spieren anzuvertrauen, und durch den Alderman unablässig festgehalten werden mußten. François hatte sich 's gefallen lassen, sich von einem Smuggler fest anbinden zu lassen; die Letzteren, die einzigen gemeinen Matrosen, welche die Explosion überlebten, begannen jetzt, durch die Nähe ihrer Standarte aufgemuntert, sich damit zu beschäftigen, daß sie nachsahen, ob auch die Verbindung und die sonstigen Verwahrungsmittel des Flosses im guten Stande seyen.

»Unsre Ausrüstung macht uns weder zu einer langen, noch zu einer thätigen Fahrt sonderlich fähig, Capitän Ludlow,« sagte der Meerdurchstreicher, als er mit seinem Gefährten außer dem Bereich des Gehöres war. »Ich habe mich schon bei allen Arten von Wetter und auf allen Gattungen von Fahrzeugen zur See befunden, doch dies ist das kühnste unter allen meinen Experimenten – möge es nicht auch das letzte seyn!« »Wir können die schreckliche Gefahr, die wir laufen, nicht vor uns selbst verbergen,« erwiederte Ludlow, »wie sehr wir auch wünschen mögen, daß sie Einigen unter uns ein Geheimniß bleibe.«

»Dies ist in der That eine öde See, und auf einem Floß ihren Wogen preisgegeben zu seyn, nichts weniger als sicher. Wären wir in den engen Kanälen zwischen den britischen Inseln und dem Festlande, oder selbst in den biscaischen Gewässern, so dürften wir hoffen, daß irgend ein Kauffahrer oder wandernder Kreuzer unseres Weges kommen würde; aber hier theilt sich die Wahrscheinlichkeit nur zwischen dem Franzosen und der Brigantine.«

»Der Feind hat ohne Zweifel die Explosion gesehen und gehört, und wird, da das Land so nahe ist, natürlich vermuthen, daß die Mannschaft sich in den Booten gerettet habe. Was die Wahrscheinlichkeit seines Wiederkommens sehr vermindert, ist der Umstand, daß er jetzt, da mein Kreuzer verbrannt ist, keinen fernern Beweggrund hat, an der Küste zu lungern.«

»Und werden Ihre jungen Offiziere ihren Capitän ohne Nachforschung aufgeben?«

»Die Hoffnung auf Hülfe von dieser Seite ist nur schwach. Das Schiff lief, während es brannte, mehrere Meilen, und ehe das Morgenlicht wiederkehrt, wird das Floß noch weiter seewärts getriftet seyn.«

»Ich habe allerdings schon unter günstigeren Auspicien gesegelt!« bemerkte der Meerdurchstreicher. »In welcher Gegend und Entfernung liegt das Land?«

»Noch liegt es nördlich, allein wir treiben schnell von Ost nach Süd. Ehe der Morgen kommt, werden wir in gleicher Linie mit Montauk, wo nicht darüber hinaus stehen: wir müssen schon jetzt mehrere Meilen in freier See seyn.«

»Das ist schlimmer als ich es mir gedacht! Dürfen wir uns denn nichts von der zurückkehrenden Fluth versprechen?«

»Die Fluth wird uns wieder nach Norden treiben; doch was halten Sie vom Aussehen des Himmels?« »Er ist nicht günstig, obgleich nicht aller Hoffnung entgegen. Mit der Sonne kehrt der Seewind zurück.«

»Und mit ihm eine hohle See! Wie lange werden diese lose verbundenen Spieren zusammenhalten, wenn die steigenden und sinkenden Wogen daran rütteln? wie lange werden unsere Gefährten den spülenden Wellen Widerstand leisten können, wenn Mangel an Nahrung ihnen erst die Kräfte geraubt hat?«

»Sie malen mit düsteren Farben, Capitän,« sagte der Freihändler, trotz aller seiner Entschlossenheit tief seufzend. »Die Erfahrung belehrt mich, daß Sie Recht haben, wenn auch meine Wünsche

Ihnen widersprechen möchten. Aber dennoch glaube ich, daß wir auf eine ruhige Nacht rechnen dürfen.«

»Ruhig für ein Schiff, oder auch vielleicht für ein Boot, aber gefährlich genug für ein Floß wie das unsrige. Sehen Sie, wie diese Stenge schon bei jedem Heben des Wassers in ihrem Bande hin und her arbeitet – so wie der Verband lockerer wird, vermindert sich unsere Sicherheit.«

»Wahrlich, Du führst keine Schmeichelreden! Capitän, Sie sind ein Seemann und ein Mann, ich will daher nicht länger Ihre Kenntniß auf die Probe stellen: ich bin ganz Ihrer Meinung, daß unsere Gefahr dringend ist, und glaube, daß unsere einzige Hoffnung vom guten Glücke meiner Brigantine abhängt.«

»Werden Die, welche sich am Bord derselben befinden, es für ihre Pflicht halten, ihre Ankerstelle zu verlassen, um ein Floß aufzusuchen, von dessen Daseyn sie gar nichts wissen?«

»Ich setze meine Hoffnung in die Wachsamkeit der Dame mit dem meergrünen Mantel. Sie halten dies in einem solchen Augenblicke vielleicht für Schwärmerei oder für noch was Schlimmeres; allein ich, der ich unter ihrem Schutze durch so viele Daggen gelaufen bin, vertraue nun einmal ihrem Glücke. Sollten Sie als Matrose nicht auch an eine oder die andere unsichtbare aber mächtig wirkende Kraft glauben?« »Mein Glaube ist auf Den gerichtet, dessen Kraft allmächtig, aber stets sichtbar wirkt. Wohl mögen wir verzweifeln, wenn Er uns vergißt!«

»Das ist recht schön, aber nicht das gute Glück, von dem ich sprechen wollte. Glauben Sie mir, trotz meiner Erziehung, die mich alles lehrt, was Sie da gesagt haben, trotz einer Vernunft, die oft nur zu hell für thörichte Hoffnungen ist, hat ein Leben voller Thätigkeit und Wagnisse ein Vertrauen auf verborgene Wahrscheinlichkeiten in mir erzeugt, das mich noch immer gegen Verzweiflung geschützt hat. Dies Lichtzeichen und dies Lächeln meiner Gebieterin würden mir Muth einflößen, und wenn tausend Philosophen mir meine Thorheit demonstrirten.«

»Wohl Ihnen, daß Sie sich so wohlfeilen Kaufs Trost zu verschaffen wissen,« erwiederte der königliche Offizier, in welchem die Zuversicht des Andern eine geheime Hoffnung erweckte, die er schwerlich gern eingestanden haben würde. »Ich sehe nur wenig, was wir zu thun im Stande wären, um unsere Rettung wahrscheinlicher zu machen, als etwa alles überflüssige Gewicht abzutrennen und das Floß stärker zu verbinden.«

Der Meerdurchstreicher gab diesem Vorschlag seinen Beifall, und nachdem sie sich über das Einzelne ihrer Arbeit berathen hatten, verfügten sie sich nach der Stelling zu den Uebrigen, um zur Ausführung zu schreiten. Da von den Matrosen nur die zwei Leute aus der Brigantine noch übrig geblieben waren, so mußten Ludlow und sein Gefährte mit Hand an's Werk legen.

Viele nutzlose Taue, die nur den Druck vermehrten, ohne dem Floß von sonstigem Nutzen zu seyn, wurden abgeschnitten; von den Raaen schlugen sie die Eisenbänder ab und warfen sie ins Meer. Hierdurch ward das Floß bedeutend erleichtert, und gewährte daher denjenigen, deren letzte Zuflucht es bildete, größere Sicherheit gegen das Untergehen. Der Meerdurchstreicher, dem seine zwei Matrosen stumm aber gehorsam folgten, wagte sich auf den dünnen, unter Wasser stehenden Spieren hinaus bis an den äußersten Punkt der spitzzulaufenden Masten. Hier kostete es, ungeachtet ihrer Gewandtheit, die Schiffsmaschinerie selbst in den dunkelsten Nächten zu handhaben, saure Mühe, die zwei kleineren Masten und die dazu gehörigen Raaen loszumachen, was ihnen aber doch endlich gelang, worauf sie sie im Wasser an den Haupttheil des Wracks hinanleiteten und dort quer legten, so daß die Unterlage der Stelling dadurch um Vieles fester wurde.

Die Hoffnung und das Gefühl vermehrter Sicherheit lieh ihnen Stärke bei dieser Beschäftigung. Selbst der Alderman und François halfen, so weit ihre Einsicht und Kräfte reichten. Als diese Veränderung gemacht und die Stenge mit den großen Raaen stärker an ihrem Orte befestigt waren, stellte sich Ludlow neben die um das Mastende gelagerte Gruppe, und gab dadurch stillschweigend zu verstehen, daß nun nichts mehr gethan werden könne, um die Gefahren, von denen sie sich umgeben sahen, abzuwenden.

Während der paar Stunden, welche diese Vorkehrungen einnahmen, beteten Alida und ihre Gefährtin inbrünstig. Frommer Glaube an das göttliche Wesen, dessen Macht allein sie retten konnte, nebst jener hohen Seelenstärke, wodurch das Weib sich in langen schweren Prüfungen auszeichnet, hatten sie fähig gemacht, ihre Besorgnisse zu unterdrücken, und sie Trost finden lassen in der Anrufung einer Macht, welcher die wüthenden Elemente gehorchen. Als Ludlow daher, von der Anstrengung erschöpft, nun eingestand, daß das letzte Mittel angewandt sey, stärkte ihn die vertrauensvolle freundliche Stimme Alida's:

»Das Uebrige,« sagte sie, »wird die Vorsehung thun! Ihr habt nichts unterlassen, was in der Macht kühner und geschickter Seeleute stand, und auch wir haben für Euch alles gethan, was dem Weibe in solcher Lage zu thun möglich ist.«

»Du hast meiner in Deinem Gebete gedacht, Alida! O dies ist ein Beistand, dessen der Kräftigste bedarf, und den nur der Thor verschmähen kann.« »Und, Du, Eudora, Du wandtest Dich an Den, welcher die Wasser zu stillen weiß!« sprach eine tiefe Stimme dicht bei der gesenkten Gestalt des Pseudo-Seestreichers.

»Das that ich.«

»Das war recht! Es gibt Dinge, welche mit Muth und Erfahrung durchgesetzt werden können, und andere, wo Alles Dem überlassen werden muß, der mächtiger ist als die Elemente.«

Solche Worte aus dem Munde eines solchen Mannes mußten natürlich Aufmerksamkeit erregen. Selbst Ludlow schaute ängstlich nach dem Himmel, als enthielten die Töne eine geheime Andeutung von der sie umziehenden Gefahr. Niemand antwortete, und während der langen Stille, die nun folgte, konnten die Ermüdeten, trotz ihrer furchtbaren Lage, sich des Schlummerns, freilich keines ruhigen, nicht erwehren.

So brachten sie angstvoll und beklommen die Nacht zu. Wenig ward gesprochen, kaum daß während dieser Stunden irgend Jemand von der um die Tonne zusammengedrängten Menschengruppe ein Glied gerührt hätte. Als aber die ersten Anzeichen des herannahenden Tages erschienen, da wachte jede Seelenkraft in ihnen auf, um zu entdecken, was sie hoffen dürften oder was sie fürchten müßten.

Die Meeresoberfläche war noch immer glatt, obgleich die langen Dünungen, mit denen sich die Wogen hoben und senkten, den Beweis abgaben, daß das Floß weit vom Lande abgetrieben war. Alle

Zweifel hierüber verschwanden, als das Licht längs des östlichen Randes sich nun allmählig über den ganzen Horizont ergoß. Nichts war zunächst zu sehen als eine düstre, leere Wasseröde. Plötzlich aber erhob Eudora, deren Sinne durch viele Uebung auf dem Ocean geschärft waren, ein Freudengeschrei, und lenkte Aller Blicke nach der der aufgehenden Sonne entgegengesetzten Richtung. Betupft vom goldenen Morgenlichte, zeigten sich den Verlassenen die hohen Segel eines Fahrzeugs. »Es ist der Franzose!« sagte der Freihändler. »Er sieht sich mit christlicher Liebe nach dem Wrack seines ehemaligen Feindes um.«

»Vielleicht ist es in der That so,« antwortete Ludlow, »denn unser Schicksal kann dem Feind nicht geheim geblieben seyn. Unglücklicher Weise waren wir schon vom Ankergrund ziemlich weit entfernt, als das Feuer zuerst ausbrach. Ich irrte nicht! Die, mit denen wir so kürzlich erst auf Tod und Leben kämpften, sind bemüht, eine Pflicht der Menschlichkeit auszuüben.«

»Aha! dort, viele Stunden leewärts, ist auch seine zum Krüppel geschossene Gefährtin, die Corvette; dem muntern Vogel sind zu viele Federn ausgerupft worden, um so nahe beim Wind fliegen zu können. So geht es dem Menschen! er zerstört mit aller seiner Gewalt oft in einem Augenblicke gerade das, was im nächsten das Mittel zu seiner eigenen Rettung werden konnte.«

»Was haben wir zu hoffen?« fragte Alida, und suchte in Ludlow's Zügen den Schlüssel zu ihrem Schicksal. »Ist des Fremden Bewegung unseren Wünschen günstig?«

Weder der Angeredete noch der Meerdurchstreicher gaben eine Antwort. Beide schauten angestrengt nach der Fregatte hin ; immer heller wurde unterdessen das Licht, und wie von einem und demselben Impuls getrieben, riefen Beide zugleich, daß das Schiff gerade auf das Floß zusteuere. Diese Erklärung erfüllte Alle mit neuer Hoffnung, und selbst die Negerin vergaß ihre Lage und die Gegenwart ihrer Herrschaft, und jauchzte laut auf.

Jetzt galt es wieder, thätig zu seyn. Man band einen leichten Baum vom Flosse los befestigte ein kleines aus den Taschentüchern der Damen zusammengesetztes Signal an das Ende und lichtete die Spier in die Höhe, so daß das Fähnlein etliche zwanzig Fuß über der Wasserfläche im Winde wehte. Nach dieser Vorkehrung mußten sie das Resultat mit so vieler Geduld, als Jeder aufbieten konnte, abwarten. Es verging eine Minute nach der andern, immer deutlicher wurden Gestalt und Verhältnisse des Schiffes, bis sämmtliche Seeleute auf dem Flosse erklärten, daß sie schon Matrosen auf den Raaen unterscheiden könnten. Eine Kanonenkugel aus dem Schiffe abgeschossen, hätte das Floß erreichen können, und dennoch war kein Zeichen zu erblicken, daß die Mannschaft das Floß entdeckt habe.

»Mir will die Art, wie er steuert, nicht gefallen,« bemerkte der Meerdurchstreicher gegen den schweigend hinschauenden Ludlow. »Er macht weite Gierung, als wollte er das Suchen aufgeben. Gott gebe ihm den Gedanken, noch zehn Minuten denselben Cours zu behalten!«

»Haben wir denn keine Mittel, uns hörbar zu machen?« fragte der Alderman. »Mich dünkt, die Stimme eines kräftigen Mannes müsse so weit über das Wasser reichen können, zumal wenn das Leben auf dem Spiel steht.«

Die Erfahrneren schüttelten die Köpfe, doch ohne sich dadurch entmuthigen zu lassen, erhob der Bürger seine Stimme, dem die Dringlichkeit der Gefahr doppelte Stärke verlieh. Die Matrosen schrieen mit, und selbst Ludlow unterstützte sie, bis der vergebliche Versuch sie alle heiser gemacht hatte. Es standen offenbar Matrosen im Windfang, und zwar nicht Wenige, welche rund herum den Ocean durchspäheten, aber dessenungeachtet gab das Fahrzeug kein erwiederndes Signal.

Das Schiff fuhr fort, sich zu nähern, und schon war seine Seite keine halbe Meile mehr von dem Flosse entfernt, als mit einem Male der ungeheure Bau plötzlich vom Winde abstand, das Ganze seiner schimmernden Batterie zeigte, die Raaen schwenkte und durch diese neue Stellung andeutete, daß man das Nachforschen in dieser Gegend aufgab. Sobald Ludlow bemerkte, daß die Fregatte im Abfallen begriffen war, rief er:

»Jetzt erhebt Alle zugleich die Stimme, dies ist unsere letzte Hoffnung!«

Sie vereinigten sich in einem gemeinschaftlichen Schrei. Nur der Meerdurchstreicher machte eine Ausnahme, er lehnte sich mit verschränkten Armen gegen das Topp, und lauschte mit traurigem Lächeln ihrem unmächtigen Rufen.

»Euer Versuch war gutgemeint, mußte aber fehlschlagen,« sagte der gelassene, außerordentliche Mensch, als sie zu lärmen aufhörten, und ging während des Sprechens den Balken entlang, den Anderen zuwinkend, daß sie sich still verhalten möchten. »Das Schwenken der Raaen und die Ordres, die beim Halsen eines Schiffes gegeben werden, hätten hingereicht, den so thätig beschäftigten Matrosen selbst einen stärkeren Ruf unhörbar zu machen. Ob es mir jetzt besser gelingen werde, weiß ich nicht, aber allerdings ist dies der Augenblick zum letzten Versuch.«

Er legte beide Hände hohl an den Mund, und ohne die Stimme in artikulirten Worten zu zertheilen, erhob er einen so vollen, durchdringenden, gewaltigen Ruf, daß es schien, als müsse er nothwendig von Denen im Schiffe gehört werden. Dreimal wiederholte er den Versuch, obgleich mit stets abnehmender Kraft der Stimme.

»Sie hören!« schrie Alida. »Die Segel bewegen sich!«

»Es ist der aufspringende Wind,« antwortete der neben ihr stehende Ludlow traurig. »Jeder Augenblick trägt sie weiter hinweg von uns.«

Die niederschlagende Wahrheit fiel nur zu sehr in die Augen, und eine halbe Stunde lang standen die Verlassenen da, dem sich entfernenden Schiffe mit bitterlich getäuschter Hoffnung nachblickend. Jetzt löste es eine Kanone, bespannte seine langen Bäume mit noch mehr Tüchern und hielt vor dem Winde hin, um zu der Corvette zu stoßen, deren Obersegel sich bereits in südlicher Richtung nach der Wasserfläche neigten. Mit dieser Veränderung in den Bewegungen des feindlichen Kreuzers schwand alle Erwartung der Hülfe von dieser Seite.

Die Elasticität des menschlichen Geistes ist in jeglicher Lage des Lebens so groß, daß sie sich nicht in's gleiche Niveau mit dem Mißgeschick hinabdrücken läßt, so lange noch ein Funke von Hoffnung glüht. Der Gefallene hofft so lange, er werde sich wieder erheben können, bis ihn vergeblich wiederholte Anstrengungen das Gegentheil gelehrt haben. Eist nachdem wir mit verringerten Hülfsmitteln den Zweck zu erreichen uns fruchtlos abgemühet haben, lernen wir den Werth von Vorzügen kennen, deren Wichtigkeit wir vielleicht, so lange der Besitz derselben dauerte, nicht zu würdigen verstanden. Den ganzen Umfang der Gefahr ihrer Lage hatten die Unglücklichen bis jetzt, wo der Spiegel der französischen Fregatte sich vom Floß immer mehr entfernte, nicht überschaut, vielmehr wurde ihre Hoffnung durch die Rückkehr des Tages wieder stark belebt. So lange die Schatten der Nacht über dem Ocean ausgebreitet lagen, glichen sie einem Menschen, der die Dunkelheit der Zukunft zu durchdringen versucht, um ein Vorzeichen bessern Glückes zu erspähen. Wirklich war auch das ferne Segel mit dem Tage erschienen, und seine Nähe mit dem Lichte gewachsen; von diesem Gipfel der Hoffnung sollten sie nun herabstürzen: das Schiff lenkte um, verschwand und ließ ihnen auch nicht die schwächste Aussicht auf Wiederkehr.

Das kühnste Herz unter den auf dem Floß befindlichen Menschen fing jetzt an, vor dem düstern, nunmehr unvermeidlich scheinenden Schicksal zurückzubeben.

»Hier zeigt sich ein übelbedeutendes Omen!« sprach Ludlow leise zu seinem Gefährten, und wies auf die über die Oberfläche des Meeres hervorragenden dunkeln, spitzen Finnen von drei bis vier Hayfischen, die in furchtbarer Nähe schwammen und den Standpunkt auf den niederen Spieren, welche jeden Augenblick von den steigenden Wogen überspielt wurden, doppelt gefährlich machten, »Der Instinkt dieser Geschöpfe ist unseren Hoffnungen wahrlich nicht günstig.«

»Ich weiß,« antwortete der Meerdurchstreicher, »die Seeleute trauen diesen Thieren einen geheimen Impuls zu, der sie zu ihrem Raub hinleitet; doch vielleicht finden sie sich diesmal in ihrer Rechnung betrogen. Rogerson!« (zu dem einen seiner beiden Matrosen) »Du führst ja sonst immer Angelgeräthe bei Dir; hast Du zufällig Leine und Haken für diese hungrigen Ungethüme?« Die Frage ist jetzt in so enge Schranken eingezwängt, daß zu ihrer Lösung nicht viel Philosophie nöthig ist. Wenn es sich erst darum handelt, was besser sey: zu essen oder gegessen zu werden, so entscheiden sich wohl die Meisten für das Erstere.

Ein Haken von hinlänglicher Größe war bald herbeigeschafft, und aus den dünneren Tauen, die noch an den Stengen hingen, verfertigte man schnell eine Leine. Ein Stück Leder, von einer Spier abgerissen, diente zum Köder, und das Lockmittel ward ausgeworfen. Aeußerster Hunger schien die gefräßigen Thiere zu quälen, sie schossen mit Blitzesschnelle auf den eingebildeten Raub los. Der Stoß war so plötzlich und heftig, daß der unglückliche Matrose, der die Leine hielt, von seinem schlüpfrigen, unsichern Standpunkt in die See gerissen wurde. Schrecklich kurz war die Dauer des ganzen Vorgangs. Ein Schrei des Entsetzens entfuhr Allen, Alle sahen den letzten verzweiflungsvollen Blick des Verunglückten. Ein Moment schwamm der verstümmelte Körper mitten in seinem Blut, den Blick der Todesangst noch im nicht entseelten Auge; im nächsten Augenblick war er eine Speise der Seeungeheuer.

Alles war vorüber, mit Ausnahme des dunkeln Flecks auf der Wasserfläche. Die gesättigten Fische verschwanden, aber der dunkelrothe Punkt wollte nicht von dem unbeweglichen Floße weichen, als sollte er die Ueberlebenden an ihr eigenes Schicksal mahnen.

»Entsetzlich!« rief Ludlow.

»Ein Segel!« schrie der Meerdurchstreicher, dessen Stimme und Ton, in diesem Momente der bis zur höchsten Höhe gesteigerten Qual der Gemüther, wie ein Ruf aus dem Himmel klang. »Meine brave Brigantine!«

»Gebe Gott, daß sie uns mehr Glück bringe, als die, welche sich uns so kürzlich zeigten.« »Das gebe Gott! Versagt diese Hoffnung, so bleibt keine mehr übrig. Wenig Schiffe segeln hier vorüber, und wir haben nur zu klaren Beweis davon, baß unsre Bramsegel nicht so hoch sind, um jedem Auge aufzufallen.«

Nach dem weißen Punkt am Rande des Meeres, von dem der Freihändler so zuversichtlich behauptete, daß es die Wassernixe sey, war jetzt ein jedes Auge gerichtet. Nur ein Seemann konnte diese Gewißheit fühlen, denn vom niedrigen Flosse aus gesehen, ließ sich, außer den Spitzen der oberen Segel, nichts unterscheiden. Auch versprach die Gegend wenig, es war die Leeseite; indeß versicherte sowohl Ludlow als der Freihändler, daß das Fahrzeug nach dem Lande zu lavieren strebe.

Lange, wie die Tage des Elends, dauerten ihnen die nächsten zwei Stunden. Ihre Rettung war durch so viele Ereignisse bedingt, daß die Seeleute unter der Gesellschaft jeden Umstand mit einer an Todesangst grenzenden Spannung berechneten. Der Wind konnte aufhören und das Fahrzeug zum Stehenbleiben zwingen, in welchem Fall sowohl die Brigantine als das Floß den ungewissen Strömungen des Oceans preisgegeben worden wäre; oder der Wind konnte umsetzen, und der dadurch veränderte Cours ein Zusammenstoßen unmöglich machen; oder endlich der Wind konnte so wachsen, daß sie ein Raub der Wogen wurden, ehe noch das Schiff sie ereilte. Zu diesen offenbaren Möglichkeiten kam nun noch die Thatsache, daß die Mannschaft der Brigantine jeden Grund zu glauben hatte, das Schicksal Aller, die am Bord der Coquette waren, sey bereits entschieden.

Aber das Glück schien ihnen zu lächeln, denn der Wind hielt an und blieb doch leicht. Das Segel zielte augenscheinlich nach dem Punkte in ihrer Nähe, und in dem Gedanken, daß es aufs Suchen ausgehe, lag so viel Wahrscheinlichkeit, daß jede Brust neue Hoffnung schöpfte.

Nach Verfluß der erwähnten Zeit, kam die Brigantine leewärts in parallele Linie mit dem Flosse, und zwar so nahe, daß selbst die geringeren Gegenstände in ihrem Tauwerk deutlich sichtbar wurden.

»Die treuen Kerle suchen uns!« rief der tief gerührte Freihändler. »Sie sind Männer! und verlassen uns nicht, ohne erst die Küste genau durchforscht zu haben!«

»Sie fahren bei uns vorüber! das Signal geschwenkt, vielleicht zieht es ihren Blick auf sich!«

Unbeachtet blieb die kleine Flagge, und nach so langer schmerzlicher Erwartung, mußten sie jetzt den noch weit größern Schmerz empfinden, das schnellsegelnde Fahrzeug vorwärts, und so weit vorwärts gleiten zu sehen, daß wenig Hoffnung zu seiner Rückkehr übrig blieb. Jetzt sank offenbar auch dem Meerdurchstreicher das Herz.

»Um meinetwillen kümmert es mich nicht,« sagte er traurig. »Was liegt daran, in welcher See und auf welcher Reise ein Seemann in sein nasses Grab sinke! aber Dir, meine muntre, meine unglückliche Eudora, Dir hätte ich ein besseres Schicksal gewünscht

– Ha! sie wendet durch den Wind! so hat die seegrüne Dame denn doch einen Instinkt für ihre Kinder!«

Die Brigantine war im Luven begriffen. Nach zehn bis fünfzehn Minuten stand das Fahrzeug abermals parallel mit dem Flosse, aber auf der Windseite.

»Geht sie nun bei uns vorüber, so sind wir ohne Rettung verloren,« sagte der Meerdurchstreicher. Noch einmal schrie er jetzt durch die hohlen Hände, laut, als liehe ihm die Verzweiflung die Lunge eines Riesen:

»Ho! Wassernixe! ahoi!«

Das letzte Wort kam aus seinen Lippen mit der ganzen Schärfe der Deutlichkeit, die diesem Matrosenton so eigenthümlich ist. Gleichsam als kenne das kleine Schiff die Stimme seines Commandeurs: machte es eine geringe Biegung in seinem Course, so sprechend, als wäre die herrliche Maschine mit Lebensthätigkeit begabt gewesen.

»Ho! Wassernixe, ahoi!« schrie er nun mit noch mächtigerer Stimme.

»Halloh!« war der schwache, vom Winde einhergetragene Erwiederungston, und abermals folgte eine Veränderung in der Richtung der Brigantine.

»Ahoi! die Wassernixe! die Wassernixe! ...« schrie der Seemann vom Shawl mit übernatürlicher Kraft, und zog die letzte Sylbe so lang, daß er erschöpft zurücksank.

Die Töne gelten noch in den Ohren der von athemloser Erwartung Erfüllten, als ein lautes Hurrah quer über das Wasser herüberschallte. Im nächsten Augenblicke schwankte der Vorderbaum der Brigg und ihre schmale Seite richtete sich gegen das kleine über der See flatternde Signal. Es dauerte nur einen Augenblick, so schwamm das schöne Gefäß innerhalb einer Entfernung von fünfzig Fuß von dem Floß, aber dieser Augenblick schloß eine Ewigkeit von Hoffnung und Furcht in sich. Noch weniger als fünf Minuten trieben die Spieren der Coquette – das einzige, was noch von ihr übrig geblieben – unbewohnt und verlassen auf der öden Meeresfläche.

Höchst wahrscheinlich war die erste Empfindung des Meerdurchstreichers, nachdem sein Fuß wieder das Verdeck seiner Brigantine betrat, tiefgefühlte Dankbarkeit. Er war bis zur Sprachlosigkeit beklommen. Dann schritt er die Planken entlang, blickte zum Windfang hinauf und schlug so mächtig mit der Hand aufs Gangspiel, daß es schwer war zu sagen, ob Krampf oder Liebe für sein Fahrzeug mehr Theil an dem Schlage hatte. Mit einem ernsten Lächeln, heiter und doch Gehorsam erregend, befahl er seiner frohen, aufmerksamen Mannschaft:

»Füllt die Obersegel! Braß an Lee! Legt alles flach wie Planken, Bursche! Zwänget die treffliche Trulle nach der Küste zu!«

Vierunddreißigstes Kapitel.

.»Bitte, Sir, waren Sie bei der
Erzählung gegenwärtig?«

Wintermährchen.

Am nächsten Morgen war an den Fenstern von »Lust in Ruhe« zu erkennen, daß der Eigentümer sich wieder zu Hause befinde. Auf den Gesichtern Vieler, die man in den Umgebungen des Hauses und auf den daran stoßenden Gründen erblickte, lag eine gewisse gedämpfte Fröhlichkeit, als ob sich ein sehr glückliches, aber von ernsten, niederschlagenden Umständen begleitetes Ereigniß zugetragen hätte. Die Neger verriethen in ihren Mienen jenes Merkmal der Unwissenheit, die Liebe zum Außerordentlichen, und den Individuen, welche einer glücklicheren Kaste angehörten, war die Erinnerung an eine trübe Vergangenheit in die Züge geschrieben.

Im Privatzimmer des Bürgers hingegen fand eine Unterredung zwischen diesem und dem Freihändler statt, welche sich vorzüglich durch ernste Angelegentlichkeit von beiden Seiten auszeichnete. Beider Blicke bewiesen, daß sie sich über wichtige Gegenstände besprachen; ein geübter Menschenbeobachter hätte jedoch den Unterschied herausgefunden, daß der Seemann vom Shawl gerührt, der Kaufmann aber blos interessirt war.

»Meine Minuten sind gezählt,« sagte der Seemann, indem er in die Mitte des Zimmers trat und seinen Gefährten scharf ansah. »Alles Uebrige muß nun kurz abgemacht werden. Durch den kleinen Kanal kann ich nur bei hohem Wasser hindurchkommen, und es wird sich schlecht mit Ihren Ansichten von Klugheit vortragen, wenn ich weile, bis die neulichen Vorfalle zur See das öffentliche Aufsehen in der Provinz erregt haben werden.«

»Gesprochen mit der Klugheit eines Seewanderers! Diese Vorsicht wird unserem freundschaftlichen Verhältniß Dauer geben, wie denn dasselbe ohnehin schon bedeutend verstärkt worden ist durch Ihre Thätigkeit während unserer kürzlichen und unbequemen Seereise auf den Raaen und Masten des ehemaligen königlichen Kreuzers. Na, ich wünsche jedem loyalen Herrn in den Diensten Ihrer

Majestät alles Gute, aber es ist doch Jammerschade, daß Du jetzt, wo die Küste rein ist, keine reichliche Ladung für das Inland bereit hast. Die letzte bestand fast aus lauter kostbaren kleinen Artikeln, feinen Spitzen und dergleichen, hat freilich im Austausch schönen Gewinn abgeworfen, aber die Colonie hat gerade jetzt gewisse andere Waaren nöthig, zu deren Ladung Zeit gehört.«

»Ich kam wegen anderer Angelegenheiten. Es haben zwischen uns Verhandlungen statt gefunden, Alderman Van Beverout, von denen Sie wenig zu begreifen scheinen.«

»Sie meinen den unbedeutenden Irrthum in der letzten Faktura? der ist schon berichtigt, Herr Meerdurchstreicher; wir haben sie noch einmal durchgesehen und gefunden, daß Sie in Hinsicht auf Genauigkeit mit der Bank von England selbst wetteifern können, so sehr hat sie sich bewährt.«

»Bewährt oder nicht; wer zweifelt, mag seinen Verkehr mit mir aufgeben. Ich habe kein anderes Wahlwort als »Vertrauen«, und keine andere Verhaltungsregel als Gerechtigkeit!«

»Sie finden mehr in meinen Worten, Freund, als ich eigentlich sagen will. Ich spielte nicht auf Verdacht an, aber Präcision ist die Seele des Handels, so wie Profit Zweck desselben ist. Klare Rechnungen nebst billigen Bilanzen, sind der festeste Kitt des geschäftlichen Vertrauens. Ein wenig Offenherzigkeit bei geheimen Abmachungen wirkt wie die sogenannten Billigkeitsbehörden,[38] sie stellt nämlich die Gerechtigkeit, die das Gesetz zerstört hat, wieder her: nun, was wollten Sie denn eigentlich?«

---

[38] Die Billigkeitsbehörden in England sind diejenigen Behörden, welche da entscheiden, wo weder die lex non scripta (Common law) noch die lex scripta hinreicht; so z. B. hat die oberste Gerichtsbehörde, die Kanzlei (Chancery) eine Billigkeits-Jurisdiktion, kraft deren sie, oder vielmehr der Lord-Kanzler, Vormund aller Waisen und verheiratheten Frauen des Reiches ist, gewisse unbillige Verträge für null erklären, die Gläubiger eines unglücklichen Schuldners zwingen kann, sich mit demselben zu vergleichen, den Besitz eines Gutes, dessen Titel verloren gegangen ist, bestätigen, in der Form mangelhafte Documente gültig machen und zwischen einen Gutsherrn und dessen Pächter treten kann, wenn Ersterer zu strenge gegen Letzteren verfährt. Reicht aber das Gesetz hin, oder ist der Gegenstand von der Art, daß er einem Geschwornengerichte vorgelegt werden kann, so steht keiner Billigkeitsbehörde das Recht der Entscheidung zu. D. U.

»Es sind nun viele Jahre her, Herr Alderman Van Beverout, seit dieser geheime Handelsverkehr angeknüpft worden zwischen Ihnen und meinem Vorgänger, demselben, welchen Sie für meinen Vater gehalten haben, der aber nur in so fern auf diesen Titel Anspruch machte, als er das hülflose Kindesalter der Waise seines Freundes beschützte.«

»Der letztere Umstand ist mir neu,« erwiederte der Bürger, langsam den Kopf niedersenkend. »Er klärt gewisse kleine leichtsinnige Handlungen auf, welche nicht ohne Verlegenheit zu erzeugen, begangen worden. Es sind künftigen August fünf und zwanzig Jahre, mein Herr Meerdurchstreicher, und zwölf davon sind unter Deinen eigenen Auspicien verflossen. Ich will gerade nicht behaupten, daß die Spekulationen nicht noch besser hätten geleitet werden können, doch wie es nun einmal war, geht es an. Ich fange an, alt zu werden, und denke daran, die Risicos und Wagnisse des Lebens zu schließen – noch zwei oder drei, oder höchstens vier bis fünf gewinnbringende Reisen, so halten wir unsere Schlußabrechnung mit einander.«

»Es wird wohl früher geschehen müssen. Ich glaube nicht, daß Ihnen die Geschichte meines Vorfahrs ein Geheimniß gewesen. Die Art, wie er aus dem Dienst der Marine der Stuarts wegen seines Widerstandes gegen die Tyrannei vertrieben worden; seine Flucht nach den Colonien mit seiner einzigen Tochter und sein endliches Ergreifen des Smugglergewerbes, um sich zu ernähren, sind Dinge, die mehr als einmal zwischen uns zur Sprache kamen.«

»Hm – für Geschäftssachen, Herr Meerdurchstreicher, habe ich ein treffliches Gedächtniß, aber Dinge, die man eigentlich nicht wissen sollte, vergesse ich so leicht, wie ein neugeschaffener Edelmann seine bürgerliche Herkunft. Indessen verhält sich wahrscheinlich Alles so wie Sie sagen.«

»Es ist Ihnen ferner nicht unbekannt, daß mein Beschützer und Vorfahr, als er das Land verließ, sein Alles mit sich zur See nahm.«

»Er nahm einen stattlichen, trefflich segelnden Schooner, Herr Meerdurchstreicher, nebst einer sortirten Fracht ausgewählten Tabaks mit, so wie auch eine ziemliche Portion Steine vom Seeufer als Ballast. Er war kein närrischer Bewunderer von meergrünen Jungfern und großsprahlerischen Brigantinen. Gar manches Mal hielten die königlichen Kreuzer den wackern Kaufmann für einen industriösen Fischer!«

»Er hatte seinen Geschmack und ich habe den meinigen. Doch Sie vergessen einen Theil der Ladung, die er führte, und zwar einen Theil, der keineswegs der am wenigsten schätzbare war.«

»Kann seyn, daß er außerdem noch einen Ballen Marderfelle führte; der Handel in diesem Artikel kam damals gerade in Aufnahme.«

»Ein schönes, unschuldiges, liebendes Mädchen ...«

Eine unwillkührliche Bewegung des Rathsherrn verbarg fast gänzlich dessen Gesicht, als er mit gedämpfter, heiserer Stimme antwortete:

»Es ist wahr, ein schönes, und, wie Sie bemerken, höchst warmherziges Mädchen war mit dabei! Sie starb, wie Du selbst, Meister Seestreicher, mir erzähltest, auf den italienischen Gewässern. Ich habe den Vater, seit dem letzten Besuch seines Kindes an dieser Küste nie wieder gesehen.«

»Ja, sie ist auf den Inselgewässern des Mittelmeeres gestorben; allein die leere Stelle, die sie in dem Herzen aller Derer, die sie kannten, zurückließ, wurde zur gehörigen Zeit wieder ausgefüllt durch – ihre Tochter.«

Der Alderman sprang vom Stuhle auf, schaute dem Freihändler fest und sorglich in's Angesicht und wiederholte gedehnt:

»Tochter!«

»Nicht anders; Eudora ist die Tochter jenes ungerecht behandelten Weibes; brauche ich noch hinzuzufügen, wer ihr Vater sey?«

Der Bürger stöhnte, und mit verhülltem Gesicht sank er in seinen Sitz zurück und zuckte krampfhaft.

»Was für Beweise lieferst Du mir?« murmelte er endlich zwischen den Zähnen hervor. »Eudora ist Deine Schwester!«

Des Freihändlers Antwort war von einem melancholischen Lächeln begleitet.

»Ihr seyd getäuscht worden. Ich stehe allein da in der Welt, nur der Brigantine gehöre ich an. Als mein tapferer Vater an der Seite des Beschützers meiner Jugend fiel, da war der Letzte von meinem Geschlechte todt. Den Letzteren liebte ich wie meinen Vater, und er nannte mich Sohn, während Eudora Euch als das Kind einer zweiten Ehe angegeben wurde. Doch hier ist hinlänglicher Beweis von ihrer Geburt.«

Mit diesen Worten und tiefem Ernste überreichte er dem Aldermann ein Papier, welches Dieser mit hastigen, eifrigen Blicken durchlief. Es war ein Brief von Eudora's Mutter an ihn, geschrieben nach der Geburt der Letzteren mit der innigen Zärtlichkeit eines liebenden Weibes. Die Liebe des jungen Kaufmanns zur schönen Tochter seines heimlichen Geschäftsfreundes hatte von seiner Seite weniger Tadelnswerthes, als in den meisten ähnlichen Verhältnissen der Fall ist. Nur die Eigenthümlichkeit ihrer Lage, und die wirkliche Schwierigkeit, ein Frauenzimmer in die Welt einzuführen, von der seine Bekannten nicht einmal wußten, daß sie existire, endlich ihre beiderseitige Furcht vor dem unglücklichen, aber dennoch stolzen Vater, hatte eine gesetzmäßige Trauung verhindert. Den einfachen Formen, die in der Colonie bestanden, war leicht ein Genüge geschehen, ja es war aller Grund zu glauben vorhanden, daß sie hinreichten, die Frucht der Verbindung legitim zu machen. Als daher Myndert Van Beverout das Schreiben Derjenigen las, die er einst so wahrhaft liebte, und deren Verlust für ihn in mehr als einem Sinne ein nicht wieder gut zu machendes Unglück war, da ihr milder Einfluß heilsam auf seinen Charakter gewirkt haben würde, so zitterte er an allen Gliedern unter der heftigsten Gemüthsbewegung. Die Sprache der Sterbenden war voller Güte und frei von Vorwürfen, aber feierlich und ermahnend. Sie benachrichtigte ihn von der Geburt ihres Kindes, stellte die Verfügung über dasselbe ihm, dem Urheber seines Daseins, ganz anheim, und empfahl es ernstlich seiner Liebe, sollte es je seiner Sorgfalt anvertraut werden. Am Schluß nahm sie Abschied von ihm, und hier erschien die unaustilgbare Liebe für Die, so dem Menschen hienieden theuer sind, in trauerregendem Gegensatze zu den Hoffnungen des zukünftigen Lebens.

»Warum ward mir dies so lange vorenthalten?« fragte der gerührte Kaufmann. »Warum, leichtsinniger, rücksichtsloser Mensch, gabst Du zu, daß mein eignes Kind Zeuge meiner Fehler wurde!«

Bitter stolz war das Lächeln des Freihändlers.

»Herr Van Beverout, wir sind keine Küstenbefahrer. In unserm Handel besteht der Beruf unsers ganzen Lebens, und die Wassernixe macht unsre ganze Welt aus. Da wir nun so wenige Interessen mit dem Lande gemein haben, so ist auch unsre Art zu denken über die Schwachheiten der Landbewohner erhaben. Die Geburt Eudora's wurde Ihnen geheim gehalten, weil ihr Großvater es so haben wollte, kann seyn aus Rache, kann seyn aus Stolz; aber das Mädchen ist so herrlich geworden und hält so schadlos für die Täuschung, daß Sie so dankbar seyn können, als wäre der Beweggrund Liebe gewesen.« »Und Eudora? Kennt sie die Wahrheit, kennt sie sie schon lange?«

»Erst seit Kurzem. Seit dem Tode unsers gemeinschaftlichen Freundes war ich der einzige Rathgeber und Beschützer des Mädchens. Es ist jetzt ein Jahr, seit sie zuerst erfuhr, daß sie nicht meine Schwester sey. Bis dahin war sie mit Ihnen in gleichem Wahn befangen: sie hielt sich und mich für Kinder Dessen, der weder mein noch ihr Vater gewesen. Die Nothwendigkeit hat mich in der letzten Zeit gezwungen, sie selten aus der Brigantine zu lassen.«

»Gerecht ist die Wiedervergeltung!« stöhnte der Alderman, »Ich werde für meinen Kleinmuth bestraft durch die Entwürdigung meines eigenen Kindes!«

Mit hoher Würde trat der Freihändler auf den Alten zu, und sein blitzendes Auge glühte mit dem Unwillen eines Beleidigten.

»Rathsmann!« sagte er, und seine Stimme tönte wie scharfer Tadel; »Du empfängst Deine Tochter, makellos wie ihre unglückliche Mutter war, als die Noth Denjenigen, der sie wie sich selbst liebte, zwang, sie vertrauensvoll unter Deinem Dache zu lassen. Wir Contrebandirer haben unsre besonderen Begriffe von Recht und Unrecht, und wenn auch meine Grundsätze es mich nicht schon lehrten, so würde die Dankbarkeit mich gelehrt haben, daß der Nachkomme meines Wohlthäters Schutz, nicht Beleidigung, von mir verdiene. Keine reinere Sprache, als die, welche Eudora unter meiner Aufsicht hörte, kein zarteres Benehmen gegen sie hätte beobachtet werden können, als das, welches gegen sie beobachtet wurde, und wenn ich auch ihr wirklicher Bruder gewesen wäre.«

»Von ganzem Herzen dank' ich Dir!« sprach mit Gefühl der Alte. »Das Mädchen soll anerkannt werden, und bei der Mitgift, die ich ihr geben kann, darf sie wohl auf eine passende und ehrenvolle Parthie Anspruch machen.«

»Du kannst sie Deinem Liebling, dem Patroon, geben,« erwiederte der Meerdurchstreicher gelassenen, aber traurigen Blickes. »Ihr Werth übertrifft bei weitem Alles, was er ihr anzubieten hat. Auch geht er mit Freuden darauf ein, denn ihr Geschlecht und ihre Lebensgeschichte sind ihm bekannt. Ich glaubte dies Eudora schuldig zu seyn, als der Zufall den jungen Mann in meine Gewalt brachte.«

»Du bist nur zu ehrlich für diese gottlose Welt, lieber Meerdurchstreicher! Laß mich das liebende Pärchen sehen, daß ich ihnen gleich meinen Segen gebe.«

Langsam wendete sich der Freihändler ab, öffnete eine Thür und winkte Denen drinnen, herauszutreten. Alsbald erschien Alida mit dem nachgemachten Seestreicher an der Hand; Eudora trug keine männliche Kleidung mehr. Der Bürger hatte zwar die vermeintliche Schwester des Meerdurchstreichers schon vordem in weiblicher Tracht gesehen, doch nie fiel ihm ihre seltene Schönheit so sehr auf, als in diesem Augenblick. An der Stelle der Backenbärte von Seide glänzte jetzt eine brennende Wange, deren Farbe durch die warmen Spuren der Sonne nicht gelitten hatte, vielmehr reicher glühte. Die dunkel schimmernden Locken waren nicht mehr so gelegt, daß sie die Vermummung begünstigten, sondern umwallten in natürlicher Lage Schläfe und Stirn, und umflatterten eine Physiognomie, die Schlauheit und fröhlichen Muthwillen verrieth, auf welcher jedoch in diesem Moment der Ausdruck des Nachdenkens und des Gefühls vorherrschte. Nicht oft sieht man zu gleicher Zeit zwei so sehr durch körperliche Schönheit ausgezeichnete weibliche Wesen, wie die, welche jetzt vor dem Kaufmann hinknieten. In der Brust des Letztern schien einen Augenblick lang ein Kampf vorzugehen zwischen der längstgefühlten Liebe des Onkels und Beschützers, und der neuerwachenden Zärtlichkeit des Vaters. Die Natur war selbst für sein abgestumpftes und irre geleitetes Gemüth zu mächtig; der selbstische, berechnende Kaufmann rief sein Kind laut beim Namen, fiel ihr um den Hals und weinte. Es wäre schwer, das, was im Innern des ernsten, dem Auftritt zuschauenden Freihändlers vorging, zu schildern. Mißtrauen, Unruhe und Trauer kämpften in seinem Auge; die Letztere trug den Sieg davon, und mit diesem Gefühl im Herzen verließ er das Zimmer, als ein Fremdling, der kein Recht hätte, durch seine Gegenwart das heilige Geheimniß der Familie zu entweihen.

Seit dem Obigen waren zwei Stunden verflossen, da sah man die Haupthandelnden unsrer Erzählung am Rande der Runden Bucht unter dem Schatten einer uralten Eiche versammelt. Die Brigantine hatte Fahrt, und schwamm unter einigen ausgebreiteten Segeln im kleinen Bassin hin und her, so leicht, so anmuthig in ihrer Bewegung wie ein schöner Schwan, der sich im hohen Genusse des Instinkts auf seinem heimathlichen Flusse wiegt. So eben hatte ein Boot das Ufer berührt, und der Meerdurchstreicher stand am Wasserrande und reichte dem Knaben Zephyr die Hand zum Aussteigen.

»Wir Unterthanen der Elemente sind Sclaven des Aberglaubens,« sagte er, als der leichte Fuß des Kindes den Boden berührte. »Das ist die Folge eines unaufhörlich von solchen Gefahren umgebenen Lebens, welche der menschlichen Kraft Trotz bieten. Seit vielen Jahren kann ich mich des Glaubens nicht erwehren, daß der erste Besuch, welchen dieser Knabe auf dem festen Lande machen würde, mir entweder ein großes Glück, oder ein großes Unglück zuwege bringen würde. Hier steht er nun. Mag nun kommen was will, ruhig erwarte ich mein Schicksal!«

»Es wird ein glückliches seyn,« erwiederte Ludlow. »Alida und Eudora werden ihm die einfachen Sitten dieses schönen Landes beibringen, und er scheint ein Kind zu seyn, das seinen Lehrerinnen Ehre machen wird.«

»Ich fürchte nur, der Knabe wird die Lehren der seegrünen Dame vermissen! – Capitän Ludlow, es bleibt mir noch eine Pflicht, und als ein Mann von mehr Gefühl, als Sie mir vielleicht zutrauen, kann ich sie unmöglich unerfüllt lassen. Irre ich nicht, so hat die schöne Barberie Sie erhört: ist dem so?«

»Ich bin so glücklich, bejahend antworten zu dürfen.« »Sir, Sie haben keine Erklärung des Vergangenen verlangt, und dadurch ein edles Vertrauen an den Tag gelegt, das Erwiederung verdient. Mein Zweck bei meiner diesmaligen Reise hierher bestand darin, Eudora's Ansprüche auf den Schutz und das Vermögen ihres Vaters geltend zu machen. Wenn die Lage dieser Dame mir Mißtrauen einflößte und ihre gewinnende Naturgaben mich ihren Einfluß als meinem Zwecke feindselig fürchten ließen, so vergessen Sie nicht, daß ich damals noch nicht bekannt genug mit ihrem Charakter war, und nur ihre Schönheit würdigen konnte. Sie wurde auf mein Geheiß in ihrem Pavillon ergriffen und als Gefangene nach der Brigantine gebracht.«

»Meine Vermuthung war, daß sie die Geschichte ihrer Cousine kenne und irgend einem Plane zur glücklichen Wiedereinführung der Letzteren bei ihren Angehörigen, ihre Mitwirkung schenke.«

»Sie haben ihrer großmüthigen Seele nur Gerechtigkeit widerfahren lassen. Theils um das persönliche Unrecht wieder gut zu machen, theils um so schnell und sicher, als ich nur konnte, ihren Schrecken zu beseitigen, setzte ich meine Gefangene vom ganzen Thatbestand in Kenntniß. Damals hörte auch Eudora selbst zum erstenmal die Geschichte ihrer Abkunft. Der Beweis war unwiderstehlich, und wir fanden eine eifrige, unsere Sache ergebene Freundin, wo wir eine Nebenbuhlerin erwartet hatten.«

»Ich wußte, daß Alida sich nicht anders als edelmüthig zeigen könne!« rief der von Bewunderung erfüllte Ludlow, indem er die Hand des erröthenden Mädchens an seine Lippe hob. »Der Verlust des Vermögens ist ein Glück: da durch ihn ihr Charakter sich in seiner ganzen Schönheit zeigt.«

»Sachte, sachte!« unterbrach der Aldermann, »es ist keine Notwendigkeit vorhanden, laut vom Verlust zu schwatzen. Was die Natur und die Gerechtigkeit verlangen, soll allerdings geschehen, aber wozu braucht's in der Colonie ausposaunt zu werden, wie viel oder wie wenig der Braut mitgegeben wird?« »Der Verlust an Vermögen soll reichlich ersetzt werden,« erwiederte der Freihändler. »Hier in diesen Säcken ist Gold. Die Morgengabe meiner Pflegbefohlenen steht, wie Sie sehen, augenblicklich zur Verfügung, sobald sie sich über ihre Wahl ausgesprochen haben wird.«

»Potz Vorsicht und Glück!« rief der Bürger. »Man muß gestehen, Meister Meerdurchstreicher, Dein Vorrath zeugt von lobenswerther

Sorgfalt. Was auch immer die Herren Schatzkommissäre von Deiner Pünktlichkeit und Zahlungsfähigkeit halten mögen, ich meinestheils glaube, daß es selbst in der Bank von England Leute giebt, die weniger Credit verdienen! Ohne Zweifel kann doch das Mädchen auf das Geld als Erbtheil von ihrem Großvater Anspruch machen?«

»Das kann sie.«

»Den jetzigen Augenblick halte ich für geeignet, mich über einen Gegenstand, der mir nahe am Herzen liegt, auszusprechen; heraus muß es doch einmal, und günstigere Auspicien schwerlich eintreten als die gegenwärtigen. Ich lasse mir sagen, Herr Van Staats, daß Sie nach reiflicher Erwägung Ihrer Gesinnungen gegen einen alten Freund, zu der Ueberzeugung gekommen seyen, eine nähere Verbindung, als die von uns beabsichtigte, würde zu Ihrem Glücke beitragen.«

»Ich kann nicht bergen, daß die Kälte der schönen Barbérie meine eigene Wärme vermindert habe,« erwiederte der Patroon von Kinderhook, der selten in seinen Antworten über den Bereich der ihm vorgelegten Frage hinaus zu gehen pflegte.

»Ferner erfahre ich, Sir, daß sie nach einer vierzehntägigen Bekanntschaft mit meiner Tochter sich bewogen finden, derselben Ihre Liebe zu schenken. Die Schönheit des Mädchens stammt von ihrer Mutter, und ihrem Vermögen geschieht eben auch kein Abbruch durch das redliche Betragen dieses tapfern Seemanns hier.«

»Einmal als ein Mitglied in Ihre Familie aufgenommen, wüßte ich nicht, was mir in diesem Leben noch zu wünschen übrig bliebe.«

»Und was das zukünftige Leben anbetrifft, so habe ich noch von keinem Patroon von Kinderhook gehört, der sich nicht die gegründetste Anwartschaft darauf gesichert hätte. Wenig Familien in der Colonie haben mehr für die Religion gethan als die Patroons; haben Sie doch reichlich zu den zwei holländischen Kirchen in Manhattan beigetragen, haben aus eigenen Mitteln drei sehr niedliche Kirchen aus Backstein auf ihrem Gut aufführen lassen, wovon eine jede ihren flamländischen Spitzthurm und Wetterhahn hat, und zu dem Gotteshaus in Albany haben sie eine sehr erkleckliche Summe hergegeben. – Eudora, mein Kind, dieser Herr ist mein besonderer Freund, und als solchen wage ich es, ihn Deiner Gunst zu empfehlen. Ihr seyd Euch nicht ganz fremd mehr, doch damit Ihr Gelegenheit habt, ohne Uebereilung zu wählen, so bleibt noch einen Monat länger hier beisammen, das Uebrige wird sich dann schon finden, denn in solchen wichtigen Angelegenheiten pflege ich Alles der Vorsehung zu überlassen!«

Die Tochter, auf deren sprechendem Antlitz die Röthe bald erschien, bald schwand, wie die Tinten eines italienischen Himmels, blieb stumm.

Ludlow füllte die Pause aus, indem er sich an den Freihändler wendete:

»Sie haben glücklich den Vorhang weggezogen, der ein Geheimniß verbarg, welches mich nicht mehr beunruhigt. Ist es Ihnen möglich, mir zu sagen, von wem dieser Brief kam?«

Hier blitzte das dunkle Auge Eudora's. Sie schaute den Meerdurchstreicher an und lachte.

»Das war ebenfalls einer der weiblichen Ränke, die in meiner Brigantine geschmiedet wurden. Man war nämlich des Dafürhaltens, der junge Commandeur eines königlichen Kreuzers würde von dem Aufpassen auf unsere Schliche abgezogen werden, wenn wir ihn damit beschäftigten, zu errathen, wer seine Correspondentin sey.«
»Und jenes war nicht die erste List dieser Art, nicht wahr?«

»Ich läugne es nicht. Doch ich kann nicht länger mehr zaudern; in wenig Minuten tritt die Ebbe ein, und der schmale Kanal wird unfahrbar. Eudora, wir müssen noch über das Schicksal dieses Kindes einen Beschluß fassen: soll der Knabe wieder auf's Meer, oder soll er sich im weniger einförmigen Leben auf dem festen Lande versuchen?«

»Wer und was ist der Knabe?« fragte gravitätisch der Rathsherr.

»Er ist uns Beiden gleich theuer,« erwiederte der Freihändler. »Sein Vater war mein liebster Freund, und seine Mutter lange die Erzieherin Eudora's. Bis jetzt hat er unser beider Sorgfalt genossen, er muß nun zwischen uns wählen.«

»Er wird mich nicht verlassen!« fiel die erschrockene Eudora hastig in's Wort. »Du bist mein angenommener Sohn, und Niemand vermag wie ich Dein junges Gemüth zu leiten. Du bedarfst der zärtlichen Pflege der weiblichen Hand, Zephyr, wirst Du mich verlassen?«

»Lassen Sie das Kind selbst sein Loos bestimmen. Ich habe nun einmal in Dingen des Zufalls meinen Aberglauben, was, für mein Gewerbe wenigstens, besser ist als Glaube.«

»Nun so mag er sprechen. Willst Du hier bleiben, auf diesen lachenden Feldern, unter jenen bunten, duftenden Blumen umherwandeln, oder willst Du lieber nach dem Wasser zurück, wo Alles öde ist und wechsellos?«

Sehnsuchtsvoll schaute der Knabe ihr in's Auge, dann richtete er den ihm gewöhnlichen Blick auf die gelassenen Züge des Freihändlers.

»Wir können zur See gehen,« sagte er endlich, »und wenn wir wieder nach Hause kommen, so bringen wir Dir viel schöne Sachen mit, Eudora.«

»Aber dies ist vielleicht das letzte Mal, daß es Dir vergönnt ist, Dein Vaterland zu sehen. Bedenke, wie furchtbar das Meer in seinem Zorne ist, und wie oft die Brigantine schon in Gefahr gewesen, Schiffbruch zu leiden!« »Ei nein, das ist weibisch! ich war doch auf der Oberbramraa als es stürmte, mir kam's nicht vor, als wenn's gefährlich wäre.«

»Weil Du unbefangen und zuversichtlich bist, wie ein Schiffsjunge. Aber die älter sind als Du, wissen, daß das Leben eines Matrosen ein beständiges hohes Wagniß ist. Du befandest Dich ja wohl auf den Inselgewässern, als der Orkan wüthete; warst Du da nicht Zeuge von der Gewalt der Elemente?«

»Ich war freilich im Orkan, und die Brigantine auch, und dennoch siehst Du, wie stattlich und nett ihre Segel wehen, als wenn ihr nichts begegnet wäre!«

»Und gestern sahst Du, wie wir auf der offenen See schwammen, und nur ein paar schlecht gebundene Spieren uns trugen, daß wir nicht in die Tiefe sanken.«

»Die Spieren schwammen, und Du ertrankest nicht, sonst, glaub' mir's, Eudora, hätte ich sehr geweint.«

»Aber wenn Du erst mehr in's Binnenland kommst, so wirst Du mehr von dessen Schönheiten erblicken, Flüsse, Berge, Höhlen, Wälder. Hier ist Alles Wechsel, auf dem Wasser ewiges Einerlei.«

»Wahrlich, Eudora, Du bist sehr vergeßlich! Hier ist Alles Amerika; dieser Berg ist Amerika, das Land dort jenseits der Bai ist Amerika, und wo wir gestern vor Anker lagen, ist auch Amerika. Laufen wir von der Küste ab, so ist das nächste Land, was wir entdecken, vielleicht England, vielleicht Holland oder Afrika, und mit einem guten Wind segeln wir an einem Tage die Küsten von zwei bis drei Ländern entlang.«

»Und strandet auch vielleicht, unbesonnener Knabe! Verlierst Du diese Gelegenheit, so verbindest Du Dein Leben mit der Gefahr!«

»Leb' wohl, Eudora,« sagte der Kleine, und hob den anmuthigen Mund zum Kusse.

»Eudora, leb' wohl!« hallte es von einer stärkeren, traurigtönenden Stimme neben ihr wieder. »Ich darf nicht länger weilen, meine Leute fangen an, ungeduldig zu werden. Sollte dies die letzte meiner Reisen nach dieser Küste seyn, so vergiß Diejenigen nicht, mit denen Du so lange Freude und Leid getheilt hast!«

»Noch nicht ... noch nicht ... Sie werden noch nicht von uns gehen! Lassen Sie mir den Knaben ... lassen Sie mir nicht den bloßen Schmerz zum Andenken an die Vergangenheit zurück.«

»Meine Stunde ist gekommen. Der Wind bläst frisch und ich mißbrauche seine Gunst. Es wird Deiner Ruhe zuträglicher seyn, wenn Niemand die Geschichte der Brigantine kennt, und in wenig Stunden blicken hundert neugierige Städteraugen auf die Brigantine.«

»Was kümmert mich ihre Meinung! Du wirst, kannst mich nicht verlassen!«

»Gern bliebe ich, wie gern, Eudora! doch des Seemanns Heimath ist sein Schiff. Zu viele kostbare Zeit ist schon hin. Noch einmal, leb' wohl!«

Das dunkle Auge des Mädchens schaute wild umher; es schien mit diesem einem raschen, eiligen Blick das ganze Land und alle Genüsse, die es darbietet, einzusaugen.

»Wohin gehst Du?« fragte sie mit erstickter Stimme. »Wohin segelst Du und wann kehrst Du wieder?«

»Ich folge dem Glücke. Meine Wiederkehr ist fern ... vielleicht nie ... So leb' denn wohl, Eudora ... sey glücklich bei den Verwandten, welche die Vorsehung Dich wiederfinden ließ.«

Schwankender ward das wandernde Auge des Mädchens von der See. Fest hielt sie die dargebotene Hand des Freihändlers in den ihrigen, und drückte sie mit unbeschreiblicher Leidenschaftlichkeit. Dann ließ sie sie plötzlich fahren, öffnete weit ihre Arme und warf sie um seine unbewegliche Gestalt.

»Wir wollen zusammen gehen! Dein bin ich, einzig Dein!«

»Du weißt nicht, was Du sagst, Eudora!« keuchte der Meerdurchstreicher. Du hast einen Vater, Freund, Gatten.«

»Hinweg! hinweg!« rief halb wahnsinnig das Mädchen, und wies mit wilder Bewegung der Hand Alida und den Patroon von sich zurück, wie sie herbeieilten, als wollten sie sie vom Rande des Abgrunds zurückreißen. »Dein, einzig Dein!«

Der Smuggler machte sich von ihrer krampfhaften Umarmung los, und mit Mannskraft hielt er die sich Sträubende von sich ab, während er innerlich den unbändigen Sturm der Leidenschaft niederkämpfte.

»Bedenke es, was Du thust, bedenke es!« sagte er. »Du willst einem Verworfenen, einem Vogelfreien, einem Menschen folgen, von seinen Mitgeschöpfen gejagt, in die Acht erklärt!«

»Dein, einzig Dein!«

»Wirst als Wohnung nur ein Schiff haben, einen sturmvollen Ocean zur Welt!«

»Deine Welt ist meine Welt! Deine Heimath die meinige, Deine Gefahr meine!«

Laut jauchzte nun der Meerdurchstreicher auf, wie ein Mensch, dessen Triumphgefühl alle Schranken durchbricht.

»Ja, Du bist mein!« rief er. Ein Band wie dieses läßt wohl die Ansprüche eines solchen Vaters vergessen! Bürger, Adieu! ich werde

Deine Tochter redlicher behandeln, als Du das Kind meines Wohlthäters behandelt hast!«

Mit unbeschreiblicher Leichtigkeit hob er Eudora's zarte Gestalt vom Boden und trug sie, trotz einer plötzlich ungestümen Bewegung Ludlow's und des Patroons, in sein Boot. Im Nu schwamm es dahin, und der muntre Knabe Zephyr schwang seine Matrosenmütze im Triumph in die Höhe. Gleichsam dessen, was vorgefallen war, bewußt, drehte sich die Brigantine wie ein im Kreise bewegter Wagen, und ehe die vom Ufer Hinschauenden sich noch halb von ihrer Verwirrung und ihrem Erstaunen erholt hatten, hing das Boot schon an seinen Taljen. Der Freihändler stand auf dem Spiegel, den einen Arm um Eudora's Gestalt geschlungen, mit der andern Hand der regungslosen Gruppe am Ufer zuwinkend, während das Mädchen des Oceans von Alida und ihrem Vater mit schwächeren Geberden Abschied nahm. Das Fahrzeug glitt durch den Kanal, und wogte bald auf der Brandung. Hier füllten sich die Segel mit der ganzen Wucht des südlichen Windes, die schönen, leichten Spieren bogen sich unter dessen Gewalt, und an der weißschäumenden Linie seines Kielwassers maßen die Zurückgebliebenen seinen schnellen Lauf.

Der Tag hatte schon angefangen, sich zu neigen, ehe Alida und Ludlow den Plan vor der Villa verließen. Während der ersten Stunden konnte man noch den dunkeln Körper der Brigantine unter ihrem weißen Segelgewölk sich bewegen sehen, dann verschwand der niedere Bau, und allmählig sank auch ein Segel nach dem andern, bis nichts mehr als ein weißer, schimmernder Punkt sichtbar war; dieser zögerte eine Minute, und ward dann von dem leeren Raum verschlungen.

Die Vermählung Ludlow's mit Alida trübte ein Schatten von Trauer. Natürliche Anhänglichkeit von ihrer, und seemännische Theilnahme von seiner Seite ließ sie Beide mit inniger Rührung an das Schicksal unsrer Abenteurer denken.

Jahre flossen dahin, und gar mancher Monat ward auf »Lust in Ruh« zugebracht und viele tausend Blicke auf den Ocean gerichtet. Während der Frühlingsmonate eilte Alida jeden Morgen an das Fenster ihres Pavillons, in der Hoffnung, daß sie das Contrebande-Schiff einmal in der Runden Bucht vor Anker liegend erblicken würde. Aber stets vergeblich: es kam nie wieder. Der gedemüthigte, in seinen Hoffnungen getäuschte Alderman ließ gar manche geheime Nachforschung längs der ganzen amerikanischen Küstenlinie anstellen; doch nie vernahm er das Geringste, weder von dem Streicher durch die Meere, noch von dessen unvergleichlicher Wassernixe.

Über tredition

Eigenes Buch veröffentlichen

tredition wurde 2006 in Hamburg gegründet und hat seither mehrere tausend Buchtitel veröffentlicht. Autoren veröffentlichen in wenigen leichten Schritten gedruckte Bücher, e-Books und audio-Books. tredition hat das Ziel, die beste und fairste Veröffentlichungsmöglichkeit für Autoren zu bieten.

tredition wurde mit der Erkenntnis gegründet, dass nur etwa jedes 200. bei Verlagen eingereichte Manuskript veröffentlicht wird. Dabei hat jedes Buch seinen Markt, also seine Leser. tredition sorgt dafür, dass für jedes Buch die Leserschaft auch erreicht wird.

Im einzigartigen Literatur-Netzwerk von tredition bieten zahlreiche Literatur-Partner (das sind Lektoren, Übersetzer, Hörbuchsprecher und Illustratoren) ihre Dienstleistung an, um Manuskripte zu verbessern oder die Vielfalt zu erhöhen. Autoren vereinbaren direkt mit den Literatur-Partnern die Konditionen ihrer Zusammenarbeit und partizipieren gemeinsam am Erfolg des Buches.

Das gesamte Verlagsprogramm von tredition ist bei allen stationären Buchhandlungen und Online-Buchhändlern wie z. B. Amazon erhältlich. e-Books stehen bei den führenden Online-Portalen (z. B. iBookstore von Apple oder Kindle von Amazon) zum Verkauf.

Einfach leicht ein Buch veröffentlichen: **www.tredition.de**

Eigene Buchreihe oder eigenen Verlag gründen

Seit 2009 bietet tredition sein Verlagskonzept auch als sogenanntes "White-Label" an. Das bedeutet, dass andere Unternehmen, Institutionen und Personen risikofrei und unkompliziert selbst zum Herausgeber von Büchern und Buchreihen unter eigener Marke werden können. tredition übernimmt dabei das komplette Herstellungs- und Distributionsrisiko.

Zahlreiche Zeitschriften-, Zeitungs- und Buchverlage, Universitäten, Forschungseinrichtungen u.v.m. nutzen diese Dienstleistung von tredition, um unter eigener Marke ohne Risiko Bücher zu verlegen.

Alle Informationen im Internet: **www.tredition.de/fuer-verlage**

tredition wurde mit mehreren Innovationspreisen ausgezeichnet, u. a. mit dem Webfuture Award und dem Innovationspreis der Buch Digitale.

tredition ist Mitglied im Börsenverein des Deutschen Buchhandels.

Dieses Werk elektronisch lesen

Dieses Werk ist Teil der Gutenberg-DE Edition DVD. Diese enthält das komplette Archiv des Projekt Gutenberg-DE. Die DVD ist im Internet erhältlich auf **http://gutenbergshop.abc.de**